狂热

（上）

Fanatical

乌云冉冉 著

WUYUN
RANRAN
WORKS

江苏凤凰文艺出版社
JIANGSU PHOENIX LITERATURE AND
ART PUBLISHING

目录

COMTENTS

KUANG 01 RE

与绝情男的第一次见面

虽然是上午阳光最好的时候，这间房却给人正处于黄昏时分的错觉。

窗外遮天蔽日的梧桐挡去了大部分的光线，繁复的浮雕花纹家具搭配过于沉重的深棕色调墙面让整个房间显得静谧又昏暗。

因此即便是早上十点左右，头顶的水晶灯和墙上的壁灯还是亮着的。

池渺渺从对面墙上的装饰画上收回目光，看向桌对面的两名面试官。

对方继续下一个问题："你对失恋博物馆有多了解？你为什么会想来我们公司工作？"

池渺渺略微回忆了一下，把进门前刚从网上看来的信息复述了一遍："世界上第一家失恋博物馆是萨格勒布博物馆，坐落在克罗地亚首都萨格勒布市，展出的是世界各地失恋者捐赠的展品，每一个展品背后都有一个捐赠者的失恋故事。近些年国内也陆续开了几家，规模都不大，但游客不少，足以说明这种新形式的博物馆很受欢迎。"

其实她也是因为这次面试才知道还有失恋博物馆这种地方，之前完全没想过一张孕期 B 超照片、一张合影漫画、一本同学录，甚至是一部早已过时的诺基亚手机都能成为失恋博物馆的展品，只要它们背后有一个足够动人的爱情故事。

至于她为什么会出现在这里，一方面，她面试的岗位的主要工作是编故事，这可是她的老本行，她驾驭起来应该不难；另一方面，这是唯一一家给她面试机会的公司。

池渺渺露出一个恰到好处的笑容："我觉得内容策划这个岗位很适合我，而且贵公司目前所展现出的理念和公司文化很吸引我。"

一番冠冕堂皇不知所云的对话后，面试官问出最后一个问题。

面试官问："你听说过我们老板吗？"

池渺渺眨了眨眼："什么？"

…………

从会议室里出来，池渺渺百思不得其解，实在想不出对方问她认不认识他们老板有什么意图。不过没回答上来问题总归是不好的，原本胸有成竹的一场面试现在她也没什么底了。

她愁眉苦脸地往外走，这才发现此时会议室外等候的应聘者比她来的时候多了不少，黑压压的，几乎挤满了整个走廊，巧的是还都是年轻漂亮的女孩子。

嚯，这究竟是什么了不得的岗位让这么多人蜂拥而至啊？！难不成工资很高?

她一边嘀嘀咕咕，一边往外走，总算远离了面试的人群。这时候，她却忽然听到旁边角落里传来了隐约的抽泣声。

她循着声音看过去，楼梯下方一个女孩正低头抹着眼泪。

虽然只是个侧影，但池渺渺还是看得出女孩子很年轻漂亮。她像是在和什么人说话，可惜一根廊柱挡住了她对面的人。

好奇心让池渺渺不自觉地放慢了脚步，正在这时她就听到那女孩带着哭腔问："为什么？"

看这样八成遇到感情问题了，无非就是男的要分手，女生不肯分；或者男生出轨，被女生质问。

博物馆里的水晶吊灯灯光将楼梯上那鬼鬼祟祟的身影拉得长长的，李牧遥盯着那个方向看了片刻，那人却一动不动，看来是打定主意要偷听了。

"为什么？"面前的女孩子唤回了他的注意力。

李牧遥收回视线继续刚才的话题："你听过'凡勃伦效应'吗？"

女孩子愣了愣："什么？"

李牧遥面无表情地说："凡勃伦效应，就是指消费者对一种商品需求的程度因其标价较高而不是较低而增加。商品价格定得越高，越能受到消费者的青睐。有句话叫买涨不买跌，你听过吗？为什么房价不断上涨的时候反而更多人按捺不住地想要出手呢？”

女孩子不解：“这和我有什么关系？”

池渺渺也听得云里雾里，怎么还扯到房价了？难道是那男人以买不起房结婚为借口提出分手吗？

这时候男人毫无感情地说：“这个理论在感情中同样适用，你需要让你的感情和付出显得更值钱一点，而在这段关系中你的顺从和讨好都会让人觉得你的感情非常廉价。”

这句话池渺渺听懂了，她原本看戏的心态也因此有了变化——这姑娘分明就是遇到“渣男”了嘛！

看来随着时代的进步，“渣男”们也“渣”出了新高度！别人对他好都能被他挑出毛病来，他还说人家的付出廉价！

池渺渺冷笑一声，忽然很想看看这么“渣”的话究竟是从什么样的人口中说出的。

她走下楼梯，状似无意地看向说话的两个人。巧的是，男人也恰好在此时抬起头来，正好看向她所在的方向。

两个人视线相触的一瞬，池渺渺不得不承认，这“渣男”的确有“渣”的资本，单单看他这副皮囊，确实算得上极品。

男人身姿修长挺拔，一身做工考究的深色西装，浑身上下没有一丝不妥之处，甚至每个扣子都系得端端正正，整个人看着很绅士，但又透着几分禁欲的味道。

而且这男人皮肤很白，比很多女孩子都白，却不像现在的“小鲜肉”那样显得过于秀气。因为他拥有着足够立体的五官，搭配着坚毅的下巴，正好是一张略显厌世却足够俊美英气的脸。

池渺渺不得不承认，有那么一瞬间，她被惊艳到了。

李牧遥见一直在偷听自己说话的人是个年轻女孩，而且看他的目光又这么毫不掩饰地炽烈，虽然早习惯如此，但还是因为感到被冒犯了而不悦地皱了皱眉。

这种抛头露面的地方果然不适合他。

他本来就没有安抚眼前人的义务，现在更没了兴致，丢下一句“以后不要再来了”，转身便走。

池渺渺见状不由得“喊”了一声，这男人还真够绝情的。

可惜这终归是别人的事，池渺渺对着那女孩单薄还微微抖动着的肩膀也只能轻轻叹了口气悄悄离开。

李牧遥表情晦气地开车离开了博物馆，路上拨通了萧易的电话。

电话一接通，他就没好气地说：“迅速安抚好你那前女友，不然我们俩的合作到此为止。”

萧易急了：“别啊！你在我们馆里考察了这么久还没看出它的价值吗？再说，只要咱俩联手，还有不成功的项目吗？”

李牧遥毫不留情地说：“项目勉强凑合，但你这合伙人让我很犹豫。”

萧易哀号：“你这话可太伤我的心了！不就是因为婉婉总去找你吗？她再去，你就说你也不知道我在哪儿，时间长了她自然就不会去了。而且让我不要出现也是你的主意啊，你也说了，我彻底消失她短期内可能无法接受，但这对她来说也是最有效、最快的治愈失恋的办法呀。我现在去安抚她那不就前功尽弃了吗？”

让萧易彻底不要见林婉，确实是李牧遥的提议，但三天两头被那女孩子骚扰他也很烦躁！

他松了松领带：“如果不是你处处留情，用得着应付满大街的前女友吗？”

萧易也觉得无可奈何：“女孩子看着都漂漂亮亮的，但不相处一下谁知道彼此合适不合适呢？不是所有人都像你一样，打个照面说两句话，就能把人家姑娘看得透透的了。”

李牧遥不想再跟他胡扯：“我挂电话了……”

“别，别，别！”萧易嬉笑着说，“开个玩笑嘛！哎，不是我说你，动不动就挂人电话这谁受得了啊？难怪你找不到女朋友。”

李牧遥没好气道：“你到底还有没有正经事？”

“有啊，我家老爷子让我替他多谢你。”

“客气什么？需要帮忙就说话。”

“你都把自己的助理派过来帮我了，我这里还能有什么需要帮忙的？”

“见到医生了吗？”

“见到了，还是要先做一些检查，再看具不具备手术的条件。”萧易说。

不久前，萧易的父亲被查出到了肺癌晚期，这对老人家来说无疑是被宣判了死刑，但萧易是个孝子，想趁着他家老爷子身体还吃得消时带老爷子寻求机会。

正好李牧遥在美国读书时有幸结识了一位在这方面很权威的医生，就帮忙联系了一下。对方觉得还不到放弃的时候，这才有了后面的事情。怕萧易带着病人在国外看病不方便，他甚至把自己的私人助理也派了过去。

李牧遥顿了顿说："你安心陪伯父看病吧，公司的事情我来处理。"

萧易笑呵呵地说："这才像是兄弟说的话嘛，动不动就拿拆伙威胁人算怎么回事？！"

李牧遥看向车子前方："我并没有说要怎么处理，也可能在你回来前就把它卖了。"

错愕之后，萧易几乎恼羞成怒："你敢！失恋博物馆可是哥们儿我的心血！你小心咱们连哥们儿都没的做！"

听着某人骤然提高的音量，李牧遥连个招呼都没打，皱了皱眉直接挂断了电话。

时间还早，天气又不错，池渺渺在外面逛了小半天，吃过午饭才往家走。

路过附近一家进口商品便利店时，她想到自己的零食快吃完了，于是打算买点儿带回去。

这家便利店不大，但无论是店员的服务态度，还是货架上那些摆放整齐到能治愈强迫症的货品，都透露着这里的东西并不便宜，但谁让她爱吃的一款进口糖果只有这里才有呢？

穿过几个生活用品的货柜才是零食区，池渺渺喜欢的那个牌子的糖果竟然只剩下一包了，孤零零地被放在顶层货架上。

有一包总比一包都没有强。

然而正当她伸手要去够糖果的时候，那包糖却被另一只修长白皙的手捷足先登了。

她愣了一下，去看那只手的主人。

对方身材挺拔，衣着不凡，五官俊美到无可挑剔，以至能让人过目不忘。

这样的男人本来是极少见的，但池渺渺今天不知道是什么运气，这已经是他们第二次见面了。

想到这男人对他的前女友的决绝态度，池渺渺因他这副好皮囊带来的美好观感顿时降低一半，不过见他还算有风度地替她拿她够不到的东西，她又觉得这男人也不是完全无可救药。

然而正当她要开口道谢的时候，男人却随手一丢，理所应当地将那包糖丢进了他自己的购物车中。

池渺渺一时间没搞清状况，而男人就像完全没有看到她这个人一样，推着购物车径直朝前走去。

看看，什么叫“目中无人”？这就叫“目中无人”！

池渺渺快走几步拦住男人。

男人这才迫不得已地看向她，他眉头微微蹙着，似乎不悦，但依旧闭着嘴，只用眼神询问她为什么挡住他的路。

池渺渺也不跟他客气，拿起他的购物车里的那包糖：“不好意思，这包糖应该是我先看到的。”

男人冷冷地扫她一眼：“所以呢？”

池渺渺直接把糖丢进自己的购物筐里：“所以谢谢你帮我拿下来。”

男人却没有让步的意思，带着点儿命令似的口吻说：“还回来。”

怎么可能？！如果男人刚才只是跟她协商这包糖的归属问题，她还有可能让给他；但这人截了她的和，还这么理所应当，并且态度傲慢，那她就不能忍了！

何况对待“渣男”就要像秋风扫落叶一般冷酷，她很为自己刚才因为看到他的脸而走神感到羞愧。

池渺渺纠正他：“‘还’这个字用得不对，这包糖又不是你的，怎么能说‘还’？”

“我先拿到的当然是我的。”男人说。

池渺渺也没打算退让：“那是我先看到的，而且在你拿到之前我正在够它，你没看到吗？”

男人上下扫了她一眼：“没有。就算有，你这身高够不到的东西多了，谁知道你看上哪个了？”

她这身高怎么了？一米六五的身高，她在女孩子里不算很高那也是中等个子了，反正在今天之前还从来没有人说过她矮。

论起吵架，池渺渺可是专业的。文字工作者嘛，咬文嚼字方面怎么能吃亏呢？

她不甘示弱地也扫了男人一眼：“不管什么事，都是合适最重要，长得高就好吗？”

男人看着她，面无表情地说：“至少在这里我想拿什么拿什么，不像有些人，耍了半天杂技也拿不到东西。”

说着他似乎是故意的，看也不看就从旁边货架的顶层拿了一包东西，顺手扔进了购物车里。

池渺渺正要戗回去，余光瞥见刚被男人扔进购物车里的东西，不由得笑了：“你这品位还真独特。”

那是一包男式内裤，只不过花色儿有点儿特别，明黄色底色上印着鲜红唇印，也不知道什么人会穿。

果然她就见男人在扫到被他随手丢进购物车里的东西时，脸色也不太好看。

池渺渺心情更好了，掂了掂手里那包糖说：“你看你这一车东西几乎都是甜食，就差我这一包糖吗？再说糖吃多了对牙齿也不好啊，你说是吧？”

男人依旧没有退让的意思：“我的牙齿健康得很，就不劳你费心了。不过有些人或许有减重的需求，倒是可以少吃点久糖。”

池渺渺的确不算很瘦，但是绝对不胖，比普通人瘦一点儿，比骨感的女生再丰满一点儿，是不少人梦寐以求的可清纯可性感的好身材。

结果这男人竟然还“内涵”她胖，看来除了又“渣”又毒，这男人眼神也很不好。

“你哪只眼睛看出我有减重的需要了？”

男人不以为然道：“不好意思，你这样的身材在我看来就是不配吃那包糖。”

眼见着两个人就快吵起来了，一个工作人员模样的小哥连忙过来了解情况。

得知两个人是为了一包糖争执，小哥连忙说：“我们这个牌子的糖已经到货了，就是还没来得及上架，要不您二位谁有空等一下？我现在就去库房拿出来。”

这一次池渺渺还没来得及说话，男人倒是难得有点儿风度：“那我等一下吧。”

那小哥连忙应声“好”，小跑着去了库房。

池渺渺得偿所愿，也懒得再跟男人斗嘴，拎起购物筐继续往前走。

她还想买几包薯片，一看才发现多了一个新的牌子，口味还挺多。

她拿起其中一包研究了一下，看到配料中有她不爱吃的芥末，便又放回了架子上，另外挑选了几种比较常见的口味放进购物筐里。

她正打算离开，却听到身后传来刚才那男人的声音：“等一下。”

池渺渺回过头，心说这人还没完没了了。

“又怎么了？”她有点儿不耐烦地问。

男人扫了眼货架上的薯片：“你放错地方了。”

池渺渺回头去看货架，她的确把那包薯片放回了和它同一个牌子的一堆薯片中间，哪里放错了？分明就是这奇葩男人想找碴儿！

她不就抢了他一包糖吗？再说谁抢谁的还真不好说。这绣花枕头浑身上下真的只有皮相过得去了，又“渣”又毒又没眼光，长得再好看一般人怕是也无福消受。

池渺渺冷笑一声：“至于吗？”

男人面不改色地说：“芥末口味的在左边一排，你把它放在牛肉口味的那一排了。”

“是又怎么样？”池渺渺不以为然，“几种口味都是一个价位，这里连价签都只有一个，混着放有什么问题？再说不同口味的包装颜色差很多，也不存在有人会拿错的情况。”

但男人明显很不认同她的说法，微微皱着眉：“把拿过的东西放回原处有问题吗？”

池渺渺是个大大咧咧的姑娘，但也理解有人确实有着超乎常人的秩序感。如果是平时，别人这么提醒她，她一定会从善如流地把东西放回去，恐怕还会不好意思地说一句“抱歉”。

但眼下她面对这男人，他的每一句话，每一个不耐烦的神情，仿佛都在挑战着她今天本就不怎么样的心情。

她拿起那包芥末味的薯片笑着问男人：“你是说这包放错地方了吗？还是这包？又或者是这包？”

见女孩子脸上露出狡黠的笑容，李牧遥心里顿时有了不好的预感。

果然，他就见她将手里的几包薯片又一包包地放回架子上，但她似乎是故意的。因为这一次，错的不仅仅是一包芥末口味的薯片，另外几包也被放错了地方。

放下薯片，女孩子倒像是心情好了不少："你不会是连包薯片也要跟我抢吧？不过没关系，薯片这里多的是，你随意。"

说完女孩子没再看他一眼，甩了下头发，提着购物筐继续往前走了。

李牧遥知道那女孩分明是故意的，但是她还没走远，他只好先忍着。

他努力控制着自己，不要去看那几包薯片，但那几包被随手放下的薯片就像在他脑子里生了根一样，让他想不去在意都难。

几次深呼吸后，他还是有几分挫败地走上前，想趁着那女孩不注意的时候，用最快的速度把几包薯片按照口味重新摆好。

池渺渺本以为刚才那男人是故意恶心她才那么说的，结果不经意间一回头，发现他竟然真的重新去摆放那几包薯片了。

池渺渺简直目瞪口呆，看来这男人不仅又"渣"又毒又没眼光，现在又多了个毛病——强迫症晚期。

眼见着男人的脸色越来越难看，池渺渺忍笑都要忍出内伤了。

不行，她得赶紧离开这地方，不然真担心自己不小心会笑出声来。

她又转到冷藏区给自己拿了瓶酸奶，情绪总算平复下来，到收银台去结账。好巧不巧，那男人似乎也选好了东西，朝收银台走来。

这家便利店不大，只有一个结账通道，男人显然也看到她了，但还是走上前，排在了她的后面。

她又想起刚才的一幕场景，有点儿忍俊不禁，偷偷看身后的男人的神情，他却仿佛什么事情都没发生一样，面无表情。

很快就轮到了池渺渺结账，她刚拿出手机就被告知今天收银系统有问题，只能现金支付。

还好池渺渺出门有带点儿零钱的好习惯，东西正好四十块钱，她从钱包里找出纸币结了账。

池渺渺还在将零食往购物袋里装的时候，收银员已经在给她身后那男人结账了。池渺渺随意听了一耳朵，这家伙竟然买了二百九十块钱的糖，也不怕早早罹患上糖尿病！

池渺渺正暗自吐槽着，感觉到后面的气氛似乎有点儿不对。

她回头去看，就见男人看着收银员找给他的十元纸币并不伸手，似乎有点儿为难。

而那张十元纸币以及收银员手上的另外三张分明就是她刚才用来结账的钱。

难不成是那张钞票有什么问题？

片刻后就见男人从身上翻出一张纸巾，打开来摊在手掌上，然后才朝收银员手里的钱不情不愿地仰了仰下巴。

收银员不解地看看男人手上的纸巾，又看看自己手里的钱，犹豫地将钱放在了男人手中的纸巾上。

周遭众人对自己看到的这一幕场景皆是一头雾水，然后就见那西装革履、样貌格外出尘的男人用纸巾将那十块钱包得严严实实，才像是怕触碰什么脏东西似的小心翼翼地将那纸包塞进钱夹中。

他这是在嫌弃她碰过那钱？看他那一身行头也不像是在意这点儿钱的人，既然这么讲究，那不要找零好了。他还不就是想以此来侮辱她吗？

短短一瞬的工夫，池渺渺已经在心里将对方骂了个千百遍！

正在这时，闺密暖萌的电话打了过来。

“忙什么呢？”

池渺渺看着便利店里的男人收拾好东西走了出来，路过她面前时好像根本没看见一样目不斜视地走了过去。

池渺渺撇撇嘴：“刚从便利店出来，遇到个神经病。”

“什么样的人能把你气成这样？”

池渺渺把她刚才和那男人的事讲给了暖萌听，暖萌差点儿笑得背过气去。

池渺渺早就忘了自己是怎么躲在货架后面偷笑的了，无奈地问闺密：“有那么好笑吗？你都笑出打鸣声了。”

暖萌勉强忍住笑意说：“不说他了。对了，你上午干什么去了？打你的电话你也不接。”

“面试呗。”

“你真打算找工作了？”暖萌有些意外。

池渺渺叹了口气："是啊，我这几年也没写出什么好作品，全靠吃老本儿，再这样下去饭都吃不起了。我都这么大了，总不能回去啃老吧？"

暖萌也跟着叹了口气："也行，说不准外面的工作能刺激你的灵感呢。对了，你去哪家公司面试的？"

"城东开了家失恋博物馆你听说了吗？"

暖萌激动起来："当然听过了，这家失恋博物馆最近特别火。"

"啊？为什么？"

"其实这家失恋博物馆开了两年了，一直没什么人去。最近有人拍到了他们老板的照片并传到了网上，广大网友看了都说惊为天人，听说像'小鲜肉'时期的泷泽秀明。"

池渺渺很快抓到了一个重点。

"听说？"

"是啊，也不知道拍照的人是什么水准，拍出来的照片不是模糊就是背影和侧脸。虽然只是冰山一角吧，但凭我的直觉，应该是个顶级帅哥。而且后来有人专门去看，见过真人的人也都说很帅，只是没机会拍照。"

池渺渺忽然就想到那些排队面试的女孩子，应该都是冲着那个"泷泽秀明"去的。面试官最后问她的那个问题，应该就是把她和其他女孩子归为一类了。

想到这里，池渺渺叹了口气："难怪面试时人家问我认不认识他们老板，我竟然这么孤陋寡闻说不认识，肯定没戏了。"

暖萌安慰她："虽然有这种可能性，但这不是还没出结果吗？再等等呗！你要是真能进失恋博物馆工作，解决温饱问题那都是次要的，搞不好一并把终身大事也搞定了。我听说那'泷泽秀明'不仅长得帅，还是个'富二代'呢。最重要的是，他不挑啊，听说就喜欢吃窝边草，前几任女朋友有公司员工，也有博物馆的游客，什么样的都有！"

池渺渺越听越不对味儿："我说你是什么意思啊？再说我又不喜欢泷泽秀明，我喜欢玄彬！"

暖萌冷哼一声："就别提玄彬了，别怪我没提醒你，你那个长得像玄彬的宋师兄都快结婚了，可你连个男人的手都还没摸过呢！眼下有个'泷泽秀明'就不错了，好好把握。"

"我觉得咱是不是想得有点儿远了？要到那一步，首先人家公司得要我，其次那‘泷泽秀明’得正好单身。”

暖萌：“那你可真是够幸运的，论坛上的最新情报是，他刚刚分手，因为有人说他前女友三天两头去馆里闹呢，说是不想分手。”

池渺渺脑海中忽然就浮现一张英俊到近乎完美，但又冷酷到让人望而却步的脸，还有那番别出心裁的“渣男”语录。

不会这么巧吧？

接下来的几天，没有再接到其他公司的面试邀请，池渺渺只好写写文、看看剧，外加继续投简历。

她之前完全没想到，找个工作竟然这么难，再加上她银行卡里的余额越来越少，她也越来越着急。

正一筹莫展的时候，原本她没抱什么希望的失恋博物馆竟然给她打电话了，通知她随时可以去报到。

当时已经是周五了，所以池渺渺和对方约了周一。

周一一早，池渺渺见到了打电话给她的那个人事经理韩夏，对方就是面试官之一。

韩夏看着比她年长几岁，但人非常随和开朗，帮她办理完入职手续，还亲自带着她参观了整栋博物馆。

韩夏介绍道：“每天都有捐赠者想在我们馆里展览自己的失恋信物，但他们捐赠的东西千奇百怪，有的不适合长期储存展览，也有的故事比较普通难以引起游客共鸣。所以你的工作内容有一部分就是负责审核这些捐赠物品，然后联系通过审核的捐赠者，帮他们完善他们的故事。你需要做一些文字方面的工作，没问题吧？”

“没问题。”

这栋建筑有两层，从一楼的天井处可以望到高高的穹顶以及二楼走廊的实木栏杆，这使得展馆的空间看着非常大，又因为是以深色调为主，再配上那些千奇百怪的展品，显得整栋建筑透着股神秘而幽静的氛围。

两个人一边低声说着话，一边上了二楼。

旋转楼梯上来第一个房间就是池渺渺上次参加面试的房间，也是失恋博物馆的会议室。

再往里走是员工的办公区，办公区是开放式的，和写字楼里的格子间不同，这里的装修风格和整栋建筑一脉相承——深色的桌椅、华丽繁复的装饰，倒是现代化的电脑显得有些格格不入了。

这个办公区很大，分左右两边，如今只有一边有人办公，另一边几乎是空着的，可见这家公司员工并不多。

韩夏像是看出了她的想法，解释道："公司的岗位主要分为内容策划、人力资源、行政、财务、保卫，目前每个岗位就一两个人，需要人手的时候，别的岗位的人也会帮忙。初创期的公司都这样，所以才要招兵买马。"

池渺渺点点头，表示了解。

左边最后一间总经理办公室房门紧闭，韩夏突然想起什么说："我差点儿忘了，你不了解我们老板。给你大概介绍一下，老板姓萧，我们一般都习惯叫他老板。他人很随和，没什么架子，长得也帅，不过我建议你还是离他远点儿。"

池渺渺大概猜到韩夏为什么会这么说，但还是问："为什么？"

韩夏向四周看了看，压低声音说："你知不知道我们为什么最后选择了你？"

这事儿池渺渺也很好奇，她摇了摇头表示不知道。

韩夏说："就因为你是七十八个来参加面试的人中唯一一个没听过萧总的人。"

"这有什么关系？"池渺渺更不解了。

韩夏有点儿一言难尽："我们老板什么都好，就是在处理男女关系上，怎么说呢？不够慎重，没少给自己惹麻烦。举个例子，你的前任——哦，就是你这个岗位上原来那姑娘，就因为跟萧总谈恋爱谈崩了，二话不说就离职了。"

池渺渺忽然想到面试那天在楼梯转角处看到的男女。

"那我这位置的前任是不是最近还总来馆里找萧总？"

谁知韩夏竟然摆了摆手："最近来的那位是刚分手的，你这位置的上一任员工是萧总的前前任，离职三个多月了。"

池渺渺彻底无语，什么"泷泽秀明"，这不就是个花心"渣男"吗？

不过，池渺渺回忆了一下男人的长相，说实话她并不觉得他和泷泽秀明有什么相像的地方。换句话说，泷泽秀明确实帅，可怎么能和这张脸比呢？

这男人的皮相用句“帅得惨绝人寰”来形容也不为过。

只是，可惜了……

“哦，对了，”韩夏说，“他最近在休假，短期内应该不在馆里。”

池渺渺看了一眼旁边紧闭的房门，显然就是那“渣男”的办公室了。见不到人也好，也省得她总想着“除暴安良”了。

两个人继续往前走，绕过茶水间和洗手间，另外一边是一个休息区，这里摆放着几组沙发，还有几个很复古的大书架，说是这里经常会举办一些失恋话题的分享会，参加人一般是失恋博物馆的粉丝和几个工作人员。

再往前是个放映厅，放映厅里的装潢及摆设和普通影院差不多，据说会定期录制一些短片在这里播放。

池渺渺一直很期待参与一些影视剧的制作，可惜一直没有机会，录制短片和影视剧制作流程应该差不多。

“我可以参与吗？”

“当然了，这就是你的工作内容的另一部分。不过你主要负责出策划案，具体操作可以找外面专业的团队。”

池渺渺有点儿兴奋：“录制这种短片，成本不低吧？”

韩夏得意地耸了耸肩：“所以我们的票价也不低。”

参观完整个失恋博物馆，韩夏鼓励地拍了拍新人的肩膀：“试用期半年，好好努力。”

新人池渺渺正想表个决心，忽然就听到楼下传来一阵嘈杂的吵闹声。

两个人不约而同地趴在栏杆上朝楼下望去——好像是有人要进来，但不知道为什么被工作人员拦了下来，于是两方发生了争执。

韩夏“啧”了一声：“你稍等，我去看一下。”

池渺渺点头，目送韩夏离开，又看向一楼那几个人，忽然发现中间被工作人员围着的人身形有点儿眼熟，好像是上次她来面试时遇到的那个姑娘……

与此同时，那姑娘的声音断断续续地从楼下传来，似乎在问为什么不让她进馆。

正在这时，池渺渺的手机响了。

来电人是暖萌，问她在忙什么。

池渺渺趴在楼梯栏杆上百无聊赖地看着楼下的闹剧：“看热闹。”

“什么热闹？”

“‘泷泽秀明’的前女友。”

“啊！长什么样？漂亮吗？拍张照片给我看看！”

池渺渺拗不过暖萌，挂掉电话后只好对着楼下拍了张照片。

拍好照片，她放大仔细看了看，有点儿模糊。

正当她要再拍一张清晰点儿的照片时，手机忽然被身后伸来的一只手抽走了。

池渺渺回头看，“渣男”本“渣”竟然现身了，可他不是去休假了吗?

与此同时，男人的脸上也闪过一丝诧异之色：“怎么是你？”

是啊，他们还真是有缘，可惜是孽缘。

池渺渺忽然意识到一个很严重的问题，在今天入职之前，她已经彻底得罪了她的老板，也就是眼前这位。

池渺渺用平生最快的速度分析了一下眼下的状况，并且想到了一个应对措施——人对只见过一两面的人的长相未必记得清楚，要想保住饭碗，她只能装作从来没有见过他。

打定了主意，池渺渺开始了她的表演。

她对着男人懵懂地眨了眨双眼：“你是……”

男人没理会她的问题，视线从她脸上下移至她胸前的工牌上，他微微挑眉：“你在这里上班？”

“对啊，我叫池渺渺，今天第一天来报到，你也在这里上班吗？”她客气地伸出手，“初次见面，请多多关照。”

“初次见面？”男人冷冷地看着她，“看来你记性不怎么样。”

池渺渺悻悻地收回手，继续装傻：“不会啊，我记性挺好的呢。如果咱们以前见过，我一定不会忘的。倒是我长着一张大众脸，被人认错了也正常。”

“大众脸？”男人的目光在她脸上停留了片刻后，他对她的说法表示了认可，“确实。”

确实?

她自谦一下也就算了，他竟然还说确实！她这两年虽然有点儿长残的趋势，但读大学时也是校园论坛上的风云人物、校花榜上的“钉子户”，他竟然说她确实是大众脸！

这人是不是有眼疾啊？

见男人走向总经理办公室，池渺渺才想起来，这家伙还拿着她的手机，她连忙跟了上去。

然而进门后，池渺渺立刻被这间办公室的豪奢装潢转移了注意力。

放眼望去，这间办公室足有七八十平方米，在这寸土寸金的地段最起码值八位数。而且这里的装潢也处处透着低调的奢华感。尤其是他的办公桌后面那个博古架，上面摆放着一看就知道价值不菲的私人珍藏。

而且这应该不是全部，博古架后的墙上还有两道隐形门，可见这房间只是他活动的区域之一。

男人进门后直接将她的手机丢在办公桌上，然后脱掉西装外套走去洗手池边洗手。

池渺渺想提醒一下那是她的手机，但男人仿佛没有看到她。

池渺渺只好在一旁干等着，顺便百无聊赖地看他洗手。

他皮肤很白，自然手也很白，指甲修剪得整齐，泛着健康的光泽，就如她在便利店里注意到的那样，手指修长，骨节分明，一看就是双养尊处优的翩翩公子哥的手。

他洗手的动作很仔细，很优雅，也很规范……简直像在录制什么公益广告，不过也难得有人能把洗手这个简单的动作都做得这么好看。

片刻后，他关掉水龙头拿过挂在一旁的毛巾擦了擦手：“你不知道我是谁？”

池渺渺道：“现在知道了。”

“你对楼下的热闹很感兴趣？”

“也不是。”池渺渺抬头看男人一眼，试探地问，“就是有点儿好奇，为什么不让那女孩子进来？”

男人从橱柜中拿出一个马克杯放在了咖啡机前：“她严重扰乱馆内秩序，不让她进来有什么问题吗？”

呵，这男人还真是绝情。

池渺渺佯装了然地点了点头：“原来如此。”

“但我觉得这样不好。”男人说。

他终于打算做个人了！

池渺渺问：“为什么不好？”

男人意有所指地看了一眼桌子上的手机：“现在的人有点儿什么纠纷都喜欢发到网上，一旦上了网，事态就不好控制了。不知情的人只知道她是弱势群体，我们是强势的一方，大家会不自觉地偏向她的立场。这样一来对公司形象不利吧？再说，她和我们工作人员就这么在门口拉拉扯扯，也影响其他游客参观。”

竟然每一个理由都是为了自己，一点儿没考虑女孩子的感受，这男人自私自利起来真是让人望尘莫及！

磨好的咖啡缓缓流出，空气里顿时弥漫着咖啡的香气。

他问她：“你觉得应该怎么办？”

“我？”

要真让她说，她只想“除暴安良”痛打天下“渣男”。

男人端着咖啡回到办公桌后，抬眼看着她：“说说看。”

池渺渺想了一下：“了解一下她的诉求，看她的穿着打扮也不像是故意无理取闹的人，万一她真在咱这里受了什么委屈跟她协商一下如何补偿。如果不是我们的问题那就开导开导她，就是调解纠纷嘛。”

池渺渺说话时，男人就一直垂眼看着他面前那杯咖啡像是在思考。

池渺渺本以为，自己这话多少会让他吃瘪，不动声色大概也只是在掩饰怒气或者尴尬，谁知池渺渺说完后，男人竟然很爽快地点了点头说：“那这事就交给你了。”

“我？”

“有什么问题吗？”

他是老板，给她安排工作她敢有什么问题？

“没问题。”她不情不愿地点点头，又扫了一眼她的手机，“那我能走了吗？”

男人的目光也停留在她的手机上：“第一天上班，不了解这里的规矩也正常，但是这是第一次，我希望也是最后一次。”

池渺渺一头雾水：“什么规矩？”

“韩夏没跟你说吗？馆里不许拍照。”

原来他是因为这个差点儿没收了她的手机……

“那不是对游客的要求吗？我其实就是……”池渺渺说话的声音越来越弱，最后她干脆没有说下去，因为男人看向她的目光真算不上友好。

她点了点头：“我明白了，下次不会了。”

“删掉照片，出去吧。”

池渺渺在内心疯狂咒骂着某人，表面上却很恭顺地把刚才拍到的照片删掉了。

正打算离开时，她又被男人叫住。

“还有什么事吗？”她勉强挤出一个笑容问。

男人瞥了一眼他面前的咖啡说：“这杯咖啡送你了，别浪费。”

池渺渺愣了一下：“为什么？”

“你的口水溅到杯子里了，你不喝就只能倒掉。”

她不由得又想到她在便利店门外看到他用纸巾包着她的纸币时的场景。有那么一瞬间，池渺渺简直怀疑对方在有意侮辱她！

饶是拥有媲美影后的演技，这会儿的她也有点儿忍不住了。

她为自己辩解：“我离那么远，再大的肺活量，口水也溅不到你的杯子里吧！”

“但理论上两米之内都有可能，而且……”

他抬起头扫她一眼，冷酷地说：“我感觉到了。”

他这也能感觉到？池渺渺只觉得两眼一黑，不得不靠两个深呼吸来缓解情绪。

她不停地告诫自己，这男人现在是她的老板，殴打老板是要被开除的。

KUANG 02 RE

酒店里面谈工作

走出总经理办公室，池渺渺才觉得扼住她的脖子的那只手终于松开了，跟奇葩老板多待哪怕片刻，她都有窒息身亡的危险！

正巧韩夏刚从楼下上来，见到她不由得发起牢骚：“总算搞定了，现在的小姑娘可真难搞！”

池渺渺扫了一眼楼下大门的方向，此时已然风平浪静。

她问韩夏：“那姑娘走了吗？”

韩夏无奈地叹了口气：“她要是那么好对付我也不发愁了……还没走呢，她在门口坐着，看样子一时半会儿是不打算走了。唉，今天也不是第一次了，以往也是，隔三岔五就跑来闹，告诉她我们馆长不在，她就是不信……”

该来的总会来，既然安抚那姑娘的任务肯定躲不掉，自己不如早点儿解决。

她将手上的咖啡递给韩夏：“请你喝咖啡。”

韩夏有点儿意外：“哪里来的咖啡？”

池渺渺已经往楼下走去：“我去劝劝那姑娘。”

韩夏有点儿意外之余又叹了口气：“也行吧，你们年纪差不多，或许她愿意听你的话。”

韩夏低头看了一眼手中的咖啡，虽然不知道池渺渺从哪里弄来的，但上面的叶子拉花还栩栩如生，很显然没有被人动过。

既然池渺渺是请她喝的，那她也不客气了，当下就低头小酌了一口。抬起头来时发现原来紧闭着的总经理办公室的门竟然不知道什么时候打开了，里面的男人正站在门里看着门外的她喝咖啡。

韩夏愣了一下，问候了一句“老板早”。

谁也不知道这话触及了对方的哪根神经，他二话不说又将办公室的门关了起来。

李牧遥劝自己不要去想一个人吃另一个人的口水这件事，对着窗外狂吸几口新鲜的空气，这才勉强压下身体里隐隐约约的不适感。

此时正是一天阳光最好的时候，但因为是工作日，失恋博物馆门口的小广场上没什么人，广场中正背对着她坐在长椅上的女孩就显得格外醒目。

池渺渺朝那女孩子走过去，走近一点儿才发现那女孩肩膀正微微抖动着，似乎在哭。

来之前，她还只当安抚女孩是她的“渣”老板交给她的任务，但是这一刻，她是真的有点儿于心不忍了。

“那个……”走至女孩身后，她还是没想好要怎么开口。

所幸女孩听到了她的声音，回过头来。

女孩看到池渺渺似乎很意外，与此同时眼神中还带着一丝不敢确定。

池渺渺在看到女孩那黑乎乎的眼圈以及她脸上同样黑乎乎的两道泪痕时被吓了一跳——她就是一直顶着这张脸在失恋博物馆门口讨说法吗？还好那“渣男”没出面，不然估计也会被吓得不轻。

池渺渺琢磨着开场白，指了指身后的失恋博物馆：“我是……”

然而没等她把话说完，女孩直接打断她：“是喵大吗？”

池渺渺的笔名是“苍茫喵喵”，她的读者们都会亲切地称呼她为“喵大”。

池渺渺无比意外：“你认得我？”

面前那张滑稽的脸上渐渐绽放出一个惊喜的笑容……

“真是你啊！我是你的粉丝啊，很喜欢你写的书！你本人和微博照片上的一样好看！”

池渺渺顿时有点儿飘，想不到她还有粉丝，不过看来这闲事是管对了。

再看女孩那张又哭又笑的花脸，她委婉地说：“赶紧擦擦眼泪吧，妆都花了。”

女孩这才回过神来，接过纸巾道了谢，边擦着脸边说：“我真没想到会在这里遇到喵大你，你是来参观失恋博物馆的吗？”

但没等她回答，女孩又似乎意识到了什么，尴尬地笑了笑说：“那刚才……你肯定也看到了吧？”

池渺渺猜她指的是她和馆里的工作人员发生冲突的事情，连忙说：“其实也没什么，谁还没有个伤心难过的时候？”

女孩子闻言，脸上的笑容又不见了。

池渺渺顿时有点儿无措，正想着再安慰她几句，就听女孩子说：“我就是不甘心。”

见女孩似乎并不排斥跟她这个外人分享心事，池渺渺提议：“你渴吗？要不咱们找个奶茶店坐下来说？”

女孩立刻点头：“那太好了，我正想找个人说说话。正好喵大你写过那么多唯美的爱情故事，在感情方面肯定很有经验，或许能帮到我。”

这话让池渺渺有点儿受用，而且说实在话，她也很想八卦一下那“渣男”的事情。

两个人就在失恋博物馆旁边的饮品店里坐了下来，女孩子擦掉脸上的残妆的确算得上清新脱俗。

通过聊天，池渺渺得知她名叫林婉，是附近财经大学的大二学生，之前和“渣男”在博物馆里认识，后来两个人很快看对了眼就走到了一起，而且在一起没多久后，女孩子就和那“渣男”同居了。

一开始他们相处得很甜蜜，但没多久，她就发现那“渣男”时不时会和其他女生搞暧昧。两个人因此没少吵架，没多久那“渣男”就提出了分手。

林婉越说越气愤，问池渺渺：“喵大，我这经历是不是都能写成小说了？”

这么说那“渣男”确实够“渣”，池渺渺倒是挺同情林婉的。不过比起在博物馆里她偷听到的那几句话给她带来的震撼感，这些事情反而显得不怎么稀奇了。

她问林婉：“你是怎么发现他和其他女生暧昧的？”

“我就是无意间看到了他的手机上的记录，他经常和一个工作上认识的女人见面和打电话，那女人还是单身。我觉得这样不好，就问他怎么回事。他借口说是工作的事，还怪我无理取闹。”

虽然池渺渺内心里已经把她老板划分到了“渣男”的阵营里，但就凭林婉说的这些事确实不能说明什么。

“会不会真是工作上的事？”

林婉立刻否认道：“怎么可能？除了这个女人，他还管另外一个女人叫‘宝宝’！”

“什么？”

这还真是人不可貌相！在此之前，池渺渺以为那“渣男”跟人相处都是那么高高在上的，没想到他也会说甜言蜜语。不过一想到那张刻薄的嘴管别人叫“宝宝”，她并不觉得有多甜蜜，反而有点儿毛骨悚然。

她情不自禁地搓了搓胳膊。

林婉关切地问：“喵大，你冷啊？”

“没事，没事，可能穿得有点儿少。不过……还真是人不可貌相啊。”

林婉唏嘘道：“我当初也没想到他是这种人。”

男人啊，不管披着什么样的皮囊，灵魂都是不安分的！

池渺渺叹了口气说：“那你和他分手就对了，这样的男人也不值得你留恋，不如早点儿整理一下心情，你这么漂亮不怕遇不到真正珍惜你的人。”

林婉却委顿下来：“可我不明白，一个人为什么会在短期内变化那么大呢？我这么难受他怎么能无动于衷呢？”

“渣男”如果还会在乎别人的感受那他还是“渣男”吗？奈何眼前的女孩子就是看不透。

“既然你们已经分手了，你再纠结这些也没什么意义，不管他究竟是怎么想的，至少从结果看，他确确实实伤害了你，既然如此你也早点儿忘记他吧。”

林婉吸了吸鼻子：“可是要忘记一个真心爱过的人，哪有那么容易？”

这的确是个千古难题，饶是池渺渺没什么恋爱经验，也知道这一关没那么容易过去，不是别人劝几句当事人就能想通的。

两个人又聊了一会儿，池渺渺好说歹说总算说服林婉暂时不再去失恋博物馆闹事了。

虽然没有让林婉彻底对“渣男”死心，但也算暂时完成了“渣男”给她的任务。

送走了林婉，池渺渺返回馆里工作。她的工作内容之一就是登记捐赠品并且整理相关资料，上手并不难，所以不到半天的时间她就把工作流程理顺了。

下午茶歇时，她随手打开微博，注意到有粉丝提到了她。

邻家小喵婉婉：“在我人生中最绝望的时候，你出现了，给了我希望，谢谢苍茫喵喵！”

这个账号池渺渺很熟悉，是她为数不多的铁粉之一，没想到竟然就是林婉。

不过结束一段不到三个月的恋情就能让自己的人生陷入“最绝望”的状态，这是不是有点儿言重了？但池渺渺也没多想，回了个“加油”，又顺手点了个关注。

池渺渺白天在馆里工作，晚上回家还要继续小说创作。

池渺渺接下来打算写一篇职场故事，名字就叫《老板帮帮忙》。

按照她的构思，女主角最初是一个职场小虾，虽然是新人，但工作勤勤恳恳、认真负责。可惜她的老板，也就是这篇小说的男二号出了名地难伺候，霸道、自我、小心眼，最见不得别人过得好。

女主角格外倒霉，被这个变态老板盯上了，日子苦不堪言，直到男主角出现。男主角是女主角大学时的学长，是公司的新晋合伙人，掌握着重要的产品技术，是变态老板轻易得罪不起的人。

男、女主角在工作中互生情愫，共同对抗变态男二号。而男二号在虐待女主角的过程中莫名其妙地对女主角产生了感情，接受不了女主角和其他男人一起对付自己。卑劣的男二号开始不择手段地搞破坏，嫁祸男主角、陷害女主角。最后都被男、女主角联手识破，不得不灰溜溜地离开了公司。

池渺渺拿着这份故事大纲和暖萌探讨情节。

暖萌觉得题材还不错，也笑她从工作中获得了灵感。

一提到那“渣”老板，池渺渺就不得不想到林婉，想到林婉，她又想到林婉最近发出来的几条微博动态——感觉自从上次她们两个人见面以后，林婉的状态并没有随着时间推移而好转，她的意志反而越来越消沉了。

池渺渺心里隐约有点儿不安，连面前的麻辣火锅都没什么滋味了，但仔细想想她又觉得可能是自己多虑了。

池渺渺叹了口气：“我今年一定犯太岁，写不出好故事不得不找工作养活自己，结果还遇到这种奇葩老板，更要命的是在我入职之前就已经彻底得罪了他！还有比我更倒霉的人吗？”

暖萌替她把啤酒加满：“往好处想，你才刚入职和他的关系就这么差了，以后也不会再差了。而且我总觉得你们俩这相遇过程怎么那么戏剧性呢？我略微分析了一下你俩这关系，于是有了个大胆的猜测。”

“什么？”

“你们第一次见面纯属意外，但后面的事，你觉不觉得他有点儿针对你？”

“这还用觉得吗？这不是明摆着的事吗？”

暖萌像煞有介事地点了点头：“那就对了，他针对你未必是讨厌你，还有一种可能。”

“什么？”

“他想泡你。”

正在这时，池渺渺放在桌子上的手机忽然响了起来，来电号码池渺渺没有存过。

她迟疑了一下接通电话，一个清冷的声音立刻从听筒里传了出来。

“是我。”

就这两个字，池渺渺就听出了对方是谁。

池渺渺清了清嗓子回话说：“哦，有什么事吗？”

李牧遥说道：“忽然有个工作需要你加一下班，半小时以后建新路口旁边的停车场见。”

他说完也没等池渺渺回复就直接挂断了电话。

暖萌见池渺渺脸色难看，好奇地问：“什么事啊？”

池渺渺看了一眼时间说道：“这个点了，约我去加班，这就是你说的想泡我？泡他个大头鬼吧！”

暖萌狂笑：“以你们现在的关系，他想见你可不就只能约你加班了吗？别的理由哪有加班这么名正言顺啊！不过话说回来，你去不去啊？”

池渺渺叹气，决定向生活低头。

她把杯子里的啤酒喝光，拍了拍闺密的肩膀："我去了，祝我好运吧。"

池渺渺出门打了个车，司机师傅熟门熟路，半小时后，准时将她送到了指定地点。

但池渺渺忽然发现，这停车场对面就是一家五星级酒店。她不由得又想起了暖萌的话。

下了出租车，她很快就看到李牧遥的那辆揽胜。

揽胜驾驶位的车窗降下一半，池渺渺可以看到里面的他正皱着眉头频频看表，似乎已经很不耐烦了。

池渺渺犹豫了一下走上前。男人很快注意到她，跟着下了车。

他的脸色依旧不好看，当着她的面他抬起手腕看了一眼时间说："你迟到了五分四十三秒，不过看在是临时通知你的分儿上，下不为例吧。"

说完男人也不给池渺渺说话的机会，直接走向旁边的酒店。

池渺渺万万没想到，所谓的"加班"还真加到酒店来了。就算他对她有什么非分之想吧，怎么连铺垫都没有，就直接上真格的了呢？

难道在"渣男"的概念里，晚上同意一起加班其实就是默许了他可以对她为所欲为？

他是不是觉得，他有点儿钱，能决定她的去留，还长得有几分姿色，她就一定不会拒绝了？

池渺渺忽然觉得很可笑，看来"向现实低头"，今天这头她是低不下去了。

男人似乎终于意识到她没有跟上，停下脚步奇怪地看着她。

在刚才的一瞬间，池渺渺已经做好了鱼死网破的打算——不就是一份工作吗？她大不了不要了！

她瞬间换了个态度，环抱着手臂冷冷地看向男人："我要是不同意跟你走呢？"

男人眼中的困惑之色更浓了："那你跑来干什么？"

看看，果然和她想的差不多，在他们这些"渣男"看来，她同意晚上来加班就是同意了一切事情！

池渺渺嗤笑："看来你以前没少干这种事啊！"

李牧遥左右看了看，确定这姑娘是在阴阳怪气地跟自己说话："你发什么神经？”

池渺渺慢条斯理地走上前：“这就是发神经了？那你还没见过更神经的样子呢。”

李牧遥被她的话弄得一头雾水，但此刻完全没有心思去了解面前的人为什么会忽然失心疯，不耐烦地说道：“有事来不了你可以早在电话里说，现在来了又不进去，好玩吗？”

呦哟，他学会倒打一耙了！

她倒要看看这男人能有多“渣”。

“我现在改变主意了，不想进去了，不行吗？”

男人深吸一口气，像是在极力压着火气，又看了一眼时间：“不行，现在我再找其他人也来不及了。”

嚯，池渺渺简直以为自己听错了，看他人模狗样的，竟然饥渴到这种程度！

似乎见她还是不为所动，男人不情不愿地放软了语气，但也只比他趾高气扬的时候好那么一点点。

“行了，你来都来了，再回去这路上的时间不是白费了吗？反正也用不了多久，很快就放你回去。你来回的打车费公司报销，另外多算你两个小时加班费。”

池渺渺简直要气笑了，这男人可真会算计，为了省钱都不惜诋毁自己，竟然说自己用不了多长时间，还无比“慷慨”地按照一小时五十块钱的加班费给她多算两个小时！

看来真应了那句话，越是有钱的人越小气，她这个老板真是她见过的前所未有的小气鬼了！

池渺渺冷笑道：“跟我谈钱，我像是在意那点儿钱的人吗？”

男人似乎有点儿意外：“你不在意？可我听韩夏说，你是唯一一个加班时间精确到秒，报销时连一毛八分钱的零头都不肯抹去的人。”

池渺渺差点儿被他这话噎到：“那本来就是我应得的，我算得清楚点儿有什么问题吗？”

李牧遥烦躁地说道：“随便你吧，那两个小时加班费不要就不要。”

池渺渺彻底蒙了：“你真让我大开眼界。”

李牧遥彻底没了耐心，又看了一眼时间说：“你到底要怎么样才肯跟我进去？”

池渺渺环抱着手臂：“我知道我长得还可以，身材也不错，最初和你认识时也比较有戏剧性，可能这就勾起了你的兴趣，但我绝不会因为你是我的老板，就什么事情都听你的，我这人还是很有底线的。我原本只是想好好工作，可如果你执意以此要挟我，我宁可不要这工作了，也不会向你屈服的。”

话毕，她还不忘狠狠地看了一眼前面五星级酒店的大门。

李牧遥越听她的话越不对劲，到最后总算明白她这么反常了。他不禁感慨，有些人整天都在想些什么？

李牧遥的手机在这时候响了起来，是汪可打来电话，问他到哪儿了。她和几年前一样，跟他联系从来不通过助理，哪怕是公事也一样。

他冷冷地扫了一眼面前的池渺渺：“我和我的同事已经在酒店门口了，正在停车。”

池渺渺一听这话，整个人都石化了，难不成是她搞错了，今晚还真是来工作的？

挂上电话，李牧遥看向池渺渺：“现在可以进去了吗？”

池渺渺连忙换上一副笑脸：“可以，可以，你看之前也没说清楚，闹这么大误会……”

李牧遥微微一哂，毫不客气地上下打量了一眼池渺渺。

这一眼竟然让池渺渺有点儿无地自容，不得不说，这男人单凭他这副好皮囊就能让他在女人堆里所向披靡了，完全用不着强求任何人。

一定是暖萌的智商“传染”了她，才让她那么膨胀。

果然，紧接着她就听到男人用没什么温度的声音说道：“其实你绝对可以放心，你在我这里绝对安全。”

心知肚明是一回事，被人点破就是另一回事了，池渺渺被气得够呛，但男人已经转身往酒店大门走去。

池渺渺气急败坏地跟上，奈何没注意到脚下的台阶，身体顿时失去了平衡，猛地往前冲了几步，眼见着就朝男人扑了过去。

李牧遥感到身后一阵阴风袭来，一回头就见池渺渺朝自己扑了过来。他本能地想躲开，但是心跳骤然加快，身体的反应变得格外迟缓，让他错过了躲开的时机。

池渺渺眼见着自己就要当众下跪了，多亏她手快眼疾，一把抓住男人的胳膊，这才勉强站住。不过这男人也是真没风度，这种时候无论是谁都会伸手扶一把，他却像被人施了定身咒一样，直挺挺地站在那里看着她当众出洋相。

正在这时，身后传来一个熟悉的声音："喵大？"

池渺渺扶着男人回过头，林婉这姑娘怎么会出现在这里？

池渺渺朝周围看了看，这才意识到，林婉的学校就在这附近。

"你们……"

见林婉一副不可思议的神情，池渺渺立刻意识到这场面有多么暧昧。

如果林婉没看到刚才她被台阶绊到那一幕场景，单看现在她和"渣男"这亲昵的姿态，肯定会误会什么，而且眼见着"渣男"是要往酒店走的，她这么追上来"投怀送抱"，很容易让人浮想联翩。

她连忙重新站好收回手，对林婉尴尬地笑了笑："这么巧啊。"

林婉却只是看着她身旁的男人，明显很震惊，看来这姑娘确实误会他们了。

"其实不是你想的那样……"

这种狗血的桥段池渺渺以往没少写，但是放到自己身上，她一时间却连句像样的台词都说不出来。

池渺渺有点儿着急，这男人倒是说句话啊！

她回头看身边的人，男人的脸色非常难看，看来他也不是完全不在意林婉的感受，此时大概是知道自己被林婉误会了，都紧张得说不出话了。

她伸手去扯男人的袖子，试图唤他回神，然而下一秒，男人却像被什么烫了一下似的，连忙抽开手，转过身大步流星地朝酒店里面走去。

他这是什么意思啊？

他就这样把这烂摊子丢给她了？

池渺渺无奈，只好硬着头皮对林婉解释："其实不是你看到的那样，我来这里是有工作的。"

"工作？"林婉从男人离开的方向收回视线，"喵大，你们认识？"

之前池渺渺在失恋博物馆门口找到林婉的时候，林婉只当她是去参观博物馆的，池渺渺当时没否认，后来也没什么机会提到她其实是在博物馆里工作，所以林婉并不知道她和"渣男"是认识的。

不过看她此时的情绪，倒像是已经冷静下来了，池渺渺松了口气，然而正打算好好解释一下时，她的手机忽然响了。

来电人就是刚刚离开的“渣男”，她抱歉地朝林婉笑了笑，接通电话。

她以为他是有什么话不方便当面说，要她传达给林婉，谁知他只是很不耐烦地说：“还在外面磨蹭什么？还不赶紧进来！”

她回了句“马上来”，挂上电话后为难地对林婉说：“我现在来不及解释了，回头忙完了给你打电话吧。”

她一边说，一边急匆匆地向林婉挥挥手，然后朝着酒店小跑而去。

进入酒店大堂后，李牧遥的心率总算逐渐恢复了正常。他本以为池渺渺会跟进来，谁知等了半天也不见人。

要是以往他早就失去耐心了，但是考虑到汪可的身份，觉得一会儿还是有第三个人在场比较好。

不过也不知道是不是他和池渺渺磁场不合，每次他和她打交道总会有点儿意外情况出现。

他瞥了一眼自己袖管上刚被她抓过的地方，还能感受到她手上的温度和力道似的，让他简直芒刺在背。

因为汪可身份特殊，约在房间谈事情不太方便，只能在酒店的其他场所，汪可最后选了有包间的茶室。

但李牧遥一问才知道茶室竟然在十六楼，正犹豫要不要让汪可下来，池渺渺的声音从身后传来。

“老板，咱还等什么，这不都已经迟到了吗？”

李牧遥没好气地瞥她一眼，在酒店工作人员的指引下走向电梯。

等电梯的时候，池渺渺为了缓解刚才的尴尬一直没话找话，但男人一句也没有回应她，甚至连一个多余的眼神都没有分给她。

一开始她以为他是故意晾着他，后来发现他似乎在紧张什么……

他的目光始终没有离开过电梯上方的楼层显示屏幕，神情中莫名带着几分凝重之意，而他垂在身侧的手也不断握紧又松开，再握紧再松开。

片刻后，电梯门在他们面前打开，男人犹豫了一下才走了进去。

上电梯后，他的注意力始终停留在电梯门上方的楼层显示屏幕上，而且池渺渺感觉到他的精神状态非常紧绷，只有遇到其他人要上下电梯，电梯门打开时，他的状态才会稍稍好转那么一瞬。最后快到十六楼时，她发现柔和灯光下他的额角处竟然有隐隐的亮光，原来早在不知不觉中，他额角处已经渗出了细小的汗珠。事实上此时轿厢里面的温度并不高，他也只穿了一身算不上厚实的西装。

所以他的种种反常表现只能说明一点——一会儿他要见的那个人对他来说很重要！

这一刻，池渺渺忽然有点儿好奇，他们究竟要去见谁呢？

这个答案在几分钟之后被揭晓。

池渺渺平生第一次在现实中见到明星。

池渺渺看着对面淡妆下也艳光四射的女人，这人不是别人，正是曾经凭着一部青春偶像剧红遍大江南北的女演员汪可。

虽然她在那部剧后再没其他作品，几乎消失在观众的视野中，但也不妨碍池渺渺一眼就认出她来。

听说她后来"急流勇退"是因为患抑郁症，但此刻，池渺渺从她脸上看不出任何端倪。她还是那么漂亮，皮肤光滑白皙，几乎看不到一点儿瑕疵。传说中她有三十几岁了，但看着也就二十七八岁的样子。

她身边没有带任何人，见到他们，客气又不失热情地和他们打了招呼。

很明显她和男人是旧识，两个人似乎很亲昵，因为她从不称呼他的名字，两个人似乎又有点儿疏离，因为她总是您呀您地对男人说话。

而男人对她一贯地不动声色，可是池渺渺想，他愿意大晚上地出现在这里是不是就已经代表了他的态度呢？还有刚才她在电梯里的发现……

作为一名想象力丰富的言情小说作者，池渺渺立刻脑补了一出浪荡公子与"白月光"久别重逢的戏码。

这个故事里，男人自然就是那个"枕边人不是你是谁都一样"、因错过了"白月光"而自暴自弃放浪形骸的浪荡公子，汪可自然就是浪荡公子的那个"白月光"了。

他们许久未见，再见面不可能只是谈工作那么简单，不过他们之间有什么工作可谈呢？

池渺渺听了一会儿两个人的交谈内容总算理清楚了，原来汪可是想要捐赠一个失恋信物给失恋博物馆。

能搜集到名人的信物这对失恋博物馆来说绝对是件好事，而且作为交换，她提出的要求也不高——她希望失恋博物馆接下来要录制的短片以她的故事为原型，并且由她亲自出演。

失恋博物馆的短片确实有一定曝光度，但这比起电视、电影的曝光度来说简直不值得一提。

虽然汪可如今已经过气了，但毕竟红过。这么不划算的合作方式一般的演员都不会同意，更别说是她。

更反常的是，“渣男”对对方这么慷慨的提议并没受宠若惊地立刻答应，还说要回去协商一下。

池渺渺脑子里那一出情感大戏瞬间又丰满了一些——可见最初是汪可辜负了“渣男”，但经历了种种事情之后，她还是觉得“渣男”好，这才想打着合作的名义求复合，说不准她要捐赠的那个失恋信物就是和“渣男”有关的。而“渣男”也清楚这一点，虽然心里对她依旧念念不忘，但男人的尊严让他不愿意那么轻易妥协。

该谈的正事都谈完后，他们临走前，汪可说她还会在北城停留两天，如果可以的话想一起吃顿饭。

对方一个女明星，一点儿架子都没有，还主动提出来一起吃饭，池渺渺都恨不得替她老板答应下来了，却听身后的“渣男”无比冷酷地回绝道：“不太方便。”

池渺渺忍不住叹气，看来这架子他还得端一阵子了。

池渺渺和李牧遥离开酒店时，已经晚上十点多了。据池渺渺所知，她和她老板应该住在同一个方向。

一般来说，这么晚了，她又是个女生，他无论出于人道主义，还是出于老板对员工的关怀都会送她一程的。

所以见男人上了车，她也没多想，就去拉副驾驶位的车门，然而拉了几次都没拉开。

她不明所以，副驾驶位的车窗缓缓降下，男人微微侧过头对她淡淡地吐出两个字：“退后。”

池渺渺以为是他的车门有什么故障，连忙依言后退了两步。

“要不我坐……”

“后排”两个字还没出口，她便眼睁睁地看着面前的揽胜几乎是“嗖”

的一声驶出了停车位，而且速度越来越快，分明没有停车等她的意思。

半晌，当她的视线中再也没有揽胜的影子时，她才渐渐意识到，男人是彻底地走了，别说送她一程了，走的时候竟然连句招呼都不打！

池渺渺气得只想骂娘，无奈之下只好走去路边打车。

这天晚上发生的这些事，让池渺渺忘了去找林婉解释，然而等她想起来的时候，却好像已经晚了。

第二天，登记完一箱捐赠物，池渺渺闲来无事打开微博，发现忽然多了很多私信，点开其中一条，是一个她的铁粉发来的。

“喵大你好，我是你的书粉，也是林婉的校友，她出事了你知道吗？”

接着对方发了一条微博链接。

池渺渺心里顿时莫名感到恐慌。

她看着那条链接，犹豫了一下还是点了进去，是一个叫作“大学女生失恋自杀”的话题页面，最热门的一条微博是一则视频。

看到这个话题，联想到可能和林婉有关，池渺渺没有意识到自己在点开那视频时，手指都是颤抖的。

视频拍摄的地方像是某个居民楼下，救护车停在一栋楼的单元门门前，周围有三五成群的路人在围观。

视频拍摄的地点应该是那单元门对面的楼上，所以拍摄者正好可以拍到比较完整的场景。

点开视频没多久，池渺渺就看到有医护人员推着个女孩子从单元门里出来，但因视频拍摄地点有点儿远，她基本看不清女孩子的脸。

将女孩子送上车，医护人员也跟着上了车，然后救护车就驶离了那片住宅楼。

虽然这视频很短，但当时紧张又混乱的氛围都被记录了下来。

那个铁粉还说，视频里的小区就是林婉在校外租房子的地方，是看到池渺渺和林婉互动，猜测她们关系应该很好，所以才在看到热搜后的第一时间来通知她。

饶是之前隐约有些不太好的预感，但真到了这一刻池渺渺还是觉得不可思议，林婉再怎么伤心难过，至于走到这一步吗？

池渺渺连忙去看林婉的微博主页，林婉最近发出的几条状态的确很消沉。

其实在此之前池渺渺也能感受到林婉还没有走出和“渣男”的那段感情，但以她对林婉的了解，林婉对生活并没有完全失去信心。难道是她想错了，林婉以及那段感情并不像是她了解到的那样？

池渺渺忽然想到上一次遇到林婉的情形，是在酒店门前，她和“渣男”正要去见那明星……

难不成，林婉是误会了自己喜欢的作者和前男友勾搭到了一起，无法接受这种“背叛”，一时想不开才选择轻生的？

冤枉啊！她当时明明解释过……早知道这姑娘会钻牛角尖，她一定会好好跟林婉说清楚。

她连忙找出林婉的电话号码拨过去，可惜没有人接。

她重新打开那则话题，越看里面的内容越是心烦意乱，那下面说什么的都有，但就是没有人知道林婉现在的情况究竟如何。

不过池渺渺从众人的评论中找到了一个信息，林婉被送往了距离她的学校最近的人民医院。

池渺渺难以形容自己此刻有多么自责，虽然这其中有些误会，但只要想到那姑娘可能是因为她而放弃了活下去的念头，她心里就堵得慌。

既然联系不到林婉，那她就去医院打听。

而就在这时，她一抬头正好看到那“渣男”从他们的办公区经过，顿时意识到，造成林婉如今的悲剧的罪魁祸首并不是她，而是她的现任老板。

关于她和“渣男”的关系，的确有必要跟林婉解释清楚，“渣男”显然比她更适合去做这个解释的人。

想到这里，池渺渺拎起包出了办公区，走向了馆长办公室。

她象征性地敲了两下门，但没等里面的人回应就直接推门而入。

李牧遥正在洗手，听到办公室门猛地被人推开吓了一跳，以至七步洗手法都忘了洗到第几步了，还得从头再来。

他看了一眼进来的池渺渺，不悦地说：“没人告诉你进别人的办公室需要经人允许吗？”

池渺渺没接他这话，而是问：“老板，你现在有空吗？”

李牧遥专心按照七个步骤洗完手，这才抬眼看向池渺渺：“那得看是什么事。”

池渺渺的耐心早在他洗手的时候就被耗光了，她勉强压着火气说："人命关天的大事。"

李牧遥闻言，神色却波澜不惊："这个世界上每分每秒都有很多人命关天的大事，但跟我有什么关系？"

池渺渺在内心冷笑：你惹出来的事你说和你有没有关系？

但碍于对方的身份，她还是尽量耐着性子说："和林婉有关。"

"这件事不是交给你了吗？"李牧遥面无表情地说，"我不会再在她身上多浪费哪怕一秒的时间。"

池渺渺彻底无语了："你怎么能在这种时候还说出这种话？"

李牧遥皱眉："你又发什么神经？"

接着，他还意有所指地说："看来以后要把'精神正常'也列在应聘要求里了。"

他说谁精神不正常呢？池渺渺几乎被气出内伤来。

"情况真的很危急，你就跟我去一趟吧。"

"不去，你出去。"

看来和他好好说是行不通了，想到生死未卜的林婉，池渺渺也没有多想，从他的桌上拿起他的车钥匙便拉着他往外走去。

李牧遥回过神来时已经顾不上生气了，死死盯着被池渺渺拉着的手臂，整个人都觉得不太好——心跳骤然加快，手脚开始不听使唤。也正因为如此，池渺渺才能这么轻易地将他拉出失恋博物馆。

"我警告你，快放手！"

有那么一瞬间，池渺渺也很迟疑，因为她能清清楚楚地感受到老板的不悦情绪，也能感受到所经之处路人或是同事们异样的目光。

脑子里有个声音提醒着她，她此时此刻的举动很不理智，但是她没有时间去想这事过后她会面临什么，也没时间去权衡是不是值得。她只知道，现在要做的就是把这罪魁祸首带到林婉面前。

李牧遥快疯了。他很少去公共场所就是怕遇到一些无理的人让他不舒服，本以为眼前这女孩就是小心思多点儿、言不由衷点儿，没想到还这么野蛮！

"你刚摸过那么多捐赠物，这手洗过了吗？你知道那些东西上面有多少细菌吗？"

池渺渺对天翻了个大大的白眼，拉着他直奔那辆不偏不倚地停在他们馆正对面的中轴线上的黑色揽胜。

“你开车吧。”两个人拉拉扯扯了一路，池渺渺在揽胜面前停了下来，回头看着身后一脸不爽的男人。

“你是不是以为我没权力开掉你？”男人冷声说道。

池渺渺也没了耐心，他要开除她，那就开好了，大不了她继续专职写小说。

想通了这一点，池渺渺更加无所顾忌了。

她把手上的车钥匙抛给男人，无所谓地说：“过了今天，随你的便。”

李牧遥手忙脚乱地接住车钥匙，咬牙说道：“我的忍耐是有限度的！”

池渺渺没理会他的恐吓，而是问他：“去人民医院的路你认得吧？”

听到“人民医院”几个字李牧遥神色稍稍缓和了一些：“你不舒服？”

但很快他又否定了自己的这个猜测，看她刚才拉他出来时那生龙活虎的样子，怎么看也不像是个生病的人，而且她刚才说过，事情和林婉有关。

难道是林婉生病了？

他确实让她去安抚林婉，或许是因为这事，让她误以为他很关心林婉的事情。

“要去医院的话，你打车去吧，我可以准你两个小时的假。”

丢下这句话，他慷慨地决定不去计较她刚才的无理行为，转身便走。

池渺渺却不依不饶地将他拦住：“不是车的事，是人的事，她现在真的很需要你。”

李牧遥也没了耐心：“我说过她的事我不会再管，让开。”

池渺渺好像没听见一样，故意挡住他的路，不管他向左还是向右，她总是挡在他前方，拦着他不让他走。

两个人的争执很快引来了路人的围观，还有失恋博物馆二楼办公区的窗子后那几颗脑袋，虽然距离隔得有点儿远，但谁让李牧遥视力五点三，看得清清楚楚？

李牧遥没有被人围观的兴致，奈何面前的姑娘在有些时候有着超乎常人的固执劲儿……

以前不知道在哪本书上看到过，特别固执的人往往认知水平比较低，当时他对这话没什么感觉，此刻简直太有共鸣了。

对待认知水平低的人，他就得用他们的套路。

他一低头就看到手里的车钥匙，于是问她：“会开车吗？”

池渺渺愣了一下：“你问这个干什么？……”

李牧遥微微一哂，看样子她是不会了。

“让我跟你走一趟也可以，但我既不想开车，也不想坐别人的车，你要是能把我的车开走，我就跟你去。”

池渺渺是有驾照的，但自从拿到驾照后就还没摸过车，更别提开车上路了。而“渣男”这车一看就不便宜，这要是磕了碰了，卖了她她也赔不起。

男人似乎笃定她不会开车，不等她回话就打算掉头离开。

池渺渺只好说了句她来开，然后直接从男人手中拿过车钥匙走向车子的驾驶位。

李牧遥没想到她真的会开车，顿时后悔起来，但见池渺渺上了车，他也只好坐进了副驾驶位。

贵的车果然不一样，池渺渺鼓捣了半天，才把车子发动起来。

李牧遥在一旁看得着急。

“哎，你能不能别到处乱摸？

“你的鞋子上有没有土？

“你到底会不会开车？

“我这车还从来没坐过外人。”

池渺渺一边目视前方，缓缓加大油门，一边笑道：“原来老板你也有话多的时候。”

李牧遥只好闭嘴，任由揽胜以十迈的龟速成功挪出了停车场。

此时的池渺渺也没有刚得知林婉自杀时那么慌乱了，余光瞥见李牧遥堪比包公的一张黑脸，不自觉地就有点儿心虚，毕竟他到目前为止还是她的老板。

她试图解释道：“你别怪我，林婉现在真的很需要你。”

李牧遥冷笑一声看向窗外。

池渺渺顿了顿接着说：“你可能觉得这事跟我没关系，但我也没办法做到漠不关心。”

就算林婉的事情本质上跟她确实没什么关系，但好歹那是她认识的女孩子，出了这么大的事，她无论如何也做不到坐视不理。

李牧遥：“没看出来，你还是个热心肠的人。”

但想到林婉他又有点儿烦躁，实在想不出那姑娘有什么需要他的理由，难不成她又是变着法地想打听萧易的下落?

“她到底怎么了？”他没好气地问。

他到这时候才问林婉到底怎么了。

池渺渺沉默了片刻说：“她自杀了。”

这话一出，车厢里瞬间静默了下来。

池渺渺想到生死未卜的林婉，心情无比复杂。

她无法理解那些亲手结束自己的生命的人——一个人连死都不怕了，活着有那么可怕吗?

但是她也知道，或许就是因为她不是他们，所以始终无法做到感同身受，甚至无法理解这种行为。

可是即便不理解，她却做不到视而不见，尤其是那人还曾经鲜活地在她面前出现过。她不能想象，那样一个女孩子就此从这个世界上消失是如何残酷的一件事。

想到这里，她问身边的男人：“以你对她的了解，你觉得她像是会自杀的人吗？”

男人沉默了许久，久到池渺渺以为他根本不会回答她时，却听见他说：“不像。”

虽然不像不代表不可能，但池渺渺还是觉得自己那颗不安的心被安抚到了。

她点了点头：“希望是其他人弄错了。”

然后她继续专注地开着车。

李牧遥在听到林婉自杀的消息后除了错愕和震惊，伴随而来的还有来自身体的不适——心跳明显有些加速，还有，他感到周遭的氧气似乎越来越稀薄了。

明明车内空间不小，但他依旧觉得逼仄。他烦躁地打开车窗，冷风在一瞬间灌入，带来了新鲜的空气，也冲散了所有不好的感受。

与此同时，车后方此起彼伏的鸣笛声也变得格外刺耳。

他这才意识到，他们的车速好像过分慢了，旁边非机动车道里的自行车的速度都能碾压他们，也难怪后面的车会不耐烦地按喇叭。

“你不是着急吗？开这么慢什么时候能到？”

“哦……”池渺渺顿了顿说，“那我开快点儿，你系好安全带。”

李牧遥刚想提醒她快归快但不要超速，就感到车子因忽然提速而向前猛冲了一下，他的后脑也因为惯性而结结实实地撞到了座位头枕上。

然而这还只是开始，新手池渺渺在适应了车况后，完全屏蔽了所有的交通法则，一路超速、压线并道、占用公交车道……就差闯红灯了。

十几分钟后，车子歪歪扭扭地停在了人民医院的停车场中。

李牧遥缓了好一会儿，勉强压下胃里的不适感，这才想起来要发落罪魁祸首。

“池渺渺，你知不知道你刚才开车有多危险，堪比自杀知道吗？不对，还有谋杀！”

作为一名资深强迫症患者，李牧遥开车以来还从未被扣过一分，但是他可以预料到，从这一刻起，他就不再是那个完美的他了。

池渺渺想起刚才的情况也有点儿后怕，奈何一握上方向盘，就觉得自己像变了一个人似的，手脚也不听大脑使唤了。

她连忙道歉：“抱歉啊老板，这还是我拿到驾照后第一次开车上路，有点儿不熟悉了，咱们回去时还是你开车吧。”

李牧遥一听这话，胃更难受了。

池渺渺心里惦记着林婉，稍缓了一会儿就急匆匆地下了车。

李牧遥跟着下了车，一下车发现自己的爱车正骑在两个车位的分界线上，整个人又不舒服起来。但见某人已经跑出很远了，他也只好无奈地跟上。

进了医院，池渺渺直奔咨询台：“请问大约两小时前被送过来的自杀女孩现在怎么样了？”

前台工作人员愣了愣：“自杀的女孩？”

池渺渺有点儿着急：“就是财经大学的一个女学生。”

工作人员这才恍然大悟：“你说她啊，她现在在二楼观察室里，你们过去吧。”

李牧遥跟过来时正好听到这句话，不由得挑了挑眉。

池渺渺记下观察室的位置，也没多想就直奔向二楼。

李牧遥却看了一眼她离开的方向，没有立刻跟上。

KUANG 03 RE

低血糖少女

观察室里面有七八张病床，中间有围帘隔开，池渺渺进去看到第一张床上坐着玩手机的正是林婉。

林婉听到声音抬起头来，似乎没想到池渺渺会来，表情中只有惊没有喜，愣了愣才勉强露出个笑容。

“喵大你怎么来了？”

见林婉状态不错，池渺渺这才松了口气：“吓死我了，你没事就好。对了，微博上的热搜是怎么回事？”

林婉表情有点儿尴尬：“哦，看到了，我没什么大事，不知道怎么就上了热搜了。”

“都叫救护车了，怎么可能没什么大事？到底是怎么回事？”

“真没什么大事……”林婉支支吾吾地说，“我就是洗澡的时候低血糖的毛病犯了，不知道怎么就被我同学们传成是为情自杀了……”

池渺渺愣了愣：“就这样？”

林婉不是自杀，事情当然也就与她无关，可是她庆幸之余却总觉得有什么地方不对。

林婉讪笑：“不好意思啊喵大，害你跑这一趟。”

池渺渺回过神来说：“你没事就好。”

她又仔细打量了一下林婉的精神状态，对方还能玩手机，可见真的没什么事。

正在这时身后突然传来一个清冷的声音：“既然没事，那你为什么不上微博澄清一下？也省得其他关心你的人继续为你担心。”

林婉看向池渺渺身后的方向，眼中立刻迸发出惊喜的光芒。

池渺渺顺着林婉的视线回头看过去，男人站在病房门外，漠然的神情中带着早有预料的嘲讽之意。

他看着林婉，似乎在等她给他一个答案。

林婉脸上的笑容逐渐被一副泫然欲泣的神情所取代：“我是想澄清来着，但还没想好怎么说。”

李牧遥依旧站在门外，显然没有要进来的意思：“一句话而已，有什么难的？被人说是为情自杀难道不是件有点儿尴尬的事情吗？更何况这事还上了热搜，一般人的话可能睁眼的第一时间就已经去澄清了。”

池渺渺总算意识到是哪里不对了。她一进门就看到林婉在玩手机，那种轻松的状态和热搜里的紧张氛围截然相反。

林婉连忙替自己辩解道：“我是想着尽快澄清的，但你们正好来了……”

李牧遥冷笑：“那还是我们的错了？”

“我不是这个意思……”

眼见着林婉的情绪又波动起来，池渺渺忽然有点儿生气。

就算是闹出了点误会，但林婉现在毕竟是个病人，这男人却没有半句关心的话，只顾着埋怨别人害他白跑一趟，也太没人情味了吧！

池渺渺打断林婉的话回头看向男人：“这件事是我的错，我没提前搞清楚状况。可是看到她没事，你难道不该庆幸吗？而且低血糖是很危险的情况，就算她只是你的前女友，你不关心她病情也就算了，还在这里埋怨她，是不是太不近人情了？”

听了这话，对面的男人的神情终于有了一丝波动，他望着她，眼神一瞬迷惘，但很快像是想通了什么，竟然笑了。

“什么前男友？”林婉怯怯地问，“还有李总，你是和喵大一起来的吗？”

李总？怎么不是萧总？这回换池渺渺不解了。

她回头看向林婉，林婉也正一头雾水地看着她。

李牧遥抬手看了一眼时间：“看来是有人搞错了我的身份，那就请林小姐好好替我解释一下吧。”

说完他便转身离开了病房。

李牧遥走后，池渺渺才了解到，原来那男人并非失恋博物馆的老板萧易，而是萧易的发小兼合作伙伴，名叫李牧遥。

池渺渺想到这些天做的这些蠢事，只觉得一阵胃疼。

“难怪他跟传闻中的样子不太一样……”她暗自嘀咕着，“名字倒是挺好听，可怎么也没人跟我提过？”

林婉很惊讶地问道：“喵大你竟然没听说过他啊？那你听说过秋秋同学网吗？”

“当然听过了。”池渺渺没什么精神地说，“以前读书的时候大家都用。”

“那就好办了。”林婉在手机浏览器的搜索栏中输入了“李牧遥”三个字，很快，百度百科的词条就弹了出来。

林婉把手机递给她：“喏，就是这个李牧遥。”

看了词条中的内容，池渺渺才意识到，这个男人的“变态”表现绝对是方方面面的。

李牧遥，北城人，十六岁被保送清大，十九岁被MIT计算机专业录取，二十三岁博士毕业，中间还去读了个心理学硕士。

读博士期间他第一次创业，创立了国内最早的实名制社交网络平台之一，就是众所周知的“秋秋同学网”。这个网站运营不到两年，就因用户量和浏览量十分可观而被著名的互联网集团公司以五百万美元的价格收购。

之后他又创立了一家分类信息网站，两年内将网站做大，后来被当时的互联网巨头高价收购，现在这个网站涉及的业务领域几乎覆盖日常生活的方方面面，是她每隔几天就会用的应用软件。他后来又陆续创办了HYH游戏公司以及一家名叫“拍拍”的交友网站……

如果不是林婉当面告诉她这些信息，她怎么也想不到和她朝夕相处的人竟然在百度百科里拥有这么不得了的履历。

“那他怎么会想到去管理失恋博物馆呢？”池渺渺问，“会不会只是同名同姓的两个人？这条百科上也没照片。”

林婉解释说：“不会搞错，就是他。圈里人说他是创业奇迹，因为他每次眼光都特别好，两年内一个初创公司就能在他手里做大做强。和一般人的想法不同，他一般会把这些做起来的公司卖掉，然后开始新一轮的创业。但我听说他最近创立的那个‘拍拍’网站好像没什么水花，传统的营销效果都不大，正好萧易的失恋博物馆找投资找到了他。他就想到把失恋博物馆打造成全国连锁的网红胜地，毕竟这个概念不错，然后通过失恋博物馆和‘拍拍’网站联动宣传，用失恋博物馆的热度反哺‘拍拍’网站，最后达到双赢效果。这都是萧易告诉我的。虽然我也不懂这些事，但听着还挺厉害的。哦，对了，他现在在失恋博物馆应该是暂时的，因为两个人之前商量好失恋博物馆最后的管理权还是在萧易那里。”

原来如此。

池渺渺想到韩夏说老板去休假了，看来不是为了躲林婉编造出来的假消息，而是她从一开始就搞错了人。

“那你为什么总去找他？”她问林婉。

林婉的情绪低落了下来：“还不是因为萧易不肯见我吗？我见过的他的朋友只有李牧遥一个，所以就只能总去烦李牧遥了。对了，喵大，你怎么会和他在一起？”

“我现在在那家失恋博物馆工作。”说到这里池渺渺叹了口气说，“不过应该很快就不在了。”

“为什么呀？”

事已至此，池渺渺也不想多说：“算了，没事。”

“哦……”林婉偷觑着池渺渺问，“那你在馆里见过萧易吗？”

池渺渺知道她在想什么，坦白地说：“没有，我入职的时候就听说他休长假了。”

见林婉一脸失望的样子，池渺渺想了想又说：“如果我见到他，会第一时间告诉你的。”

林婉转瞬激动起来：“真的吗？太好了！”

话说到一半，她似乎又想到什么抱歉地对池渺渺说：“喵大，今天真抱歉，我没想到会惊动你。”

池渺渺连忙摆手：“你道什么歉，你那时候都晕倒了也管不了别人瞎猜啊，不过你还是尽早澄清一下吧，那种传闻对你自己也不好。”

“好的，好的。”

正好这时候，林婉的室友买了水果回来，池渺渺就从病房里出来了。

想到一会儿还要回馆里面对李牧遥，她不由得又叹了口气——眼下林婉是没事了，但她恐怕要有事了。

接二连三地得罪了老板会是什么样的下场，不需要她有什么职场经验也大概猜得到。

冲动是魔鬼啊！

池渺渺愁眉苦脸地下了楼，刚走到咨询台附近就看到医院大门外立着个身姿挺拔的男人，因为他气质过于出众，甚至和周遭环境有些格格不入，所以池渺渺一眼就看到了他。

他竟然还没走，难道是在等她？

可是心情刚雀跃了一刹就又低落下来——他等她能有什么好事？搞不好他只是想奚落她一顿，顺便通知她明天不用去上班了。

池渺渺精神委顿地走向男人，男人听到脚步声回过头来。

果然，他看向她的眼神简直可以用“冷若冰霜”四个字来形容。

他抬手看了一眼时间：“解释我和她的关系最多不用三句话，你们却说了将近半小时。你以为我很闲是不是？”

该来的总会来，池渺渺耷着脑袋听他训话。

男人接着说：“还在这站着干什么？还嫌我被围观得不够？还是想继续旷工？”

听到这句话，池渺渺诧异地抬起头来，这么说他一时半刻是不打算开除她了？

她立刻满血复活，小跑着跟上男人：“不是我狡辩，老板你那光辉的履历三句话真的说不完。十六岁上清大，十九岁被 MIT 录取，二十三岁就博士毕业，二十出头就创业成功的人，全世界还有第二个吗？我听说之后很激动也很好奇，所以就和她多聊了几句……”

李牧遥微微一哂：“这么说还是怪我喽？”

池渺渺连忙说：“我哪儿敢呀？！我这不是以为你已经走了吗？谁会想到老板你这样的人竟然对我这个最基层的实习员工都这么关照。我要是知道你在楼下等我，肯定一分钟都不让你等！”

李牧遥回头看着她：“看来你和林小姐聊得很不错啊……不过我也没你说的那么好。”

“别，别，别，你比我说的好多了！”

李牧遥解释道："我只是想着既然一起来的，那还是一起回去吧，免得有人说我不近人情。"

池渺渺讪笑："我这底层员工随口说的话，你怎么还记着呢？"

"我也不是有意要记得，就是我这个人记忆力一向很好而已。所以你刚刚说的话，包括之前几次说的话，我可一字一句都记得清清楚楚。"

池渺渺在内心哀号，这话的意思不就是说他会记仇吗？看来这一事是没那么容易翻篇过去了。

这时候池渺渺才注意到李牧遥手上比来时多了个小袋子，但也没敢多问，见李牧遥上了车，也赶紧麻利地绕去副驾驶位。所幸这一次男人倒是说到做到，没有把她一个人丢在这里的意思。

刚坐上车池渺渺就发现李牧遥打开了他带上来的小袋子，里面有一副医用手套，还有一盒酒精棉片。

池渺渺忽然有种不好的预感，系安全带的动作也因此停了下来。

"老板，你不会是……"

她话没问完，李牧遥已经用行动回答了她——他戴上手套，抽出酒精棉片，像消除犯罪痕迹一样开始仔仔细细擦拭起方向盘、仪表盘、门把手，甚至是安全带的按钮。

很显然他平时不会这么做，这一次只因是她刚开过他的车。

她已经不记得整理完捐赠物后有没有洗手了，但平时还是挺讲卫生的，他这做法是不是太侮辱人了？……

想到这里，池渺渺小声嘀咕了一句："不至于吧？我这人其实还是挺讲卫生的。"

李牧遥冷笑一声："不至于？人的双手含有一千万个以上的细菌，你以为的卫生其实很不卫生，尤其是你，我发现你一天只洗两三次手。"

他边说边很嫌弃地看了池渺渺一眼。

池渺渺没想到李牧遥竟然变态到观察她的洗手频率的地步，抽了抽嘴角说："也不是吧，只是有时候老板你没看见而已，"

李牧遥没再搭理她，她也不敢再说什么，安静地等着李牧遥给车"消毒"。

半小时后，他们总算离开了人民医院。

路上，池渺渺试图缓和两个人的关系，抱歉地说道："今天的事都是我的错，是我没搞清楚状况误会了老板你，还耽误了你这么长时间。”

李牧遥语气不善地说：“原来你也知道。”

“都是我的错，但我这人平时不这样。我大部分时候还是挺靠谱，就是这一次一不小心搞错了老板你的身份，这才对你有一些误解！”

“你还真是让人惊喜不断，”男人冷笑，“满嘴谎话、莽撞、冲动不说，连眼光都这么差。”

“眼光？”

李牧遥没好气地说道：“我看着像是那种随便的人吗？随便到什么人都能当我女朋友？！”

池渺渺愣了一下，立刻说：“不像，一点儿也不像！”

这话池渺渺绝对是发自肺腑地说的，她以前就觉得把眼前这男人和林婉放在一起有点儿违和，之前一直想不通，现在总算明白了——以这男人眼高于顶的德行，怕是除了他自己，他真没看其他人顺眼过。

林婉算是个漂亮的姑娘，但那也是相对于普通人而言，要够上这人的标准，好像还是有不少差距的。何况林婉的性格太接地气了，跟眼前这男人就不是一个次元的。

“竟然把我当成萧易，这简直是对我的侮辱。”

“是，是，是，是我有眼无珠。”

之前把他错当成萧易确实是她的问题，但有些事情她可没冤枉他。看看眼下，对待自己的朋友都这么刻薄，即便不是“渣男”，他的奇葩程度依旧无人能及。

“今天看在你也是被谣言误导的分儿上我不跟你计较，但是我希望今天是最后一次，下一次说什么、做什么前，希望你先想想后果。”

“好的，好的。”

其实，她很理解他为今天的事生她的气的行为，因为她现在也很生气。

她拿出手机，发现那则热搜还在榜上挂着，下面说什么的人都有，而且说得像煞有介事。如果不是亲眼见到林婉没事，她恐怕会继续相信这些传闻。

池渺渺愤愤地说：“现在的人也真是的，一个个都不嫌事大，人家就是叫个救护车就能被传成为情自杀，还有这些媒体，也不核实一下就散布假消息……”

李牧遥瞥了一眼她的手机："看来你和她聊了这么久，对她的了解却依然少得可怜。"

池渺渺不解地问："什么意思？"

"在进病房之前我找到了送她去医院的一个护士，听说她在被送上救护车前就已经醒了。"

池渺渺还是不明白："这有什么问题吗？"

李牧遥看她一眼说："她被送上救护车前还记得带上手机，至少说明那时候她的情况并不是很严重，还有她的室友陪在她身边。半小时后那个视频已经被炒得沸沸扬扬了，你觉得会不会有人打电话向她们询问情况？如果有，她们又怎么会一直不知情？"

"肯定会有人试图联系她们的。"

因为她就是其中一个。

她不由得又想到自己之前的疑惑——面对对自己的名誉有损的热搜话题，林婉的表现是不是太过淡定了？

李牧遥继续说："但是在那一个半小时内，她始终没想好怎么回应，你不觉得奇怪吗？"

"确实。"池渺渺点了点头，"有什么好斟酌的，她直接说明真实情况就好了。"

"我敢笃定她到现在还没有澄清这件事。"

池渺渺立刻找到林婉的微博主页——还真被李牧遥说中了，在他们离开这段时间里她依旧没有出面澄清这件事。

李牧遥问："你觉得她在等什么？"

被他这么一提示，池渺渺立刻恍然大悟："她希望萧易看到这则话题？"

李牧遥赏她一个"你还不算太笨"的眼神，继续开车。

池渺渺在意外过后又有点儿心疼林婉，叹了口气说："为了让萧易联系她，她也算煞费苦心了，连自己生病的时候都惦记着这件事。"

李牧遥闻言却冷冷一笑："她确实煞费苦心，但究竟有没有因为低血糖晕倒那就不好说了。"

"你这话是什么意思？"池渺渺觉得有点儿不可思议，"难道她专门叫了救护车又专门找人拍下了视频？"

但很快，池渺渺就否定了自己的猜测："不会的，她一个小姑娘……"

"为什么不会？"李牧遥打断她的话，"你研究过第一个发出视频的微博号吗？我猜不是她的小号就是她熟悉的朋友的号，而且我听说林婉家境很不错。"

池渺渺不解地问："这事和她的家境有什么关系？"

"你觉得什么样的内容能在一小时内就上热搜？"

池渺渺恍然大悟："这是有人买了热搜？"

如果需要联系买榜的话，那这件事绝对不是偶然发生的，那就只能是林婉提前筹划好的。

难怪李牧遥会提到她的家境，即便话题是热搜后排位置，上榜一小时的价格也不低吧。

"大概是吧。"李牧遥无所谓地说。

池渺渺对着手机上那条视频怔怔地发呆……

如果事情真是他们猜测的这样，那这件事中自己又算什么角色？她冒着得罪老板被开除的风险，硬是拉着李牧遥来见林婉，这究竟算什么呢？

见她忽然沉默，他问："是不是觉得自己很傻？"

池渺渺想了一下说："这件事把你牵扯进来我很抱歉，但如果重来一次，我应该还是会跑这一趟吧。"

李牧遥有点儿意外地看向她，女孩低垂着眉眼，神情有些落寞却坚定。

"为什么？"

虽然能大概猜到她的想法，但他还是问出了这个问题。

女孩很认真地说："人命关天的大事怎么能抱侥幸心理呢？确定她真的没事我才能放心。"

李牧遥沉默了片刻说："确实，如果人没有侥幸心理，生活中大部分的意外不会发生。"

池渺渺忽然想到了两个人来时在路上讨论过的问题，问李牧遥："那你为什么觉得林婉不像是会自杀的人呢？"

"自杀是个很复杂的现象，很少由单一原因引起，我大概了解过林婉的情况，除了最近感情的事，她家庭和睦，和同学相处勉强融洽，学习成绩也不错……当然这也不能排除她有自杀的可能性，但既然你只是问我像不像，我就合理分析而已，而且……"

他顿了顿没有继续说下去。

池渺渺追问道："而且什么？"

"而且，你开着我的车，我坐在车上，就算为了我和车的安全，我也得那么说。"

池渺渺愣了一下，不由得笑出声来。

他不就是想说他当时那话有安慰她的成分吗？至于这么别扭吗？

池渺渺看着他，回想着他们认识以来的点滴场景，除去了她强安在他身上的那些原本就不属于他的"罪行"，她发现这男人除了有点儿龟毛、刻薄外，人似乎并不坏。而且一个履历完美到近乎变态的男人，竟然还能拥有这么一张脸，老天爷是不是太不公平了？

她不得不承认，有些人确实有眼高于顶的资本。

而就在这时，她的视线中的男人忽然开口："看够了吗？"

池渺渺愣了一下，连忙收回视线。

男人继续说道："我理解你，可能在你过去的人生里完全没有和比自己优秀太多的人朝夕相处的机会，忽然遇到，欣赏是难免的，但暗自欣赏就可以了，最好不要冒犯到被你欣赏的人。"

"冒犯？"

李牧遥面无表情地说道："对，冒犯，有时候你过分灼热的目光可能也是冒犯。"

池渺渺无语了，就多看了他两眼，至于吗？心里刚刚冒出的那一点火星子瞬间被某些人的自大浇灭了。

男人接着说："我喜欢懂规矩的人，如果你想在现在的工作岗位上继续待下去，我劝你要学会循规蹈矩。"

池渺渺控制着自己的面部表情，努力挤出一个笑容说道："那当然，我会好好规范自己的言行的。"

男人瞥了她一眼："除了你的言行，你最好也管住你的心。"

池渺渺彻底无话可说了，比起她这个言情小说作者，她觉得某些人的想象力明显更丰富——自己多看他一眼而已，他是不是想太多了？

"老板你是不是误会什么了？虽然你确实很优秀，但天地可鉴——"池渺渺信誓旦旦地举起三根手指，"我对你真没什么非分之想。"

李牧遥很怀疑地看了她一眼，终究什么也没说。

车内死一般静，为免某些人又被“冒犯”到，池渺渺干脆看向窗外。而就在这时，她的手机响了。来电人是暖萌，正好气氛挺尴尬的，她就想着接个电话来缓解一下吧。

电话一接通，暖萌就开门见山地问：“昨晚后来怎么样了？工作只是个幌子吧？我后来想起你们约的见面的地方，旁边不就是咱们北城顶级的酒店吗？他怎么样？快说说！”

暖萌天生是个大嗓门，此刻的车里又特别安静，池渺渺不用去看李牧遥的反应，也知道暖萌的话一字一句都落进了他的耳朵里。

最尴尬的是，她刚才还信誓旦旦地说自己从未对他有非分之想，结果不出五分钟就被打脸。

池渺渺觉得脸好疼，还有，这个闺密她也不想要了。

她手忙脚乱地想挂断电话，偏偏越着急越出错，几次都没成功挂断。

怕暖萌再说出什么惊世骇俗的话，她只好先稳住对方：“我在工作，晚点儿再说。”

谁知暖萌完全没领会她的意思，哈哈一笑说：“害羞什么呀？你不是也承认他长得不错吗？无非就是有点儿变态，反正你也单身二十几年了，他要真看上你了，你先拿他练练手也好啊……”

池渺渺觉得自己心脏病都犯了，干笑道：“你在说什么呀？是不是打错了？我先挂了。”

这一次，总算成功结束了通话，与此同时，她感受到了死亡凝视。

她僵着脖子看向李牧遥，解释道：“打错了。”

李牧遥却只是微微一哂，对她苍白无力的掩饰不置可否。

而与此同时，她发现他们的车子正朝着路边缓缓靠过去。

她看向窗外，这地方她根本不认识。

池渺渺不明所以地问：“怎么在这儿停了？”

“下车。”

“为什么？”

他不会又觉得她冒犯了他吧？

“我还有事，你自己回馆里吧。”

“可这是哪儿呀？”

她拿出地图搜了下，发现这里距离失恋博物馆竟然有三十几公里！这打车回去得花多少钱！

她琢磨了一下，笑着看向李牧遥："老板，你不回馆里吗？"

李牧遥的语气有点儿不耐烦："拜你所赐，我昨天刚洗过的车今天又得送去洗了。"

池渺渺这才注意到前面不远处有家洗车店，不过李牧遥这车有必要洗吗？在她看来，这车干净到几乎可以用"一尘不染"来形容了。

"你这车挺干净的啊，没必要洗了吧？"

"我说了，有些不干净的东西是肉眼看不见的。"

池渺渺总觉得这话一语双关，也觉得自己被冒犯到了。但是为了搭顺风车，她还是忍着气说："可你上车时不都消过毒了吗？要不再把我这边也消消毒？咱们出来很长时间了，还是早点儿回去吧。"

李牧遥的耐心即将告罄："你到底下不下车？"

池渺渺只好拿出打车软件叫车，发现等车时间竟然超过半小时了。

她又求助地看向李牧遥："洗个车时间也用不了多久吧？要不这样，我跟你一起去，然后咱们一起回馆里？"

说完，池渺渺就期待地等着李牧遥回话，结果李牧遥赏了她一个"你是不是脑子坏掉了"的轻蔑表情说："带着你去，我洗车还有意义吗？"

池渺渺最终还是被赶下了车。

李牧遥把车开进洗车机，门外的洗车工提示他挂挡。他如是照做，片刻后巨大的洗车刷迎头滚下来，在车身上发出噼里啪啦的声音，与此同时水流如注模糊了车外的视线，车内的光线骤然暗了下来。

李牧遥不由自主地屏住呼吸，抗拒又期待着，但还没等到那种熟悉的窒息感，他的手机突然响了起来，打破了车里过于紧绷的氛围。

他接通电话，萧易略微颤抖的声音立刻从听筒里传了出来："微博上的视频是怎么回事，那人是婉婉吗？"

洗车的声音太吵，李牧遥不确定地问："婉婉？"

"对啊！就是林婉。我本来想给她打个电话，但又想起你不让我联系她，也不确定视频里的人就是她，所以我就想来问一下你知不知道情况。"

李牧遥的语气淡淡的："看不出来你还挺关心她，我可以理解成你对她余情未了吗？"

萧易没接他这话，没好气地说："既然你不知道那我还是打电话问问她本人吧。”

“她没事。”在他挂电话之前，李牧遥说。

电话里静默一瞬了，几秒之后李牧遥才听到萧易松了口气般的叹息声。

“视频里的人不是她？”

“是她。”

“到底怎么回事？”

“一场误会而已。”李牧遥简单解释了几句，又说，“不过你的反应倒是有点儿出乎我的意料，其实就算她真想不开，责任也不在你。”

萧易似乎有点儿烦躁：“话是这么说，可分手而已，谁想闹出人命啊？！”

这时候巨大的洗车刷退到了两侧，水声随之停了下来，视线渐渐清晰，光线逐渐明亮起来。

前面有人示意李牧遥可以将车开出去了，他一边讲着电话，一边按照洗车车间的指示牌将车子停在了一片空地上。

电话里萧易恳求道：“牧遥，我觉得这样下去也不是个办法，这次是个误会，那下次呢？你得帮帮我。”

李牧遥推门下了车，立刻就有洗车工带着吸尘器迎了上来，他干脆地拒绝：“我帮不了你。”

萧易连忙说：“别啊！很明显她现在需要一个明白人开导开导她，你觉得谁合适？我吗？如果你觉得我去开导她对她更有帮助，我现在立刻就回国。”

李牧遥没有立刻回话，萧易接着说：“如果现在让她去看心理医生，她肯定很抗拒，但她并不抗拒你，你又学过心理学，对你来说这事不算很难吧？”

“确实不难，但这不是浪费我的时间让我多管闲事的理由。”

萧易也急了：“我说你这人怎么一点儿同情心都没有？一般人看到个陌生老奶奶都会给扶过马路去，她又不是完全的陌生人，好歹是你哥们儿的前女友，她这样下去，你难道就不怕悲剧真的发生？”

这话让李牧遥的脑海中蓦然出现了一个人。

他不自觉地看向自己的左手袖口处，那里被人抓过的痕迹已经不见了，但他仿佛还是能闻到她留在他的衣服上的味道。

他整个人又不好起来，于是丢给萧易一句“先这样吧”便直接结束了通话。

挂上电话，李牧遥皱着眉头盯着自己的左手手腕处，感受着身体的每一处变化——心跳似乎过快，但还在可以忍受的范围内，其他地方没什么不适，就是身体好像有点儿不受大脑的支配，因为下一秒，他竟然无意识地将手抬到鼻尖下方轻轻嗅了嗅……

片刻后，他长长地呼出一口气。

他的身上确实还留有一些她的味道，不过那味道很清淡，一般人的鼻子或许闻不到，像是某种果香又带着点儿草木芬芳，并不让人反感。

李牧遥的心情莫名地放松了不少。

第二天一早，池渺渺刚开始工作就迎来了一位稀客——在她入职后一次也没到过员工办公区的李牧遥竟然出现在了她面前。

她不明所以地抬起头，就见他将两张发票放在了她的桌上。

池渺渺问：“这是什么？”

“洗衣服和洗车的发票。”李牧遥没什么表情地说，“鉴于你刚来几天还没领过工资，这钱你不用立刻给我，月底财务会从你的工资中扣掉。”

池渺渺强忍着打人的冲动，心里已经把面前这人骂了百八十遍！

她坐一下他的车就得给他洗车，抓一下他的袖子又得给他洗衣服，他这么爱干净怎么不把自己用保鲜膜封起来藏好？他总这么出来招摇过市，不是讹人吗？！再说他都那么有钱了，还在意几十块钱的洗衣费和洗车费吗？倒是她，昨天打车费花了快一百块钱，她心疼得要命。

但谁让人家是她的老板，为了保住饭碗，为了下个月不为这几十块发愁，她还是决定向生活低头。

她连忙站起身双手接过发票：“应该的，应该的，多谢老板体谅。”

然而当她扫到发票上的金额时，她整个人又不好了：“这个……是不是搞错了，两张发票加起来要五百多？”

男人不以为然地瞥了一眼那张发票：“有什么问题吗？洗车一百，至于衣服，你接连两天弄脏我的两套西装，我是考虑到你的收入才没去我平时去的那家店，选了一家普通消费的洗衣店。”

嚯，两百多洗一套西装还是普通消费的洗衣店？她有理由怀疑这男人就是在讹她！

但她想归想，脸上还是一点儿怨气都不敢表露出来，要多憋屈有多憋屈。

男人交代完这事便一刻也没有多停留地转身离开了，但在路过员工办公区的玄关时，他忽然又停了下来。

就当池渺渺以为他是有什么事情忘记吩咐的时候，却见他走到玄关处的桌前，将上面的花瓶轻轻挪到了正中央的位置，这才抬步朝自己的办公室走去。

他一走，刚才还佯装认真工作的几人立刻凑到了池渺渺面前。

韩夏带头八卦地说道：“今天真是太阳打西边出来了，这位李总竟然来我们这里了！”

听了韩夏的话，池渺渺忽然想到一件事：“怎么之前没人跟我说过咱们馆里还有个老板？”

韩夏眨了眨眼：“我没给你介绍过吗？我看你成天往他的办公室跑以为你们很熟了……怎么，你不会一直不知道他的身份吧？再说你也没问呀……”

看着韩夏一脸无辜又心虚的神情，池渺渺只能无奈地叹了口气。

正在这时，池渺渺的办公桌上的座机响了，是馆里的内线号码——一楼保安部的人说有人找她。

谁找她直接上来就好，为什么会通过保安部的人打电话过来呢？

她疑惑地下了楼，老远就看到门口站着一个女生正朝着馆内张望，看到她出现，脸上立刻露出大大的笑容。

这人不是别人，正是她昨天才见过的林婉。

池渺渺脚步微顿，踌躇了一下走上前去：“你找我？”

林婉有点儿别扭地说：“我是来谢谢喵大你昨天专程跑去医院看我。”

池渺渺心知肚明这不是她今天来这里的目的，说：“昨天不是谢过了吗？你现在应该好好在家休息。”

林婉小心翼翼地观察着她的表情说：“喵大，昨晚我给你打电话了，你怎么没接？”

池渺渺想到昨天的事情，心情很复杂。她看向面前的女孩，女孩笑容单纯恬静，让她很难将策划自杀这种荒唐事和眼前的人联系在一起。

她笑了笑说："昨晚睡得早，今早看到未接来电还没来得及回电话。"

林婉松了口气似的拍了拍胸口："你没生我的气就好。"

"我为什么会生气？"

池渺渺平静地问出这话，然后两个人都不约而同地愣了愣。

林婉讪笑着说："这不是怕给你添麻烦嘛。"

池渺渺沉默了片刻还是决定把话说清楚："林婉，以后不要做这样的事情了。"

林婉先是有点儿诧异，然后勉强笑着问道："什么事啊？"

与以往的每一次不同，池渺渺的表情很冷淡。

她说："我是无关紧要的人，白跑一趟没什么，但是有人是真的关心你的，你的父母、你那些同学和朋友，所以不要再做这么不成熟的事情了。"

知道所有的事情都已经被池渺渺看穿，林婉羞愧地说道："对不起喵大，其实我冷静下来的时候也觉得自己很荒唐，但不知道为什么一遇到和他有关的事情我就什么理智都没有了。"

对此池渺渺也很无奈，她没有继续这个话题，转而问林婉："你今天来找我还有别的事吗？"

林婉似乎有点儿不好意思，但扭捏了一下还是说："喵大，你能不能带我去见一下李总？"

"李牧遥？"

"对，我有些话想问他。"

池渺渺猜测李牧遥是肯定不愿意见林婉的，可还没等她开口拒绝，就听到身后传来一个男人的声音："让她进来吧。"

她一回头，正看到李牧遥站在不远处的楼梯上看着她们。而吩咐完这一句话，他便转身朝楼上走去。

池渺渺只好将林婉带到了李牧遥的办公室里。

面对李牧遥时，林婉并不像在池渺渺面前那么随意，她似乎有点儿怕李牧遥，准确地说应该是敬畏。而李牧遥在面对她时，虽然态度还是那个死样子，但是也没有丝毫多余的情绪，也就是说既没有怜惜之类的情绪，也没有厌烦和不屑，很明显在他看来这女孩的事情与他无关。

这样的两个人之间的气场怎么也和"暧昧"沾不上边，她之前一定是脑子进水才会误会两个人。

后来还是李牧遥先打破了沉默：“你找我什么事？”

林婉问：“他出国是为了躲我吗？”

李牧遥一点儿也不含蓄地说：“差不多吧。”

林婉的脸色倏地变得很难看，她吸了吸鼻子委屈巴巴地说：“他怎么做到这么无情的？我知道他经常上微博，昨天的热搜他不可能没看到，可我等了一天也没等到他的一句关心的话。”

虽然林婉的做法让人不敢苟同，但那个萧总也着实太绝情了。

不管事情真假，正常人至少都会关心一下吧，池渺渺怎么也想不到林婉下了那么大的功夫还是没等来萧易的一点儿消息。

李牧遥似乎没有看出林婉的情绪即将崩溃，冷漠地说道：“据我所知，你们之间的关系好像并不像你最初和我说的那样。我猜昨天那样的事，应该不是第一次吧？”

说到最后一句话时，李牧遥看向林婉的目光几乎可以用冷酷来形容了。

池渺渺闻言也觉得不可思议，看向林婉，希望是李牧遥猜错了，可惜林婉只是在愣怔了一瞬后有点儿哽咽地说：“我只是想看看他是不是真的在乎我。”

池渺渺简直目瞪口呆。她之前只觉得萧易很“渣”，如今看来林婉这姑娘也不是什么省油的灯。

李牧遥微微一哂：“你听过狼来了的故事吧？他以前或许是在意你的，但你骗了他这么多次，你觉得他现在能有多在意？”

池渺渺很认同李牧遥的这番话，但面对林婉又有点儿不忍心，清楚地看到林婉在听到李牧遥的这话时眼里的光在一瞬间都消失了。

李牧遥接着说：“你不是好奇他出国这么久做什么去了吗？我可以告诉你，他父亲的朋友家的女儿在那里读书，早前两家的父母就有撮合他们俩的意思，这次他去见了那个女生……”

这只是最无关紧要的一个原因，真正的原因是萧易的父亲在国外看病，所以他才不得不在这个对失恋博物馆来说至关重要重要的节骨眼上跑去国外。

但李牧遥不会告诉林婉这些事情，因为清楚地知道走不出失恋情绪的女孩子大多还幻想着对方是爱着自己的，是有什么迫不得已的原因才会分手。

"然后呢？"

李牧遥没有说下去，林婉却还在不依不饶地想要一个结果。

李牧遥无所谓地说："然后，如你所见，他暂时不会回来了。"

林婉却说："你骗人，他怎么会不回来？这里还有失恋博物馆，这是他的心血！"

"是什么也好，反正与你无关。"

林婉听到这话先是怔了怔，片刻后呜呜地哭了起来。

池渺渺没谈过恋爱，有时候实在不懂恋爱中的人，明知道最后的结果无非是在自己已经溃烂的伤口上撒一把盐，为什么还是那么倔强地要问个明白呢？

她拍了拍林婉的肩膀，试图安慰对方。

难得这一次李牧遥也很有耐心，就坐在那里等着林婉逐渐平复情绪。

林婉边哭边说："他怎么能这样呢？我为他学会了做饭、做家务，什么都顺着他，他不喜欢的事我从来都不做，不管我在哪儿、在做什么，只要他的一句话我立刻就赶到他面前……我的世界就是他！如果这是你说的，我的付出让我的感情看着廉价才导致他不珍惜，那我真的无话可说，以后大概也不会再相信爱情了。"

林婉讲着她和萧易的过往之事，这倒是让池渺渺有点儿理解了她的所作所为——这个女孩子确实为这段感情付出了很多东西，虽然不赞同她的行事风格，但池渺渺还是能够对她的无措和绝望感同身受。

林婉说了这么多，本以为李牧遥多少会有点儿触动的，但池渺渺一抬头却发现他正心不在焉地摆弄手机。

当林婉倾诉得差不多的时候，他忽然没头没尾地来了一句："喝咖啡吗？"

林婉愣怔了一下，擦了擦眼泪正要开口，他却已经替她做了决定。

他看向池渺渺："下楼左转有两家咖啡馆，不要去第一家，要去第二家，我要焦糖拿铁，多放糖。"

池渺渺还没回过神来，就见李牧遥又看向林婉："你呢？"

林婉大概是不好意思麻烦池渺渺，见状连忙摆手说不用，李牧遥却又替她做了决定。

他对池渺渺说："那就给她买一杯拿铁吧，快去快回。"

她是个实习员工没错，平时是可以帮大家办点儿杂事，但眼前这人吩咐人的态度也太理所当然了吧？再说这房间里明明有咖啡机，他为什么还要折腾她呢？

她有点儿不情愿地站起身，正要离开，又听李牧遥说："对了，出去时顺便帮我通知一下其他人，一小时后我要开个全员会议。"

池渺渺悻悻地"哦"了一声，磨磨蹭蹭地出了总经理办公室。

池渺渺一走，李牧遥看向林婉："你和她在你第一次来这里找我之前就认识了吧？"

"谁？"林婉不解，见李牧遥扫了一眼办公室门口的方向，才知道李牧遥在说池渺渺。

"你是说喵大？我知道她很久了，但在那之前也谈不上认识，因为她应该不知道我。"

李牧遥了然地点了点头，并不觉得意外："你们是什么关系？网友？"

林婉想了想说："也可以这么说吧，你怎么知道的？"

"据我所知你们联系有一段时间了，但你依然不知道她在这里工作，我刚才叫她的名字的时候，你表现得很陌生，所以这段时间她应该是以另一种身份在和你联系。而你又表现得很信任她，这种信任应该不是这么几天就能建立起来的，所以我猜她可能在网络上有另外一个身份，刚好是你知道的。"

林婉崇拜地看着李牧遥："你好厉害，她其实是我很喜欢的一位作者大大。"

"作者？"李牧遥似乎有点儿意外。

林婉正要回话，但对上李牧遥的目光后又不由得警惕了起来："这应该算是她的私事吧？没经过她的允许我不方便多说，你要是感兴趣的话直接问她好了。"

李牧遥并没有因为林婉这话而感到不悦，反而难得露出个笑容："这时候你倒是挺仗义，也不枉费她替你瞎操心。"

林婉尴尬地笑了笑："其实昨天我真没想到她会去医院看我，更没想到她会把你也带过去……"

李牧遥想到昨天的事，意外发现自己竟然没那么生气了。他猜测大概是因为没有给他造成太大的损失吧。不过他也提醒自己，如果再有一次，绝对不能就这么轻易放过她！

李牧遥没有让林婉继续说下去："我们言归正传，如果你还抱着挽回萧易的想法，那以后你就不用来了。因为我以他的朋友、旁观者、一个正常男人来看，你几乎没什么可能挽回他。但如果你想快速告别这段过去经历，或许我可以帮到你。"

房间里忽然静默了下来，好一会儿，林婉才下定决心似的说："其实昨天一天没等到他的一个电话，我就已经意识到，他真的不会再回到我身边了。可是我这么熬着好难受，失恋太痛苦了。如果可以，请你帮帮我。"

李牧遥沉默了片刻问："你愿意到我们馆做兼职吗？"

KUANG 04 RE

我劝你们早点儿和好

池渺渺气鼓鼓地拎着两杯咖啡往楼上走去。她还没领过工资呢，就又是欠他洗车费又是欠他洗衣费的，这咖啡也不知道能不能报销。

说实话这么会压榨人的老板她还是第一次见。

这种人会好心管别人的闲事吗？不出意外的话，不管林婉那姑娘找他是为了什么事，今天怕是都要无功而返了，除非林婉身上有什么能让那资本家压榨的东西。

而正在这时，池渺渺听到一门之隔的馆长办公室里，李牧遥问林婉愿不愿意到失恋博物馆来做兼职。

看吧，她说什么来着？！兼职一小时才多少钱？林婉有那时间干点什么不好？

她连忙推门进去，想劝林婉别傻了，就算林婉在这里做兼职八成还是见不到萧易的，还要被李牧遥这资本家压榨，何苦呢？

但让她意外的是，林婉竟然二话没说就同意了。

李牧遥似乎很满意，对她说："那你出去找韩夏办手续吧，从明天开始，没课的时候就来馆里帮忙。哦，对了……"目光瞥到傻站在门口的池渺渺，他说，"咖啡拿出去喝吧。"

林婉离开后好半天，池渺渺才回过神来。

她把剩下的一杯咖啡放在了李牧遥的办公桌上："老板，这是你要的焦糖拿铁多加糖……我能问一下吗？为什么留她在馆里做兼职啊？"

"你觉得呢？"

他当然是为了物尽其用，轻松招来一个廉价劳动力了！看他是如何压榨她这个实习生的，就能猜到他未来会怎么对待林婉。

但她心里虽然这么想，却不能就这么说。

她随口问道："不会是为了让她忘掉萧总，留在馆里方便以毒攻毒吧？"

结果让池渺渺意外的是，李牧遥竟然没否认。

这倒是让池渺渺有点儿不解了："可是要真正忘掉一个人，难道不是该尽量避免想起他吗？以毒攻毒这种方式用在这里不合适吧？"

李牧遥说道："恋爱时真正让人身心愉悦的是叫作'多巴胺'和'内啡肽'的东西。和喜欢的人见面时，大脑会分泌多巴胺和内啡肽，使人一直处于高度的愉悦和兴奋情绪中，时间长了，人就会越来越习惯对方的陪伴和存在；相反，假如对方突然离开了你，大脑的内啡肽分泌则被切断，这时候人会痛苦、难过甚至愤怒。所以忘掉一个人的过程就和戒烟、戒毒的过程差不多，这就是所谓的'戒断反应'。"

池渺渺即便写过很多情感故事，也见过不少情侣分分合合的事，但没真正谈过恋爱，确实很难想象放下一个人需要经历什么。此时听李牧遥将这过程和戒烟以及戒毒比较，就不由得又理解了林婉几分。

"那这和让她到馆里做兼职有什么关系吗？"

李牧遥看她一眼说："看在你求知若渴的分儿上免费给你上一课吧，也省得你以后总来质疑我。"

池渺渺无语了。她就是随口一问而已，哪里来的求知若渴？

不过想到他的履历中提到他曾读了个心理学硕士，她忽然也很好奇怎么用理性的理论来处理感性的情感问题。

李牧遥说："放下一个人的第一步也是最难、最重要的一步，就是接受他们已经分手，没办法复合的事实。"

池渺渺仔细想了想说："就比如林婉和萧总，在我们旁观者看来他俩的感情都已经结束了，但林婉还抱有希望，所以她才三番五次地要见萧总，正说明她还没有接受他们已经分手的事实。"

李牧遥点头："确实是。"

池渺渺又说："不过经过她策划这件事之后就说不准了吧？我之前还觉得萧总狠心，现在看他没联系林婉或许能让林婉更早地认清事实。"

“你刚才不在的时候，林婉也是这么说的。”李牧遥顿了顿，话锋一转说，“但我感觉她并没有她嘴上说的那么心灰意懒。”

“那怎么办？”

“再观察看看吧。”

“把她留在馆里是为了方便观察她吗？”池渺渺还是不理解李牧遥的做法，“可是这里毕竟是她和萧总认识的地方，她现在好不容易逐渐接受他们分手的事实了，再让她想起以前的事会不会适得其反？”

李牧遥不以为然地说道：“接受了分手事实后就是要尝试着‘忘记’，这个‘忘记’并非真的忘记，而是在想起过往时心里不会痛苦，简言之就是可以平和对待了。这个过程中，她避免不了还是会想到过去，最好的处理方式就是坦然接受，不去刻意回避，比如删好友之类的举动我并不提倡。有一种心理效应叫作‘反弹效应’你听说过吗？”

池渺渺怔怔地摇了摇头。

李牧遥解释说：“如果我说从现在开始，你不要去想一只白色的熊，几分钟后我问你这几分钟里出现在你的脑海中最多的画面是什么，答案一定是一只白色的熊。这就是所谓的‘反弹效应’，也叫‘白熊效应’。”

“这个实验表明你越是要压制某种思维，越可能会导致思维更强烈地‘报复’。所以要忘掉什么人，我们能做的就是不要刻意去做跟他有关的任何事。”

池渺渺有点儿明白了：“所以这才是你让她来馆里做兼职的原因？”

“这只是原因之一。”

“还有别的原因？”

“整个戒断过程中人的情绪会反反复复时好时坏，坏的时候会出现痛苦、愤怒等负面情绪，有了情绪自然是需要宣泄，这时候，有一个好的倾听者非常重要。”

池渺渺听得入神：“然后呢？”

李牧遥看向她：“我觉得你应该是个不错的倾听者。”

“我？”

冷不防被点到名，池渺渺才明白过来他这是让她给林婉当情感垃圾桶的意思。

她倒不是不愿帮林婉，只是林婉这姑娘做事情总是想一出是一出的，她着实有点儿招架不住。

“这不好吧，老板你看我平时也挺忙的，这几天还经常加班呢！”

李牧遥不为所动：“那正好，你的工作分她一些，一举两得了。”

眼看李牧遥早就盘算好了，池渺渺知道自己的抗议肯定无效，虽然有点儿不情愿，也只好接下这个苦差事了。

“好吧，那这样她是不是就真的能走出失恋情绪了？”

“还差最后一步。”

“什么？”

“情感的转移。”

池渺渺只略想了一下就明白了：“就是说新欢呗，有句话不是说忘不掉一个人八成是因为新欢不够好或者时间不够长吗？这点我明白。”

李牧遥说：“情感的转移不一定是转移到另一个人的身上，可以是工作，或者某种兴趣爱好，当然直接转移到另一个人身上，见效最快，但这就不是我们能做的事了。”

如果不和他聊这么多，池渺渺怎么也理解不了他的做法。此时她倒是有点儿佩服李牧遥了，不禁暗忖专业的人确实不一样，而她从他这里学到的一点儿皮毛或许还能用于以后的小说创作。

聊完了林婉的事，池渺渺看到她刚刚放在李牧遥面前的咖啡，才想起来有件正事差点儿忘了。

她从口袋里翻出一张发票，微笑着放在他面前：“买咖啡的钱，可以报销吧？”

李牧遥扫了一眼那张发票说：“可以。”

“那就好。”池渺渺松了口气，团了团手里的塑料袋，“那没什么事我先出去了。”

而正当她打算离开时，却又被李牧遥叫住了。

“还有什么事吗？”她问。

李牧遥伸出两根手指轻轻把她刚才放在他面前的那杯咖啡往前推了推。

池渺渺不解，这是什么意思？

李牧遥：“这杯给你了。”

“这杯咖啡有什么问题吗？”

“温度不对。”

池渺渺为难地扫了那杯咖啡一眼，合理怀疑他这是在故意整她，要么就是不想给她报销。

她勉强笑了笑说：“不应该呀，人家一做好我就拿回来了，绝对没耽误时间。”

李牧遥的表情淡淡的：“我知道，但还是凉了，所以你喝吧。”

池渺渺摸了摸纸杯：“没有啊，还是很热的，正好可以入口的温度，不信你尝尝？”

李牧遥看着她，平静地说：“我报销，你放心喝。”

池渺渺顿时松了口气，讪笑着说：“我又不是担心这个……不过既然老板你不喝了，那我就拿出去喝了。”

“在这儿喝完。”李牧遥比了比他的办公桌前的椅子示意她坐，“正好有事要跟你说。”

池渺渺猜测李牧遥或许会和她聊林婉的事情，便拉过椅子在他对面坐了下来。

她刚坐好就见他拿出手机来点了点：“我刚才发你的录音你听了吗？”

池渺渺这才发现李牧遥似乎在和什么人通电话。她不解地看向李牧遥，但李牧遥并没有要跟她解释的意思，而是对着电话里的人说：“我看林婉对你确实不错，再从昨天你的表现来看，或许你们也不是非要分手不可，既然如此我劝你们不如早点儿和好，大家都省事。”

到了这一刻，池渺渺已经猜到对方的身份了，应该就是那个萧总。

萧易的回复却是：“绝对不可能！”

李牧遥：“她说的那些不是真实情况吗？”

“那倒不是，但那只是我们相处的一小部分情况而已。”

萧易叹了口气继续说：“一开始我们相处得确实不错，她漂亮、温柔又体贴，虽然有时候有点儿小脾气，但我也能忍，直到我们同居以后，她好像变了个人一样。”

李牧遥问：“怎么个变法？”

萧易无奈地说道：“我发现她总会偷偷看我的手机，其实我当时没觉得有什么不好的。女孩子嘛，总是喜欢疑神疑鬼的，反正我又没什么见不得人的东西，于是也就没管她。事情就出在这里！我不知道这是不是年纪小的姑娘的通病，只要我跟其他异性发微信，或者吃顿饭，在她们看来那一定就是有问题。荣庆集团的董总你知道吧？就是老董的女儿，我在找你之前找过她，希望她能投资失恋博物馆……”

李牧遥打断他的话：“我记得你说过你只信任我，还说什么肥水不流外人田。”

电话那一端的人突然沉默了，然后像煞有介事地“喂”了两声说：“这信号怎么这么差？你刚才说什么？我没听见……”

李牧遥微微一哂，似乎懒得揭穿对方。

萧易接着说：“那个董总你知道吧？她是个不婚主义者，虽然三十四五岁了但还没结婚。我和董总见面这事儿被林婉知道后，她就着了魔一样，天天问‘今天你们打电话聊什么了，又见面吃饭有必要吗？’。最让我忍无可忍的是她一直纠结人家为什么要投资！我很火大，我不值得投资吗？”

李牧遥很精准地见缝插针道：“这还真不好说。”

电话里又是片刻的沉默。

萧易“啧”了一声：“这信号真是差，断断续续的。那我接着说啊，这还不是最让我生气的，最让我生气的是我们之间已经彻底没了信任。有一次她听到我打电话叫人‘宝宝’，不分青红皂白地就跟我大闹。但天地良心啊，这真不怪我！咱们馆那程宝宝你也知道吧，大家不都这么叫吗？显得亲切！但我怎么跟她解释她都不听，还说我编的瞎话弱智！”

池渺渺顿时就想到她和林婉第一次见面时林婉说的那些话，看来有些事还真不能只听一个人的片面之词就下定论。

萧易接着说：“这事儿之后她就成天阴阳怪气的。有一次我问她‘我穿这件衬衫搭配什么领带好看？’，她直接回了我一句‘你都找到女朋友了，还那么在意形象干什么’。”

一开始池渺渺还有点儿不明白李牧遥为什么要她留下来听他和萧易的对话，到了这一刻，有点儿明白了。萧易说的那些事林婉也或多或少跟她提过，可是这些话从林婉嘴里说出来就是另一种感觉了。所以她猜测李牧遥或许也是因为想到了这一点儿，才想要让她多了解一点儿真实情况，才能更加客观地面对林婉，也更能有效地帮助林婉走出失恋情绪。

到了这一刻，池渺渺才觉得眼前这男人在洞悉人心这方面特别厉害。

李牧遥继续引导着萧易说下去："后来你提分手了？"

萧易无奈地说道："我实在受不了了！我和她在一起总共没几个月，大部分时间在吵架，我有我的正事要干，不能一直陪她耗下去，只能提出分手。你猜后来怎么着？"

萧易的情绪有点儿激动："你不是猜测她自杀不是第一次吗？真让你说中了。有一次我回家时，发现她正打算偷偷吃药，但我当时没立刻捅破，可还真怕她做傻事，就说要么再处一段时间看看。今天听你们的对话，我才恍然大悟，那一次吃药估计也是她故意让我发现的，所以说她假装自杀不是第一次了，亏我这次还这么担心她。"

"后来呢？"李牧遥问。

"就那样呗，天天吵天天烦，没过多久我们就都觉得精疲力竭了。我再提分手，她倒是没上次那么激动，没考虑多久竟然就答应了。但她说有个条件，我就问她是什么条件，然后你猜怎么着？她拉开床头柜的两个抽屉，我当时都惊呆了！里面不知道什么时候竟然装满了套套，各种品牌、各种类型的，而她的条件就是把这些套套用完才能分手……所以你理解我吗？我现在看到她就腿软……"

池渺渺刚端起咖啡打算喝一口，一听这话，顿时手一松，咖啡杯掉在了桌面上，里面的咖啡随之流了出来。

眼看就要波及李牧遥的手机，池渺渺手疾眼快地将手机抄起，但同时又碰倒了刚刚扶起来的咖啡杯，这一回半杯咖啡直接朝李牧遥的方向泼了过去……

下一秒，李牧遥那件白得发光的白衬衫上就沾满了大片大片的褐色液体。

池渺渺看着这一幕画面简直心如死灰，这回不知道又要花多少洗衣费了，或者他根本就不打算洗了，搞不好会直接让她赔一件新的衬衫！虽然不知道他那衬衫是什么牌子的，可单看那做工和面料就知道她怕是连颗扣子都赔不起。

在他朝她发难前，她行动快于脑子，捧着纸巾盒就凑了过去："老板你没事吧？我给你擦擦……算了，算了，要不你脱下来，我给你洗一洗？放心放心，一定能洗干净的！"

因为慌乱，她也没想太多，直接就去解他的衬衫扣子。

李牧遥在短暂错愕过后才意识到发生了什么事，但为时已晚了，这姑娘不知道什么时候已经扑了上来，二话不说就要来脱他的衣服。

以前有人用“洪水猛兽”来形容有些女人他还不能理解，这一刻他是真的感触很深。

她身上淡淡的果香让他的头脑有点儿昏沉，隔着湿了的衬衫衣料搁在他胸前的手又让他如坐针毡。

“走开……”他哑声说。

奈何眼前这家伙好像听不见，只顾在他身上“乱摸”。

池渺渺眼见着男人脸色不好，心里更慌了：“抱歉，抱歉，我真不是故意的！老板你别着急，我一定帮你把衣服洗得干干净净的！”

而正在这时，身后突然传来办公室门被推开的声音。

池渺渺回头看去，就看到韩夏正目瞪口呆地立在门口。

池渺渺后知后觉地看向自己和李牧遥，才知道事态有多么严重——李牧遥靠在宽大的皮质老板椅里，衣衫不整，表情隐忍，而她正骑在他的身上，一只手撑在他赤裸结实的胸膛上，像是即将对他为所欲为。

这场景不可能不让人浮想联翩，反正以她那三流作者的语言表达能力，她觉得自己大概是没办法洗白了。

还是韩夏先反应过来，尴尬地指了指身后说：“那个……我敲过门的……”

池渺渺这才想起来，她一小时前刚通知过大家去会议室开会，估计韩夏见李牧遥久久没出现，这才来叫他的。

真是自己挖坑埋自己啊！

她连忙解释：“不是……这都是误会……”

韩夏扫了一眼脸色很不好看的李牧遥，直接打断她的话说：“那什么……我还是回会议室吧……”

然后也不等池渺渺再多解释，韩夏就逃也似的离开了，离开前还很体贴地替他们关上了门。

韩夏一离开，池渺渺就听到头顶上传来一个近乎咬牙切齿的声音：“走开。”

池渺渺回过神来，连忙从他身上跳了下来，看他衣衫不整的，不自觉地就伸手想替他拉一拉衬衫，结果被男人没好气地躲开了。

到了这一刻，她才注意到李牧遥的脸色是惨白的，就连嘴唇都没什么血色。

她小心翼翼地问："老板，你没事吧？"

李牧遥闭上眼，深吸一口气，冷漠地命令道："出去。"

池渺渺扫了一眼他狼狈的模样，犹犹豫豫地说："那个……你的衬衫……"

"出去！"

他从没这么声色俱厉过，吓得池渺渺不禁打了个哆嗦，她再不敢多说一句话。

她从地上捡起刚才混乱之下被碰到地上的手机，所幸手机没有坏，但和萧易的通话也不知道什么时候中断了。

"老板，你的手机。"

李牧遥依旧闭着眼没说话。

池渺渺小心翼翼地把他的手机放到他面前，看到上面溅到了一点儿咖啡，知道他这人爱干净，又拿起来用袖子擦了擦手机屏幕这才重新放回去。

她再一抬头，发现男人不知什么时候已经睁开了眼，看着她的目光冷酷到让她觉得很陌生。

"我这就出去。"她连忙说。

男人没有半点儿回应。

池渺渺满心疑惑地从李牧遥的办公室出来，总觉得他刚才那反应好像不太寻常。

"喂！"

韩夏不知道从哪里钻了出来，吓了池渺渺一跳。

池渺渺拍着胸口埋怨道："你想吓死我啊韩夏姐！"

韩夏揣着手臂神秘兮兮地朝着馆长办公室扫了一眼，揶揄道："刚才那场面够激烈的呀！"

池渺渺没好气地说："都说了是个误会，你没见他的衬衫上都是咖啡吗？我就是帮他擦一下，我们真没做什么！"

池渺渺这么说着，但自己心里都觉得这解释过于苍白无力。

她丧气地说道："算了，说什么你可能都不信。"

韩夏拍了拍她的肩膀说："其实我也觉得你不是那种作风奔放的女孩，

就算对李总有什么想法也不会直接霸王硬上弓。但我身为人力资源主管还是要提醒你一下，咱们公司禁止办公室恋情。其实原来是没有这规定的，因为咱们萧总办的那些荒唐事，所以李总来公司后定下的第一条也是唯一一条规矩就是这个，就算你有什么别的想法，我劝你也别白费力气了。”

“我真没有……”

韩夏打断她的话：“我知道没有。其实有也很正常，毕竟李总也算人中龙凤了，长相、学历、社会地位都没的挑，我懂！”

“是真没有啊韩夏姐。”为了证明自己的清白，池渺渺努力搜罗了一下李牧遥身上那些足以让自己窒息的缺点，“我这么说吧，他确实长得帅又有钱，可是他同时自大、刻薄、小气、龟毛、强迫症晚期外加对待女生超级没有风度，你觉得我会自虐地喜欢上这么一个男人吗？”

此时韩夏的眼神忽然有点儿飘，但池渺渺还沉浸在自己的控诉中完全没有注意到。

她说：“你是不知道我这几天经历了什么事，我从来没见过像他这么奇葩的男人……”

感觉到韩夏扯自己的袖子，池渺渺也没当回事，继续说道：“你不是非说我喜欢他吗？那我就给你讲讲我和他的几次交锋，你是不知道他有多奇葩。真的，小说都不敢这么写，他……”

“李总！”

池渺渺话没说完，忽然被韩夏打断。

“对，就是他。”池渺渺还想继续控诉，忽然见韩夏拼命地朝她眨眼睛，她才后知后觉地意识到自己可能又闯祸了。

她慢吞吞地转过身，果然就见李牧遥已经换了身衣服，身姿笔挺地立在几步之外。

他脸上没有任何表情，但不知道为什么池渺渺总觉得他的目光比西伯利亚寒流还要冷，无形地宣布着她已是一个“死人”了。

气氛有点儿尴尬，韩夏故意打岔道：“现在开会吗？我这就通知其他人！”

“我要出去一趟，会议先取消。”李牧遥的目光锁定在了池渺渺的身上，“这一期的失恋分享会你来组织。”

“我？”

“有问题吗？”

“没……没有！”

她哪里还敢有什么问题。

李牧遥似乎对她的回答还算满意，点了点头：“没问题最好，毕竟我是个自大、刻薄、小气、龟毛、强迫症晚期外加没什么风度的老板，很可能会因为你的一点儿异议而感到很不开心。”

池渺渺勉强挤出一个比哭好看不了多少的笑容：“老板你这也太谦虚了，我其实是想说你自信、严谨、勤俭、自我要求高，对待所有员工一视同仁。”

李牧遥似笑非笑地看她一眼：“是吗？”

池渺渺嘴角抽搐：“那当然了。”

李牧遥冷笑：“不过你怎么想不重要，因为这里我说了算，明白吗？”

池渺渺像是被人抽走了骨头，耷拉着脑袋说道：“明白了。”

“明白了就去好好工作。”

说完，他便头也不回地离开了失恋博物馆。

李牧遥刚离开，韩夏就凑了过来：“哎，对了，你还没说，你们之前发生了什么事？”

此时的池渺渺哪还有八卦的心情，她瞥了韩夏一眼，只回了两个字：“你猜。”

暖萌在听说了池渺渺认错人的遭遇后丝毫没有对她产生任何的同情之心，反而像中了奖似的兴奋地说道：“你这是什么运气啊姐妹？！你的欢喜冤家竟然是李牧遥啊！”

池渺渺没理会她那恋爱脑给李牧遥的定位，只是有点儿意外连暖萌也听说过他。问过之后池渺渺才知道，原来暖萌的男朋友老秦最佩服的人就是李牧遥，而且老秦在最初创业时也找过李牧遥，两个人有过为数不多的几次接触。

“他真那么厉害？”池渺渺没想到周围的人似乎都听过他的名字，只有她孤陋寡闻。

“前些年是的。”

“为什么说前些年？”

“之前他一直保持着每两年创业成功一次的纪录，但是自从 HYH 陷入抄袭风波后，他的运气好像就不怎么好了。”

“你是说他创立的那家游戏公司？”

“对，原本那公司势头特别好，不到两年就做到五百人以上的规模了，不过后来他们上线的一款游戏竟然在很多细节和设定上抄袭他们的竞争对手公司。但我听内部人士说，是他们的工程师违反了竞业协议，将他们即将上架的游戏细节卖给了他们的竞争对手公司，结果被竞争对手抢先上架游戏还倒打一耙。听说这竞争对手公司的老板是个‘富二代’，是什么地产大亨的儿子，好像姓严吧。也不是什么省油的灯。反正当时这事在圈里闹得很大，说什么的人都有，好像现在都还没个结果呢。”

“后来呢？”

“后来李牧遥卖掉了游戏公司，这在外人看来就是因为抄袭丑闻公司经营不下去才被卖的。但老秦说不管有没有这事，李牧遥到点就是会卖掉公司的。反正具体什么情况外人谁也不清楚，不过自那以后他的运气就不怎么样了。你看他之前创立的那个交友网站，叫什么‘拍拍’来着，几乎没什么水花。哦，对了，我听老秦说那‘富二代’，在李牧遥创立‘拍拍’后立刻也创立了一家同类型的公司，很明显是跟李牧遥杠上了。”

“原来他这么厉害啊……”池渺渺叹气道，“那捏死我这蝼蚁一般的人物还不是分分钟的事。”

暖萌试图安慰她：“你也别太丧气，要我说林婉那事他非但不会怪你，反而会赞赏你。”

池渺渺依旧没精打采地说：“赞赏我什么？赞赏我会瞎捣乱吗？”

“我说真的呢。我听说他大学本科时最好的朋友也就是他的室友得了抑郁症，最后在宿舍里自杀了。他跟身边的人提过，这件事对他打击很大。他在美国读书时不是还学了心理学吗？应该也跟这事有关。你听说林婉自杀这事情急之下比较冲动，将心比心他应该能理解的。”

“原来是这样。”

难怪他一开始对林婉还是爱搭不理的态度，从策划自杀那件事后，他却忽然愿意帮助林婉了。

“其他的事情或许还情有可原，但前天晚上的事就真的说不过去了。”

池渺渺把在酒店楼下和李牧遥说的那些话以及后来见到汪可的事情简

单地告诉了暖萌。

暖萌直接忽略了她的前半段话，惊喜地问道：“你竟然见到了汪可？”

池渺渺没好气地说：“对啊，那天他叫我去加班就是去和汪可谈合作的，才不是什么想泡我。”

暖萌好像没感受到池渺渺的怨气，自顾自地说道：“她本人长得和电视上一样好看吗？”

“差不多吧，比电视上瘦一点儿……”

两个人人聊起了明星八卦消息，也就忘了其他事。

暖萌说：“说起汪可也是个传奇，出道前几年她在一个小糊团里，名不见经传，日子过得还不如素人。后来她走运拍了一部青春偶像剧，一下子红遍大江南北，但谁知道这红就是昙花一现呢？”

池渺渺不是汪可的粉丝，对这些细枝末节的事情并没有太关注。

“这些事我当时倒是没注意，但她演的那部剧确实蛮好看的。”

暖萌点头：“人家不仅演技好，长得也好看，但娱乐圈里单靠自己哪那么容易？她刚红那会儿，就有人挖出她曾经夜会富商的八卦。不过这事儿没闹大，好像是那富商找人把消息给压下去了。”

池渺渺不知道怎么的，就想到了李牧遥。

她兴致勃勃地问暖萌：“哪个富商？”

“具体是谁不知道，但听说那富商年轻有为还没结婚。我记得我当时看过狗仔们拍到的照片，虽然只是个背影，但身材很能打了，估计人长得也丑不到哪里去，反正跟汪可算是郎才女貌吧。据说这两个人谈了好久呢，因为半年后，又被狗仔拍到她和那富商一起进入酒店房间的照片。后来有人说汪可忽然淡出娱乐圈应该就是因为这个，这回显然是想重返娱乐圈，不知道是不是因为和富商感情破裂了。”

“不是说她是因为患抑郁症退圈的吗？”

“这种说法也有，但谁知道究竟是怎么回事呢？”

池渺渺忽然就想到了她对汪可和李牧遥的一些猜测，再对应上今天暖萌说的这些传闻，似乎已经看到了故事的整个脉络。

她喃喃地说：“我可能知道你说的那个富商是谁了……”

“是谁？”暖萌激动地问。

池渺渺回答道：“我老板李牧遥。”

接下来的几天，池渺渺为了准备下一期的分享会忙得脚不沾地。林婉每天来馆里四个小时，倒是可以帮她一些，但更多的时候是找她倾诉。

连续几天吃不好睡不好的池渺渺此时正听林婉凄凄切切地讲着她和那个萧总的过往事情，讲到关键时刻，她又愤愤不平起来："这'渣男'凭什么变心那么快？凭什么我在这里为他痛苦，他却能和别的姑娘约会？"

池渺渺只觉得一个头两个大，提醒她："你现在该做的事是忘记这个人。"

她又安慰了林婉几句，林婉才总算安静了下来，而且这一次竟然保持了一个小时之久。

见她专注地对着电脑屏幕，池渺渺忽然有点儿好奇，凑过去看了一眼，这才发现她正在看一个人的微博主页，而且一看头像，就知道那人是个男人。

"在干什么？"池渺渺不解地问。

"找人。"林婉边说边头也不抬地继续"检阅"着这个博主的每一个粉丝和每一个关注的人。

"我倒要看看是什么样的女生让那家伙乐不思蜀！"

池渺渺不确定地问："你这是在找和萧易相亲的那个女生的微博？"

"没错。"

池渺渺无奈地说道："就算找到，你又能怎么办？"

林婉耸了耸肩："当然是让她知难而退了……"

池渺渺耐着性子劝她："可是你们已经分手了，你只是萧易的前女友，那个女生会听你的吗？"

林婉忽然有点儿生气地说："谁说我们分手了？自始至终我就没同意过和他分手！"

还能这样？

池渺渺觉得自己的三观被颠覆了，不可思议地说道："所以你的意思是，如果你不同意，萧易找其他女朋友就是劈腿，那女生就是第三者？"

"没错！"

池渺渺彻底无语了，这是第一次站在萧易的角度，无比希望李牧遥能早日让林婉开始新的生活。

KUANG 05 RE

我的奇葩前任

这一次失恋分享会的主题是“我的奇葩前任”，大家似乎对这个话题都很感兴趣，所以报名参加的人比往常还多。经过一番筛选，李牧遥最后只留下几个女生，其余都是二十几岁的大学生或者刚刚步入社会的年轻男生，共同点是长相都不错。而且按照李牧遥的要求，这一期池渺渺负责主持，另外林婉也要参加。

他是让林婉当众吐槽萧易吗？

虽然不知道李牧遥的真正用意是什么，但不得不说池渺渺竟然有点儿期待那“血腥”的场面呢。

几天后，池渺渺组织的第一场分享会如期举行。

为了让分享会不受干扰，每次这种时候失恋博物馆的二楼都会暂时对外关闭，只有参加分享会的会员和工作人员可以进出。

分享会开始前，池渺渺就注意到林婉情绪不高。

池渺渺以为她是紧张，安慰她说：“就是聊聊天，一会儿你随便说就行。”

林婉还是很为难：“以前从来没参加过这种活动，李总为什么非要我参加？”

说实话李牧遥的想法还真不好猜，但池渺渺觉得无外乎还是为了让她尽快走出失恋情绪。

她想了一下说：“可能就是想让你尽情地宣泄情绪，一会儿有什么想吐槽的你尽管吐槽。”

林婉深吸一口气点了点头：“那我勉强吐槽一下吧，虽然我一直气他和我分手，但其实他也没什么特别值得吐槽的地方，再说这里都是他的员工，我说得太过分也不好。”

听她这么说，池渺渺竟然有点儿失望，同时她又有点儿欣慰，林婉能这么理智地对待这场分享会，看来她离走出失恋不远了。

池渺渺鼓励地拍了拍林婉的肩膀：“也不用考虑太多，让你参加就是为了让你有什么说什么嘛！放心，我们大家都支持你。”

十分钟后，分享会正式开始了。

因为彼此不认识，一开始大家还都有点儿拘谨，但是有人开了个头后，气氛就活跃了起来。

一个女生说：“我前男友真的很奇葩，人又蠢又坏。我俩异地恋了大半年，这段时间虽然见面不多，但他每天都会对我嘘寒问暖，好像无微不至的样子，每天早上会发早安，晚上会发晚安，一天都没断过。突然有一天，他刚给我发过晚安我就收到了一个共同的朋友发给我的朋友圈截图。你们猜是什么？竟然是他和另一个女生出去玩的照片！当然我是看不见那朋友圈的，估计他发出来时屏蔽了我但忘了屏蔽我们那个共同的朋友。后来我就质问他为什么会这样，你们猜这奇葩男人怎么说？他说觉得异地恋没有安全感，预感我这么漂亮肯定会出轨，所以他先出为敬。”

“噗！”有人没憋住，先笑出声来，“这‘先出为敬’要笑死我了！”

女孩子对此非但没介意，反而无语地说：“这人奇葩吧？也不知道我当初是不是间歇性失明了才看上这种人！”

她旁边的女生说：“那不能怪你，男生想给喜欢的女孩子留个好印象的时候，那演技是要多高有多高，我们虽然是小仙女但也没有火眼金睛啊，哪里看得出来谁是真心谁是假意？”

这女孩长得可爱，说话也嗲嗲的，所以即便她这话有殃及池鱼的意思，但男生们也都不介意，还很捧场地笑了笑。

女孩子接着说：“我前男友就是个‘好演员’。刚认识的时候他表现得特别阳光大气，后来熟了我才发现这人特别小心眼。我们有一门选修课经常放电影，都是比较有话题性的那种。有一次上完选修课回宿舍，在路上时我俩就因为观点不一样争论了起来。我当时就很生气，一部电影而已，就算他不赞同我的观点，但对我这个人他总该包容一下吧？我一生气就用书包打了他一下，可能当时力度没控制好打疼他了，但是你们想，就我这小身板再使劲打人能有多疼？结果他竟然还手！”

女生们一阵唏嘘，池渺渺也在心里感慨这男孩太没风度。

那女孩继续说：“哎，我这暴脾气哪里忍得了？！于是我俩就在宿舍门口用书包互抡了起来……你们能想象那画面吗？不是闹着玩的，我们是真的打了起来！”

周遭传来此起彼伏的窃笑声，有人都快笑岔气了，池渺渺作为这次分享会的组织者，却得尽量控制着自己的表情，问那女生：“然后呢？”

那女生说：“我俩足足打了半个小时，最后这一仗以他的书包带被打断而结束。结果你们猜这奇葩男人说什么？”

有人抹着眼泪问：“什么？”

“他说这书包跟了他高三一整年，有非凡的意义，而我竟然把它弄坏了，所以要跟我分手。呵呵，都打了半小时了他才想起来分手？我就说我们不是早分了吗？在他还手的那一刻。”

她旁边的女孩安抚性地拍了拍她的肩膀：“你这个前男友确实够奇葩。”

女生们吐槽起前男友来往往有说不完的槽点，而且嘲讽全开，以至这次分享会并没有因为是失恋话题而显得很沉重。

轮到林婉时，她很平静地翻开自己带来的笔记本，池渺渺随意一瞥就看到上面密密麻麻地写满了字。

这就是她所说的“没什么可吐槽的”？

林婉清了清嗓子开始对着那本子念：“我前任喜欢五颜六色的袜子，哪怕我明确表示过很丑他也坚持每天换一个颜色。后来我才知道他一双袜子要穿两遍才肯洗，他是担心同一双袜子会不小心穿到三遍、四遍才用不同颜色区分开来。他在家时还喜欢一丝不挂地走来走去，而且从来不拉窗帘，说是喜欢皮肤和阳光亲密接触的快感。他外出工作时，非正式、重要的场合从来不穿内裤，管那叫自由……”

池渺渺无语，完全没想到那个萧总竟然会有这样的槽点，这让她以后怎么直视他？

池渺渺只能祈祷萧易远在国外消息别太灵通，不至于日后找她灭口。

正在这时，她无意间一抬头，发现旁边的沙发上不知什么时候多了个人。

李牧遥手中端着一个马克杯，在池渺渺看过去的时候，恰巧扫向他们这边。

两个人视线相触的一瞬间，池渺渺就心虚地收回了目光。

此时林婉已经吐槽了足足十分钟，但明显还没有要结束的意思。

“他那人还有很多奇怪的癖好，外人看来他又帅又有品位，但是谁能想到他在家看电视的时候很喜欢抠脚，关键抠完还总会习惯性地闻一下……”

林婉的声音忽然被身后的一阵咳嗽声盖过，众人不由得都回头去看，李牧遥明显被呛得不轻，好半天才缓过来。

面对众人的目光，他只是淡淡地回复了一句：“不好意思，你们继续。”

林婉于是接着吐槽，长篇大论半小时后，在池渺渺的疯狂暗示下，这段吐槽总算接近了尾声。

但林婉的表情没有情绪释放过后的舒畅之意，反而语调越来越苦涩，到最后几乎带着哭腔说：“尽管他有这么多毛病，可我还是好爱他，呜呜呜呜……”

这么轻松的开场却是以这么无奈的方式收尾，众人似乎都没想到，措手不及片刻后开始安慰林婉。

池渺渺则是无奈地叹气，看来之前是她太乐观了。

相比起女生们的“精彩”分享，男生们的吐槽就没什么新意了，在池渺渺看来大多数是些小问题而已，直到最后一个叫许魏的男生发言才让气氛重新活跃起来。

许魏说道：“我要吐槽的前女友，不是我刚分手的这个前女友，准确地说是我的前前前女友。我俩是中学同学，认识时间比较早，在一起的时间也比较长……但我和她在一起的这几年里她好像一点儿都没有成长，要多幼稚有多幼稚。每天疑神疑鬼，查我的手机捕风捉影，想着法儿地跟我闹，时间长了我就受不了提出了分手，然后她真的让我大开眼界。”

池渺渺越听越觉得许魏这经历有点儿似曾相识，偷偷瞥了一眼林婉，果然就见林婉脸色不好。

许魏接着说：“她先是自导自演地策划了被绑架的事，当时我特别着急，差点儿就报警了。结果人家自己回家了，说其实是绑匪绑错了人。后来我才从她的朋友那里知道是我被耍了。那之后我俩就大吵一架，我又提出分手，结果她又自导自演了一场自杀的戏……我本来很生她的气不想管她，但又怕真有个万一，会让我后悔一辈子。事实证明我只是个被她耍得团团转的蠢货！那次之后我就说，无论如何也要分手。她当时哭着求我，哭着哭着突然就上气不接下气起来，好像缺氧一样，有过前两次经验，我那次没信她，何况她的演技是真的烂。见我不搭理她，她果然自己又好了，还说我不关心她……我真的没见过比她更作的人了……”

他一边说一边叹气，在座的几个男生都投去同情的目光，就连几个女生也是，唯独林婉，揣着手臂看好戏似的看着他。

“你的话是不是只说了一半？”

许魏愣了愣：“什么？”

林婉质问道：“既然她这么作你们又怎么会在一起那么久？她肯定也有她可爱的地方，你才愿意跟她在一起吧？她为什么会疑神疑鬼？是不是你没有给她安全感？自己策划被绑架和自杀的事听着很匪夷所思，但何尝不是因为她想博得你的关注？这是不是可以说明你平时经常忽略她？”

如果这是一场辩论赛，池渺渺都要为林婉拍手叫好了，这反应速度和反驳的点足以让许魏措手不及。

可惜这是场分享会，大家同仇敌忾，要敌对的不是某个前任对象，而是那段已经逝去的关系。

池渺渺连忙出声打起圆场：“这些事肯定双方都有责任，没必要非得分出个谁对谁错来，大家不要激动，咱们继续！”

许魏却仿佛没听到池渺渺的话，而是不可思议地看向林婉：“简直了，一模一样，我那前女友做出那些奇葩的事后理由就是这些。我真搞不懂，就算我哪里做得不够好，我们可以谈，她有必要做得这么极端吗？我们男生也要生活、要学习，不能事事围着你们女生转！”

其他男生纷纷出声支援，表示认同。

林婉冷笑：“所以你这样的人不配被人爱！”

许魏反击道：“呵呵，爱哥的人多了，不然她怎么死咬着我不放呢？”

他看向其他人接着说：“我之前说的那些事还不是最精彩的。我俩好不容易分手后，我打算开始新生活，正好身边有合适的女孩子表白我就同意了。结果被她知道后，我和我女友就仿佛开启了地狱模式，她会通过各种手段找到我当时的女朋友的联系方式，不停地骚扰我的女朋友。”

有人忍不住插嘴说：“让你女朋友拉黑她不就好了？”

许魏无奈地说：“哪里那么容易？！她简直就是福尔摩斯转世了，总有办法联系到我的女友。最要命的是她不知道抽什么风，忽然跟我说我们其实还没分手，我单方面提的分手不算数，说我女朋友才是第三者，这不是有病吗？”

池渺渺不禁感慨世上的事总有相似的地方，都不用去看林婉的脸，也知道她的脸色肯定好看不到哪里去。

有人还不知死活地附和：“是啊，简直不正常！”

池渺渺只能暗示许魏：“发言结束了吗？”

谁知许魏说：“还没。”

池渺渺只好说：“那尽量长话短说吧。”

许魏点了点头：“最后我那奇葩前前前女友终于把我们搅和黄了，我女朋友分手时也没有怨我，反而很同情我，说她只是不想再被人盯着了，感觉很不好，还让我以后多加小心。那之后我怕继续连累其他女生，单身了一段时间，她倒是消停了。我以为她应该放下了这段感情，就打算开始新生活。结果一听说我又找了女朋友，她故态复萌，开始折腾……”

旁边的男生终于听不下去了：“哥们儿，和你这比起来，我们其他人的经历算什么啊？！真是委屈你了！”

“呵！委屈？”林婉还是阴阳怪气地说，“你难道从来没有反省过吗？你怎么能变心那么快呢？看你年纪也不大，数数都交几个女朋友了，可见你有多花心！难怪你那女朋友会被你逼疯，你倒好，还跑这儿来跟其他人吐槽她！”

“我逼疯她的？”许魏激动地站了起来，“我算看明白了，你和她一样……”

他指了指自己的太阳穴不客气地说道：“这儿都有点儿问题！”

池渺渺当即皱了皱眉，正要出口打断他的话，林婉已经倏地站起身来：“你才脑子有病！”

许魏扫了一眼摊在她面前写满字的本子，嘲讽地说道：“你有什么资格说别人奇葩？你这样的人才是最大的奇葩所在！我现在很同情你那前男友，也很理解他。如果有机会我一定要对他说一句他的选择是对的，他离开你至少能过正常人的生活！”

林婉几乎隔着茶几扑了上去：“你这‘渣男’说什么？！”

其他人见状连忙上去拉架，场面一时间变得混乱不堪，还是有人叫了楼下保安上来，才控制住局面。

而池渺渺组织的第一场分享会也在这“热闹”的氛围中结束了……

失恋博物馆的其他工作人员带走了林婉，池渺渺忙着安抚许魏。等将其他人都送走时，她转头去看身旁的沙发，李牧遥不知道什么时候已经离开了。

池渺渺这才想起来该去安慰安慰林婉，走出休息区她才发现同事们都探头探脑地徘徊在会议室门口。

难不成林婉被带到会议室去了？可是韩夏他们都在门外，那是谁在会议室里陪着林婉？

池渺渺快步走过去，刚到会议室门前就隐隐约约听到里面有哭声传出来。

池渺渺正要去推门，却被韩夏拦住，韩夏悄声对她说：“李总也在里面。”

但池渺渺也只是迟疑了那么一下，便推开门走了进去。

阳光吝啬地透过窗外的梧桐枝丫落到房间中，即便是中午，这间房间里也如同正处于傍晚时分，就如池渺渺第一次来这里面试时一样。

林婉蜷缩在椅子里，哭得声嘶力竭，李牧遥背对着门立在窗前，像是在想什么又像是在等待什么，听到身后的声音也没有回头。

池渺渺反手关上门走向林婉。

今天的事情对旁人来说或许只是场热闹，但是她知道许魏的每一句话对林婉来说都是一次凌迟。

在她和萧易的这段感情中，她或许隐约意识到自己有错，但因为萧易先离开，她有了怨他、恨他的理由。因为她是这段感情里的受害者，无须自责，无须懊恼，毕竟怨怪别人总要比自责、懊悔更轻松些。

她慢慢说服了自己，都是萧易欠她的，可是这也让她越来越不甘心，越来越难走出去。而她原本是个开朗活泼的小姑娘，却因为这份求而不得的不甘心的感情，让她的想法逐渐扭曲，整个人越来越荒唐。

池渺渺拍了拍林婉的肩膀试图安慰她。

感受到旁人的触碰，林婉似乎有点儿紧张，抽噎着抬起头来，见是池渺渺，先是愣了一下，接着忽地一把抱住她，然后更加委屈地宣泄。

在今天之前，池渺渺不是没有见过林婉哭，但那种情绪的释放和今天是截然不同的。

林婉哭得声嘶力竭，一句话也没说，但池渺渺就是听出了这其中有自责、有懊悔，有对萧易的不舍，甚至也有对未来的无措。

其实失恋就像一种能够被根治的慢性病，大多数人总会挺过去，只是因为个人体质不同，需要花费的时间也不同。

李牧遥说走出失恋情绪的第一步就是让人认清这段感情没有再被重拾起来的可能。

虽然池渺渺没有真正谈过恋爱，但是也知道，有不少人就是被困在了第一步里，每天在患得患失中消耗着自己。

而面对眼前的林婉，池渺渺没来由地有种预感，或许今天过后，林婉就能走出失恋这个怪圈了。

这一切看似水到渠成，但池渺渺知道，这是有人在背后推波助澜。

她一边轻轻顺着林婉的背，一边看向立在窗边的男人。按照她对他的了解，对眼下这种场景，他应该是最不耐烦的，今天他却难得有耐心，一直留在这里。

不知道过了多久，林婉似乎终于哭累了，哭声渐渐小了，最后只余断断续续的抽泣声。

李牧遥转过身来，坐到桌对面，看着林婉。

林婉吸了吸鼻子问："他跟你说过我吗？"

李牧遥并没有回答。

林婉接着说："在他眼里，我和许魏那前女友应该差不多吧？"

说着她的话音中又带了点儿哭腔。

这话虽然是问话，但她多半是不需要对方回答的。

池渺渺也以为李牧遥不会回答，或者干脆说没有，他却说："你想问他的问题我大概猜得到，所以我提前替你问了，你看看吧。"

说着，李牧遥在他的手机中找到一条视频打开，然后将手机递给了林婉。

林婉懵懵懂懂地将手机接了过来。

视频中是一个年轻英俊的男人，乍一看确实很像泷泽秀明，他穿着一身居家服，很随意地坐在家里的书房中，手里拿着张打印纸，边看边对着镜头念上面的问题。

“前女友的优点？这我不都说过了吗？她活泼漂亮，特别注重我的感受……至于缺点？就是有点儿黏人，不懂得体谅我，而且有时候太疑神疑鬼……”

萧易继续下一个问题：“是否真的对前女友动过心？这不是废话吗？我不喜欢她她怎么成我的女友的……现在还喜欢不喜欢？”

说到这个问题，萧易没有立刻回答，像在认真地审视自己的感情。与此同时，池渺渺看到林婉也屏气凝神，安静地等着他的回答。其实池渺渺自己的心也随之提了起来，她真担心萧易说出什么话让本来已经死心的林婉又燃起希望，那他们之前所做的一切事不是前功尽弃了吗？

片刻后，萧易似乎是叹了口气说：“感情还是有的，听说她过得不好我也会于心不忍，分手的这段时间也会偶尔想起她，但我觉得这不是当初那种喜欢了。打一个不太恰当的比方，哪怕是养只宠物，养一段时间送走了它我也会难过因为朝夕相处对它有感情，因为我们曾经生活在一起，生活中总有它的影子，哪怕它不在了我也会偶尔想起它。虽然这么打比方不太合理，但我现在对她大致就只有这样的感情了。”

听萧易说完这番话，池渺渺提着的心渐渐放回原处。而与此同时，她注意到林婉的情绪变化，最初是期待，随之是难过，到最后就只剩下无可奈何以及释然。

“最后一个问题，我想对她说什么？”萧易想了想，看向镜头。

他或许早就猜到这段视频会让林婉看到，他郑重其事地想要对林婉说几句话。

“虽然最后闹得很不愉快，但是我也承认，最初和你在一起的那段时间我确实挺开心的。分手时你问了我两个问题，第一个问题是有没有真心喜欢过你，我前面已经回答过了。至于第二个问题，我有没有想过跟你白头到老，我当时没有勇气正面回答你，是因为答案应该不是你想听到的。我确实没有想过这些事，但不是因为你不好。可能你们小姑娘真心喜欢一个人的时候就会想很长远的事情，但我不是。我不知道别的男人是怎样的，但是我很少在一开始就去想这些事，一段感情中心动当然重要，但是在我看来，相处得舒服比心动更重要。不过我们后来相处得不愉快，这并不是你的错，可能是我们不合适，就像你也觉得我有很多做得不好的地方一样。虽然分开了，以后或许也不会再联系，但是我还是希望你能过得好，早日遇到那个真正适合你的人。”

看到最后，林婉又呜呜咽咽地哭了起来，但是这一次，她的哭声既不压抑，也不歇斯底里，好像只是有点儿难过而已。

这一次李牧遥没有再多停留，起身离开了会议室。临走前，他看了池渺渺一眼，那一眼大概就是让池渺渺把后面的事情料理干净的意思吧。

池渺渺叹了口气，继续安抚着林婉。这一次没有让池渺渺等太久，林婉的情绪很快就平复了下来。只是，或许是累了，或许还有些难过，她显得有些没精打采。

池渺渺看她这样子知道她也没心思工作了，于是提议：“反正也快下班了，你要不先回去洗个澡休息一下？”

林婉点了点头，跟着池渺渺起身。

两个人正要离开时，池渺渺才注意到刚才李牧遥走的时候忘记拿手机了。她只好先替他收着，想着一会儿送走了林婉再去还他。

等车的时候，一直沉默着的林婉忽然问她：“喵大，你说我是不是太幼稚了？”

她虽然没有明说，但池渺渺猜测，她大概还在自责，觉得是自己很多不成熟的举动，让周围的人，尤其是萧易疲惫了。

林婉是肯定不成熟的，但不成熟就是错的吗？人总是要经过一些事才会逐渐成熟起来。

“跟七老八十的人比当然算幼稚了。”她说。

林婉难得露出浅淡的笑容：“你就别哄我了，一定是我不够成熟，不然我们也不至于像现在这样，还耽误你和李总那么多的时间。”

池渺渺无所谓地摆了摆手：“帮你我们就是举手之劳，算不上耽误时间。至于你和萧总，或许就是他没成熟到能够包容你的不成熟的程度吧。你们谁都没有错，只是不合适而已，所以你没必要耿耿于怀了。这方面你应该向萧总学习，承认他的好，也记得他的不好，坦然面对过去，这样你才能更快开始新生活。”

林婉认真想了想，然后郑重其事地点了点头：“谢谢你，喵大。”

说着她看向失恋博物馆的方向，对池渺渺说："也代我向李总道个谢吧。"

池渺渺干脆地应下："没问题，一会儿我就去跟他说。"

将林婉送上了车，池渺渺返回失恋博物馆后直奔李牧遥的办公室。

"人安抚好了？"

池渺渺进门时，李牧遥正在办公桌前翻看文件，听到声音头也不抬地问了一句。

池渺渺说："我看她情绪不好也干不了什么了，就让她先回去休息了。刚才在楼下，她说想谢谢你，但不好意思跟你说，就让我转达一下。"

李牧遥这才抬起头来，看了她一眼。

池渺渺见缝插针地奉上一个大大的笑容："李总，你真厉害，许魏是你专门安插进来的吧？"

池渺渺记得，在最初她拟订的名单中并没有许魏这号人，所以许魏确实是李牧遥后来添加进去的。

李牧遥继续低下头翻动手上的文件："我又不认识他，算不上安插。"

这倒是让池渺渺有点儿意外了，她本来还以为许魏八成是李牧遥找来的托儿，没想到真是从众多报名者里筛选出来的，可怎么就那么巧呢？

池渺渺犹犹豫豫地上前一步："我能问一下吗？你是怎么猜到许魏今天要说什么话的？"

李牧遥瞥她一眼，不咸不淡地说："仔细看看报名者的资料，你也能猜到。"

池渺渺一阵唏嘘，报名者的资料里，除了简单的基本信息，还有一栏是可以自由发挥的，有人干脆不写，有人则是长篇大论写作文似的写好多。

报名者人数众多，筛选时未必都能注意到，此时李牧遥这么说，池渺渺就大概清楚了，估计是许魏在资料里写了什么内容让李牧遥推测出他或许能帮到林婉，这才选了他。

虽然选中许魏治愈林婉的过程没池渺渺想的那么复杂，而且有运气的成分在，但是她也从中认识到了自己和李牧遥的差距。

他那样的人在对待这么一件小事时都能比普通人认真，甚至比她这个直接负责人思虑得更周全，所以他不成功什么人会成功呢？

说完了正事，池渺渺才想起来李牧遥的手机还在自己这里。

她连忙掏出手机，递过去前又想到这人爱干净，正打算用袖子给他擦干净，却听李牧遥说："不用了。"

池渺渺一听这话也就没再继续，从善如流地把手机递到他的面前，带着几分讨好之色说："我今天没碰过捐赠物，老板你放心，刚才也洗过手的……"

她话没说完，就见李牧遥从抽屉里拿出酒精棉片，慢条斯理地擦了起来，边擦边扫了一眼池渺渺的袖子："你那衣服上的细菌不一定比你手上的少。"

池渺渺再一次感到自己的人格受到了极大的侮辱。

她这件衣服虽然是打折时买的，但也好几百块钱呢，今天她刚穿第一次就舍得给他擦手机，他不领情也就算了，一脸嫌弃是怎么回事？！

池渺渺撇了撇嘴："那没事我先出去了。"

"等一下。"李牧遥叫住她，从旁边的一堆文件中拿了最上面的一份递给她，"这是和汪可的合作方案，法务部已经根据这个拟了一份合同，稍后会发到你的邮箱里，后面就由你和她的经纪人对接，上面有对方的联系方式。"

当时李牧遥还端着架子没有立刻同意合作，眼下看来是不打算放过这么好的机会了。

不过池渺渺倒是有点儿意外，这么大的事他怎么会交给她？

"这么重要的合作，为什么要我去对接？"

李牧遥抬起头来看着她："怎么我给你派点儿活儿你总是推三阻四的？"

"我怎么敢哪？！我就是担心我这实习员工的身份让人家觉得咱怠慢了人家。"

李牧遥闻言继续低头擦拭手机："你不说谁知道你是实习员工？再说只是让你中间传个话而已，你真以为自己接了什么大项目？"

"哦。"池渺渺有点儿失望地点了点头，原来他就是把她当成秘书使唤了。

不过她就算是传话，那也很有参与感，而且不出所料的话汪可的感情故事还得她来润色，这样一来说不准还能挖到汪可和李牧遥的八卦新闻……

想到这些，池渺渺又激动起来，笑嘻嘻地领了工作：“老板你放心，我会认真对待的。”

下班前，李牧遥接到了萧易的电话。

萧易说：“婉婉的事多谢你了，我就知道你肯定有办法。”

李牧遥不耐烦地说道：“下不为例，我没多余的时间帮你收拾烂摊子。”

“放心，放心，我下次一定重点考察对方的性格，合得来再说。”

“下次？”李牧遥没好气地说，“我以为这次的事情能让你消停一段时间。”

“我也没说立刻就要有下次，但是感情这种事什么时候来也说不准，心动了就什么也挡不住了。”

李牧遥轻嗤：“无聊。”

萧易不以为然：“你现在这么说那是因为没有遇到让你心动的人，等真到那一天，你以为你能比我好多少？”

李牧遥斩钉截铁地回答说：“不可能。”

萧易继续说：“其实我一直想说，咱俩的区别只是在于我长了一双会发现美的眼睛，而你长了一双格外挑剔的眼睛。你这样的人让你夸哪个姑娘一句确实不容易，但是有时候心动未必是因为你觉得对方无可挑剔，而是在某个看似寻常的场景下，你对某个你甚至觉得浑身是缺点的人，莫名其妙地就心跳加快了，这就是爱情！”

李牧遥嗤笑：“如果有那么一天，我更愿意相信我是心脏出了什么问题，会第一时间去就医的。”

“啧，我说你这人怎么这么不解风情？！”

“实话实说而已。”

“话可别说太满！不过你这么说我就更加期待那姑娘出现了！哦，对了……”萧易像是想起什么，嘿嘿一笑说，“说不准你命中注定的那位姑娘已经出现了。听说你是亲自去见了汪可，老熟人再见面是什么感受啊？”

李牧遥不耐烦地说道：“我去见她只是为了工作，能有什么感受？而且我和她之前就见过两次，算不上什么老熟人。”

“见过两次人家就对你念念不忘，你就没什么想法？那姑娘不错，要不你借着这次合作的机会好好接触接触？说不准她就适合你呢？”

“我不关心她适合谁，只关心她是否适合我们接下来的运作路线。”

“说起这个，汪可一直是走玉女路线，气质和形象倒是比较适合的，但你那合同条款是不是太苛刻了？人家是看你的面子来让你蹭热度，你开出的条件太吝啬了吧？失恋博物馆现在虽然没多少盈利，但看在你的面子上，如果你要给对方涨涨价我绝不反对，也免得寒了人家姑娘的心啊！”

李牧遥不以为然地说道：“我本来也没打算请什么明星来代言，原本请个表演专业的学生，也就是几千块钱的预算，合同上的价格都是考虑她的身份和可能带给我们的热度提上去的。而且她来找我，应该也是打听到了我后续的投资计划和运作方向，所以这只是一次大家各取所需的合作而已。如果条件谈不拢，她完全可以不合作。”

“啧啧啧……”萧易感慨道，“人家都说一日夫妻百日恩，虽然你们这是露水情缘，但是你这做法也太绝情了吧。我萧易怎么会有你这种朋友呢？”

听到萧易略带调侃地说出这番话，李牧遥冷酷地回了一句：“是的，你已经没我这朋友了。”

“别啊！”萧易连忙说，“玩笑懂不懂？真不是我说你，你这人臭毛病那么多，也只有我能忍你了。”

分享会过后，李牧遥忽然就对“臭”这个字变得很敏感，尤其是听萧易说起这个字，立刻就有了某些不太好的联想，让他整个人都很不舒服。

他有点儿不自在地咳嗽了一声：“你还好意思说我？”

萧易不明所以：“我怎么就不好意思说你了？”

“你的有些毛病，真得改改！”

“怎么又绕回来了？你放心，下一次找女朋友我一定慎重！”

“我不是说这个。”

萧易一头雾水地说：“那你是说什么？”

难得李牧遥也有不知道怎么开口的时候，沉默了片刻他才说：“虽然有些习惯能够刺激人的神经，让人得到心理上的放松，还能在习惯执行的过程中让人的脑垂体和下丘脑释放内啡肽，但有些习惯也会导致很多不好的后果，比如不讲卫生，久而久之能让人体成为带菌体，容易受感染，容易生病，体质会越来越弱，严重的话可能会致命。”

萧易听得云里雾里："什么乱七八糟的？什么不讲卫生？"

李牧遥严肃道："你别不相信，前年有一则新闻我回头找找发给你，就是讲某男子因为情不自禁地闻了一下袜子，最后竟然感染了肺炎……"

这一回萧易总算听明白了，意外之余也有点儿无语："她连这种事都跟你说？"

李牧遥没有回话，相当于默认。

一时间萧易也有点儿尴尬："我说你可够厉害的，说让她对你敞开心扉她就一下子敞开到这种程度。"

李牧遥还是没有回话。

萧易又晕道："虽然我没什么偶像包袱，但好歹还是总经理，对外代表着我们馆的形象……"

李牧遥直接打断他的话："不，你不代表馆里的形象。"

"行，行，行，现在你也是老板了，我也不能完全代表咱们馆的形象了，但这种小事被下面的人知道也不好，你说是吧？"

李牧遥忽然就想到分享会上池渺渺目瞪口呆的神情，半晌，表示认同："好像是。"

萧易终于松了口气似的笑了："你知道就好，嘿嘿。哦，对了，她……没跟你说别的事吧？她跟你说这些事时旁边没别人吧？"

沉默了片刻，李牧遥没有回答他这个问题，而是说："我突然想起来还有点儿事，先挂了。"

说完他也没管萧易在电话里又嚷嚷了什么，就直接挂断了电话。

早知今日他何必当初呢？

太阳西斜，马上就要没入地平线下，房间里没有开灯，片刻的工夫，光线就变得很暗。李牧遥处理完手上的工作离开了办公室。

池渺渺比李牧遥早几分钟离开了办公室。她刚走到一楼，就看到有人急匆匆地从外面进来。

保安将他拦住："不好意思，我们已经闭馆了，你明天再来吧。"

那人连忙解释："我今天下午时有东西落在馆里了，刚才你们人事部门的韩夏主管叫我过来拿的。"

保安似乎想起了什么，问对方："你叫许魏？"

"对，对，我的帽子落在这里了。"

“韩主管交代过了，说你会来拿，你稍等一下，我给你拿出来。”

保安一走，池渺渺走上前去。

许魏一眼看到她，很高兴地跟她打招呼：“你还没走呢？”

虽然今天是池渺渺第一次见到许魏，但池渺渺需要在分享会之前就联系被选中的人确定时间，所以在这之前她就已经通过微信和许魏认识了。

在今天之前，池渺渺对许魏的印象其实都挺不错的，而且许魏这人比较开朗，所以私下里他们也算熟悉了。

但是此刻，她不想和他多说什么。

于是池渺渺只是很疏离地“嗯”了一声说：“我先走了。”

许魏似乎没想到她会是这个态度，愣了一下又将她叫住：“渺姐，你这是怎么了？”

可还没等池渺渺想好怎么回答，许魏就像是想到了什么，抱歉地说：“是不是因为分享会的事你被领导批评了？抱歉，抱歉，是我考虑不周冲动了，没想到这事儿会连累到你。要不……你看方不方便，我跟你的领导说一声？这事儿真不能怪你……”

池渺渺原本还想着要不要跟他说点儿什么，但见他非要问出她不高兴的原因，那正好说说自己的想法。

她打断他的话：“你不用跟我道歉。”

她看得出他是真的满怀歉意，可见他并不是个不在意他人感受的人，可今天对林婉说的那番话特别伤人。

“你应该道歉的人，是林婉。”

虽然李牧遥本来就想着让林婉受点儿刺激，从而让她更快地从失恋情绪中走出来，但这不是其他人伤害她的理由。

听到林婉的名字，许魏也有点儿尴尬：“可能我当时态度不好，但我说的也是事实啊。”

“真的是事实吗？”池渺渺冷眼看着面前的大男孩，“感情中的事本来就没有绝对的对错，纵然你说你的前女友的那些都是事实，但是你就真的能保证你说话时很公正，一点儿都不片面吗？她做的所有荒唐事只是因为她自身的问题？”

听她这么问，许魏果然就不说话了。

池渺渺接着说：“面对你非常熟悉了解的前女友你都不能保证你的全

部评价是公正的，你和林婉认识多久？你有没有想过，你看到的她，你通过只言片语想象出来的事实并不是真的事实，你那样的回击很有可能伤害到她。”

到了这一刻，许魏才意识到自己不只是跟个小姑娘吵了一架那么简单，脸上浮现懊悔的神色。

“我当时没想那么多……我应该想到的，她那么喜欢她那前男友，可能还是刚刚分手的状态……”许魏唉声叹气了一阵，又犹犹豫豫地问池渺渺，“她后来是不是特别伤心？”

池渺渺无奈地叹了口气：“是有点儿，不过已经过去了。”

“那我该怎么办？”

“你也不用太自责，因为你的确歪打正着帮了她。”

这时候保安正巧把许魏的帽子拿出来，池渺渺也就没再多说什么，跟许魏道了别，出了失恋博物馆。

KUANG 06 RE

柔弱无助的临期女孩

等两个人相继离开，李牧遥才从楼梯上下来，刚才池渺渺说的那番话他都听到了。

其实他和池渺渺都清楚，林婉的荒唐程度远不是分享会上表现的那点，池渺渺又因为她的事浪费了不少时间和精力，这要是一般人，恐怕早对林婉没什么好印象了。

退一步说，就算不至于有什么坏印象，但在今天那种时候，池渺渺还意识到许魏的话伤害到了林婉，并且愿意直接和许魏说明，这就让他有点儿意外了。

而上一次，她让他这么意外是从医院回来的路上，明知道是林婉策划了自杀事件，害她白跑一趟，她却并没有很生气，更多的是庆幸林婉没事。

他一直以为她能做到这一步是因为跟林婉早就认识，可后来从林婉的话中，又分明了解到，她们两个人在之前并不算多么熟悉。

这么看来这家伙也不是一点儿优点都没有。

所以第二天一早，当韩夏向他请示兼职总助人选的时候，他第一时间就想到了池渺渺。

李牧遥一直都有私人助理和私人司机，但这段时间助理被他派到了美国，他办公室里的一些杂活儿就没有人做了。

之前韩夏一直建议他直接从管理层选一个合适的人暂时兼职，可是李牧遥看谁都不是那个合适的人选。

但这一次，当韩夏再度提起这事时，他莫名地就想到了池渺渺。

虽然她比馆里其他人更莽撞粗心，那股子斤斤计较的劲头也让人很讨厌，但她似乎是唯一一个身上味道能被他容忍的人。

但一抬头看到韩夏，他又想起池渺渺和她的那番对话。

他低头翻看着面前的文件："我看大部分人挺忙的，未必兼顾得过来，不过新来的人手头工作少，就从新来的人里找个合适的吧。"

韩夏想了想说："您说林婉？她确实没什么事。"

李牧遥深呼吸："她每天就在馆里工作四小时，你的意思是我要吩咐助理做什么还得就她的时间？"

"对，对，抱歉，那小张？"

李牧遥皱眉："哪个小张？"

"刚转正的，行政部门那个小张，个子挺高的，眼睛小小的……"

李牧遥烦躁地打断她的话："那就池渺渺吧。"

那就？她说的是小张，又不是池渺渺，这里面有什么逻辑关系？

她不确定地问道："李总，您是不是听错了？我是说……"

李牧遥抬眼看向她："我的耳朵好得很，我说池渺渺。"

这事韩夏根本就没考虑过池渺渺，因为在她看来，池渺渺犯的那些错误都够李牧遥开池渺渺八次了，可她怎么也想不到他竟然愿意让池渺渺做他的助理，这就意味着，他会经常见到池渺渺。难道之前是她想错了，不是池渺渺对李牧遥有非分之想，而是李牧遥对池渺渺心思不纯？

"有什么问题吗？"

韩夏回过神来，连忙回复道："没问题，我这就去安排。"

片刻后，韩夏就把李牧遥的指示传达给了池渺渺。

池渺渺无比意外，让她去给他当助理，他这是想近距离地折磨她吗？

见池渺渺露出为难的神色，韩夏说："其实工作内容很简单，他不喜欢别人动他的东西，所以你甚至不用帮他整理文件，平时就是传达一下他的指示，其他部门有什么要他审批的文件通过你去送一下。还有就是他的办公室里的咖啡豆、牛奶什么的定期补补货就行。"

池渺渺一想到要和李牧遥朝夕相处就感到缺氧。

"韩夏姐，真没别的人选了吗？你难道不觉得这么对我一个领实习工资的人有点儿过分吗？"

“放心，放心。”韩夏安抚性地拍着她的肩膀，“姐会替你申请奖金的，而且你不用干太久，最多两个月，李总自己的专职助理一到位你就可以交接工作了。再说了，近水楼台先得月嘛，你要是对他真有点儿……”

又来了……

“我没有。”池渺渺直接打断她的话。

韩夏反问道：“那可能他有呢？到时候你发现了他的好，说不准就有了。”

“那不可能。”

“为什么？”

因为，她知道他心里那人是谁。

“算了。”池渺渺只能再次向生活低头，“那现在需要我做点儿什么事？”

韩夏抽出一张便笺在上面写了几个字递给她：“我估计他那里的咖啡豆和牛奶应该都快用完了，你这两天就补充一下。别乱买，买这两个牌子，回头你把发票给我就行。”

这事简单，池渺渺当即下了单，第二天一早趁着李牧遥来公司前，她就把新的牛奶和咖啡豆放进了他的办公室里。

李牧遥上午有个其他项目的会议，下午才回到失恋博物馆。

回到办公室，他想给自己做杯咖啡，一打开冰箱门，发现原来差不多空了的冰箱终于又满了。他要求买的牛奶已经一盒一盒地整齐码好占了冰箱的一整层空间，还有一些水果和其他饮料，都摆得整整齐齐的，看着就心情舒畅。

看来某些人也不是一无是处，至少这种小事她还是能做好的。

李牧遥悠闲自得地磨好咖啡，褐色的液体从咖啡机里流出，房间内顿时香气四溢。心情好了做什么事情都顺手，打好奶泡，他又一气呵成地做了个完美无瑕的叶子拉花。

他对自己今天的作品很满意，直到他尝了一口咖啡的味道。

这一口下去，他整个人都不太好了，是多年养成的好涵养才让他强忍着没将那口劣质的咖啡吐出来。

不用再尝第二口，他就意识到这味道不对，有人换了他的咖啡豆。

他连忙打开旁边的储物柜，一包一包的豆子摆了小半柜，但一看包装，果然和以前的不一样。

他没好气地拿出一包咖啡豆看了一眼牌子，顿时气得够呛。

是谁擅作主张把他的咖啡豆换成这种劣质品牌的？还一次性买了这么多！

李牧遥对任何事情都要求很高，别说是自己吃的、用的东西，每一样他日常用到的东西都有固定的牌子。

以前这种小事从来没有出过问题，这一次是怎么了？

他忽然想起来，这一次负责采购东西的人换人了。

他顿觉有点儿无力，果然对某些人不能抱有任何期待心情。

李牧遥立刻拨了个内线电话，不客气地说道："来我办公室！"

挂上电话，李牧遥忽然又想到什么，连忙打开冰箱，牛奶的牌子倒是没有错，但他拿起其中一盒看了一眼日期，竟然还有半个月就过期了。他随便拿出另一盒，是同样的日期。

李牧遥忽然觉得有点儿头痛，连肠胃也有点儿不适，一定是刚才那口快过期的牛奶惹的祸！

片刻后，办公室的门被敲开，然后一个毛茸茸的脑袋出现在了门口。

"还不给我进来？"

一听他这口气，池渺渺就知道自己八成是在不经意间又得罪了她这个格外变态的老板。

可是他安排给她的工作她都做了啊，能有什么事？难不成男人每个月也有那几天？

池渺渺深吸一口气进了门，结果就看到冰箱门和橱柜门都大敞着。

这是什么情况？冰箱坏了？

"解释一下吧。"

解释什么？冰箱怎么坏的？难不成她给他做助理还得掌握家电维修的技能？

"我早上放牛奶进去的时候冰箱还好好的，要不我现在打电话让厂家来看看？"

李牧遥没好气地说道："谁问你冰箱了？！我问你冰箱里面是什么？"

池渺渺莫名其妙地看向李牧遥："不是牛奶吗？"

面对眼前这女孩一脸懵懂表情，如果是一般人的话就算知道她弄错了，恐怕都不好意思责怪她了，但是这家伙装傻的水平他可是领教过的。

他也不再跟她兜圈子：“我是问你为什么换掉咖啡豆的牌子？还有，牛奶只剩下半个月的保质期了，别告诉我你没有留意到！”

池渺渺还当是什么事，原来是这种小事，当时韩夏的确嘱咐过她不要换牌子，但她这不是事出有因吗？

“哦，你说这个啊……”池渺渺解释道，“我也想买你之前喝的那种咖啡豆来着，但是看了好几家店都没货，恰巧这个牌子的咖啡豆正在搞促销，说是跟原来那牌子的口味差不多，我就买了。牛奶的保质期确实还有半个月，但毕竟也没过期呀，而且就是因为日期不够新所以便宜很多呢，我算了下你每天大概要喝掉的量，这样半个月内刚好可以喝完！”

“所以你觉得拿着我的钱买这些快过期的促销牛奶没问题吗？”

这话倒是让池渺渺有点儿意外，因为韩夏让她去买那些价格明显要比其他牌子贵很多的咖啡豆和牛奶时也只是说让她回头拿着发票去报销，并没有说这些开销其实都是李牧遥自己承担的。所以当时她就在心里把他这腐败的做派骂了百八十遍。所以后来买了更便宜的牌子，替馆里省了钱，还挺自得的。

事实虽然有点儿出乎意料，他没她想的那么爱占小便宜，但他这矫情的毛病真的让人看不下去。

牛奶的保质期不新怎么了？又不是过期了，人家写明了保质期就是说在这个期限内食用丝毫问题都没有。还有咖啡豆，商家都说两种口味差不多，就是一个牌子贵得离谱，一个牌子价格更亲民，她还就不信他能尝出味道的不同！

“那现在怎么办？”池渺渺偷觑着李牧遥的神情小心翼翼地说，“应该退不掉了……”

李牧遥无奈地揉着额角：“把这些东西给我弄走！”

“弄走？弄哪儿去？”

池渺渺突然有点儿担心，这么多咖啡豆和牛奶，难道是让她自己消化吗？那她这个月的工资真不用领了，想到自己银行卡上的那点儿余额，池渺渺的心情就更差了，心情一差态度也就好不到哪儿去。

“老板，你这么做是不是太过分了？”

李牧遥有点儿意外地看向她：“你弄错了还说我过分？”

池渺渺气鼓鼓地说：“我承认是我自作主张地换了牌子，但是你这么做的确有点儿过分了！”

“我怎么做了？”

“你这不是明摆着欺负我这个柔弱无助的女孩吗？”

他让她把这些东西弄走就成了欺负她？

李牧遥无奈地扫了一眼面前的女孩，好吧，不得不承认，这家伙虽然长了根反骨，但看上去确实纤弱得没什么力气。

他拿起电话拨了个内线号码：“叫两个保安来我的办公室。”

池渺渺一听这话吓了一跳，这男人难不成是打算用武力镇压她了？

池渺渺刚才的气焰顿时被灭得连点儿火星子都不剩了。

而正在这时，韩夏已经带着保安进来了。

池渺渺一看这架势不由得悲从中来，韩夏这个人事部主管都来了，莫非这是要借机开掉她，又怕她有所不满带着保安来震慑她？

池渺渺顿时气不打一处来，亏她在经历了林婉的事后还觉得他人不错！这家伙应该一直记着她在便利店戏弄他的仇，早想找机会开掉她了！

她不由得愤恨地嘀咕了一句：“小心眼！”

与此同时，李牧遥吩咐韩夏：“这些咖啡豆和牛奶你们拿出去喝吧。”

池渺渺不由得愣了愣，他让大家一起喝也就是说不用她来赔了？他叫保安来也是觉得她一下拿不了这么多东西，所以才让他们来帮忙的？那么他自然也没打算开除她了！

李牧遥吩咐完保安，转过头看向池渺渺：“你说什么？”

池渺渺立刻换上一副感激涕零的表情说：“我说‘好心眼’！老板你人太好了，非但不怪我买错了牌子，还请大家喝咖啡。”

李牧遥也不傻，看着她瞬间变化的表情怎么猜不到她刚才想说什么。

他讥讽地笑了笑：“不用太感动，再有下次，我的损失就由你来赔。”

池渺渺连忙郑重其事地说：“绝对不会有下次！”

临走前，她忽然又想到一个很关键的问题：“老板，还有件事，我们员工的茶水间好像还缺一台咖啡机……”

李牧遥忽然有点儿怀疑，让她做他的助理，是不是从一开始就是个错误？

第二天一早，新买的咖啡机一送到就被投入了使用，茶水间里立刻弥漫出咖啡的香气，众人难得聚在里面聊起了天。

女同事甲："速溶咖啡真没法喝，但之前想喝杯咖啡还得走那么远去买，现在终于不用跑出去买咖啡了，这真要好好感谢李总！平时看他不怎么爱理人，还以为人很冷漠，没想到他还是面冷心热的，这种小事都替我们想到了。"

韩夏连忙说："李总自然不会留意这种小事，这还得多亏渺渺提醒她。"

池渺渺心虚地摆手："跟我没关系，我什么都没做。"

女同事乙说："这事确实多亏了渺渺提醒，不然李总平时不进我们这茶水间自然不知道。不过渺渺一个实习员工的诉求他都能立刻满足，可见李总是真的不错。"

其他人也连忙附和："对，对，对，我也发现李总确实不错，我们平时工作上犯点儿小错他也不计较，应该是个很宽厚的人吧。"

韩夏仔细想了想："虽然他性格有点儿孤僻，但平时对我还挺客气的。"

"对，对，对，我也总看到他自己嘀嘀咕咕，洗手还要按照七步洗手法洗。"

"而且他真的好帅啊……"

"可我怎么听说给他办公室打扫卫生的保洁阿姨前后换了好几个呢？他是不是没那么好相处啊？"

说这话的是保卫部主管，失恋博物馆里除了老板外唯一的男人。

而这话一出来就引来了其他女同事的反击。

"这怎么能怪他呢？我听说是前几个保洁都不尽心，可能就是觉得他好说话，干活儿太敷衍，被换掉是应该的。"

"但我听说，那几个阿姨在其他公司的口碑都很好的，是他有洁癖要求高吧？"

女同事甲不以为然地说："有点儿洁癖也是正常嘛，你们保卫部是不是没事情干啊？平时还有时间和保洁阿姨闲聊？"

有点儿洁癖的人会用医用酒精消毒别人碰过的地方吗？不说池渺渺开他的车去医院那次，就说这女同事甲有一次带着文件去找李牧遥签字，结果没带笔，正好李牧遥桌上有一支，她就顺手拿起来递给李牧遥。结果呢？

李牧遥签完字后就掏出酒精棉片给那支笔消了毒。

池渺渺之所以会知道这事，还是这个女同事自己觉得受到了侮辱跑来找大家哭诉的，怎么这会儿就忘了？

看来这咖啡除了能提神之外还有点儿副作用，会让人记忆力严重衰退。

女同事乙：“对，对，对，洁癖总比邋里邋遢强。”

大家你一言我一语，不管接触没接触过李牧遥的，一时间都开始挖空心思地挖掘起李牧遥的优点来。

虽然李牧遥这人确实奇葩，但他这次没让池渺渺赔咖啡豆的钱，她还是心怀感激的。所以哪怕她实在无法苟同其他同事的有些观点，也都忍着没有吭声，只是希望他们将来被现实打脸的时候，不要太绝望。

池渺渺正设想着未来众人真正了解了李牧遥后的反应，就感觉有人扯了扯她的袖子。

“你觉得怎么样啊？”

池渺渺不解：“什么怎么样？”

韩夏没好气地说：“你现在好歹也是总经理助理，是我们这里和李总最亲近的人，怎么对他的事一点儿都不上心？”

池渺渺连忙解释：“我就是太上心了，刚才又想起他安排给我的工作还没做完……对了，你们说到哪儿了？”

韩夏同情地拍了拍她的肩膀说：“也是，领导器重你，你难免比别人忙，正好这次给你个好好表现的机会。”

“什么机会？”

“李总的生日马上到了，这可是他来我们馆后过的第一个生日，我们就想着给他个生日惊喜。策划和执行肯定要有人牵头，我们一致觉得你最合适也最需要这个机会。”

池渺渺难以置信地指了指自己：“我？”

韩夏理所应当地说：“对啊，我们这里还有人需要转正吗？而且你干活儿不少，领导看得见还好，看不见不是亏了吗？所以没人比你更需要这机会了。”

她不需要！

可是不管她说什么都没有人再理会她了，韩夏他们已经七嘴八舌地讨论起如何给李牧遥过生日了。

因为对方是李牧遥，哪怕众人再怎么口是心非地“认定”他是个面冷心热不难相处的好老板，但对于和他聚餐或者唱歌这类选项最后都被大家痛快地否决了。最后经过一番讨论后，大家都认为心意比形式更重要，所以最后大家决定为他订个蛋糕，将办公室布置出喜庆的氛围，证明众人都没忘记他的生日，这就足够了。

最后韩夏给众人分了工，有人负责采买装饰物，有人负责订蛋糕，至于李牧遥的行程确定以及李牧遥的办公室的布置就交给了近水楼台的池渺渺。

转眼就到了李牧遥的生日当天。

池渺渺打听过，他上午有个会要开，下午才能来失恋博物馆。原本她还担心鲜花隔一晚上会不太新鲜，蛋糕早上未必能及时被送到，现在正好，一上午的时间，够大家布置好他的办公室同时等蛋糕被送到了。

按照大家最初讨论的方案，为了不影响失恋博物馆的正常营业，也为了给李牧遥制造惊喜，除了李牧遥的休息室，其他地方都不做特殊的布置，到时候众人也都像平时一样假装不知道今天是什么日子，该干什么干什么。

等他回到办公室，会有一个人去向他汇报工作，这更加让他想不到大家为他准备的生日惊喜。在他进入工作状态后，向他汇报工作的这个人就要引导他进入休息室，同时通知其他人准备。

最后当他看到休息室里为他准备的一切东西后，众人再推着蛋糕和香槟入内，祝他生日快乐。这个时候那种意外之喜就能达到顶峰，而且整个过程既简单又温馨，让人感动之余也没什么其他负担。

至于向他汇报工作引导他进入休息室的人，自然非池渺渺莫属。

下午李牧遥一踏进失恋博物馆，他们临时组建的小群里就有人发了消息。

“楼上的注意了，老板上去了。”

众人立刻看向池渺渺，池渺渺连忙拿过和汪可的那份合同站起身来。

正在这时，李牧遥恰巧从他们的办公区经过，池渺渺连忙跟了上去。

李牧遥淡淡地扫她一眼，没有立刻说话，直到进了办公室，才头也不回地问了一句：“什么事？”

池渺渺清了清嗓子说："关于汪可的那份合同的条款，对方做了些小的改动，想请你过目。"

李牧遥像往常一样脱掉西装外套，洗过了手，然后坐到办公桌前。

池渺渺连忙递上合同，与李牧遥目光相触时，露出一个自以为恰到好处的笑容。

李牧遥对这样的笑容没什么好观感，因为每次她这样笑的时候不是犯了错误就是即将犯错误。

他微微蹙了下一眉，低头翻看合同条款，片刻后又将合同递还给她。

"我没意见，发出去前再让法务过一遍。"

"好的。"池渺渺一边慢腾腾地收回合同，一边绞尽脑汁地想着怎么让李牧遥去休息室。

李牧遥见她果然没有立刻离开的意思，无奈地说道："又怎么了？"

池渺渺殷勤地建议道："老板你开了一上午会累了吧？要不要休息一下？"

李牧遥冷冷地回复两个字："不用。"

池渺渺只好又说："外面挺热的吧？你要不要换件衣服？"

李牧遥扫她一眼又看向电脑屏幕："没事你可以出去了。"

池渺渺一边在心里咒骂韩夏那群人把这苦差事交给了她，一边继续殷勤地劝道："老板，我看你从外面回来连口水都没顾上喝呢，你喝什么？我帮你拿。"

李牧遥不耐烦地说道："我说了不用，你出去。"

池渺渺却仿佛没听见他的拒绝，直奔他的冰箱。

打开冰箱门，池渺渺对着一众有颜色和没颜色的饮料犹豫了一下，最后考虑到他的衣服的价格，很明智地选择了一瓶依云。

将水递给他前，她特意拧开了瓶盖："老板，你赶紧喝点儿水吧，我看你嘴唇都发干了。"

"你到底想干什……"

见池渺渺靠近自己，李牧遥觉得心里毛毛的，以他对她的了解，等着他的绝对不是什么好事。然而还没等他把话说完，他就眼睁睁地看着她手里的矿泉水瓶瓶口很刻意地一歪，里面的水便洒了出来。

他就知道！

眼看着水就要洒到他的衬衫上了，他连忙朝后一躲。然而他不躲还好，这么一躲，那小半瓶水就不偏不倚地洒在了他的两腿之间。

这就是她留下来想干的事？

李牧遥无力地闭眼、深呼吸，最后咬牙切齿地吐出三个字："池！渺！渺！"

其实一切都还算在池渺渺的掌控中，只是结果和预期有小小的偏差。

比如她只是想洒一点点水出来，可是因为紧张，手一抖就洒了大半瓶。还比如她明明是冲着他的衬衫去的，谁知道他反应那么快，眼下衬衫是保住了，西裤却湿了一大片，而且那位置确实有点儿尴尬。她差点儿就捧着纸巾凑上去了，还好她及时意识到去帮他擦裤子好像不太合适。

不过所幸她的目的是达到了。

"哎呀，抱歉，我不是故意的！"

"你到底想干什么？"

她自然是想让他去一趟休息室啊……

"就是想给你拿瓶水啊，没想到搞成这样，幸好不是热水，不过这是从冰箱里刚拿出来的还有点儿凉。老板你没事吧？你还是赶紧去休息室换一套衣服吧。"

李牧遥深呼吸，尽量控制着自己的情绪，但再看池渺渺，她竟然眼神躲闪，不知道在想什么。很明显，她是故意泼湿他的裤子的，但这并不是她的最终目的。

可不管她究竟想干什么，当务之急他该去换身衣服，因为她说得对，刚从冰箱里拿出来的水确实挺凉的……

他烦躁地站起身来走向休息室，正要推门进去，忽然意识到池渺渺还在一旁戳着。

他没好气地问道："你还待在这里干什么？"

"啊？哦。"

可"哦"过之后，她还是一动未动："反正我也没事，在这里等你换好衣服出来也行。"

"你等我干什么？"

裤子上湿了一片，虽然他们彼此都知道那只是水，但看上去还是挺尴尬的，李牧遥只能背对着池渺渺，没好气地说道："而且，你没事我有事！"

再说一想到这个“危险分子”就在门外，他也没办法安心换衣服。

想到这里，李牧遥忽然灵光一闪，想到一种可能——这家伙漏洞百出地搞出这么多事该不会就是为了偷看他换裤子吧？

很快，李牧遥被这猜测惊到了，这家伙竟然狗胆包天到这种程度吗？

他当即怒道：“你现在就给我出去！立刻！马上！”

眼见着李牧遥已经生气了，原定计划显然实施不下去了，她总不能为了给他过个生日，把小命也搭进去吧？她还是早点儿出去和韩夏他们商量B计划吧。

她耷拉着脑袋转身离开，而下一秒，却又听到李牧遥叫她的名字。

她认识他这么久了，他两次大声说话都是在今天，还都是在叫她的名字。

刚才那次他是生气，这次应该是惊喜吧？看来原定计划也不是完全泡汤了。

池渺渺连忙掉头回去，进休息室时也没留意脚下，一不小心就踩到了自己撒在地上的花瓣，加之刚才踩到了洒在地上的矿泉水，顿时整个人失去平衡朝着李牧遥扑了过去。

李牧遥一打开休息室的门，就看到原本整洁的房间里此时乱七八糟的——墙上贴满了五颜六色的气球，地上、床上也可谓“一片狼藉”，花瓣撒得哪里都是。

这是有人用他的休息室开派对了吗？然而还不等他发怒，一种即将窒息的感觉就席卷了他。

他终于知道那家伙今天的言行举止为什么那么古怪了，难不成是这里没被收拾好她怕他发现？不对，那为什么她又催着他来换衣服？所以她还是想偷看他！

然而此时，他已经无力去思考太多事，刚想出去透口气，顺便教训一下某人，结果一回头就见那罪魁祸首一头朝他扎了过来……

他眼下显然无法躲开她这人肉炸弹，只能认命地被她撞上，然后两个人一起跌进身后铺满花瓣的床上。

因为力道过猛，床都被撞得稍稍挪位，紧挨着床头的床头柜也晃了晃，床头柜上那个本来就没放稳的花瓶在这力道的冲击下摇晃了两下，最后直直朝着地板上栽了下去。

门外头戴生日帽、手握小拉炮，“全副武装”地等着池渺渺传消息出来的众人听到一墙之内噼里啪啦的声音不由得都愣了愣。

有人问捧着蛋糕的韩夏：“渺渺说怎么传递暗号了吗？”

韩夏皱眉想了想：“好像还真没说。”

她迟疑地看了一眼总经理办公室的大门：“会不会这就是渺渺的暗号呀？”

“这么大动静？”

“可能刚才没这么大，但咱没听见，她这才不得已这么做？”

韩夏看了一眼手机：“估计她没带手机，只能这样。”

众人连忙说：“那咱还等什么？在渺渺制造出更大动静前赶紧进去吧！”

于是房间内的李牧遥一口气还没喘匀，就听外间一群人土匪一样破门而入，直奔他和池渺渺所在的休息室，伴随而来的还有噼里啪啦的“砰砰”声。

他无力地朝门口望了一眼，这一眼几乎要了他的命——地上、空中飞舞着五彩斑斓的“垃圾”，韩夏手中的香槟正顺着瓶口滴滴答答地流向地板，还有一群打扮滑稽的人挤在门口，欣赏着床上的他和池渺渺。

周遭的空气一瞬间有些凝滞，就像地板上的那摊黏糊的酒渍。

谁也没想到，他们进来后看到的会是这样一幕场景。

这是什么情况？为了让李牧遥早点儿发现休息室内的“玄机”，池渺渺这方式有点儿独特吧？还是她其实早就想这样了？而且李总的裤裆中间那一片又是怎么回事？

众人大气都不敢出，但思绪早已飞出去十万八千里了。

片刻后，也不知道是哪个不长心的人，不小心吹了下嘴里的吹龙，发出突兀又刺耳的一声哨子声，这才打破了房间里这诡异的宁静。

还是韩夏先反应过来，尴尬又敬业地把台词说完。

“李总，生日快乐！”

李牧遥的回应只有两个字：“出去！”

众人这才像回过神般，一哄而散。

人都走了，李牧遥依旧闭着眼，表情依旧隐忍：“走开。”

池渺渺手忙脚乱地从李牧遥身上爬下来，下去时还不小心用手肘压到了他的胃，惹来他发出一声闷哼。

池渺渺都快哭了，也不知道她和李牧遥之间的磁场到底出了什么问题，一而再，再而三地发生这样的事情。

不过这一次也不知道是李牧遥已经习惯了，还是因为弄在他衣服上的是水而不是咖啡，池渺渺看他的神情，好像没有上次那么可怕。

“那个……老板，生……生日快乐！”

李牧遥缓了片刻，深吸一口气坐起身来。

睁眼看到她，他依旧没什么好气：“什么乱七八糟的？谁过生日？”

池渺渺眨了眨眼：“当然是你过生日啊。”

难不成是他们搞错了，还是这大忙人忘了今天是几号？

“今天是二十六号，你的百科上写着今天是你的生日……”

池渺渺小心观察着李牧遥的神色，难不成是百科上搞错了？

到了这一刻李牧遥才算搞清楚今天是怎么一回事。

火气稍微消了一点儿，但是一想到这些人的能力只到这种程度，他无奈之余也很生气。

他再抬起头来，发现罪魁祸首还站在旁边，探究的目光不安分地在他脸上和身上乱扫，再想到刚才她趴在他身上的场景，勉强压下的火气又有冒头的趋势。

“还戳在这里干什么？等着我嘉奖你？”

池渺渺正巴不得离开这里，听他这么说简直如蒙大赦。

“没，没，没！那我先出去了！！”

“等一下！”李牧遥依旧态度不善，“找人把这里给我恢复原样！”

池渺渺走后，世界似乎在一瞬间清静了。

李牧遥烦躁地揉了揉眉心，回想起刚才的混乱不堪，忽然意识到一个问题——就在她扑在他身上时，他虽然很清晰地辨别出她的香水味中混杂的咖啡味、蛋糕味，甚至是隔壁韩国料理店的烤肉味，但是摸了摸自己心脏的位置，仔细感受着。

那里的跳动声强而有力，好像除了有点儿超速，也没什么太大的问题。

难不成他的病正在不知不觉中被治愈？

他想到这个可能性，心情总算有所好转，但一抬头，瞥到满屋的狼藉，他又觉得是自己大意了。

他不仅感到胸闷气短，还多了乏力虚脱的感觉。

看来他的身体状况还是老样子。

他捂着胸口坐回床上，深呼吸几次，总算熬过了最难受的阶段，然而一睁眼，又是那种席卷全身的无力感。

他不得不离开休息室回到办公桌前，身体的不适感才总算得到了缓解。

但这段时间发生的种种事情，让他不得不认真思考另一个问题——池渺渺究竟适不适合继续留在失恋博物馆？

他难得想要抽点儿时间了解一下她在他看不见时的工作表现。

他打开失恋博物馆的内部网站，所有的捐赠品都有相关的归档资料，而她的主要工作成果都在这里。然而让他意外的是，不同于她在他面前时表现出的冒冒失失的样子，她似乎将她的主要工作完成得还不错。

他记得在她来之前，这里面记录的东西只有四百多项，但是在这短短的一个多月内就增加了将近一百项。

他打开其中一个捐赠物的相关资料，其实这项捐赠物的背后只是一个很简单的小故事，但是竟然被她写出了跌宕起伏的感觉来，再对比之前工作人员简单粗陋的故事描述，她写的故事的确更加吸引人。

他忽然想到林婉说过，池渺渺的另一个身份是网络作家，这么说来这份工作或许还真的挺适合她的。

李牧遥向来不是个有耐心的人，但是这一次，觉得他或许可以再给她一次机会，和汪可的合作正是个可以考验她的机会——从故事的小说创作到短剧拍出成片都需要她的参与，只要她在此过程中表现得好，他就愿意摒弃个人的看法，继续将她留在馆里。

和汪可的合约签得异常顺利，接下来池渺渺要对汪可做一个采访，然后将采访得到的信息改编成一个完整的故事。

正好赶上汪可这段时间在北城拍戏，池渺渺和汪可的经纪人约好了时间，便赶往了汪可下榻的酒店。

池渺渺赶到时汪可刚刚起床，见她是一个人来的，汪可有点儿惊讶：“就你一个人？”

其实池渺渺也没想到这么大的事李牧遥就交给她一个人来办，但只能说：“本来李总是要和我一起来的，但是他临时有事来不了了，还让我代他向您道个歉呢。”

汪可不置可否地微微一哂，看样子是没信她的话。

池渺渺有点儿尴尬，但所幸汪可没再说什么。

汪可的助理在此时走上前来对她伸出手，池渺渺愣了一下才想起来，他们的合同条款中有一条是做采访时不能录音，录像，这是要检查她的包了。

池渺渺很配合地把包递出去，助理迅速检查完又还给她。

这时候，汪可已经坐在单人沙发上等她。

因为是在汪可的房间里，她穿得很随意，也没有化妆，然而即便是素颜，她的皮肤状态也好到令人羡慕，五官更是清丽脱俗，倒是比上次见她多了份清水出芙蓉的美感。

不愧是李牧遥看上的女人，就是不一样。

明星的时间比较宝贵，池渺渺赶紧切入正题。

“请问您这回要捐赠给我们馆的是什么东西？”

汪可从经纪人手上接过一个小盒子递给池渺渺。

池渺渺打开来一看，是一枚再普通不过的塑料纽扣。

“这是我初恋男友的衬衫上的一枚扣子……”

汪可倒是比池渺渺想的更善于表达，甚至不需要怎么引导，她就将故事大概讲得清清楚楚，甚至讲了几个触动人心的细节。

对池渺渺来说，这不仅有了详细的故事大纲，还有几个所谓的“名场面”，足够她将其发挥成一部十来万字的中篇小说了。

花一个多小时记录完故事，池渺渺感慨道：“这故事真甜啊，可惜最后您二位没在一起。”

这只是她随口的一句感慨，谁知汪可却坦言道：“没在一起很正常，说实话我当时也没那么喜欢他，时至今日我已经记不得他究竟长什么样子了。”

池渺渺惊讶：“那您还收着这枚扣子？”

汪可无所谓地说：“我有收集旧物的习惯，收集的东西不光是他的，其他人的也有。不过我猜测这个故事应该更受欢迎吧，对我的形象也更有帮助，所以才选了这枚扣子。”

这位姐倒是比池渺渺想象中的更加坦然，只不过对她这个外人，汪可是不是太坦诚了?

池渺渺很识时务地没将这些话记下来。

汪可看着她笑了笑:“看来池小姐是个明白人,那我就再给你点儿时间,你还想问什么?”

难得的机会,池渺渺也没客气。汪可既然对初恋都没动过真心,池渺渺倒是很好奇她这样的人能对什么样的男人真正动心。

“那能不能讲讲第一个真正让您动心的那个人?”

汪可的经纪人听到她的问题立刻想上来阻止,汪可却无所谓地挥了挥手示意无妨。

她想了一下说:“其实那人你也认识,就是你的老板李牧遥。”

池渺渺眨了眨眼,果然三流言情小说作者的直觉有时候还是靠谱的。

汪可的眼神飘向了窗外,她像是想起了什么,淡淡地说:“他啊,真的是个很好又很坏的人。”

这一听就是个虐恋情深的故事啊!

池渺渺将笔都准备好了,然而片刻后,汪可从窗外收回视线,淡淡地说道:“今天就到这里吧。”

池渺渺本来很想给这个故事起一个耐人寻味的名字,但是为了配合失恋博物馆的宣传,只好简单粗暴地叫它《一枚纽扣》。

她一回到家就开始整理故事大纲,结果老毛病犯了,写起来就一发不可收拾。

以前类似的故事最多就是一篇短篇小说,这次可能是与汪可谈得比较多,她脑子中已经有了年少时的汪可和她的初恋男友的完整故事,写到快天亮还只写了开头。

第二天她不得已顶着一双黑眼圈上班,而且不出所料地迟到了。

早上的失恋博物馆里一般没什么游客,可今天池渺渺一进门就看到一楼展厅的角落里站着一男一女,男生个子很高,背对着池渺渺的方向,挡在了女孩子面前。

因为馆里静悄悄的,所以男生说什么“对不起”之类的话也很快传到了她的耳朵里。

她以为是一对闹了别扭的小情侣,再仔细一看才发现那女孩子竟然是林婉。

林婉也看到她了，脸上闪过一丝尴尬之色。这成功勾起了池渺渺的好奇心，那男生是谁？

萧易？不可能，听说他还在国外呢，而且看穿着眼前的人打扮也不像。

新男朋友？想到这里，池渺渺加快脚步往楼上走去，走在楼梯上时又状似不经意地回头看了一眼，这个角度正好能看到男生的脸。

这一回她更意外了，那男生竟然是许魏。

这两个人是什么情况？

KUANG 07 RE

情感转移

她一边八卦地看着楼下的两个人，一边往楼上走，冷不防地脑袋撞上了一样东西。她连忙后退一步回过头，发现刚才戳在她头上的是一个用文件卷成的纸筒。

李牧遥已经收回了手，不咸不淡地说："走路看着点儿，差点儿撞到我。"

池渺渺还震惊于许魏被她说了一顿后竟然真的来找林婉道歉的事。

她有点儿兴奋地朝着林婉所在的位置仰了仰下巴："老板，你还记得那个许魏吗？就是上次歪打正着帮林婉走出失恋情绪的男生，当时我觉得那男生挺不懂事的，估计他后来也意识到自己有点儿过分了，没想到还专程来给林婉道歉。哎，不过道个歉两句话就说完了，他们怎么说这么半天？不对，这两个人间的氛围有点儿奇怪吧……"

池渺渺皱眉想了想，忽然像是想通了什么佩服地看着李牧遥："老板你之前说走出失恋情绪的最后一步是'情感转移'，你当初选中许魏来参加分享会该不会就是猜到他可能是林婉喜欢的类型吧？老板你可真了不起！"

李牧遥的反应却很冷漠，他甚至没有看楼下那两个人一眼。

"我确实了不起，但我没兴趣了解她喜欢什么类型。"

池渺渺这才后知后觉地意识到李牧遥好像有点儿不高兴。

她讪笑着岔开话题："老板你这是要出去啊？"

李牧遥只是将手上的那个纸筒递给她："这里有几家制作公司的资料，你看一下，上网看看他们的作品，回头把想法告诉我。"

他这是给她布置新的工作了。

池渺渺连忙说："我这就去看！"

李牧遥又扫了她一眼，抬起手腕。

池渺渺见他这动作忽然有种不好的预感，果然就听他说："迟到十二分钟三十八秒，你这个月的全勤奖没了。"

不是吧，这已经二十九号了，她已经坚持一个月了！

"还有……"说话间，李牧遥又打量了她一眼说，"虽然我们这里对女同事化妆没有硬性要求，但是妆容得体也是对其他人最起码的尊重。"

池渺渺愣了愣，不由自主地去摸自己的脸："可我化妆了啊。"

"那怎么还……"

难得一张嘴就恨不得让人中毒身亡的李牧遥竟然没把话说下去，但还用得着他说吗？

他那副一言难尽的样子好像谁看不懂似的，这可比他直接说她化了妆还这么难看更侮辱人！

可是她敢怒不敢言啊。

池渺渺忍了又忍，只能趁着李牧遥转过身的时候朝他挥了挥拳头来解气，而正在这时，走在前面的男人突然又停了下来，池渺渺差点儿没收住手，真的"殴打"了老板。

她伸出去的手绕了很大一圈回到自己的头上，假装捋了一下头发。

她朝李牧遥甜甜一笑，装傻道："还有什么事吗？"

他先是瞥了一眼她的手，然后目光又移到她的脸上。

"我希望你明白一件事。"

他说话时依旧没什么情绪，池渺渺却听得出那声音明显冷了几分。

她迟疑了一下问："什么？"

李牧遥冷冷地看着她："之前的种种事情我可以当作没发生过，你完全不用担心我会因此刁难你，但目前为止我是老板你是员工，而我有我的做事风格，你可以选择自己离开，或者配合我。至于你私下里还有没有其他想法那是你的事，但我希望这些想法不会影响你在工作上的表现。综上，我不会因为我的个人偏见开掉你，但是你也要给我一个留下你的理由。"

池渺渺完全没想到，李牧遥会对她说这样一番话。其实她也知道，无论于公还是于私，李牧遥对她并不满意，她也早就做好了哪天直接被他扫地出门的准备。毕竟对于他这样的人来说，开掉一个实习员工不比冲杯咖啡麻烦多少。可是他没有这么做，竟然愿意再给她一次机会，或者说给她成长的时间，还是这么坦坦荡荡地说出来，亏她之前还各种揣度他。

池渺渺心里竟然生出一丝她不想承认的惭愧感，同时很庆幸，因为知道她不用再为自己曾经得罪过他的事而惶惶不安，只需要做好她该做的事。

这一刻她想，不管他在生活上是多么奇葩的一个人，至少作为老板，他应该是个不错的人。

想清楚这些事，池渺渺也收起了玩笑的态度，汪可的项目她决定好好做，哪怕只是为了对得起他给她的这次机会。

池渺渺心事重重地回到座位上，韩夏早就按捺不住，第一时间就跑过来探听消息："李总跟你说什么了？怎么说了那么长时间？"

池渺渺避重就轻地回了一句："我的全勤奖没了。"

韩夏看到她的脸吓了一跳，也顾不上问什么全勤奖了："你昨晚没睡好啊？脸色怎么这么惨白，黑眼圈又那么大，乍看一眼还真有点儿瘆人，特别像那个谁……"

"谁？"池渺渺问。

韩夏拿出手机搜了片刻，最后找出张电影海报给池渺渺看。池渺渺一看，是二十世纪九十年代林正英主演的捉鬼电影，韩夏指的地方就是海报上那只鬼。

"你才是鬼！我还不是因为熬夜加班嘛！"

池渺渺连忙拿出镜子照了照，确实有点儿瘆人，难怪李牧遥刚才会那么说……

没好气地赶走了韩夏，她重新打开电脑，决定把昨晚写的故事大纲再捋一遍。

这么一忙就忙到中午，池渺渺还没来得及叫个外卖，暖萌的电话就打了过来。

暖萌这一次打电话来，是为了她男朋友秦亮。

秦亮是暖萌谈得最久的一个男朋友，其实两个人刚在一起时，池渺渺没觉得两个人能走多远。因为很显然秦亮就是个邻家大哥，看着挺本分无趣的一个人，可暖萌喜欢新鲜刺激感，男朋友常换常新，是典型的“渣女”。这样的两个人明显不怎么登对，但谁也没想到，在不知不觉中，两个人就在一起好几年了。

秦亮在大学毕业后开了家影视公司。说是影视公司，但他为了糊口接的项目比较杂，正经的电视剧、电影几乎没拍过，广告宣传片倒是拍得不少。池渺渺看过一些他们公司的作品，虽说是广告，有些拍得简直跟电影似的，以池渺渺的审美来说，创意和画面倒是都不错。

这次秦亮听说李牧遥的公司在找合作方来拍系列短片，又听说池渺渺正好负责这事，就想着通过暖萌和池渺渺的关系给自己的公司争取一个机会。

暖萌以前从来没拜托过池渺渺什么事，这还是第一次这样做，所以即便池渺渺在失恋博物馆里人微言轻，她也不能直接拒绝闺密的请求。

“难得我们‘渣女’暖萌也有为男人鞍前马后的时候。”揶揄完闺密，池渺渺实话实说，“我肯定是要帮你试试的，但是我说话的分量你也懂的。”

“我懂，你也不用有什么负担，不行也没关系。老秦只是觉得这种机会难得，以他对你的老板的了解，这次肯定不是录制几个普通的短片就完事的，后续还不知道会有什么操作，如果老秦能有机会参与到这个项目里来，对老秦未来的工作肯定很有帮助。”

池渺渺点了点头：“我明白了，正好现在什么都还没定下来，我回头跟他提一提。”

池渺渺用了一晚上的时间去了解李牧遥给她的那几家公司，发现比起他们过于商业化的作品，暖萌的男友秦亮的团队的作品倒是更有看头——创意不错，剧本不错，十五分钟的短片该有的起承转合都有，情节紧凑还有精彩的瞬间，而且画面质感看着很高端。

虽然李牧遥没说他想要一个什么样的团队来制作他们的系列短片，但是池渺渺猜测，他应该想要点儿与众不同的东西吧。

虽然是帮朋友的忙，但看到秦亮的作品，她倒是有了点儿底气。

第二天一早池渺渺照例去给李牧遥汇报工作进展。

“昨天我和汪小姐见过面了，聊了挺长时间，故事的雏形基本上有了，我发了一部分到你的邮箱里。”

李牧遥微微挑眉："一部分？"

池渺渺本来只打算写个三五万字，比普通的失恋故事更丰满一点儿即可，但既然决定好好干，就认真分析了一下这个故事，还是觉得三五万字远远不够。

池渺渺解释说："汪可的故事很适合当一篇长篇小说来写，因为这种类型的故事往往是细节最打动人，要把这些动人的细节都展现出来，字数就不少。我是想说我们这次可不可以把这个故事写得长点儿，比如十几万字？这样的话我们在宣传上也有更多操作的空间。"

李牧遥来了点儿兴致，示意她继续往下说。

池渺渺说："一个故事的表现形式有很多种，我们后面肯定会对拍摄出来的短片大肆宣传，我猜宣传方式无非就是在各种媒体上投放一下。其实不一定要到时候再开始大规模地宣传，为什么不在前期就开始铺垫呢？我们的网站经过过去几年的积累也有不少用户，有一定的浏览量。我想，或许可以先在我们自己的网站上连载这个故事，因为网站是开放性的，有助于故事的传播。"

失恋博物馆的网站一开始只是用于一些博物馆官方的信息发布，后来不知道从什么时候起，网站论坛上开始有人讨论一些捐赠物背后的感情故事，渐渐地又有人开始咨询情感问题，甚至有人因为帮助别人回答情感问题而最终脱单。这样经过两年的积累，论坛就有了一群固定的用户，流量也还算过得去。

池渺渺第一次登录这个网站后台的时候就注意到了这一点儿，大部分帖子的点击量比她发在小说网站上的某几篇扑街的冷文可高太多了。她当时脑子里就冒出个念头，下次在这里开文或许效果更好呢。

池渺渺再接再厉道："短篇一下子就全发出来了，没有一个逐步积累读者的过程。但长篇不一样，在咱们的网站上连载，每天发一点儿，增加它的曝光度，这样也可以提前为我们要拍的系列短片造势。"

李牧遥之前没考虑过这些事，听她这么一说也有点儿感兴趣，但也知道这事没她想的那么简单。

他想了一下说："这事我需要考虑一下，你先出去吧。"

池渺渺却站着没动："还有一件事，你让我了解的那几家公司我都了解过了。"

李牧遥问道："说说你的想法。"

"他们的作品都太普通了，在我看来短片和普通电影唯一的区别就是时间长短，就算成本比普通电影低很多，但好的短片在卖相上不应该看出低廉的感觉。"

李牧遥脸上的神情缓和了一些，看来她跟他的想法是一样的。

他故意问："也不全是低廉的吧？"

"是有看着比较高端的，但是叙事能力太差了，比如那个讲过气画家经历的短片，十五分钟而已，我睡着了两次。"

李牧遥看向她："你的意思是这些公司都不合适？但接这类项目的公司里，排得上号的公司几乎都在给你的资料名单里了。"

终于说到这里了，池渺渺微微一笑，适时地推荐了秦亮的公司。

"老板，其实我有一个公司可以推荐。"

李牧遥有点儿意外地看向她，在他这审视的目光下，池渺渺就觉得自己之前编的各种瞎话都不好使了。

她决定坦白："这家公司其实是我朋友的男朋友开的。"

李牧遥微微一哂："你才刚来几天，就会给自己人行方便了？"

"反正都是要找合适的公司，如果他家的作品很差我根本不会推荐，我看过作品之后确实觉得还可以，老板你要是不忙，可不可以抽几分钟看一眼？反正最后决定权在你手里，万一你就看上了呢？"

李牧遥不置可否，继续他的工作："再说吧，你先出去。"

他竟然没有一口回绝！

池渺渺有点儿高兴，临走前还不忘亲切地提醒他："记得看邮箱哦。"

李牧遥无奈地捏了捏眉心。

其实他早就发现，失恋博物馆里的人和他以前经营的任何一家公司的员工都不太一样。以前在他的印象中，员工们整天都忙于工作，整个公司的节奏很快，氛围也相对严肃，同时所有人对他言听计从、毕恭毕敬。

而这里的人对待他完全没有那种严阵以待的样子，每个在这里工作的人似乎都很自在，他们的个性也很鲜明，以至有些性格格外跳脱的人，总是让他难以适应，就比如池渺渺。

他不知道这是好是坏，但看在她最近工作还算认真的分儿上，他慷慨地决定不计较。

李牧遥登录邮箱，打开池渺渺发给他的故事开头。

原本他是没抱多少希望的，但读下来，发现她的文字没他想象中的那么矫情，单纯从读者的角度来看还算可以看下去。

只是审稿子并非他的专业，而且在此之前，他对网络小说的市场也没有做过什么调研，无法评估出这个故事是否受欢迎，不过发在论坛上就算火不起来对他后续的计划也没有干扰。

于是他想，不如就依照她的意思试一试。

池渺渺很快就收到了李牧遥的邮件回复，大概意思是只要汪可那边没意见，他同意连载小说。

其实这些都在合约的约定范围内，但为了尊重汪可，池渺渺还是先和对方的经纪人取得了联系，在征得对方的同意后，开始在失恋博物馆的网站论坛上连载小说。

这种形式的内容第一次出现在论坛版块中，很快引来了众人的注意，但因为故事里的女主角的名字是汪可的化名，大家并没有把这个故事和某个明星联系起来，外加连载的字数比较少，所以流量还比较一般。

但随着连载篇幅越来越长，故事渐渐进入高潮，尤其是当女主角在横店刚拍完一场龙套的夜戏疲惫不堪的时候，又接到了男主角的最后通牒，问她是要回老家和他结婚，还是要继续追求她虚无缥缈的演员梦的时候，读者们纷纷开始猜测，这是哪个女演员的真实故事？

一部分人开始根据文中的一些蛛丝马迹对号入座，另一部分人开始讨论“是青梅竹马的感情重要，还是看不到希望的事业重要”这类深刻的命题，还有一部分人盖的“楼”就有点儿歪了……

“听说这些故事都是失恋博物馆里的管理员姐姐自己写的，现在应聘管理员文笔要求都这么高了吗？”

“这故事写得比小说网站上那些言情故事好看多了，故事挺简单的，但就是能吸引人读下去，而且这文笔真好，我还做了好多摘抄呢！”

“难怪我当时面试没过，这么看我服气了。”

“不可能是博物馆的工作人员自己写的吧？我看八成是请了专门的写手来写的，营销而已。”

说什么的人都有，但很明显看故事等更新的人越来越多。所以后来这个故事又被某个微博大V转载，之后接二连三地被其他大V转载似乎就不那么稀奇了。

但是池渺渺发现最初转载她的小说的大V一般只发一些电影相关的内容，很少关注网文，而且这大V是某个著名营销公司下的账号，不像是会无偿替人宣传的。

难道是汪可那边联系的大V？可是他们的合约中，所有关于《一枚纽扣》的营销都是由失恋博物馆来负责的。

池渺渺猜测或许真的就是那么巧。

和汪可合作的事情萧易是知道的，但是现在短片还没有录制，失恋博物馆就因为一篇连载的初恋故事再次火了起来，还是让他挺意外的。

好多人转载了那个故事，萧易跟着看了几眼。

他一早知道这篇文章是馆里新来的实习生写的，本来以为传得这么火爆都是营销的效果，谁知一看发现这个小实习生还真有点儿文字功底。虽然他一个直男不会去看言情小说，但是故事表达得美不美，有没有画面感他还是能看出来的。

他饶有兴致地上公司内网去搜这个实习生的简历，意外发现这姑娘长得竟然很漂亮。

他记得韩夏提过，李牧遥钦点了一个实习生暂时其助理，他当时没细想，现在想想都是伏笔——李牧遥那么挑剔的一个人，怎么会随便找个入职不久的实习生做助理？

他现在一看，似乎所有的事情都说得通了，看来某人终于开窍了。

八卦热情熊熊燃烧，萧易立刻打电话给李牧遥。

萧易开门见山地说道："网上那文章写得不错啊，听说是出自新来的实习员工之手，看来这人也不是随随便便招进来的啊，有两把刷子。"

李牧遥想到了营销公司送来的数据反馈报告，效果出乎意料地好。

他没有否认："确实有点儿意外。"

"这么说你不知道她的写作水平怎么样？"

李牧遥不置可否。

萧易来了兴致："那你怎么会把这么重要的工作交给她？该不会是你看上人家了故意给她露脸的机会吧？"

李牧遥斩钉截铁地回复道："怎么可能？"

萧易反问他："怎么不可能？她的简历我都看到了，证件照都拍得那么好看，可见真人更漂亮。”

李牧遥皱眉：“你又想干什么？”

“别紧张嘛，这回我不是为了我，是为了兄弟你！”

“跟我有什么关系？”

萧易恨铁不成钢地说道：“你说跟你有什么关系？你好歹也三十几岁了，看上个姑娘不是很正常的事吗？这么口是心非有意思吗？”

李牧遥冷冷地回复：“不知道你在说什么。”

萧易有点儿意外：“你对她真没什么想法？”

“没有。”

萧易又看了一眼电脑屏幕上的证件照，没道理啊，这姑娘不是挺漂亮的吗？

萧易不解地问：“为什么啊？难不成真人不长这样？眼睛一大一小？还是左边嘴角有痣右边没有啊？”

之前他试图给李牧遥介绍过两次女朋友，但无论对方拥有着多么牛的履历或者是多么硬的背景，每一次都挺不过看照片的阶段。

他萧易不说阅女无数，也接触过不少女孩子了，眼光也高得很，那两个女孩在他看来明明都是很漂亮的姑娘，可李牧遥说什么了？

他介绍的第一个姑娘，浓眉大眼瓜子脸，哈佛毕业的高才生，李牧遥看了一眼照片只回了几个字“眼睛一大一小”。要是一般人，一定觉得这话挺侮辱人的，但这就像有密集恐惧症的人忍受不了麻子脸一样，不周正在李牧遥看来那就是大问题。

第二个姑娘的父亲是北城数一数二的大企业家，对女儿培养得多用心自然也不用说，偏巧姑娘还特别活泼可爱，要不是人家看不上他，他都不舍得将人介绍给李牧遥。这一次李牧遥倒是很给面子，在他的极力邀请下和姑娘一起吃了顿饭，结果又因为人家嘴角一颗不仔细看都看不到的痣，再没下文了。

听萧易这么说，李牧遥脑海中不由得就浮现池渺渺那张总是笑得一团和气的脸。

他想了一下，意外发现池渺渺的五官真的算得上很端正，三庭五眼黄金比例，就连笑起来两边的嘴角高度都很对称。

他说：“那倒不是……”

萧易："你看，以前那些看上你的女孩子，在你眼里都五官不端正，连相貌这关都过不去，更别说其他了。这还是你头一次没有对女生的长相横挑鼻子竖挑眼，这说明什么？这说明她完全长在了你的审美上！你知道这有多难得吗？尤其是对你这么挑剔的人而言！难不成是人家没看上你？"

这话只换来一声李牧遥不屑的嗤笑。

萧易毫不客气地打击好友："你别以为没这种可能，你是长得帅又有钱，但你的缺点和你的优点一样多！"

看上过李牧遥的姑娘很多，毕竟有钱有颜有内涵的男人不多，所以很多见过李牧遥的姑娘免不了动心。奈何老天爷都是公平的，其他方面让他那么优秀，偏偏生了副一般人无福消受的脾气，所以最初那些春心萌动的姑娘见识过真正的他后，惜命的都选择绕道而行了，偶尔有几个顽强点儿的，也都撑不过一个月。

这姑娘入职超过一个月了吧？两个人还是天天见，这种情况下就算最初姑娘有什么想法，这会儿应该也早没有了。

李牧遥听到萧易的话忽然想起了什么，不悦地说道："别人怎么想与我无关。"

"关键这不是别人啊，这是被你这双只会发现丑的眼睛肯定了的姑娘。如果人家也没那么讨厌你，要不你就勉为其难地和她尝试一下？"

"要尝试你尝试。"

"那你倒是说说，她哪里不行？"

正在这时，办公室的门忽然被人推开。

李牧遥冷冷地回头看向门口，还真是说曹操曹操到。

看他这表情，池渺渺就知道自己八成是又犯错了，连忙解释："我这次可是敲过门了啊。"

李牧遥还没说什么，电话里的萧易忽然笑了起来："我大概懂了。"

李牧遥对电话说了句"先挂了"，然后重新坐回办公桌前，问池渺渺："什么事？"

池渺渺想起正事，兴高采烈地说："老板你上微博了吗？我没想到这么多人看这个故事，微博好几个大V都推荐了这小说，现在连我们网站的流量也大增了。"

要说池渺渺一点儿邀功的意思都没有那是假的，她能不能继续留在失恋博物馆里工作全看这一遭了。但是她也是真的意外又惊喜，想把这个好消息分享给李牧遥。

李牧遥早知道了这个情况所以并不意外，正常来说，他应该回她一句“我知道了”就让她出去。但不知道为什么，他脑子中一直回响着萧易刚才的那几句话，所以不由得多打量了池渺渺几眼。

一张脸漂不漂亮最基本的就是看这张脸是否符合美术中的“三庭五眼”，以李牧遥挑剔的眼光判断，池渺渺的这张脸正是一毫不差地符合这个标准。更难得的是她皮肤光洁如玉，几乎看不到一点儿瑕疵，也就没有一边有痣一边没痣的情况，而且她甚至连表情都很对称，不会笑起来两边嘴角一高一低，眯眼的程度也都一样，就连两边的酒窝都很对称……

李牧遥越打量越觉得心情不错，可是当他的视线移到她的领口处时，前一秒的愉悦心情立刻一扫而空，顿时觉得整个人不舒服起来。

池渺渺回完话并没有等到李牧遥的回应，却发现他竟然盯着自己看。

她不由得开始担心，难道今天的粉底打得还不够厚吗？黑眼圈又吓到他了？

但她很快发现，李牧遥看她的神情不像之前那么厌恶，甚至有点儿……痴迷？

是她看错了吗？当她发现他的视线从她脸上慢慢下移的时候，她连忙出声打断他。

“老板？”

李牧遥的视线像是被什么东西烫了一下，连忙收了回去。

他难得有那么点儿不自在，甚至需要靠起身洗手来掩饰。

池渺渺为自己这个发现感到心惊——他这是怎么了？他不是一向瞧不上她吗？难不成就因为她做出一点儿成绩就对她刮目相看甚至产生了点儿别的情愫？李这变得也太快了吧！

李牧遥有点儿烦躁，这人出门前不照镜子吗？一边领子没翻出来她都没感觉吗？而且谁允许她穿领口开那么大的衣服了？看来他有必要规范一下员工着装了！

李牧遥一边洗手，一边头也不回地问：“汪可那边怎么说？”

“哦，今天汪可的经纪人打了个电话过来，对方也挺高兴的，说汪小姐很满意。”

李牧遥若有所思地擦着手："告诉他们别太心急，小心适得其反。"

这话池渺渺有点儿听不明白："什么适得其反？"

李牧遥烦躁地回头看她一眼，目光不由得又被她那没捋好的领子吸引了过去。

他强迫自己不去看，盯着自己的手指问她："网上有没有人猜测故事主角是谁？"

提到这个池渺渺倒是有点儿意外，汪可的事情就连汪可自己也说是第一次公开，但网上竟然有粉丝猜到汪可身上。

"还真有，可能是汪小姐的铁粉。不过这些猜测也没引起什么水花来。"

李牧遥冷笑一声，不置可否："去把我的话转达给他们。"

说话时他又忍不住看了池渺渺一眼，心情更烦躁了。

他试图深呼吸安抚住自己略微焦躁的情绪，想着让她快点儿离开就没事了。可是刚说让她走，他却又犹豫了，她不会就这样邋遢地过一天吧？

于是他越想越觉得不能就这么让她走了。

池渺渺发现今天的李牧遥实在有点儿奇怪，时不时地往她的胸口瞥一眼，那种想看又不敢看的样子着实让她有点儿不安。她不就是穿了件领口有点儿低的衣服吗？不会这样就让某人兽性大发了吧？

池渺渺觉得此地不宜久留，领了指示就打算离开，但忽然又被他叫住。

她警惕地问："还有什么事吗？"

李牧遥扫了一眼她的胸口，又深深呼出一口气，欲言又止了半天竟然直接朝她走了过来。

他不会真想对她做什么吧？

池渺渺一边在脑中天人交战，一边不由自主地往后退了一步，这一退就靠到了他的办公室的门上，刚才还虚掩着的房门因为她这一靠也彻底关了起来。

池渺渺顿时心跳如擂鼓，而此时李牧遥已经走到了她的面前。

他目光缓缓下移，她也顺着他的视线往下看。她相信以他现在这个角度正好能看到她的衣服里面若隐若现的胸。

时间仿佛都在这一瞬间静止了，池渺渺只听得到自己有点儿加快的心跳声。

她忽然有点儿不知所措，因为直到这一刻才发现自己对李牧遥的观感有点儿复杂——理智上，她觉得自己应该尽快离开，可情感上她总觉得他不会伤害她。

李牧遥忍了又忍，最终抬起了手……

几乎是同一时间，池渺渺也抬起手想护住胸口。

可那一刹过后，她才意识到似乎有什么不对，她的手掌下胸口上那微凉坚硬的触感是什么？

李牧遥万万没想到，池渺渺竟然将他的手按在了她的胸上，有那么一瞬间他脑中冒出的想法竟然是：原来这么软，还有，她的心跳得好快，以及她的皮肤似乎越来越热……

身为成年男人，他当然知道她这是为什么。

所以在她回过神来之前，他迅速拿开手，拿开之前手指飞快地穿进她的领口边缘，把掖在里面的那半片衣领替她拨了出来。

池渺渺只觉得他冰凉的手指在她的锁骨下方的皮肤上轻轻一刮，让她整个人不由自主地战栗了一瞬。

此时的李牧遥已经转身走向办公桌。

“以后在办公室要注意仪容仪表，出去工作吧。”

池渺渺这才回过神来，低头看向自己的领口，原来刚才让他频频看她的原因是她的衣领被掖在衣服里面了，并不是他对她产生了什么不该有的念头，但心跳加速的感觉还持续着。

池渺渺不知道此刻的自己是什么样，胡乱应了下来，逃也似的离开了李牧遥的办公室。

池渺渺离开后，办公室里又只剩下了李牧遥一个人。他动了动右手手指，仿佛那上面还留有池渺渺身上的温度，手掌中央似乎还能感受到那意想不到的柔软触感。

或许是因为太新奇，那种感觉竟然那么清晰……

忽然办公室的门再度被敲响，他还没来得及让对方进来，对方就已经不客气地推门走了进来。

韩夏见他正举着右手，连忙关切地问：“李总，您的手怎么了？”

李牧遥连忙将手放下，问她：“什么事？”

“这里有份文件需要您签一下。”

韩夏走到李牧遥身边指出需要他签字的位置，李牧遥拿起笔，正要去签，两个人忽然发现有什么不对。

韩夏猜想：看来是手受伤了，不然为什么要用左手签名？

而李牧遥索性放下笔对韩夏说："文件先放我这里，我看完了再签。还有，出一份通告，要求大家以后穿正装来上班，要保证着装得体，邋里邋遢的扣奖金。"

韩夏没搞清楚李牧遥这是又抽什么风，但还是从善如流地按他说的去准备了。

她一走，李牧遥立刻走向洗手池，可洗到一半才意识到一个问题——今天在碰过池渺渺外并被她碰过之后，他竟然没什么不适的感觉，难不成他的病真的在不知不觉中自愈了？

但他很快又否定了自己的这个猜测，因为要说一点儿感觉都没有也不对。

每每想起刚才那一刻的场景，他还是会心跳加速，而且那种触感像是渗透进了他的皮肤，深入了他的血液、骨髓，直到此刻还很清晰，甚至怎么洗都洗不掉。只是这一切都算不上不适，相反还有点儿兴奋。

难道是他的病情又进展到了新的阶段？

从李牧遥的办公室出来，池渺渺的心还在怦怦跳着，她觉得自己脸很烫，也不敢回办公室，而是直接去了洗手间。

她看到镜子中的自己，果然脸很红，目光不由自主地又落在左胸处，那里仿佛还有感觉，而刚才在李牧遥的办公室里的一幕场景又开始在她脑中回放——怎么就那么巧呢？她恰巧在那个时候抬手捂胸口，他也恰巧在那个时候想替她翻出衣领，然后就变成她把他的手按在了她的胸上……

等等，他该不会以为她是在故意勾引他吧？那她可太冤枉了！再说她的衣领没翻出来他说一声就好了，为什么非得亲自动手？！还是早在她不知道的时候他对她的感情有了什么微妙的变化？

想到这种可能，池渺渺发觉自己的心情很微妙——她竟然没有自己想象中那么排斥，一定是她太善良了，知道他并非故意的，就原谅了他！而且他喜欢的人应该是汪可，他们才是一类人，刚才的事应该只是个意外而已。

烦躁了一会儿，她想起还有正事没干，虽然不知道李牧遥那话究竟什么意思，她还是按他的要求给汪可的经纪人打了个电话。

谁知道她刚把李牧遥的原话转述给对方，对方就连忙解释，说网上那些人跟他们没什么关系。池渺渺有点儿奇怪对方怎么反应这么大，但也没多想。

这边她刚挂了电话，邮箱里就收到一封公司人事部门群发的通知邮件，要求大家以后上班要穿正装，注意仪容仪表，着装不合格的从下个月开始扣奖金。

办公室的其他人也同时收到了这封要命的邮件，大家怨声载道，纷纷询问韩夏李总又折腾什么，毕竟整个失恋博物馆除去保安，连十个正式员工都没有，工作性质基本不对外，大家完全没必要穿正装啊！

韩夏的回复也非常简单粗暴："有困难找李总说去。"

只有池渺渺知道是怎么一回事，但她也很郁闷——她这个之前一点儿工作经验都没有的人，上哪儿找正装去？看来她又得买新的，也不知道之前领的那点儿工资够买几套。

接下来的几天，池渺渺都在刻意避着李牧遥，一方面是几天前那事还让她觉得尴尬；另一方面是她还没时间去逛街，万一又穿得不对还得给自己和别人找麻烦。

最后还是李牧遥先找的她。

这一次去李牧遥的办公室之前，她可是在洗手间里把自己好好检查了一遍，虽然穿的不是正装，但也没什么不得体的地方。

李牧遥正在伏案工作，听到她进门头也不抬地说："可以约秦暖文化谈合同了，我让法务拟了个初稿发给你，具体条款你牵头和他们对一下，没问题的话尽快走流程。"

池渺渺愣了一下才明白秦暖文化就是秦亮的公司，虽然在她看来秦亮的作品风格的确比李牧遥给他的其他几家公司更适合自家要求，但她还真担心李牧遥因为是她举荐的人故意绕开秦暖，没想到他竟然真的选了秦暖。

她高兴之余，还是想问问："老板，我能问个问题吗？你为什么会选秦暖？"

李牧遥这才抬头瞥她一眼："不用自作多情，不是因为你。"

池渺渺的笑容僵在脸上："我不是那个意思，单纯想了解原因。"

李牧遥顿了顿说："我以前关注过这家公司。我曾经想投一家文化公司，虽然最后没有投给他们，但是他们的作品风格和老板的经营理念我很喜欢。”

池渺渺点了点头：“原来如此。”

或许这就是缘分吧。

“还是要替我朋友谢谢你。”

李牧遥却没头没尾地说：“看来韩夏并没有把我的意思传达下去。”

池渺渺愣了一下才明白他在说正装的事，连忙解释：“传达了，传达了，不过我这几天都在加班，还没来得及去买衣服。你放心，我周末就买，下星期就穿来，绝对专业正式，不能丢了我们馆的脸。”

李牧遥没再说什么，挥挥手示意她可以离开了。

从李牧遥的办公室出来，她就迫不及待地把这个好消息告诉了暖萌，然后把法务部门拟好的合同初稿发了过去。

暖萌和秦亮都高兴坏了，对价格和条款都没什么异议。项目进展得很顺利，很快双方就敲定了所有细节准备签合同。

虽然大家都在北城，但为了节省时间一般也都是一方签好再把合同寄给另一方签，可秦亮说什么也要面签，说是想趁此机会感谢一下他的偶像。

池渺渺只好又含蓄地对李牧遥表达了老秦的这个要求，谁知李牧遥只是看了一眼行程说：“下午三点前我都在。”

和秦暖的合作虽然比起李牧遥以前做过的那些大项目而言真不算什么，但这对失恋博物馆来说是至关重要的环节。

照理就算别人不说，在合作前李牧遥也是应该找机会见见秦亮的，所以当秦亮提出要见面签合同时，李牧遥也就没拒绝。

下午上班李牧遥在办公室里见了秦亮，秦亮并不像大家刻板印象中那种搞艺术的人，更像个普通的工科男生，没有太多的漂亮话，说起项目创意却滔滔不绝。

按照合同的约定，他们需要拍摄一套系列短片，就和电视剧差不多，只不过每一集都要把剧情控制在十五分钟内，每一集之间有一定的联系，但是每集又都要有自己的故事，要做好可能比普通的电视剧拍摄还要难。

但听了秦亮的想法，李牧遥再一次认可了自己的选择，就连旁听的池渺渺都明显很满意。

她插话道：“我对秦导的专业水准肯定放心，不过我想多问一句，编剧人选你们定好了吗？”

池渺渺写小说可以，但对弄剧本并不擅长。

秦亮说："如果你们没有特别推荐的人选的话，我们团队有一位一直合作的编剧叫雨轩，科班出身，刚毕业不久，但是项目经验非常丰富，已经有过几部署名的网络大电影了，我们公司以前大部分的短片是和这位编剧合作的。"

池渺渺见是个有经验的编剧，心里也就放心了。她看了一眼李牧遥，猜他没什么想进一步了解的事了，在他不耐烦之前提醒秦亮："那没什么问题的话，我们就先把合同签了吧？"

秦亮也是个很有眼色的人，知道李牧遥贵人事忙，也就没再说什么。

池渺渺拿出合同才发现自己进来时忘了带笔，悄悄看了一眼李牧遥的桌上那支万宝路，想了想还是没去自讨没趣。

池渺渺刚要起身出去拿笔，秦亮已经从包里翻出一支来："没事，我带了。"

池渺渺笑了笑，看着秦亮在合同上签好名盖上公章，再将合同拿给李牧遥。

一切都进展得很顺利，一个月后，项目在南城开机了。

池渺渺一直很想去探班，明示、暗示了几次，李牧遥都没说放她去一次，直到开始杀青倒计时了，李牧遥才破天荒地同意她以检查项目进度的名义去一趟。

池渺渺是第一次探班也是第一次去南城，所以特别兴奋，当然最让她期待的是她可以离开李牧遥的视线好几天，只要想想就觉得整个人都轻松起来。

但就在她出发的前一天晚上，她忽然又接到了李牧遥的指示，竟然是让她给他订和她同一航班的头等舱机票以及在南城的酒店。

这简直就是个晴天霹雳！

不过一个不大的项目，如何请得动他这个日理万机的大总裁大老远地跑去探班呢？她想来想去也只能是因为汪可了。

看来她之前猜对了，他对汪可还有旧情！

搞不好汪可在南城拍戏这段时间，他的心早就跟着飞过去了，只不过表面上装得冷淡，实际上一直在找时间筹划着去一趟呢！

池渺渺不禁唏嘘，想不到他这样的人，竟然真能对一个女人念念不忘。

可是一想到要和他单独相处好几天，池渺渺就打了退堂鼓。

他那堪称变态的洁癖真的让她吃不消，在熟悉的环境还好，出门在外还不知道他会怎么折腾人呢。

订好机票和酒店，池渺渺怀着上坟的心情出了门。

去接李牧遥时，路上有点儿堵，就比约定时间晚了几分钟，池渺渺本来已经做好挨骂的准备了，谁知今天的李牧遥见到姗姗来迟的她后既不毒舌也不挑刺，更夸张的是，登机前还自掏腰包给她升了舱。

难道是他要去见老情人了，心情一好人也跟着善良起来了？

这让池渺渺已经步入寒冬腊月的心情又回暖了不少。

或许这一趟旅程也不是一点儿期待都没有的，至少她可以享受一次头等舱的待遇。

这还是池渺渺第一次坐头等舱，比起经济舱来既宽敞又安静，甚至连空乘们的笑容也更亲切几分，这都要感谢她身边这位。

“谢谢老板。”她发自肺腑地说。

沉默了一路的李牧遥看都不看她，冷淡地回复道：“不用谢。”

“谢还是要谢的，让你自费帮我升舱我挺不好意思的。”

“我不是为了你。”

哦，她当然知道。

她以为他要说什么为了公司形象之类的话，谁知他却说：“比起你，我更不喜欢和陌生人离得太近，你正好替我挡住他们。”

池渺渺的笑容僵在了脸上。

就算你老人家这么想的，也不用这么实在地说出来啊！

李牧遥注意到她的表情的变化，但似乎并没觉得自己的话有什么问题，依旧是那副冷淡的神情说：“以后不要自作多情。”

池渺渺连忙否认：“我没有。”

李牧遥心不在焉地说道：“你应该庆幸，你还有这样的用处。”

听听这是什么话？她就不该对他抱有丝毫的幻想。

“我……”

池渺渺还想再说什么，忽然注意到李牧遥又在翻手里那本杂志，从在休息室的时候，这本杂志就不知道被他翻了多少遍了。

这是要去见老情人了，所以他很忐忑、很紧张吗？

正在这时，广播里传来机舱门即将关闭的通知。他总算不再翻杂志了，而是不知从哪儿拿出一个小药瓶，熟练地倒出几粒药放进口中。

池渺渺问："老板你生病了？"

李牧遥淡淡地"嗯"了一声算作回应，然后闭上眼说："从现在开始不要跟我说话，也不要让别人打扰我，到地方再叫醒我。"

难怪他今天这么好说话，竟然是因为生病了，可都生病了他还要去见汪可，果然她对他来说是很重要的人。

不久后，飞机开始滑行，客舱里静悄悄的。池渺渺身边的李牧遥像是已经睡着了，始终保持着入睡前的姿势。可不知道是不是因为不舒服，他即便睡着时眉头都是紧锁着的，仿佛随时会醒来。

但她不得不说，他无论什么样都真的很好看，近距离看更是如此——皮肤白皙到让女生都羡慕的地步，而且睫毛浓密纤长，醒着的时候尚且不觉得，闭着眼的时候格外明显，再搭配上他高挺的鼻梁、硬朗的下颌以及衬衫领下若隐若现的喉结，此刻的他任谁看到怕是都不得不赞一句"绝色"吧。

池渺渺不由得感慨，或许汪可是幸运的。

KUANG 08 RE

我不是为了你

这一路上李牧遥果然没再醒过，而且睡得特别沉，直到飞机落地后，池渺渺叫了好几次，他才醒来。

池渺渺一早在网上约好的车来得也很准时，只是一开始没想到还有李牧遥这尊大佛同行，她只叫了普通快车，也没注意车型，到了停车场约定的地方才发现对方开来的是辆十几万的两厢车。

所幸车内空间虽然不大，但车主应该是个爱干净的人，车内打扫得几乎一尘不染。

果然李牧遥在看到车时皱了一下眉头，但还是上了车。

池渺渺略微松了一口气，可她也觉得自己有点儿过分，因为这车的空间实在太小了，李牧遥那双长腿的确伸展不开，膝盖几乎都能抵到前座靠背。

但他竟然很难得地一言不发。

上车后，她偷偷从后视镜里打量后排的他，发现他紧闭着双眼，似乎已经睡着了。

看来他还是身体不舒服。

她小声嘱咐司机开慢一点儿，别惊动了后面的人，可再一抬头，看到李牧遥竟然不知什么时候已经醒了。也不知道是不是被她吵醒的，他歪头看向窗外，神色依旧困倦。

他们就这样一路安静地到达了预订的酒店。

池渺渺根据李牧遥的要求换了家五星级酒店。

很快办理好了入住手续，李牧遥把这两天他们要做的事情跟她简单交代了一下。

原来他这一趟来并不是专程去剧组看汪可的。他早在南城选好了失恋博物馆的分馆位置，这一次是来进一步确认的。而且他们从南城离开后，还要再去一趟江市，同样也是去考察另一家分馆的选址。

两三天的行程可以说是满满当当的了。

池渺渺不由得再次感慨，成功人士果然都是时间管理大师，感情和工作都不耽误。

“找租车公司，给我租辆车。”池渺渺正算着还要爬几层楼才能到房间时，忽然听到这么一句话。

看来他对她今天的安排还是很不满意，只是可能由于身体不舒服才一直忍到现在。

所幸高级酒店都有合作的租车公司，这倒不是什么难事。

车型肯定要最好的，但出于对李牧遥的了解，她还是多问了一句：“老板，你对司机有什么要求吗？”

李牧遥像看傻子一样打量了她一眼：“只租车不要司机，我不喜欢陌生人的味道。”

池渺渺偷觑了一眼他的脸色说：“你这个状态不方便开车吧。”

“当然。”李牧遥边说边看向池渺渺，“但这不是还有你吗？”

“我？我那水平你也清楚。”

“那就慢点儿开。”

此时李牧遥的房间所在的楼层到了，他没再理会池渺渺，径自走出了楼梯间。

望着他离开的背影，池渺渺忽然想到一个问题——他为什么爬楼梯？而她又为什么要陪着他爬楼梯呢？

池渺渺租的车很快开过来，是一辆崭新的商务车，车内空间够宽敞，而且车子洗得干干净净。

李牧遥还算满意，直接拉开后排车门坐上了车。

池渺渺深吸一口气，拉开了驾驶位的车门。

南城并不大，从酒店到古城也就十几公里的路，但池渺渺一路上开得小心翼翼，车速几乎全程没超过三十迈。一方面是她车技真不行，她担心蹭了车李牧遥又让她自掏腰包赔钱；另一方面，她从后视镜中看到后排的人似乎又睡着了，生怕来一个急刹车把他给弄醒了。

就这样，原本二十分钟的路她开了足足一小时才到。

拍摄地在南城的一个古城里，听说汪可是在这里长大的，所以拍摄地也选在了这里。

与从酒店过来一路上那现代化的氛围不同，这里仿佛是另一个时空，处处是青砖绿瓦，曲折斑驳的石板路透着悠远古朴的韵味，小河蜿蜒，在城中穿过，随手一拍都是一张美景图。

人置身这种地方，即便是来工作的，心情都不由自主地舒缓了很多。

池渺渺和李牧遥到的时候，汪可正坐在一处回廊下看剧本，助理一边跟她说着什么，一边替她轻轻摇着扇子。

说话间她一抬头似乎是看到了李牧遥，便立刻起身将剧本塞进助理手中，朝着他们走了过来。

即便她此刻戴着墨镜，池渺渺还是捕捉到了在看到李牧遥的那一瞬间，她迅速变柔和的表情。

池渺渺不由得偷偷去看身边的李牧遥，他脸上的神情倒是没什么变化，还是那副拒人于千里之外的模样。不过池渺渺也理解，即便他跨越千山万水只为来看人一眼，但真见了面，架子还是要端一端的。

此时因为他们的突然到来，秦亮把剧组的其他人也都聚集了过来。

暖萌也来了，请了几天假，比池渺渺他们早两天到。她是第一次见到李牧遥真人，眼睛都看直了，还是池渺渺偷偷扯了她一下，她才控制着没让自己流出口水来。

这时候汪可已经走到了他们面前，笑盈盈地带着几分玩笑地跟李牧遥打招呼："没想到李总对我们这个项目这么重视，还亲自来探班。"

秦亮和剧组其他人也都附和，机灵的人还会趁机恭维甲方"爸爸"几句。

谁知李牧遥却只是不咸不淡地回了一句："不是专程过来，顺路而已。"

池渺渺和暖萌很有默契地对视了一眼，都在彼此眼中看到了"不愧是他"的感慨。

好在汪可像是早就习惯了，很温和地笑了笑。

这第一回合，高下立见。比起李牧遥的口是心非死要面子，汪可的宽容大度似乎在告诉众人，更在意这段感情的人是李牧遥。

池渺渺又偷偷看了一眼她老板，总觉得她的老板的脸色更难看了。

秦亮掩饰着尴尬表情，继续给李牧遥和池渺渺介绍剧组里的其他人。

介绍到编剧雨轩时，池渺渺着实有点儿意外了。

她一早知道雨轩刚刚大学毕业，是个很年轻的姑娘，但是看着眼前齐刘海、长直发，身穿水手裙的女孩，她还是有点儿意外这姑娘竟然是这种风格。

雨轩五官算不上多么漂亮，但搭配上笑容，整个人也算得上甜美，而且一看她就是活泼的性格，倒是跟池渺渺之前接触过的女编剧类型完全不一样。

介绍完众人，其他人都接着去干活了，就汪可和秦亮还围着李牧遥。

秦亮问李牧遥："您打算在南城待几天？"

李牧遥回答："后天走。"

秦亮提议："那太好了，不出意外的话，明天补拍完机场戏我们就杀青了，晚上有个杀青宴，您能来参加的话大家一定很高兴。"

池渺渺能来探班就已经达到此行的目的了，杀青宴这种活动她其实没什么兴趣，而且以她对李牧遥的了解，他绝对不会对几十个人的聚餐产生丝毫的兴趣。

可是当她看到汪可也笑盈盈地看着李牧遥时，她忽然意识到一点儿，如果这聚餐的几十个人中有汪可的话，他是不是还是挺想去的，之所以没有立刻同意，也是在端架子？

好的员工就是要急老板所急，想老板所想。

于是在李牧遥开口前，池渺渺就替他回答了秦亮："既然来了，肯定要参加呀，正好李总明晚没有安排。"

说完池渺渺讨赏似的回头看了一眼李牧遥，出乎意料地他并没有给她一个赞赏的眼神，反而有点儿生气。

他正要开口说什么，汪可笑道："那就这么说定了，李总能来，大家一定都很高兴。"

秦亮也说："太好了，晚宴六点半开始，我稍后就把明晚的酒店地址发给渺渺。"

池渺渺笑着应下。

接下来李牧遥被汪可和秦亮请到一边，不知聊什么去了，池渺渺这才有机会去找暖萌。

雨轩离她们不远，见池渺渺过来，立刻热情地迎了上来。

“渺渺姐，今天见到你我太高兴了，你不知道我是你的粉丝啊！”

池渺渺被雨轩的热情搞得有点儿无所适从：“我的粉丝？”

雨轩说：“是啊，这故事我之前在微博上看到过，我超级喜欢，没想到会有机会把它变成剧本。我们加个微信吧？暖萌姐的也加一下吧，昨天都没来得及。”

池渺渺和暖萌只好拿出手机来和她加了微信。

她又问：“对了，渺渺姐，我看你应该不是第一次写小说吧？感觉文笔很老练欸，笔名是什么？我去关注一下。”

这就让池渺渺有点儿为难了，她不习惯对现实生活中认识的人暴露笔名，正犹豫着要不要说，暖萌忽然对雨轩说：“小刘好像在找你，你要不要过去看看？”

雨轩回头看到副导演小刘似乎真的在找她，也就顾不上再问池渺渺笔名了，抱歉地笑笑跑去了副导演小刘那里。

她一走，池渺渺不由得松了口气：“看到她，我怎么觉得自己老了？”

暖萌嗤笑：“可不是吗？我不仅觉得自己老了，还觉得跟她比起来自己根本不像个女人。”

她抱着手臂站姿霸气，却捏着嗓子嗲声嗲气地说：“暖萌姐，总听秦导提起你，终于见到真人了，你可真漂亮，比我合作过的好多女明星都漂亮！”

池渺渺差点儿笑岔气：“人家夸你你还不高兴啊？”

暖萌搓了搓手臂说：“消受不起，而且她夸得太浮夸了，当我听不出来呢？”

池渺渺故意打趣她：“我觉得咱们真应该跟人家学学，明明年纪差不多，但是你看你，整天穿得那么肃杀，往那儿一站，活像人家的大姨。”

“你才像她大姨，她有我这么美的大姨吗？”

两个人正调侃着，就见不远处李牧遥、汪可和秦亮往他们剧组临时的休息室走去。

三个人中，李牧遥身姿挺拔，气质出尘，即便身边有汪可这样的女明星，他还是最起眼的那个。

暖萌对着李牧遥的背影感慨道："想不到还有这种男人。对了，你们那里还招人吗？你看我怎么样？"

池渺渺无语："别人不知道也就算了，我这老板什么脾气你不清楚吗？看人不能只看表象！"

暖萌皱眉想了想："之前你总说他变态，可现在想想，他也没做什么出格的事啊。"

池渺渺彻底无语了，在暖萌这种"颜控"面前，果然颜好即正义。

"你之前可不是这么说的。"

暖萌理所当然地说道："长得好看的人，总是能让人对他更宽容嘛，不然你看看我怎么这么爱你呢？"

池渺渺决定对这份爱嗤之以鼻。

暖萌继续说："以前我只在财经杂志上见过他的照片，那种照片你也懂的，肯定要比本人好看很多。谁知这儿有个例外，那照片真的只能展露他十之一二的风采！"

池渺渺无奈地说："擦擦你的口水吧，你家老秦就在旁边呢，你这么花痴别的男人真的合适吗？"

暖萌悠悠地叹了口气："这时候我就羡慕你这样的单身人士。说真的，你要不要考虑一下？"

池渺渺莫名其妙地又想到她把他的手按在自己的左胸上的情景，与此同时，她感到自己的心跳似乎又快了起来。

她看向别处："我考虑他，他会考虑我吗？再说，我还想多活几年。"

暖萌叹了口气："也不知道谁是那个幸运的女人。不过我们之前猜测他和汪可有旧情，可是今天看两个人在一起，总觉得气氛不太对。"

"是吗？还好吧。"

两个人没再继续讨论这个话题。

片刻后，秦亮重新回到摄像机前，汪可也开始准备拍下一场戏了。

不远处的休息室内，只坐着李牧遥一个人。

虽然更想和暖萌待在一起，但池渺渺觉得把自己的老板一个人晾在那儿也不合适。

她只好也不情不愿地去了休息室。

而且怕李牧遥觉得无聊，她不得不没话找话。

"老板你喝水吗？

"老板你冷吗？

"老板你饿了吗？不知道他们这里的盒饭怎么样。"

最终李牧遥只是回她一句："让我安静地待会儿就行，你出去吧。"

池渺渺这才发现，他的样子格外疲惫，似乎从下飞机开始就是这样了，或许是因为带病出差吧，于是她留下一句"有什么事打电话给我"就乖乖地离开了休息室。

她重新回到暖萌身边，看剧组拍戏。

接下来的一场戏是汪可在桥上向男主角提出了分手。

虽然她已经三十几岁了，但或许因为扮演的是当年的自己，即便是比现在的她年轻十几岁的角色，也并不会让人觉得有丝毫违和感。而且那眼神中流露的情感非常纯粹，很有感染力，完全可以让人忽略掉演员的真实年龄。

不愧是大佬看上的女人啊，演技和颜值双双在线。

身后传来女孩子喃喃的说话声，很显然汪可感染的不仅仅是池渺渺一个人。

雨轩叹道："汪可姐可真美啊！这个角度绝了！"

看来她的夸奖总是这么用力，但这并不会让所有人赞同她。

另一个男人的声音响起："化了那么浓的妆都看不出来本来是什么样了，我觉得还是你这样素颜的样子好看。"

池渺渺和暖萌都不由得朝说话的人看过去，正是刚才找雨轩的那个副导演小刘。秦亮的团队的人整体比较年轻，这个副导演也就二十五六岁的样子。

经他这么一说，池渺渺不由得多打量了一眼雨轩。

这时候就见雨轩很不高兴地瞪了他一眼说："你可别瞎说，你以为我不想每天化妆化得美美的？我是忙着熬夜改剧本连睡觉的时间都没有。"

池渺渺彻底无语了，大家对"素颜"的理解出入这么大的吗？如果涂至少两层的粉底还不算化妆的话，那张扬的眼线是天生的吗？还有阴影和高光，小刘这种直男看不出，不代表别的女生也看不出啊。

池渺渺和暖萌心有灵犀地对视一眼，仿佛都从彼此眼中看到了那句话——这姑娘不简单。

小刘关切地问道："你昨晚又熬夜了？难怪看着挺没精神的。喝咖啡吗？我去买。"

雨轩说："不用了，我忍忍就好了。"

本来池渺渺以为事情到此为止了，却听刚拍完一场戏的秦亮忽然转向他们那边说："要买就快去买，给大家都来一杯。"

说完，他又顿了顿补充道："我请客。"

小刘立刻眉开眼笑地领命而去。

雨轩笑着说："秦导请客我就不客气啦！"

众人纷纷感谢秦导，拍摄的氛围也因此轻松了不少，但池渺渺回头看向暖萌时，发现她的脸色不太好。

接下来的一场戏依旧是发生在这座桥上，是男主角负气同意分手后，想了几天又后悔了，来求女主角回心转意的戏。

然而这一场戏，汪可的状态分明不如上一场，有一句台词她失误了两次。她调整了一会儿，但再次面对男主角时，终究还是一句话也没有说。

她似乎彻底放弃了，转身看向镜头："编剧呢？"

被点到名的雨轩连忙跑了过去，秦亮也跟过去了解情况。

"这台词到底是谁写的？不觉得很过时了吗？我觉得小说里的还不错，怎么改成这样了？"

汪可声音不小，在场的人都听得清清楚楚。

原来她并不是忘词，而是早就对那几句台词很不满意了。

所幸汪可不是个很难沟通的人，秦亮安抚了她几句，又让雨轩立刻去改剧本，汪可也就消了气。但很明显今天这场戏是拍不下去了，汪可直接在助理的陪同下回了酒店。

雨轩垂头丧气地拿着剧本往回走，池渺渺想上去看看有没有什么能帮忙的地方，却被暖萌拉住："你去干什么？"

池渺渺这才回过味儿来，刚才汪可说了那话，不管是有心还是无意，她这会儿出现在雨轩面前只会招人烦。

暖萌提醒她："你在这儿待着也没什么事，去伺候你的老板吧，别一会儿他想回酒店了找不到人。"

“那你呢？”池渺渺问。

“不知道一会儿还拍不拍，我再等等。”

池渺渺点点头，回身想找李牧遥，却发现休息室的门大敞着，但里面的人已经不在了。

不会是李牧遥自己一个人走了吧？

转念一想也是的，他这大忙人跋山涉水地跑来这里只是为了看汪可，汪可都走了他还留下干什么？

不过他要是自己走了，她怎么回去呀？

她和暖萌打了个招呼就立刻往李牧遥停车的方向找过去，祈祷李牧遥走得没那么快。

绕过一排青砖矮墙，池渺渺总算找到了李牧遥。男人正立在屋檐下，像是在跟什么人通电话。

她松了口气，老老实实地隔着几米远的距离等他打完电话。

片刻后，电话打完了，但他没立刻离开。

他就那么站着，望着不远处的青山绿水，不知想到了什么。似乎是被柔美的江南景色所感染，他难得地把身上的白衬衫穿得有几分随意，领口敞开了两颗扣子，袖管挽到了手肘上方，少了一分凛冽，多了分柔和，让池渺渺看得有点儿走神。

他猛地咳嗽起来，这才让池渺渺回过神来。

池渺渺意识到他还病着，而南城昨晚刚下了场暴雨，温度骤降，他今天穿得着实有点儿少。

池渺渺正犹豫着要不要这时候过去，他已经转身往回走了。

再一抬头看到她，他顿了顿脚步。而正在这时，一墙之隔的不远处，传来了另一个男人的声音。

“也不是第一次了，怎么还哭上了？”

这声音很熟悉，池渺渺很快辨认出来，是秦亮的声音。

是谁在哭？暖萌吗？不会的，她那闺密不让别人哭就不错了。

李牧遥明显也听出了对方是谁，难得很有默契地安静地站着，什么也没说。

“我不是因为被汪可姐说了那么几句才难过的……”

这不是雨轩的声音吗？

他俩怎么会一起出现在这里？是因为工作，还是有其他事情？

池渺渺的心忽然就提了起来——虽然在她的印象中秦亮人品还不错，对暖萌更是死心塌地，但是正因为如此，“人设翻车”后带给人的伤害才更大啊！

现在这情形，她不能就这么离开，一方面是她大概辨别得出他们的位置，应该只跟他们隔着一个墙角，她无论是回去，还是去李牧遥停车的地方，都会被对方看到，到时候免不了尴尬；另一方面，万一真有什么事，还是要及早面对，逃避解决不了任何问题。

于是她只能一动不动地站在原地听着两个人的对话，同时祈祷着事情别是她想的那样。

雨轩抽抽搭搭地说：“要不是你我没机会给汪可姐写剧本，可我没写好，让你为难了。”

好在秦亮的回答还算正常。

秦亮说：“你这说的哪里的话？改剧本是家常便饭，别往心里去了，好好改吧，改好了我们接着拍。”

接下来两个人也没再说什么，脚步声渐行渐远。

直到彻底听不到他们的声音，池渺渺才大大松了口气。

李牧遥好像刚才的事情完全没有发生过一样，淡淡地对她说：“走吧。”

第二天上午李牧遥自己开车出了门，池渺渺难得有自由活动的时间。她惬意地睡了个懒觉，吃完饭又去附近逛了逛。

她再回到酒店时，正好接到了李牧遥的电话，约她五点半在酒店大堂见。

怕让李牧遥等她，她迅速开始洗脸化妆找合适的衣服。

照理说五月的南城应该很暖和了，只是因为这两天一入夜就有暴雨，一天当中除了中午那会儿有点儿热，平均气温始终徘徊在二十三四摄氏度上。

虽然还是有点儿冷，但她为了美美地出现在杀青宴上，冷一点儿也值得。

于是池渺渺翻出一件自己很喜欢的露肩、露肚脐的短衬衫，再搭配一条牛仔蕾丝拼接的高腰长裙，算不上很隆重，不会压过女演员们的风头，但也算不上多随便，最重要的是既可爱又性感，还显得她身材比例非常完美。

李牧遥在酒店大堂见到这样的她时，很明显愣了一下，但那种意外的表情只是一闪而过，很快又被他习惯性的蹙眉表情所取代。

所幸他没什么不满，说了声“走吧”便率先走出了酒店。

李牧遥是个很有时间观念的人，说好了晚上六点半到场，会在六点二十五分就出现在餐厅里。

这时候大部分人还没有来，整个宴会厅里空荡荡的。

池渺渺是跟着李牧遥一起来的，但自觉自己这样的小人物不配和李牧遥同桌吃饭，再说暖萌还在，比起陪着他这个低气压老板，她自然是想和自己的小姐妹坐在一起。

她和李牧遥打了个招呼，李牧遥没有明确反对，她就坐到了暖萌那桌。

于是在接下来的很长一段时间里，最靠近舞台的主桌旁就只有李牧遥一个人，显得格外形单影只。

池渺渺虽然没和他坐一桌，但也怕他真的有事找她，所以一直观察着他那边的动静。

比起国际化大都市北城，南城最多只能算六线城市，所以市里面像样的酒店就没几个。

秦亮选的这地方，在这里估计算很上档次的了，但在李牧遥眼里怕是和路边摊没太多差别。

李牧遥从一进门起眼中就交织着懊悔、嫌弃甚至不忍直视的复杂神色，当检查完桌布、椅子以及餐具的卫生情况后，他的眉心几乎已经皱成了个疙瘩。

这时候，剧组的其他人陆陆续续地进了宴会厅。

他们本来就对李牧遥又敬又怕，在看到这个状态的他时，都很自觉地绕道而行，甚至连个招呼都不敢去打。所以直到开宴，也就只有秦亮去打了个招呼。但他要忙里忙外的，也不能一直陪着李牧遥。

然而比起李牧遥那一桌的冷清场景，其他几桌因为要额外分摊一桌的人数，大家挤得恨不得叠起来坐。然而其他桌人虽多，但考虑到离主桌也不算远，随便说点儿什么都能让主桌那位老板皱皱眉，大家竟然就像小学生上课似的能不说话就不说话，要说也是压低了声音就差用气声说了。

见此情形，池渺渺都觉得尴尬，但知道李牧遥是绝对不会尴尬的，比起众星捧月的氛围，他应该更喜欢这种高处不胜寒的感觉。

秦亮还是第一次见这种局面的杀青宴，只能指望唯一算是能和李牧遥对上话的汪可来救场。

可是大明星嘛，都要迟到的。

终于盼到汪可来了，她自然而然地坐到了李牧遥那一桌。她似乎并不害怕李牧遥的强大气场，还很自然地和李牧遥攀谈了起来。

众人见此情形才松了口气，晚宴到这时候才算真正开始了。

气氛随着时间的推移以及越来越多的酒被消灭掉而逐渐高涨起来。

池渺渺这一桌除了暖萌，还有雨轩和那个副导演小刘。

饭吃到一半，池渺渺就见雨轩突然找来服务生问有没有长寿面。

她的声音不小，这桌的人都听到了。

有人问："雨轩你过生日啊？"

她却摇了摇头看向小刘："不是我的生日，是小刘的生日。"

而小刘从她刚才问服务生有没有长寿面开始，看向她的目光就变得格外激动。

此时那激动情绪从他期待的眼神和不太自然的声音中传了出来："雨轩，我真没想到你竟然知道我的生日。"

池渺渺从昨天就看出小刘对雨轩有好感了，想必剧组里的其他人也知道。现在看来，难不成雨轩对小刘也不是全无感觉？

这时候雨轩却拍了拍小刘的肩膀说："小事啦，都是哥们儿嘛。"

说是"哥们儿"，可她的声音依旧嗲嗲的。

池渺渺不由自主地抽了抽嘴角，再看暖萌，对方也是一脸的嘲讽之色。

以防隔墙有耳，池渺渺拿出手机给暖萌发了一条微信："这姑娘不简单。"

暖萌很快回复："你看她昨晚的朋友圈了吗？"

池渺渺回复："还没看，等我看一下。"

池渺渺退出聊天界面打开朋友圈，没翻多久就看到了昨天半夜雨轩发出的朋友圈。

"当世事没有完美，可远在岁月如歌中找你。"

模棱两可的一句话，也不知道她口中这个"你"是谁，或者是个什么东西，配图是南城的几张夜照景，还有一张是她的自拍。

池渺渺往前翻了翻，这姑娘没搞什么三天可见，于是就发现她白天发的朋友圈大多是吃喝玩乐的相关内容，看着还算正常，一到晚上就开始悲春伤秋。

暖萌应该也在看她的朋友圈，看了一会儿问池渺渺："你们女作者、女编剧都这样吗？"

池渺渺说："你可别太高看我了姐妹，你看看人家每天晚上这文案，虽然没有明说，但总觉得是和某个男人有关，我哪有男人可说啊？！"

说着她为了证明自己的清白，打开了自己的微信朋友圈，但她自己都没注意，她最近的每一条朋友圈似乎也都是围绕着一个男人，只不过都是在激情辱骂那人而已，而这男人不是别人，正是李牧遥。

暖萌显然也意识到了这一点儿，扫了一眼不远处正襟危坐，不动筷子也不喝水的某人："看来你心里也不是完全没有他。"

"别逗了好吗？我是真消受不起。"

"不试试你怎么知道消受不起？"

"你可别诅咒我了。"

池渺渺回复完暖萌又随手翻了翻雨轩的朋友圈，不知道有多少人和雨轩互动，但或许因为她们的共同好友太少，池渺渺只能看到秦亮会时不时地给她点个赞，或者留言。

这时候，身后忽然传来一阵骚动。

她们这桌人都不约而同地顺着声音的方向看过去，原来是剧组的其他几个小年轻在挨个儿给大家敬酒呢。

来人池渺渺不认识，但显然已经和暖萌混熟了，所以对方敬酒池渺渺也不好意思拒绝，连喝了好几杯。

池渺渺好不容易把人打发走，一回头正对上李牧遥不太友善的目光。

池渺渺立刻意识到一件事，她喝了酒一会儿就没办法开车了，所以李牧遥应该就是在为这事生气。不过如今他身边有汪可，她这"灯泡"还用得着出现吗？

又等了片刻，李牧遥站起身来打算离开，秦亮和汪可纷纷跟着起身。

池渺渺不确定一会儿李牧遥还需不需要她陪着，只能先跟着他一起出了酒店。

秦亮还在不停地对李牧遥致歉："是我考虑不周到，您看您没吃什么东西就走了。”

在不太熟的人面前，李牧遥还是会给对方留几分面子的，所以没直接说“你确实考虑得太不周到了，不然也不会选择一家卫生标准不达标的饭店”。

他只是淡淡地说：“与你无关，是我没什么胃口。”

汪可朝路边扫了一眼，打断两个人的对话：“李总的司机还没到吗？”

司机小池听到有人点她的名连忙迎上去：“到了，到了！”

汪可问：“在哪儿？”

池渺渺这才搞清楚，李牧遥和汪可应该是没有一起离开的打算。看来这两个人的感情不是一两次叙旧就能修复的。

可是眼下怎么办？只能叫个代驾了，但她又怕李牧遥嫌弃陌生人开车。

池渺渺正为难，就听李牧遥说：“我自己开车回去，几位留步吧。”

说着他便要往停车的方向走去，池渺渺松了口气连忙跟上。

刚走两步，李牧遥忽然又停下脚步，嫌弃地回头看向她。

池渺渺不解地问：“怎么了？”

李牧遥甚至后退了一步和她拉开了距离：“我没办法跟一个醉鬼待在一个密闭空间里。”

醉鬼？她现在这状态离“醉鬼”还差远了吧？

池渺渺试图解释：“我就喝了几杯……”

但李牧遥毫不留情面地说：“我开车回去，你自己想办法。”说完他便头也不回地上了车，然后在众目睽睽之下丢下了池渺渺。

池渺渺回过头，正对上秦亮和汪可的目光，尴尬极了。

秦亮摸了摸鼻子说：“正好，一会儿暖萌他们还有下一场活动，渺渺一起来吧？”

汪可也说：“人多热闹，一起去吧。”

池渺渺晚上确实也没其他事，于是便爽快地答应了下来。

池渺渺忽然发现，她这是因祸得福了。

今晚的第二场活动在距离晚宴酒店不远处的一家 KTV，大部分人吃完饭就散了，只有主创团队留下来参加了第二场活动。

池渺渺以前全职在家写文时总失眠，一失眠就会喝点儿酒，所以对酒并不抗拒，更何况今天晚上的氛围特别好。池渺渺没想到汪可竟然一点儿架子没有，特别放得开，有人敬酒她二话不说就喝。她的助理提醒了几次，她却只说明天没工作今天要尽兴。

这样一来所有人都有点儿喝多了。

差不多到半夜的时候，暖萌和雨轩莫名其妙地比起了摇色子，并且约定输了的人喝酒或者接受惩罚。一帮看热闹不嫌事大的人在旁边叫好围观，秦亮像个老好人一样劝完女朋友又劝小编剧。

池渺渺则是被汪可拉着聊天。

可能是酒精的缘故，也可能因为两个人之前就有过比较深入的交谈，汪可对她并没有什么防备心。她们从工作聊到生活，最后竟然聊到了李牧遥。

池渺渺对汪可和李牧遥之间的事情很好奇，要是清醒的时候可能还会克制一下自己的好奇心，但是此刻两个人都有点儿醉了，自然不能错过八卦的好机会。

她问汪可：“你上次说我老板才是第一个让你真正动心的人，是真的吗？”

汪可眯着眼睛看她：“当然是真的。”

此时她的妆有些花了，整个人处于半醉半醒的状态，和往日高高在上的女神形象很不符。但是在这暧昧的灯光下，她有种别样的美感。

有那么一刻，这样的汪可竟然让池渺渺有点儿自卑。她忽然觉得汪可和李牧遥其实很般配，那么漂亮的两个人，那么成功的两个人，应该才是一国的吧。

而且汪可的大度洒脱，正好可以包容那男人过分锋利的棱角。一个柔软一个刚硬，两个人是最完美的组合了。更何况他俩应该对彼此都有感情，只是年少无知或者造化弄人才变成今天这样。

想到这些，池渺渺忽然热血沸腾，这样的两个人不该像对待陌生人一样对待彼此，哪怕不是为了李牧遥，只是为了汪可，她都觉得自己应该做点儿什么。

“汪可姐，你还喜欢我的老板吗？喜欢的话为什么不尝试让他知道？”

汪可闻言轻轻一哂，直接绕过了她的第一个问题，回答她第二个问题：“我现在也不是一无所有的小姑娘了，自取其辱的事情做不出来。”

池渺渺连忙说：“你不试试怎么知道是自取其辱？其实我觉得老板对

你还是有旧情的，男人就是口是心非。”

“旧情？”汪可像是很意外，“不可能的，怎么会有旧情？”

“有什么不可能的？有的男人就是很长情。”

池渺渺还想说，这大概也是他为数不多的优点之一吧。

汪可看着她忽然就笑了，只是那笑声从最初的爽朗渐渐变得多了点儿苦涩的味道。

汪可说：“这我就不知道了。”

池渺渺疑惑地问道：“怎么会呢？”

汪可回答道：“因为我们之间从来没有过情，哪里来的旧情啊？”

这着实出乎池渺渺的意料，因为从一开始她就认定了他们两个人肯定有一段不为人知的过往。

“那你上次的话究竟是什么意思？”

汪可想了想，说：“告诉你也没什么。”

原来汪可在刚入行的时候参加过一个饭局，当时李牧遥的江湖地位虽然不及现在，但也算是商界新贵，前途无量。

汪可当时签约的一家经纪公司口碑不怎么好，主要是老板的行事风格实在不太上得了台面。

那天组局的人请的人除了李牧遥还有其他人，跟她一起出席这种场合的还有公司里的另外两个女艺人。

她被安排在了李牧遥身边。

她心里知道老板希望她怎么做，但那时候她还很年轻，初来乍到也做不到像同公司的另外两个女生那样在这种场合游刃有余如鱼得水。她甚至连个像样的话题也找不到，所幸李牧遥也不是个话多的人，而且面对她的木讷无趣，他也没表现出被怠慢的不快情绪。甚至在同桌其他客人拿她开些不太文雅的玩笑时，他还出言帮她解过一次围。

这让她渐渐放松下来，真的想要对他多点儿了解，于是也就有了话题。不过她还是那么不善言辞，他也还是那么不爱说话，他们两个人在那群人中显得格格不入，又似乎分外有默契。

那天宴请结束，李牧遥是第一个离开的，老板对她使了个眼色，示意她跟上去。

其实在来之前，她就被暗示过该怎么做。那时候她非常不情愿，想着即将接触的陌生人，谁又能情愿呢？但是不知道为什么，在那一刻，她发现自己并没有最初那么抗拒了。

李牧遥的车停得有点儿远，他身高腿长走得飞快，她追了好一会儿才追上。

李牧遥对她的出现似乎茫然了片刻。

夜色中，他们那桌的其他人还在酒店门口说说笑笑地道别，男人们的调侃和女人柔软的娇嗔声随风传来。

两个人收回视线，即将发生在他们之间的事情似乎被摆上了台面。

她看不清他的神色，只看到他微微抿起的唇。

她还是硬着头皮说："李总，方便送我一程吗？"

她还没来得及问他家在哪个方向，就听男人斩钉截铁地回答说："不方便。"

她没想到是这种情况，愣了一下继续笑着说："我是说，顺路的话你方便送我一程吗。对了，你家在哪个方向？"

李牧遥还是那副冷冷的口吻："哪个方向都不方便。"

汪可是彻底想不明白了，明明刚才他们交流得还可以，明明他还冒着得罪其他人的风险替她解围。他绅士，她善解人意，这一切不都是顺理成章的事吗？此刻又是怎么回事？

似乎是看出了她的无措感，他难得大发慈悲地解释道："我今天刚洗过车，确实不方便带你。"

往事叙述到这里，汪可一改之前怅惘的态度，忽然暴怒了，她问池渺渺："你说他什么意思？就算看不上我他也不用这么说吧，完全可以换一种方式拒绝我，偏偏要这么羞辱我！说什么刚洗过车？他就差直接说嫌我脏了！"

池渺渺愣了一下，忍无可忍地发出一阵爆笑，笑得酒都有点儿醒了。

汪可被她笑得有点儿茫然："你笑什么？有那么好笑吗？"

池渺渺忍着笑说："姐，你可能真的想多了。"

汪可带着醉意的双眼里闪过一丝不自在之色："你不用替你的老板说好话。"

池渺渺连忙说："没有，没有，我说真的，他那么说应该没别的意思，就是字面上的意思。"

池渺渺把上次自己开了李牧遥的车，结果李牧遥就用酒精棉消毒的事情讲给了汪可听，下一秒换汪可狂笑不止了。

汪可笑着问：“你的意思是他有洁癖？”

池渺渺点头：“你还没看出来啊？要不晚宴时他怎么一口东西都不吃？”

“是啊，他只喝自己带来的一瓶依云。”汪可皱起眉似乎仔细想了想，“我以前跟他接触的时候倒是发现他是有洁癖的，但没想到严重到旁人坐一下他的车他都要重新消毒洗车的程度。”

池渺渺想说还有更严重的情况你不了解罢了。

埋在心里多年的一根刺被剔除掉，汪可心情好了起来，也更愿意向池渺渺倾诉了。

不过池渺渺很不解：“你是那天见面后就对他动心了吗？”

“也不全是。”汪可说，“他替我解围的那一刻我是真的有点儿动心。不过他拒绝了让我搭车后，那点儿好感也没剩多少了。”

那就是还有……

“后来呢？”

“后来我被一个‘富二代’盯上了，那人是真没品，但我又不敢得罪对方，只能跟他周旋。有一次那人喝多了，对我动手动脚。我当时以为自己完了，然后就那么巧，遇到了他。”

池渺渺恍然大悟：“原来这是个英雄救美的故事。”

汪可像是想到了什么，笑了：“算是吧。”

“‘算是’？”

“因为他发现那个‘富二代’试图强暴我的时候，不是先上前阻止，而是拍了段视频。”

池渺渺想象了一下，这要是放在言情小说里，男主角发现女主角被人侵犯，肯定是冲上前去把那“大猪蹄子”就地正法才彰显男主角的魅力啊！她的老板这操作确实有点儿迷惑。

“然后呢？”

“那富二代看见他就停手了，他也没理那富二代，而是对我说，‘你不是想红吗？把这段视频发出去，名字就叫《地产大亨严利明未来儿媳竟然是她》，你的名字会立刻成为最热的搜索词，你想不红都难。’”

池渺渺彻底服了："还可以这样？"

对这个姓严的地产大亨她好像在哪儿听说过，但怎么想都想不起来。

汪可像是想起了当时的情形，解气地哈哈大笑："是不是很绝？"

"是啊，真够绝的！"

也就只有她的老板能做出这种事了。

池渺渺笑道："虽然这英雄救美的套路不太寻常，但本质上还是英雄救美，难怪你都动凡心了。"

汪可却摇了摇头说："也算不上，不过那次我是真的很感激他，所以之前不让我搭车也不那么重要了。"

"那你们后来联系多吗？"

"没什么联系，直到半年后，我才又在一个晚宴上见到他。那天的晚宴在北城的一个五星级酒店的宴会厅里举办。当时他已经是很有名的商界新贵了，很多人想结识他，我也一直很想去跟他说几句话，问他是不是还记得我。不过那天我发现他状态似乎不怎么好，对找他说话的人态度也比较冷淡，我就打消了去找他叙旧的念头。何必自取其辱呢?

"不过后来在洗手间里我又遇到了他。他那天应该是病了，脸色特别难看。当时洗手间里没有其他人，我见他那样本来想替他叫个人的，结果被他拒绝了。他说他想歇会儿，但不想被别人看到。当时宴会厅里到处都是人，我只好给他开了个房间让他休息一下。因为只是举手之劳，我也就没和人提起过这事。他后来还特意向人打听到我的电话号码发了短信来谢我。这次我主动找他合作，他之所以会见我，我猜也是他还记得当初那点儿小恩惠吧。"

池渺渺想起之前有关汪可的传闻，说她夜会富商，和富商开房……原来竟然是这么一回事。

看来传闻这东西真的很不可靠。

不知道为什么，她发觉自己好像有点儿高兴，但那种感觉只是一闪而过，让她无从捕捉。

池渺渺有点儿好奇地问汪可："那现在你对我的老板是种什么样的感情呢？"

汪可歪头想了片刻，酒精的作用让她整个人看着柔和了很多。

她想了想说："一开始多少是有点儿心动的，他那样的人嘛……有句话怎么说来着？所有的一见钟情都是见色起意，我们女人对男人也不例外。但其实要问我有什么深刻的感情没有，我们就接触过那么几次，能有多少感情？心动是一瞬间的事，那一瞬间过后就是普通的关系了。原本我还因为曾经的感激和不愉快之情在意着对方，但刚才听你那么说，我现在连在意的理由都没了，你说我对他还能有什么感情？”

池渺渺又问：“那你觉得我的老板对你呢？”

汪可笑得更大声了：“他能记得我就不错了。”

原来池渺渺最初设想过的爱而不得、旧情难忘，都是她一个人的猜测，汪可说的“最初的心动”竟然只是这样。

这时候旁边玩色子的几个人似乎觉得光他们自己玩还不够，非要拉着汪可和池渺渺入局。两个人聊够了，很爽快地加入了大家。

人数多了两个，更何况还有汪可，气氛更加热烈起来。

这些人中最活跃的就是雨轩，每次到她受罚的时候她都会撒娇耍赖，实在躲不过去了才会勉强接受惩罚。反正她就没有一次痛快的。

但那几个男生可能跟她比较熟悉了，偏偏就喜欢逗她，而且大家都喝了酒，说话就有点儿不着边际，有时候还会开几个尺度略大的玩笑，她又一脸懵懂的样子，这就更激起了那些人的玩笑心。

渐渐地，一桌人几乎都围着她转了，汪可都不如她出风头。

池渺渺猜测这妹妹平时人缘肯定很好，但或许是因为对她了解不多，对她生不出什么亲切感来。

暖萌就更不用说了，跟她完全是两种风格，两个人也不知道怎么回事，从一开始就几乎有点儿针锋相对的架势，但周遭的人似乎又什么都没察觉，任由两个人这样。

不知道过了多久，身边有人推了推池渺渺。

“好像是你的电话！”

KUANG 09 RE

一开始多少有点儿心动

池渺渺输了几轮喝得有点儿多，反应慢半拍地去看手机。

她这才注意到手机似乎已经响了很久，看到那上面的“李牧遥”三个字，连忙晃晃悠悠地起身，避开旁人接通了电话。

但可能是周遭太吵了，她没听清他说了什么，又或者他根本就没说话，池渺渺接连“喂”了两声后再一看，手机因为没电竟然已经自动关机了。

她喝得有点儿多，头脑昏昏沉沉的，也就没太把这个电话当回事，重新回到其他人身边。

接下来的几轮游戏，池渺渺的运气依旧不怎么样，她很快就彻底醉了。汪可也好不到哪里去，已经被她的经纪人带走了。

但其他人还没有就此罢休的意思，暖萌来了兴致，甚至又要了两箱酒。

因为坐飞机吃了药，李牧遥的身体本来就有点儿不舒服，再加上南城这两天的天气很多变，他一不小心就有点儿感冒。

其实晚宴时他就发现自己在发低烧，本想着回来后洗个热水澡能有所好转，但洗过澡回了几封工作邮件后，依然觉得不太舒服。他不知道自己明天能不能恢复，如果还是这样，肯定无法支撑他再在一个密闭的高空空间内待上两个小时。所以保险起见，他想让池渺渺将他们的机票改签到后天。

他本以为这时候池渺渺应该已经回到酒店了，可电话打过去，对面环境很嘈杂，显然这家伙还没回来。

难道他没带她一起回来，她自己心里就没点儿数吗？

哪有老板在生病，助理在外面花天酒地的？

然而李牧遥还没来得及发作，电话就已经被挂断了，再打过去对方竟然已经关机了。

她的眼里还有没有他这老板？

再说这都几点了，一个女孩子怎么能在外面待到这么晚？更何况她还喝了酒！

本来就生着病的李牧遥又被气得够呛。

他索性将手机扔到一边，努力不去想池渺渺这家伙，但越是这样就越是睡不着。

半小时后，李牧遥重新穿戴整齐地出了门，拨通秦亮的电话的同时，反复告诉自己，他是因为生气要找某人算账，并不是因为担心她。

秦亮也喝了一些酒，但比在场的其他人清醒些。

把他们所在的地址发给李牧遥后，秦亮就彻底清醒了过来。

说实话他很意外李牧遥竟然要过来，很明显对方和这样的氛围格格不入。难不成李牧遥是为了汪可来的？

关于李牧遥和汪可可能有点儿旧情这一点，他也是听女朋友暖萌瞎猜的，但其实在这一次合作中，他没看出什么来。

不过，刚才在电话中他含蓄地透露汪可刚被经纪人带走了，可李牧遥仿佛没听见一样，那意思还是要来。

秦亮本来想让大家收拾一下准备迎接李牧遥，可再一看包间内众人的状态，又放弃了。

大约一刻钟后，李牧遥出现在了他们的包间门口。除事先知情的秦亮外，所有人见到他都很意外，包间里一时间静得只有隔壁传来的音乐声。

正当众人猜测他来的目的时，就见他直接走向了池渺渺。

池渺渺以为自己喝太多眼花了，直到李牧遥走到她面前，皱着眉问她：“你的手机呢？为什么关机？”

池渺渺茫然地反应了片刻，意识到李牧遥在问她问题后，正要开口，却又被他打断。

“不用解释了，我没兴趣听。”

池渺渺更茫然了，周遭其他人也都一副目瞪口呆的样子。

李牧遥仿佛根本看不到其他人，继续说：“就算不考虑你是在跟我出差，一个女生半夜还不回家，至少应该保持手机畅通吧？”

“我……”

“没人想听你那些拙劣的借口。”

池渺渺只得委屈巴巴地闭上了嘴。

见她这个表情，李牧遥的气像是消了一点儿，他很嫌弃地踢了踢她的脚，问她：“自己能走吗？”

池渺渺怕一张口又被他怼回来，这回就只是点了点头。

李牧遥朝门口仰了仰下巴：“走吧。”

秦亮很意外，这就完了？李牧遥纡尊降贵地跑一趟竟然真不是来找汪可的，只是过来把自己喝多的助理捡回去的。难不成李牧遥喜欢的人是池渺渺？

然而下一秒，他就意识到是他想多了。

正往门外走的池渺渺出门时没留意到地上躺倒的酒瓶，一脚踩上去，酒瓶朝后滚去，而她整个人朝正前方扑了过去。

她的正前方是走廊的墙壁，而她和墙壁之间还有一个李牧遥。这时候只要李牧遥出手扶她一下，她就用不着“撞墙”了。可李牧遥不愧是李牧遥，只见电光石火之间，他反应迅敏地朝旁边让了一步，精准地躲开了朝他扑过去的池渺渺。

于是在一阵惊呼声中，池渺渺冲向了对面那堵墙，膝盖一软又贴着墙滑跪在地上。

虽然这样子不太好看，但看上去她应该不至于受伤。

众人见她晃晃悠悠地起身，也都跟着松了口气。

然而池渺渺还没回过神来，就听身旁传来一个很欠揍的声音：“以后看路。”

她清楚地记得刚才李牧遥躲开她的那一幕画面……这人到底是不是男人？一点儿风度都没有！

一定又是怕她弄脏他的衣服！可一套衣服算什么？！刚才撞得再猛点儿，她的门牙都要保不住了！

头脑还不算清明的池渺渺越想越气，不禁恶向胆边生——他不是爱干净吗？不是不喜欢被别人碰吗？那她偏要跟他对着干！

确定走出了其他人的视线范围，她一把扯住了李牧遥的胳膊，故意装疯卖傻地说道："老板，我头好晕，走不动了，你扶我一下。"

还从来没有人这么大胆！李牧遥完全没想到池渺渺会这么做，短暂意外之后顿时感到了一阵心跳加速以及可以预见的窒息感。

"你松手！"

"我不管，就要你扶我！"

"别给我借酒装疯池渺渺……我让你松手你听到了没有？"

"不行，我是真的走不稳，要不然你背我。"

李牧遥咬牙切齿地说道："你知不知道你在干什么？你还敢让我背你？"

"对啊，你背我。"

李牧遥努力想甩开她，奈何这人似乎赖上了他，怎么甩也甩不掉。两个人就这样拉拉扯扯了一路，所幸车子停得不算远，也没机会让他们拉扯太久。

李牧遥没好气地把池渺渺塞进了副驾驶位，又迅速关上了门，任凭池渺渺在车内又是拍打车门又是叫他的名字，他只顾扶着车顶深呼吸。

在夜色的掩映下看不清楚，其实他的衬衫早被汗水浸湿。即便是这样，但他发现此刻的不适感比起以往已经减轻了不少，而且他只是稍稍缓了几口气，状态似乎就恢复了，原本预料的窒息感也并没有出现。

车里的池渺渺撒了半天酒疯，这才注意到车外的李牧遥好半天没有动过了。此时她经过一路折腾，酒已经醒了大半。

她忽然有点儿担心，扒在车窗上努力朝外看，想看看李牧遥到底怎么样了。

李牧遥一低头，就看到车内的池渺渺正隔着车窗睁着一双大眼睛一眨不眨地看着他。

可能是酒精的作用，让她的表情有些许呆滞，倒是显得更没心没肺，甚至有那么一点点娇憨。

他不知不觉就维持着一手撑着车顶的姿势，居高临下地审视着车内的她。

她似乎说了什么，可能在问他为什么不上车，那声音被封闭在车内，听上去闷闷的。

莫名其妙地，他之前满腔的怒火在这一瞬间像个泄了气的皮球一样，瘪了下去。

池渺渺是真的担心了，月色下她看不清他的脸色，见他一动不动，她有点儿着急地推开车门。

李牧遥不知道她想要干什么，但想到她很有可能再度扑上来，就慌了，以至车门才刚被推开一条缝隙就又被他强势地推了回去。

下一秒他转身走向驾驶位，上车前连做两个深呼吸，上了车也不多看旁边的她一眼，直接发动车子。

左胸口处传来“扑通扑通”很有规律的心跳声，但他总觉得，刚才的慌乱似乎和以往的情况都不太一样。

车子平稳地驶入车道，车内又静悄悄的，睡意在短短几分钟内席卷向池渺渺。

车子停在一个红绿灯路口时，他朝身边看了一眼，她不知道什么时候已经靠在椅背上睡着了。他这才注意到她的安全带没有系。但不知道为什么，他并不想叫醒她。

红绿灯的数秒倒计时仍在继续，李牧遥纠结了好一会儿，最终还是俯下身去以尽量不触碰到她的姿势替她系好了安全带。

池渺渺不知道自己究竟睡了多久，好像只是短短一刹那，又好像过了好久好久，但在李牧遥俯身的那一刻就醒了。

她屏住呼吸，明知道他做不出任何暧昧的事，但内心里还是生出一种隐秘的忐忑感觉，而她自己都没察觉到，这忐忑感觉并不是因为抗拒。

最后见他只是小心翼翼地替她系上了安全带，她松了口气的同时生出一点别的心绪，有点儿想笑又有点儿怅惘。

红灯变成绿灯，车子继续前行。

斑驳的光影中，她歪过头看向正开着车的男人。

朦胧的月光下他的皮肤白得耀眼，无论是握在方向盘上的那只手，还是露在衬衫外的脖颈儿和脸，却丝毫没有孱弱的感觉。他总是这样，神情专注，心无旁骛，却能让别人自乱阵脚，比如汪可，或者说某一刻的她。

以前她就觉得这男人像是一把好看又锋利的刀，让人忍不住想去多看两眼，但又怕被刀的锋芒晃到眼。但是今天晚上，或许是月光柔和了他周身锋利的棱角，让她觉得此刻的他格外顺眼，甚至让她产生了一种莫名的信任和安心感。

车子平稳地行驶在南城空旷的街道上，池渺渺不知不觉又睡着了。

池渺渺再次醒来是被安全带勒醒的，伴随着一阵轮胎摩擦地面的声音，她整个人不由自主地往前一栽，与此同时，她看到一个不知道是猫是狗的白色影子迅速蹿进了路旁的灌木丛里。

李牧遥也不知道为什么，今晚总有点儿心不在焉，或许是因为车上多了个人，或许是因为身体还不舒服，所幸刚才蹿出来的是只野猫，而他反应又够迅速才不至于出什么事。

他缓了片刻，回头想看一下身边的人醒了没有，这才发现大事不妙了……

喝了酒的池渺渺头脑还算清醒，可是胃里其实一直不太舒服。之前安全带就勒得她有点儿透不过气，刚才刹车的冲劲让她胃里的酒又彻底翻腾了起来。

她努力想压下那种不适的感觉，但还是忍不住干呕连连。

李牧遥见此情形可以说吓坏了，可惜这是大马路上，周边也没有停车的位置。

他只能一边发动车子，一边恐吓身旁的人："你给我忍住了池渺渺！不然你这辈子都别想再上我的车！"

想他李牧遥在商场上叱咤风云这么多年，什么样的场面没见过？他从来都是泰山崩于前而面不改色的，但是此刻是真的慌了。他不得不承认这个世界上能击垮他的东西除了密闭的空间和脏东西，又多了一个池渺渺。

他也顾不了那么多了，只求赶紧将车开到酒店。

车子重新开动起来，夜风随之灌入，吹散了车内的窒闷感，池渺渺胃里那翻江倒海的感觉总算平息了一些。

耳边除了风声，还有某人的碎碎念："你敢吐在车上，我就扣你的工资！"

池渺渺当然知道，这车虽然不是李牧遥的，但万一她真的吐在车上，租车公司也不会放过她，这车上还有李牧遥，到时候她还得为他全身的行头买单。

所以她一直努力忍耐着，所幸刚才那股劲儿过去之后，她也没再感觉想吐了。

几分钟后，车子停在了酒店门前。

“立刻！马上！！下车！！！”

在李牧遥声色俱厉的催促下，池渺渺下车后腿一软跪在了外面的水泥地上。

李牧遥低头解安全带的工夫，再一抬头就发现车里车外都没人了。他顿时又慌了，他不会是没注意将车停在了井盖旁边吧？他立刻下了车，绕到副驾驶位那边一看，某人正坐在地上抱着膝盖“嗞嗞”抽气。

李牧遥无语了：“这车也不高吧？你是腿短，还是小脑发育不全？这也能摔跤？”

池渺渺根本顾不上理会他的揶揄，此时的她心疼坏了——裙子上好看的蕾丝哪经得起刚才那么一摔，此时已经破了个大洞，还被她膝盖上渗出的血和地上的沙弄脏了。膝盖也好疼，虽然光线不好看不清楚，但她能感觉到被擦伤了好大一片，看样子是没那么容易愈合了。

李牧遥见她委屈巴巴地低着头不说话，一肚子火气无处安放，最后只能自己消化了。

他没好气地问：“还能走吗？”

能是能，就是疼，可池渺渺此刻什么也不想说。

从来没有人敢在李牧遥面前任性，如果可以他真想一走了之。但考虑到这种时候把她一个人丢在这里还不如他今晚干脆就不去找她，他最终还是一咬牙，弯腰将她打横抱了起来。

他忽然的动作让池渺渺吓了一跳，惊呼一声后，她本能地搂上了他的脖子，却听到男人咬牙切齿地说：“你那脏手别到处乱摸。”

池渺渺只好把手收回来，但为了保持平衡，只得往他怀里靠了靠。

又是那种从牙缝里挤出来的声音传来：“别乱蹭。”

这也不行那也不行，要不是他不停地催她下车，她用得着受这份罪吗？

池渺渺忍无可忍地说：“反正你这洗衬衫的钱回头也得我出，钱都出了，我多蹭一下怎么了？”

男人没说话，但池渺渺却能从他起伏的胸膛处感受到他的怒气。

酒店灯光下，池渺渺腿上的伤口一览无余，两个膝盖都有大片的擦伤，血淋淋的，看着还挺瘆人。

李牧遥只看了一眼，眉头又皱了起来，难得放缓了语气说：“要不，还是去医院吧？”

池渺渺从小调皮惯了，这种伤小时候几乎天天都有。所以她很清楚这伤看着唬人，其实就是擦破了皮，去医院不知道又要花多少钱。

她连忙说：“不用了，我带医用急救包了，消个毒，包一下就行。”

李牧遥也没再坚持，但很明显他的视线一直在躲避着她的伤口。

是的，这伤口对他来说也是脏的。她想用旁边干净的裙摆盖在两个膝盖上，但这么一动难免牵动和伤口粘连在一处的裙摆，疼得池渺渺直抽气。

李牧遥余光瞥见她的动作，顿了顿说：“不用了。”

池渺渺没再动，但很快注意到源源不断的汗水正顺着他的鬓角流入他的衬衫领口内。其实从他们停车的地方到电梯也就几十米的距离，她有那么沉吗？还是他太虚了？

她这么想着，也就这么问了：“老板，你出了这么多汗，我有这么沉吗？而且你怎么这么热？”

他的回答只有两个字：“闭嘴。”

那就是他太虚了。

其实早在抱起池渺渺的那一刻他的身体就开始有了不好的反应，而且因为抱着池渺渺他还搭乘了电梯，加之他本身又在发低烧……

所有的一切似乎都在考验他，他努力不去想这些，只当自己还是个正常人，终于在他完全脱力前将她送到了房间里。

他没有立刻离开，将她放在床上后，就直奔她房间的卫生间。

紧接着卫生间里传出“哗啦啦”的水声。

虽然对他的习惯已经有所了解，但一想到他只因为抱了她一下就这么迫不及待地去洗手，她还是觉得挺无语的。而且这一次他洗手的时间格外长，好像在变相地告诉她，她对他来说格外不干净。

这男人似乎总有这种本事——前一秒让人对他生出好感，下一秒就能让人对他咬牙切齿。

冰凉的水拍在脸上，洗去了脸上的汗水，同时洗去了那种焦虑的感觉。

他在卫生间里待了好半天，直到状态稍微恢复后，才从里面走出来。

池渺渺正背对着他坐在床上，像是在清理伤口。

他说："把明天的机票改签到后天。"

她没有应声，他又说了一遍，她才回了句"知道了"。

他直觉她不高兴，可又想不出为什么，难不成害得他这个带病出差的老板大半夜陪着她折腾她还有理了？

这么想想，他也很生气。于是他打消了关心她的伤口如何的念头，气鼓鼓地离开了她的房间。

回到自己的房间，他立刻脱下身上的衬衫进浴室洗澡。

重新出来时，他除了还在发低烧，整个人已经好了很多。

而当他再看到被他脱下的那件衬衫时，他忽然意识到一件事。

以前就算是和别人间接接触，他都会浑身不自在，更别提直接亲密接触一个实在算不上干净的醉鬼池渺渺了，而刚才他的反应远不如以往那么强烈。最近接二连三地遇到这种情况，但好像他最后都没什么大事。

难道他的病真的开始好转了吗？还是说——他摸了一下自己明显还在发低烧的额头——症状转移了？

第二天，池渺渺醒来时还觉得头痛欲裂。

她第一反应是赶不上飞机了，李牧遥又要发飙了，但很快她想起来他们已经改签到明天再走了。可是他为什么要改签，难不成是为了她？

还有他昨晚为什么会出现在 KTV？她原本以为他是去找汪可的，但昨晚他只字没提汪可，而且如果他想见汪可用不着那时候跑过去。难不成是因为她那通接通了却没来得及说什么的电话？他是担心了，才会出现在那里？虽然明知道他只是出于人道主义关怀怕她出什么事，但她还是有那么一点点感动。

可是她昨晚还借机耍酒疯，故意做些他不喜欢的事情挑衅他……

清醒的时候再去想昨晚的事情，一切就不一样了，她忽然觉得很愧疚，还有那么点儿害怕——他会不会秋后算账？她的饭碗还能不能保住？

池渺渺一边懊悔着，一边想着一会儿要怎么给李牧遥赔罪。

重新洗漱穿戴整齐后，池渺渺忍痛自掏腰包点了份酒店里的茶点，打算亲自给李牧遥送去。

她推着餐车，满心忐忑地敲响了李牧遥的房门。

房门隔了很久才被人打开，李牧遥穿着一身居家睡衣出现在她面前。

她还是第一次见李牧遥穿得这么随意，少了点儿精英范儿，多了点儿烟火气。他冷着一张脸，站在门内问她：“有事？”

今天他的声音听着似乎有点儿沙哑。

她挤出一个笑容，指了指面前的餐车：“我能进去吗？”

李牧遥似乎犹豫了一下，但最终还是将她让进了门。

李牧遥的房间是套房，客厅很宽敞。他的房间过分干净整洁——桌上没有一样他的物品，沙发上甚至连个褶皱都没有。要不是餐桌上敞开的笔记本和喝了一半的咖啡，没人会觉得这房间里住着人。

池渺渺把几份甜点摆在了茶几上：“听说这家酒店的下午茶特别好，我专门给你点了一份。”

李牧遥依旧没什么表情：“这才刚中午，你让我吃这个？”

池渺渺刚才只想着吃点儿甜食能让心情变好，他心情好了，她就少挨几句骂，就没想太多。

她尴尬地愣了愣，然后说：“没事，没事，这个放到下午吃也行。老板，你中午想吃什么？我请客。”

李牧遥重新坐回餐桌前，拿起面前的咖啡杯，咖啡似乎冷了，在咖啡杯触到他的嘴边时，他皱了皱眉又将咖啡杯放回了原处。

池渺渺观察着他，这才注意到今天的李牧遥精神状态似乎不怎么好。

看他身上的居家服，她猜他一早上应该没出过门，房间里也没有其他食物。

她不确定地问：“老板你不会一早上什么都没吃就喝了咖啡吧？”

李牧遥的沉默证实了她的猜测。

池渺渺说：“空腹喝咖啡对肠胃很不好啊，要不你先吃点儿点心垫一垫肚子？”

李牧遥的目光始终停留在面前的笔记本屏幕上：“没什么事你可以离开了。”

正事还没说，她怎么能走呢？

她直接忽略了他那句逐客令，一脸谄媚表情地说：“反正也到中午了，一起出去吃午饭吧。我早就考察过了，隔壁街有好几家不错的饭店。老板你喜欢吃什么？我请你呀。”

隔壁街的那几家店她确实都考察过了，没有很贵的，都是平民消费。

李牧遥终于抬起眼来看向她，此时即便是他坐着，她站着，但因为两个人的身高差，他坐着的视线也几乎与她齐平。

“怎么，想为昨晚的事情向我赔罪？确实，要不是你我根本不会出现在那种乌烟瘴气的地方，也不会……”他似乎想到了什么不堪忍受的事情，好看的眉头又皱了起来。

他顿了顿接着说：“你确实有罪，但用不着太着急，你的表现都会在你这个月的工资中体现出来。”

池渺渺一听这话心顿时凉了一半，但依旧强作镇定地笑着说：“是我错了，老板你扣我多少工资我都认了！不过……”

池渺渺话锋一转，义正词严地说道：“出门在外我就是你的助理，得对你负责。你现在就得跟我去吃饭，工作可以等吃完饭回来再做。”

都说人在饥饿的时候脾气最差，她就当他说的是气话，一会儿这人吃饱了，她再认错求饶，说不准他会大发慈悲地放她一马。

说着她甚至大着胆子伸手就将他的笔记本合上了。

李牧遥似乎很不高兴，但是并没有发作，只是重新打开了笔记本，话语里依旧满是嘲讽之意：“这时候知道自己是我的助理了？”

池渺渺知道他还在生气，顺着他的话说：“所以我有责任监督你吃饭……”

她再度伸手去合他的笔记本，李牧遥忽然很烦躁，大概是想伸手拦住她，但这样一来，她的手正好结结实实地从他的手心擦过。

毫不意外地，他被烫了一下似的迅速收回了手，而池渺渺也被“烫”了一下，不过她是真的被烫了一下——他的手心怎么这么热?

她立刻想到一种可能——

“老板你发烧了？”

李牧遥没什么精神应付池渺渺，不耐烦地说道：“没事你就出去吧，我休息一下就好了。”

池渺渺惊呆了：“你都发烧了还工作，还空腹喝咖啡？不行，咱们去医院吧。”

李牧遥平生最抗拒的地方就是医院，斩钉截铁地回了两个字：“不去。”

池渺渺看出他的抗拒，故意说：“你是不是不敢去呀？想不到还有让你怕的地方。”

“我只是说用不着去。”

“我估计你现在怎么着也有38℃了吧，怎么就用不着了？”

“我说用不着就是用不着。”

池渺渺见这样说不通，只好换一个思路。

“咱们明天一早就得去新城，你这样会影响后面的工作。万一在新城病情更严重了怎么办？搞不好吃药、挂水都不管用了，你还得住院。”

听到“住院”两个字，李牧遥似乎没那么坚决了。

但他还是皱着眉说：“我已经吃过退烧药了。”

池渺渺再次帮他合上笔记本：“吃过药就得好好休息，这些工作都可以先放放，你想吃什么东西我去买回来，吃完饭你先睡一觉。”

李牧遥对她的自作主张似乎有点儿不悦：“你在安排我？”

池渺渺内心似有一万头神兽奔过，这人还真是不知好歹啊！

她皮笑肉不笑地回复：“我在关心你，我是你的助理嘛！”

李牧遥似乎挣扎了片刻，然后妥协地说：“出去吃吧。”说着起身走向卧室。

也不知道李牧遥在里面干什么，一个大男人出门竟然比她做准备的时间还要长。

池渺渺百无聊赖地等了一会儿，正好暖萌发了个视频邀请过来，她没注意，只当是语音邀请就接通了。

接通后看到暖萌挽着一个男人的胳膊走在户外时不由得愣了愣，但既然已经接通了，她也没再挂断。

暖萌看到她身后的房间有点儿意外：“你不是今天走吗？怎么还在酒店里？”

池渺渺说：“改签到明天了。”

这话说完，池渺渺忽然意识到一个问题，李牧遥改签真的是为了她吗？可能是因为他自己生病了吧。

暖萌“啧啧”了两声，八卦兮兮地说：“昨晚你们回去后就没发生点儿什么事？”

池渺渺不解：“该发生点儿什么事吗？”

暖萌眉飞色舞地问：“你今天早上在谁的房间里醒来的？昨晚的衣服谁给你换的？”

池渺渺如实回答说："在我自己的房间啊，还能在哪儿？衣服还是昨晚的那一身。唉，早上一闻我自己都快吐了。不过你这脑子明显比我昨天那件衣服还脏，你真应该好好洗洗了。"

暖萌很失望："不应该啊！老秦说昨晚李总怒气冲冲地打电话给他问我们在哪儿。之前你不是说他和汪可有点儿过往吗？老秦就以为他是去找汪可的，还暗示他汪可已经走了，谁知道他根本不关心汪可，到了之后直奔向你，好像眼里没有其他人似的。"

"最后一句话我可没说。"插话的是暖萌旁边的秦亮。

其实对于暖萌说的这些事，池渺渺是有点儿印象的，但很显然她和暖萌的想法不太一样。

"你别瞎想了，是我的手机没电了，他联系不上我，出于人道主义关怀怕我被人拐了才去找我的。"

"谁信呀？他要只是想叫你回去有的是办法，他不都联系到老秦了吗？用得着自己亲自来吗？"

好像说得也是……

"他当时大概也没想那么多吧。"

"那你们昨晚就真的什么事都没发生？"

正说着话，池渺渺忽然注意到对面穿衣镜里的自己贴了纱布的腿。她今天穿了条裙子，站着的时候裙摆恰巧能遮住膝盖上的伤，可坐下后那两块碍眼的纱布就露出来了。

她叹了口气："要真的什么事都没发生就好了，可惜苦了我这双腿。"

电话另一端的暖萌好奇地问道："怎么了？我看看。"

池渺渺就将镜头对准自己的膝盖给暖萌看了一眼。

暖萌突然"哇哦"一声，因为情绪激动，声音也跟着高了八度："还说你们昨晚没发生什么事，这么一看昨晚战况很激烈啊！"

池渺渺被她陡然提升的音量吓了一跳，生怕被身后房间里的李牧遥听到。她手忙脚乱地去调整音量，再看向视频通话界面时，发现暖萌的表情像见了鬼似的。

也是到了这一刻，她才注意到镜头里她的身后不知道什么时候多了一个男人。

镜头里没有男人的正脸，她只看得到他的大半个身子以及他那棱角分明的下巴。

此时他已经换上了衬衫和西裤，没打领带，领口微微敞开两颗扣子，刚好露出一段好看的脖颈儿和喉结。他正好从容地系着衬衫袖扣，一双手修长灵活。

也不知道他是什么时候出来的，听到了多少对话，但那一瞬间池渺渺只觉得后背已经出了一层冷汗。

这时候，视频里的暖萌小声嘀咕了一句："还说没什么？！"

说完也不给池渺渺解释的机会，她丢下一个神秘眼神，直接挂断了视频电话。

池渺渺深吸一口气，但也只能假装什么事情都没发生似的对他说："老板，你这么快就好了？"

李牧遥微微挑了挑眉，朝玄关处走去。他似乎想说什么，但又有点儿犹豫，出门前还是停下脚步转过身来看向池渺渺。

"你说得对，我昨天去找你完全是出于人道主义关怀，除此之外我们之间一切都是出于工作。"

池渺渺连忙赔笑："那当然，那当然！我明白！"

你看不上我，我也未必就看得上你！你长得再养眼，看久了我也会审美疲劳，找男朋友最重要的当然还是相处时的感受。试问谁愿意时时刻刻供着这么一尊佛，还得时不时地承受他言语上和行动上的挑衅甚至侮辱？

李牧遥却不为所动："你的微表情告诉我，你真正的想法和你说的话并不一致。"

"啊？"池渺渺不自觉地摸了摸脸，"我是什么表情？"

李牧遥似乎有点儿无语："那我就把话说清楚。"

"嗯嗯，你说。"池渺渺不敢再瞎想，礼貌地回道。

"我的择偶标准呢，在这里。"

李牧遥抬起手比了一下，池渺渺抬头看过去，那是比他的身高略高一点儿的高度。

李牧遥接着说："而你呢，在这里。"

说着他的手在池渺渺的肩膀处比了一下。

虽然池渺渺也承认，她和李牧遥的确是两个世界的人，但是他这么说也未免太侮辱人了吧。

如果可以，她真想爆句粗口。

但她还是勉强地点了点头："是的，是的，我怎么配呢？我不配！我和韩夏姐他们有时候也会讨论得多优秀的人才配得上李总你啊，最后讨论的结果就是，没有人配得上。"

你老人家还是适合孤独终老。

李牧遥难得有点儿不自在地错开了目光："走吧，早点儿吃完，我还有工作要做。"

可是此刻的池渺渺完全没有食欲了。

挂断了视频通话，暖萌连忙去翻相册检查自己的成果："我的妈，李牧遥这男人真的是人间极品，还好我刚才反应够快及时录屏了，刚才那一段视频放在网上去，肯定能爆！你说渺渺这是什么运气？"

秦亮佯作生气地问道："怎么，你羡慕她？"

暖萌这才听出来男朋友是吃醋了，故意往男朋友怀里钻了钻，压低声音说："我用得着羡慕她吗？别人都羡慕我倒是真的。"

此时一座佛寺已经近在咫尺了，两个人买了票领了香入内，再没说别的话。

大部分剧组的人买了今天返程的机票，但暖萌想在这里多玩两天，秦亮就留下来陪她。

每一个旅游城市似乎都有一两处香火很好的庙宇。

暖萌受家里长辈的影响，很是相信抬头三尺有神灵，所以听说城郊这里有座求事业特别灵验的寺庙，就提议来拜拜。

虽然剧组每次的开机仪式都会烧香拜四方求开机大吉收视长虹，但其实秦亮本身对这些东西并不太信。所以他这回只是个陪客，在女朋友虔诚拜佛的时候安静地帮她拎包拿水。

秦亮百无聊赖地点了支烟，看着殿内熟悉的背影，不由得觉得有点儿好笑。他和暖萌在一起快三年了，他印象中的她似乎对什么事情都满不在乎，所以不熟悉的人总觉得她很高傲，而事实上她也确实如此。只是也不知道她今天许了什么愿望，拜佛时倒是虔诚得很。

一根烟还没抽完，手机忽然振动了两下，他拿出手机来看，是雨轩的微信。

雨轩："航班延误了，我好无聊。"

他不自觉地扬了扬嘴角，回复她说："拜佛也没什么意思。"

雨轩："你今天去拜佛了？和谁呀？"

他懒得打字，索性直接回了语音："还能有谁？"

对方正在输入的提示闪了又闪，他却半天没有收到任何回复。

就在他正要收起手机的时候，雨轩总算回消息了，也是语音。

雨轩："好羡慕你的女朋友哦。"

她的语气中没有丝毫的调笑之意，也完全不像客气的恭维话语，他所能感受到的是真的羡慕的语气，外加一点点似有若无的怅然。

有那么一瞬间，秦亮意识到自己的心跳有点儿快，其实这已经不是第一次了——在他和雨轩的相处过程中他时不时就有这种心跳加速的感觉。

似乎是半天没等到他的回复，雨轩很快又发了条文字信息过来："不过你的女朋友也很优秀啦，长得漂亮性格也飒爽，你俩很般配呢。羡杀我这只'单身狗'了，也不知道我什么时候可以脱单。"

这回听不到她的声音，单从这些文字中根本看不出她的情绪，但秦亮仿佛能从每一个字中看出她的委屈。

忽然，肩膀被人拍了一下，他不动声色地收起手机，回头看去，是暖萌。

"许了什么愿望啊？这么半天。"

暖萌从他手里拿过矿泉水拧开喝了一口："你猜。"

他笑了笑："这我哪能猜到？"

这里和其他寺庙一样，每座殿宇前都立着块牌子，上面有关于殿里供奉神像的介绍。暖萌对这些很感兴趣，不会错过其中任何一个，哪怕是一些大家都很熟悉的神佛。

趁着她在又一处殿门前驻足的时候，他拿出手机回复雨轩："小姑娘家家的怎么这么悲观？你不好小刘为什么总围着你转？"

副导演小刘喜欢雨轩这事全剧组的人都知道，秦亮自然也知道，但也看得出雨轩对小刘没什么意思，或者说兴趣不大。

雨轩很快回复："原来你不傻啊。"

他心里隐隐有些忐忑，总觉得这个话题继续下去有一些事情就会被曝光，但他又有一丝不确定感，而就是因为这丝不确定感，对于曝光这些事他竟然有点儿期待。

犹豫再三，他还是问她：“我什么时候傻了？”

雨轩：“自己想。”

简简单单的三个字，消除了他心中那丝不确定感。他说不出自己此刻是什么心情，好像有点儿兴奋。

KUANG 10 RE

人间极品

第二天一早，池渺渺和李牧遥退了房赶往机场。

一大早，李牧遥就有个电话会议，他戴着蓝牙耳机，全程没怎么发言，几次开口都是拍板做决定。

池渺渺也很配合地不跟他说话，生怕打扰到其他参会的人。

但可能是认真工作的男人都比较赏心悦目，她就总是忍不住偷偷观察他。

昨天他不肯去医院，中午喝了半碗粥后就把自己关在房间里再没出去过。

她不知道他的病情怎么样了，但看他今天的精神状态，明显还是不如平常的。他这样的人，在这种情况下还要坚持工作，让她不得不佩服。

李牧遥的工作状态一直持续到登机。

或许是因为还在生病，他的状态并不好，舱门刚刚关闭，他就有了一种无形的压迫感。

"机舱内冷气开得好低啊，还好有毯子。"池渺渺今天穿了身连衣裙，从上飞机后就不停地在搓手臂。

李牧遥没理她，照旧向空乘要了水，然后拿出个药盒打算吃药。

不过他发现这次带出来的药只够这一次的剂量了。

他把盒子里的最后一粒药倒出来，正打算就着清水喝下去的时候，就感到身边一阵阴风袭来，下一秒，原本躺在他的手掌中心的那粒药就不翼而飞了。

池渺渺立刻意识到自己闯祸了，连忙道歉：“抱歉啊李总，我没注意弄掉了你的药，你还有多余的吗？”

说话间她扫到被他放在小桌上的药盒，便拿过来想再给他倒一粒药出来，这才发现药盒里面已经空了。

她尴尬地抬头，果然就对上李牧遥冷若冰霜的目光。

她勉强笑了笑：“你这药少吃一顿没事吧？”

“你说呢？”李牧遥强迫自己深呼吸几次，尽量把心中的火气压了下去。

听李牧遥这么说，她又看向地板：“要不我把那药找出来，给你洗洗？”

李牧遥烦躁地挥了挥手：“不用了，你别老动来动去的就行。”

这时候机舱内广播响起，提示飞机即将起飞。

李牧遥看向窗外，感受着身体里的每一处变化，有点儿紧张，但似乎还在可控范围内。

想到这段时间自己的身体状况一直还不错，想到医生说的，他应该主动尝试挑战自己的极限，他想，这或许是一次机会。

他闭上眼，让自己不去想太多事，或许是心态还算放松，也或许是因为这些天总是工作到深夜，没等飞机起飞他竟然就有了些睡意。

池渺渺见他这样就猜测他的病还没好，可又好奇，到底是什么病呢？好像和单纯的感冒不一样。

余光瞥见手边那个小药盒，她悄悄拿起来看了一眼，可惜上面什么信息都没有，只是个简单的分装盒。她总觉得他似乎在掩饰什么，是她的错觉吗？

从南城到新城并不远，只需一个半小时的飞行时间。

池渺渺本以为这一趟也会像他们来时一样，李牧遥会一觉睡到飞机落地。

她心情放松地看了一集电视剧，也觉得有点儿困倦想睡一会儿，然而正在这时，飞机陡然颠簸了两下，机舱内的广播随之响起，原来是飞行途中遇到了强气流。这种情况并不罕见，只是这一次颠簸得着实有点儿厉害，池渺渺甚至听到有小婴儿的啼哭声从后面传来，机舱里也开始有点儿混乱。

饶是知道不会有什么大事，池渺渺也有点儿害怕了。这时候李牧遥要是醒着就好了，虽然他要么不说话，要么说出话来气死人，但她潜意识总觉得，只要他在，她就能安心。

她不由得回头去看身边的男人，这一看吓了一跳。

李牧遥可能是被机舱里的响动吵醒了，但依旧闭着眼睛，只是表情格外痛苦扭曲，额角还不停地冒着汗。

“老板你怎么了？”

池渺渺还从来没有见过这样的李牧遥，他似乎连呼吸都很困难，那么在意形象的人很费力地解开了一颗衬衫纽扣，然后朝池渺渺无力地摆了摆手。

他想说他没事吗？可是他这样分明不像是没事啊。

池渺渺看了一眼时间，距离飞机落地还有一小时。

怎么办？

她想到电视剧里经常演到那种有人在飞机上突发不明疾病时，会有机组工作人员向乘客求助，看有没有医生能帮上忙，或者让飞机直接迫降在最近的机场……

她脑子混乱，有点儿慌张地说：“老板你忍一忍，我去找工作人员。”

她说着就要起身离开，却被李牧遥一把拉住了手腕。

他冰凉潮湿的手握在她的手腕上让她更觉得害怕。她没想到他竟然出了这么多汗，而且身体的温度非常低。

这一定不是简单的感冒！

这时候有空姐注意到他们这里的异样，过来询问情况。

池渺渺正要开口，李牧遥却勉强抬起头对空姐说：“我没事。”

很显然，这空姐也不觉得李牧遥像是没事的样子，犹犹豫豫地问李牧遥：“您确定吗？”

李牧遥深呼吸：“真的没事，我的情况我清楚。”

“这怎么能是没事呢？”池渺渺有点儿急了。

李牧遥却没有回应，像是打定了主意不想把事情闹大。

正在这时，飞机再度遇到气流，要求所有人回到座位上。空姐看了一眼李牧遥，犹豫了一下对池渺渺说：“那有什么需要帮忙的地方您再叫我。”

空姐离开后，池渺渺立刻问李牧遥：“老板你这到底是什么病？究竟哪里不舒服？你可别自己瞎诊断白白耽误了病情……是哪里疼吗？你给我指一指。”

她一着急就问了一连串问题。

而此时的李牧遥依旧死死闭着眼睛，身上的衬衫已经完全被他的汗水打湿，此时正贴在他的身上，他仿佛被人扼住脖子，呼吸困难，肺里的氧气在一点点地消耗殆尽……他听说有人管这种感觉叫濒死感，虽然已经体会过很多次了，但还是令他恐惧。

他脑海里闪过很多画面，有和很多人说过的话，有多年前那个暗无天日的房间，还有不小心被他打翻的隔夜泡面，以及他第一次躺在救护车里的情形……他努力睁开眼，池渺渺的样子已经开始扭曲。

她似乎一直在提问，问他是不是肚子疼，有没有胸闷，有没有其他哪里痛……看来是真的着急了。

此时，他的脑子里又冒出了主治医师威尔森的那句话，他说：“不管你多么难受，多么痛苦，往好了想，至少你不会死。”

他用仅剩不多的力气扯了扯她的手腕。

池渺渺感觉到他在拉自己的手，又见他看着自己，立刻会意，他这是要跟她说什么吗？

她连忙把耳朵贴过去：“你要跟我说什么？”

入眼的是饱满圆润的耳垂，上面还挂着一只贝壳质地的耳环，离远了看看不清图案，离近了才看出那竟是一只小猫的形状。

她的肤色本来就白皙，在这只耳环的衬托下更是相得益彰。而随着她的靠近，一种淡淡的混合着草木香的果香飘来，这个味道他不是第一次闻到了，上一次让他稍有不适，而这一次也不知道是不是熟悉了，他竟然并不讨厌。

他艰难地张了张嘴：“我没事……”

一阵热气喷洒在池渺渺的耳郭周围，让她耳朵痒痒的，心里却莫名其妙地毛毛的。她正想稍微离远一点儿，却又听李牧遥有气无力地继续说道：“我只是不喜欢这么狭小的空间。”

池渺渺几乎是习惯性地在心里吐槽他，这都头等舱了他还嫌空间狭小，那下次只能包机了……然而很快，她就明白过来他这话的意思——他害怕这样密闭的空间。

她脑子里立刻闪过了很多画面——他们第一次去见汪可时，他在电梯里表现出的忐忑样子或许不是因为汪可，只是因为他不喜欢电梯内的空间；还有上飞机前吃的那药，什么样的药能让一个时时警醒的人在公众场合睡得那么沉？难道那药有镇静作用？

这样一来，一切事情似乎都说得通了……

难怪他不让她声张，因为他一直知道自己的状况，确实死不了人，可是她也知道，他此时承受的痛苦一点儿不少。

对了，药！

池渺渺回过神来，连忙俯身去看机舱内的地板。她记得那粒药应该掉在李牧遥那一侧了。

李牧遥的记忆忽然就被拉回到了很多年以前，他独自一人坐在去美国的飞机上，昏暗的机舱内所有人都在休息，唯一的光线来自前面乘客的阅读灯。

飞机轻轻颠簸了一下，让他忽然从梦中惊醒。

迷迷糊糊中他一时间不知道自己身处何处，入眼的是一片昏暗场景，身下是窄小的座椅，身边是触手可及的机舱舱壁……这让他忽然想到那间封闭的寝室，还有那碗不知道被放了多久，结果被一手打翻的泡面。他忽然觉得胃里翻江倒海，作呕的感觉让他彻底清醒过来，他这才意识到自己是在去往美国的飞机上，然而反胃的感觉还没有平复，他又觉得胸口闷闷的，烦躁地拿掉身上的毛毯，但似乎于事无补。

封闭昏暗的机舱内，像是有一只大手死死扼住了他的喉咙，肺里的氧气被一点点地抽空，汗水不受控制地从他的毛孔中渗出，他像是即将溺死在翻涌的海浪中的人。

那一刻，他又想到那间封闭的寝室，因闪电乍然亮起的天光奋力穿透厚重的窗帘射向屋内，室友文远吊在半空中的身体就像是剪影画一样只剩下一个模糊的轮廓。

他听说哪怕是主动想要结束自己的生命的人在弥留之际都还想着自救。

他对赶来的空乘艰难地张了张嘴：“救救我，求求你救救我……”

他尚且如此，那文远呢？文远有没有后悔过？

当时飞机上的所有人都不知道他得了什么病，包括他自己在内。飞机因他而迫降，而舱门打开的那一刻，他就觉得自己渐渐地活了过来。

从那以后，他害怕身处任何窄小封闭的空间。他原本只是比别人更有秩序感，更爱干净，尚且算正常人。但经过那件事后，他发现自己的情况越来越不乐观，渐渐意识到，自己大概患上了某种心理疾病。

医生给出的结论是，因为长期精神紧张，他同时患上了强迫症和幽闭空间恐惧症。

他因此需要接受长期的治疗，后来为了帮助自己尽快摆脱病痛折磨，甚至专门学了心理学，虽然对治愈他的病帮助不是特别大，但除此之外，他也没有其他能做的事了。

因为他积极配合，他的病情总算有所好转。回国这段时间，他几乎没有再有太强烈的不适感。他一次次地尝试突破自我，像搭乘电梯，或者这样短途飞行，对他来说已经不是完全无法克服的困难。

所以眼下这种濒死的感觉，对他而言还真算得上久违了。

尽管很痛苦，但他还是努力想让自己镇定下来。脑子里不断重复着主治医师威尔森说过的那句话："再难受都要咬牙忍下来，你就记着，哪怕它真的快要了你的命，那也只是'快要'。不管多么痛苦，至少你不会死。"

是的，他不会死。

他正默念着这句话，忽然感到有人将手搭在了他的大腿上。他费力地睁开眼，就见池渺渺正跪在他的腿边埋头下去，一只纤细白皙的手正无意识地搭在他的腿上。

他顿时心跳得更快了……

"你在干什么？"他费尽力气挤出这么几个字。

池渺渺找了半天，终于在一个角落里看到了那粒红色的胶囊。她顿时松了口气，连忙将其捡了起来。

"找药啊！"

她抬起头来时，他也看到了她手上的那粒药。听到她那捡到宝一样的语气，他顿时有了种不好的预感。

果然就见她拿着那药胡乱地在身上蹭了蹭，就要喂给他。

她竟然将从地上捡来的东西喂给他吃?

他想躲，奈何此时此刻的他一点儿力气都没有，只能眼睁睁地看着她一点点靠近。

池渺渺见他一脸宁死不从的表情，心里疯狂吐槽——这时候了他还矫情个什么劲儿啊，肯定是保命要紧啊！

可惜李牧遥似乎是打定了主意不想将药吃下去，闭着眼睛不张嘴。

池渺渺耐着性子说：“我刚才擦过了，一点儿都不脏，再说人家这可是头等舱啊，地板都比路边摊的盘子干净，吃吧，吃吧。”

李牧遥喘着粗气勉强回了一句：“我从来不吃路边摊。”

好，好，好，你高贵你不吃路边摊，但在生死面前还计较这些吗？

“看来软的不行，只能来硬的了。”

李牧遥狠狠瞪向她，然而他刚一开口，还没来得及说什么，她就手疾眼快地捏住他的下巴把那粒药送了进去。

李牧遥毫无防备，一不小心就将胶囊吞了下去。

胃里又是一阵不舒服，他连连干呕，终于把罪魁祸首也吓到了。

药就那么一粒，他可别就这么给吐出来！

池渺渺情急之下也没管太多，只担心他真的吐，不管不顾地伸手去捂住他的嘴。

要是平时池渺渺这点儿力气哪制服得了李牧遥，可惜李牧遥此刻是个虚弱的病人，根本敌不过池渺渺。

池渺渺就像个欺凌弱小的恶霸一样狠狠捂着李牧遥的嘴恐吓道：“你别吐啊，你要敢把药吐出来，信不信我再找出来给你喂进去。”

“唠……”

池渺渺也快吐了。

周围陆续有人被吵醒，但看到李牧遥的状态也都担心地问需不需要帮忙。空姐再次赶了过来问有什么需要帮助的，池渺渺只是请空姐帮她倒了一杯水。

喝了一点水，李牧遥不干呕了，但是他的症状并没有立刻好转。

原本以为他吃了药就能好的，见他还是这样，池渺渺开始慌了。

这飞机什么时候才能落地啊？李牧遥真的不会死吗？

李牧遥艰难地睁开眼，难得见到她红了眼圈。

池渺渺有点儿着急：“那药是治这个病的吗？怎么你还没有好转？”

李牧遥整个人已经脱力，有气无力地回答她：“哪有这么立竿见影的药？”

池渺渺一想也是，但见他这么痛苦还是很着急。

她努力回想着电视剧和小说里的一些关于密闭恐惧症的片段，于是连忙从包里翻出蓝牙耳机，怕李牧遥听不到自己说话，只将其中一只耳机戴在李牧遥的耳朵上，另外一只则给自己戴上。

她写文到深夜后就很难入睡，经常失眠，所以下载了很多自然界的噪声片段，诸如风声，雨声，海浪声，听着这样的声音，想象着自己身处丛林或者海边，很快就能入睡。

她想，这或许也能帮助李牧遥。

听着耳边浪涛翻滚的声音，池渺渺对李牧遥说："来，深呼吸！想象你站在空无一人的海滩上，海面辽阔，海水碧蓝，海浪翻滚着向你涌来，海水打湿了你的裤脚，今天的风很大，有点儿湿，有点儿凉……"

一开始李牧遥还没搞明白池渺渺想干什么，渐渐地，听到她的话，他的脑中还真的出现了海边黄昏的景象——他面朝着大海，身后是一个海边图书馆，黄昏将至，图书馆里亮起了灯，有人坐在落地窗边看着书，不远处的海滩上还有孩子在追逐海浪，但他什么也听不见，除了海浪翻滚的声音，就只有她碎碎念的声音。

渐渐地，呼吸似乎也没那么难了，所有的黑暗场景离他远去，他有点儿困，缓缓地闭上了眼。

池渺渺绞尽脑汁，把她这辈子用过的形容词全用上了去描述海边落日的景象，如果写出来，这篇文章绝对是只懂堆砌辞藻、生硬秀词汇量的小学生水准。好在也不是完全没有效果，李牧遥的呼吸逐渐平稳下来，又过了一会儿，也不知道是不是那药的作用，他似乎睡着了。

池渺渺看了一眼时间，还有大约四十分钟的飞行时间。

她不由得松了口气，一抬头看见刚才那个空姐，空姐想必也急坏了，只是也没别的办法，一直在旁边观察着他们这里的情况。此时见李牧遥总算被安抚好了，她和池渺渺不由得相视一笑。

折腾了这么半天，再加上受惊吓，池渺渺也觉得筋疲力尽了，当耳机里的声音变成丛林鸟鸣声时，她也歪着脑袋睡了过去。

再次醒来池渺渺是被飞机着陆时的动静震醒的，广播开始播报新城当地的天气，安静了一路的乘客开始交谈，开始收拾行李等着下飞机，即便是头等舱里此时也乱糟糟的。

池渺渺伸了个懒腰，看向身边的男人，他闭着眼，对周遭的一切浑然不觉。

此时他额头上的汗已经干了，但是面色依旧惨白，身上的衣服也皱了，完全失去了平时威风凛凛的样子。

这还是池渺渺第一次见这样的李牧遥，觉得自己一定是被虐久了，患上了斯德哥尔摩综合征，竟然有点儿同情现在的他。

她轻轻推了推他的手臂："李总，我们到了。"

对方完全没反应。池渺渺也不着急，干脆在一旁等着，等其他人都下了飞机，才叫醒他。

李牧遥的状态比上飞机时更差了，池渺渺猜测他吃的那种药多半有镇静作用，难怪他们刚到南城时，他也是一副精神不济的样子，八成还有点儿药物作用，但发烧应该就是感冒而已。想到这种状态下，他还坚持工作，坚持去 KTV 找她，她心里莫名地就生出一点儿奇怪的感觉。

这次池渺渺吸取了几天前的教训，直接在约车平台上约了辆七座商务车，空间够大，车也够干净，他应该没什么不满意的地方了。

或许是因为车内还算舒适，也或许是因为药物作用还没有过去，李牧遥一上车就疲惫地靠在椅背上闭上了眼。

车内很安静，只有导航播报，在这种静谧空间中更具有催眠的效果。池渺渺也不知道他只是在闭目养神还是已经睡着了。

正在这时耳边传来手机铃声，池渺渺吓了一跳，手忙脚乱拿出手机，是暖萌打来的电话。池渺渺刚想直接挂断，又想起来自己戴着耳机，别人应该听不见。

她看了一眼旁边的男人，他应该是已经睡着了。

她接通电话，小声地"喂"了一声。

暖萌听到她刻意压低的声音，也很配合地压低声音问："身边有人啊？"

"我老板。"

她说话声音很小，比起偶尔响起的导航提示音，简直可以当作白噪声。

暖萌不怀好意地笑了："在哪儿？酒店房间里吗？"

虽然知道暖萌看不见，但池渺渺还是忍不住对着车顶翻了个白眼，不过她又庆幸自己这回戴着耳机，暖萌就算再大声，车里另外两个人也听不见。

“还没到酒店，在路上。”

暖萌继续嘻嘻哈哈地问：“一个房间还是两个房间啊？”

池渺渺无语：“想什么呢？”

“跟我还有什么不好意思的啊？你俩的关系不都是既成事实了吗？”

池渺渺解释道：“你真的想多了，我腿上的瘀青就是喝多了摔了一跤。”

暖萌有点儿遗憾地说：“那可太可惜了，不过你从现在起加把劲也还来得及，正好你们俩一起在外出差，在陌生的城市、陌生的酒店，很容易就发生点儿什么。”

对暖萌这恋爱脑的话语池渺渺早习惯了，反正到酒店还得有一会儿，她也就跟暖萌闲聊起来。

“那么容易你怎么不去？”

“我倒是想呢，但人家对我没意思啊！”

“对我也没有。”

暖萌恨铁不成钢地说道：“所以你才要努力！色诱会不会？你们总有工作要谈吧？你去找他时把头发弄湿一点儿，就像刚洗过澡那种。对了，你千万别穿内衣，举手投足间用你宽广的‘胸襟’征服他还不是分分钟的事吗？或者吃完晚饭你约他出去走走，找个清吧喝点儿小酒，酒劲一上来，你说‘今晚月色真美’，只要是个正常男人就不会感受不到那种暗流涌动的氛围，当晚让你膝盖再伤一次还有什么难的？！”

池渺渺听得面红耳赤，不由自主地回头去看旁边的男人，这一看差点儿吓得她心脏停跳。

不知什么时候他竟然已经醒了，此时完全看不出一点儿疲态，一双漆黑的眼睛正神色清明地看着她。更惊悚的是，他的左耳上还塞着一只有点儿眼熟的蓝牙耳机……

池渺渺心如死灰地摸了摸自己的左耳，不出所料，那上面空空的。

暖萌还不知道发生了什么，继续说道：“李牧遥是什么人？约等于人间尤物啊！高颜值、高智商还有钱，几乎你能想到的优点他都占全了。老天爷也太不公平了吧，怎么就把所有优点都集合在了一个人身上？不对，他一定有什么不为人知的毛病！”

池渺渺回过神来时，想阻止暖萌，但显然已经来不及了。

她就听暖萌不怕死地说：“我见他别的都好，就是身体不大好的样子，你说他会不会那方面有问题？”

生怕她再说出点儿什么话，池渺渺连忙挂断了电话。

耳机里几声“嘟嘟”声后彻底没了声音，一时间车里安静下来。

池渺渺心说完了完了，这下更“坐实”了她对他图谋不轨的事情了。

我不是！我没有！池渺渺在内心咆哮着。

“老板，那个……”她指了指自己的左耳，抱着最后一丝希望想确认一下他到底听到什么话没有。

李牧遥却只是摘下耳机还给她，最后丢下一个“你太令我失望了”的眼神，看向了窗外。

可能是李牧遥觉得自己被亵渎了，接下来全程都冷着脸，能不跟她说话就不跟她说话，甚至他去看新址也没带她去，倒是变相地给她放了个假。

不过这种像情侣冷战一样的氛围太尴尬了，而让她更担心的是，李牧遥会因此开掉她。

所以虽然她整天没什么事，但也没自己出去玩，就盼着能早点儿返回北城。

李牧遥在新城的事情终于全部办好了，他们订了晚上八点的航班回北城。

也就是说接下来她只需要熬过和李牧遥一起在候机室里的一段时间就可以了，因为一登机他肯定又是倒头就睡。

可是天不遂人愿，新城从下午就开始下雨，原本雨不大，还不像是能影响航班行程的样子，但七点过后雨越下越大，他们最终还是等来了航班延误的通知。

这间休息室有一面很大的落地窗能看到外面的停机坪，天彻底黑了下来，雨幕遮挡了视线，让人只看得到窗外零星的灯光。

贵宾休息室里本就没什么人，此时更是只有窗外倾盆而下的大雨声，显得周遭格外空旷寂寥。

池渺渺其实有点儿害怕这种天气，天像漏了一样，雨又大又猛，也不知道会下多久，更不知道后面会发生什么事，所以以前赶上这种天气她都会去暖萌那里蹭住一晚，或者回父母那里。

还好今天她也不是一个人。

她看向身边的人，发现他的视线不知道什么时候已经从手上那本书上移开了，看向了窗外。

他似乎想起了什么事，平静的表情中带着一丝不仔细观察就会被忽略掉的怅然。

有那么一刻，池渺渺忽然有种他们同是天涯沦落人的感觉。

休息室里冷气很足，隔一会儿池渺渺就会忍不住搓搓手臂。

她想去拿杯热饮，起身时，也问了一下李牧遥："老板，你想喝点儿什么吗？我去拿。"

李牧遥收回视线看向她，很意外地，他的目光格外柔和。

他说："不用了。"

热饮的种类并不多，池渺渺给自己倒了杯热咖啡，想了想还是给李牧遥准备了一杯热水。

李牧遥见到热水并没有推拒，说了声"谢谢"接了过去。

他喝了口热水，继续看向了窗外。

池渺渺猜测他或许是因为一会儿要登机，有点儿紧张。

她问李牧遥："老板这回你的药带够了吧？"

李牧遥扫她一眼，"嗯"了一声。

池渺渺点点头，隔了一会儿又问："这种病除了吃药预防，还需要注意什么事？我是想问问万一还发生上次那种情况，我该怎么做？"

李牧遥沉默了片刻说："你上次那样就做得很好。"

池渺渺是真的担心一会儿上了飞机李牧遥又发病，这天气会不会让他病情更严重？所以她才想问问怎么做算是对的，没想到竟然能听到李牧遥夸她。

池渺渺入职这么久，这还是李牧遥第一次夸她。以她对他这张嘴的了解，想必他平时应该很少夸人。

"我就是电视剧、小说看多了，看来编剧和作者们也不都是瞎编的。对了，下雨天会加重你的病情吗？"

李牧遥没有立刻回答她，她才意识到自己可能有点儿飘，连忙解释说："我是说如果会的话，反正已经延误了，不如我们改签到明天一早走。"

李牧遥沉默了片刻说："现在已经不会了。"

"哦。"

这话的信息量有点儿大，她想问问他的病到底怎么回事，但她不敢。

就这么沉默了好一会儿，李牧遥忽然说："前两天……谢谢。"

他声音不大，说得又突然，池渺渺差点没听清，反应过来他竟然在向自己道谢时，池渺渺决定原谅他之前侮辱她的事。

气氛不错，她索性小心翼翼地问："那老板你的病是怎么回事呀？是不是也像电视剧里演的那样是因为小时候被关在密闭的空间里，有过生命危险，所以长大了就有心理阴影了？"

"不是，但确实不是什么美好的回忆。"

看样子他是不想说，池渺渺略感失望地"哦"了一声。

本以为这个话题就到此为止了，没想到过了一会儿，她却听到李牧遥自顾自地说了起来。

其实这样的天气已经不会再让他难以忍受了，但还是会让他想起那一天的事情。

哪怕过去很多年了，文远的样子在他的脑中已经变得模糊，但他依旧记得文远的离开带给他的痛苦，除却已经被医生诊断出的病痛，还有一种痛苦是属于普通人的，属于文远的朋友、同学、室友的。那痛像是一个伤口，愈合得很慢，但也终究愈合了，最后留下一个叫作"遗憾"的伤疤。

渐渐地，这样的天气会给他带来另一种折磨。

如果是平时，他会吃点儿助睡眠的药早早上床，但是今天不可以。

不过他有一丝庆幸，在这个空旷到有一丝寂寥的休息室里，还有人陪在他身边。

他说："我读大学时，有个室友，叫文远。"

眼见着前一秒还一脸失望表情的人，下一秒又满眼期待之色地看向他时，他自己都没察觉，在某一刻，他的嘴角不自觉地弯了弯。

他喝了口水，热水顺着食道仿佛流向了他的四肢百骸，让他整个人也跟着暖和了起来。

"我们关系不错，但说是不错，因为平时忙着学习和做项目，真正的交流也很少。有一段时间，我发现他意志很消沉，但并没有太在意，就觉得大家都有低谷期，熬过去就好了。我以为他也是这样，但我没注意，他的低谷期好像有点儿长。后来有一次我们系有个篮球比赛，我和他都上场了，但他状态很差，导致我们输了比赛。休息的时候，他忽然就对我说有时候觉得活着没意思，不如早登极乐。我听得出他话里的消极情绪，但也只是开了个玩笑说谁知道到时候去的是极乐世界还是阴曹地府。我后来回想起来，那大概是他第一次给我警示，我却没有当回事。”

到了这一刻，池渺渺已经可以预见这故事的结局了，但还是忍不住求证道：“你是说你的同学不在了吗？”

李牧遥用听上去很平静的口吻给了她答案：“后来他自杀了。”

虽然还没想明白他的室友自杀和他的密闭空间恐惧症有什么样的联系，但她忽然就想到了之前她强行开着他的车带他去医院看林婉的情形。

她记得他一开始很抗拒，后来似乎就是她说林婉可能自杀之后，他没那么抗拒了。她当时只当他的反应是人们对生命天然的敬畏感，可是以他平时的行事作风推断，如果林婉只是出了意外，他也未必愿意多花一点儿心思去关注她，哪怕对方是他的朋友的前女友。

那天的事好像就像被锐化了一样，在池渺渺的脑海中突然变得清晰起来。

她记得他说“如果人没有侥幸心理，生活中大部分的意外不会发生”时神情中的自责和怅然，大概是没谁比他更了解那种感受了吧。

“这不是你的错。”她说，“真的，谁也想不到。”

李牧遥却似乎并没有得到任何安慰，看向她说：“可是他做这一切时甚至就在我面前，在我身边。”

这是第一次池渺渺在这个男人的眼中读到了脆弱情绪。

在今天之前，她怎么也无法将李牧遥和“脆弱”这两个字联系在一起，但是此刻，她好像忽然就有了和他共情的能力，能感受到他在某一刻的茫然和无助心情。

他向她描述着当时的场景……

那天晚上下着和今天一样大的雨，他在实验室里待到了深夜，后来想到有些资料还在宿舍的笔记本里，即便已经是半夜，还是决定回去一趟，第二天一早再来实验室。

那天的雨很大，雨伞已经起不到什么作用，他冲回宿舍，迫切地想洗个澡，一进门还来不及开灯，就在走廊灯光和窗外闪电的映照下，看清了房间里的情形。

李牧遥完全没有想到自己有生之年会看见这样一幕画面，惶恐害怕，觉得这不是真的。他甚至不敢去开灯，不敢再多看一眼，只想逃离。而就在他急着逃离那个房间时，不小心又碰翻了桌上一碗被吃了一半的泡面。胃里不受控制地翻腾起来，搅得他五脏六腑都难受极了。

那之后他原本不太严重的洁癖好像变得越来越严重了，他几乎没办法像正常人一样生活，别人的碰触会让他精神紧张、呼吸困难，但可怕的是，这还不是全部症状。

所幸很快他就被 MIT 录取，要远赴异国他乡，这对当时的他来说无疑是最好的解脱。

他以为那个曾经和他同吃同住共同奋斗的少年对他的影响就此画上了句号，直到他在赶赴美国的飞机上几近窒息……

“所以，那件事让你患上了幽闭恐惧症和洁癖变严重？”池渺渺问。

“准确地说是强迫症和幽闭恐惧症，洁癖只是强迫症的表现之一。”李牧遥接着说，“我一开始觉得不可思议，后来发现它对我的影响非常大。我不仅害怕乘坐飞机，也害怕电梯和火车以及任何我无法掌控的密闭场所。我开始急于治好这种病，但心理疾病往往是最难被治愈的，所以每一次失败都让我很绝望。”

池渺渺简直不敢想象，看似一帆风顺永远被上天眷顾的李牧遥竟然会有这样一番经历。

“所以你后来才读了心理学？”

“所有可能帮助我恢复健康的机会，我都不想错过。”

是了，这才是李牧遥，茫然和无助总是暂时的，他这样的人总会抓住所有机会获得成功。

有那么一刻，池渺渺对眼前这个男人生出了一点儿她自己都说不清道不明的感情，像是钦佩中夹杂着些许同情……也或者是心疼。

“我觉得你可以的。”她认真地点了点头。

他有点儿意外地看向她，继而露出她所见过的第一个他在工作场合以外的笑容。当时她的脑子里只有一个念头——这人发自内心地笑起来时可真要命啊。

这在这时，广播提示他们要搭乘的那班飞机可以登机了。池渺渺茫然地看向窗外，雨还在下，但似乎比刚才小了。

李牧遥起身习惯性地整了整衬衫袖口，好像在一瞬间又恢复成了那个不近人情的人。

回到北城后，一切仿佛重新回到原有的轨迹上。池渺渺重新忙碌了起来，也就没意识到自从回了北城后暖萌好像有一段时间没有约她了。

后来有一次她注意到很快就要到秦亮出正片的时间，就提前打电话给秦亮，询问了一下后期进度。

池渺渺觉得电话里的秦亮态度有点儿奇怪，但只当是对方后期进度太慢，被她突然这么一催，有点儿不好意思。后来聊完公事，她想顺便问问暖萌的时候，对方却已经挂断了电话。

虽然她和暖萌关系很好，秦亮和暖萌在一起也三年多了，但其实她和秦亮的关系一直算不上熟悉，偶尔三个人一起吃饭，最多算是普通朋友的关系。

所以这次她没多想，然而几天后，终于明白那天秦亮的表现为什么有点儿奇怪了——他和暖萌分手了，而且已经分手一段时间了。

暖萌这样的人很少在别人面前表现自己的软弱样子，即便是在最好的朋友面前也不会。

像分手这种事，她大概要等到自己再提起来时已经完全能够控制住情绪才会告诉其他人吧。

暖萌隔了这么久才来找她，想必这次是真的伤心了。

“为什么分手？”池渺渺问，“上次在南城的时候你们不是还好好的吗？”

暖萌自嘲地笑了笑：“他说性格不太合适，说我强势冷酷，以前并不是没察觉，只是刚在一起时比较有新鲜感，对一些小摩擦的包容度也更高，但时间长了，激情退却，性格问题就越来越明显。”

“那你觉得呢？你们真的性格不合适吗？”

“我没觉得，要不是他说，我还以为我们就是彼此生命中的另一个半圆呢，契合得不能再契合了！”

池渺渺忽然想到在南城拍戏时秦亮和雨轩的那段对话，虽然没什么实质性的问题，但当时的氛围总让她觉得怪怪的。

她有点儿犹豫要不要提这事，生怕给闺密的伤口上撒盐，但不说又意难平。

“你说他是不是喜欢上别人了？”

谁知暖萌丝毫不意外地说：“你是不是想说雨轩？”

池渺渺低头喝茶算是默认。

暖萌哂笑一声：“原来你也看出来了。他们不是第一次合作了，之前我就总听他提起那个雨轩，但也没太当回事，直到我跟去南城才发现不对劲。男人或许看不出来，但我们女人几乎一眼就能看出，那个雨轩就是个妥妥的‘绿茶’没跑了。其实我当时就想让老秦离她远点儿，但又觉得这么说挺没面子的，而且我觉得有可能是自己太敏感了，等这个项目结束，他们未必还会经常联系……现在看来，大家都看出他们之间不对劲了，就我还当他秦亮是个好人。”

池渺渺怕暖萌太难受，解释说：“其实也没真的发现什么，就是有那种感觉，可能真的只是我们自己神经过敏。”

“你不用安慰我了，难道真要我捉奸在床，把这顶‘绿帽子’戴实了才算他们之间有问题吗？”

“他俩还真有什么啊？”池渺渺意外地问道。

暖萌像是想到了什么，冷哼一声说：“从南城回来，雨轩给他发微信时正好被我看到。他在这方面倒是一直不防着我，一是我本身没那习惯；二是他大概真的觉得自己没做过什么对不起我的事，足够坦诚吧。当时他在洗澡，雨轩也没说什么太过分的话，但是因为我已经对她起疑了，就顺手翻了翻他们以前的聊天记录。都说第六感很准，那个雨轩在我们面前表现出的只是冰山一角，她跟老秦说话别提多暧昧了。老秦的态度也很暧昧不清，有什么有意思的东西他甚至主动给她分享，而且他俩这样已经很久了。还有你知道吗？我听说南城城郊的佛寺求事业特别灵，我们离开南城的前一天，特意去拜了拜，你也知道我这人没什么事业心，但这几年过来，我觉得老秦挺不容易的……”

暖萌说到这里，嗓音不自觉地有点儿哽咽，但也只是那么一瞬。

那一瞬过后，她愤恨地说：“亏老娘还觉得他不容易，又跪又拜地替他求个一帆风顺。你知道人家趁我跪得腿软的时候在干什么吗？他背着我跟那个雨轩搞暧昧！我觉得佛祖看到他这样也得送他个一败涂地吧！”

池渺渺连忙递上一杯水：“消消气，消消气！虽然这事是挺让人不爽的，但你往好了想，他们也没聊什么暧昧的话题吧？会不会就是关系比较好，比较投缘？”

池渺渺说这话时恨不得咬掉自己的舌头，反正她是不相信这种情况下，老秦和雨轩能有什么纯粹的友谊，但考虑到闺密的心情，她只能昧着良心说话了。

暖萌知道她的想法似的说：“你说这话你自己信吗？但我的脑子大概被狗吃了，还真打算给他个机会，看看他接下来的表现——如果他继续这样，我或许会找他谈谈；如果项目结束两个人就断了联系那再好不过。结果你猜怎么着？”

都已经分手了，想必后面发生的事情更加让人无法接受吧。

暖萌自顾自地说：“几天之后，又是很晚，那女人给他发了条微信，就两个字‘晚安’。”

池渺渺问：“那他们之前聊什么了？”

“什么也没有，而且我觉得老秦想不到刻意去删掉某条聊天记录，他要是知道这个，早就把前面那些对话删掉了。”

池渺渺很快想到一种可能性：“那他俩是刚见完面？”

暖萌说：“那天老秦确实出去了，而且很晚回来，但他说是中学同学聚会。中学同学跟我们都不是一个圈子的，他如果真的去参加同学聚会了又怎么会见到那女人？”

“但是你也没证据啊。”

“我一开始也这么想的，但我后来偶然注意到，那天他和那女人的微信运动记录的步数都是两万多，这是巧合吗？”

少一点儿还可能说是巧合，两万多步，两个人这得是轧了多少条马路啊……

有些事情真不能联想，因为想象出的每一种可能性都会化作一把利刃直插自己的心脏。

池渺渺不知道该说什么，一件事或许是巧合，但这么多事摆在一起就很难再说是巧合了。

暖萌自嘲地笑了笑：“然后没多久他就跟我提分手了。”

“他没提雨轩的事情吗？”

“这才是最让我恶心的地方，以前我觉得他不是我交往过的人中最帅的，也不是最有钱的，但至少正直坦荡有责任感，但这件事到最后他也没觉得自己有什么不对。他没提雨轩，大概觉得两个人还没上床，就不算对不起我吧。”

“那你呢，你找他问清楚了吗？”

“我也没提！”暖萌气鼓鼓地喝了口水，“怕脏了我的嘴！所以到目前为止，他大概还觉得我们是和平分手的。”

“那这不就称他们的意了？！难怪上次我给老秦打电话，他态度有点儿怪，不会已经和雨轩在一起了吧？”

“那倒没有，说到底他还是爱惜羽毛的，刚跟我分手立刻就和别人在一起，不符合他正人君子的人设！但我估计那也是早晚的事。”

池渺渺气鼓鼓地喝了口水：“好气啊！”

“所以他们既然不急着在一起，那就是给了我机会，我就不能白白错过了。”

池渺渺感到意外：“你还有什么打算？”

“我要挽回老秦。”

池渺渺差点儿被自己的口水呛到，正想劝说闺密放过自己，虽然这事让人很不爽，但自己的时间和青春也很宝贵，“渣男”和“绿茶”最配，何必再和他们搅和到一起呢？她不如看看其他帅气小哥哥。

谁知暖萌下半句就是：“再狠狠甩了他！”

也是，被“绿”了还一声不吭的暖萌就不是天蝎女了。

可是问题来了，她怎么挽回老秦？这似乎比追一个陌生男人更难。

暖萌似乎也想到了这一点，叹了口气说：“我前两天给那家伙打了个电话，让他把放在我那里的东西拿走，顺便说了点儿以前的事，想试探一下他是什么反应。结果狗男人也不知道是没听明白还是一点儿旧情都不念，完全没接我的话茬儿。”

池渺渺试图安慰闺密：“估计是你说得太含蓄了，他没听明白吧。”

暖萌哂笑：“算了，你不用安慰我了。”

两个人相继沉默了片刻。

忽然暖萌说：“要不，请你的老板指导一下？他上次帮那个策划自杀的女大学生走出失恋情绪不就做得很好吗？这事应该也难不倒他吧？”

是难不倒李牧遥，但这可能要难倒池渺渺了

KUANG 11 RE

来自老板的肯定

不久之后，他们的系列短片被陆续投放在了各大平台上，关于失恋博物馆的营销铺天盖地而来，主角汪可的人气也空前火爆，失恋博物馆一夜之间成了名副其实的网红打卡圣地。与此同时，失恋博物馆的第一家、第二家分馆分别在南城和新城正式开业。

随着失恋博物馆越做越大，公司原本的架构需要调整，人员也需要扩充，公司一下子又招了好几个新同事。这时，李牧遥的私人助理刘焕也完成了之前在国外的工作，回到了国内。

提到这个刘助理，大家格外兴致勃勃，他一米八的身高，外加不错的五官，有点儿像韩国电影里走出来的明星，难免会备受关注。

有人调侃池渺渺："我现在最羡慕的就是渺渺了。"

池渺渺莫名其妙地问："羡慕我什么？"

女同事打趣道："你原来负责的一些工作不是要交接给他吗？我看你们这段时间没少打交道，而且刘助理这么年轻，八成还是单身，你俩很配。"

说实话池渺渺对新来的这个帅哥总助一点儿都不感冒，平心而论他的确长得好看，想必在生活中也是很受欢迎的。但可能是李牧遥的神级颜值珠玉在前，这刘助理就显得太平常了，而且她现在没什么心思考虑这些事，所以就不太上心地随口回了一句："别逗了，人家名牌大学毕业的高才生，哪里看得上我这种学渣？"

其他人见她这个态度也都适可而止，只有财务部那个叫程宝宝的女同事说了一句：“这女孩子长得好看就行了，其他的不重要。”

虽然池渺渺是个不折不扣的学渣，但听到这话还是觉得刺耳。

所以她笑着说：“不是每个人都这么想。”

一般人这时候也就打住了，但是这个程宝宝不知道是情商太低还是故意的，竟然较起真来：“不是啊，我以前有个女同学，高中都考不上，到北城来打工，一开始就是个前台人员，后来因为长得好看，被年轻有为的老板看上了，现在是我们同学中混得最好的。还有我大学的室友，性格很孤僻，我们都担心她以后找不到男朋友，最后人家嫁给个美籍华人。据说那男的当时还有老婆的，但对她一见钟情，也不在意她不会和人打交道，跟老婆离了婚非要娶到她，现在她也是儿女双全，定居美国了……”

眼见程宝宝越说越不像话，韩夏及时叫停。

“聊半天了，大家快去工作吧。新同事刚搬过来，咱们的状态也不能比人家差太多。”

这个话题这才打住。

池渺渺感激地看了韩夏一眼，片刻后她的手机振动了几下，正是韩夏的微信。

夏夏子：“其实宝宝人不坏，就是在某些方面有点儿一言难尽，可能是她一直相亲失败被打击的吧。”

池渺渺知道韩夏是在安慰她，但韩夏说的也是事实。

程宝宝今年刚好三十岁，其实长得不难看，当然也不是什么美女，就是个普通人，不知道为什么一直找不到合适的男朋友。不过在北城三十岁还单身的女孩子多的是，这个年龄在如今的很多人看来还很年轻，但是程宝宝好像很着急，因为从池渺渺认识她以来，她每个周末都会安排相亲。池渺渺之所以会知道这事，是因为他们馆里几乎所有人都给她介绍过相亲对象，好像也就池渺渺这个交际圈子实在有限、自己还是“单身狗”的实习生还没来得及施以援手了。

无论如何，经韩夏这么一劝，池渺渺本来也不大的火气这会儿彻底被熄灭了。每个人的观念不同，她没必要要求别人非和自己一样。

“对了，林婉以后应该不会再来馆里做兼职了。”韩夏说。

池渺渺有点儿意外：“为什么？萧总要回来了？”

“那都是哪辈子的老皇历了？而且我听说萧总暂时应该回不来。”

“那是为什么？”

“她跟我说的是，她学校里的课多了，业余时间还要忙着谈恋爱，虽然很喜欢咱们馆的工作氛围，但是没时间过来了。”

“谈恋爱？”池渺渺有点儿意外，“这也太快了吧！”

“你猜她的新男朋友是谁？”韩夏神神秘秘地问。

“难道是我们认识的？”

韩夏揭秘道：“就是那个许魏啊！你说这缘分是不是很有意思？”

池渺渺想起上次两个人在一楼说话的情形……原来从那时起，一切就都不一样了。

当然这还多亏了李牧遥。

想起李牧遥，池渺渺又想到暖萌的嘱托，原本之前还觉得很难开这个口，但是李牧遥既然能帮林婉，或许真的不会拒绝自己。

想到这里，池渺渺终于下定了决心，反正最差的情况就是被拒绝，最多就是再挨两句骂，没什么大不了的！

打听好李牧遥明天不外出，池渺渺连夜做了一个她最拿手的红丝绒蛋糕。池渺渺别的不行，因为嘴馋，做饭还算拿手，做甜品就更是她的长项了。

只不过以李牧遥对食物的挑剔程度而言，她这蛋糕未必进得了那位大佬的胃，搞不好他会直接退回来，或者更过分的是在她离开后干脆将蛋糕扔进垃圾桶……

池渺渺想想就心疼，但是求人办事还是得有个样子。

于是第二天中午，趁着大家都出去吃饭的时候，池渺渺拎着她的蛋糕敲开了李牧遥的办公室的门。

之前池渺渺就发现她这个工作狂老板经常不按时吃午饭，今天还真被她堵着了。他果然还在忙工作，而且看样子一时半刻没有出去吃饭的打算。

李牧遥只是淡淡地扫了她一眼，目光就又移回面前的文件上。

其实自打他们从南城出差回来以后，因为公司的架构在完善，她有了直属领导，大部分工作向她的新领导汇报即可，李牧遥的私人助理刘焕已经顺利接替了她原来的助理工作，她需要直接向李牧遥汇报工作的情况几乎不存在了。

两个人都心知肚明，她现在找他不太可能是工作上的事情。

李牧遥忽然想到前几天韩夏跟他提过，池渺渺的试用期快要结束了，她有意无意地在打听他的态度。

虽然他和池渺渺认识之初有些不愉快，尤其是她的大大咧咧、冒冒失失、想象力过于丰富等问题简直让他头痛不已。但是她的工作表现是毋庸置疑的，她完全有能力胜任她现在的工作，甚至有点儿大材小用。

而且或许是接触多了，身体里已经产生了某种抗体，他发现自己竟然没有最初那么排斥她了，反而觉得她有些时候格外真实。

照理说对这样的员工的去留，他应该毫不迟疑，但是那次韩夏问起来的时候，他鬼使神差地没有立刻表态。

此时见她忽然出现在他的办公室里，手上还拎着个蛋糕盒，他几乎可以确定，她应该是为这事来的。

到了这一刻，他终于明白自己上一次为什么没有立刻表态了。

“什么事？”他若无其事地问。

池渺渺感觉今天的李牧遥心情不错，不由得替暖萌庆幸。

“老板，你还没吃午饭吧？”池渺渺边说边小心翼翼地把自己带来的蛋糕放在李牧遥的办公桌上，“这是我亲手做的红丝绒蛋糕，要不你尝尝这个垫垫肚子？中午什么东西都不吃可不行。”

李牧遥看了一眼那盒蛋糕，不置可否。

她竟然没有直接退回来，池渺渺见状连忙说：“你放心，因为是给你的，我特意选了最好的鸡蛋、面粉和奶油，而且制作过程绝对干净卫生，你完全不用有什么顾虑。”

李牧遥好像很忙的样子，只是淡淡地回了一句：“放着吧。”

这就完了？他也不问问她还有什么事？

池渺渺尴尬地等了几秒钟，然后犹犹豫豫地又说：“老板，我们那几集短片被大家转发很多，大家都在讨论故事好看呢。”

“所以呢？”李牧遥依旧头也不抬地说。

这么直白地来邀功，哪怕脸皮厚得如她，还是会觉得尴尬，但是为了姐妹，她只能拼了。

“我是想说，我在这个项目里是不是也有那么一点点的功劳呢？”她为了显得自己并不是那么贪功的人，说“一点点”的时候用拇指和食指比出一个几乎看不到的缝隙，真的卑微得不能再卑微了。

李牧遥微微挑眉瞥了她一眼，又看向她比出的那个“一点点”的手势，不置可否地再度低下头看文件。

这气氛简直尴尬得让人脚趾抠地。

就在池渺渺绞尽脑汁地想着怎么让李牧遥帮忙才不会太快被拒绝的时候，他忽然说：“是想说你转正的事吗？”

池渺渺愣了愣，怎么忽然又说到她转正的事情上了？不过她差点儿忘了，她的试用期马上就要到了，也不知道她能不能顺利留下来。

他等了半天没等到池渺渺的任何反应，一抬头发现她正一脸纠结表情地看着自己。

他放下笔，靠向椅背：“你不是为了转正的事情来找我的？”

池渺渺犹豫地说道：“是……又不是……”

李牧遥的神色冷了几分，他以为她应该很在意她能不能转正这件事的，没想到他都主动提起来了，她还支支吾吾的，难道是不想干了？

他直接打断她的话：“说吧，什么事？”

“其实是……”

算了，她还是先说答应暖萌的事情吧。

池渺渺硬着头皮说：“有一点儿私人的小事想请你帮忙，可能不太合适，但我觉得能帮得上忙的只有老板你了。”

莫名地，李牧遥刚刚还在变坏的情绪好像忽然转了个弯。

他状似随意地问道：“私人的？”

“对。”话已经说到这份儿上了，池渺渺索性大大方方地说了，“上次你帮林婉走出失恋情绪的过程我都参与了，我觉得老板你太厉害了！你那心理学果然不是白读的！”

“所以呢？”

“所以我想问问你能不能像帮助林婉一样，从专业的角度来指导指导我？”

“你谈恋爱了？”李牧遥皱眉问道。

“那倒没有。”

听到这话，他重新舒展眉头，低下头继续工作：“我没那个时间。”

池渺渺就知道这事没那么容易，总得付出点儿代价。

她连忙说："我保证不会耽误你很多时间，就是想请你指导我一下，如何挽回一个人。"

李牧遥倏地抬眼："你要挽回谁？"

池渺渺连忙解释："不是帮我挽回，我那个好朋友暖萌你也认识吧？她和秦亮分手了……"

原来是这件事。

李牧遥放下笔，抱着手臂看着她："你是觉得知道我的一些事，我们的关系就和别人不一样了，还是觉得我很闲会去管这些陌生人的闲事？"

其实池渺渺也觉得自己有点儿过分，他这样一个把时间当命看的人，确实没理由替她解决这种鸡毛蒜皮的小事。他之前帮林婉是因为萧易的面子，而她跟他确实没有那么好的交情，甚至谈不上有什么交情。

不过他刚才的话还是刺痛了她。

池渺渺点了点头，勉强笑了笑："是我考虑不周全，没事，那我就先出去了。"

而正当她要离开的时候，却听身后的男人忽然问："秦亮是因为那小编剧跟你朋友分手的吗？"

池渺渺感到意外："老板你怎么知道？"

但她很快又想起来在南城时，他俩一起偷听到了秦亮和雨轩的对话。

她笑了笑说："哦，我忘了当时你也在，不过他们那时候也没说什么，我还以为是我自己想多了呢。"

李牧遥说道："他们在那之前应该就很熟悉了。"

这回池渺渺是真的挺意外的："老板你怎么知道的？"

李牧遥是那种不会错过任何细节的人，想到秦亮第一次来馆里签合同时用的那支笔是粉红色的。

他当时就猜测应该是秦亮身边关系比较亲近的女性喜欢这类风格的东西，但后来在南城见到暖萌时，就意识到暖萌不是那个人。

不过这事与他无关，他不关心也没必要向任何人提起，而现在木已成舟，更没必要多说了。

他说："我有眼睛，也有判断力。"

听李牧遥这么说，池渺渺不禁替暖萌不值，原来连李牧遥这样的外人都早就看出有情况了，暖萌却一直被蒙在鼓里，还在为男朋友的事业谋划着。

想到这些，池渺渺有点儿难过。

李牧遥扫她一眼说：“现在这样不是挺好的吗？对你朋友和秦亮都好。变了心的感情和变了质的食物一样，最好的处理方式就是将其扔掉。”

“话是这么说，但她这不是不甘心吗？”池渺渺不小心说出了实话，连忙改口，“我是说她放不下。”

李牧遥似乎笑了一下：“都走到这一步了，你那朋友真的还打算和秦亮白头到老吗？”

当然不是，但她不敢说实话。可是她不敢说不代表李牧遥猜不到。

李牧遥只是看了她片刻，便点了点头说：“我明白了。”

“啊？他明白什么了？”

李牧遥答非所问：“只要你那朋友不觉得这是在浪费时间就好。”

“这完全不用操心，她最多的就是时间……”

池渺渺说到一半忽然意识到李牧遥这么说，莫非是他答应了？

“老板你答应了？”池渺渺惊喜道。

李牧遥说：“我不喜欢和陌生人打交道，你那朋友想咨询什么就通过你来咨询吧，我确实也没有太多时间，但在工作之余跟你说几句话的工夫还是有的。”

池渺渺兴奋地说道：“这就够了！谢谢老板！”

李牧遥点点头，然后抬起手腕看了一眼时间：“还有二十分钟午休时间就结束了，你的时间不多了，趁我现在心情不错，你可以说说他俩现在的情况。”

难得大佬这么爽快，池渺渺连忙挑重点说明了暖萌和秦亮现在的情况，然后问李牧遥：“老板你看，这种情况我朋友接下来该怎么做呢？我看网上很多人说要‘断联’，但我怎么觉得这不太靠谱啊？长时间不联系两个人的感情不就更淡了吗？再说秦亮那里还有个备胎等着，万一备胎转正了，那我朋友想挽回他就更难了吧？”

“这个世界上最难操控的就是人心，大部分人像林婉那样，连自己都控制不了，别说控制别人了。所以想让别人改变心意当然不简单，但也不是没有可能的。”

池渺渺连忙拿出自己的小本本，一副虚心求教的姿态：“还好有老板你，接下来你怎么说我们就怎么做！”

李牧遥没搭理她的马屁，而是又抬手看了一眼时间。

池渺渺连忙很识相地比了个给嘴巴拉上拉链的动作。

李牧遥接着说："人们不管做什么事，心态都很重要。有一个心理学定律叫作'动机适度定律'，意思是说一个人做事的动机太强，事情反而容易办不好；动机适度，事情才容易做好。所以不管你这朋友是出于什么目的想挽回秦亮，要控制好心态。"

虽然李牧遥的工作性质和池渺渺的完全不同，甚至因为两个人社会地位、资源积累相差太远，即便他们每天都会见面，但在工作内容上几乎没有什么交集。他负责顶层的运筹帷幄，她只负责他手下这部精密仪器的一个细微的环节，但她还是很幸运地从他身上学到了很多东西，大到他对待工作的态度、他的时间管理方法，小到眼下这些心理学知识。

她第一次真正体会到身边有一个勤奋、聪明又博学的人是一件多么幸运的事情。

李牧遥接着说："你之前说过你朋友已经暗示过秦亮想要复合的事，但对方没有接招。这一点很好，我认为她可以继续尝试几次，而且不要模棱两可，最好态度足够明确。"

池渺渺记笔记的手忽然停了下来，她不确定地问李牧遥："这样会不会显得我朋友有点儿掉价，反而适得其反呢？"

李牧遥不紧不慢地说："秦亮不是觉得你朋友强势冷酷吗？说明他潜意识里觉得你朋友没那么在乎他，一个不在乎自己的恋人无论如何都算不上是一个好的恋人。但这个时候你朋友表现得反常一点儿，他就会认为你朋友之前只是没有表现出来，其实内心还是很在乎他的。"

"然后呢？"

"然后就是你说的那个'断联'方式。"

池渺渺一字不落地把李牧遥的话都记在了本子上，不过她还是不理解，直接断掉联系，和表明了舍不得的态度再断掉联系，这两者有什么不同？

但李牧遥又抬手看了一眼时间，示意她该出去工作了。

好吧，反正听大佬的话总是没错的，后面暖萌有什么问题再请教他也不迟。

池渺渺临走前忽然又想起一件事，吞吞吐吐地问："那我转正的事……"

李牧遥停下正给某份文件签字的手，看来她还没忘了正经事，他淡淡地扫了她一眼说：“以后好好干吧。”

池渺渺用零点五秒的时间消化了这句话，旋即高兴起来，情不自禁地就朝李牧遥鞠了一躬：“谢谢老板！我会好好干的！”

见她反应这么大，李牧遥在短暂错愕过后不自觉地扬了一下嘴角。

因为失恋博物馆有了分馆，负责人力资源的韩夏时不时就要出差，馆里的事情偶尔就会麻烦池渺渺帮她去做。

这天池渺渺又接到韩夏的电话，说有几份很重要的文件李牧遥着急要看，文件就装在她的桌上的两个文件夹内，但她现在已经在去机场的路上，就让池渺渺代为把那两个文件夹转交给李牧遥。

池渺渺爽快地答应了下来。

她很快就在韩夏的桌子上找到了那两个文件夹，里面不知道装了什么文件，满满当当的，还挺重。

她捧着这些文件敲开了李牧遥的办公室门，但此时李牧遥并不在房间内，想着他着急要看，她就打算先把文件放在他的桌上，再给他发信息说明一下。

因为李牧遥的最新要求，池渺渺最近上班时都穿了正装。今天她穿着米色雪纺衬衫搭配驼色包臀半裙，再搭配上一双同色系的小高跟鞋，整个人看着干练又淑女。

可是将文件夹放下时她没注意到自己的衬衫上的一颗扣子正好卡在了两个文件夹之间，这么一拉扯，钉得不太牢靠的扣子便掉了下来，还顺着办公桌滚到了地上。

池渺渺低头看了一眼，好不尴尬，掉的刚好是衬衫的第二颗扣子，这枚扣子有没有完全决定了她这一身衣服的风格——有扣子的时候那就是都市职场剧，没扣子的时候那就是“岛国”小电影。

啥也别说了，她赶紧找扣子吧。

李牧遥怎么也想不到，自己进门时看到的竟然是这么劲爆的一幕场景——池渺渺背对着门双膝跪在地上，整个上身和手臂向前伸展几乎贴在地板上，像是瑜伽里的某个动作。因为这个动作，半身裙紧紧包裹着她，勾勒出她纤细又不失挺翘丰满的曲线。

似乎是听到了开门的声音，她匆忙回头，或许是因为这个回头的动作，几缕发丝被什么东西钩到，凌乱地散在了额前。

看到来人是他，她只是说了句“马上好”，与此同时，又费力地往前探了探身，最后终于像是拿到了什么东西后才站起身来。

“你在这里干什么？”李牧遥没看她，径自走向自己的办公桌。

“韩夏姐让我把这几份文件给您送过来……”池渺渺朝李牧遥晃了晃手里那枚扣子，“刚才不小心扣子掉了。”

她给他看手里的扣子，他就不自觉地扫了一眼，这一眼正好扫到她敞开的领口下若隐若现的胸部。

许多深埋在潜意识中的记忆忽然就浮现在了脑海中——她把咖啡泼到他身上，然后手忙脚乱地上来帮他擦的那一次，还有前些天在南城她膝盖受伤被他抱回酒店的那一次……

关于她的身体某一处的零星画面，甚至手感，不自觉地在他的脑中完成了一次复杂的数据处理，最后给出了一个几乎百分之百还原本真的模型。

他不动声色地错开眼，低头拿起一份文件：“知道了，你出去吧。”

池渺渺觉得他今天好像有点儿冷淡，但也没察觉出哪里不对，应了声“好”就打算离开。

李牧遥却突然又想到什么，将她叫住。

池渺渺转过身，他冷不防又看到她微敞的领口，莫名地就有点儿生气——门外那么多男同事，她就打算这么出去？

他没好气地说道：“里面房间的床头柜里有针线，缝好了再走。”

池渺渺愣了愣，后知后觉地“哦”了一声，想说她自己也有针线，但见他已经开始埋头工作了，只好按他说的去做。

李牧遥这间办公室里所有日常可能用到的东西都有，每天来打扫卫生的人还会顺便补充一下消耗品。

她打开床头柜，很快就找到了针线包，但是穿好线后，对着镜子比了比，发现衬衫穿在身上还真不方便缝扣子。

她看了一眼紧闭的房门，想了一下，反正最多也就需要几分钟，李牧遥应该不会在这段时间进来，于是不再犹豫，连忙脱掉了衬衫。

听到身后休息室的门“啪嗒”一声被关上后，李牧遥才放松下来，不自觉地深深呼出一口气，再看面前的文件——刚才盯着看了半天，实则一个字都没看进去，而此时还是如此。

他发觉自己的注意力会不自觉地跟着她走，他想一定是因为有外人在附近，让他没办法安心工作。

他略感烦躁地抬手看了看时间，距离她进去至少已经过去三分二十八秒了，怎么一点儿动静也没有，难道她没找到针线？

这么想着的时候，他已经推开了休息室的门。

然而门里的情形让他几乎怀疑自己又犯病了，心跳骤然加速，手脚麻木不听使唤……不知过了多久，可能只是短短两三秒，也可能是很长很长的时间，他才回过神来，迅速重新关好门。

池渺渺正飞速地缝着扣子，冷不防门被人从外面打开，她被吓了一跳，惊呼了一声，捂着胸口回头看向来人，与李牧遥四目相对的刹那，她的心都快跳出嗓子眼了。

但李牧遥倒像是个见过大场面的人，面无表情地和她对视一眼，又关上了门。

池渺渺连续深呼吸两次，心跳才平缓下来。她低头审视自己，身上还穿着内衣和裙子，他刚才其实也就看到她的后背而已，外面很多女孩子的日常着装的暴露程度和这差不多，难怪他毫无反应。

最重要的是他刚才应该是无心的，可她那反应好像很不信任他，他对她怎么可能有什么想法？

池渺渺忽然又觉得自己刚才自作多情的样子有点儿丢脸。

但无论如何她是不敢再耽搁了，迅速缝好扣子，穿上衬衫，对着镜子把自己整理好，确保没有不对称，没有褶皱，没有让李牧遥看了不顺心的地方，这才出了门。

然而从休息室出来后，她发现李牧遥已经不在办公室里了。

池渺渺和暖萌都对李牧遥提出的方法深信不疑，所以接下来的几天，暖萌接二连三地向秦亮表露了几次“心迹”。

一开始池渺渺还设想过，万一秦亮迷途知返了，暖萌会不会心软，毕竟秦亮是她谈得最久、唯一一个想过和他天长地久的男朋友。但很快，池渺渺就知道是她想多了，在池渺渺的印象中那个可靠老实没太大主意的男人，在这件事上却异常坚决，不了解情况的人还以为他和暖萌过去的感情有多糟糕呢。

暖萌虽然表面上没显露什么，但池渺渺可以感受到她其实还是有点儿遗憾和难过的。

不过值得庆幸的是，池渺渺打着合作方的名义从他们团队其他人那得来的消息是，也不知道什么原因，虽然雨轩有事没事就会跑去秦亮公司，两个人也会一起吃个晚饭，但两个人确实没有确立过关系。

看来秦亮是真的很在意别人的看法。既然如此就别怪她们正义的一方伺机反击了。

暖萌表达了想要挽回感情的态度后，按照李牧遥的说法接下来就要开始“断联”了。暖萌之前被秦亮那狗男人坚决的态度气得够呛，要不是憋着一口气出不去，早让“渣男”滚了，现在不用联系对方，简直称了她的意。

不过池渺渺总觉得这事好像有什么地方不对劲。

很快她这感觉就得到了验证，秦亮根本没反应，从池渺渺打探来的消息看，他和雨轩还在继续约会，而且比之前更频繁了，这样下去可不是办法。

池渺渺只好再求助李牧遥。

她想知道问题究竟出在哪里，但又觉得这种事情上班时间问不合适，显得她工作态度不够认真。

终于等到晚上，她洗完澡躺在床上，估计李牧遥这会儿应该闲下来了，才斗胆发了微信过去，简单说明她们的挽回前任之路遇到瓶颈了。

微信发过去后，她就躺在床上忐忑地等待着，片刻后来电铃声突兀地响了起来。

他竟然直接回了个电话过来。

池渺渺诚惶诚恐地接通电话：“老板，你还没睡啊？”

“所以你发微信给我其实是想试探我睡没睡？”李牧遥的语气很冷淡。

池渺渺也搞不清楚哪里出了状况，明明在经历了李牧遥在飞机上犯病的事情后，两个人的关系好像拉近了不少，刚回来的时候，他对她的态度确实比之前柔和许多，不敢说两个人已经算是朋友了，但至少比普通老板和员工的关系要亲近一些。可是最近不知道她哪里做得不好，他对她的态度忽然又冷了下来，好像回到了他们刚认识那会儿。

“不，不，不，当然不是，我这不是白天怕打扰你工作，晚上又怕打扰你休息吗？”池渺渺赔笑道。

“是挺打扰的。”

这男人说话永远这么欠扁，至今还全须全尾地活着也是奇迹了。

“那我下次早一点儿。”

李牧遥有点儿烦躁，但又说不上来为什么烦躁，索性直接切入正题：“你刚才说的情况，我觉得是你们对‘断联’的理解有问题。不是让他们彻底不来往了，而是让你朋友在不去主动联系秦亮的同时，展现出自己与以往不同的一面，当然这对秦亮而言应该是更有吸引力的一面。”

“这个我看网上也有人提到过，分手之后有人会刻意在朋友圈发一些健身或者读书以及旅行的照片，是不是这种？”

电话另一端的李牧遥没有立刻回答她，听筒里传来关车门的声音，然后是开密码锁的声音，听着他像是刚刚回家。

“这要因人而异。”李牧遥换了鞋直奔卧室，边走边继续说道，“总之是要展现女性美好的一面，比如做饭或者烘焙都可以……”

说到这里，他突然想到了池渺渺做的蛋糕——蛋糕做得不错，想必她做饭的手艺也不差。

池渺渺追问道：“还有呢？”

李牧遥接着说：“比如可爱的一面，表现出对某些事情不擅长，或者在某方面的弱势，以激起男人的保护欲。”

话毕，他蓦然发现，自从他们认识以来，池渺渺大部分时间都在表现她的“不擅长”和“弱势”，所以这是他对她一再纵容的缘故吗？不能够，不应该，这太不专业了。一定是他为了挖掘她身上潜在的能力，才对她格外有耐心。事实证明他的忍耐没有白费，她干别的事不行，编故事确实是把好手。纵然《一枚纽扣》是营销的产物，但是如果它不符合市场口味，也很难火到现在这个程度。

“那性感算不算？”她忽然问。

李牧遥几乎是一听到这个词，脑海中就出现了前些天他在办公室连续撞见的两个场景。

心跳已经开始加速，但他并没有显露出来，甚至肯定了池渺渺的建议：“你已经学会举一反三了，应该不用我再多说了。”

“谢谢老板夸奖，不过我还是有一点不明白。”

"说。"

"为什么不能在刚分手的时候就用这招，还先得厚着脸皮去求复合再这么做啊？"

"有一种心理学原理叫'损失厌恶'。"说到专业，李牧遥感觉到自己的状态总算渐渐恢复了正常，扯掉领带说道，"这是指人们面对同样数量的收益和损失时，认为损失更加令他们难以忍受。"

极细微的"刺啦"声音传来，像是解领带的声音，不仔细听都听不到，但池渺渺耳力超群。

"同量的损失带来的负效用为同量收益的正效用的 2.5 倍……"

窸窸窣窣的脱衣服声，除下手表随手搁置在桌子上的声音……池渺渺脑中不自觉地就出现了画面。

接下来他是不是该洗澡了？

她正这么想着，电话里就传来了"哗啦啦"的水声……不过这声音很快就停了下来，她这才想起来，他有个一进门就洗手的习惯。

"明白了吗？"

池渺渺立刻回过神来，想了想说："就是说让暖萌去挽回秦亮，是给秦亮一种心理暗示，暖萌对他的感情并没有因为两个人分手而消失，秦亮渐渐就会觉得暖萌爱他是理所当然的，一旦有一天她突然决定放弃了，他就觉得自己亏了，所以会更不甘心？"

"虽然你不太聪明，但还不至于笨到无药可救。"

这男人说出的话无比欠揍，可是在这间寂静的房间中，他的声音格外清晰，有些沙哑，仿佛就在耳边，让她忍不住走神。

她觉得再这样下去，她今晚该睡不着了，于是打算结束这通电话。

"那老板你先忙吧，我自己再消化消化今晚的知识点。"

"嗯。"

就当池渺渺以为李牧遥要挂电话的时候，却听他突然说："蛋糕不错。"

她愣了愣，他是在跟她说话吗？这话题是不是太跳跃了？

直到挂上电话好半天后，池渺渺才明白他怎么突然提起蛋糕，难不成他真吃了她的红丝绒蛋糕？更夸张的是，挑剔吝啬如李牧遥，不仅吃了她做的蛋糕，还夸蛋糕不错。

这也太不可思议了！

所以本打算打完这通电话就睡觉的池渺渺又从床上爬了起来，备受鼓舞地走进了厨房。

KUANG 12 RE

漂亮姑娘越看越顺眼

李牧遥的眼前一片漆黑，因为他看不见，其他感观就变得分外灵敏。

鼻间萦绕着一股似曾相识、似有若无的淡淡香气，不仔细闻他很难分辨。他正努力回想着曾在哪里闻过这香气，忽然发现嘴里好像含着什么东西，指甲盖大小，光滑坚硬的质感，像是一枚……纽扣？

紧接着，终于有光线透入，视线逐渐清晰起来，他第一眼看到的是一个女人的身体，准确地说是锁骨的部位，一半露在外面，一半隐在米色衬衫下，而他嘴里含着的正是那件衬衫上的纽扣。

他稍稍往后仰头，纽扣便被剥离了下来。这个过程远比想象中的还要轻松，仿佛那纽扣原本就只是个摆设，随时等他来取。

没有了纽扣的束缚，衬衫领口敞开，露出里面若隐若现的轮廓。

寂静的夜中，他听到自己的心跳声，心情是澎湃的，也是矛盾的。他明明想远离，但偏偏被吸引；他很想看看对方的脸、对方的眼神，是不是也如他一般被欲望掌控，然而抬起头来，入眼的竟然是一张熟悉到不能再熟悉的脸，而那张脸上的表情是他从来没有见过的，沉沦而充满魅惑感的……

李牧遥倏地睁开了眼，此时天已经大亮，阳光穿过窗外大树的枝丫，在他的床上洒下斑驳的光点。

他看了一眼床头柜上的闹钟，不出所料，他再一次睡过了时间。

自从那天过后，他已经不是第一次做这样的梦了。

为什么会这样？难道是他的病情又反复了？

他知道强迫症患者最常见的表现就是超强的秩序感。当然他也知道有一些强迫症患者的强迫主题与暴力、宗教以及性经验有关。比如强迫性性行为在强迫症患者当中就非常普遍存在。

难道他的强迫症非但没有好转，还变得更加复杂了？

他立刻如临大敌，起床后的第一件事就是给他远在美国的医生威尔森写邮件说明情况，希望对方可以来一趟中国。

心情复杂地点了发送键，他才开始洗漱收拾，准备去公司上班。

然而花洒中流出的冰冷的水也没能洗去停留在他脑中的梦境，那些片段反反复复地出现，他甚至能清晰地感受到，只要他稍不留神，就能被那些东西拉进深渊。还好他意志力还算坚定。

在驱车前往失恋博物馆的路上，他就开始思考一个很严重的问题。

很明显，池渺渺是导致他病情反复的罪魁祸首。正常来说，他应该尽量避免和她碰面，但是两个人在一起工作碰面很难避免，而因为自己开掉她很显然对她并不公平。

李牧遥脑中不由得又浮现池渺渺那张爱笑的脸……

虽然这人有时候莽莽撞撞的，人有点儿迷糊，有时候还爱耍小心眼，但人确实不算太笨，工作上的进步有目共睹，对朋友也算讲义气，在飞机上那种关键时候也还靠得住，而且蛋糕做得不错……

不去细想李牧遥都没发现，原来不知不觉中池渺渺在他心里已经是个有这么多优点的人了。

一定是失恋博物馆的员工大大降低了他的期待，使得他不知不觉中对下属的要求越来越低了。

这种纠结的情绪一直持续到李牧遥走进办公室，直到他打开冰箱门的那一刻，所有的纠结情绪便消失了。

和前一天相比冰箱里很显然多了一个蛋糕盒，不用问他也知道这是谁放在这里的。

想到那个人，他发觉自己竟然有点儿高兴，或许只是因为红丝绒蛋糕的味道确实不错吧。

“您是觉得这一次的策划案不合适吗？”见他忽然不说话，一早就来汇报工作的助理刘焕有点儿担心地问，毕竟老板一句不合适，策划部那边近期所有的工作就都白做了。

谁知李牧遥打开冰箱，却仿佛什么也没拿就又关上了冰箱门，然后心情还不错地回了句“可以”，好像刚才他突然沉默只是走神了。

刘焕松了口气，又领了一些李牧遥安排给他的工作这才离开。

他总觉得这几个月没在老板身边，老板好像有点儿变化，但具体哪里变了，他又说不上来。

刘焕离开后，李牧遥翻开被他握在手心里的小卡片，这是刚才放在蛋糕盒旁边的，很明显是放蛋糕的人一起留下来的。

幼稚又熟悉的字迹，写的是蛋糕的“制作方法”，让他有点儿意外的是，这一次口味换成了黑巧克力焦糖。

他喜欢甜食，除从小就喜欢外，还有一个原因是甜食能让人心情愉悦。

或许就是这个原因，哪怕他还没真正尝到蛋糕的味道，却已能清晰地感觉到此刻自己的心情的确不错。

至于那些让他头痛的梦，那毕竟不是她的错，而且威尔森说过，他要试着突破自我，害怕坐电梯就要多尝试几次。既然如此，他也不该因为害怕那些奇奇怪怪的梦就让她消失。

按照李牧遥说的，暖萌开始改变了朋友圈的画风。

她的确开始做饭了，可是她是什么水准老秦最清楚不过，一下子厨艺太精湛显得假，就只能实事求是。

好在，在做饭这方面如果暖萌是个青铜选手，那池渺渺就算是王者了。

可是有的人就是可以菜到王者都带不动。

池渺渺一边写稿，一边通过视频遥控暖萌做菜，结果暖萌做出来的菜一道比一道惨不忍睹。

暖萌折腾了一晚上竟然没一道能看的，更别提能吃的了，再想重新做还得再去趟超市买食材。

最后两个人一合计，折腾一晚上不能白费，干脆把这几盘子看不出食材的菜发出去算了，菜虽然做得不好，但至少说明她的生活态度开始转变了。

结果就是她这几盘独创的黑暗料理把朋友圈里的万年潜水党都炸出来了。

大家对猜测这几道菜的菜名非常感兴趣，这绝对是她开朋友圈以来最热闹的一天。

而且和暖萌互动的这些人里，有很多是她和秦亮的共同好友，秦亮只要刷到她的朋友圈，就能看到他们说了什么。

面对大家的调侃，暖萌也不生气，相反还幽默地自嘲几句，一点儿也看不出她刚刚失恋的样子。

正好池渺渺和秦亮也是微信好友，生怕秦亮看不见，她就特意截图了暖萌的这条朋友圈，转发到了自己的朋友圈里。

于是不出所料，当天深夜，暖萌快睡下时，收到了一个说好了还能做普通朋友的前男友的点赞。

她当即把这个消息告诉了池渺渺。

池渺渺也替闺密开心，总算一晚上没白忙。

她想了想，决定向他们的“军师”汇报一下这个喜人的进展。

池渺渺：“老板，你那招太好使了，我朋友晚上在朋友圈发了几张她做的菜的照片，消失这么久的秦亮真给我朋友点了个赞。”

李牧遥刚从浴室里出来，正好收到池渺渺的微信。他一边擦着头发，一边随手点开微信，看到内容，觉得池渺渺有点儿大惊小怪。

虽然他没有多余的精力放在这些无聊的事情上，自然也没亲身实践过这方法，但这个情况确实跟他预想的一样，所以他完全没有在意。

退出对话界面，他也随手点开朋友圈，最上面的一条就是池渺渺的。

他擦头发的动作忽然停了下来……

那大便一样的东西是什么？比锅底还黑的又是什么？

好吧，理论和实践还是有出入的，这真的跟他想的不太一样。

或许自嘲也算是一种柔和的态度吧，自那以后，暖萌时不时地就会更新一次她的“黑暗料理大全”，而秦亮也从一开始的点赞，渐渐变成会留几句言，有时候甚至和其他朋友一起调侃她。

虽然共同的朋友都知道他们已经分手了，但见当事人真的分手了还能做朋友，完全不尴尬，大家也就还会像以前一样一起玩，组什么局也不会再刻意将他们俩分开。

所以两个人分手后的第一次见面就是在朋友攒的局上。

为了等这一天，暖萌和池渺渺已经筹划很久了，尝试做饭只是一个信号，池渺渺很会举一反三，认为暖萌在形象上也应该有所改变。

在池渺渺的建议下，暖萌换了个发型，新买了几套衣服，虽然也都是酷酷的，但和以往的那种酷不同，是酷中还带着点儿可爱。

秦亮应该是喜欢这种改变的，或者说并不排斥。因为自从那次见面之后，他们就算正式恢复了联系。不过让人头痛的是，两个人联系了一段时间，秦亮却完全没有要复合的意思。

“他不会是真打算和前女友做朋友吧？”

池渺渺第一时间请教“军师”李牧遥。

这段时间，为了帮暖萌追回秦亮，池渺渺时不时地会向李牧遥汇报一下进展，顺便再请教一下接下来该怎么办。

考虑到李牧遥白天很忙，晚上偶尔也有工作或者应酬，她一般选在晚上睡觉之前给他发微信。

起初那段时间，她还挺忐忑的，毕竟拿这种小事去麻烦大佬多少有点儿不好意思。

好在后来她发现，有时候李牧遥虽然不回她的微信，就算回复了也显得很冷淡，但是至少还是愿意指导她们的，所以池渺渺也就没太客气。

池渺渺：“不过我听说他也没和那个女编剧在一起，他是不是因为重新和我朋友联系上了，并且发现对我的朋友还有感觉，所以才没有和别人在一起？”

李牧遥：“你们小说作者的想象力都这么丰富吗？”

池渺渺：“嗯？”

李牧遥：“你这个前后顺序可能搞错了。很有可能他和女编剧之间出现了什么问题，而这时候又遇到了前女友，反正闲着也是闲着，就分出点心思来应付一下。”

池渺渺：“这人这么‘渣’？那这么说我朋友其实只是个用来消磨时间的备胎？等他们之间的小矛盾解决了，那还有我朋友什么事？”

李牧遥今天心情正好不错，也就不吝啬多说几句。

李牧遥：“那倒不会，秦亮这个水准的男人要找个各方面条件都让他满意的长期伴侣也不是件容易的事。以前他大概觉得那个编剧不错，但接触多了未必还会那么想。当然也有可能只是因为得不到的才是最好的，得到了又觉得没什么稀奇的，所以他们也未必就会在一起。”

这简直是重大利好，池渺渺立刻发了个龇牙咧嘴的表情包过去。

但几乎是同时，李牧遥又补充了一句：“当然秦亮和她在一起的可能性还是比和你朋友复合的可能性大得多。”

池渺渺：“……”

隔着屏幕，李牧遥似乎都能想象出池渺渺脸上的表情变化——从幸灾乐祸到错愕，再到愤怒，最后是委屈巴巴……

这和梦里的她完全不一样。

李牧遥突然意识到自己又在回想那些乱七八糟的梦了，而且身体并没有一点儿不适感，隐隐有沉浸其中的趋势，看来是病得不轻了。

他立刻将手机丢到一旁，起身走向了浴室。

池渺渺见李牧遥一直没有回自己，也没敢再多问。不过李牧遥说的话彻底把她气到了，她都不敢相信，男人竟然会这么“渣”。当务之急是把李牧遥说的这些话转达给暖萌，让她千万不能掉以轻心，别又掉进“渣男”的坑里。

虽然暖萌最初是抱着报复“渣男”的念头去的，但是这段时间，因为和秦亮相处得还算不错，秦亮也并没有和雨轩在一起，她不自觉地就有些心软，甚至在发现对方没有复合的意愿后，还一度怀疑是自己过去给他留下了什么阴影，让他即便还会对她动心，但也因为那些阴影裹足不前。

结果听了李牧遥的分析，暖萌几乎气炸，当即决定对秦亮绝对不能心软。

两个人一起把秦亮骂了个狗血淋头，痛快是痛快了，但提到解决问题的办法，两个人又沉默了。

池渺渺打着哈欠对着视频里的闺密说：“算了，先睡觉吧，明天我再去问问我老板。”

第二天一早，池渺渺顶着双黑眼圈出了门，刚到失恋博物馆楼下，就看到那辆熟悉的黑色揽胜也正好驶入它的专属停车位。

池渺渺故意等了等，等李牧遥走过来，连忙小跑着跟上。

“老板早啊。”

李牧遥扫她一眼，微微挑了挑眉：“昨晚偷鸡摸狗去了？”

池渺渺也知道自己现在是什么样，尴尬地笑了笑说：“昨天安慰我朋友安慰到大半夜，就没睡好。对了，还是我朋友那事，有没有什么办法能测试出秦亮对她到底是什么态度？总不能直接问吧？这显得我们很上赶着似的。”

李牧遥一边往楼上走，一边说：“也不是没有，有一种测试叫‘不自觉服从测试’。”

“什么意思？”

正在这时，他的手机忽然振动，他拿出手机看了一眼，习惯性地把手里的车钥匙递了出去。

池渺渺见状很自觉地将车钥匙接了过来，李牧遥便低头回了条信息。

回完信息，李牧遥接着说：“简单说就是通过话语或者举动请求或者要求对方做一些事情……”

他边说边伸出手，池渺渺很自觉地拿出纸巾擦了擦他的车钥匙，然后递还给他。

“从而判断对方对你的好感度。”

这话一出口，两个人都不自觉地愣了愣。

池渺渺疯狂思索着，难不成在不知不觉中她对他老板已经产生了什么不该有的非分之想了？

李牧遥拿过车钥匙，别过头清了清嗓子说：“当然这种测试在上下级之间并不适用。”

“哦哦。”池渺渺不自觉地松了口气。

她也说嘛，自己不会那么自不量力，她对他的服从一定是碍于他是老板，和什么男女之间的好感绝对没什么关系。

她这种凡人还是适合和另一个凡人共度余生，至于能和李牧遥共度余生的人……汪可那么美都不配的话，池渺渺一时半刻还想不出这人应该是个什么样的仙女。

在进办公室前，李牧遥突然叫住她：“我记得你那个朋友是编辑。”

“对。”

“你那本小说的出版，她感兴趣吗？”

池渺渺反应了一会儿才弄清楚他这话的意思，当即开心起来。

其实早在池渺渺那篇文刚发布的时候，暖萌就问过她是否考虑出版，奈何这故事的版权事宜她自己做不了主，所以她只好拒绝。

眼下老板都发话了，她立刻说："当然感兴趣了。"

李牧遥好像没有看到她的情绪变化，面无表情地想了一下说："那就明天上午，她方便的话约她过来谈一下。"

反正暖萌的公司离这里不远，她过来也方便，池渺渺也就没多想，替她答应了下来。

上午的时候刘焕照例来汇报工作。

讨论完其他事，李牧遥说："约一下秦暖的秦导，最好是明天上午来公司谈一下后续合作的相关事宜。"

刘焕提醒李牧遥："可是明天上午您还有其他的会议要参加，要不要跟秦导商量，换个时间？"

李牧遥头也不抬地说："我就不参加了，业务部的人在就行。至于和秦导见面的时间，你可以问一下池渺渺。"

刘焕知道最初和秦亮的合作是池渺渺负责对接的，但是现在分工有所调整，这事就和池渺渺无关了。他很疑惑，见面的时间为什么要问她呢？

李牧遥抬起头扫了他一眼："还有别的事吗？没事就去忙吧。"

刘焕给李牧遥当助理的时间不短了，深谙在他身边工作的原则，想不明白也不会多问。

出了李牧遥的办公室，他第一时间通知业务部，接着就直奔池渺渺的工位。

池渺渺听说他的来意也有点儿摸不着头绪，不过很快就想通了。

她让刘助理稍等片刻，立刻拨通暖萌的电话跟暖萌确认时间才答复刘焕。

确定好了这一切，她依旧觉得有点儿不可思议，甚至有一点点感动，难为李牧遥每天日理万机，竟然还会在这种小事上为她考虑。

她想了想，拿出手机给李牧遥发了感谢的微信。

萧易在国外暂时回不来，但国内公司的情况他还是时刻关注着，公司重要的视频会议他会参加，时不时还会跟李牧遥通个电话连个视频。

墙上的巨大显示屏上一半是萧易在波士顿的家，另一半是李牧遥的办公室。

那边天已经黑透，算算时间应该是晚上九点多了，但萧易正在吃晚饭。

李牧遥像往常一样忙着自己的事，顺便跟他聊几句。两个人聊了聊萧易的父亲的身体状况，又聊到公司的事情。

正在这时，李牧遥放在桌上的手机忽然振动，是一条微信，他随手点开。

池渺渺："谢谢老板的良苦用心，无以为报，我只能加倍努力工作了！"

无论是要出版《一枚纽扣》，还是和秦亮的后续合作，这都是已经定好的事情，安排他们在同一时间来馆里谈合作这对李牧遥来说就是举手之劳的事，但如果不是考虑到答应帮她，他完全不用过问这些琐事。好在她还不算太笨，没辜负他的用心。

萧易和李牧遥认识太多年了，深知这个朋友在表情管理方面的能力和他的创业嗅觉一样让人望尘莫及。别说刚接触的人很难从他脸上看到什么明显的情绪，就连这个和他认识多年的老朋友也很少见到他脸上出现皱眉和无表情以外的其他神情。

是今天网络不好让画面卡顿错位了，还是他眼花了？也不知道李牧遥的手机上有什么有意思的东西，他竟然对着手机屏幕扬起嘴角，做出一个类似于笑的表情，虽然只是一闪而过，但萧易可以断定自己绝对没有看错。

萧易忽然想到一种可能性。

他知道李牧遥在出差的过程中发过一次病，也知道当时多亏了池渺渺在身边才能让李牧遥安然无恙。难不成两个人因此发展出了感情？

"你出差时多亏了那个小美女实习生，怎么样，现在看人家顺眼多了吧？"

李牧遥顿了一下，依旧面无表情地说："如果不是她我也不会突然发病。"

萧易立刻捕捉到他那短短一瞬的停顿，故意调侃道："既然这人总这么没眼力见儿不如直接开掉算了，你不用管，就让我这个从来没露过面的老板来。"

李牧遥低头沉默了片刻，抬眼看向萧易："如果我和她真的没办法一起工作，我会考虑让一个人离开。"

一个是实习生，一个是老板，如果真得离开一个人，不用说也是让实习生走人，他却说得这么模棱两可，这满满的维护意味当谁听不出来呢？！

萧易笑了："看来你们这段时间相处得不错啊，其实人都是这样，刚开始的时候彼此不熟悉难免看对方不顺眼，熟悉了之后就不一样了。你最近是不是发觉看她顺眼多了？"

李牧遥不置可否。

萧易打了个响指："我就知道，漂亮姑娘可不是越看越顺眼嘛！那你见不到她的时候，会不会时不时地想起她，想见她，甚至晚上做梦梦到她？"

李牧遥对着镜头另一边眉飞色舞的好友回了一句："工作了。"

说着他便毫不留情地结束了这通视频通话。

但某人还不肯罢休，紧接着连发几条微信过来。

萧易："不敢承认了是不是？那就是会！作为过来人，哥们儿跟你说，你这是看上人家了！"

萧易："你不是很会揣摩人的心理吗？你怎么不好好揣摩一下自己的真实想法？"

萧易："我说你怎么对别人的事那么门儿清，轮到自己了就这么迟钝，还是你在逃避什么？"

李牧遥只淡淡地扫了消息一眼，就将手机丢到一旁。

恰巧此时邮箱里进来一封新邮件，是他的主治医师威尔森的回信。

他立刻打开邮件。

比起他自己因身体、心态变化而感到焦虑，威尔森就淡定多了。他的回信也是嘻嘻哈哈的，就两句话。

"放轻松朋友，或许只是那位姑娘太可爱了。话说，你也该谈恋爱了。"

怎么一个两个都是这样？

李牧遥无奈地按了按太阳穴，关掉了邮件。

暖萌早就得到了池渺渺的一手消息，知道去谈合作是其次，要和旧情人"偶遇"才是正经事。

她早早起床，化妆、弄头发足足花了两个多小时，总算提前一刻钟到了失恋博物馆。

也是她来得巧，刚要跨进失恋博物馆的大门，就从玻璃门上看到身后的停车场驶入一辆牧马人，那车暖萌再熟悉不过，正是秦亮的车。

她佯作不知，只是刻意放慢了动作，同时拿出手机打电话给池渺渺，告知自己和秦亮都已经到了。

过了片刻，秦亮进门后也看到了暖萌。

这是两个人分手后第二次见面，距离上一次已经过去很久了。

暖萌打扮了一早上，自然比平时更光彩照人。

而秦亮大概当这只是一次寻常的商务谈判，虽然也像模像样地穿了正装，但看他的表情很显然没想到会在这里遇到暖萌。

暖萌没有错过他眼中的意外和一闪而过的惊艳之色。

她也做出一个恰到好处的吃惊表情，然后落落大方地回以微笑。

秦亮好半天才回过神来，有点儿不自在地说：“好久不见。”

暖萌也向他打招呼：“好久不见。来工作吗？”

秦亮干笑着应了声“是”，又问她：“你这是找渺渺，还是……”

说着他环顾了一下周遭的环境，暖萌暗道不好，在这里见到她，他该不会误以为她对他其实余情未了，来失恋博物馆缅怀他们的那段感情吧？

她正要开口解释，身后传来一个清脆的男声。

“请问您是新阳文化公司的编辑暖萌吗？”

来人不仅声音好听，长得也格外出挑。暖萌立刻对上了号，这大概就是池渺渺说的那个帅哥助理。

他这么问，也不知道是不是池渺渺提前交代好的，倒是不用自己再费口舌解释了。

暖萌朝对方笑了笑：“是我。”

刘焕笑道：“那咱们上楼吧。”

说着他看了一眼暖萌身边的秦亮，不确定地问：“您二位是一起的吗？”

暖萌淡定地回答：“不是。”

这边正说着话楼上下来一个人，似乎是听到他们的对话，小跑着跑向秦亮：“李总在二楼等您呢。”

秦亮应了声“好”，临走前又回头看了一眼暖萌，有点儿别扭地说：“改天一起吃饭。”

暖萌微笑着点了点头，自始至终既不过分疏离冷淡，也谈不上热情，好像秦亮只是个无关紧要的人。

等他们离开后，刘焕这才开口：“咱们也在二楼。”

没有其他人在，暖萌也就不端着了。

“渺渺呢？怎么麻烦你来接我？”

刘焕回答：“她刚才说肚子疼，让我帮个忙。”

刘焕显然没多想，但暖萌心里已经了然，什么肚子疼，池渺渺肯定是故意的：一是让秦亮知道她是来谈出版合作的，和他遇上纯属偶然；二是安排这么个帅哥来接她，就算他们没什么，难保秦亮不会多想。

果然她一上楼就见到了池渺渺，这人哪有不舒服的样子？

合作的事情很简单，不到半小时两个人就敲定好了所有的细节。

暖萌今天的使命已经全部完成，见池渺渺似乎还挺忙的，她也没再耽搁，早早回公司去了。

而这天之后，据暖萌说秦亮开始联系她了，而且越来越频繁，有时候说话也比较暧昧，简直和两个人谈恋爱的时候没什么差别，隔几天就约她一起吃饭，甚至还约她月底去海边过周末，所有人都以为这就是两个人要复合的前奏。

池渺渺把这个好消息告诉了李牧遥。

李牧遥却没她们那么乐观。

“你了解秦亮和那女编剧现在是什么情况吗？”

池渺渺茫然地摇了摇头，很快意识到电话另一端的李牧遥看不到，连忙说：“不清楚。”

这段时间暖萌和秦亮打得火热，她们也就没再去关注其他的人。

李牧遥：“所以谁是备胎你们也不清楚？”

池渺渺瞬间就被这句话点醒了，如果秦亮早就想要复合，在暖萌第一次同意赴约时就应该提出，他却拖了一个多月，就是不提这一茬。

李牧遥：“我以为，你朋友是希望秦亮求着她复合，而不是她求着秦亮复合。”

池渺渺也有点儿急了：“是啊，她是希望秦亮求她的。”

李牧遥：“那她为什么还这么做？”

暖萌做错什么了？池渺渺一头雾水。

池渺渺：“她这不是不懂吗？老板你那么忙，也不好一点点小事就来麻烦你……你看接下来要怎么做才能扭转局面呢？”

李牧遥：“消息非要每条都回复吗？你朋友也不至于那么闲吧，别人一约就约得到？去海边过周末就更不合适了，至于为什么不合适，脑子不太笨的人都应该清楚要拒绝。秦亮如果再不挑明，以后他们都不用联系了。如果对方问为什么，你朋友可以表明态度，要么复合要么别再联系。”

池渺渺有点儿担心地问：“万一对方就是不挑明，或者干脆说不愿意复合怎么办？”

李牧遥无所谓地说：“那也有别的办法。”

听李牧遥口吻这么笃定，池渺渺感觉这一次任秦亮化身孙悟空，也逃不出李牧遥的手掌心了。

她心悦诚服，佩服得五体投地，一激动说话也没过脑子：“老板你这么厉害肯定没有追不到的女生吧？”

李牧遥顿了顿说：“没有女人需要我花这种精力。”

池渺渺快速分析了一下他话中的这个“需要”是什么意思，一种是他看上的女人他勾勾手指对方就从了，所以用不着他花费多余的力气。另一种含义或许等于“值得”，也就是说没有人值得他这么做，或者值得他这么下功夫的女人还没有出现。

想到这些，池渺渺也说不上为什么，心里竟然有一点儿怅惘。

就在这时李牧遥突然说：“黑巧克力焦糖这个口味更适合我。”

池渺渺刚才那一丝莫名其妙的怅惘情绪一瞬间消失不见了。这是李牧遥第二次夸她做的蛋糕好吃，她立刻说：“我最近还学习了一种新口味，我给它起名叫‘红糖爱枸杞’，味道偏甜，老板你一定喜欢，而且红糖和枸杞可以健脾暖胃滋阴补肾。感觉你最近精神不太好，是不是晚上睡不好，身体乏力，记忆力下降，注意力不集中？那吃这款蛋糕正好对症……”

李牧遥冷漠地打断她的话：“你自己留着吃吧，谢谢。”说完便挂断了电话。

池渺渺对着手机一阵茫然。她说错什么了吗？他不喜欢这个口味可以换别的嘛，她怎么感觉他好像生气了？

挂上电话后李牧遥难得多看了几眼镜子里的自己。

他睡得不好有那么明显吗？她还好意思说，这怪谁呢？

但很明显，她理解的和实际情况偏差不小。

想到这一点，他难得无力地抚了抚额。

……

第二天一早，李牧遥又在办公室的冰箱里看到了熟悉的蛋糕盒。

这一次他并没有太意外，取而代之的竟然是莫名的忐忑心情。

他将盒子拿出，打开看了一眼，这才松了口气，是黑巧克力焦糖，还好不是什么红糖枸杞，不然他真不知道自己会做出什么事来。

正巧刘焕来汇报他今天的行程安排，他听完之后，想了一下，额外交代了对方两件事去做。

从李牧遥的办公室出来，刘焕觉得自己不在的这半年，老板一定变了很多，不然他不会总是对他的老板的指示感到茫然。

他想到老板刚才安排他做的两件事，一件是让他通知业务部约秦亮明天中午在隔壁的泰餐馆吃饭，最好带上编剧，详细聊一下方案细节。一般来说这么细节的事情完全不用老板过问的，更别提连吃饭地点都指定了。但如果秦亮是老板特别看重的合作方，老板考虑得这么细致也说得过去。

但另外一件事就让他彻底蒙了——他老板让他明天中午单独请上次那个女编辑吃饭，聊一下后续的长期合作计划，最好地点也在隔壁的泰餐馆，理由是，方便老板随时找他。

他是李牧遥的助理，按理来说只做辅助老板这一件事，就算那女编辑和他们有业务往来，又和他有什么关系呢？

难不成……他忽然想到一种可能性——他老板一定是因为他单身太久看不下去了，这是变相地给他介绍女朋友呢！

可是老板自己又比他好到哪里去啊？！

但无论如何，想到这一点的刘助理还是挺感动的，果然他的老板只是面冷而已，心还是热得很。

池渺渺也是第二天才知道刘焕要请暖萌吃饭这件事，听说是谈后续的长期合作计划。池渺渺觉得于公于私中午这饭局自己都不能缺席。

因为年龄差不多，还有过工作交接的过程，所以比起馆里的其他老员工，刘焕和池渺渺最熟。熟了之后，池渺渺也不拿刘焕当外人，暖萌没来之前就明示暗示刘焕中午能不能把她也带过去。

这事儿让刘焕有点儿拿不准，因为李牧遥吩咐他的时候，分明说了让他单独请暖萌吃饭，很显然带上池渺渺就不是“单独”了。但另一方面，如果李牧遥的意思只是撮合他和暖萌，那多一个熟人在场可能气氛更自然，更有利于他和暖萌互相了解，这也不算辜负了老板的一番好意。

正犹豫着，刘焕只觉得头顶上光线一暗，不知道什么时候李牧遥竟然出现在他的办公室里。

但还没等他反应过来，对李牧遥的出现浑然不觉的池渺渺继续央求道：“就差我那份吗？反正都是公司报销，没关系吧？”

“谁说没关系？”男人冷冷的声音从身后传来，吓得池渺渺打了一个哆嗦。

池渺渺心里叫苦，暗说她这运气也真是没谁了。明明蹭饭是其次的，关心暖萌和公司的合作才是重点，怎么就偏偏是这句话被李牧遥听到了。

池渺渺干笑着看向李牧遥：“老板，我不是那个意思，我是说我和暖萌更熟悉，有我在场的话合作计划谈得更顺畅。”

李牧遥却好像没听到她说什么，冷冰冰地回了一句：“你不许去。”

“为什么啊？”

她才不相信李牧遥只是不想让她蹭饭。

李牧遥答道：“中午刘焕不在，我的午饭谁负责？”

这话是什么意思？难道以前刘焕没来的时候李牧遥都不吃午饭？她仔细想了想，好像大部分时间真是这样的。

刘焕见状连忙附和李牧遥，一着急就没注意措辞。

“对，对，对，中午我不在，李总就交给你了。”

说完才觉得有点儿不对，他又立刻怯怯地补充道：“李总的午饭……”

李牧遥似乎没有察觉到小助理的口误，留下一句“中午等我叫你”便离开了刘焕的办公室。

李牧遥走后，池渺渺和刘焕面面相觑。

池渺渺疑惑地问道：“他来就是为了说这事？”

刘焕耸了耸肩，拿出便笺写了几家店名以及一些注意事项给池渺渺：“中午你问问老板想吃什么，一般都是这几家店之一，你千万不要叫外卖，时间保证不了，口感就不行，拿回来他也不会吃的。”

她看到刘焕对李牧遥的这么细心，想到他回来之前的日子，难怪那时候李牧遥时常不吃午饭，原来是没人投喂啊。想到这里，她不知道是该同情李牧遥没人照顾连口饭都吃不上，还是该同情刘焕小小年纪就成了老妈子。

下

狂热

乌云冉冉 著

WUYUN
RANRAN
WORKS

江苏凤凰文艺出版社
JIANGSU PHOENIX LITERATURE AND ART PUBLISHING

目录

COMTENTS

KUANG 13 RE

我老板不会同意的

这一次暖萌没有得到提前的暗示，但也希望能和李牧遥的公司建立长期的合作关系。

中午跟着帅哥助理走进了一家泰国餐厅，泰国餐厅占地面积并不大，她本来以为等在里面的会是池渺渺，一进门却看到角落一桌旁的熟悉的男人。

他们那一桌有四五个人，其他人她不认识，但坐在他旁边的雨轩她看得清清楚楚。

明明对秦亮已经没什么感情了，但是看到他和雨轩在一起，暖萌还是觉得心口闷闷的，不由得想起他们刚刚分手的那段时间的场景。

这种时候她可没什么心思在他们面前演什么大度宽厚，目光冷冷地扫过那两个人便跟着刘焕往他们预订好的位置走去。

秦亮和雨轩明显也都看到她了，当时她虽然很生气，但两个人的表情她都没有错过。

雨轩显然没想到会在这里遇到她，不过很显然更在意此时秦亮的感受，所以在认出她以后的第一反应，就是去看秦亮。

至于秦亮，见到她时脸上明明闪过一丝错愕之色，但当看到她身边的刘焕时，那丝错愕之色不见了，取而代之的是不满之色。

想到这一点，暖萌忍不住在心里冷笑。他有什么立场不满，难道只许他州官放火不许她百姓点灯了？

到了这一刻，暖萌忽然想到一种可能性，难不成这又是李牧遥安排的场景？再看面前有点儿不自在的小男生，暖萌恍然大悟，同时觉得心情好了不少。

正在这时，池渺渺的微信发了过来："你到了吗？我今天本来想去的，结果被我老板扣住了。不过我觉得我们老板还算大方，应该不会坑人，你们好好聊聊看。"

池渺渺将消息发出去没多久，手机就振动了，她以为是暖萌发来的消息，打开一看是李牧遥的微信，简简单单的两个字："吃饭。"

此时办公室里的同事们都三五成群地出去吃午饭了，池渺渺也早就饿了，但李牧遥还没吃午饭，她就不敢随便离开。

等了好半天，总算等到这大忙人要吃饭，池渺渺连忙拿起刘焕留给她的便笺起身走向李牧遥的办公室。

她以为李牧遥会像往常一样从那几家餐厅里选一家让她去买饭，谁知他却是要带着她一起出去吃。

李牧遥选的地方就在失恋博物馆附近，走路就能到，但是七拐八绕的也不是很好找。

这是一家西餐厅，门面不大，但名字很响亮，是附近少有的米其林二星餐厅。

池渺渺突然有点儿腿软，一会儿这位大佬不会提出 AA 制吧？

池渺渺问道："老板，你怎么突然想起出来吃饭了？你想吃什么东西让我来买回去就好呀！"

"想出来走走。"

"哦，那既然用不着我，我就先回去了，我突然想到还有点儿工作没做完。"

李牧遥像是看穿了她的想法，淡淡地丢下一句："你不是想蹭饭吗？蹭我的不比蹭刘焕的强？"

池渺渺听他这么说总算放下心来，但嘴上还是说："我是真想起还有点儿工作没做完……"

李牧遥扫了她一眼，也没有揭穿她的意思："吃你两个蛋糕，请你吃顿饭，没什么。"

"嘿，老板你太客气了。那都走到这儿了，我就吃完饭再回去工作吧。"

说着两个人已经走到店门前，池渺渺手疾眼快地先李牧遥一步推开了店门。

李牧遥不自觉地弯了一下嘴角，在池渺渺看过来时又面无表情地走进了店内。

很快有服务生迎了上来，将两个人引至餐厅一个僻静的角落。

池渺渺拿着菜单又开始犯难。

李牧遥问她有没有什么忌口或者特别想吃的东西，池渺渺摇了摇头：“其实我不是很饿，随便吃一点儿东西就行。”

李牧遥点点头，干脆利落地帮她一起点了菜。

菜一道道地被端上来，一开始池渺渺还有点儿局促，但她发现李牧遥这人似乎做任何事都很专注，包括吃饭。自始至终他都没看她一眼，安静地吃他自己那份东西，而且他吃得并不快，姿态闲适优雅，令人赏心悦目，倒是让池渺渺渐渐放松下来。

所以遇到自己不知道该从何下嘴的菜，池渺渺就学着李牧遥的样子，也没露什么怯。

这一顿饭吃得池渺渺心情很舒畅，直到两个人即将走出餐厅的那一刻。

他们出门时，李牧遥正好接到一个电话，边打着电话边往门外走去。而此时一个年轻女人正领着一个五六岁的男孩子进门。那男孩子手上还拿着一个舔了几口，几乎快要融化的冰激凌。

不知从什么时候起，凡是和李牧遥走在一起的时候，她对周遭这些“危险分子”就格外警觉。

所以女人和男孩子一进餐厅，她就注意到了他们。

还真是越怕什么就越来什么，她正警惕地盯着男孩子手上的冰激凌看的时候，那男孩子也不知道看到了什么，猛然挣脱妈妈的手，朝他们跑了过来。

那男孩的妈妈在他身后叫他的名字，男孩一边回头看，一边仍未放缓脚步，眼见着就要撞到李牧遥身上了，池渺渺手疾眼快地上前挡住了冲过来的男孩。

这个年纪的男孩子已经长得很结实了，撞得池渺渺几乎一个踉跄，而与此同时，她感到身上某一处凉凉的，不用低头看也知道那是什么。

小男孩的妈妈见自己的孩子撞了人，还弄脏了人家的衣服，连忙过来道歉。店里的服务生见状也连忙拿着纸巾跑了过来。

池渺渺一边摆手示意自己没事，一边飞快地扯了几张纸巾擦掉沾到衬衫上的冰激凌，生怕李牧遥看到又有什么不适的反应，到时候她还得处理他。

服务生提醒池渺渺可以去洗手间清理一下，池渺渺想着马上就要到上班时间了，也不好让李牧遥等她，摆了摆手说："没关系，我自己回去清理吧。"

小男孩的妈妈见池渺渺好说话，明显松了口气，但看到她身后面色不悦的男人时，刚放下的心又提了起来。

她连忙从包里拿出自己的名片递上去："抱歉弄脏您女朋友的衣服，我可以赔偿洗衣费或者赔您女朋友一套新的都可以。"

男人低头扫了一眼名片，显然没有伸手去接的意思，却说了句"拿着"，才往门外走去。

刚把衣服上的冰激凌擦掉的池渺渺愣了一下，才反应过来李牧遥是在跟她说话。

她想说不用了，她这衬衫一百八十八元一件，丢洗衣机里随便洗洗就可以，但回想起李牧遥的脸色，又把要说的话咽了下去，乖乖接过那张名片，跟上了他的脚步。

这人可是看到别人的衣领没翻出来都会浑身不舒服的，看到她身上这片冰激凌留下的痕迹还不知道要怎么难受呢。

所以回去的路上池渺渺都刻意落后半步，让李牧遥不至于看到自己衣服上的污渍。

两个人就这么一路无话地走回公司，快到他的办公室门前时，他才再度开口："进来。"

池渺渺有点儿犹豫："那个……要不我先去洗手间清理一下？"

李牧遥已经走进了办公室："别清理了，直接换件干净的衣服。"

难道他的休息室里有女生的衣服？怎么会有女生的衣服？那女生跟他是什么关系？

池渺渺的脑中立刻冒出一连串的问题，直到李牧遥当着她的面打开了衣柜，池渺渺顿时被眼前的场景震撼到了。

李牧遥的衣柜中所有的衣服、裤子、衬衫，全部按照颜色由浅到深像色板一样呈现出渐变的效果，粗粗看过去没有上百件，也有大几十件，其中以白衬衫最多。

他在办公室里的衣柜就这么壮观，也不知道他家里的衣柜得壮观到什么程度。

不过很显然，里面没有女装。

李牧遥似乎也意识到了这个问题，回头上下扫了她一眼，然后有点儿嫌弃地皱了皱眉：“你怎么这么矮？”

她矮？他到底对女性的身高有什么样的误解啊？！

不过这话怎么似曾相识？

半年多以前，两个人在便利店里狭路相逢的记忆再度清晰起来。想到那天的李牧遥，池渺渺差点儿没忍住笑出来。

李牧遥似乎也想到了什么，没好气地说道：“你自己挑吧！”

说着他就要转身离开休息室。

其实男式衬衫也不是不可以，最近正好很流行那种男友风，她自己还特意买了两件搭配短裤、短裙穿，她今天穿的正好是件短裙，搭配一件宽大的白色衬衫应该也挺好看的。

不过让她意外的是，他竟然打算让她穿他的衣服。

池渺渺连忙叫住他：“我可以穿这里的衣服吗？”

李牧遥没好气地反问道：“不然你自己有备用的吗？还是你想借着回家换衣服的机会旷工？”

池渺渺连忙说：“没，没，没。”

不过她还是有点儿犹豫：“不过老板，你这衣服一看都挺贵的，洗护都特别讲究吧？”

别她回头洗好衣服还回来时他又有诸多不满，到时候再讹她一笔。如果真让她穿完衣服送去什么高档洗衣店洗，她宁可就穿着身上这件。

谁知李牧遥竟然很宽宏大量地说：“洗不洗随意。”

池渺渺有点儿不敢相信自己的耳朵，一定是因为她刚才替他挡下熊孩子把他感动了，所以他彻底不把她当外人了。

她就听李牧遥说道：“你以为你穿过的衣服我还会穿？”

好吧，好吧，反正她又不亏，就当她自作多情吧。

那她就挑件便宜的衣服算了，省得他心疼。

她含蓄地问：“任何一件都可以吗？我还是选件衬衫吧。”

李牧遥听着她的问题一脸莫名其妙的表情：“有什么不同吗？”

好吧，算她多此一举了。

李牧遥离开后，池渺渺走向那有整面墙大的衣柜，走近了，衣柜里的味道就显得格外清晰，那是独属于李牧遥的味道，像他的人一样，清冽得如寒冬腊月里的晨风，但那也是最让人难以拒绝的味道，是最自然，毫不做作的。

池渺渺简直有一头扎进衣柜的冲动，但理智还是将她控制住了，让她没有做出什么自掘坟墓的举动。

她强行按捺下莫名激荡的心神，开始为自己挑一件能上身的衣服。

李牧遥不太穿休闲款式的衣服，但不代表他没有。最后池渺渺在一大堆白衬衫中挑中了一件休闲款的棉布短袖衬衫。

她拿下衣服在身前比了比，衣服对她来说的确很大，但她想了一下，把下摆扎进短裙里，再将袖子挽起一些，应该还不错。

有了上次的经验，池渺渺特意在洗手间里换好了衣服才出来，对着镜子照了照，跟她想的差不多，虽然衬衣很大，但是这么搭配着也不显得违和。

李牧遥见到她时也有点儿意外，想不到他的衣服她真能穿。意外之余，他眼中还有种说不清道不明的情绪，但只是一闪而过，很快他又低下头，一副很忙的样子。

“出去工作吧。”

暖萌心情好了，话也就跟着多了，刘焕也不是木讷的人，一顿饭吃下来两个人很快就熟悉了。

快结束的时候，暖萌去洗手间补了个妆，谁知一出门就看到了老熟人。

秦亮明显是来兴师问罪的，暖萌内心得意，表面上假装没看出来。

“这么巧。”她不冷不热地问了一句。

可能是个男人都有占有欲吧，哪怕是自己不要了的感情，但看到别人拿走也会不满。

秦亮质问道：“我记得前两天你还暗示我要复合，你就是这样一边打算跟我复合一边和别人约会的？”

他自己和雨轩出双入对竟然还好意思来指责她！

暖萌简直怀疑过去的自己是真的瞎了，竟然还想着跟眼前这男人天长地久。

她很想甩对方一巴掌，然后两个人各自安好互不相见，但一想到他做的那些事，如果不是李牧遥和池渺渺，对方甚至有可能继续消费着她的感情，把她当个备胎，她就觉得不给“渣男”点儿教训，看“渣男”吃点儿苦头，她就咽不下这口气。

暖萌说：“我说那话时确实是那么想的。”

秦亮追问：“那现在呢？”

暖萌没说话，对着旁边的镜子用拇指擦了擦嘴角多出来的一点口红，再一抬眼，发现镜子中，秦亮的目光似乎也随着她的动作落在了她的唇上。

她大大方方地对着镜子里的男人展颜一笑。

秦亮回过神来，没好气地说道：“反正我是当真了。”

“哦，然后呢？”暖萌漫不经心地问。

秦亮忽然有点儿不自然地说：“还‘然后’什么？当然就是同意了啊，你不会又变心了吧？”

就在秦亮说这话时，他身后走来一个人，估计是看他久久没回座位按捺不住了。

那人不是别人，正是雨轩。

雨轩显然听到了秦亮的话，也大概明白他们在聊些什么，顿时怒不可遏地盯着暖萌。

暖萌的视线从二人脸上扫过，有那么一刻，她发自内心地觉得这两个人真般配，可惜被她给搅和了，也不知道两个人以后还要去祸害谁。

暖萌笑吟吟地说道：“你这时候说这话好像不合适吧。”

秦亮完全没察觉身后多了个人，注意力只停留在暖萌身上。

见暖萌的话暧昧不明，秦亮有点儿生气，同时心里多了分把握，至少对方对他不是一点儿意思都没有，可能还在犹豫，也可能只是想他更主动一点儿。

想到这里，秦亮笑了笑上前一步：“老夫老妻了，还有什么不合适的？”

暖萌被迫后退一步，靠在身后的墙上，而下一秒，还没等她回应，秦亮忽然低头吻了她。

她在短暂错愕之后，忍着推开秦亮的冲动去看他身后的人。

或许是碍于面子，也或许是碍于她和秦亮之间的合作关系，又或许是其他什么原因，雨轩并没有当场发难，咬牙跺了跺脚便转身离开了。

秦亮这才意识到身后有人，停下来回头看去，但走廊上已经空无一人。

暖萌笑盈盈地看着他说："你好像闯祸了。"

秦亮脸上错愕的神色一闪而过："闯什么祸？"

见暖萌笑而不语，他笑问："你不会误会什么了吧？"

暖萌看着他的眼睛反问："我误会什么了？"

被她这么一看，秦亮不自在起来。

见暖萌一直这么看着他，像是非要一个答案，他只好说："好吧，我承认，咱俩分手后，我是尝试着开始新生活来着，但那都是咱们俩分手后的事。而且我和她就出去吃过几顿饭而已，根本没下文。"

"真的？"

秦亮无奈地说道："要是能那么随随便便就找到个合适的人，我在你之前早不知道找过多少任女朋友了。"

这话听着好像有几分真实性，而且李牧遥分析过，这或许就是秦亮和雨轩迟迟没有在一起的原因之一。

但暖萌并不打算就此放过他："就只是吃吃饭？"

"当然了！就只是吃饭，手都没拉过。"

或许这也是真的，比起那些被女朋友或者妻子捉奸在床的男人，秦亮的确算好的了，但这又能说明什么呢？或许他只是还没想好要不要和雨轩开展一段长期稳定的关系，也或许就是爱惜羽毛怕被人说三道四。但不管什么原因，暖萌绝对不会自恋地以为这和自己有什么关系，这一切都不能掩盖这个男人对她三心二意的事实。

暖萌点了点头："那在我们分手之前呢？"

秦亮像是听到了什么好笑的笑话，无奈地说道："咱俩分手之后我只是跟她吃吃饭而已，我和你还没分手之前就更不能跟她怎么样了。"

暖萌"哦"了一声说："但她好像不是这么想的。"

秦亮连忙撇清："别人怎么想我哪里管得过来，我就关心你怎么想。"

如果暖萌没看过他们的聊天记录，如果她对秦亮没有彻底心灰意懒，今天听了他的这番话之后或许就乖乖回到他身边了。

但恰巧，经过了这些事以后，暖萌觉得她比他自己还要了解他。

他或许还觉得自己有情有义，即便是面对所有男人都会犯的错误，也懂得克制自己，只在“河边”湿了个鞋边。

她却知道他“有情有义”的面具下，自私又凉薄的嘴脸并不比许多男人好多少，反而多了一丝伪善。

暖萌看着他笑了笑：“我觉得咱们的事儿不急，你还是先和她说清楚吧。”

秦亮听到这话不由得有点儿急了：“没必要吧。我和她本来就什么事都没有，说多了反而越描越黑……”

说到一半，他似乎是想到了什么，问暖萌：“对了，跟你一起吃饭的人到底是谁？”

暖萌故意模棱两可地说：“工作上的朋友。”

“所以你们这是出来谈工作的？”

暖萌不答反问：“你不会以为刚才亲那么一下，你就能对我的事指手画脚了吧？你自己的事处理不好，我就当刚才只是被狗啃了一口。”

说完她不再搭理秦亮，转身朝餐厅的方向走去。

下午的时候，池渺渺接到暖萌的电话，暖萌把中午的事情绘声绘色地给池渺渺讲了一遍。

池渺渺也越听越来劲儿，避开办公室众人去茶水间泡咖啡。

她压低声音问暖萌：“你是说，今天中午其实是我老板特意安排的局？”

“如果不是的话那也太巧了！想不到你老板这种干大事的人居然在这种小事上也这么细致，从大局到细节，从识别商机到揣摩人心样样精通啊！现在我们彻底占据主动权了！我看秦亮那‘渣男’别的都不行，就选偶像的眼光还可以。可是‘粉’了人家这么久，他怎么没跟人家学到一星半点儿东西呢？”

难怪她要跟着去李牧遥不同意呢，原来是为了让暖萌和刘焕单独相处，给秦亮制造危机感。

她虽然知道他答应了要帮忙就绝对不会不帮，即便是这样对他来说无关紧要的事情，他也不会敷衍，但在她看来，拿这些小事去麻烦他简直是杀鸡用了牛刀。而且今天帮了她们大忙，他却只字未提。

茶水间的门再度被推开，韩夏像是刚从外面回来，进来拿她的冰镇气泡水。看到池渺渺，她惊叹一声："换风格了？不过这'男友风'很适合你啊，又帅又撩人。哪儿买的？什么牌子？"

她和池渺渺向来不客气，说着就要在池渺渺身上找衬衣的品牌商标。

池渺渺吓了一跳，连忙躲开，然后指了指耳朵里的耳机。

韩夏停下动作恍然大悟，压低声音抱歉道："打电话呢？抱歉，抱歉，那我不打扰你了。"

韩夏离开后，池渺渺才松了口气，还好刚才她反应够快没让韩夏发现这就是件货真价实的男式衬衫，还是那种她绝对买不起的牌子。

"什么'男友风'？"电话里的暖萌显然听到了刚才她和韩夏的对话。

"没什么，就是我穿了件新衣服。"她一边随口敷衍着，一边低头在身上找能辨别品牌的商标，最后只在左手袖口处发现一个低调到不能再低调的"L"刺绣。

那一刻，她自己都没察觉到，她的心跳悄悄地漏跳了一拍。

她不由得低头嗅了嗅，明知道他每穿一次后衬衫必然会清洗干净，但是或许是在他的柜子里待久了，她总觉得衬衫上面满是他的味道。想象着他也曾像她这样穿着这件衬衫，闻着那淡淡的独属于他的味道，有那么一刻她甚至觉得他正从她身后拥抱她。

"我问你话呢，你说我接下来该怎么办？"暖萌的声音让池渺渺回过神来。

池渺渺这才意识到自己刚才在想什么，还好暖萌不在身边，不然知道她做这种白日梦肯定要笑死了。

池渺渺掩饰性地喝了口咖啡，缓了缓说："你话都说到那份儿上了，就看他怎么处理雨轩的事情吧，处理得不满意你就不答应复合。"

暖萌赞同道："我也这么想的，反正有你老板在我也不怕一不小心谈崩了。"

或许是秦亮对暖萌还有感情，也或许是他发现雨轩确实没有自己想的那么适合自己，总之他和暖萌的拉锯战没有持续太久。

不久后秦亮再来失恋博物馆签合同时，身边带着的编剧已经换人了。

后来和暖萌聊起来池渺渺才知道，秦亮切断了所有和雨轩的合作。

池渺渺听了这事之后不禁唏嘘："看老秦平时对谁都客客气气的，狠起来可够狠的，好歹也暧昧了那么久，还差点儿在一起，怎么说断就断，连人家的饭碗都给砸了？”

暖萌说：“砸了饭碗不至于，没了老秦，那个雨轩还能接别的公司的活儿，不过就是待遇方面没有和秦亮合作这么好了。不过我对这局面一点不意外，男人都是利己主义的浑蛋，当时他图小编剧新鲜，跟我说分手就分手，我难得把姿态放那么低，他却无动于衷。后来他没有在跟我分手后立刻和那小编剧在一起，别人说他是为了我，我却知道他一方面是怕被人说三道四，另一方面十有八九是觉得那小编剧没他之前想的那么好。之前心心念念偷偷摸摸的事终于可以光明正大地做了，他又觉得索然无味了。”

池渺渺突然有点儿好奇：“那雨轩现在怎么样了？”

暖萌冷笑道：“大概是没想到吧，当初我俩分手时她肯定胸有成竹自己能上位，谁知一拖再拖直接拖黄了。我听认识她的其他人说，她前段时间连发几条朋友圈说什么男人没有好东西，哈哈……她也不想想，如果自己不是好东西，又能遇到什么好东西？……”

池渺渺又问：“那你和老秦现在怎么样？”

暖萌当初要追回老秦的目的只是狠狠甩掉他，可是经历了这么多事，两个人重新在一起，池渺渺已经有点儿不确定暖萌的想法是不是还和最初一样了。

谁知暖萌只是说：“先让他美两天，再给他个了断。”

好吧，天蝎还是天蝎，是池渺渺自己想多了。

不过想到他们也曾相爱过三年，池渺渺不免有点儿好奇：“可是你想到以前，会不会有点儿舍不得？毕竟他现在心里只有你。”

暖萌似乎也有点儿唏嘘：“在他动了放弃我们那三年的感情的念头的那一刻，我就不该有任何舍不得的感情了。他辜负了我的一心一意，我们注定就不会再有未来。要不是我气不过，此时我俩早就没什么关联了。”

虽然知道秦亮确实不算暖萌的良人，但听到这话，池渺渺还是有点儿难过。

池渺渺感叹：“到底有没有从一而终一心一意的两个人呢？”

暖萌像是听到了什么笑话：“别傻了，所有的两情相悦其实都是彼此权衡利弊后达成的共识，那些从一而终的感情背后只不过是有人多了份超乎常人的容忍和洒脱态度罢了。”

池渺渺不知道为什么，莫名就想到了李牧遥。如果真像暖萌说的，那她永远不可能和李牧遥达成那种共识了。

“你太悲观了亲爱的。”

暖萌却不愿意再多讨论，笑了笑说：“对了，老秦说这周六要请你和你老板吃饭。”

这倒是让池渺渺有点儿意外：“为什么？”

暖萌说：“他是想借着讨论方案感谢一下你老板，而且在饭桌上比在办公室里更能拉近彼此的距离。但是他又觉得你老板那人不爱说话，就他们俩有点儿怪怪的，于是想多叫几个人。现在你算他的‘自己人’了，最后决定就咱们四个一起吃。”

池渺渺摆摆手：“那他别折腾了，我老板不会同意的。”

李牧遥这么挑剔的人，除非必要，一般不会出去应酬，暖萌说的聚餐对李牧遥来说就是没有必要的应酬。

谁知暖萌却说：“可他同意了呀。”

这就有点儿出乎池渺渺的意料了……

“他真同意了？我们四个？”

暖萌回答：“对啊。”

周五的时候，池渺渺还真收到了李牧遥发来的微信，通知她吃饭的时间和地点，没有多余的解释。还好池渺渺提前从暖萌那里得到了消息，不然她怕是要以为李牧遥在约她了。

暖萌他们订的地方正好在她家附近，是北城有名的日料店，人均消费几千块钱，是以她天天从那家店门前经过，但还从没敢进去消费过。

池渺渺只需要步行过去就可以了，她和秦亮、暖萌他们差不多同时间到，李牧遥稍微晚到一些，但是时间掐得刚刚好。他就是那种很有时间观念的人，即便面对的是和他地位并不相等的人。

他今天穿了件很宽松的白色棉布衬衫，搭配着简单的牛仔裤和休闲皮鞋，头发像是刚理过，两边短短的，露出好看的鬓角和耳郭，整个人显得更年轻有朝气。

离开了办公室，他的气场明显收敛很多，虽然他依旧不苟言笑，但目光是柔和的。

但他依旧是挑剔的，甭管这里人均多少钱一位，他永远只忠于自己的判断。所以无论是号称今早刚空运来的和歌山蓝鳍吞拿鱼也好，还是北海道空运来的海胆，他只很斯文地尝了那么一口就不再动筷子了。

好在秦亮和暖萌有了上一次杀青宴的经验，对今天李牧遥的表现也不在意。

今天的秦亮和暖萌明显心情不错，再加上池渺渺一直努力帮忙暖场，这样心思各异的几个人凑在一起的氛围竟然还不错。

氛围好了，大家就忍不住多喝了几杯酒，到后来除以开车为由以茶代酒的李牧遥外，另外三个人都喝多了，尤其是酒量不好的暖萌和池渺渺。

或许是因为喝了太多酒，原本只是开心亢奋的暖萌到后来竟然哭了起来。

因为有李牧遥在场，秦亮明显有点儿尴尬，连忙安抚女朋友："咱跟着李总日子越来越好了，你说你哭什么？快别哭了，别让李总和渺渺笑话了。"

"是吗？"暖萌泪眼婆娑地问他，"日子真的越来越好了吗？"

秦亮哭笑不得地问："你这到底是怎么了？"

在座的几个人里，确实只有他不清楚暖萌到底怎么了。

池渺渺看着闺密，心里亦有万千感慨。她了解自己的朋友，知道暖萌看上去刚毅果敢，但是面对恋人的背叛，想到三年的感情、打算共度余生的决心都只是个笑话，再坚强的女生也会难受，会委屈，会不平。

暖萌的眼泪就像开了闸的洪水一样，一时没有要停下来的意思。

秦亮一边手忙脚乱地安抚女友，一边朝李牧遥道歉："早知道不让她喝那么多酒了，让李总见笑了。"

李牧遥却没表现出丝毫不悦之色。

他抬手看了一眼时间，适时结束了今晚这诡异的饭局。

"既然你女友喝多了，那今天就这样吧。"

秦亮有点儿抱歉，同时很明显地松了口气。

四个人在餐厅外的停车场道别。秦亮叫了个代驾带着暖萌先离开。

池渺渺喝得比任何一次都多，所幸她家离这里不算远。此时天已经很晚了，她头晕得厉害，等秦亮和暖萌离开后，她也向李牧遥摆了摆手，算作道别。

李牧遥难得关怀了她一句："你怎么走？"

她大着舌头指了指一个方向："走回去呗。"

李牧遥看了她片刻说："我送你吧。"

池渺渺再次觉得自己真的醉了，不然怎么会听到李牧遥说要送她？

她凑近了一点儿迷迷糊糊地问："你说什么？"

李牧遥没有回答她，而是朝着她刚才指的方向走去。

"不用太感激，我是不想明早看到什么'醉酒女子露宿街头'的新闻。"

夜色中身姿颀长挺拔的男人双手插在裤子口袋里悠闲地走在前面。

池渺渺看了片刻，忽然有点儿高兴地跟了上去。

"我像是喝醉了的样子吗？那点儿酒能把我灌醉吗？"

她问话时看向身旁的男人，本以为他会再说些奚落她的话，谁知他只是勾了勾嘴角。

池渺渺以为自己看错了，他是在笑吗？

她隐约发觉今天的李牧遥真的不太一样，他没有把衬衫穿得一板一眼，领口的扣子没有扣，但领子依然直挺挺地立着，遮挡住半截脖颈儿和喉结，结实有力的小臂从挽起的衬衫袖管中一直延伸到裤子口袋里。

这样的李牧遥，少了白天在办公室里的精英范儿，却多了一丝让人想要亲近的烟火气。

似乎是终于意识到了她有些灼热的目光，他回头扫了她一眼："看什么？"

池渺渺眨巴着双眼看着对方："你今天怪怪的。"

李牧遥微微挑眉："哪里怪？"

池渺渺调侃道："怪好看的。"

土味儿情话张口就来，池渺渺发现李牧遥的耳根处有点儿泛红，要不是因为他皮肤太白，可能根本让人无法察觉。

醉了酒的池渺渺最大的不同就是胆子比清醒时大多了。

眼见着一招得逞，她立刻来了兴致，大着舌头建议道："我们玩一个游戏吧。"

李牧遥明显不愿配合，但似乎又有点儿好奇："什么游戏？"

"土味儿情话你听过吗？"

"无聊。"

“一点儿都不无聊，特别有意思！”

或许是因为夜路还长，两个人相对无言有点儿无趣，李牧遥虽然没答应，但他的沉默不语在池渺渺看来显然就是默认。

她直接出招，一把将他拉住，双眼直勾勾地看着他：“你的脸上有点儿东西。”

李牧遥没反应过来游戏已经开始了，目光不由自主地扫到她抓着他的那只手上，顺着她的话问：“有什么？”

池渺渺却只是嘻嘻一笑：“有点儿漂亮。”

错愕过后，李牧遥的脸色立刻沉了下来。

池渺渺见状哈哈大笑，不怕死地说道：“看你平时挺聪明的，怎么今天晚上这么笨？”

李牧遥的脸色更难看了，他不会这种无聊的东西就是笨吗？

他阴森森地说道：“你还是第一个说我笨的人。”

她得意忘形，完全没觉得自己正在被开除的边缘疯狂试探，拉着他的手臂，凑近了他，打量他的神色：“生气了？这么玩不起啊？”

李牧遥又扫了一眼被她拉着的手臂，发觉自己并没有什么不适的感觉。

他冷哼一声，不动声色地抽出手臂：“没有。”

“没有就好，我们来玩木头人吧？”

李牧遥还没搞清楚她刚才说要玩什么土味情话，怎么突然又要玩木头人了，就见池渺渺特别沮丧地说：“我输了。”

李牧遥一脸莫名其妙的表情：“什么输了？”

她立刻又笑了起来：“因为我心动了。”

李牧遥思索了片刻，终于想明白了这还是她那个土味情话的游戏，好像也没那么无聊。

他不由得又扬起嘴角：“下一个。”

池渺渺又说：“我想在你那里买一块地。”

李牧遥问：“什么地？”

“买你的死心塌地。”

李牧遥轻嗤：“毫无逻辑。”

说话间两个人已经走进一个小区，池渺渺习惯性地往自己家的方向走去，一路晃晃悠悠步子不稳，时不时还要扶一下旁边的李牧遥借力。

一次、两次、三次后，李牧遥发觉自己不再抗拒这种接触，这大概是他接受治疗以来最大的进展了，想到这些他心情不由得好了不少。

或许就是这个原因，他想跟她多待一会儿，所以眼见池渺渺走向一个单元门，毫不犹豫地跟了上去。

可是他一进到楼道中，那种老房子陈年累月沉淀下来的腐朽味道，还是让他有点儿不舒服。相比之下，池渺渺的身上虽然有酒气，但味道似乎更能让人接受。

老房子没有电梯，池渺渺走在前面，李牧遥跟在后面，夜风从楼梯间敞开的窗口吹进来，将独属于她的味道更真实地带向他。

他不自觉地离她更近了一点儿。

因为醉了，所以池渺渺并没有因为此时是深夜，又是在声音会被放大的楼道中就降低自己的音量，想到一个土味情话，就兴奋地说了出来："我有一个超能力。"

李牧遥有点儿心神不宁，但这一次的土味情话的套路好像有点儿简单。

他随口回了一句："超级聒噪吗？"

池渺渺却没因为这句话不高兴，反而因为李牧遥又没猜到她的套路而有点儿沾沾自喜，得意扬扬地转过头揭晓正确答案："是超级喜欢你。"

楼道里的灯光并不算多明亮，让此时那张明艳的笑脸带上了点儿朦胧的美感，竟然和梦里那个人的脸渐渐重合了。

有些事情不能想，但明知道场景不合时宜，她也并非有心，但他越是告诫自己不可以，有一只不安分的手就越是要掀开那层面纱。

这是一种什么样的心理没人比他更清楚，她就像那只可爱的小"白熊"，他越是不想想起她，她的轮廓就越是清晰。

心跳不由自主地开始加快，四肢却变得有些僵硬，他错开目光，换了个话题："你家到底在几层？"

"再上一层就是了……哎，我又想到两句。"

"我不想听。"

"别气馁啊，你刚才差一点儿就猜对了。"池渺渺并没有察觉到李牧遥的回避之意，继续说道，"游乐场那个有音乐会转的东西是什么？叫旋转什么来着？"

这句话和之前的好像不太一样，李牧遥努力让自己的注意力转到游乐场上。

“旋转木马？”

池渺渺穿着高跟鞋爬楼梯，本来就晃晃悠悠的，还时不时地回头看他，再转过头时没留意脚下，眼看就要朝后倒去，还好她身后是李牧遥，他轻而易举地就将她接住了。

她倒在他怀里，抬头看着他，浑然不觉有什么不对，还在继续刚才的话题。

“你说得没错，就是‘mua’……”

发出后面那个音时，她似乎担心李牧遥不明白是什么意思，还特意放慢速度极其响亮地演示给他看。

虽然她的唇跟他的脸隔着点儿距离，但此时的她还躺在他的怀里，她的气息近在咫尺。他的目光不由得就移到那小巧的唇上，有一瞬间他脑中竟然冒出了想要靠近的念头。

头顶上的声控灯忽然灭了，只有窗外射入的点点星光。

星光下，她一双眼睛水光潋滟，在他的注视下缓缓合了起来。

“你是故意的吗？”他的声音很低，似乎依旧毫无波澜，但只有他自己知道，这副无动于衷的皮囊下，血液都已经沸腾了。

他想问她，她是故意勾引他吗？明知道答案是什么，但他还是想说，如果真是那样，那她成功了。

池渺渺好像没听到他的问话，就那样闭着双眼靠在他的怀里，像是睡着了，又像是没有。

他觉得他的手脚像是扎了根一样，一动也不能动，而能动的似乎只有他的心。

他感受着自己的心跳，感受着她的体温正隔着薄薄的衣料传递给他，感受着身体的每一个细胞因为她而产生的变化。

同样是四肢僵硬，同样是心跳加速，却和以往的任何一次都不相同，他清楚地感受到与她肌肤相触的皮肤灼烧起来，胸口处除了传来心跳的声音，还有某种酥酥麻麻的感觉仿佛正在顺着血管流向他的四肢百骸。

这感觉他并不是很讨厌，反而让他有点儿期待和喜欢。

这时候，怀里的人却突然动了动，几乎将整个人的分量都压在了他的身上。

她忽然继续起自己的游戏：“你好像我家的一个亲戚。”

他唯独还能做的事就是轻声问她：“什么？”

池渺渺还没察觉到自己身处什么样的环境，哈哈一笑说：“我妈的女婿。”

话音刚落，几级台阶之上的一扇防盗门被人从内打开了。

KUANG 14 RE

我是第一次来

站在门里的人也不知道偷听多久了，像是早有准备，就那么站在那里冷冷地看着他们。

这一层楼只有两户人家，也就是说，此时打开门的那一户有五成的可能性就是池渺渺的家。

李牧遥再看那扇门一直开着，里面的人一动不动地站着，怎么看都像是在等他俩上去，所以另外那五成的可能性也被坐实了。

池渺渺丝毫没察觉到氛围诡异，自顾自地哈哈大笑着，声控灯因为她的笑声再度亮起。

李牧遥看清了门里的人，是个四五十岁的女人，身材微微发福，头上的羊毛卷发型有点儿显老气，但从那张脸和那副眉眼中依稀可以窥见年轻时应该是个漂亮的美人。巧的是那五官和他怀里的“醉汉”有八成相像。

李牧遥几乎立刻就猜到了对方的身份，但一向处事不变的他在此时显得有点儿无措。

他推了推怀里的人。

池渺渺顺着李牧遥的目光回头看去，多年的心理阴影让她稍微清醒了一点儿。

“是我眼花了吗？不会这么不经念叨吧？”她小声嘀咕了一句。

门里的人终于有了反应，丢下一句“还不给我进来”便转身回了房间。

池渺渺揉了揉眼睛再看过去时，发现她家门口并没有人。看来确实是她眼花了，不然是麻将打腻了，还是电视剧不好看，还是她老爸不好欺负，她老妈怎么可能突然不声不响地跑她这儿来？

但她还是不敢确定，回头问李牧遥：“你刚才看到人了吗？”

李牧遥只是生无可恋地叹了口气说：“走吧。”

“可我好困，不想走了。”说完她就真的闭上眼，毫无心理负担地又靠回了他的怀里。

一滴酒没沾的李牧遥觉得自己也开始头痛了，看看怀里的人，又看向那扇敞开的防盗门，有点儿犯难。

他原本以为，这个世界上，除了他的病再没什么事情能难住他了，没承想，还有今天这一出。

所幸或许是因为已经不是第一次了，他也就没怎么犹豫，弯腰横抱起怀里的人，步履沉稳地朝那扇门走去。

几分钟后，池渺渺家不大的客厅里，中间的三人沙发上躺着死狗一样关键时刻忽然不省人事的池渺渺，另外两边的单人沙发上坐着池渺渺她妈袁莉莉女士以及李牧遥。

袁莉莉女士双手环胸，朝向对面这个深夜被女儿带回家、衣着和相貌都不凡的年轻人。

李牧遥挺直背脊，微微垂眼看着面前的茶杯。自打他进门后，对面这个阿姨就一言不发地看着他。他觉得她大概是误会了什么，几次想解释，却又被对方抬手制止了。

成年以后的李牧遥还从没遇到过这种情况，倒并不觉得对方冒犯他，只是觉得有点儿无奈又无措。

过了好一会儿，对方似乎终于看够了，淡淡地说道：“我是渺渺的妈妈，想必你也猜出来了吧。怎么称呼你？”

很少有场合需要李牧遥做自我介绍，所以在这方面他也没什么经验，只是简单介绍道：“我叫李牧遥。”

袁莉莉女士等了半天结果没等到下文，但也不好直接“查户口”，只好换了个话题：“小李是吧？你放心，阿姨我不是什么不开明的家长，不会对你们小年轻的事干涉太多的。”

李牧遥点了点头，很快又意识到好像有什么不对。

李牧遥解释道：“阿姨，其实……”

“其实，我们渺渺这孩子一向很自爱的，以前连个男朋友都没有……哦，当然了，是她自己眼光高看不上别人……她没有男朋友更别提带人回家了，所以你还是头一个呢。”

明知道池渺渺的母亲说的这些跟他一点儿关系都没有，对方一定是误会了两个人的关系才会这么说，李牧遥却发现自己在听到这些话后竟然有点儿满意。

袁莉莉女士打量着他的神情，稍微松了口气——虽然知道自己女儿不会胡来，但还是难免担心。眼下她看小伙子这么在意女儿过往的感情经历，那他们一定不是什么乱七八糟的关系，是正经的男女朋友无疑了。不过看样子他对她家渺渺了解得并不多，可见他们刚在一起没多久。

袁莉莉女士一方面庆幸女儿终于开窍了；一方面又气自己还不知情的时候，两个人竟然就好到一起回家了，万一这男人人品不行，女儿被占了便宜又伤了心，那可怎么办？

她试探着问：“不过我看你熟门熟路的应该不是第一次来了吧？”

李牧遥连忙说：“我是第一次来。”

袁莉莉有点儿意外，看来来得早不如来得巧，还来得及好好考查一下眼前这个年轻人。

但显然今天不是时候。

见李牧遥一点儿没碰面前的茶，显然是“好事”被搅黄没有多留的打算，既然如此，袁莉莉女士极其客气地说：“谢谢你送我们渺渺回来，改天阿姨请你吃饭，不过今天时间太晚了，就不留你了。”

这么明显的逐客令李牧遥不会听不出来，他立刻起身告辞，临走前又看了池渺渺一眼，见她睡得很安稳这才离开。

第二天正好是周六，池渺渺一觉睡到日上三竿，如果不是闻到隐隐传进房间内的饭菜香，她还不想起床。

也不知道是哪家邻居做饭这么香，让她也觉得有点儿饿了。

她睡眼惺忪地从床上爬起来，迷迷糊糊地出了房门，就却被满桌子的菜和突然出现的袁莉莉女士吓得彻底醒了。

池渺渺险些怀疑自己穿越时空了，因为她的记忆还停留在昨晚和秦亮以及暖萌一起喝酒的那一段场景上。

此时见到她妈那张意味不明的笑脸，心头浮上不好的预感，她彻底慌了。

“妈，您怎么来了？”

袁莉莉女士阴阳怪气地说道：“听着好像不太欢迎我啊！”

过往和母上大人的斗争经验告诉池渺渺，昨晚一定发生了什么事！

池渺渺连忙奉上一个甜甜的笑容：“哪儿有啊，您看您一来又是打扫卫生又是替我做饭的，我这不是怕把您累着，心疼您吗？哎，对了，今天什么日子啊您做这么多菜？”

袁莉莉女士被她刚才那几句话取悦到了，脸色明显好了不少。

她扫了一眼墙上的挂钟催促女儿：“快点儿收拾一下，一会儿小李要来。”

池渺渺打哈欠的动作立刻停了下来，她惊恐地问：“哪个‘小李’？”

袁莉莉女士一副“我就静静看你演”的淡定神情：“你还想瞒我？除了昨天送你回来的小李还有哪个小李？”

经老妈这么一提醒，昨晚的一些画面出现在了池渺渺的脑海中……

可是这些片段怎么都不像是真的，准确地说是她宁愿那些事不是真的。

她有点儿不敢相信自己想起的事情确确实实发生在昨晚——什么见鬼的土味情话游戏？分明就是她变着法地调戏老板啊！李牧遥大概是没见识过这么无聊的游戏，竟然还在一本正经地配合她……

池渺渺愁眉苦脸地回忆着昨晚的事，每多想起一点儿，轻生的念头就多了一点儿。不过她所有的记忆只停留在昨晚进家门前，眼下听她妈这话的意思昨晚李牧遥送她上来时，三个人遇上了。

她担心地问道：“妈您昨晚没说什么不该说的话吧？”

袁莉莉揶揄地扫了女儿一眼：“行了，你妈我不是什么老古董，不至于让人难堪，但昨天那情况我也不能当没看见，只是简单聊了几句就让他回去了。”

“您就只是让他回去这么简单？”池渺渺持怀疑态度。

“是啊。”

看来她妈也不是次次都要搞事，偶尔还算靠谱。

见女儿一副生怕自己多说话的模样，袁莉莉女士顿时就不太高兴了：

“你才跟他认识几天，这都开始为了他嫌弃你妈了？！”

说着，袁莉莉女士当场表演了个变脸大法，刚才还风平浪静，这一瞬间就是风雨欲来的模样。

“亏我还起个大早做这么一大桌子菜打算好好招待他……”

不提这茬，池渺渺差点儿把正经事忘了。

“等等，您老人家先别激动，您说他要来？”

袁莉莉女士气呼呼地说道：“不然我这一大桌子菜是喂你这小白眼儿狼的吗？”

如临大敌的池渺渺直接忽略了亲妈那句揶揄的话，问：“什么时候？”

袁莉莉女士看了一眼墙上的挂钟：“小李说他大概十一点半能到，估计快了吧……”

话没说完，她只觉得眼前一花，刚才还在她面前的池渺渺已经不见了，伴随而来的是洗手间门被关上的声音以及里面的人匆匆忙忙的一句嘱咐：“一会儿您可千万别叫他‘小李’！”

袁莉莉女士一头雾水，不叫小李叫什么？她一个未来丈母娘叫他一声“小李”怎么了？

一刻钟后，池渺渺刚将自己收拾好，门铃就响了。

她连忙冲上去开门，李牧遥一身简单的衬衫、西裤，不算是他最正式的着装，但不知道为什么，出现在她们这种老房子里就显得有点儿格格不入。

“小李来啦？还带什么东西啊，快进来吧！”

身后老妈的声音让池渺渺回过神来，她这才注意到李牧遥手上竟然还拎着两个礼盒，看那礼盒上的字样，应该是燕窝。

她并不觉得惊喜，只觉得惊吓，不知道什么人受得起李牧遥送的礼物，反正一定不会是她这种底层的小员工。

所以以她对李牧遥的了解，她很怀疑，这两盒燕窝的价值回头就能体现在她下个月的工资上。

她一边佯装热情地将李牧遥迎进门，一边肉痛地接过那两盒燕窝。

李牧遥扫了一眼她的脸：“你那是什么表情？”

池渺渺打着哈哈：“没什么，就觉得老板你一来就都不一样了，那句话怎么说来着？蓬荜生辉！”

李牧遥扫了一眼池渺渺没有作声，走进客厅，对迎出来的池母微微颔首打了个招呼。

昨晚大半夜的光线不好，袁莉莉虽然上上下下地把李牧遥打量了个遍，但也不如今天大白天看得明白。她一边啧啧感慨，现实生活中还真有长相这么周正的小伙子，就像电视剧里走出来的人物似的；一边又有点儿没底，这人一表人才，身边莺莺燕燕肯定不少，他是看上她家女儿什么了？

虽然已经不是第一次了，但面对别人这么赤裸裸的打量目光，李牧遥还是觉得很不自在，好在这个阿姨看了他片刻就把目光移向了池渺渺。

池渺渺发现自己的亲妈以一种很困惑的眼神看着自己，但一时间也没搞清楚是什么情况。

袁莉莉女士笑道：“快上桌吧，咱边吃边聊。”

池渺渺忽然意识到一个很严峻的问题，她的老板那严重的洁癖让他很难和其他人在饭桌上打成一片，“打”成一片倒是很有可能……

想到这点，她有点儿头疼。

果然，李牧遥坐下之后并未动筷子。

池渺渺连忙解释说：“我家里的餐具每天都消毒，食材也都洗好多遍，绝对干净卫生！”

她妈闻言脸上的笑容淡了几分，但也没说什么。

而李牧遥只是“嗯”了一声，依旧没动筷子。

袁莉莉女士笑道：“也不知道小李爱吃什么，我就随便做了几个菜，粗茶淡饭您可别嫌弃。”

她妈嘴上虽然这么说，但池渺渺了解这桌菜全是她妈很是自得的拿手好菜，她妈这么说也就是谦虚一下。

要是一般人肯定能读懂这种谦虚的话，还会很捧场地夸她妈手艺了得，但谁让李牧遥不是一般人，这些东西对他来说还真就只是粗茶淡饭。

所以他也只是淡淡地回了句：“不会。”

这下袁莉莉女士的脸色是彻底不好看了，但李牧遥浑然不觉有什么不对的地方。

好半天，他才看向池渺渺：“我能借个洗手间吗？”

池渺渺这才想起来，他进门必然先洗手，难怪刚才不肯动筷子呢！

“当然了，就厨房旁边那个门。哦，对了，灯的开关不好找，我帮你开灯。”

说着她连忙起身，亲自带着李牧遥过去，说是帮他开灯，其实是想趁机单独跟他说几句话。

“我没想到你今天会来……绝对不是不欢迎啊，就是觉得挺耽误你的时间的。”她一边替他打开洗手间的灯，一边小声说了一句。

李牧遥打开水龙头：“没有。”

确实就像池渺渺说的那样，李牧遥很不喜欢把时间花在这类应酬上，照理说他确实没什么必要接受池母的邀请，但还是来了，还特意像别人去拜访长辈一样在来的路上买了礼物。

他为自己的举动想到了一个还算合理的理由——很显然池母误会了他和池渺渺的关系，这种误会对女孩子来说不是什么好事，而造成这样的误会，有一半是他的原因，他该来给她妈妈解释一下的。

池渺渺总觉得今天的李牧遥有点儿奇怪，好像比平时更惜字如金了，但似乎又不是在生气。

不过想到一会儿要面对的局面，无论是作妖手段层出不穷的袁莉莉女士，还是致力于鸡蛋里挑骨头的李牧遥，两个人从不同层面上掌握着她的生杀大权，都是她得罪不起的人物。

以免两位大人物一会儿真闹出点儿不愉快的事，池渺渺觉得自己很有必要给李牧遥打个预防针。

“你今天能来我和我妈都特别高兴……不过呢……”池渺渺斟酌着措辞，“我妈这人性格急，再加上岁数大了……更年期嘛，有时候情绪有点儿激动，想法也固执。所以一会儿不管她说了什么，你就当没听见，她问什么如果你不想回答就我来回答。但无论她说什么、做什么肯定都是出于一番好意，或许可能让你不太舒服，你千万别往心里去。”

李牧遥从镜子里扫了她一眼说：“好。”

两个人重新回到餐桌旁，袁莉莉女士问：“昨晚也没来得及问，小李在哪儿高就啊？”

池渺渺刚拿起筷子的手不由得顿住了，她妈还是这么直接，连个铺垫也没有就开始“查户口”了。

她回头看了一眼李牧遥，李牧遥礼貌客气地回话：“目前主要是在失恋博物馆工作。”

袁莉莉女士说道：“这么说你们俩是同事关系了。”

池渺渺见缝插针地解释：“不是同事关系，是老板和员工的关系。”

这回换袁莉莉女士意外了，完全没想到她这女儿要么不开窍，一出手就是公司老板。

她缓和了几分脸色，自以为幽默地说道：“现在的年轻人啊都喜欢搞点办公室恋情。”

池渺渺并不知道昨晚自己和李牧遥被袁莉莉女士撞见时是什么样的情况，只当是李牧遥把她送回来时正好被她妈撞见，她妈那颗为她而生出的恨嫁之心又蠢蠢欲动，这才约了李牧遥来家里想撮合他们两个人。

这种事她妈以前没少干，但凡见她和什么异性往来，就恨不得立刻把对方变成她老人家的乘龙快婿，只是池渺渺没想到她妈这次这么直接，这么迫不及待，也太丢脸了！

池渺渺都不敢去看李牧遥的神色，生硬地哈哈一笑说：“妈您太逗了，我俩不是您想的那种关系。”

袁莉莉女士的脸色倏地沉了下来，她看向李牧遥：“所以你和我女儿不是男女朋友？”

面对池母的审视，李牧遥没有池渺渺那么坦荡，因为昨晚的事情她可能不记得了，他当时可是清醒的。

他顿了顿才说：“确实不是。”

池渺渺插话道：“妈您别瞎猜了，昨晚我和李总一起有个应酬，我喝多了，所以李总才送我回来。”

怕她老妈还不死心，她干脆道：“再说我们公司禁止办公室恋情，绝对不会发生那种事。”

袁莉莉女士冷哼一声，看向李牧遥：“是这样吗？”

池渺渺立刻回答：“当然了，我还能骗您吗？”

袁莉莉女士瞪了她一眼：“你闭嘴，我没问你。”

李牧遥放下筷子，很认真地回答说：“我和池渺渺确实只是普通的同事关系，昨天……”

没等他解释昨天的事情，袁莉莉女士直接打断他的话：“昨晚是我看错了，还是普通老板和员工之间都会搂搂抱抱卿卿我我？”

池渺渺吓了一跳。她以为她昨晚只是言语上“调戏”了一下她的老板，难不成不只是如此的？还都被她老妈看到了？

这时候就见她老妈又看向她：“昨晚妈要是不来呢，他是不是就不走了？这也是你们说的普通关系？你真把你妈我当傻子吗？”

“不是……妈，您这都哪儿的话？”池渺渺觉得太尴尬了，“昨天我不是喝多了吗？不管发生什么都是误会。”

“误会？是不是误会我自己有判断力！”袁莉莉女士坚持自己不会搞错。

池渺渺无奈地说道：“真的是您搞错了，明明什么都没有，您非这么说那不是讹人嘛。”

听了她的话，她老妈忽然就一副泫然欲泣的模样：“妈这都是为了你，你说妈讹人？”

池渺渺可太难了，一边无奈又尴尬地安抚着自己妈，一边还不忘偷偷给李牧遥使眼色做口型：更年期，更年期……

他依旧面无表情，只是在低头喝茶的一瞬间嘴角不易察觉地微微扬了扬。

明明是很尴尬的场面，但他也不知道为什么，非但没有感到被冒犯而生气，竟然还觉得池渺渺窘迫的模样挺有意思。

袁莉莉女士很快注意到，不管女儿说什么，李牧遥只是沉默着，这不是心虚的表现又是什么？她更加断定，这两个人的关系一定没那么简单！

她抽噎了两下，擦了擦并不存在的“眼泪”，认真地问池渺渺：“你们真的不是男女朋友关系？”

见自己妈终于肯好好沟通了，池渺渺松了一口气：“真不是。”

袁莉莉女士点了点头，拿起手机作势要打电话。

池渺渺心里有种不太好的预感：“您给谁打电话？”

袁莉莉女士回答：“110。”

池渺渺吓了一跳：“您打 110 干什么？”

袁莉莉女士淡定地回答：“我女儿被职场性骚扰了，我当然要报警。”

李牧遥目瞪口呆，池渺渺惊慌失措。

她连滚带爬地冲向她妈夺下手机，所幸电话还没拨出去。

袁莉莉女士被抢了手机也不生气，看了一眼李牧遥意有所指地说道：

"你别怕，法律就是保护我们小老百姓的，李总你说呢？"

池渺渺欲哭无泪，就算真有什么职场性骚扰，那也是她骚扰李牧遥啊！

以防自己老妈激怒李牧遥，她英勇地挡在两个人中间："妈您是不是嫌我活得太好了？"

面对池母这一系列的神操作，一般人至少会为自己辩驳几句，但李牧遥总觉得自己没办法像池渺渺那么理直气壮，解释的话也就说不出口了。

而他的沉默更让袁莉莉女士不依不饶。

池渺渺一边苦口婆心地给她妈解释，还一边不忘朝李牧遥使眼色希望获得他的理解。

但眼见着自己说什么自己妈都不信，池渺渺也累了，索性破罐子破摔地说道："好吧，好吧！是男女朋友！您满意了吧？"

房间里安静下来，李牧遥完全没想到池渺渺会这么说，池渺渺自己也没想到。

倒是袁莉莉女士像是刚才的事情完全没发生过一样，很亲昵地用公筷给李牧遥夹了只虾："来，尝尝阿姨的拿手菜。"

池渺渺惊叹于自己老妈的变脸大法，不过话说回来，她觉得这样也好，先稳住她妈，回头等她妈差不多忘了这件事的时候再说两个人性格不合分手了就好。

只是李牧遥这边……

她转过身，可怜巴巴地看向李牧遥，在一个她妈看不见的角度双手合十地悄悄搓了搓手，希望他别觉得被她亵渎了，如果可以，最好能配合她演完今天这一出戏。

李牧遥的视线在池渺渺的脸上停留了片刻，然后他看向池母："谢谢。"

池渺渺大大地松了口气，回到自己的位子上坐下，开始吃饭。

接下来的氛围还算和谐，让池渺渺意外的是，李牧遥今天的胃口竟然还不错，这倒是取悦了袁莉莉女士。

一顿饭总算有惊无险地吃完了，但很明显袁莉莉女士还没有放李牧遥走的意思。池渺渺生怕她妈又说出什么惊天动地的话，而她自己也要为今天的事情给李牧遥解释和道歉，于是顺势邀请他到自己的房间，这样她妈就不会跟进来了。

李牧遥本以为自己会看到一个处处充斥着粉红色蕾丝的房间，毕竟大部分女人总有一种自己还是少女的错觉，但让他意外的是，池渺渺的房间并不像普通女孩子的房间，收拾得很整洁，并没有粉色壁纸，也没有一大堆蕾丝，更没有一大堆用途不明的化妆品，最多的就是书，各式各样的书，不过偶尔有一些可爱的小装饰昭示着这个房间的主人是个女孩子。

池渺渺暗自庆幸一天前自己刚大扫除一次，不然可以想象李牧遥怕是要当场给她表演个旧病复发了。

“老板，你请坐。”

房间里唯一的一张椅子上放着个双肩包，他要坐就只能坐在她的床上了。

“不用。”他直接拒绝了她的提议。

气氛有点儿尴尬，池渺渺有点儿局促地组织着语言：“刚才我那么说纯属权宜之计，你放心，回头我一定把这事处理好，不会给你惹麻烦的！”

李牧遥走到她的书架前，看着上面的书：“这都是你平时看的书吗？”

池渺渺哪里顾得上聊书，随口敷衍了几句又说：“我妈一定是因为昨晚见你把我送回来，就误会了咱俩的关系，老板你千万别介意。”

李牧遥难得不自在地扫了她一眼：“这么说，昨晚的事你还记得？”

昨晚的事情，池渺渺只想起来一些片段，可即便是那点儿片段，也够他开除她十几次了。

难得他暂时不打算追究她的胆大包天行为，她更不能承认了。

所以池渺渺很痛快地摇了摇头说：“不记得了，不过我应该没少给你添麻烦吧？你放心，下次我一定不让自己喝醉！”

“下次？”李牧遥不置可否地微微一哂。

池渺渺见他这样就觉得他还没消气，再接再厉地说道：“今天这事儿是我的错，怪我没以前了解我妈的思想动态，让她误会了咱俩的关系。也怪我妈，她年纪大了，观念比较老旧，觉得我这个年纪还不找男朋友就是有问题，所以这事儿都成她的心病了，但凡遇到和这有关的事她就不怎么淡定，你千万别往心里去。”

李牧遥回头看向她：“那你为什么不找男朋友？”

老板你关注的重点是不是有点儿偏？

池渺渺尴尬地笑了笑：“要遇到个自己喜欢的也不容易。”

李牧遥随手从书架上抽下一本书翻了两页，然后似乎很随意地又问：

“那你喜欢什么样的人？”

他竟然会浪费他宝贵的时间关注她喜欢什么样的人？！这事儿怎么看都有点儿不对劲儿！

池渺渺很快想到一种可能，他不会是担心她喜欢他吧？

不知道为什么池渺渺发现自己有点儿心虚，可能是爱美之心人皆有之，尤其是当她发现他并非外人看着那么难以靠近后。

可是很显然，现在不是犯花痴的时候，当务之急是要消除李牧遥的焦虑情绪，不然一不小心就会失业，那她这段时间的努力都白费了。

然而这种事一不小心就会越描越黑，还好池渺渺反应快，很快想到一个答案，可以让他彻底放心。

池渺渺回答：“我喜欢喜欢我的人。”

“喜欢你的人就可以？”

“那倒不是，不过这是个前提。我在这方面比较㞞，如果对方表现出不喜欢我，那我肯定也不会强求什么；如果对方表现出对我的喜欢或者欣赏，那再谈下一步。”

李牧遥没再作声。

池渺渺松了口气，看样子他暂时不会再误会她对他有什么想法了。

该聊的都聊完了，李牧遥将手上的书放回原处：“我今天来，其实是想向阿姨解释一下昨晚的事情，没想到会搞成这样。”

池渺渺只好再三保证道：“你放心，这事我一定会处理好的。”

李牧遥不置可否地点点头，正打算离开时，门外忽然传来池母的声音。

“小李你先坐一会儿，阿姨切水果给你吃啊！”

池渺渺尴尬地笑笑：“吃完水果再走吧。”

李牧遥只好再等一会儿，于是两个人相顾无言，氛围说不上地诡异。

不过池渺渺发现李牧遥大概是没见过这么穷酸简陋的卧室，对她房间里的摆设好像很感兴趣。等她妈准备水果的时间，他一会儿看看这，一会儿看看那。池渺渺则是随便拿了本书假装翻看，但注意力始终没有离开过李牧遥。

池渺渺很快注意到，从刚才起，李牧遥就总是往天花板上看。

她不由得也看向天花板，忽然发现一个有点儿严重的问题。

因为今天天气有点儿阴沉，光线不好，所以她一起床就开着灯，此时吊灯中竟然有一个灯泡坏掉了。

这种事对于一般人来说没什么，但对于李牧遥这个重度强迫症患者来说肯定是不能忍受的。

“其实我今天正打算换呢，但是还没来得及，那个……反正现在也闲着，要不我现在换吧。”

灯泡确实有现成的，小阳台外就是梯子。

生怕李牧遥再多看两眼就犯病了，池渺渺一刻不停地关了电闸，又把梯子搬出来。

李牧遥似乎很意外：“这种事情你自己做？万一摔下来怎么办？”

“放心吧，这种事我经常做，绝对安全！”

说话间她已经架好梯子爬了上去，动作利索地换好了灯泡。

池渺渺满意地拍了拍手，正打算爬下梯子，脚上的拖鞋忽然打滑，她整个人瞬间失去重心朝后倒去。

完了，完了，她家这瓷砖地板可结实得很，这下她不摔成个植物人也得摔成个脑震荡了！都怪李牧遥这乌鸦嘴，好的不灵坏的灵！

然而下一瞬，她感到自己撞进了一个坚硬的胸膛，头晕目眩之际，重物落地的声音响起，伴随而来的还有一声压抑的闷哼。

忽然房门被人从外面推开，袁莉莉女士端着水果拼盘进门的一刹那，看到的就是两个年轻人滚倒在地，自己的女儿头埋在李牧遥身上，听到声音后仓皇地回头，而李牧遥一副很隐忍难耐的神情，看向她时眼中闪过一丝尴尬无措之色。

两个人这是要补上昨晚没做的事情吗？

袁莉莉女士虽然不满两个孩子这么迫不及待不分场合地这么做，但谁让姑娘是自己养大的，而且她自认不是不开明的家长，于是放下果盘默默退了出去。

房门再一次被关上，池渺渺不由自主地松了口气。她摸了摸脑袋，庆幸竟然没事，脚踝却痛得要命。

“你能从我身上起来吗？”

池渺渺吓了一跳，这才意识到自己正趴在李牧遥身上。

她连忙往旁边挪了挪，但一动脚踝就疼得厉害。

“嘶……”

李牧遥坐起身看向她的脚："你受伤了？"

池渺渺连忙摆手说没事，同时试图站起身证明自己真的没事，但稍微一动，脚踝就钻心般疼。

李牧遥见状二话不说将她打横抱起。她吓了一跳，不由自主地抓住他的肩膀。

而就在她触到他的一刹那，她分明看到他微微蹙了一下眉，起身的动作也随之一滞："你受伤了？"

李牧遥没有回答她，将她放在床上，轻轻抬起她的脚。

就这么短短几分钟，她的脚踝已经肿得老高。

他站起身，神色不明地看向她："这就是你说的绝对安全？"

池渺渺忍着疼露出一个心虚的笑容："今天是个意外。"

李牧遥明显不认同地冷笑一声，一言不发地开门走了出去。

本以为李牧遥生气了，直到听到他向她妈要冰，池渺渺才放下心来。

想到刚才她触到他的肩膀时他的反应，她回头看了一眼硬邦邦的地板，又看了看立在旁边的梯子。不难想象，在她掉下来的一瞬间，是他忽然冲过来接住了她，让她不至于受更严重的伤。

而且，他这个重度洁癖患者竟然会让他的高定衬衫触到她家的地板，还让她这吃过饭还没来得及洗的手在身上摸了两把。池渺渺有点儿感动，伴随着感动而来的一种说不清道不明的情绪，好像马上就要随着她过快的心跳破土而出了。

卧室门外再度传来脚步声，池渺渺连忙按住胸口不让自己多想。

进来的是拿着冰袋的李牧遥，还有一起跟着来看情况的她老妈。

池渺渺哪儿敢让李牧遥给她冰敷，连忙接过袋子自己动手。

李牧遥问道："还是不能动吗？"

池渺渺勉强尝试了一下，脚踝处立刻就传来强烈的痛感。

"一动就疼。"

"应该是骨折了。"

袁莉莉一听这话也有点儿着急："怎么回事？"

怎么两个人亲热一下女儿就给亲骨折了呢？

池渺渺安抚她妈："没事，就是扭了一下。"

李牧遥提议："准备一下，去医院吧。"

袁莉莉此时也顾不上他们刚才到底在房间里干了什么，连忙附和:“对，对，对，听小李的没错，还是去医院看看放心。”

池渺渺转身找手机：“那我先叫车……”

李牧遥打断她的话：“我开车来的。”

池渺渺不解地问道：“所以呢？”

袁莉莉女士没好气地数落她：“你这孩子伤的是脚还是脑子？小李开车来的,那你直接坐小李的车去医院不就好了？哎,我赶紧去收拾一下吧！”

自己老妈离开后，池渺渺看向李牧遥：“老板你的车不是不带外人吗？”

李牧遥顿了顿说：“一般情况是的，但这次是例外。”

最后池渺渺也没去追究为什么今天是例外，费了好半天口舌才说服自己老妈没让她跟着去添乱，和李牧遥一起去了医院。

预想中会让人抓狂的排队候诊的情况并没出现，因为李牧遥直接带她去了一家人很少但看着就很贵的私立医院，拍片、打石膏一气呵成。

但她并没有因为享受到了这么便捷的服务感到满意，反而战战兢兢地问身后推着轮椅的人。

“老板，今天的费用我能分期付款吗？”

身后的人没有立刻回话，就当她以为他会拒绝的时候，却听他说：“工伤，公司报销。”

什么？是她听错了吗？这怎么也和工伤扯不上关系啊！

李牧遥解释道：“如果不是我看那灯不顺眼你也不会去换灯泡，你不去换灯泡就不会受伤，所以你至少是因为我受的伤。”

这么说也是。

池渺渺松了口气：“那就好，那就好。老板你人真好。”

李牧遥又说：“不过你别想因为这件事请假。”

池渺渺很想收回刚才自己一时轻率说出的话。

“可是，我坐着轮椅怎么上班？”

她家那小区下楼就是一大难事，更别说她要以一己之力把自己弄上出租车甚至公交车了。

生平第一次，她深刻地体会到了“残障人士”的生活不易。

“鉴于你的情况特殊，打车费公司可以报销。”

“这么占公司的便宜怎么好意思呢？”

“所以你好意思刚转正就骗病假？”

“不是，老板，我是真的病了啊……”

说话间，他已经推着她重新回到了她家楼道门前。

望着没有电梯的筒子楼，李牧遥停下了脚步：“你住这地方确实不太方便。”

池渺渺疯狂点头表示认同，有点儿庆幸让李牧遥送她回来，不然他这种不食人间疾苦的资本家怕是永远也体会不了小老百姓——尤其是“残疾”后的小老百姓的生活艰辛情况。

她本以为他的下一句话就是准她一个月的病假，谁知他却说：“那看来只能给你换个住处了。”

池渺渺吓了一跳：“换哪儿？”

李牧遥淡定地回答：“我家。”

“不是……”她宁可每天匍匐着上下楼也不愿意住他家啊！

李牧遥继续说道：“你不用太激动，也就是看在你因我受伤的分儿上让你暂住。不过，你在我家住就要守我家的规矩。”

“太叨扰了吧。”

她可不想守他家的规矩啊！

李牧遥对她的拒绝充耳不闻，直接推着她往他们刚刚停车的方向返回。

池渺渺有点儿急了：“可我妈还在家等着呢！”

李牧遥顿了顿说：“一会儿我会在电话里跟她解释清楚。”

“那我什么东西都还没带呢！”

“需要什么直接买新的吧。”

“又不麻烦，买新的多浪费呀？！”

“我嫌麻烦，我报销。”

池渺渺见他已经打定了主意，而且自己家这老小区的设施对她这种腿脚不好的人确实不太友好，所以她就不再坚持了。

原来李牧遥家距离池渺渺家只有几公里，难怪他们当初会在同一家便利店遇上。

但虽然只隔着几公里，李牧遥所住的小区和池渺渺家简直就是两个世界。池渺渺住的是爸妈的单位分的老房子，房子很旧但胜在地理位置极佳。李牧遥住的差不多是距离 CBD 最近的顶级楼盘，池渺渺早就听说过，不少明星就住在这个小区，所以小区的安保措施非常好。

从车子驶入小区的那一刻，池渺渺就体会到了有钱人和普通老百姓的差别，这小区连保安的穿着都和一般小区的不一样，见李牧遥的车子驶入，保安恭敬地行礼问李先生好。

小区很大，人却不多，前面草坪上有两个孩子在玩，池渺渺一眼就认出那是某著名歌手家的双胞胎。

车子很快进入地下车库，小区里虽然看着人不多，地下车库里的车却不少，而且都是豪车，简直跟开车展似的。李牧遥的车绝对算是其中非常低调的了。

池渺渺还在研究车窗外的车，忽然发现他们的车子已经停了下来，李牧遥下了车直奔后备厢拿出她的轮椅。

池渺渺连忙解安全带，刚一解开，身边的车门就被人拉开，在她还没反应过来的时候，李牧遥已经探身进来，等她回过神来的时候，自己又已经坐在了轮椅上。

她不是第一次被他抱，但之前几次的场面都比较混乱，她也顾不上考虑其他，现在再忽然被李牧遥这么抱着，就觉得有点儿不自在。

刚才就在他忽然俯身过来时，他的耳朵距离她的嘴好像只有几厘米，她甚至能看清他鬓角细碎的短发，还能闻到独属于他的像山间清泉般清冽的淡淡香味。

池渺渺忽然有点儿为即将开始的这段“同居”生活担忧了。

电梯很快停了下来，是二层。相对一层，二层没那么潮湿，私密性更好，楼层不高甚至无须坐电梯，这很适合李牧遥。

电梯门打开后，二层只有唯一的一户。

开了门李牧遥没再理池渺渺，她只好自己挪动轮椅跟进去。

李牧遥介绍道：“我在这里住的时间不多，但这里每层都有个管家，他会安排人来家里做饭以及打扫卫生。我方便的时候，可以勉为其难地让你搭顺风车；我不在的时候，你可以让我的私人司机接送你上下班。”

池渺渺早就注意到了，李牧遥大部分时间喜欢自己开车，开的就是那辆揽胜。但偶尔也会有专门的司机接送他，而那司机开的是一辆宾利。

池渺渺自认不配，连忙说："你不在的时候，我自己叫车也很方便，用不着麻烦别人。"

这一次李牧遥没再坚持。

"总之我不在的时候你有什么需要可以给管家或者司机打电话，他们也住在附近，随叫随到。"

池渺渺不得不再一次感慨，有钱人的世界绝对是自己那有限的想象力想象不出的。

"好的。"池渺渺想动一动轮椅，但看着比她家盘子还干净的地板，又有点儿犹豫了。

还好李牧遥早有准备，不知从哪儿又推出一辆轮椅："在家里用这辆，出去用你现在这辆，不要把地板搞脏。"

"明白，明白！"

池渺渺很自觉地将自己挪到了新轮椅上，发现这辆轮椅更轻便灵活，很好操控。

"老板，你家怎么还有轮椅？"

"刚让管家送来的。还有沙发上那些东西，你自己的东西被送来前，你先用这些吧。"

"好的，谢谢老板。"池渺渺感慨有钱人的管家办事效率就是高。

李牧遥又说道："客卧有三间，一会儿你自己随便选一间吧。餐厅还有个门，出去可以搭乘另外一部电梯下楼，不过我建议你别从那边走，找不回来没人去接你。"

"好的，好的。"

自打进了门，池渺渺所有的挣扎、忐忑情绪都被好奇心所取代，她还从来没见过这么大的房子。

眼前差不多八九十平方米的客厅，有一整面的落地窗。

池渺渺很想去窗前看看，但刚一动轮椅又想起李牧遥这人事多，不确定地问他："我可以去那边看看吗？"

"先等一下。"说着，李牧遥转身进了旁边一个房间，池渺渺离得有些远，但依稀能从敞开的房门看到房间里的情形。那像是一间书房，李牧遥坐在电脑前，不知道在写什么东西。

不久后，打印机工作的声音响起，他从里面抽出几页打印好的纸走向池渺渺。

“这是什么？”池渺渺怔怔地接过那两张纸。

“住在这里，你需要遵守的规矩。”

池渺渺直接翻到最后一页，顿时傻眼了，竟然有七十八条之多！

她这究竟是借宿，还是坐牢？

似乎是见她没什么反应，他微微挑眉：“有问题吗？”

池渺渺心如死灰：“没问题。”

李牧遥满意地点了点头：“那你自便吧，我一会儿还有个视频会议，晚上想吃什么你就给管家打电话。”

池渺渺连忙说：“好的，好的，老板你去忙吧。”

李牧遥一走，池渺渺连忙拿起手上那《条约》看起来——

不得带人回家，不得饲养宠物，未经允许不得进他的卧室和书房，说话声音不得超过六十分贝，她的个人物品（包括但不限于包和衣服）不得出现在公共区域，冰箱里不得出现开过封的食物，不得随意变动房间里的摆设（包括但不限于沙发上的抱枕、餐桌上的花瓶），所有的东西用过之后须立刻放回原位，停留过的公共区域（包括但不限于地板和玻璃窗）要立刻打扫……

看完这些，池渺渺刚进门时那点儿没见过世面的小雀跃心情顿时荡然无存了。

她一点儿也不想参观有钱人的家了，只想赶快找到一个属于她的房间洗个澡睡一觉。

李牧遥开完会时天已经彻底黑了。他起身走出书房，黑漆漆的客厅中除了满室寂寥的星光，就属走廊深处某扇门背后透出的橘红色灯光最为醒目。

他这才意识到，今天晚上这里除了他还有另一个人。

这种感觉怎么说呢？好像也不错。

他不自觉地扬起嘴角，转身进了卧室。

第二天一早，李牧遥和池渺渺吃了顿“简单”的早饭就出了门。

池渺渺这人有点儿认床，昨晚睡得并不好，今天起得又比平时早，以至一上车就有点儿犯困。

不知过了多久，她正昏昏欲睡的时候，车子忽然停了下来。

池渺渺看了一眼窗外，这里离失恋博物馆足足还有一站地呢，车子怎么就停这里了？

见李牧遥下车去拿轮椅，她心里有种不好的预感。

片刻后，副驾驶位的车门被他从外面打开，他微微偏头：“下车。”

可能是发现她虽然动作慢，但还是有行动能力的，所以今天他并没有抱她上下车。

池渺渺疑惑地问道：“这还没到吧？”

李牧遥回答道：“不远了。”

对腿脚健全的人来说这距离的确是不远了，但是对她这个“残障人士”还真不好说。

她猜测他让她提前下车的原因是担心他们一起上下班被其他人误会。

她说道：“不是……老板，你要是担心被其他同事误会，我可以解释啊，就说你是顺路让我搭车。”

李牧遥不为所动：“大部分时候解释未必有用。而且，你如果不担心未来做出什么成绩都被人说是靠旁门左道换来的，你就去解释吧。”

池渺渺沉默了，她这点儿脑容量，如果不是经别人提醒，她完全考虑不到这一点。

说着他抬手看了一眼时间，似乎有点儿不耐烦地说道：“以你轮椅的最快速度从这里到公司大概需要二十分钟，距离正式的上班时间还有二十四分钟。”

池渺渺闻言什么也不说了，气愤又“身残志坚”地下了车，操控着轮椅朝失恋博物馆的方向驶去。

池渺渺紧赶慢赶总算在最后一刻打上卡保住了自己的全勤奖。

她刚进门，迎面就遇上了财务部的程宝宝。

“哟，渺渺你这是怎么了？”

她这一嗓子立刻引来了其他同事的关注，大家看到坐着轮椅的池渺渺都来嘘寒问暖。

池渺渺笑着解释：“周末在家里换灯泡，不小心从梯子上摔了下来。”

其他人都关注池渺渺伤得重不重，只有程宝宝的关注点总是和别人不太一样。

“这种事怎么能你自己干呢？这种重活儿、累活儿、有危险的活儿肯定要让男朋友干啊，我们女孩子在下面指挥一下就好了，你看摔着了吧？”

池渺渺想到当时在下面淡定地看她换灯泡的李牧遥，心情有点儿一言难尽。

她尴尬地笑了笑说：“也不是很复杂的事情，我当时就是没当心。”

程宝宝还在喋喋不休：“所以还是要尽早找个男朋友，大事小事都有男朋友去做，你也不用一不小心就受伤了。”

虽然程宝宝以前也是三句不离找男朋友的事情，但池渺渺总觉得对方今天的话和以往不同，不过她跟对方并没什么共同语言，于是打着哈哈应付道：“我这不是也没出什么大事吗？受了点小伤而已，放心放心，一个月后又是一条好汉。”

其他人也七嘴八舌地表示了几句关心，又都各忙各的去了。

众人散开，池渺渺才看到楼梯上那个挺拔的身影。

他正站在一间员工办公室前和一个人说这话，像是在交代什么工作，说话时目光似是无意间扫向池渺渺这边。

池渺渺抓紧机会露出一个讨好的笑容，努力刷着存在感，试图让对方知道就算他毫无人性地把她这个“残障人士”丢在了半路上，但她还是赶在上班前到了公司。

“我扶你上去吧。”身边忽然传来一个清朗的男声。

池渺渺这才注意到别人都走了，刘焕还没走。

经他这么一提醒，池渺渺也开始犯愁，她的办公室虽然就在二楼，但她这腿脚确实不方便，何况还有轮椅，那就少不了要麻烦其他人了。

难得刘焕这么有眼力见儿，她就没拒绝：“那太谢谢了，不过你不用管我，帮我把轮椅拿上去就行。”

刘焕却还是来扶她：“没事，你和你的轮椅一个个来。”

两个人一点儿都不熟悉的时候，池渺渺觉得刘焕跟他的老板一样不苟言笑特别无趣；两个人熟了点以后，她就发现他也跟他们这个年龄的其他年轻人一样，喜欢开玩笑。

池渺渺朝他嘿嘿一笑：“大恩不言谢了。”

刘焕随意地说道：“小事。不过你忽然受伤，暖萌该担心了吧。”

池渺渺随口回了一句：“她还不知道呢。”

刘焕顿了顿，问：“你怎么没跟她说？怕她担心啊？”

“那倒不是。”池渺渺边说边朝楼梯上看了一眼，李牧遥还在楼梯口站着，似乎还没交代完工作。

她说：“就是还没顾上呢。”

刘焕“哦”了一声：“她也不主动关心你一下，太不够意思了。”

“谁说不是呢？！”

“那她最近是不是很忙啊？”

到了这一刻，池渺渺总算明白过来了，刘焕对她这么热心确实可能有一部分是出于对同事的关爱，但很明显更多的是冲着暖萌来的。

可惜他还不知道暖萌和秦亮已经复合了，而她也不知道暖萌这一次能不能真的下定决心再和秦亮分手。

如果没这些事，她真觉得刘焕不错，除了年龄比暖萌小点儿，真没什么不好的地方了，尤其人确实长得帅。

想到这里，她就想抬起头再看一眼帅哥的侧颜。

“听说是挺忙的。”她边说边抬头，这一抬头却看到楼梯上方的人不知道什么时候已经安排完了工作，正看着搀扶着往楼上走的他们二人。

说不上为什么，池渺渺忽然就有点儿心虚：“老……老板早。”

刘焕就比她淡定多了，听到她叫人，也抬起头来叫了声“李总”，然后似乎又意识到该解释一下当下的情况，于是说：“渺渺脚踝骨折了，上楼挺不方便的。”

李牧遥没有理会刘焕，而是看向池渺渺：“馆内后面的货梯全天开放，你上下楼可以搭乘那部电梯，残障人士卫生间虽然使用率不高，但每天也有人打扫，相信你很快就能适应。你能带病来上班固然是好事，但还是尽量不要给其他同事添麻烦。”

听听，这是人说的话吗？

果然资本家没有好东西！

但池渺渺还能说什么？她连忙说：“好的，好的，谢谢老板。”

李牧遥又看向刘焕：“看来你在这里适应得不错，之前的工作量对你来说不太饱满，我会考虑重新调整一下你的工作。”

刘焕彻底傻眼了。他干什么了？老板哪里看出他工作量不饱满了？

但他也不敢说什么，愁眉苦脸地应了下来。

刘焕将池渺渺和她的轮椅都送到了她的工位上后才离开。

他一离开，韩夏立刻凑了上来。

刚才楼下那帮嘘寒问暖的人里没有韩夏，大概她刚才在忙别的事没注意。这会儿她看到池渺渺隔了个周末就变成这样也不免好奇关心了一下，当然重点还是八卦。

“刘助理够殷勤的呀！我一没留神，你们都熟到这个程度了啊！”

池渺渺打断她的话：“打住，咱别瞎联想成吗？人家就是出于人道主义关怀对我这个‘残障人士’施以援手，怎么让你解读起来就变味儿了？”

韩夏说：“那平时怎么没见他对别人这么好？对你还是不一样啊！”

池渺渺也知道刘焕对她和对别人有点儿不一样，但也清楚那只是因为暖萌。不过真没看出来，刘焕会喜欢暖萌那种类型的人，这不是找虐吗？

她摇了摇头，对韩夏说：“反正不是你想的那样。”

“现在不是，谁知道以后是不是呢？！其实要我说，李总固然好，但太不食人间烟火了，相处未必舒服，不如刘助理年轻帅气还接地气儿。”

池渺渺无语：“这又和别人有什么关系？再说，我现在也不想谈恋爱。”

池渺渺一直觉得感情这种事还是要顺其自然，虽然算不上多积极，但也不消极。可是最近暖萌和秦亮的事情确实有点儿影响她了。

韩夏说：“年纪轻轻的竟然不想谈恋爱！现在可是连宝宝都找到男朋友了，咱们办公室里还单着的就剩下你一个了。”

这倒是让池渺渺很意外，难怪刚才她觉得程宝宝说的话有点儿奇怪，虽然还是三句话离不开找男朋友这事，但不像以前一开口就好大的怨气，话里话外一副幸福小女人的口吻。

“上个月她不是还在抱怨没男朋友嘛，这也太快了吧！对了，谁介绍的呀？”

韩夏神神秘秘地八卦起来：“不是别人介绍的，听说是网上认识的，两个人不知怎么就对上话了，随便聊了几句发现彼此特别投缘，然后就见面了，见面没多久就在一起了。宝宝现在可甜蜜呢，成天文峰长文峰短的，三句话不离她男朋友。”

池渺渺问：“这网上认识的人靠谱吗？”

韩夏有点儿迟疑地说：“靠谱吧。宝宝也不傻，据说专门去邻市考察过文峰的情况，确实就像他自己说的那样，他在国企工作，挺稳定、挺靠谱的。”

“去邻市？还是异地恋啊？”

“对啊，你没发现她这段时间经常提前下班吗？就是为了赶城际高铁去看男朋友。”

“工作日还要往返两个城市，这也太辛苦了吧。”

“就工作日才辛苦，周末她不用去，那男的不加班的话会来看她，大概一个月来一次，跟‘大姨妈’似的。”

韩夏自觉很幽默，说完还哈哈笑了几声，但池渺渺的第六感觉得这里面好像有点儿问题。

韩夏笑完后接着说：“对了，我听说她上个月都在邻市买房子了。”

池渺渺意外：“结婚用的房子吗？这进展也太快了吧。”

韩夏高深莫测地撇撇嘴：“当然不是了，还没到那一步，是文峰劝她买的，据说他们家文峰有内部消息，说邻市有个区的房价会大幅上涨，反正早晚都要买，早买还便宜。”

这方面池渺渺就不太懂了，但料想他们两个人关系肯定很好了，不然这么大的事程宝宝也不可能听文峰的，看来缘分来了真是挡也挡不住。

快下班的时候，池渺渺收到了李牧遥的微信：“来我的办公室。”

自从她不再兼任他的助理后，一般情况下他不会专门叫她去办公室，也不知道今天会是什么事。

结果李牧遥只是简单了解了一下她负责的几项工作的进度，但了解完之后没有立刻让她走。

池渺渺就只好忐忑地等着，而李牧遥正在看一份文件，像是已经忘记了她的存在。

她故意咳嗽了一声，他这才抬头扫了她一眼，说的话却没头没脑的。

“看不出来，你人缘不错。”

“什么？”

李牧遥低头继续看文件：“不是有人抢着替你鞍前马后吗？”

她仔细想了想，今天对她这个“残障人士”施以援手的好像有好几个同事，但被李牧遥看到的就只有刘焕。

原来他还记着早上的事情。不过，她怎么听着这不像好话呢？

她笑了笑："'鞍前马后'倒也不至于，就是刘助理为人比较热心，如果是其他同事有困难他应该也会主动帮忙吧。"

听她这么说，李牧遥抬起头来："你最好是这么想的。"

池渺渺有点儿摸不清头绪："什么意思啊？"

李牧遥说道："意思是你用不着自作多情，你不是他喜欢的类型。我之所以会专门提醒你，是怕你忘了公司禁止办公室恋情的事，免得到时候你们因为私事耽误工作。"

心里知道是一回事，但被人这么直接说出来池渺渺还是有点儿不爽。

他不打击人是不是就不会好好说话了？

趁他不注意，她偷偷撇了撇嘴："知道了。"

李牧遥继续工作，"晚上我有事，你自己叫车回家吧。"

池渺渺简直求之不得。

说实话池渺渺还是无法一下子适应两个人共处一个屋檐下的生活状态，虽然他家很大，不刻意为之两个人完全见不到面，但她考虑到他就在离她不远的地方，还是会局促、会别扭，所以昨天连洗个澡都不能尽兴。

今天他无法早回家可太好了，她就可以趁他没回去之前把自己收拾好关进房间。

她问李牧遥："老板你大概什么时候能下班回家呀？"

"十点左右吧，你问这个干什么？"

"没，就是希望你早点儿回去，你家太大了，我一个人不太适应。"

李牧遥扫她一眼，没接她这话，挥了挥手示意她可以出去了。

KUANG 15 RE

守我家的规矩

晚上，池渺渺顺利回到了李牧遥家，想着昨天没来得及好好参观一下，今天正好他不在家，她便大着胆子四处看了看，不为别的就为了今天晚上起夜上卫生间时别再走错门。

昨天她搬进来时虽然已经有过心理准备，但今天再一看，还是不得不感慨贫穷限制了自己的想象力，而且听说这只是他的众多房产中的一套。

以前她没少写霸道总裁，但现在想想，她文里出现的那些有钱人，其实过的最多只算得上是中产的生活。

这么说来这一次腿伤得不亏，至少她有机会近距离观察有钱人的生活，为以后创作搜集素材。

据池渺渺粗略估计，这套房子三百平方米左右，一中一西两个厨房，一间餐厅，两间客厅，五个房间，三间客卧，另外两间房间的其中一间是李牧遥的卧室，还有一间是李牧遥的书房，考虑到那七十八条家规，池渺渺没敢进去参观。

另外有三个卫生间，一个在客厅旁边，一个应该在李牧遥的房间内，还有一个就是三间客卧对面，她平时用的是这间。

了解清楚了李牧遥家的布局，她就打算舒舒服服地洗个澡。

她在按摩浴缸里放好了水，然后找出昨天用过的塑料膜把受伤的那只腿缠了起来，最后把自己塞进了浴缸的热水里，只留那条腿搭在浴缸外面。

入水那一瞬间，池渺渺都忍不住舒服地长叹了一声。

李牧遥回到家时，天色刚刚暗了下来，池渺渺的外用轮椅停在玄关处，她换下来的鞋也整整齐齐地摆在鞋架上。

但无论是客厅，还是餐厅里都没有人，只有最里面的卫生间亮着灯。

他走向自己的房间，照旧先换了衣服洗了个澡。等他再从房间里出来时，还和之前他回来时没什么两样，看样子某人刚才没有出来过。

他从冰箱中拿出一瓶矿泉水拧开盖子喝了几口，顿时觉得有点儿饿了。

忙了一下午，这会儿还没来得及吃晚饭，他正想打电话给管家，忽然被他随意丢在中岛台上的手机振动了起来。

他扫了一眼来电人，是池渺渺。

他往里面亮着灯的卫生间看了一眼，迟疑着接起了电话。

大概是热水泡太久了，再加上没吃晚饭，池渺渺有点儿低血糖，所以刚出浴缸的时候险些滑倒，所幸人没事，但被她脱下来丢在浴缸旁边的衣服悉数被她不小心弄进了浴缸里。

她这才发现，自己根本没带换洗衣服进来，一条宽大的浴巾倒是能勉强把她的上下风光都遮挡住，但一旦她坐到轮椅上，浴巾太短的弊端就显露无遗了。

还好自己的房间就在对面，李牧遥又不在家，不然她真是糗大了。

正当她好不容易将自己遮严实打算从浴室出去时，忽然听到门外似乎有动静，难道是李牧遥回来了？可惜又因为隔得太远她听不清楚。

她想了想，幸好她是带着手机进来的，干脆直接问问他好了。

电话接通，池渺渺的声音从听筒里传了出来。

“老板，在忙吗？我没打扰你吧？”

“什么事？”

“没什么事，就是关心一下你下班了没有。”

李牧遥又扫了一眼走廊尽头那扇透出橘红色灯光的门：“下班了。”

电话里那边的人立刻紧张起来：“是吗？那你在路上还是已经到家了？”

李牧遥皱眉想了想，难道她在卫生间里出什么事了？

这么想着的时候，他已经朝她所在的方向走了过去。

池渺渺半天没等到李牧遥回答，正怀疑是不是卫生间里信号不好时，卫生间的门就被人敲响了。

她吓了一跳，缓了缓才对着门外问了一句："谁啊？"

"是我。"声音从手机听筒里和门口同时传来。

"出什么事了？"李牧遥挂断电话问她。

池渺渺尴尬极了："没事，没事，就是关心你一下。"

"躲在卫生间里关心我？"

池渺渺一时语塞。

李牧遥不耐烦地问："到底出什么事了？"

池渺渺低头看了一眼自己，知道这种情况下除非自己能在这里熬到他回房间睡觉，不然还真没机会出去。

想到这些，她索性深吸一口气，怯怯地说："那个……其实是我洗完澡才发现，我忘带换洗衣服了，你能帮我拿一下吗？"

李牧遥松了口气，没好气地问道："放哪儿了？"

池渺渺答道："就放在我的房间的床上。谢谢，谢谢……"

李牧遥依稀记得池渺渺选了最里面的一间房间。

他走进去，打开房间内的灯，房间内的陈设一览无余。

其实这几间客房他平时几乎不会过来，要不是池渺渺给他这次机会，他大概已经忘记自己家还有这样一个房间了。

墨绿色为主色装潢，新巴洛克风格的家居装饰……原来她喜欢这种风格……

不过很显然，她没有真要长住下去的打算——他一眼望去，房间里属于她的东西，除了那个他刚让人从她家带来的行李箱，就是床上的一摞衣服。

那摞衣服被叠得整整齐齐地摆在床边，应该就是她洗澡时忘记带进去的换洗衣物。

李牧遥走过去，正打算去拿那些衣服，结果最上面的一件东西吸引了他的注意力。

那是很薄的一件蕾丝质地的衣物，酒红色，他之所以不敢确定那是什么，是因为它只是被很随意地团在一起，放在那堆衣服上面完全看不出它本身的形状。

李牧遥盯着那东西看了片刻，再联系她现在的情况，忽然就猜到这是什么了。

可是就这么小的一团布料，用料未免太节省了，而且他粗略一看，几乎全是蕾丝，没有一块能真正遮挡什么的布料。

为了确认一下，他从旁边的桌子上的笔筒中抽出一支笔，小心翼翼地挑起那东西，抖开一看，竟然还真的是条内裤……

池渺渺在浴室里等了好半天也没见李牧遥回来，心想他不会是找错房间了吧？

池渺渺正想打个电话告诉他一下自己的房间是哪个，浴室门再度被人敲响了。

池渺渺连忙低下头整理自己身上的浴巾，确定该遮挡的地方都被遮住了，这才悄悄将门打开一条缝隙。

她探头从门缝看出去，李牧遥正站在门外，却没有往里面看的意思。

还是她小声叫了声“老板”，他才很嫌弃地将视线移向她的方向，但是并没有看她。

她伸了条胳膊出去，还没等她说下一句话，就感到眼前一黑，视线被一样东西兜头遮住了。

“哎，什么情况啊？”池渺渺本能地去扯罩在脸上的东西，扯下来后，门外早已没了人。

她低头再看手里的东西，根本不是她放在床上的那些衣服，而是一件连标签都没来得及撕掉的男式浴袍。

找不着也不知道问一下，找错房间也不是她的错，他发什么脾气啊？！

池渺渺小声嘀咕了一句，但总归有衣服穿比没衣服穿强。

半小时后，池渺渺整理好自己从房间里出来，还没到厨房，就隐约闻到点儿类似于烤肉的香味。

洗澡真的很消耗体力，此时的她早已饥肠辘辘了。

然而等她赶到厨房的时候，正看到李牧遥将盘子和刀叉丢到洗碗机里。

很显然这房子里没来过其他人，如果是阿姨来做的饭，肯定不可能这么快就做好了，所以刚才在这里做饭的只能是李牧遥本人。

“老板，想不到你还会做饭。”池渺渺讨好地说道。

李牧遥面无表情地应了一句：“煎个牛排而已。”

“要煎得恰到好处，也是门手艺。”池渺渺嗅了嗅空气，“闻着还挺香的。”

“还可以吧。”说完李牧遥从冰箱里拿出一瓶矿泉水，一边拧开盖子，一边走向书房。

几句再寻常不过的对话，自始至终，李牧遥连一个眼神都没分给过她。

她望着他紧闭起来的书房门一阵无语，不就让他帮忙找了回衣服吗？他竟然气到现在！至于吗？

池渺渺正暗自嘀咕着，肚子又咕咕叫了几声，她这才想起正事，连忙去看煎锅，里面干干净净，什么都没留下。

不会吧，他就给他自己煎了一块牛排啊？

她坐在轮椅上，也不方便自己做饭，现在再叫厨子上门，等吃上晚饭也不知道几点了。

池渺渺从冰箱里拿出个苹果，看来今晚只能被迫减肥了。

李牧遥坐在沙发上看书，手里的书却始终只停留在最初翻开的那一页上。

他不由自主地仔细听着门外的动静，其实房子隔音效果很好，他不太听得到什么，只能听到门外有人活动，不一会儿门外就没了声音，李牧遥缓缓松了口气。然而下一秒他猛然发现，自己刚才竟然在……紧张吗？

这天晚上，李牧遥没有睡好，又做了梦，梦里不停地重复两个画面——那条内裤以及女孩纤细光滑的小臂。

因为没睡好，第二天他整个人的状态就不好。

早起洗漱时，他看到镜子里一脸疲惫神色的自己觉得不可思议，一条手臂而已，怎么就能扰得他这样心神不宁呢？一定是他的病情又有了新的变化！

想到这里，他就迫不及待地打开了笔记本给他的心理医生威尔森发邮件，简单描述了自己的情况。

他说：“你这一次不能再忽视我的问题了，虽然我在中国，但我们的医患关系还没有解除！”

义正词严地发完这封邮件，李牧遥重新回到卫生间刷牙，但注意力始终停留在笔记本电脑上。

一直到他离开家门上了车，威尔森那家伙总算回邮件了。

威尔森：“你就只是经常梦到她？”

李牧遥想了想，想到池渺渺摔倒在他身上时的情形，想到他被迫抱了她几次，还有她时不时在他身上抓一把时他的反应……

其实他早就注意到了自己对池渺渺表现出的不同之处，只是以前他总觉得事出有因。

想到这里，他迅速回复威尔森："我似乎并不抗拒她的触碰。"

这一次威尔森回复得很快："那真是天大的好消息，治疗这种心理疾病就是一个努力脱敏的过程，你要在这个过程中不断去突破自己的极限，难得有让你不太抗拒的人，所以我建议你尽可能制造和她亲密接触的机会，这样绝对有利于你的病情恢复。"

池渺渺坐上车子好半天也不见李牧遥发动。其实从吃早饭时，她就注意到了，他似乎在等什么人的消息，完全是心不在焉的状态。而现在，他应该是等到那人的消息了，竟然就迫不及待地聊上了。

对方是什么人？男的女的？

池渺渺突然好奇起来……

明明只是在说病情，可不知道为什么，看到"亲密接触"几个字时，李牧遥就莫名地心虚了起来。

他不由得去看身边的人，一回头发现某人正抻着脖子往他的手机上看呢。

池渺渺也没料到李牧遥会突然看向她，吓了一跳，连忙缩回脖子，若无其事地看向窗外。

李牧遥不紧不慢地收起手机发动车子，直到车子出了地下车库，状似不经意地问道："看得懂吗？"

池渺渺愣了一下才知道他在跟自己说话："什么？"

"英文好吗？"

其实池渺渺刚才已经看到，李牧遥是在编辑一封英文邮件，虽然没看清内容，也没看清发给谁的，但很明显谈恋爱的交流方式不可能是邮件，更别说是用英文，那就只能是工作方面的事了。

果然，让他的老板这么上心的只能是工作。

认清了这一点，池渺渺顿时失去了兴趣，也就很快忘记了刚才那一茬。

她坦诚地回答："大学时马马虎虎能及格，大学毕业后没什么机会用也就……"

说到一半她忽然意识到自己好像过于坦诚了，连忙补救道："其实也没那么差，不过我记得咱们公司招人时对英语没有要求吧？”

确定她没看见他和威尔森刚才的对话内容，他暗自松了口气，心情也跟着轻松起来。

“确实，术业有专攻，我们只需要一个能把中文运用好的员工。”

池渺渺也很满意地点了点头：“那我没问题的。”

……

接下来的这段日子，两个人相处得倒还算愉快，唯独让李牧遥感到困扰的是，他不知道如何再给自己创造“治病”的机会。

萧易再次打电话跟他沟通工作后，他忽然意识到，这事或许可以向萧易求助。不过他一直在心里对自己强调，他和萧易可不一样，那家伙纯属为了玩乐，他是为了治病。

萧易听到他的问题时的第一反应就是问：“是谁？那个池渺渺吗？”

李牧遥再次强调：“我只是发现我对她并不抗拒，但不代表她有什么特殊的地方。”

萧易暗自想着，被别人碰一根手指头都恨不得要浑身消毒的某人，却能忍受这个池渺渺的搂搂抱抱，还说她没什么特殊的地方？

他却顺着李牧遥的话头说：“我觉得也是，可能你对熟悉的人会降低防备，熟悉的人又不可能不知道你的臭毛病，像她那种不怕死的人也实属不多。”

李牧遥听萧易这么说，心情好了不少：“所以威尔森建议我和她多‘接触’，但他只是从替我治病的角度说的，可实际情况是我和她是老板和员工的关系，我没有理由也不应该这么做。”

萧易说道：“那就让这一切变得理所应当。”

“什么意思？”

“你问问她，愿不愿意做你的女朋友，你李牧遥一出手，还有搞不定女人的吗？”

李牧遥没好气地说道：“我在跟你说正经事。”

萧易给他分析：“我也是认真的啊，我比那什么威尔森靠谱多了吧。你看看他，只会提要求，‘制造亲密接触的机会’，怎么制造？也多亏你还知道来问问我，你要是就听他的，随便‘制造’，治不治得好病咱先不说，人家姑娘也读过书混过社会，不以职场性骚扰的丑闻敲诈你一笔，都对不起你李牧遥几十亿的身家。”

听着萧易这番话李牧遥只觉得额角不停突突地跳着。

“我当然不会那么做，不管她会不会敲诈我，但你说的办法也绝对不可能！”

“为什么？”

为什么？就因为他李牧遥不需要靠欺骗来换取任何东西。而且，感情又不是儿戏，做他的女朋友的人定然是与他真心相爱的那个人，他怎么能为了治病随便就找个女朋友呢？

“不为什么，反正不行。算了，你当我没问吧。”

“哎，哎，哎，等等！”在李牧遥挂电话的前一秒，萧易叫住他，“我刚才又想了想，觉得这样确实挺委屈你的，搞不好这恋爱谈着谈着就谈婚论嫁了，回头结了婚，可能治好了病，但是感情这东西可没那么好培养，到时候再闹离婚，她直接分走你几十亿资产，你不乐意也正常。”

李牧遥有点儿不耐烦：“我不是说这个……”

萧易嘿嘿一笑：“兄弟我绝对不能让你吃这种亏！我看这样吧，你什么都不需要做，只需要在她接触你的时候，你别表现出抗拒的样子就行。正常人在一起工作和生活肯定都会有些接触嘛，你到时候只要表现得泰然自若，让她从此以后不用再刻意照顾你的病情避着你，这不就有接触的机会了吗？”

李牧遥想了想说：“可以试试。”

萧易赶紧说道：“这个时候你再来看看威尔森的话才不觉得那么猥琐。”

李牧遥不解地皱了皱眉。

萧易接着说：“他不是让你创造机会吗？那你就给池渺渺创造那种能接触你的机会。她怎么样才能接触你？当然是把她放在你身边啊！这次你让她住在你家就是个不错的决定。你就找个理由，让她继续住在你家，你们一起吃吃饭、喝喝酒，一旦放松下来，人与人之间的距离自然就被拉近了。”

说到后面，萧易为了营造气氛，还刻意压低了声音。

李牧遥却一点儿没有被感染，还是用没什么情绪的语气回复他：“如果我是她，听到你的这段话，有九成的概率选择报警，一成的可能性会给你一巴掌。”

萧易无语，真是白浪费感情了。

货梯在失恋博物馆的北边，比较偏僻，旁边是库房，一般情况下没人会过来，也就是这段时间池渺渺来得比较频繁。

今天网约车到得有点儿晚，池渺渺几乎等到所有人都离开办公室了才收拾东西打算下班。没想到路过库房时，她竟然听到里面隐约传来哭声。

不会是货架倒了砸到什么人了吧？而且她总觉得那哭声挺熟悉的。

池渺渺驱着轮椅往里走了走，还是那个声音，带着哭腔质问道：“你心里到底有没有我？不然我们约好的事情你怎么总忘？……总是加班，加班，你那么爱加班还谈什么恋爱？分手算了！”

愤懑地说完这些话，那人又呜呜咽咽地哭了起来。

到了这时候，池渺渺已经听出前面的人是谁了。撞破这种事情怪尴尬的，池渺渺立刻止步，打算原路返回，但想退出去时，车轮轧到了堆在地下的塑料泡沫，还是惊动了里面的人。

“谁？”

说话间程宝宝已经走了出来，两个人视线对上，池渺渺有点儿尴尬：“我来拿个东西，没注意到库房里有人。”

程宝宝冷哼一声：“你都听到了？”

池渺渺不敢说是也不敢说不是，而且这时候直接走好像也不合适。

她斟酌了一下说：“我刚进来。怎么了，你和男朋友吵架了？”

这话像是触到了什么开关，刚刚稳定了情绪的程宝宝又有崩溃的趋势。

池渺渺吓了一跳，连忙安抚她：“好了，好了，哪有情侣不吵架的？你今晚睡一觉，明天又好了。”

这话应该是程宝宝爱听的，她的情绪果然好了很多。

她问池渺渺：“你着急回家吗？”

着急啊，她叫的网约车已经快到了，但她不能这么说，只能勉为其难地说：“还好……”

程宝宝看着她的样子叹了口气，过来推着她往库房外走：“你都这样了，也没人接送你上下班吗？”

“其实只要不爬楼梯，也没什么不方便的。”

“你还挺坚强的，不过这种感觉我懂。”

“什么感觉？骨折的感觉吗？”

身后传来一声轻笑，看样子程宝宝的心情好了不少，池渺渺不由得松了口气。

程宝宝回答道：“就是单身的感觉。平时我也不觉得怎么样，大不了就是寂寞一点儿，逛街找不到伴，出去吃饭也没办法点太多菜，但是一旦生病，事情就没那么简单了。我记得我有一次生病，病得头晕脑涨一点儿力气都没有，而且什么都不想吃，就想喝汤，附近能送到的外卖又没有，所以就只能一边熬着病，一边挨着饿。我当时真担心啊，怕自己死在家里都没人发现……”

听了程宝宝的这样一番话，池渺渺忽然就理解这人为什么表现得那么恨嫁了。随着自己的年龄越来越大，原本的小姐妹也都嫁了人，留给朋友的时间自然不会太多。

这方面池渺渺其实很能对她的无奈感同身受，尤其是池渺渺常年宅在家圈子又小，这几年还保持常联系的闺密又是个“海王”，三天两头换男人，大部分时间不是在和男人约会就是在去和男人约会的路上。

可是池渺渺从来没有像程宝宝这么悲观过，或许是因为她知道，只要她需要，哪怕暖萌正和男神打得火热，也会因为她的一个电话立刻跑来找她。

但这话不能说，她说了就是往程宝宝的伤口上撒盐。

池渺渺说：“我觉得还好，可能就是缘分没到吧，该来的时候就来了，就像你一样。”

程宝宝似乎被安慰到了，有点儿欣慰，但可能又想到刚才两个人大吵了一架，她的表情又有点儿怅惘。

“谁知道呢？搞不好明天我们就分手了。”

池渺渺安慰她：“不会的，谁家情侣不吵架啊，小打小闹是常有的事。”

程宝宝委屈巴巴地说：“他连我的生日都忘了！上个星期他说今天要来陪我过生日的，我当时就客气了一下，说他忙就算了，他说到时候再看。我心里当然是希望他来的，他又没说肯定不来，所以我从一早就开始等他了，结果他今天一句祝福都没有。我本来以为他是在给我准备惊喜，可刚才我实在按捺不住打了个电话过去，才知道他不仅根本没打算来，甚至连今天是我的生日这事都忘了。”

这确实有点儿让人无语了，但是池渺渺毕竟只是个外人，现在听的也是程宝宝的一面之词，不能不负责任地煽风点火，而且当务之急还是安抚好程宝宝。

“可能他就是忙忘了呢？要不你想想他的好。”

程宝宝想了想说：“算了，今天他可能是真的忙吧，仔细想想，除了今天这事，他其实对我还挺好的。他平时有事没事总找我，也经常关心我工作开不开心，是不是按时吃饭了，有时候感觉他比我妈还细致……”

池渺渺不得不感慨，恋爱中的人真的可以把对方的一个随意举动，甚至是一个眼神都解读出千万种柔情来。很显然程宝宝就是个中翘楚，比起追究她男朋友为什么忘了她的生日这件事，她对于细数他的好似乎更感兴趣。

她拉着池渺渺足足又聊了快半个小时，把他们从认识到现在的点点滴滴的事都讲了一遍，直到网约车司机打第三遍电话来催促池渺渺的时候，程宝宝才意犹未尽地结束了话题。

分享隐私绝对是拉近彼此的距离最好的手段，没有之一。

虽然程宝宝在此之前还不太看得惯池渺渺，但经过这一番畅聊之后，两个人立刻好得像亲姐妹一样。

程宝宝亲亲热热地将池渺渺送下了楼。虽然早就想走了，但临上车前，池渺渺还是有点儿不忍心地问：“那你生日一个人过没问题吗？要不要我陪你一起吃饭？”

程宝宝说：“不用了，你刚才说得对，两个人在一起就要彼此迁就，既然他比我忙，那我就迁就他好了。我打算明天请个假，一会儿直接搭城际高铁去找他，给他一个惊喜。”

“啊？那你会不会太辛苦了？”

“这有什么辛苦的？行了，行了，已经耽误你这么久了，你快走吧。”

池渺渺还想劝劝程宝宝，原谅对方可以，但也没必要把姿态放得这么低，但看程宝宝已经在看车票了，又悻悻地闭了嘴，坐上了出租车。

在李牧遥家住了小半个月，池渺渺发现李牧遥很少有正常时间下班的时候，周末也有这样那样的工作，所以大部分时间只有池渺渺一个人在家。

她从一开始的局促不安慢慢地放松下来。

今天的晚饭是管家安排的厨师煮的打卤面，她一边吃，一边捧着笔记本构思小说情节。

最近她有点儿卡文，因为按照大纲她该让傲娇奇葩上司男配角凄惨地领盒饭走人了，可是剧情好像不受她控制，男配角的人性光辉得到了展现，她渐渐爱上了这个人物，就不舍得给他安排原来的结局了。

更让她郁闷的是，读者竟然格外记仇，对男配角后来的转变不为所动，在评论区大力讨伐，要求她给他个痛快。

池渺渺正愁眉苦脸，也就没注意到李牧遥什么时候进来的。

还是阿姨先看到李牧遥，问了声“李先生好”。

池渺渺吓了一跳，一回头发现李牧遥已经在她身后了。

她连忙手忙脚乱地合上笔记本，一脸堆笑地和李牧遥打招呼：“老板，你今天回来得真早。”

李牧遥瞥了一眼她的笔记本，从冰箱里拿出一瓶矿泉水，随口问道：“写什么呢？”

“没什么。对了，你吃饭了吗？没吃的话一起吃碗面吧。”

李牧遥看着她问：“你每天就吃这个？”

池渺渺浑然不觉晚上吃打卤面有什么不对：“对啊，张师傅做的面可好吃呢！”

厨师听了李牧遥的话却没她那么淡定，连忙说：“池小姐晚上吃得不多，打卤面是她点名要吃的。您看您想吃点什么？我现在给您做。”

李牧遥似乎思索了一下，勉为其难地说道：“那我也随便吃碗面吧。”说完他便走向了自己的房间。

拜李牧遥所赐，池渺渺终于见识到了某些人的“随便吃碗面”有多“随便”。

原本池渺渺还觉得拥有西红柿鸡蛋和红烧肉两种卤的打卤面已经够奢侈了，但是看看沾了李牧遥的光的这碗打卤面就知道自己是多没见过世面。

原来的香菇丁换成了鲍鱼丁，鸡蛋换成了龙虾肉和帝王蟹腿肉，炸酱也不是普通的炸酱，变成了黑鱼子酱。

这样一碗“平平无奇”的打卤面，饶是挑剔如李牧遥，在吃了一口以后也说：“还可以，难怪你爱吃。”

池渺渺郁闷了，她之前吃的打卤面真的就是普通的打卤面而已。

李牧遥习惯了食不言寝不语，但池渺渺总觉得两个人这么一句话不说气氛很尴尬。

她想起今天程宝宝的事，就特想听听李牧遥站在男人的立场会怎么评价这件事，但未经程宝宝的允许，也不方便说得太直白。

“老板，我有个朋友，在感情上遇到点儿问题。”

李牧遥冷冷地扫了她一眼：“不感兴趣。”

池渺渺连忙解释：“这次真不是要麻烦你，咱们这不是在闲聊吗？我就想起了我朋友的事。”

李牧遥哂笑：“你的朋友还真多。”

“嘿嘿，我人缘好嘛。”

她把今天程宝宝对她说的事，简单地转述给了李牧遥，然后征询他的看法：“老板，从男人的角度看，你觉得我朋友的男朋友是真的爱她吗？”

李牧遥用关爱智障的眼神看了一眼池渺渺：“看来真是物以类聚人以群分，这样的问题也要问我？我看你那些感情进展不顺的朋友遭遇的一切事都有她们自身的原因。”

池渺渺迟疑地看着李牧遥：“什么意思呀？”

她怎么听着不像好话？

李牧遥放下筷子，用餐巾擦了擦嘴角说：“就刚才你说的这些事，我看对方选择了你这朋友，未必真的就是多么喜欢她，或许只是因为她是他的众多选择中‘最合适’的一个。”

“他不喜欢怎么会觉得合适？”

李牧遥嗤笑了一声：“举个例子，就像有些女生明明喜欢跟她年纪相仿、兴趣爱好相仿、更年轻更有活力的同龄人，却可以为了日后生活轻松点儿，选择一个大她十几岁、身材已经开始发福但事业小有成就的男人。这很难理解吗？”

“一个人完全不喜欢另一个人也可以和对方在一起吗？”

李牧遥扫了她一眼没有回答她的问题，因为这答案大家心知肚明。

池渺渺想到文峰怂恿程宝宝在邻市买房一事不禁感慨道：“没想到现在的男人也这么势利眼。”

李牧遥哂笑：“这种事为什么要分男女？再说男人选择伴侣，看脸比看钱高明多少呢？只是有个规律，人往往自己越缺少什么，就会越看重对方有没有这东西。”

池渺渺一想确实也是，人现实一点儿没有错，而且这种事情说到底是双向选择，只要当事人觉得合适别人就没什么好说的。

再抬眼看对面的男人，她忽然有点儿好奇：“老板，那你选女朋友比较看重什么？”

李牧遥没有立刻回话，目光却先在她的身上扫了一眼，这让她的心跳不由得加快。

她脑子里突然冒出个念头，或许因为他什么都有，那么别人看重的美貌、才华他未必在意，而女生除了这两点最重要的应该就是性格了，性格可爱她倒是勉强沾点儿边。

“不看重什么，毕竟我什么都不缺。”

果然……池渺渺腼腆地笑了笑：“老板你这么说太容易让人误会了。”

李牧遥面无表情地说：“我劝你少看点儿那种没脑子的言情小说，王子之所以会看上灰姑娘归根结底还是因为她长得好看，还是个贵族。”

池渺渺的笑容不由得僵在了脸上。

李牧遥好像没看见，还不忘给她最后一击：“务实也是一种美德，你把眼光放低点儿，说不准还有希望把自己嫁出去。”

这天没法聊了……

池渺渺只好把话题绕回程宝宝身上：“不过我看我那朋友的男朋友对她还挺关心的，据说他经常关心她工作顺利不顺利，有没有按时吃饭，每天在一起的人都做不到这一点，别说异地了，我觉得他对我朋友也还是有感情的吧。”

李牧遥脸上又出现了那种看傻子一样的表情：“两个人本来就不在一起，如果连这些都不聊，还能说什么？”

他像是听到了什么不可思议的事情：“原来真的有人会在意这些毫无成本的‘付出’。”

“可是他们都谈婚论嫁了，男人要下定决心跟一个女人过一辈子，也不是件容易的事吧。”

李牧遥不以为然地说：“谁说谈婚论嫁就是真的要结婚了？就算在他们相处的过程中一方给了另一方某些承诺，但这也不能说明什么，毕竟你也不知道这话他对几个人说过。承诺谁不会？未必真的会兑现。每年年初时对我拍胸脯承诺要如何如何的公司高管不在少数，最后有几个人真的做到了？”

池渺渺受教地点了点头，很狗腿地竖了个大拇指：“这种事果然还是要问专业人士。”

李牧遥嗤笑：“这需要什么专业知识？这只是常识，难道不是正常人都该知道的吗？”

聊天就聊天，他干什么总是进行人身攻击呢？

第二天程宝宝没来上班，第三天程宝宝也没来上班。池渺渺只当她是和男朋友重归于好乐不思蜀了，也就没多想。第四天，程宝宝来上班了，状态却很低迷。

中午时大家都出去吃午饭了，只有池渺渺行动不便等着韩夏回来投喂她。然而路过茶水间时，她发现程宝宝也没出去，正在里面吃泡面。

池渺渺进去替自己拿了瓶矿泉水，全程程宝宝都没有回头，池渺渺只当她没听见有人来了，随口问了一句：“怎么没出去吃？”

程宝宝回过头来，这可把池渺渺吓了一跳，原来她在哭。

池渺渺连忙递了几张纸巾过去：“怎么了？”

程宝宝像是总算见到了救星，也再无顾忌，号啕大哭起来。

后来从程宝宝断断续续的描述中，池渺渺大致听明白了事情的来龙去脉。

程宝宝在邻市买的是套二手房，因为她自己总是不在那里，所以房子的钥匙有一套就放在了文峰那里。那地方离文峰的单位很近，她知道他每次加班晚了就会去那里住。

她生日那天赶去邻市却一直联系不到文峰，猜测他或许很忙，不然也不会忘了他的生日，但虽然努力安慰着自己，可心里还是会忍不住失落。

心灰意懒之际她只能先回自己的那套房子里。但她怎么也想不到，当她打开家门时，看到的却是文峰正和另一个女孩在床上纠缠的情景。

原来他真的很“忙”……

她当时脑子里一片混乱，甚至忘了生气和难过，以至那女孩子什么时候走的她都不知道。

后来房子里只剩下他们两个人的时候，文峰的态度格外地温和。

他向她解释说那是他大学学妹，刚失恋了到邻市旅游散心，找他出去吃饭，正好程宝宝说要和他分手，他也很郁闷。两个郁闷的人在一起就多喝了几杯酒，后来发生的事情就不受控制了。

池渺渺听完整件事有点儿生气："这是喝了多少还会不受控制？！"

她就事论事地说："我跟你说你可别再被他骗了，男人要是真喝多了，那方面应该是不行的。"

"我也知道……"程宝宝说，"我知道不该原谅他，可他说他们没感情，根本不可能在一起，我也舍不得他……"

池渺渺恨铁不成钢地又劝了几句，可是程宝宝表面上认可她的说法，但话里话外都在为文峰找借口。池渺渺知道自己说什么也没用，不过真替程宝宝不值。

看出程宝宝还是放不下文峰，池渺渺只能祈祷文峰这一次真的只是偶然事件，虽然知道这种可能性很小。

她想了想说："就算要原谅，那你也不能这么轻易地原谅他。"

程宝宝立刻说："那肯定的。"

"这样吧，我有个闺密正好是邻市人，邻市不大，说不准就有共同认识的朋友，我让她去打听一下，看看有没有人认识文峰，从侧面了解一下他的为人。如果这次就是一场意外，那咱可以再给他一个机会，万一他就是这种脚踏两条船的人，那你到时候可别心软。"

程宝宝用力地点了点头，然后很认真对池渺渺说："谢谢你，渺渺。"

池渺渺叹了口气，说实话也不知道自己这么做是对是错。

池渺渺口中的闺密就是暖萌，暖萌还真的不负所托，她认识的人多，稍微一打听就发现有个中学同学竟然是文峰的同事。

对方很好奇暖萌怎么突然打听起文峰这个人，暖萌很含蓄地说是因为认识他女朋友，两个人最近在闹分手，但又下不了决心，所以想让她侧面打听一下文峰这个人怎么样。

老同学想了想说："文峰这人虽然算不上多帅，看着也不像那种家里很有钱的人，但就我的了解，我感觉他还挺老实腼腆的。这年头男人个个满肚子算计，他还真算是另类了，结婚的话，应该是个好对象。而且我听说他和你朋友已经订婚了，都走到这一步了也不容易，如果不是什么大事的话，劝你朋友好好和他谈谈吧。”

听了老同学的话，她很吃惊：“订婚？什么时候的事？我朋友从来没提过。”

对方也觉得意外：“你不知道吗？这事假不了，文峰他们部门的人都知道他订婚了，双方家长走动也很多，同事平时开玩笑打趣他，他也从来没反驳过。”

暖萌对程宝宝的事情略有耳闻，知道以程宝宝的性格，如果她真和文峰订婚了绝对不可能这么低调，所有人都不知道。而且据暖萌所知，程宝宝的父母好像并不是很支持女儿找个邻市的人，双方父母经常走动更说不上了。

“那你们见过他那个未婚妻吗？”暖萌问。

“我远远看见过一次，栗色齐耳短发，皮肤挺白的，挺可爱的……那不是你朋友吗？你怎么这么问？”

“按照你的描述，这确实是我朋友，可是他们并没有订婚啊，难不成……”

暖萌没有说下去，对方似乎也意识到发生了什么事，识趣地闭了嘴，气氛一时间有点儿尴尬。

暖萌在失恋博物馆见过程宝宝，知道老同学描述的人就是程宝宝，但和文峰订婚的人又不可能是她，所以事情好像远没有她们想的那么简单。

那天被程宝宝捉奸在床的女人，在程宝宝出现后就灰溜溜地走人了，很显然她很清楚自己插足了别人的感情，那么她一定不是和文峰订婚的人。

所以说，这个“老实腼腆”的文峰除了程宝宝和那天被捉奸在床的女生外，还有另一个已经订婚的女朋友？

这就让池渺渺有点儿为难了，这个情况她该不该如实告诉程宝宝呢？

“嘀”的一声，身后的监视器响了，她回头看，李牧遥已经出现在防盗门外了。

她像是见到了救星，连忙迎向门口。

李牧遥一进门就看到坐着轮椅的她，不由得愣了愣：“你在这里干什么？”

池渺渺回答：“迎接你回家呀！”

她殷勤备至，又是帮他拿拖鞋，又是替他倒水。

看着她忙进忙出，李牧遥不动声色地说道：“说吧，又有什么事？”

“果然什么事都瞒不过老板你。”

池渺渺把暖萌了解到的情况转述给了李牧遥。

池渺渺说：“我就是纠结，要不要直接把这些信息告诉我那个朋友，毕竟现在一切还都只是猜测。”

“你想求证？那直接问问当事人就好了。”

“当然不行，这样一来对方肯定会抵赖，搞不好还会倒打一耙怪我朋友找人查他。”

“看来你也不傻。”

又来了…… 这人不阴阳怪气好像就不会说话。

“这都是老板领导得好。”

李牧遥不屑地轻嗤：“那你为什么还要管这种闲事啊？！”

她挠了挠后脑勺：“她是我朋友啊。”

“是吗？”

池渺渺被他一看，有点儿心虚，坦白地说：“真是朋友，不过是关系一般的朋友，甚至以前还有点儿小矛盾。但比起这次的事，以前那些都是内部的矛盾了，这次不一样，揭露‘渣男’的真面目人人有责。”

李牧遥不置可否地哂笑：“看不出你还挺讲义气。”

池渺渺笑了笑：“还行吧，不过要怎么确认不是我们搞错了呢？”

李牧遥端起杯子喝了口水说：“林婉都能从茫茫人海中把萧易的相亲对象的社交账号找出来，如果你说的那男的确实有个未婚妻，也不会一点儿痕迹都没有吧。”

池渺渺如醍醐灌顶，还不忘拍李牧遥的马屁：“老板你真厉害，不光是投资，任何时候都独具慧眼料事如神！”

她边说边立刻行动起来，先联系程宝宝要来文峰的社交账号。

可能是女朋友太多，怕引来不必要的麻烦，文峰的社交账号基本没有什么动态。如果不是他的账号近期内有个点赞，按照他几年只发过两条微博的频率看，别人都要觉得这大概是个僵尸号了。

不过这既然不是真的僵尸号，就必然有他的活动痕迹。

他关注了三百二十一个人，当然其中也有程宝宝，池渺渺在剩下的这三百二十个人里最后锁定了一个女生。

那个女生虽然发微博比文峰勤点儿，但也没有发过露脸的照片，但从一些博文中可以看出她不是单身。最终让池渺渺猜测她或许是文峰的未婚妻的是，她多次在一些营销号的微博评论下提到过文峰，两个人甚至还有互动。这个只要一搜文峰的微博名就能搜出来。

池渺渺看那女生的资料，女生该是文峰的大学同学，不过看所在城市，那女孩现在不在邻市。

池渺渺把查到的结果都告诉了程宝宝："这些都是推测，也没有直接的证据证明她是文峰的未婚妻，我觉得最直接的办法就是问问她。"

电话里的程宝宝沉默了片刻说："我考虑一下吧。"

第二天程宝宝又没来上班，电话也打不通，第三天她总算出现了，不过整个人的状态似乎比前几天更差了。

池渺渺一问之后才知道，程宝宝后来还是联系了那个女生，而且那女生立刻就买了第二天的车票来北城和程宝宝见了一面。

其实男朋友出轨不会一点儿蛛丝马迹都没有，只是在于当事人愿不愿意去求证而已。

当所有的忐忑不安和猜测都变成现实摆在眼前后，两个女生都崩溃了。

程宝宝在茶水间里毫无形象地号啕大哭："你说我长得也不好看，他既然不缺女朋友，图我什么呢？"

池渺渺想起李牧遥的话，心里已经有了答案，或许只是因为她的条件最适合结婚吧。

但这话池渺渺不知道要怎么和程宝宝说。

很快，关于程宝宝热恋没多久又失恋的事情就在失恋博物馆里传开了，有人从程宝宝在茶水间里号啕的那几句话中分析出了事情的来龙去脉。

说来唏嘘，但谁也不觉得意外，似乎这种事情天天都在上演，能一下子遇到一个两情相悦一心一意的人倒成了件可遇而不可求的事。

或许是被伤透了心，这一次程宝宝下定决心要和过去一刀两断，以前所未有的速度将她在邻市买的房子挂到中介去卖，同时拉黑了文峰所有的联系方式。

说实话，这一点让了解程宝宝的所有人都很意外。毕竟当初恨嫁如她，面对男人的事情总缺乏点儿理智，想不到这一次竟然会这么果决。

就当所有人都以为这事已经过去了的时候，文峰竟然找到失恋博物馆来了。

那天下午，文峰应该是买票进来的，然后就堂而皇之地直接找到了办公室来。

程宝宝一见他，整个人就气炸了，没好气地将他拉出了办公室。

这一举动显然引起了大家的好奇心。

韩夏凑到池渺渺身边问："这就是文峰啊？这人长得也不怎么样嘛，是怎么做到同时有好几个女朋友的。"

池渺渺撇了撇嘴："大概够贱就行。"

门外隐约传来程宝宝质问文峰的声音："你来干什么？"

文峰似乎很无奈："电话打不通，微信也被拉黑了，我不来怎么找你？"

程宝宝没好气地说道："想必该说的你女朋友都跟你说了吧，我们之间没什么好说的。"

文峰没皮没脸地说道："你才是我女朋友啊。"

韩夏惊叹："这人还真是够贱。怎么办，我们要不要去帮一帮宝宝？"

池渺渺早就看那个文峰不顺眼了，当即和韩夏一拍即合："一会儿他要是不肯走你就叫保安上来。"

韩夏问："你呢？"

池渺渺回答道："我当然是发挥我的长项，帮宝宝怼'渣男'去。"

很快，围观的人越来越多，但一方面程宝宝平时在失恋博物馆里人缘确实不怎么样，另一方面大家不了解情况，都不敢贸然出来管闲事，所以最后只有池渺渺出现在了程宝宝身边。

她一出现，程宝宝好像突然就找到了主心骨，态度也更坚决了。

文峰注意到了程宝宝的变化，不由得多看了池渺渺几眼，最后冷冷地丢下一句"这事没完"才心不甘情不愿地离开了。

文峰一走，远处围观的人也就散了，等没人注意她们的时候，程宝宝脸上也没了刚才面对文峰时的那种决绝之色。

她问池渺渺："我该怎么办，我从来没想过他会找过来。"

池渺渺安慰他："他也有工作，不可能一直留在这里，他再来找你几次得不到想要的结果，自然就会回去了。"

程宝宝点了点头："我没想到他能找到这里来，也不知道惊动李总没。"

池渺渺安慰她："你们也就是在走廊里吵了几句，应该不至于让他知道。"

可是说曹操曹操就到，两个人从茶水间里出来时，正好遇到了迎面走来的李牧遥。

程宝宝有点儿尴尬地问了声好，李牧遥和平常没什么两样，微微点了点头，却对池渺渺说："你来一下我的办公室。"

池渺渺猜测文峰来馆里闹的事李牧遥应该是已经知道了，安抚地看了程宝宝一眼，忐忑地跟着李牧遥回了他的办公室。

一进门，李牧遥开门见山地问："你说的那个朋友就是程宝宝？"

池渺渺连忙替程宝宝解释："这事儿跟宝宝没关系，那男的是买票自己上来的，谁也没料到他会这样。"

李牧遥扫了她一眼："我又没说什么，你急什么？"

池渺渺摸了摸鼻尖讪笑道："这不是急着跟你汇报情况嘛。"

李牧遥轻嗤一声，没揭穿她，淡淡地吩咐道："跟保卫那边说一下，最近多留心，不要放闲杂人等上来。另外，最好让程宝宝换个地方住，平时上下班都要留意自身安全。还有你……"

他没好气地看了她一眼："也别不当回事。"

原来老板只是担心她们，完全没有责怪的意思。

池渺渺笑嘻嘻地说："这些话我会转达给宝宝的。至于我，我能有什么事啊？我一个'残障人士'，对他一点儿威胁都没有。"

李牧遥没接她的话，隐约觉得文峰那种人不会那么好打发，但也许是自己想多了，于是挥了挥手，示意池渺渺可以出去了。

程宝宝听了池渺渺的提醒暂时住到了她的亲戚家，后来文峰还真去她家找过她，可惜没找到，就只能每天来失恋博物馆守着了。

"宝宝，我看了馆里展示的那些东西，还有那些故事，很受触动，难道我们真的要跟他们一样吗？

"宝宝，你能不能给我一次机会让我好好解释？

"程宝宝，你以为你是谁？我请着假住着酒店来找你，就为了跟你说几句话，你就这个态度？

"我劝你别太清高，咱俩分了，我还真不信你能找个比我更好的男人，但凡你行情好点儿，你也不至于那么上赶着了。"

文峰几乎每天都会来，售票处得了上面的指示，不再卖票给文峰，保卫部门的人见到他就高度戒备，生怕他闯进去。

文峰只能站在楼下对着失恋博物馆的大门喊话，且话越说越难听。

每次他来的时候，程宝宝就坐在楼上哭。

她对池渺渺说："我不想来上班了，太丢人了。"

池渺渺安慰她："大家都知道，这不是你的错。再说你不来上班，他还有办法找到你的亲戚家，到时候更麻烦。"

程宝宝下决心地说道："要不我再好好跟他谈谈，好聚好散也别闹得太难看。"

池渺渺觉得不妥："他那样哪里像是肯好好谈的？我看最后的结果要么你跟他复合，要么他搞不好会臭不要脸地提什么分手费之类的要求。我们实在不行还是报警吧。"

程宝宝连忙阻止："千万别，我不想把事情闹大。"

池渺渺叮嘱她："那你也别去搭理他。"

程宝宝点了点头。

KUANG 16 RE

你以为你是谁

第二天一早，当池渺渺顶着大太阳，操控着轮椅赶到失恋博物馆时，失恋博物馆门口已经闹成了一团。

原来是文峰趁着保安一个没留神，冲进了失恋博物馆里，一边录视频，一边威胁谁敢动他他就把视频发到网上，而他的要求只是见一下程宝宝。

程宝宝无奈，只好出来跟他说话。

此时还没到上班时间，馆里人并不多，提前到的还都是女同事。

文峰说这里说话不方便，要带程宝宝出去说，程宝宝死活不肯，有两个女同事也出来帮腔，也有保安挡在中间，但碍于他在拍视频，谁也不敢真和他起冲突。

池渺渺赶到时撞上的就是这一幕场景。

程宝宝明显被吓傻了，直到看到池渺渺出现，才像是找到了救命稻草一般躲到了池渺渺的轮椅后面。

池渺渺安抚地拍了拍程宝宝的手背，对文峰说："她不会跟你走的。"

文峰已经彻底失去了耐心："怎么又是你？别人的家务事跟你有什么关系？！"

池渺渺才不怕他："你们已经分手了，哪里来的家务事？你再这样我们只能报警了！"

文峰彻底被这句话激怒了，走上前说："你以为我会怕？不过在你报警前，我可以让你尝尝管闲事的后果！"

说着他一脚踹开池渺渺的轮椅就去抓程宝宝。

周围几个人见他去拉程宝宝，第一反应都是去护住程宝宝，却没人注意到池渺渺的旁边有个小小的台阶。被文峰这么一踹，她的轮椅重心一偏就快要歪到地上了。

眼见自己就要和地板来个亲密接触了，池渺渺内心哀号还真是流年不利，这一次不知道又要伤到哪儿。

然而下一秒她感到轮椅被人一把扶住，然后还没等她反应过来是怎么一回事的时候，一个身影就已经从她眼前闪过，正撒泼耍赖的文峰瞬间被人一拳打倒在地。

原本还混乱不堪的场面一下子安静了下来。

文峰龇牙咧嘴地摸了一下嘴角，发现手指上竟然有血迹，立刻大喊大叫："打人了，打人了啊！还有没有王法？！我要报警！！！"

说着他又拿起手机打算把李牧遥的样子拍下来，李牧遥完全没搭理他，对旁边的保安说："替他报警。"

老板都出手了，保安们也不再客气，两三个人上来迅速将闹事的文峰拉了出去。

程宝宝被刚才的变故吓坏了，小声抽噎着，另外几个女同事在一旁安慰她。

李牧遥扫了她一眼说："今天放你一天假，你回去休息吧。"

程宝宝讷讷地谢过李牧遥，在其他几个同事的陪同下离开了。

人都散了，李牧遥也没多看池渺渺一眼，拿出手机拨了个电话，似乎要找人。

电话铃声在不远处响起，他们循着声音看过去，刘焕刚走进来，正刷卡签到，一抬头看到脸色不善的李牧遥吓了一跳。

他看了一眼时间，似乎是在确定自己有没有迟到。

李牧遥丢下一句"来我的办公室"便转身往楼上走走。

刘焕二话不说连忙跟上，发现旁边还有个池渺渺，于是用眼神向她求助，似乎是希望她能给点儿什么提示。

但池渺渺的注意力根本不在刘焕身上，因为她注意到李牧遥的手背上有血，虽然极大可能不是他的血，但那微微颤抖的手已经暴露了他此刻的状态并不好。

见李牧遥脸色阴沉大步流星地走向自己的办公室，路过的众人只当老板是被气得够呛。只有池渺渺知道，他在克制，努力不让自己在公司员工面前暴露软弱无助的一面。

刘焕也察觉到了李牧遥的不对劲之处，一路沉默地跟在他身后。

李牧遥只觉得手背上被沾到血的地方像是被灼伤了一样让他难以忍受，就像周身被布下了一张无形的网，正在慢慢收紧。

直到将手放在水龙头下的那一刻，他才觉得周身的压力忽地一轻，那张网终于消失了。

他深深地吸了口气，脸上的神色随之轻松了一些。

刘焕跟在他身边几年，对他的病情略有了解。在来失恋博物馆之前，刘焕除了像其他老板的助理那样要处理一些老板布置下来的工作，更重要的就是要帮他避开一些令他不舒服的人和事。

以前李牧遥对这方面的要求近乎苛刻，刘焕要在李牧遥需要的时候随时出现，但同时要和他保持适当的距离。

不知道从什么时候起，或许就是自己从美国回来以后，他发现老板似乎没那么需要他了。他猜测是老板的病情有所好转，真心替老板高兴，也替自己高兴。

所以像今天这种情形，他不知道自己已经多久没有见过了。

他低声请示："需要给威尔森医生去个电话吗？"

李牧遥一边擦手，一边扫了他一眼。

这一眼让他松了口气的同时，心又提了起来。

老板那神色，说明他此刻身体没有问题，但那眼神又分明透露着对自己的不满。

刘焕表情讪讪的，等着老板示下。

李牧遥吩咐道："程宝宝那个前男友的事你去处理一下，以后公司方圆百米内，不许这人再出现。还有，那人刚才录了视频，你去处理一下，我不想在网上看到什么糟心的东西。"

刘焕当时虽然不在场，但听了李牧遥的指示大概能想到当时的情形，再联系李牧遥手上的血迹，不免有点儿心惊——这么说被人碰一下都要不舒服很久的老板，竟然主动和人动手了？

这也太不可思议了！

池渺渺一直观察着李牧遥的办公室的动向，见刘焕出来，立刻悄悄溜了过去。

李牧遥听到声音抬起头来，见是她，又面无表情地收回视线低头工作，好像自始至终没看到她。

池渺渺往前挪了挪轮椅，观察着他的脸色：“老板，你没事吧？”

“谁让你进来的？”他的态度很冷淡。

池渺渺装傻：“不是你让我进来的吗？”

李牧遥懒得在这种小事上跟她争辩，没好气地说道：“有事？”

池渺渺笑嘻嘻地说：“我没事，就是想来看看你有没有事。”

“那你可以出去了。”

看他没事她也就放心了，可他这是在跟她生气吗？今天闹出那种事也不是她的错啊，她甚至差点儿成为受害人呢，他要是再生她的气她可太委屈了。

她试探着问：“老板，你生气了？”

李牧遥冷笑：“你还会关心我生不生气？”

那他就是在生气没跑了。

池渺渺委屈地说道：“今天这事要怪只能怪那‘渣男’，也怪不得别人对吧？”

她的言外之意：就是你要生气就生那“渣男”的气，可别迁怒其他见义勇为的好市民。

李牧遥却冷冷一笑，看向她：“你不可气吗？”

他还真是在生她的气……

“我？我怎么了？”

“自己什么情况自己没数吗？都坐轮椅了还要凑这种热闹！”

“不是……那怎么能是凑热闹呢？当时……”

“当时周围没其他人了吗？怎么就你冲在最前面？！”

“不是……”

“不是什么？”

“这件事……”

“这件事以后你不用管了，他既然来公司闹事，那这件事就由公司来负责。”

池渺渺刚想再开口，忽然就想明白李牧遥为什么生气了。

她沉默了。

说实话，她第一次见李牧遥生这么大的气，可回过神来后，心里暖暖的，原来他是在担心她。

“知道了。”她难得乖巧地应了一句。

李牧遥见她态度忽然转变，也意识到自己刚才似乎是有点儿冲动了，重新看向面前的文件，用没什么情绪的语气解释道：“我不是为了你，只是对我的员工负责。”

不管是出于什么原因，那他也是为她好，池渺渺心里还是暖暖的。

池渺渺迟疑地说道：“其实……”

“其实什么？”他皱眉问道。

“我觉得你也好不到哪里去……”

在他充满警告意味的目光注视下，她纠结了一小会儿，但还是鼓起勇气，把他刚才说她的话原封不动地奉还回去。

“当时周围也不是没有其他人，保安都在，用得着老板你冲在最前面吗？他闹到公司来就是公司的事情了，你是公司老板但也不用你事事亲力亲为，公司的事情自然有公司的人去负责，你自己什么情况你心里没数吗？我也不是为了你，是怕公司没人管，我领不到下个月的工资了。”

池渺渺每说一句话就往门口挪一挪轮椅，说完最后一句时她也没敢去看李牧遥的脸色，迅速“逃离”了李牧遥的办公室。

看着没来得及被关上的房门，想着刚才某人的话，李牧遥几乎气笑了。

就她这样的，还奢望领下个月的工资？

不过经池渺渺这么一提醒，李牧遥也觉得自己刚才太过冲动，并不像他以往的行事风格。

他烦躁地揉了揉眉心，一定是最近的琐事太多，才让他变得这么容易烦躁冲动。

也不知道刘焕用了什么办法，“渣男”文峰没再来失恋博物馆闹过事，就连程宝宝也没再被他骚扰过。

然而当众人都以为这事就这样翻篇时，文峰竟然又出现了。

那天刚好池渺渺和程宝宝都下班比较晚，两个人就一起出了失恋博物馆。

程宝宝去搭公交车，池渺渺去路边打车，这时候忽然有一辆邻市车牌的车停在路边，从车上下来的竟然是文峰。

他的突然出现把程宝宝和池渺渺都吓了一跳。

他说想和程宝宝再谈谈，想让程宝宝上车跟他走，但程宝宝并不觉得两个人之间还有什么好谈的。两个人就拉扯了起来。

一开始文峰态度还不错，到后来就有点儿不耐烦了。池渺渺能感觉到程宝宝很害怕，不停地往自己身后躲。池渺渺虽然行动不方便，但这种时候也得护着程宝宝，不能让她被文峰带走。

文峰对程宝宝还有为数不多的耐心，但对池渺渺就全然不是那么回事了。

上一次在失恋博物馆门前就是她拦在两个人之间，而且他听说他的事情之所以会这么快被没什么心眼的程宝宝发现，也是因为她有个同事查了他，还鼓励他们分手。

当时在场的几个人，文峰一眼就看出程宝宝比较依赖池渺渺，池渺渺最有可能是那个同事。

此时一看又是这女人挡在自己和女朋友中间，他顿时没好气地说道："怎么哪儿都有你？我们两个人的事关你一个外人什么事？！我劝你趁早滚远点儿，不然别怪我跟女人动手。"

眼看着事态越来越严重，还好池渺渺留了个心眼，在文峰出现的第一时刻就给失恋博物馆保卫部的同事发了消息，他们赶过来也就是几分钟的事。

就在文峰对着池渺渺大呼小叫的时候，保卫部的人已经赶到了。

不过带着人过来的不是保卫部的主管，而是刘焕。

文峰见到刘焕，态度立刻一百八十度大转弯，连忙解释只是想回邻市前跟程宝宝道个别，好歹两个人也谈了这么久了，并没有其他意思，不过如果她觉得没必要，那就算了。

没等众人有什么反应，文峰就乖乖开车离开了。

池渺渺本来以为又是一场难以善终的闹剧，没想到就这么虎头蛇尾地结束了。

打发走了其他人，池渺渺问刘焕："我刚才只给保卫部发了信息，怎么把你也惊动了？”

刘焕说：“说什么惊动不惊动的，这件事李总本来就交给我了，没让那家伙彻底死心就是我没把事办好。刚才听到保卫部的人说他又来了，我就跟着出来看看。你们没事吧？”

两个女孩摇摇头表示没事。

刘焕对程宝宝说：“为了你自己的安全着想，我建议你这段时间还是在家休息吧，就当是给自己放个假了。反正李总说了工资照发，等你觉得状态好点儿了随时回来就行。”

程宝宝犹豫了一下说：“那我想想吧，帮我谢谢李总。”

正在此时程宝宝等的那班公交车到了，她也就没再多停留，跟池渺渺和刘焕道别上了车。

程宝宝离开后，池渺渺也打算打车离开。刘焕一扫刚才总助的干练霸气样子，想起早上在监控室看到的那段录像，心虚地瞥了一眼不远处失恋博物馆二楼的方向，又有点儿别扭地看向池渺渺。

池渺渺见状就知道他是有话要说，于是问他：“还有什么事吗？”

刘焕故作随意地说道：“没什么。哎，对了，这里打车不方便，要不我送你？”

池渺渺一听连连摆手：“没事，你先走吧，我在这里打车挺方便的，其实刚才都过去好几辆空车了。”

笑话，她现在住的地方可万万不能被公司的同事知道，当然也包括刘焕。

刘焕没再坚持，但也没有要走的意思。

“到底怎么了？”

刘焕支支吾吾地说道：“也没什么，就是想跟你打听点儿事。”

套话不是刘焕的强项，如果可以，他很想直接问问她，李牧遥对她有没有什么不同寻常的地方，毕竟作为贴身助理，如果摸不清老板的心思，以后跟在老板身边做事会很被动。

可是他跟池渺渺也没熟悉到那份儿上，就算是真有什么，万一人家不想跟他说，故意瞒着他呢？

所以这话一出口，他就后悔了。

见刘焕这欲言又止的样子，池渺渺忽然福至心灵，哈哈一笑：“你是想问暖萌的事情吧？”

刘焕愣了一下，松了口气的同时，立刻点了点头：“对，对，对，你那本书的合作谈妥之后，我们就没怎么联系了，我记得她说喜欢猫来着，正好我有个朋友家的猫下了几只英短，想问问她感不感兴趣。”

池渺渺感慨刘焕工作时雷厉风行、果断成熟，遇到感情问题竟然这么木讷，不过这也更显得他简单纯粹更在乎暖萌。

池渺渺即便不确定暖萌最后会不会和秦亮分手，但想着万一呢？说不准刘焕就是她的那个“命中注定”。

想到这些，池渺渺也就决定让这件事顺其自然。

她说：“你不是有她的联系方式吗？你直接问她不是更好吗？”

“也是啊，哈哈。”刘焕挠了挠头说，“不过上次我只留了个电话，忘了加微信了，你方便的话把她的微信推给我吧。”

“方便，这有什么不方便的。”说着池渺渺拿出手机，当即就把暖萌的微信推送给了刘焕。

两个人正说着话，忽然一辆价值一套豪宅的蓝色宾利停在了他们面前。

好几百万的车并不多见，还是在失恋博物馆附近，所以这车上坐着谁也就不难猜了。

片刻后，后排车窗缓缓降下，露出李牧遥那张棱角分明的侧脸。

刘焕顿时有点儿心虚，他的老板刚才明明还一副很忙碌的样子，怎么忽然就在这里出现了？

李牧遥今晚确实还有不少工作，但刚才在办公室时正好看到了池渺渺她们被文峰纠缠的一幕场景，还好刘焕及时带人赶到，把那臭虫一样的家伙赶走了。

他本以为事情到这里就结束了，池渺渺肯定也被吓坏了，却很快注意到，池渺渺和刘焕竟然没事人一样在路边有说有笑地聊了起来。

然后他就出现在了这里。他给自己的解释是，他在气她根本没把他的话听进去，还从来没有人敢像她一样对他这么阳奉阴违。

还有刘焕，他是他的私人助理，很多时候他就代表他，他虽然年轻，但之前他看他还算稳重聪明，最近也不知道怎么了，被他撞到好几次对馆里的年轻女同事嬉皮笑脸的，像什么话！

他扫了一眼车外的两个人问：“刚才我在办公室看到那个文峰又来了，

出什么事了吗？”

刘焕连忙凑上前去解释刚才的事情。

他听完之后点了点头，又扫了两个人一眼说：“解决了就好，上车吧，顺路送送你们。”

刘焕简直以为自己听错了，这人还是他的老板李牧遥吗?

老板这车除了司机老张和自己，绝无第三个人坐过，他竟然让池渺渺也上车，而且他绝不是那种好心让员工搭顺风车的老板。

看来自己猜得没错，李牧遥对文峰出手，别人以为是他不满文峰在馆里闹事，但是回看监控录像可以看出，李牧遥是在文峰踹了池渺渺的轮椅后才出手的。那维护之意并不像是老板对员工，更像是男人对女人。只是不知道他们进展到哪一步了，他老板自己有没有意识到这一点，池渺渺又有没有察觉到他老板对她格外不同?

他还没回过神来，老板就很不耐烦地看了一眼手表催促道：“磨蹭什么呢？”

刘焕也不敢再说什么，立刻扶着池渺渺上了车子的后排座位，然后将轮椅收起放进后备厢中，自己坐到副驾驶位上。

上了车，刘焕不由得留意着后排座位的情形——以前但凡在一个封闭空间中有个不太熟悉的人，李牧遥的脸色都会难看得吓人，不过今天就不一样了。

这还是李牧遥的车上头一次坐了这么多人，车子空间虽然很大，但后排座位上的两个人也没刻意避开彼此，中间的距离也就不到半米，而看他老板的脸色哪有半点儿不舒服的样子？他没看错的话，那面朝窗外的俊脸上甚至有那么一点点的惬意之色。

所以当司机老张问先去哪儿的时候，刘焕无比善解人意地报上了自己家的地址。

其实据他了解的是，他们最早到的应该是池渺渺家，然后是李牧遥家，最后才是他家。但是他这么说了之后，后排座位上的两个人没有任何异议，难不成两个人的感情已经发展到了心照不宣的阶段了？

这一路上，刘焕越想越后怕，难怪在池渺渺受伤后，他多跟她说了几句话就被他老板说什么工作量不饱满，或许从那个时候起，两个人之间就不太寻常了！刚才他们站在路边说话，还有说有笑的，不知道他老板看到多少，会不会误会。

刘焕暗暗告诫自己，以后就得把池渺渺当作未来老板娘对待，千万不能再像以前一样了。

一路上池渺渺都有点儿紧张，生怕露出什么蛛丝马迹被刘焕看出来。

好不容易熬到刘焕下车，池渺渺松了口气。

李牧遥的声音悠悠地从身边传来："今天没事吧？"

池渺渺愣了一下才明白他指的是文峰的事，摇了摇头说："没事，刘助理来得特别及时，文峰一看到刘助理溜得比老鼠见了猫还快。"

池渺渺怕他觉得麻烦，故意把事情说得很轻松，说完还特意没心没肺地笑了笑。

李牧遥却丝毫没被她毫不在意的口吻感染到。

他并不觉得这事会这么容易过去，状似无意地说道："我不在的时候还是让老张送你吧。"

"不用，真不用。"池渺渺连忙拒绝。

李牧遥义正词严地说道："你别想太多，我是怕公司还没怎么样，公司员工就出事，麻烦。"

最后那句"麻烦"中透着满满的不耐烦之意。

"哦。"池渺渺偷偷撇了撇嘴说，"我这不是也怕麻烦嘛，怕太麻烦张师傅。"

老张立刻说："不麻烦，李总平时也不怎么用我，我闲着也是闲着。"

池渺渺在后视镜里朝老张甜甜一笑算作回应。

李牧遥没好气地说道："早知道怕给人添麻烦下次就别什么闲事都管。"

看来这事是过不去了，池渺渺悻悻地闭着嘴不再说话。

片刻后李牧遥再度开口："我过两天要出趟差，你自己注意安全。"

池渺渺一听他要出差，立刻关切地问："去哪儿？坐飞机吗？谁陪你去？"

听到她这一连串的问题，李牧遥意味不明地抬眼看向她。对上他的视线，池渺渺这才意识到自己一个小喽啰这么盘问老板的事好像有点儿出格了。

她讪讪地摸了摸鼻子，看向窗外，没想到李牧遥沉默了片刻后竟然耐心十足地一一回答了她的问题："去趟莱港，单程一个多小时的飞行时间，刘焕陪我去。”

他什么都不说还好，或者敷衍一下也行，可他这么一五一十地回答完，就让池渺渺觉得有点儿不自在了。而且她听着他的声音，心里竟然生出一点儿陌生又奇妙的情愫，有点儿心慌，但分明又是让人欢喜的。

怕他看出什么，她立刻假装没心没肺地笑着说：“老板你放心去吧，我会照顾好自己的。哦，对了，工作也不会耽误的。”

她说得好像他多担心她似的。

李牧遥无语地轻嗤了一声，嘴角却悄悄爬上了点儿他自己都没察觉的笑意。

李牧遥虽然说过他不方便的时候让老张负责接送池渺渺，她表面上都答应着，但是那辆宾利实在太扎眼，往失恋博物馆门口一停，不出五分钟，绝对馆里所有人就都知道了。

不想被别人知道她现在住在李牧遥家，那又得和老张约其他地方见面，这么热的天，她还不如自己叫车，车子可以直接停在公司，楼下不知道多方便。

这几天事情比较多，她下班通常不算早。不过李牧遥比她更忙，通常她走的时候，他办公室的灯还亮着，晚上回家也都是在她休息之后。听说是有个海外投资的项目，因为有时差，所以他经常要在晚上加班。

这天池渺渺走的时候，李牧遥办公室的灯还是亮着的。

她从车窗外收回视线，忽然注意到不远处的停车场上停着一辆白色哈弗。这车型随处可见，只不过因为此时大多数同事已经下班，停车场上分外空旷，就显得这辆车有点儿明显。而且不止今天，这几天她似乎都见到了这辆车。

池渺渺原本没太当回事，可是出租车因红灯停下时，她又看到了那辆车。

她想到了文峰……

难不成这车是在跟踪她？池渺渺想看看开车的人是谁，奈何光线不好，实在看不清楚。

于是她让司机师傅换条路走，所以原本应该在下一个路口右拐变成了直行。

她刻意观察那辆车，那辆车并没有跟上她，而是在她原本该右拐的路口右拐了。

池渺渺松了口气，估计是她最近压力太大，精神有点儿紧绷。跟老板住在一个屋檐下，一开始还好，可时间长了，下班也像在公司似的，她觉得压力无处释放。

还好李牧遥说他马上要出差，到时候家里就只有她一个人，说话再也不用控制分贝，更不用像个变态的犯罪分子一样每经过一个地方还得清理指纹了，想干什么干什么，只需要在李牧遥回来前把家里打扫干净即可。

这种轻松自在的日子，光是想想都很令人期待呢！

接下来的这段时间，池渺渺就开始盼着李牧遥出差。

可能她思想上过于热切，行动上就会不自觉地露出蛛丝马迹。

晚饭时，她状似不经意地问李牧遥："老板，你不是说要去莱港吗？什么时候走呀？"

李牧遥头也不抬地切着盘子里的牛排说："你好像很盼着我走。"

池渺渺连忙否认："怎么会呢？"

李牧遥抬头看向她："这已经是你第六次问我了。"

池渺渺无话可说……她表现得这么迫切吗？

"明天。"他说。

池渺渺有点儿高兴，但还是装模作样地说道："这么急啊？那这回记得把药带够。"

李牧遥假装没看到她藏都藏不住的喜色，冷冷地嘱咐她："我不在的时候还是让老张接送你吧，我觉得那个文峰不会那么轻易罢休。"

一开始，池渺渺和李牧遥的想法差不多，但小心翼翼地防了一段时间发现文峰并没有再出现过之后，她也就放松了警惕。

池渺渺的想法是，毕竟事情都过去这么久了，对方对程宝宝又没那么深的感情，他也是有正经工作的人，当时来馆里闹应该也是一时冲动，现在他自己的生活也该回归正轨了。

但是她也担心李牧遥再啰唆，就乖乖地应了下来。

第二天，池渺渺一天没在失恋博物馆里见到李牧遥，也没见到刘焕，猜他们应该已经出发了。

等她忙完手头上的工作时，失恋博物馆里已经没什么人了。她照常搭乘仓库旁边的货梯下楼。等电梯的时候，她听到旁边的楼梯间里好像有人，以为是其他还没下班的同事，也就没当回事。

这个时段的货梯一般没什么人用，电梯门很快打开，片刻后又到了一楼。

一楼电梯外是一个很少人经过的走廊，这段时间池渺渺一直从这里走，早就熟门熟路，自然也不会觉得害怕。

但今天她刚出电梯就感到背后一阵风掠过，紧接着一只冰凉的手狠狠地捂上了她的嘴，还不等她反应过来，她就被来人粗暴地往楼梯间拖去。

一切都发生得很快，池渺渺怎么也想不到，原本以为只在微博热搜上会看到的事情竟然发生在了自己身上。

她脑中闪过无数念头，最强烈的那个竟然是——她没把李牧遥的话听进心里去，结果出了事，他又要生气了。

如果李牧遥没出差就好了。

她奋力挣扎着，试图制造出点儿声响来，却忽然感到脖子上贴上了一个冰凉的东西，顿时一动也不敢动了。

身后的人压低声音威胁道："你老实配合我，什么事儿都不会有，但如果你不想活了，那就怪不得我了。"

是文峰的声音，她第一时间就猜只能是他，可当猜测被证实的时候，她还是想不明白，他为什么要这么做?

在他和程宝宝交往的这段时间中，吃亏的一直都是程宝宝，就算两个人一拍两散他也没什么损失。难道，他是记恨她们找了他那个未婚妻?

如果真是这样，那就不能再用常人的思维来揣度这人了。

文峰又说："我只是想见一下程宝宝，但是一直联系不到她，你帮我把她约出来，我们谈完我就让你们走。"

"真的吗？"

池渺渺假装听进去了他的话，其实只是想拖延时间，趁机想办法逃脱。

她摸到口袋里的手机，庆幸文峰没有第一时间让她把手机交出来，也庆幸文峰没有看到她的耳朵里还塞着蓝牙耳机。

她偷偷摸索地按亮屏幕，回忆着屏幕上的软键盘的位置，尝试着解锁。

第一次，手机微微振动两下没有成功。

第二次还是如此。

第三次，手机没有任何回应，应该是解锁成功了。

“废话！不然我还能干什么？”

池渺渺假装松了口气：“那你可以好好说，用不着这样，怪吓人的。”

她飞速分析着，打电话给谁。但她很快意识到一点，就算电话顺利接通，对方也未必知道她现在在哪儿。

生怕屏幕再次锁定，她用拇指在手机屏幕的左下角处点了一下。

这下应该打开了微信对话界面，最后跟她发过微信的人是李牧遥，是她问李牧遥什么时候的航班，对方可能在忙没有回她。

理论上，此时的李牧遥应该已经在莱港了，就算她成功地向他发出求救信号也没什么用。

可是不知道为什么，哪怕他现在远在千里之外，在她看来，他比其他人更靠得住。

她先是尝试着发了段语音，正好身后的文峰又说话了——

“还不是你们把我逼急了！一会儿我推着你出去，你表现得自然点儿，别在别人面前露出马脚，不然我真不知道自己会做出什么事。”

文峰推着她转了个方向，看样子是打算带着她从后门离开。

“你要走后门吗？平时这里门不开吧。”

一般情况下，后门确实都是锁着的，但文峰竟然能避开前门的保安进来，说不准就是从后门进来的。所以她这么说，主要目的只是暴露自己的位置。

“嗖”的一声，语音发出去了。

“这不用你操心，你给我安静点儿。”

架在脖子上的东西似乎又贴近了一些，她几乎可以想象到，那里应该已经被划破了皮渗出了血来。

她连忙一动也不敢动，劝说他：“你冷静一点儿，可别干出什么傻事，你还有父母，还有那么好的工作，一会儿见了宝宝好好和她谈谈，没什么事是不能商量的。”

文峰冷哼：“现在知道怕了？你们早干什么去了？！”

说话间他们已经到了失恋博物馆的后门处，果然那上面的锁已经被人弄开了。

文峰推着她飞快地出了失恋博物馆。

失恋博物馆后面是一所学校的后墙，此时天色已经黑透了，很显然早已过了放学时段，晚高峰时车流涌动的街道此时却空荡荡的。

而正在这时，前面不远处的一辆车车灯闪烁了两下，就着昏暗的光线，池渺渺看清，是那辆总出现在她附近的白色哈弗……

文峰推着她快速朝那辆车走过去，眼看着越来越近，明显松了口气，而池渺渺却真的害怕起来。

她不知道文峰要把她带到哪，不知道他还打算对程宝宝做什么，但她可以肯定的是，他绝对不是只想找程宝宝谈谈那么简单，所以她一定不能让程宝宝来见他。可是到了他让她叫程宝宝出来的时候，她该怎么办？

这时候，空荡荡的街道后方忽然传来一个男人的说话声。

与此同时，池渺渺能感受到，身后的人紧张了起来。

她又何尝不是？因为这或许是她唯一的机会了。

那说话的声音越来越近，池渺渺很快听清了，只有一个人的声音，那人应该是在讲电话。

池渺渺的心顿时就凉了一半——如果对方只有一个人的话，就算发现她被人控制了，对方也未必会冒着风险帮助她。

那人一边讲着电话，一边从他们身边经过。池渺渺看向那人，那人的注意力全部都放在讲电话上，他并没注意到他们这边的异样，而与此同时她也感觉到压在她的肩膀上的那只手又沉了几分。

她总觉得文峰疯起来没个数，所以不敢出声，生怕惹到他，否则很可能还没等到别人来救她，她就已经把自己交待在这里了。

可是看着那人越走越远，她又是那么绝望。

恐惧再一次席卷而来，她忽然发现自己的手脚都是绵软无力的。

见那人一走，文峰似乎也怕再遇到什么事，连忙推着池渺渺快走几步，很快就到了那辆哈弗旁边。

打开车门池渺渺才看清里面的情形，这车被改装过，后排并没有座椅。

对方这是早就做好绑人的准备的。

池渺渺的心彻底沉到了谷底，要说之前她还抱着一丝希望，指望文峰真能像他自己说的那样，就是想好好和程宝宝聊一聊。到了此刻，她才知道自己的想法多么天真。

文峰趁着池渺渺没反应过来，迅速拿出胶布封上了她的嘴，又拿出绳子将她牢牢地捆死在轮椅上，然后连人带轮椅一起弄进了车里。

而正当他搞定这一切要关上车门的时候，车门却忽然被身后一只手挡住了。

夜色中那只手的皮肤显得格外白，很像她心里的那个人的手。

“要带走我的人，是不是得跟我说一声？”

紧接着站在车门前的文峰头一仰，整个人猛地被人朝后扯去。

听到刚才男人说话的声音，原本已经心如死灰的池渺渺忽然就活了过来。

是她太害怕以至都产生幻觉了吗？不然那个无论如何也不该出现在这里的人，怎么会从天而降来救她了？

被文峰拿着刀胁迫时都没有哭的池渺渺此时却控制不住自己的眼泪，而且随着车外的打斗声越来越激烈眼泪也越来越汹涌。

不一会儿，她听到警笛声由远而近，与此同时，有人钻进了车里。

车内车外的光线很暗，但那一刻她可以笃定，上来的人是李牧遥。

他二话不说替她解开绳子，又将她扶起。

池渺渺也顾不上去撕嘴巴上的胶带，在双手被解开的那一刹那，便不管不顾地扑进了来人的怀里。

被她抱着的身体似乎一瞬间有些僵硬，但他既然没有推开她，她就假装没察觉，因为此时的她太需要这样一个怀抱了，这样踏踏实实可以让她放下戒备的怀抱。

很快她听到车外人声嘈杂，似乎是警察到了，人群中偶尔夹杂着几句熟悉的声音，像是刘焕的声音。

一切听起来很混乱，一切又似乎在井然有序地进行着。

或许是刚刚经历了生死攸关的时刻，在一切回归正轨后，她整个人就像被抽空了一样，一点儿精神都没有。

还好有李牧遥在，池渺渺自然而然地就放下所有的戒备和担忧，什么事情都不用管，任由他安排，除了一点——他刚才又和人动手了，那辆哈弗大概是租来的，车上也脏得很，会不会让他老毛病又犯了？

李牧遥见池渺渺的目光一直紧随着自己，以为她还没从刚才的紧张情绪中解脱出来，于是简单和警方说了刚才的情况，把剩下的事情都交给刘焕后，就带着池渺渺回到了自己的车上。

一路上，一向聒噪的池渺渺格外安静，这让李牧遥心里很没底。

他又回想起今晚发生的事情，懊恼失恋博物馆的安保措施竟然有这么大的疏漏之处，又气刘焕没把事情办好，才让文峰那种无赖不依不饶没完没了。

两个人这么安静地相处了一路，很快到了李牧遥家。

李牧遥觉得今天这事一定给了池渺渺不小的刺激，可是安慰开导别人也不是李牧遥擅长的事。

他想了想说："我和警方那边说好了，今天你先好好休息，等你状态好的时候再去做个笔录。"

池渺渺是个自愈能力很强的人，其实在她被抱上李牧遥的车，置身安全又熟悉的环境中后，她的状态就渐渐恢复了。

唯一让她挂心的还是李牧遥，上次他跟文峰动手后，虽然没有在别人面前表现出什么，但观察细致的她没忽略他惨白的脸色和微微颤抖的右手。

今晚，他的手臂上虽然没有血迹，但也有瘀青和被剐伤的痕迹，而他的衣服也都因为跟人动手脏了、皱了，就连嘴角也挂了彩，这还是她认识他以来，他最狼狈的一刻。他却一副浑然不觉的样子，这太让池渺渺意外了。

所以李牧遥说什么做笔录的事她根本就没听进去，她的目光从他的手上移到他的脸上。

"老板，你没事吧？"

李牧遥愣了愣，被她这么一提醒，才后知后觉地感受到了嘴角的疼痛。

他回想起今晚发生的事情，想必受伤的地方也不只是嘴角，而且就算没受伤，他现在的样子肯定也很狼狈。

那种再熟悉不过的焦虑感又悄悄浮出了水面，正顺着他的血液流向他的四肢百骸。

但他面上不动声色，淡定地回复池渺渺："我没事，关键是你。"

"我也没事。"

"那你先休息一下，我也去洗个澡。"

"好。"

李牧遥点了点头，转身走向自己的房间。

当他回到房间里看到镜子中的自己时，刚才还能佯装淡定的他，立刻感觉不好了。

他胡乱甚至有点儿慌张地扯开衬衫扣子，迫不及待地脱掉衬衫，甚至来不及脱去裤子，他就已经站在了花洒下。

随着冰凉的水柱从头顶淋下，那种焦灼难耐的感觉总算渐渐退却，神思也逐渐恢复冷静。

他静静回忆着这个混乱的晚上发生的一切，有两件事让他一时琢磨不透——

第一件事是收到池渺渺发给他的几段语音时，他竟然那么惊慌害怕，以至差点儿就方寸大乱，而当他在车上找到她时，她扑进他的怀里的那一刻，那种失而复得的踏实和喜悦感是他这么多年来都未曾感受过的。

他究竟是怎么了？只因为她阴差阳错地比别人跟他更亲近一些，所以投注在她身上的感情也不由自主地多了些吗?

是的，或许这就是答案。

而让他琢磨不透的第二件事是，今晚发生的事情放在以往或许不会要他的命，但足以让他彻底失控。可是今晚，从事情发生到他感到不适竟然隔了这么久，或许池渺渺不提醒他的话，还会更久。而就算他回到家被她提醒后，他的那种不适感比起以往也轻了很多。

真的像威尔森说的那样，他在一点点地被她治愈吗?

他抹着脸上的水珠大口呼吸着。

他说不上自己此刻是什么样的心情，不敢太高兴，怕欢喜落空，却又忍不住感怀。

毕竟这些年来，什么东西对他来说似乎都唾手可得，可唯独像寻常人一样生活在他看来那么遥不可及。

他受伤了太多次，失望了太多次，真的看到希望的时候，也会怀疑那是不是真的。

KUANG 17 RE

我还怕什么

洗过了澡，换了一套居家的衣服，李牧遥拿出手机想要打电话给威尔森聊聊今晚的事情。而就在这时，他的房间的门被人敲响了。

李牧遥起身去开门，门外是已经洗漱干净换上了睡裙的池渺渺。

她的睡裙是很少见的薄荷绿色，荷叶领、蓬蓬袖，宽大的裙摆下一边是打了石膏的笨重的右脚，另一侧是纤细莹白的左脚。

她就这么坐在轮椅上仰头看着她，半湿的头发显得格外黑亮，更衬托得她皮肤白皙、眼瞳漆黑。

莫名其妙地，他脑子里又浮现了在那辆被改装过的越野车里，她不管不顾地扎进他怀里的情形。

“什么事？”他问。

池渺渺看着他，不禁有点儿出神。

也不知道是不是碍于家里有她这个外人，池渺渺发现，自己住进来的这段时间里，李牧遥即便在家也都穿得很正式得体，像今天这么随意还是头一次。

他穿着一件白色圆领T恤衫，衣服料子不算太厚，以至衣服下面的肌肉曲线隐约可见。T恤衫下面是一条咖色棉麻居家裤，因裤腰处有点儿松，裤脚便垂到了地上，盖住了他的一半脚面。

他似乎也是刚从浴室里出来，头发还没来得及吹干，像是刚用毛巾胡乱擦过，凌乱又慵懒，不过这样的他少了白天在办公室里的凛冽气势，多了点儿在他身上难得一见的少年气。

更重要的是，他长得太好看了，即便是在家时这么随意的状态，也和杂志上的明星照片一样养眼。

池渺渺不由得又想起不知道已经被她想了多少遍的那句霸气到不能再霸气的“要带走我的人，是不是得跟我说一声”的警告话语以及他冲进文峰那坏蛋的车里把她抱出来的场景……

可惜当时她光顾着害怕了，无论怎么回忆，也回想不起当时缩在他怀里的感觉。

池渺渺在内心惋惜了片刻，想起他开门前她在担心的事——他把自己关在房间里这么久，是不是旧疾又复发了？

她关切地问：“老板，你怎么洗澡洗了这么久呀？”

她一边说，一边偷偷往他的房间里看，企图看出点儿蛛丝马迹。

李牧遥没给她这种机会，直接挡在了她面前。

池渺渺讪笑着摸了摸鼻子说：“饭早做好了，再不吃就凉了。”

李牧遥扫了一眼她的表情，完全看不出今天被人劫持的人是她。

“看来是我白操心了。”

这么没头没脑的一句话让池渺渺莫名其妙：“什么？”

“我还担心你因为今晚的事留下什么心理阴影，打算替你咨询一下心理医生，不过看你这自愈能力应该用不着看医生了。”

原来他还在担心她。

池渺渺心里暖暖的，拍马屁的时候也更加自然了：“这不多亏了老板你吗？因为你及时出现，英勇地打倒那个文峰，这才能让我好端端地坐在这里。有你在，我都没机会受伤，根本用不着自愈。”

李牧遥坐到餐桌前，阿姨替他倒了杯柠檬水，他喝了一口放下杯子，也不看池渺渺，说：“嗯，看出来了，你挺好的。”

池渺渺小心翼翼地问：“那你呢？”

“我？”

池渺渺仔细观察着他的神色，他不像是刚经历过什么苦痛的样子，她稍稍松了口气的同时有点儿奇怪。

她很想问问他究竟怎么回事，但还是忍住了。

一个病人大概并不喜欢别人总提起他的病吧，哪怕对方只是出于关心。

所以再开口时她就换了个话题：“我想说你不是说今天要出差吗？怎么没走？”

李牧遥在收到池渺渺的微信的时候其实正打算从办公室出发，当时刘焕已经在楼下等他了，所以那时候他身边并没有其他人。

猜到池渺渺出事后，他立刻冲下了楼，所幸还没有完全丧失理智，下楼时还没忘给刘焕去了个电话吩咐刘焕报警并且带人过来支援。

“本来是要走的，因为你改成明天了……”说到这儿，他又有点儿犹豫，毕竟今天如果不是有他在，还不知道会发生什么不可收拾的事情。

“我出差的话，你一个人可以吗？”

池渺渺连忙点头：“老板你放心吧，文峰这回犯的事应该挺严重的，他不会这么快就被放出来吧。他都进去了，我还怕什么？你尽管放心出你的差，不用担心我！”

看她巴不得他立刻就走的样子，李牧遥轻嗤了一声：“没心没肺。”

不过池渺渺的话并不是没有道理，和警方那边打好招呼，确保文峰不会这么快被释放，李牧遥才放心地去了莱港。

只是他原定计划是在当地好好考察一下的，因为出了文峰那事，他决定尽早完成工作就回北城。

其实经历了这样的事情谁又能不害怕呢？

池渺渺不敢去想如果当时李牧遥没有出现，现在的她会是什么样。但短暂后怕过后，她想得最多的还是那天的李牧遥的样子。

而且她发现自己每次想起他时的心情，好像和以往有点儿不同了，具体有什么不同她又说不上来。

不过李牧遥出差的这几天，家里只有她一个人，她从精神到行动上都放松了不少。

之前“家规”规定她不得在他家里吃零食，因为即便垃圾很好清扫，气味却很难消散。但这几天他不在，她又格外想吃，于是就给自己买了一大堆零食，打算周末好好放松一下，以抚慰她这颗刚受过惊吓的心。

周六的晚上，她把斥“巨资”买回来的零食随意地铺在茶几上，开一听冰镇啤酒，打开电视找到那一部她早就想看的电影，拉好窗帘营造出电影院的气氛，调节好中央空调的温度，就开始了她惬意的周末时光。

电影是去年火起来的一个新锐导演的最新作品，这个导演很擅长拍一些情感类题材的影片，惯用的套路都是前面轻松幽默，后面温馨感人。

这一次果然也是这样，电影开篇的场景很新颖，而且笑点密集。

池渺渺将双脚搭在茶几上，一边吃着零食，一边肆无忌惮地大笑着。然而笑着笑着，她莫名就觉得背后阴风阵阵，像是有什么人看着她。

某种意识牵引着她回过头去，这一回头，把她吓得差点儿从沙发上摔下去。

不知道从什么时候起，走廊上多了个人……

她一开始没看清对方的身形，文峰留下的后遗症让她误以为有什么人偷偷潜了进来，当即被吓得尖叫一声。待仔细又看了一眼，她更害怕了——虽然此时客厅里黑漆漆的，依旧看不清对方的脸，但是那个身高、那个站姿，已经足够池渺渺认出那是谁了，她甚至可以想象出某人要杀人般的眼神。

池渺渺手忙脚乱地把自己的伤腿从茶几上搬下来：“老……老板，你什么时候回来的？”

李牧遥这才缓缓地走向她，他似乎有点儿疲惫，一边将衬衫衣领的扣子解开一颗，一边走到她旁边坐下，用没什么温度的声音说：“在你笑出猪叫声的时候。”

池渺渺尴尬了地笑笑：“你不是说后天才回来吗？怎么突然提前回来了？”

话说到一半，她又觉得自己这嫌弃的语气太过赤裸裸，连忙补救道：“我是说你回来怎么也不和我说一声？我好去接你呀。”

他慢条斯理地转头看向她。

房间里光线很暗，只有巨大液晶屏上透出的些许光亮在李牧遥立体的五官上留下斑驳的光影。

“刚发生了文峰那事，我还担心你多少会有点儿害怕，现在看来是我多虑了。”

池渺渺也没多想，几乎脱口而出：“有你在，我还怕什么？”

说完才觉得气氛不对，她又连忙补救道：“我的意思是说，老板你已经把文峰送进去了，让我彻底没了后顾之忧，所以就不害怕了。”

李牧遥深深地看她一眼，没再继续这个话题，而是看向前面的屏幕：

“这是什么电影？”

池渺渺的注意力也立刻回到了电影上：“是刚上映的一部爱情片。”

她想到男人一般都不爱看这类谈情说爱的电影，连忙说：“老板你要是不爱看这部我们可以换一部。”

李牧遥说：“不用，就这部吧。”

听李牧遥说就看这个，池渺渺还挺高兴的，毕竟谁也不愿意只看一半就停下来。

池渺渺立刻向李牧遥推荐起这部电影：“老板你看过去年那部《异性朋友》吗？也是这个导演的作品，虽然是小成本的电影，但上映后口碑特别好，这个导演还因此获了奖呢。这是他的最新作品，我刚看了个开头，特别好看……”

说话间池渺渺又看到了茶几上的零食，献宝似的从里面找出之前跟他抢过的那个牌子的糖递给他：“对了老板，这个牌子又出新口味的糖了，特好吃，你尝尝。”

他却只是淡淡地扫了一眼躺在她的手掌中的几枚糖果，拒绝道：“不用了，谢谢。”

她又殷勤地打开一罐啤酒：“老板你尝尝这个，有一点点甜，凉凉的，特别解渴，啤酒配电影，特别惬意！”

李牧遥面无表情地看向她：“你如果能安静一点儿，我就更惬意了。”

“哦。”池渺渺悻悻地把那罐啤酒放回茶几上。

周遭总算安静了下来，唯有电影里男、女主角的说话声传来。

空气里还弥漫着一种不知道是糖果还是啤酒的味道，有点儿甜腻，却也让人很想去尝试一下。

李牧遥坐着没动，努力将注意力放在电影情节上。

没一会儿，身边又传来某人没心没肺的笑声，李牧遥却没有被打扰的不快，反而难得地感觉到放松。

他搬进这栋房子里差不多有三年了，因为父母基本不在北城，自然也没有来他这里住过。这里对他而言就是个可以洗澡睡觉、让他疲累了能回回血的地方。所以这房子虽然很大，但有些房间他或许一年都不会进去一次，家里设施也很齐全，但眼前的电视他开启的次数一只手都数得过来。

在他的授意下，出入这里的人都过分安静，像今天这样，大概是这三年来的头一次。

其实最初让池渺渺住进来的那几天，李牧遥不知道后悔了多少次。

他原本只是想着，让她随便选一间房间住着，不允许她出现在他的活动区域内，那么她就不会干扰到他，这和他之前独居时的状态几乎没什么不同。

可是他渐渐发现，自打她搬进来的那一刻，他的周围就充斥着与她有关的一切：他时不时地在家里的地板上发现她的头发，厨房的中岛台上有她用过的杯子，玄关的置物柜上有她乱七八糟的小物件，甚至是她停留过的地方都留有她的味道……这些原本足以让他浑身不舒服的东西，是约法三章都规避不掉的，他只能默许，只能忍耐。

而忍耐的结果就是他发觉自己的忍耐力似乎变强了，对她的包容度也更高了，就像他以前害怕旁人的碰触，但自从招她进了失恋博物馆后，因为她一次又一次失误，他似乎已经对她免疫了，甚至有点儿习惯她的存在。

就是这次出差前他又给威尔森发了封邮件说明他最近这段时间的变化，也着重说了池渺渺被劫那天的事情。

威尔森很快回复了邮件，但对他遭遇到的危险不闻不问，而是不着四六地回了一句："哇哦，这真是个浪漫的故事。"

还好李牧遥早适应了威尔森偶尔的不着调风格，没好气地回复道："你是说员工在公司遭人劫持很浪漫，还是我和人打架很浪漫？"

威尔森跟他仿佛不在一个频道上，问他："那你还是单身吗？"

李牧遥彻底被他磨没了耐心，回了几个问号过去。

半晌后威尔森再度回复他，和上一次邮件里的内容倒是差不多。

威尔森："我早就说了，治愈过程就是一个脱敏的过程，既然和那个姑娘的接触让你尚且能忍受，那我建议你多多接触她，可以的话尝试逐渐深入地接触，多方位地挑战你能接受的极限。"

所以继上一次让他努力"制造亲密接触的机会"后，这一次这个医生又建议他"尝试深入接触"了，还是"多方位"的。

他问威尔森："你确定你是认真的？"

威尔森答："当然，我都是为了你好。"

又是一阵肆无忌惮的大笑声响起，说实话池渺渺笑起来真的很不好听，但是不得不说，有那么点儿感染力。

他在黑暗中悄悄观察她，发现她的侧面轮廓竟然非常立体，或许是她天生表情丰富，笑可以有千百种，被感动时的表情也有千百种，甚至连发呆时上一秒和下一秒的样子也不尽相同。

不得不说，不管是哪一种表情，都很生动。

他想起萧易对她的评价——证件照都拍得那么好看，可见真人很漂亮。

他忽然发现，她确实很漂亮。

隐隐传来柠檬味的甜香，他知道那是她嘴里那块糖果的味道，忽然就很想尝尝那味道到底有多甜。

口腔里的甜味过于浓郁，池渺渺随手拿起啤酒喝了几口，隐隐约约感觉有一道视线落在她的身上。

她回过头，发现只是自己的错觉，李牧遥正神情专注地看着电影。

她呼出一口气，发现自己的心跳竟然因为刚才的那个错觉猛然加快，而且发现他离她那么近，近到她稍稍挪动手臂就能碰到他。

血液开始沸腾，她的脸也不受控制地开始发烫。

还好光线够暗，他应该看不出来。

“怎么了？”身边突然传来他的声音。

她拿起装满啤酒的易拉罐掩饰道：“没事，就是有点儿热。哎，这天气……”

说完她便仰起头咕嘟咕嘟喝了几口啤酒。

李牧遥的视线顺着她的眼睛移到她的下巴上，最后又从她纤长白皙的脖颈儿上收回。

“还有吗？”他问。

池渺渺足足喝了大半罐啤酒，才觉得自己脸上的温度降了下来，听到李牧遥问话，她毫无形象地用手背擦了擦嘴角问：“什么？”

李牧遥又被她这个下意识的小动作搞得心猿意马起来，微微蹙眉回复道：“啤酒。”

听清楚李牧遥竟然主动要酒喝，池渺渺特别高兴，立刻从旁边的箱子里拿出好几罐啤酒，豪爽地摆在他面前：“管够！”

李牧遥嗤笑一声，伸手拿过一罐啤酒，正要打开，又被池渺渺夺了过去。

他不解地看过去，就见她表情谄媚地说：“我先帮你擦擦。”

她边说边拿出纸巾仔仔细细地把易拉罐擦了个干净，然后才打开递给他。

有那么一刻，李牧遥竟然有点儿欣慰地想，这家伙也不是总那么没眼色的。

电影确实是好电影，总是能在不经意间牵动人心。

李牧遥很少喝酒，对这种辛辣中暗藏甘甜的味道忽然就上了瘾。

不知不觉，随着电影进入尾声，一箱子啤酒也被两个人喝光了。

池渺渺的酒量李牧遥早就领教了，只是他没想到，自己也比她好不到哪儿去，不然他怎么会被一个杜撰出来的故事打动？不然他怎么会觉得正一把鼻涕一把泪的某人竟然也挺好看的？

头脑有点儿昏沉，他不由得闭上眼靠在沙发上。

池渺渺怎么也没想到开篇那么搞笑的故事结局竟然这么虐——原本互不交心、各怀鬼胎的两个人，当意识到自己对对方的爱，终于下定决心正视彼此的感情，决定追随对方的脚步时，却总是因为这样那样的误会与对方失之交臂。

寻寻觅觅小半生，他们在各自的领域大放光彩，想要什么东西都唾手可得，但唯独一段“不走心”的感情再也难以寻觅。

池渺渺哭累了，也像李牧遥一样仰靠在沙发上。

见李牧遥似乎也很受触动的样子，她歪头看向他，问：“老板，如果你是男主角，你会在过去这么多年后再把女主角追回来吗？”

“不会。”

池渺渺意外：“为什么？”

难不成在她的老板这种工作狂眼里，感情不值一提，感情用事更是显得幼稚可笑吗？

李牧遥也转过头来看向她：“因为如果是我，我根本就不会让自己错过她。”

两个人目光相触，池渺渺不由得怔了怔。

她从来没有这么近距离地观察过李牧遥，原来他的睫毛这么浓密，鼻梁这么高挺，嘴唇略显单薄，但唇形温柔，看着就很好亲……

池渺渺不知道，就在她用目光描摹他的五官的同时，他也在仔仔细细地打量着她。

他脑中突然就冒出威尔森那句“深入接触”的话。

他的目光最后停留在她的唇上，或许是因为喝了许多酒，她的唇比平时更加嫣红饱满，那上面似乎还有未干的酒渍，泛着柔和的光泽。

平生第一次，他想要尝一尝那上面的味道，是不是跟他刚才喝过的酒一样，苦后回甘。

悠扬缠绵的片尾曲响起，电影已经彻底放完了。

池渺渺发现，这部电影不仅故事好看，就连片尾曲都很好听。

片尾曲没有歌词，只有一个女孩子的哼唱声，但听着这个曲子再闭上眼，池渺渺的脑中浮现了男、女主人公的前半生相处的场景。

当李牧遥压抑不住内心的冲动想要吻上去时，他却发现对面的人竟然就这么睡着了……

他不由得停下动作，因为再上前一步就有了乘人之危的嫌疑。

而他这一停顿之后，刚才那种冲动便在一瞬间消散了。

他连忙起身，回房间去洗了一下脸。等到再出来时，也顾不上去看池渺渺了，满地的易拉罐和满茶几的零食袋差点儿要了他的命。

他连忙深呼吸几次，尝试着让自己放轻松，然后甚至等不到让阿姨来打扫，就迫不及待地“亲自上阵”了。

他花了半个多小时这才勉强把客厅恢复原样。

一切终于顺眼了，除了在沙发上睡得不省人事的某人。

这家伙睡得很沉，客厅里的水晶灯大亮对她也没半分影响。而且就在他刚才卖力打扫她留下来的烂摊子时，她竟然还时不时发出几声细小的鼾声。

李牧遥真是意外了，女生睡觉也会打鼾吗？他再看她这睡相，也实在算不上雅观。

他自责地捏了捏眉心，刚才他怎么会觉得她好看来着？一定是因为自己刚刚喝了酒，视力变差了，加之昏暗的环境下眼中的人会比平时好看，这才让他产生了错觉。

李牧遥检讨完自己刚才看走眼行为，最终还是弯腰抱起池渺渺朝她的房间走去。

将池渺渺安置在床上，正要离开时，李牧遥注意到了池渺渺桌子上的笔记本。

笔记本是敞开着的，正处于休眠状态，他晃一晃鼠标，或许就能看到之前它的主人离开时在做什么了。

李牧遥想到了有那么几次他突然回家时，她手忙脚乱地收笔记本的样子……

他记得林婉说过，池渺渺是个网络小说作者，他猜她私下里写的应该就是一些没什么营养的小说，倒也不至于见不得人，但为什么那么怕他看到呢?

但是他只是在那笔记本前站了一会儿就转身出了她的房间。

回到书房，坐在电脑前，李牧遥不由得又想起了林婉的事情。

林婉说池渺渺其实是她喜欢的一个作者，而池渺渺最初之所以会误以为林婉自杀，是因为有人在微博上看到她俩互动就认为她俩很熟悉，所以得到消息第一时间私信了池渺渺。

微博?

李牧遥很少关注这一类社交平台，上一次为了查发布林婉的视频的账号才注册了一个。

他打开电脑，回忆着账号密码登录了微博。虽然当时没关注任何人，但是他天生记性好，浏览过的每一个账号的名字，无论多么冗长复杂，他都记得清清楚楚。

不过最初那个“邻家小喵婉婉”的用户名已经不存在了，可能是林婉后来改了名，但他还记得发布林婉被送往医院的视频的那个账号名字。

他在搜索栏里输入“用户 ersrhusidhf799qq”，所幸这个账号并没有改名，但他看她的微博内容，最初关于林婉自杀的视频都被删掉了，发布的内容都是些小女生的人生感悟。

这个账号的关注列表很简单，李牧遥随便打开几个，就找到了林婉的账号。

现在她叫“许家小喵婉婉”……

女孩子一谈起恋爱，所有的话题好像就都离不开那个男生。林婉发布的内容也大多和许魏有关，除此之外，就是转发一些无聊的网络段子。

她的关注中有一千多个人，找起来比较费劲，所以李牧遥选择从她发布的微博内容着手。

他正一页页翻着林婉的微博时，被他放在桌子上的手机有感应似的突然就响了起来，来电人正巧是萧易。

李牧遥犹豫了一下接通电话，萧易问他：“在干什么？”

很稀松平常的一句开场白却让李牧遥难得有点儿心虚，他总不能坦白地告诉对方，自己在翻他的前女友的微博吧。

“什么事？”他直接忽略了对方的问题，冷冷地问。

萧易难掩激动地情绪说：“刚才带着我家老爷子复查了一下，医生说没什么大碍了，他老人家又思乡情切，早催着我带他回归祖国母亲的怀抱，我就想着收拾收拾下个月回去。”

李牧遥最初决定投资失恋博物馆，一方面是因为多年好友萧易的面子另一方面考虑到失恋博物馆和“拍拍”的战略性联动。

所以说到底他也只是失恋博物馆的投资人，并不需要事事亲力亲为，当初接手失恋博物馆的管理工作也是因为萧易临时要带父亲出国一段时间，而“拍拍”才真正是他的地盘。

眼下萧易要回来了，一切就要各归各位了，他也不用像现在这么忙了。

这是好事，可是不知道为什么，李牧遥没有一丝一毫的轻松感。

“还是伯父的身体要紧，毕竟刚做完手术，能不能经得住长途飞行也是个问题。”

萧易说道：“医生和老爷子都说没事了，再说我也不能总闲着，你一个人撑了这么久，两家公司的事务加起来有你忙的，我这不是也得早点儿回去给你分担分担吗？我太期待咱哥俩重新并肩作战的感觉了！”

“好吧。”李牧遥的声音带上了点儿笑意，“订好机票把航班号发给我，我去接你们。”

“好嘞。”

挂上电话，李牧遥也没心思再翻林婉的微博了，关了电脑，起身回了卧室。

池渺渺听说文峰会做出那么极端的事情确实只是因为一时不甘心，约程宝宝出来也没想真的怎么样，他只是想复合，毕竟程宝宝确实是个不错的结婚人选。但如果程宝宝实在不愿意，他大约会讹她一笔分手费。他没想真的弄出什么事，毕竟就算没了女朋友，还有份不错的工作。

可是他不知道，他这么做后果已经很严重了，一时半会儿出不来，工作自然也没了。

池渺渺问李牧遥："他这回才是真的鸡飞蛋打一无所有了，那他出来后会不会报复我们？"

李牧遥似乎完全不担心："应该不会。"

池渺渺不解地问："为什么？"

李牧遥解释道："女朋友和工作没了都可以继续找，除此之外他还有把他当成个凤凰的父母、亲戚和左邻右舍。我听说他这次发生的事情还瞒着他家里，他既然还有所忌惮，就不怕他继续犯糊涂。"

看来李牧遥已经给文峰放过话了，这样一来，池渺渺和程宝宝都不用再担心了。

在李牧遥家住了一个月，转眼就到了池渺渺可以拆石膏的日子了。

池渺渺本想自己去医院，但李牧遥以她对高档私立医院的看病流程不熟悉的理由提出陪她一起去。可等到了日子他又总是因为这样那样的事情去不成，就害得她拆石膏的日子一拖再拖。

天这么热，她是一天都不想再拖着石膏度日了，就当她忍无可忍决定随便找个医院拆石膏的时候，李牧遥突然又有时间了。

他们最终还是去了那家私立医院。

医院地处五环开外，可以说很偏远了，但也正是因为偏远，所以环境不错。上次池渺渺来的时候刚受伤，没有仔细观察周围的环境，这一次一路走来，才注意到这医院也算得上依山傍水，占地又很广，但来来往往的都是医务人员，偶尔看到一个穿着不是医务人员的，还戴着帽子、口罩把自己捂得严严实实的，一看就是不方便在公众场合随意露脸的明星。

骨科在六楼，李牧遥推着池渺渺来到电梯前。

上一次来这里时池渺渺身边离不开人，没办法只能让他陪着她坐电梯，但坐了一个多月轮椅后，池渺渺已经很习惯了，就对李牧遥说："我坐电梯你走楼梯吧，我们六楼见。"

李牧遥看她一眼说："不用。"

池渺渺还想再劝劝他，电梯门已经在他们面前打开了。

电梯员笑盈盈地替他们控制着电梯门，李牧遥推着池渺渺走了进去。

就在电梯门快要关上的时候，外面又来了什么人，电梯员连忙又按了开门键。

进来的是一对年轻男女，倒是没有像池渺渺之前见到的人一样捂得那么严实。女生只戴了副墨镜，身材很火辣，一身名牌装束，风格很时尚前卫。男人三十来岁的样子，微胖，穿着倒是很随意，一脸的“操劳过度”的疲惫感，外加一副不好相与的傲慢神态。

两个人大约在聊他们刚见过的某个“朋友”，女的批评对方身边的女伴整容脸，男的嘲对方刚投的项目不知道亏了多少钱。

池渺渺只在两个人进来时看了两个人一眼，要不是他们太旁若无人，说话那么大声，她都不会留意他们。

电梯门内侧是被擦得一尘不染的镜面，上面可以清晰地看到电梯内的众人的身影。池渺渺一直通过镜子留意着身后的李牧遥的神情，发现一向“目中无人”的他竟然看了前面那男人两次。

难道是因为他们说话声音太吵了？

忽然她注意到李牧遥微微皱了皱眉，与此同时她感到有人似乎也在通过电梯门上的镜子打量他们。

她看过去，那男人已经惊喜地回过头来，故意凑近一步看向李牧遥：“这不是李总吗？”

这一瞬间，池渺渺脑中闪过很多想法——合作方？亲戚？朋友？

不，一定算不上朋友，因为她能明显感知到李牧遥的抗拒情绪，再结合那男人一脸油腻的挑衅表情，两个人十有八九关系很差。

李牧遥甚至连一个眼神都没有分给那人。

男人反而觉得更有意思了：“哟，这才几天，就不认识了？我是严悦呀！”

严悦？

这名字有点儿耳熟，尤其是“严”这个姓并不多见，池渺渺立刻在脑中搜索着在哪儿看到过。忽然她想到之前暖萌给她讲过的李牧遥的创业史，其中有个地产大亨的儿子处处和李牧遥过不去。先是抄袭他的公司的游戏又抢先让游戏上线再倒打一耙，后来李牧遥卖掉游戏公司做了交友平台“拍拍”，严悦又做了个类似的平台。据说“拍拍”其实从构思到运营上都没什么问题，只是总有人从中作梗，让李牧遥错失了几次好机会。

而那地产大亨好像就姓严！

池渺渺恍然大悟，但又不得不感慨真是冤家路窄。

所幸转眼就要到六层了，李牧遥也不用再委屈地跟他讨厌的人周旋。

而就在这时，电梯忽然短暂失重，电梯里的灯也随之暗了一下，但很快又恢复如常，只是电梯却停了下来。

KUANG 18 RE

两个人够亲热的

安静一瞬过后，电梯里的几个人才意识到发生了什么事。

墨镜女郁闷地质问道：“你们电梯都不定期检修吗？这种地方还会遇到这种事，真是晦气。”

那个叫严悦的男人也顾不上挑衅李牧遥了，两个人你一句我一句地骂骂咧咧个没完。

电梯员一边赔着小心，一边拨通了物业的电话。

池渺渺连忙去看李牧遥，他脸上一点儿情绪变化都没有，但惨白的脸色昭示着他的状况并不好。

电梯员很快和电话那边的物业人员交涉完，对方第一时间通知电梯厂家，但是需要他们在电梯中等待大约十五分钟。

池渺渺一听到要等十五分钟后却慌了，刚要说什么，就感到一只手忽然在她的肩膀上捏了捏。

池渺渺和李牧遥的视线在对面的镜子中交会，他没有一个特别的表情甚至眼神，但池渺渺就是知道，那意思就是让她不要声张，他不想被人知道他有那样的病。

可是十五分钟呢！还是在空间这么狭小的电梯轿厢内。

墨镜女依旧在抱怨，严悦回头看了一眼李牧遥说：“也不都是坏事，能跟大名鼎鼎的李总被困在一部电梯里，这可是难得的缘分啊。你说是吧，李总？”

这一次李牧遥只是冷冷地扫了严悦一眼，依旧没有说话。

严悦也不生气："哟，这么久没见李总还是这么目中无人啊！哦，对了，听说你那个'拍拍'快经营不下去了。很正常，人的运气不可能总是那么好，什么'每两年成功一次的创业神话'？你可真敢写，现在脸疼吗？听说你最近又投资了个什么失恋博物馆，广告倒是没少做，还把一个过气女明星捧红了！可是你图什么呢？你真以为那什么狗屁失恋博物馆能赚钱啊，还是你只是为了捧红人？但只是为了捧红那么个人，值吗？不提我差点儿忘了，她以前跟过你，那就难怪了……就是没看出来，咱李总还真念旧！"

这个严悦口中的"过气女明星"很明显就是汪可，可是听他对汪可的评价，难不成两个人以前有过节？

池渺渺忽然就想起杀青宴那天晚上汪可给她讲的"故事"，说她和李牧遥的第二次见面就是李牧遥撞见她被一个"富二代"欺负，然后李牧遥很奇葩地录了视频帮她逼走了那"富二代"。她记得当时汪可说那"富二代"的爸爸叫什么严利明，那眼前这个严悦不就是当初那个"富二代"吗？

看来他和李牧遥真的积怨已久了。

池渺渺又迅速分析了一下，大致推测出应该是李牧遥因为汪可得罪了严悦，所以严悦才在那事以后处处针对李牧遥，先是抄袭了他的游戏公司的产品然后倒打一耙，接着又在他创立"拍拍"后弄了个同类型的网站跟他打擂台，并且使了不少阴招对付他。

池渺渺越想越觉得眼前的人面目可憎、丑陋至极！

或许是因为她的目光太过灼热，严悦的注意力忽然转移到了她的身上。

"哟，这位是新欢啊，怎么还是个'残障人士'啊？"他边说边自觉幽默地朝他的女伴笑了笑，然后又看向池渺渺假惺惺地说，"刚才我说的那些话不好意思啊，你也别怪李总，男人嘛，谁还没点儿风流史呢？"

池渺渺才没工夫搭理他，狠狠地瞪他一眼并未接话。

真正让她揪心的还是李牧遥的身体状况，她知道这种时候最好能让他转移一下注意力，如果严悦的嘴贱能让他暂时忘记现在的处境也好，可惜李牧遥的脸色明显更差了。

或许是池渺渺担忧的神色太过明显，严悦的注意力又回到了李牧遥身上："不舒服啊？"

池渺渺连忙佯装不高兴地说："让你早点儿来医院看看，非要等到感冒加重才肯来！”

严悦扫了一眼池渺渺，又看向李牧遥：“不对吧，你不像是感冒吧？”

他忽然像是想起了什么，一惊一乍地说道：“之前有人说你有那种什么‘密闭空间恐惧症’，不会是真的吧？”

这对别人来说明显是件不幸的事，而在严悦看来就像是发现什么新奇好玩的东西一样，分明没打算掩饰自己的幸灾乐祸表情。

池渺渺相信，如果是在李牧遥身体没问题的情况下，以他的毒舌，对付十个严悦也没问题，可惜他现在看着确实不太好，这个严悦还这么咄咄逼人，真是可恶！

还好，骂人这方面，他们小说作者也是专业的。

“严先生，看您去八楼，八楼看什么科啊？”

严悦可没有跟她唠家常的兴致，不客气地回了一句：“跟你有什么关系？”

池渺渺朝他笑了笑说：“我是建议您有空也去消化科看一看。”

严悦挑了挑他短粗的眉毛，很显然有点儿好奇她为什么这么说。

池渺渺在他的注视下，故作嫌弃地抬起一只手扇了扇，然后很难为情地说：“听说这都是因为消化功能不太好。”

很明显严悦不是个脑子太好使的人，反应了足足半分钟才意识到池渺渺是在暗示他口臭，更是在讽刺他说话不中听。

严悦脸上闪过一丝恼怒之色，但很快他又恢复成笑嘻嘻的模样。

他故意靠近一步，问池渺渺：“真的吗？你再闻闻。”

而就在他要探过身来的前一秒，李牧遥以一种保护的姿态绕到了池渺渺前面，与池渺渺面对面地将她和严悦隔开。

严悦见状并不生气，调侃道：“李总还真是当英雄当惯了，不过你可真误会我了，我没想干什么。”

池渺渺没想到李牧遥在这种时候还会担心她被人欺负，心里五味杂陈。她也发现他的脸色比起几分钟前更差了，她甚至能感觉到他的身体都在发抖。

严悦似乎也看出了李牧遥的不对劲儿，当然不可能放过这种机会，佯装关心地说道：“哎，我说你这身体没问题吧？幽闭空间恐惧症会不会死人啊？万一一会儿你在这里面出事了，别人不会误会我做了什么吧？”

严悦只是随口这么一说，谁知李牧遥竟然开口了：“我的身体确实有点儿小问题，如果洁癖也算的话。所以我要是在这里出了事跟你肯定脱不了关系，因为就在刚才，你的口水溅到我的衣服上了，让我很不舒服，所以请你跟我保持距离。”说着，李牧遥还抬起手臂，嫌弃地看了他一眼。

一个嫌他口臭，一个嫌他脏，严悦差点儿气炸了，但也不能真把他们怎么样。

电梯员似乎生怕他们在这时候打起来，连忙出来打圆场道：“不好意思各位，电梯公司的人应该马上就到了。”

严悦正有气没处撒，对着电梯员“呸”了一句：“马上，马上！都等多久了还马上？”

他的女伴附和着他的话抱怨，电梯员不住地道歉。

池渺渺担心地看着李牧遥，从她的角度正好可以看到一滴汗珠顺着他的鬓角滑落，又滑至下巴。此时他的嘴唇已经一点儿血色都没有了，他几乎站不直身体，垂在身体两侧的手也在微微发抖。

“这里是不是缺氧啊？我都没力气大声说话了。”池渺渺忽然放软了声音抱怨了一句，然后扯了扯李牧遥的衣服，像是在撒娇，“我没力气，某些人又吵，你离我近点儿。”

被池渺渺这么一扯，李牧遥终于可以不再那么笔直地站着了。但池渺渺的轮椅扶手又太低，并不方便他借力，他深吸一口气干脆把她的头揽入怀中，靠在她的肩膀上。

这在外人看来，就是小情侣的亲昵姿态，但池渺渺心知肚明，他是真的站不住了。

可是即便心知肚明她也无法抑制自己过快的心跳，她觉得她都快犯病了。

身后又传来严悦的调侃声：“哟，两个人够亲热的啊！”

可惜除了他那女伴没人搭理他。

池渺渺心急如焚地思索着如何让李牧遥好受一点儿。她忽然想到在飞机上，是她给他听了她失眠时爱听的白噪声转移了他的注意力，才让他平静下来，可是她今天出门没带耳机啊！

而那个讨厌的严悦还在观察他。看来她只能想别的办法转移他的注意力了。

池渺渺正愁眉苦脸地想主意，冷不防面前的李牧遥的身形忽然晃了晃，眼看他就真要站不住了。

电光石火之间，池渺渺也不知道自己是怎么想的，仰起脸，忽然伸手扯住李牧遥的衬衫前襟，将他拉到自己面前，探着头吻了上去。

她清晰地看到李牧遥眼中闪过一丝震惊之色。

“闭眼。”短暂停顿了片刻，她小声说。

其实她也不知道，自己这一招到底有没有用，或许会适得其反，让他更加难受，但她没有时间思考。

然而下一秒，李牧遥真的闭上了眼睛，仿佛将一切交给了她。

池渺渺忽然觉得自己身上责任重大，可惜并没有接吻的经验。但电视剧没少看，言情小说里涉及的这类情节，她也没少反复揣摩研读，同时在大脑里进行场景还原……

出乎意料，理论与实践相结合的机会就这么来了，对方还是这么一朵生人勿近的“高岭之花”。

她轻轻用嘴唇描摹着他的唇，和他冷硬的外表不同，他的嘴唇很柔软。她小心翼翼地搂着他的脖子吻他，让她庆幸的是，他似乎并不抗拒，气息依旧是颤抖的，却又说不上是因为他的病，还是因为她的忽然碰触。

有人先回过神来，不屑地轻嗤。

池渺渺却顾不上那么多，所有注意力都集中在两个人皮肤相触的部位。

忽然她感到唇上被什么冰凉柔软的物体轻轻扫过，这让她脑中空白了一瞬，一瞬过后，她意识到，那是李牧遥在回应她。

最初那种大义凛然、不管不顾的豪迈劲儿瞬间退却，她像所有第一次尝试接吻的姑娘一样，羞赧，不知所措，心口小鹿乱撞。

她觉得，如果接下来有人要犯病，那应该是她。

不知道从什么时候开始，两个人的位置发生了变化，之前那个将一切交托给她的人此时成了这漫长深吻中的主导者。

门外忽然传来嘈杂的声音，片刻后，轿厢内光线骤亮，电梯门被人从外面打开。

李牧遥这才缓缓离开了她的唇，目光在她的唇上流连，竟然还有一丿点意犹未尽的意思。

众人很快被解救出来，严悦一出去就开始打电话，又是要投诉，又是要请律师告医院，也就没再顾得上骚扰李牧遥。

而李牧遥和池渺渺两个人因为刚才在电梯里发生的事情都有点儿尴尬，谁也没有跟谁说话。尤其是李牧遥，医生替池渺渺拆石膏时，他还会仔细询问拆掉石膏后的注意事项，可从医院出来后，他就仿佛身边没她这个人一样，连个眼神都没有分给她。

他这是不好意思的表现吗？可是她是女生，才应该不好意思啊！

那他这是生气的表现吗？

池渺渺想了想发现这非常可能！毕竟他有洁癖，碰他一下都是玷污了他，而且以他眼高于顶的性子，在他看来能和他接吻的女性怕是还没有出生！她的所作所为简直就是对他的亵渎！

不过，等等！她差点儿忘了，他在电梯里是回应了她的，如果他不喜欢为什么要回应？！

她怎么又想到了电梯里的情形？池渺渺觉得自己要无法呼吸了！

临进李牧遥家门前，为了缓解一下尴尬的气氛，她决定找点儿话题。

“那个……虽然刚拆掉石膏腿还有点儿疼，但是行动方便多了，我这就收拾一下东西搬回去了。”

李牧遥按密码的手指顿了顿，接着他按下后面几个数字，防盗门“啪嗒”一下打开，他给她让出地方，然后说：“彻底好了再回去吧。”

“我已经打扰你这么久了，再住下去不合适。”

“我这几天有点儿忙，可能没空送你，过几天吧。”

“没事，没事，我一会儿给暖萌打个电话，让她明天来接我。”

李牧遥烦躁地皱了皱眉，但也没再说什么。

池渺渺犹豫了片刻，觉得今天的事情还是应该跟他说明一下。

她组织了一下语言，叫住正要回房间的李牧遥：“老板，今天在电梯里，我其实……”

然而还没等她说下去，就被他打断了：“我知道，你是为了替我掩饰我的病。”

虽然她想说的也是类似的话，但听李牧遥这么说，总觉得有点儿不舒服。

她继续解释道：“我是想起了飞机上的事，就猜测转移你的注意力或许能帮助你控制你的病情，但我今天出门没带耳机，所以就……”

不知道为什么，虽然早猜到她那么做的目的，但此刻听她说出来，他还是觉得很烦躁，原来人的感情和行为真的是可以分开的。

真是可笑，他竟然还觉得那个生涩的吻满含情意。

他越想就越烦躁，不知道自己在期待什么，又在失望什么。

他用没什么温度的声音再次打断她的话：“我知道了，今天谢谢你。”说完他便走向自己的房间，“明天我叫司机送你。”

看这态度他是真的生气了。

可是池渺渺发现自己也很生气，准确地说，是有点儿失望，失望他把他们那个吻说得那么轻描淡写。虽然她的初衷确实是替他解围，但那可是她的初吻啊……

其实从电梯里出来后，李牧遥的脑子里就反反复复都是电梯里的那个吻的画面。这让他几乎没办法思考，甚至开车的时候都没办法专心。

他打开电脑，想了想又拿起手机，直接打了个电话给威尔森。

此时威尔森那边正是半夜，接到李牧遥的电话时，他明显是刚从睡梦中醒来。

“抱歉打扰你休息，但今天发生了一件很严重的事情，我必须跟你说一下。”

威尔森揶揄他：“你还能自己打电话给我，我觉得事态或许没那么严重。”

李牧遥没理会他的揶揄，把今天在电梯里发生的事情简单讲述了一遍。

然后他总结道：“我现在无法控制自己的思想，大脑中不断地浮现出已经过去的事情，可我明明不想再去回忆，认为这是强迫回忆的症状……”

威尔森连忙打断他的话：“放轻松，任何让人紧张、尴尬的事情在一段时间内都可能被不受控制地回忆起来。不过你经历的事情确实让我很意外，这是一个巨大的进步，不是吗？不过，要想进一步了解你的情况，确定你是不是真的不那么抗拒和别人接触了，我们需要先搞清楚一点——你是因为发现自己不抗拒她才想跟她待在一起，还是因为渴望跟她在一起才不抗拒她。只有弄清楚了这一点，我才知道该给你什么样的建议。”

李牧遥挂了电话，房间里再度安静了下来，这就显得门外拖鞋摩擦地板的声音格外清晰。

医生不是说拆了石膏也要多休息吗，她走来走去干什么？！

还有，今天她好像格外不安分。也是，终于可以回家了，她能不高兴吗？

李牧遥正烦躁着，忽然听到房门被人敲响。

池渺渺等了好半天，李牧遥的房门总算开了，他还穿着进门时的衣服，站在房里，脸色看上去不太好。

不过池渺渺不太在意，反正她老板一向脸色不好。

"老板，我明天就走了，一直想请你吃顿饭，毕竟这段时间你这么照顾我，但考虑到你不爱去外面吃饭，我就在家里准备了晚饭。"

主要是考虑到他去过的地方都很贵，所以她只能在家里请客了。

她现在虽然拆掉了石膏，行动还是不那么方便，要大张旗鼓地做顿饭也有困难，做个蛋糕还算容易，然后叫一份外卖就差不多了。

见李牧遥将信将疑地看向厨房的方向，池渺渺连忙说："我做了你最爱吃的黑巧克力焦糖口味的蛋糕。"

原来她忙进忙出这么久是在做蛋糕，他的心情好转了一些。

他走向厨房，果然看到中岛台上放着一个刚刚做好的蛋糕。不过她所谓的晚饭，就这一个蛋糕？

正在这时，门铃响了，池渺渺看了一眼对面墙上的监控画面，是送餐的人来了。

外卖员是不能直接进入这个小区的，一般是送到小区门口再由管家送上来，今天送餐上来的人是个新面孔，但穿着一样的管家制服，大概就是前些天管家跟她提过的新人。

她开了门，对方推了个餐车进来。

在池渺渺的帮助下，这个新管家将池渺渺叫的外卖一份份摆上餐桌。

"这就是你说的晚饭？"李牧遥不悦地问。

池渺渺一边摆盘，一边回答说："家里食材不全，我想起来你说过这家的意面特别好吃，就点了这个。"

他什么时候说过这种话？再说意面能好吃到哪里去？之前是她叫外卖时自作主张叫了他那份，他知道那一家的卫生状况还过得去，勉强吃了两口。现在怎么就变成他爱吃了？他正想着，这时忽然注意到有一个盘子放在了餐桌边缘，稍微碰一下就可能掉在地上。他走上前去想把盘子放好，却正好被摆放完餐盘要转身离开的管家撞了一下。

池渺渺眼看着那新人管家撞向了李牧遥，而且刚才沾了油的手不小心碰到了李牧遥的袖子。

她原本想阻止的，但很显然，根本来不及。

她还记得她把咖啡泼在他身上时的情形，当时不明白李牧遥为什么会反应那么大，后来明白了，也知道自己那次多么幸运地逃过了一劫。

可是人不可能总是那么幸运。她想着：完了，完了，这个管家小哥“凉”了，间接造成这次“重大事故”的她也“凉”了……

然而让她意外的是，李牧遥并没有表现出太明显的不适样子，虽然他的脸色确实不怎么好，还是又洗手又消毒的，但他也没说什么就让管家离开了。

池渺渺观察着他的脸色，不确定地问：“老板，你没事吧？”

李牧遥洗好了手，没好气地看她一眼，走向了自己的房间：“我去换件衣服。”

看来他是真的没事，只是不高兴而已。

她忽然意识到，除了她把他的衣服弄脏那一次，后来她喝多了酒也好，受伤后也好，都碰过他的衣服，也碰过他的身体，他的反应好像也没那么强烈。

房间里，正在换衣服的李牧遥对着穿衣镜中的自己也陷入了沉思之中——刚才那种情况如果是放在以前，他怕是早就无法忍耐了，但是刚才，他虽然还是会感到不舒服，但并没有出现呼吸困难的症状。

很显然，他的情况在慢慢好转，但他一直以为，这种好转只是对池渺渺才有效。现在看来，面对一个完全陌生的人，他也没有以前那么抗拒了。

而这些转变，就是从她出现以后开始的。

他想，或许还是应该把她留下来。

脑子里忽然冒出萧易那句类似于玩笑的提议，有那么一瞬间，他竟然真的在考虑让她成为他的女朋友的可行性。

池渺渺早就等在餐桌旁了，见他出来，连忙替他倒了杯酒。

李牧遥扫了一眼桌上的那瓶酒，似笑非笑地说道：“请我吃饭喝我的酒？”

池渺渺讪讪地说道：“我这不是怕我随便买的酒老板你喝不惯嘛。”

李牧遥微微一哂没揭穿她的抠门行为，走到餐桌旁坐下。

池渺渺还不确定他是不是真的没事，试探着问：“怎么换个衣服这么长时间？”

李牧遥拿着酒杯的手顿了顿，片刻后他说：“接了个电话。”

池渺渺并不关心他到底在房间里干了什么，知道他没事就放心了，却听他接着说：“我听说你家出事了。”

池渺渺差点儿被一口意面噎到，她家能出什么事？

李牧遥回答道：“也不是什么大事，考虑到你明天就搬回去了，我就找了人提前去你家帮你打扫一下。”

“家里招贼了？”她问。

李牧遥摇了摇头：“也不是，小区里在修管道，停水了。”

池渺渺松了口气，幸好不是什么大事。但她老板什么时候变得这么好心，还提前让人去帮她打扫卫生？

“停水啊，应该很快就能解决吧。”

“听说那管道没个十天半个月怕是修不好。”

“这么久！”池渺渺开始犯愁，“那我回去可怎么活？！”

李牧遥冷冷地瞥她一眼：“有那么着急吗？几天你也等不了吗？”

池渺渺没注意到李牧遥的神情变化，随口应了一句：“是啊。”没有水她一天都受不了。

“啪嗒”一声，李牧遥放下叉子：“看来让你住在这里是委屈你了。”

“委屈？不委屈，不委屈！”

虽然跟他住在一起确实有点儿压力，但是不得不承认如果不是沾他的光，她怕是这辈子也享受不到这种生活——任何鸡毛蒜皮的小事都可以找管家，厨子做饭又好吃，房子又大又宽敞……

可是她怎么觉得她老板似乎有点儿不高兴呢？

“老板，我说错什么了吗？”她小心翼翼地问。

“你说呢？”李牧遥看向她，“想来就来说走就走，你把我家当什么地方了，又把我当什么人了？”

这话是从哪里说起的啊？

池渺渺觉得可太冤枉了，她来他家住是他的提议啊，现在她的脚好了不走难道一直住下去吗？

“老板，你是不是误会什么了？”

“老板？”李牧遥摩挲着手里的酒杯，好像第一次注意到这个称呼。

池渺渺见李牧遥看着那瓶红酒，忽然有点儿心虚，他不会还在怪她自作主张动他的酒吧？

她也只能厚着脸皮和他套套近乎了：“老板和员工这是表面上的关系，咱们一起经历了这么多事，怎么说也算朋友了吧。”

生怕他说她自不量力，她紧接着又补充了一句：“如果老板你不介意的话。”

李牧遥刚才那股无名火总算被压制住了，虽然朋友这个定位和他想给她的身份还差一个字，但总归比老板和员工的关系近了一步。

他点了点头：“你这么说，算是吧。”

池渺渺长长地呼出一口气，又看了一眼那瓶红酒说：“对嘛，咱们都这么熟了就没必要太见外了。”

李牧遥顺着她的话说道：“是啊，既然是朋友，不管你家管道维修的事让你立刻就搬走也不合适，那你就踏实地再住几天吧。”

池渺渺完全没想到他会留她，感激涕零地应道：“好的，好的，那谢谢了。正好我之前还遗憾没机会让你尝尝我亲手做的饭呢，现在好了，我多住两天就有机会了。老板你想吃什么菜？我明天就去买菜。”

李牧遥看她一眼说：“你定吧，我说的菜你也未必会做。”

他这是瞧不起谁呢？

池渺渺擅长的事没几样，做饭算是一样，所以她绝对不能容忍被人瞧不起她的手艺。

“你不说怎么知道我不会？不是我吹牛，我光是听个菜名就能知道这道菜该怎么做了。”

“是吗？”李牧遥有点儿意外地看她一眼，“那我就不客气了。那就炭烤和牛、脆皮鳗鱼、海胆烤饭、松茸蟹汤，甜点就天妇罗冰激凌吧。”

池渺渺傻眼了：“日料啊？”

“你不是说没有你不会做的菜吗？”

“那是，日料要么生吃要么裹着面糊炸一下，哪有我们中华美食的做法那么繁复啊！而且总吃生的和油炸食品对身体不好，我觉得为了老板你的健康着想，我还是做几道家常菜吧。”

李牧遥却只是不置可否地笑了笑。

池渺渺拆去石膏后，腿虽说还是有点儿不方便，但是出门约顿饭，不久站、不走太远的路还是可以的。

在家憋了这么久，她迫不及待地约了暖萌见面。

两个人一见面，池渺渺才知道暖萌和秦亮已经分手了。虽然之前暖萌就有分手的打算，但真的听到两个人分手的消息，池渺渺还是觉得挺突然的。

据暖萌说，秦亮这回像是动了真格的，带她回了趟老家，把能见的亲戚朋友都见了个遍，又是看房子又是看钻戒的，显然是下定决心要和她过下半辈子了。

那小编剧也挺惨，和秦暖的长期合作没有了，秦亮怕再碰上她，干脆在自己的圈子里彻底封杀了她。没了工作、没了男人，她现在只能到处卖惨，倒是挺让人解气的。

但听说她现在混得这么惨，池渺渺又忍不住唏嘘，秦亮竟然一点儿旧情都不念。

暖萌冷笑道："看吧，这就是男人。"

池渺渺不知道该如何评价秦亮，但是想到他和暖萌这几年的感情，还有他最后下定决心做的那些事，也不禁有点儿替他们惋惜。

"那你就没再考虑考虑？"

暖萌叹气："我也不是意气用事才非要跟他分手，小编剧那事倒是让我清醒了很多。我发现我以前看他真的是有滤镜的，觉得他老实、忠厚、上进又有梦想。后来经过那件事后冷静下来再看，才发现他自私、懦弱、伪善，还觉得自己挺聪明，我都奇怪自己当初是怎么看上他的。"

两个人相对沉默了片刻。

暖萌说："这事都是过去时了，快别说了。对了，说说你那个稿子。你看到读者的评论了吗？大家都炸了，你怎么没按照大纲写？这是要把男二号扶正的意思吗？"

池渺渺有点儿心虚："我是越写越觉得男二号冤枉，之前那个结局对他来说太不公平了，就想换个思路。"

"你这思路换得有点儿彻底啊，让他这故事里的终极大反派最后变成女主角的命中注定之人，你就不怕读者'寄刀片'吗？"

池渺渺回答道："其实我觉得吧，我作为一个作者，应该有点儿社会责任感，还是要考虑如何传递正能量。男二号本身的性格是有问题，但不能因为他有问题我们就抛弃他，我们应该教化他啊，所以我让女主角成为他的救赎，治愈了他，这多正能量啊！”

暖萌打量着池渺渺：“不对啊，我们喵大是不是有什么事瞒着我？”

池渺渺忽然就有点儿心虚：“我能有什么事？”

“我没记错的话男二这人设你应该是照着李牧遥设定的，最初你对这男二号恨得咬牙切齿，这才几天，就要把男二号扶正了。你在他家住这么久，是不是发生了什么我不知道的事？”

池渺渺差点儿被文峰绑走这事暖萌知道，但李牧遥救她的细节，她却没对暖萌说。

想到那天发生的事，还有几天前在医院电梯里的那个吻，她还是忍不住心跳加快。

“真没什么，就是接触多了，发现他并非我之前想的那么坏。”

暖萌想了想认同地说道：“其实我也觉得李总挺不错的，而且通过你对他的描述，我觉得他对你也不是一点儿想法都没有，要不你好好考虑一下？”

其实午夜梦回时，池渺渺也不是没有偷偷想过。

普通人眼里的李牧遥或许刻薄、冷漠、难以靠近，但经历了这么多事后，她发觉他其实是个内心很温柔的男人。

回想起他们相处的点点滴滴，她也会忍不住揣测，他对她是不是也产生了不同寻常的情愫。

可是她很快又让自己冷静下来，毕竟他那样的人，什么样的女孩子没见过呢？一定是他偶尔展露出的脆弱无助和对她的依赖样子让她误会了。而事实上，在那种时候，不管在他身边的是什么人，或许都会被他那么依赖吧。

想到这些，池渺渺心里有点儿不舒服，但她也明白自己和李牧遥之间的差距。这本来就是不可能的事情，她还不如趁着自己没有泥足深陷时早点儿脱身。

今天正好回家看看小区管道修好没有，修好了，她就搬回家去。

有时候觉得一切似乎都早有暗示，就比如虽然他们两家只隔着一条街，但这条街的两边却像是两个世界，就像她和他一样。

“人家是什么人，怎么会看上我？再说我这人很专一的，只喜欢玄彬。”

其实说出刚才那话后，暖萌就后悔了。以前玩笑归玩笑，但现在池渺渺和李牧遥走得这么近，李牧遥要是真的对池渺渺产生了感情也就罢了，如果没有，而池渺渺当了真，那难受的只能是自家闺密。

还好池渺渺也不愿多说，暖萌也就趁机换了个话题。她夹了个猪脚放进池渺渺的碟子里："今天这个烤猪脚做得不错，你好好补一补！"

和暖萌吃完饭，池渺渺顺便回自己家的小区看了一下，小区路面整整齐齐，完全没有维修过管道的痕迹。她向小区保安一打听，才知道是隔壁小区管道出了问题，她这小区一直好好的，应该是李牧遥之前搞错了。

不知道这情况还好，现在知道了就再没什么理由不搬回来了，她想着那就今晚和李牧遥道个别搬回来吧。

池渺渺回到李牧遥家，一边收拾自己的东西，一边等李牧遥回来。

其实她的东西不多，就几身衣服和一些日常用品，一个双肩背包就全部装下了，她却收拾了很久。她就这么一直收拾到天黑，李牧遥也还是没回来。

她原本想着在人家家里借住这么久，离开时应该当面道个别的，但是眼下也不知道李牧遥什么时候才能回来，如果太晚，她可能就等不到当面道别了。

她拿出手机发了条微信给他，说她今天回家看过了，家里管道没什么问题，就想今天搬回去。

消息发出去后，她有点儿忐忑，怕他在忙，自己这点儿小事打扰到他工作，但又不免有点儿期待，或许看她说要走，他会专程回来送送她。

然而过了很久，李牧遥只回了个"知道了"。

池渺渺原本还准备了一大堆感激的话想对他说，但见他态度这么冷淡，猜他或许还在忙，犹豫了一下，还是把刚编辑好的长长的一段话都删掉了。

她把房子又打扫了一遍，确保这里和她来之前一样一尘不染，这才出了门。

两家离得真的很近，因为腿不方便，池渺渺走得很慢，但半个小时也就到家了。

因为家里有一段时间没人住了，虽然被李牧遥安排的人打扫过了，但是一打开门还是有一股扑面而来的霉味，她连忙开窗换气。

以前她觉得自己的小日子过得惬意极了，父母给她的这套房子，虽然是典型的“老破小”，但地段不错，而且就她一个人住，并不觉得空间窄小逼仄。

可是她在李牧遥家住了一个月后再看这房子，那落差感不是一两句话能形容的。就像这里和对面的富人豪宅，虽然只隔着一条街，却泾渭分明，感觉离得很近，实际上非常遥远。如果突破这个壁垒，那必然会引发一系列的“水土不服”现象。

说到底这套小房子才是真正属于她的，未来与她相配的也应该是个平凡的好人，而非李牧遥。

可是想到那个男人，想到他冷硬的外表下不为人知的柔软一面，她又很不争气地难过起来。

KUANG 19 RE

求这老板下线

李牧遥下午有个商务谈判，商务谈判之后还有个应酬，因为是比较重要的合作伙伴，所以这个面子还是要给的。而且对方绞尽脑汁地投他所好，无论吃饭的环境，还是菜品都看得出是为了迎合他。

照理说他的心情应该不错，可是想到刚才池渺渺发来的微信他就没来由地生气。

他上次的话算是白说了，她就这么迫不及待地想从他家搬走吗？她甚至等不到他回去道个别。

李牧遥越想越生气，对酒桌上的推杯换盏也失去了兴致。

总算熬到了酒局散场，李牧遥在刘焕的陪同下上了老张的车。

他今天难得地喝了不少酒，但头脑一片清明，还知道此时池渺渺应该已经回到她那一股子霉味的筒子楼里去了。

想到这些，也不知道为什么，他觉得胸口有点儿憋闷。

他降下车窗，湿热的空气扑面而来，他胸口的不适感没有一丝一毫的缓解。他正想再把车窗升上去，才发现他们正经过池渺渺所住的那片老旧小区。

此时还不算太晚，又是周末，一眼望过去，家家户户都还亮着灯，一片人间烟火气。

李牧遥的视线停留在那些亮着灯的窗户上，他猜想着，哪一盏是池渺渺家的？

像她这种人，绝对不会亏待自己，一个人在家肯定也做了不少菜，哪像他，只能和一群不交心的陌生人一起食不知味。

片刻后，李牧遥回到家。不出意料，房子里空空荡荡、死气沉沉，走廊尽头的那扇门里再没有灯光泄出，更没人迎出来对他嘘寒问暖。

但他很快意识到，自己这是在失落，而在他看来，这种莫名其妙的失落就是矫情。在过去的很多年里，他一直独来独往，周遭人表现出亲近，甚至只是靠得稍近一些都让他感到厌烦甚至惶恐。

此时此刻，没了旁人的打扰，这才应该是他最习惯也最喜欢的状态。

所以，他在失落什么？

他像往常一样，洗了澡换了衣服，但也没能把心里那点儿让他烦躁的失落感驱逐出他的身体，直到他想拿一瓶水，打开冰箱的那一刻。

熟悉的蛋糕包装盒，熟悉的甜腻气味，他自己都没注意到，在他看到这个蛋糕时，那困扰他一整晚的失落感一下子就消失了。

他把蛋糕从冰箱里拿出来时，一张卡片落在了地上。

他弯腰将其捡起，打开，一看那歪歪扭扭的字迹就知道这是出自谁的手笔。

“本来有很多感谢的话想对老板你说，但不知道从何说起……”

看到这里李牧遥不由得冷哼一声，有什么不知从何说起的？她不是个作家吗？还会被这种事难住，毫无诚意！

“总之很感谢你这段时间对我的照顾，不知道怎么回报，只能匆忙做了这个蛋糕聊表心意，还有好好工作了……”

就这？

但抬眼看到桌子上的黑巧克力焦糖口味的蛋糕，他还是没忍住用叉子叉了一块送进嘴里。

黑巧克力的气味似乎比前几次更浓郁了，甜度也适中，看来虽说她是匆忙做的，但也是用了心的。

甜食果然能让人心情愉悦，李牧遥再看向那卡片时，心情明显好了一些。

“其实本来是想当面道别的，但看你好像在忙，也就没再打扰。”

算她还懂点儿道理，知道在人家家里借住这么久，离开时应该当面道别。

“对了，我不在的时候你也要记得按时吃饭哦，我已经和管家说过了，只要你在家，一日三餐让他不用问你，直接安排人去给你做饭。身体是革命的本钱，加油哦！”

然后是一个傻乎乎的笑脸。

自作主张！他家的管家什么时候这么听她的话了？可虽然是这么想的，他的心情却莫名晴朗了起来。

洗过了澡，池渺渺躺在沙发上看电视，手边放的是刚叫来的零食外卖。没有了李牧遥的那些家规，池渺渺应该无比惬意的，可是她始终心神不宁。

她这么走了，他会不会生气了？

她想了想，拿出手机又给他发了条微信。

池渺渺：“老板你回家了吗？我做了蛋糕放在冰箱里，你记得吃。”

信息发出去后，池渺渺等了半天没等到回信，就想给自己找点儿事做。

她拿出笔记本打开文档，正好今天的更新内容还没来得及写。

写之前她习惯先看一下上一章的评论，这一看更郁闷了。就因为读者看出她有把男二号扶正的意思，评论区已经炸了。一开始大家还只是讨论剧情，后来可能见她不为所动，干脆开骂，有些话恶毒得不像话。虽然池渺渺早有一定的心理准备，但这还是第一次见识这种阵仗，也忍不住生气了。

再看微博私信，情况差不多，除了骂她的，还有劝她迷途知返的。到底谁才是作者？

池渺渺一气之下干脆把微博设置了不能发私信和评论。

正在这时，手机振动了两下，她拿起手机看了一眼，顿时什么气都散了。

李牧遥的回复还是他一贯简洁的风格：“嗯，蛋糕不错。”

他没因为自己一声不吭地搬出来而生气就好。不过想想也是，他那么爱干净、爱静的人，迫不得已才让她搬进去，她现在自觉地搬走，他应该如释重负才对。

可是想到这一点，她又忍不住有点儿失落。

第二天上班时，池渺渺正指挥着工人更换一批展品，也没注意身后，一回头险些撞上一个男人。还好那人及时出手，一把将她扶住。

她连忙道歉，对方也说“没关系”，但话说到一半两个人都愣住了。

池渺渺怎么也没想到，自己会在失恋博物馆里遇到宋琛。

他还像上学时那样穿着牛仔裤、运动鞋，T恤衫外随意套着件休闲衬衫，整个人看着还像多年前一样，很干净舒服。

“宋师兄？”

“渺渺？”

他怎么会在这里？

宋琛是他们学院高一级的学长，她去学校报到那天就是他接的她。后来迎新晚会上，按照惯例需要在新生和大二学生中各选出一人做主持人，当时的新生主持人就是池渺渺，宋琛则是辅导员指定的另一个主持人。

宋琛一米八几的身高，性格开朗大方，各方面能力都不错，待人也很温柔得体，而且最重要的是，在没有遇到李牧遥之前，她一直觉得她在现实生活中认识的最好看的男生就是宋琛。尤其是他笑起来还有点儿玄彬的韵味，这就很难让人不心动了。

池渺渺是喜欢宋琛的，但喜欢宋琛的人又何止是她？光她知道的就不知道有多少，更别提男生们偶尔提过的外校的女生了。

不过池渺渺比她们幸运，她入学后认识的第一个人就是宋琛，有着近水楼台先得月的优势。就比如大学里的教材并不强制学生购买，为了省钱，很多人会从学长学姐那里买二手的，关系好点儿的这钱也省了。宋琛自然不缺那点儿书钱，所以池渺渺大学头两年用的书几乎都是宋琛的。

那应该是他们关系最亲近的一段时间，他有时候会叫她一起吃饭，周末时还会发信息给她问她在干吗。闺密鼓励她去表白，说他这样明显是对她有意思，可当时她㞞了。

一方面是她真没谈过恋爱确实不擅长这个；另一方面，她潜意识里总觉得宋琛好像不像闺蜜说的那么喜欢她。就在她犹豫的时候，宋琛有女朋友了。

那之后本来联系就算不上多热络的两个人干脆就没了联系。

其实后来池渺渺也后悔过，不如就听闺密的话搏一把，或许结果就不一样了，而最坏的结果无非是像后来那样，彼此不再联系。

池渺渺突然想起老同学说他快结婚的事情，连忙抽回还被他扶着的手臂。

宋琛看了看她身后那帮还在干活的工人，问她："你在这里工作啊？"

池渺渺答道："是啊，你呢？来参观的吗？"

宋琛说道："嗯，这不是个网红打卡地吗？我早听说了，一直没来看过，正好今天出来办事路过这里就进来看看。我听说你一直在专职写小说，真没想到你会在这里工作。对了，我们在这里说话不耽误你工作吧？"

池渺渺这才想起身后那群工人，问他："你着急走吗？"

宋琛笑了："我刚来，不着急。你先忙你的吧，我自己先随便逛逛。"

眼看就要到中午了，池渺渺说："我马上就好，一会儿带你逛逛，中午请你吃饭。"

宋琛没有拒绝，笑着目送她离开。

走出宋琛的视线范围后，池渺渺才松了口气。她正指挥着工人快速把剩下的工作做完，肩膀上忽然搭上一只手。

池渺渺吓了一跳，回头一看，是韩夏。

韩夏神神秘秘地朝着前面某个方向点了点下巴："那帅哥是谁？"

池渺渺不用回头也知道她指的是宋琛。

"一个学长。"

韩夏打趣道："哟，一听这称呼就有故事。"

池渺渺早习惯了韩夏这风格，随口敷衍了一句："别闹了。"

韩夏望着宋琛的方向摸了摸下巴："如果你没遇到老板，这个学长的确算是人间尤物了，可惜前面有老板在那里衬托着，再出色的帅哥都黯然失色了，也难怪你不动凡心呢。"

一提起李牧遥，池渺渺不知道为什么，又有点儿心虚，连忙催韩夏快走："你不是说你今天特别忙吗？快去忙吧！"

送走了韩夏，她这边的工作也差不多做完了，打发走了工人，她深吸一口气，走向宋琛。

就算他不是她这么多年的"白月光"，至少也是在大学里帮助过她的学长，久别重逢，她还是得热心点儿。

宋琛总是很温和，虽然很多年没见了，但是很快就能让她找回他们当初在大学时的那份熟稔感。因此哪怕池渺渺最初面对他时还有点儿放不开手脚，聊了一会儿后也就放松了下来。

池渺渺带着宋琛参观完一楼展厅，又参观了二楼，还带着他在放映厅看了个失恋短片，正好时间快到中午了，池渺渺就提议去吃烤肉。

李牧遥开了一上午的视频会议，下午还有一大堆文件要看，本来中午又不想吃饭了，但忽然想到某人那让他按时吃饭的临别赠言，莫名地竟然觉得饿了。

刘助理的电话占线，李牧遥索性直接去找他说。

李牧遥一出办公室，正好看到池渺渺和一个男人有说有笑地走出了失恋博物馆的大门，看样子是一起出去吃午饭了。

“哟，渺渺去吃饭了怎么也不说一声？还想让她帮我带一份呢！”

李牧遥听出是韩夏的声音，回头问：“那人是谁？”

韩夏刚才说话时根本就没注意到老板就在旁边，此时见他脸色阴沉地望着正走在小广场上的一男一女，忽然意识到或许有好戏看了。

于是她把自己知道的和猜到的信息一股脑地说了出来：“渺渺的大学学长，长得特别帅，还有点儿像玄彬。”

不知道是不是自己的错觉，韩夏明显感觉，她提到玄彬的时候，老板的脸色更差了，但她还是看热闹不嫌事大地继续说道：“感觉他们两个人以前要么谈过恋爱，要么彼此喜欢，这忽然遇上了说不准还能再续前缘……”

韩夏正脑补着一场破镜重圆的故事，忽然发现身旁的李牧遥已经没了踪影，再一回头，正好看到老板的办公室的门被人狠狠地摔上了。

刘焕接完电话出来，问韩夏：“老板刚才是来找我的吗？”

韩夏耸耸肩表示不知道，但还是小声提醒他：“我劝你现在别去招惹他。”

和其他人在一起时，池渺渺绝对是话多的那个，跟李牧遥在一起时，她更是如此。因为李牧遥是个你跟他说话他都未必搭理你的人，你要是也一声不吭，那两个人只能尴尬地沉默了。

但是跟宋琛在一起时，池渺渺总是有点儿放不开，以前是因为暗恋他，现在是因为被以前的相处模式影响，好在宋琛很健谈，并不会让气氛陷入尴尬。两个人不知怎么聊着聊着就聊到了彼此的感情状况。

池渺渺说：“对了，听说你快结婚了，什么时候办事啊？我还等着凑份子钱呢！”

宋琛却怅然地笑了笑说："早分手了。"

池渺渺有点儿意外，连忙道歉："不好意思啊，我不知道。"

"不怪你，分手后我没跟别人说，毕竟不是什么好事，用不着大张旗鼓地宣传。"

池渺渺不由得叹了口气，难怪他一个人来逛失恋博物馆呢，原来是因为失恋啊。

宋琛像是看懂了她的心思，有点儿好笑地说："想什么呢？我都分手大半年了，用不着时时缅怀，今天真的是碰巧路过而已。"

想法被人戳穿，池渺渺有点儿不好意思："我也没说什么啊。"

宋琛笑着看她："你呢，还单着呢？"

池渺渺扒拉着盘子里的烤肉应了一声。

宋琛又笑了："你们写言情小说的人是不是都特别理想主义，非得那种长得特别帅又特别有钱，对别人不闻不问唯独对你特别关照的霸道总裁出现，才能让你们动动凡心啊？可是现实生活中有这种人吗？"

池渺渺的脑海中莫名地就浮现李牧遥那张没有表情的脸……

宋琛见她不作声，以为她生气了，连忙解释说："我开玩笑的，你不会生气吧。"

池渺渺朝他笑了笑："怎么可能？我是那么爱生气的人吗？"

宋琛点头："我也说嘛，你是出了名的神经比筷子还粗的人。"

两个人聊到以前上学时的事，气氛自然而然就轻松了不少，最初那种久别重逢后的陌生感也就不存在了。

饭后池渺渺要去结账的时候却被告知宋琛已经先她一步结了账。

池渺渺有点儿不好意思："说好是我请的。"

宋琛无所谓地笑了笑："你什么时候这么客气了？大不了下次再让你请回来。"

池渺渺笑道："一言为定啊，下次你可别跟我抢。"

从烤肉店出来，宋琛送池渺渺回失恋博物馆，两个人一路有说有笑。

到了失恋博物馆门前，宋琛想起什么似的说："哦，对了，我的公司也搬到这附近了，有什么事随时联系。"

池渺渺说好。宋琛晃了晃手里的手机，跟她道别。

李牧遥站在二楼的楼梯口处，正好看到了一楼门前两个人依依惜别的场景。他转身回到办公室，邮箱里有不少邮件需要他处理，他却没那心思。不知不觉中，他竟然打开了新浪微博，想到上次进行到一半的事情，熟门熟路地找到了林婉的微博，很快就在关注列表中找到了池渺渺的账号。

原来她的笔名叫“苍茫喵喵”。

他快速浏览着她发布的内容，没有令他失望，她还真在微博上提到过他，不过那都是半年以前的事了。

“嘲讽技能满点的宗师级选手，鸡蛋里挑骨头专业资深学者，越有钱越抠门的现身说法当事人，‘老板病’重症病患……求求来个人快把他带走吧！”

李牧遥顿时气得不轻，虽然知道她这人一贯口是心非，但没想到在她眼里他竟然是这样的！

他很想问问她到底有没有良心，但很快发现他没有权限评论也没有权限发私信给她。

李牧遥困惑了，这是把他拉黑了吗？可他这账号分明没怎么用过，她是怎么发现的？

他忍着气又翻了几条微博，看到有一条带链接的微博，猜测这应该是她最近的作品。

李牧遥点进链接，网页自动跳转到一个小说网站，停留的页面正是一篇名叫《老板帮帮忙》的小说的连载页面，作者苍茫喵喵，最后的更新日期是几天前。

李牧遥对这类小说一向嗤之以鼻，但想到她在他家时总是偷偷摸摸地捧着笔记本的样子，又按捺不住自己的好奇心。

他抱着怀疑又挑剔的态度打开了第一章……这一看，就没停下来。

小说开篇就描述了女主角糟糕的境遇，整天忙忙碌碌地干着毫无价值的工作，年近三十没有存款，没有前途，感情经历一片空白，而让女主角境遇变得更惨的是一个变态老板的突然出现。

看到这里，李牧遥隐约有了一些不好的预感。

他耐着性子又读了几章，很快那种不好的预感被证实了。

后来她花了大段的篇幅去描写这个新老板有多么刻薄、抠门、语出惊人，又是如何毫无人性地压榨剥削女主角。比如向女主角索赔洗衣费、洗车费以及让女主角顶着烈日去给他买咖啡等桥段莫名熟悉。而且女主角这个变态老板的履历几乎和他一模一样，只是把他就读的大学和创业公司用其他名称代替了，甚至连开的车型也是揽胜，停车也喜欢停在办公楼正对面的中轴线上，等咖啡时手指会不自觉地在杯子上敲十二下……

单看这些，这人物的原型分明就是他了。

可是文中这个老板的“老板病”虽然无药可救了，但偏偏没头脑也没能力，更要命的是他在感情中也特别失败，这就使得他更加变态了……

看到这里，李牧遥已经忍无可忍了！以前他只觉得她小心思不少，偶尔言不由衷，没想到她私下里胆子竟然这么大！

如果是以往，李牧遥可能已经联系律师告她诽谤了！

李牧遥正想打电话叫池渺渺滚进来问个清楚，忽然注意到她这篇文下的留言竟然都是在骂作者。

李牧遥的心情稍微好了一点儿，看来这些言情小说的读者也有不少明辨是非的。

但他仔细一看那些留言的内容，又有些不确定了。

“说好的早早让这变态老板‘领盒饭’呢？这都三十万字了，他怎么还好好活着？还越活越好？”

“一人血书，求这老板下线！”

“作者不会想把老板扶正吧？那不好意思只能弃文了！”

“早知道是这样我根本就不会点进来！”

“垃圾！！！”

李牧遥忽然有点儿好奇她后面究竟写了什么。于是一整个下午，李牧遥都沉浸在一篇言情小说中无法自拔，终于在下班前追完了池渺渺更新的所有内容，也渐渐明白了那些读者为什么骂她——虽然她一开始把老板写得很不堪，但后面用大量的情节去证实最初的一切都是误会，至于她老板的感情经历，也都是被人误传，但她老板确实受过情伤，才让他性格有些极端……

总之在她后来的塑造下，原本让人恨得牙痒的角色转变成了不被人理解、孤傲但温柔善良的正面形象。而且就像她的读者说的那样，故事的女主角原本有一个心心念念的“白月光”学长，可就当所有人都以为那个学长才是故事的男主角时，众人又发现，关于学长的剧情好久才能看到一点儿，着墨最多的全是和这个老板有关的情节，而且女主角对她的这个老板的态度也有了很明显的变化。

李牧遥看到这里，心情在经历过大起大落后还算不错。算她还有点儿良心！

不过那些评论真碍眼，有一些更是不堪入目！难怪池渺渺一开始还按时更新，最近几天都没有更新了，也难怪她的微博禁止发私信和评论，一定是她受不了网上这些乌烟瘴气的评论。

正好他刚注册了账号，就挑选了其中几个骂得最欢的人戗了回去。然而他很快发现，要戗的人实在太多了。斗志昂扬的李牧遥一不做二不休，经过一系列操作把所有负面评论都戗了一遍，顿时身心舒畅。

就当是她没有过分扭曲事实的一点儿小小的奖励吧，不过她和那什么学长一起去吃饭的事还是让他恼火，他只是没最初那么生气罢了。

等等，他为什么要生气？

回想自己这一下午的心潮起伏，再回想起和池渺渺相处的点点滴滴的画面，他忽然意识到一个很严重的问题，他对她似乎产生了一种能让人不断陷入麻烦的感情，俗称——喜欢。

李牧遥从黄昏时分一直坐到暮色沉沉，直到办公室门被刘焕敲响。

刘焕问道："失恋博物馆第二轮的宣传方案您看过了吗？营销那边问，这周能不能投放。"

李牧遥头也不抬地说："我看过了，在和'拍拍'的联动方面让他们多注意，其他没什么问题，尽快安排投放吧。"

"明白。"

正当刘焕要离开时，就听李牧遥问他："你平时看小说吗？"

刘焕一头雾水，想了想回答说："上学的时候会看，现在不看了。"

"有个作者的作品，你让影视公司那边评估一下，如果有适合开发的项目，就把版权买回来。"

李牧遥名下的公司，除了"拍拍"和失恋博物馆，很少有人注意到他其实还入股了一家影视公司。

刘焕应下："好的。是哪个作者？"

李牧遥拿出手机，正想把池渺渺的作者专栏发给刘焕，这才想起来，网站被他亲手戗了一遍，不好意思发出去了。

他只好把池渺渺的微博主页发给他，并且吩咐道："这件事你亲自跟进，有进展随时汇报。哦，对了，你亲自跟进没问题，但是不要让对方知道你和我有什么关系。”

这安排就有点儿微妙了，虽然一时半刻还想不出他老板这么安排的用意，但他相信老板肯定有自己的想法，所以一点儿都不敢怠慢。

吩咐完这些，李牧遥站起身来准备下班：“回家吧。”

到了这一刻，纠结了一下午的心绪总算安定了下来。最难以左右的从来都是人心，包括他的，也包括她的，奇怪的是，知难而退这种行为在大部分事情上屡见不鲜，可唯独在感情中不是，既然有那么多人一往无前，撞得头破血流依旧执迷不悟，那么多他李牧遥一个人又算什么？

暖萌刚进家门就接到了池渺渺的电话，她以为池渺渺是来讨论稿子的，但事实上，今天的池渺渺完全没心思讨论稿子。

“我今天见到宋琛了。”她主动坦白。

“谁？”暖萌愣了一下很快反应过来，“你那长得像玄彬的学长？”

“对。”

暖萌兴致缺缺地问：“他请你参加他的婚礼啊？”

“不是。”池渺渺有点儿唏嘘，“他分手了。”

一听这话，暖萌顿时像换了个人：“好事啊！”

“咱积点儿口德不行吗？”

暖萌狡辩：“我怎么就缺德了？分手本来就未必是坏事嘛！说明他们在婚前发现彼此并不合适，迅速拨乱反正，及时止损，这还不是好事啊？更重要的是，这就意味着他还有机会遇上他的真命天女，而这真命天女说不准就是你呢！哈哈哈！哎，你别只顾着说我，你自己其实心里早乐开花了吧。”

经暖萌这么一提醒，池渺渺发现自己在听说宋琛恢复单身的消息后，除了意外并没有暖萌说的那种窃喜心情……

她忽然有点儿茫然，自己不是一直惦记着他吗？

“还真没有，你说为什么？”

暖萌似乎也有点儿意外，不过很快就找到了答案：“这还有什么‘为什么’？你们都多久没见过面了，当初再喜欢现在感觉肯定也淡了，但是一个人能吸引你一次，就能吸引你第二次。姐妹，你脱单的机会来了！”

池渺渺无语：“八字还没一撇呢，今天就是碰巧遇到吃了顿饭而已，我也不知道他现在是什么情况。”

池渺渺把今天和宋琛遇到以及一起吃饭的过程简单讲给了暖萌听。

暖萌很乐观：“知道他单身就行，别的你慢慢了解。而且我觉得他对你不是一点儿感觉都没有，他要是对你没意思，就不会故意等你一起吃饭了，再说后面又是告诉你他的公司也在附近，又是说让你下次请回去，这分明就是为你们下次约会做铺垫。”

“是这样吗？”池渺渺表示怀疑。

“不管是不是，我觉得这次无论如何你得争取一次，就算给自己一个交代吧。而且现实点儿讲，他确实是个很不错的恋爱对象，各方面条件都不错，还是你的‘白月光’。当然最重要的是，比起李牧遥还是他更实际点儿，至少咱够得着。”

暖萌的这句话成功点醒了池渺渺。

她忽然就明白了，为什么自己在听到宋琛恢复单身后并没感到丝毫开心，也终于明白，为什么暖萌说得都对，她却提不起丝毫兴致。原因是，她心里好像真的走进了一个她够不到的人。

可是既然够不到，她又何必太勉强？或许只是因为他之前发病那两次，让彼此的距离陡然拉近了，所以她产生了一些莫名其妙的想法。也或许，她只是一时爱慕虚荣、鬼迷心窍，对他根本没有太深的感情。不然她没理由放着多年的“白月光”不喜欢，而喜欢一个性格根本不对她的胃口的人。

一定是这样的！

想通了这一点，她决定听取暖萌的建议：“那我该怎么做呢？”

暖萌说：“你写了那么多言情小说，女追男的套路还不懂啊？不过比‘追’更高一个段位的是‘撩’，你好好琢磨一下，就从回请他吃饭开始。”

池渺渺想了想，觉得这也不是件多难的事，也不懂自己当初怎么就没把人搞到手。

她立刻放下豪言壮语：“等我的好消息吧，保证一个月内把他拿下！”

“不错嘛！这才是我们喵大！”暖萌说着，忽然想起什么，“对了，我发现小说网站忽然登录不上了，已经一下午了，也不知道是怎么回事。”

池渺渺想起她文下的那群“杠精”顿时乐了：“还有这种好事？那群‘杠精’骂不着我岂不是得憋死？”

暖萌说：“正好你也调整一下，想想后面怎么收尾吧。”

网站直到第二天中午时才恢复正常，但也不是完全正常，因为网站有些文章下的评论莫名其妙地消失了，池渺渺正在连载的文章就是这种情况。

她乐得如此，但想了想还是决定先停更，等自己想好了究竟要怎么写再开始动笔。做好了决定，她打算发微博通知一下读者，登入微博界面，发现有一条私信，对方号称是某影视公司的代表，咨询她的版权情况。

这种事在池渺渺的第一部作品被成功开发后时不时遇到，但都没什么下文，所以这一次她也不是很上心，直接把暖萌的工作手机号发给了对方，让对方和她的“经纪人”对接。

李牧遥交代的事情刘焕不敢耽搁，当即就联系了那个“经纪人”，简单表达了一下自己的来意，两个人又约了时间见面详谈。

可是不知道为什么，刘焕总觉得对方的声音特别耳熟，很像暖萌。

难道真是日有所思夜有所梦？因为他总惦记暖萌，所以听到一个差不多的声音就能联想到她？

几天后，当刘焕见到这个“经纪人”时，竟然有种梦想成真的狂喜感觉。

暖萌也很意外：“怎么是你？”

刘焕激动地说道：“这也太巧了，在电话里我就听着声音像你，你换手机号了？”

暖萌回答道：“没有，我有俩号。你这个号码是……”

“我就这一个号。”说完，刘焕忽然意识到一个问题，她之前也没想到是他，这么说他们上次一起吃过饭后，她根本没存他的电话号码！

他不失落是不可能的，但还好他们缘分不浅。

暖萌又问道：“你这是跳槽到影视公司了？”

刘焕想起李牧遥的嘱咐，连忙说：“没，这是在给朋友帮忙，和我的老板一点儿关系都没有。”

暖萌了然地点头：“原来是兼职，那你做得了主吗？”

生怕对方不在意自己，刘焕笃定地说：“放心吧，我比影视公司的人还能做主！”

暖萌笑了笑，笑容里分明保持着几分怀疑之意：“那咱们就开始吧。”

不用更文的这段时间池渺渺就把主要精力放在追求宋琛上。

令她欣慰的是，后来她约宋琛吃饭，他答应得很爽快，见面时的氛围也不错。除此之外平时两个人经常微信聊天，看上去关系比普通朋友要亲近一些，但也就仅此而已，要想更进一步，似乎总欠缺点儿什么。

正百思不得其解的时候，手里的手机忽然响了起来，她吓了一跳，再一看来电人的名字，又吓了一跳。

这都下班两小时了，李牧遥打电话给她能有什么事？

她缓了缓神接通电话。

李牧遥的声音依旧如往常般清冷，说出的话却不像他的风格。

“在忙吗？”

他有事只会直接吩咐，什么时候有过这么客气的开场白了？

事出反常必有妖，这让池渺渺立刻警惕了起来。

“还行，是有什么事需要我做吗？”

“也不是什么大事。”电话对面的男人轻咳了一声，“就是想问问你哪家店的蛋糕比较好吃。”

这是什么意思？

李牧遥又补充道：“最好是有黑巧克力焦糖口味的。”

这回池渺渺听懂了，这是她老板变着法地说想吃她做的蛋糕呢！

她还当是什么事呢！

她顿时松了口气，笑嘻嘻地说：“哪家店的都没有我做的好吃。”

对面的男人轻嗤了一声：“大言不惭。”

池渺渺完全不在意他的口是心非，大包大揽地说道：“正好家里还有材料，我今晚做好，明天给你带过去。”

“好。”

李牧遥顿了顿又说：“也不能让你白白给我做蛋糕。”

池渺渺难得大方：“没事，都是朋友了，一个蛋糕而已，客气什么？”

李牧遥说道：“可能不是一个。”

“那你要吃几个？”

池渺渺倒不是心疼，只是家里剩下的那点巧克力确实不够做几个蛋糕的。

“不一定。”

“不一定？”

“你做的蛋糕确实不错，我是觉得我偶尔可能会想吃，所以不能每次让你白做。”

池渺渺连忙说：“几个蛋糕而已，老板你可千万别给我钱，太见外了！不过现在物价这么高，我的收入那么微薄，要不你给我涨点儿工资吧？”

李牧遥听到她叫他不要太见外时，还觉得挺欣慰，看来她还有点儿良心，但听到她的后半句话时，刚生出的那点儿欣慰情绪顿时烟消云散了。

他没好气地说道：“你想得美。”

池渺渺可太委屈了，她这要求过分吗？再说是他自己说不能让她白做的。

“换一种方式补偿你吧。”李牧遥说。

换一种方式？池渺渺也不知道自己是怎么回事，顿时想到一些少儿不宜的画面。

李牧遥轻咳了一声说：“我可以像之前那样，在你需要的时候花点儿时间指点你一下。”

池渺渺不解地问：“之前哪样？”

“就你朋友出现感情问题时那样。”

“可我朋友最近没什么感情问题要咨询啊。”

见她一副兴致缺缺的样子，李牧遥更来气了：“我的时间不值钱吗？还不如你那点儿工资？”

自从池渺渺从李牧遥家搬走后，两个人的生活似乎又回到了“正轨”上，他是老板，她是刚转正的小职员。如果不是刻意为之，两个人甚至连交集都没必要产生，再没人迎接他回家，也没人和他一起吃饭、看电影，更不会有这样那样的意外让他们之间发生超出彼此关系的事情。

而更让李牧遥恼火的是，池渺渺竟然能对这些变化那么无动于衷，对于能不能见到他，她似乎根本不在意！

凭什么把他折磨得夜不能寐，她却还能活得那么没心没肺？！

而且萧易就快回来了，到时候他就再没有理由留在失恋博物馆，以他对她的了解，说不准他一走，她就忘了他是谁了。

李牧遥觉得不能再坐以待毙，于是才有了今天这通电话。

他都舍得浪费自己宝贵的时间去回答她那些不值一提的问题了，她竟然还没意识到自己占了多大的便宜！

“值，值，值，太值了！”

池渺渺嘴上这么应付着，心里却很想问问李牧遥，他的时间是能管饱，还是能解渴？

只谈理想不谈钱的老板都是在耍流氓，李牧遥到底想干什么？

果然资本家没好人！之前他还说是朋友，这算什么朋友？！

见她态度有所变化，李牧遥的语气稍稍好转：“你可以咨询我任何问题，如果你只想咨询感情问题也可以，到时候你可以帮任何人向我咨询。”

池渺渺忽然想到自己和宋琛当下的状态，正好可以咨询一下专业人士。

池渺渺问道：“什么问题都可以问吗？”

李牧遥打开一份工作邮件，随口说道：“你说。”

“怎么样判断一个男生是否喜欢一个女生呢？”

李牧遥握着鼠标的手忽地一顿：“为什么这么问？”

池渺渺心虚地说道：“就随便问问，你不是说什么都可以问吗？”

李牧遥想了想说：“这个很简单，一个人的想法不一定非要通过对方的言语来揣测，很多时候肢体语言更诚实一点儿。比如一个人很喜欢注视另一个人，会情不自禁地想要靠近对方，甚至会模仿对方……这都是一个人很在乎另一个人的表现。”

池渺渺凝眉想了想：“在乎不代表喜欢吧，可能只是欣赏呢？还有没有其他方法？”

李牧遥又想了想，沉默片刻后说：“反常。比如一个人从来不吃辣，但你有一天发现他竟然吃辣了，或者一个宅男突然喜欢外出了……”

池渺渺努力搜索着宋琛在面对自己时的反常举动，忽然意识到自己现在根本不了解他的习惯和兴趣爱好，又怎么能判断出他什么时候是反常的呢？

李牧遥继续说：“或者他原本很讨厌的事情，唯独某一个人做起来时，他没那么讨厌，甚至会时时回想起来。”

他脑海中不由得又浮现她冒冒失失地泼他一身咖啡的情形，还有那些让房间凌乱不堪的花瓣，以及她酒醉后邋里邋遢的样子，甚至包括飞机上她强行塞进他嘴里的那粒在地板上滚过的药片……

她不止一次让他感受到自己的生命受到了威胁，他却让这个“劣迹斑斑”的“恐怖分子”住进了自己家；从不跟别人分享空间的他对她的存在渐渐习以为常，甚至在她离开时产生了不舍的感觉……

李牧遥越想越觉得懊丧，他李牧遥什么时候变得这么没有原则了？！这哪里是反常？这分明已经构成“斯德哥尔摩效应”了！

池渺渺发现李牧遥的情绪莫名其妙地就不好了，自认没说错什么话，于是问：“老板，你不舒服吗？”

李牧遥没好气地说道：“头疼……”

“那你还是好好休息吧，咱们下次再聊。”

“不用，你继续。”

“可你不是头疼吗？我看你最近都很忙，是不是没休息好？”

她还知道关心他一下，看来也不是完全无药可救。

李牧遥的语气缓和了一些：“现在好一点儿了，你继续吧。”

“哦，除了反常这一点，喜欢一个人时还会有别的明显的表现吗？”

李牧遥仔细回想着自己和池渺渺相处的点点滴滴的画面，继续说道：“心理学中有一种效应叫作‘光环效应’，也叫‘晕轮效应’，是指爱屋及乌的强烈知觉像月晕的光环一样，向周围扩散。所以如果一个人能包容另一个人的缺点，甚至觉得那个人的缺点都是可爱的，那么他一定喜欢那个人。”

其实在她离开他家后，他就发现了，最初他认为的她的“油腔滑调”，不知道什么时候就变成了“古灵精怪”，她的“冒冒失失”也变成了“不拘小节”，就连她制造出的那些意外情况，都让他觉得是种宿命般的缘分。

李牧遥认命地叹了口气，他这次怕是摊上大事了。

KUANG 20 RE

模拟约会

池渺渺冥思苦想了好半天，也没找出自己有什么缺点，要说最可能算是缺点的，那就应该是学习成绩了。

她记得读大学那会儿，她和宋琛谈到过她的成绩，当时她还有点儿不好意思地说，哪怕对着他书上的笔记复习，她也只能勉强考及格。

当时宋琛什么反应来着？他好像只是很同情地安慰了她几句。

这算不算呢？池渺渺想不明白。

池渺渺问李牧遥："那怎样才能让一个人喜欢上另一个人呢？"

"首先是第一印象，人本来就是视觉动物，长得好看的人天生在很多场合具有优势。" 李牧遥忽然意识到这问题的走向有点儿不对，"你怎么忽然问这个？"

池渺渺起初有点儿心虚，后来想想觉得自己心虚得没有道理。

她支支吾吾地说："也不一定用得上，万一人家对我真的一点儿意思都没有，你说的这些东西也没用。"

李牧遥问："谁？你那个学长？你怎么能这样？！"

池渺渺不解地问："我哪样了？"

李牧遥说："你才刚刚转正，不想着怎么把工作做好，满脑子都是谈恋爱！一点儿都不求上进，天天想着找男朋友！而且这人怎么样，你了解吗？还是你只看脸这么肤浅？！"

"我大学时暗恋他好几年，能不了解他吗？不是只有你会看人的！"

他竟然说她肤浅！虽然事实是这么回事，但他这轻蔑的口气就很伤人。再说，她要不是个“颜狗”，就他那狗脾气，她早就不搭理他了！

“谁允许你谈恋爱的？！”她会看人就不该放着他李牧遥视而不见，而是看上她那学长了！

一听这话，池渺渺差点儿被气炸，“我只听说过不允许办公室恋情，没听说过员工在公司外找个男朋友也不许。这是公司还是监狱啊？叫失恋博物馆员工就不能谈恋爱了？还是老板不谈恋爱其他人也只能单着？”

“你说什么？”

池渺渺忽然意识到，她竟然在和李牧遥吵架！全公司上下连敢大声跟他说话的人都没有，她竟然敢跟他吵架！她还真把自己当对方的朋友了，是不想要饭碗了吗？她飘了！她飘了！

池渺渺烦躁地抓了抓头发，努力缓和了态度：“我是说，我绝对不会耽误工作的，而且八字没一撇呢，可能像以前上学时一样又不了了之了。”

李牧遥听到这话，心情缓和了一点儿，但她刚才那句话真的把他气得不轻。

“我也是站在朋友的角度提醒你，找男朋友要慎重。”

“我明白。”池渺渺摸着满脑门的汗应道。

“不过，你倒也提醒了我。”李牧遥说，“遇到合适的人，我会考虑的。”

李牧遥提到“合适”两个字时，池渺渺不自觉地就想到当初林婉闹得要死要活的时候，萧易还去见了他父亲的朋友家的女儿。

门当户对这种观念，听着很守旧，但其实有很深刻的道理在其中，池渺渺一直很认同。但是不知道为什么，此刻的她想到这一点有点儿难受。

她讪笑着说：“那就好，那就好。”

他说要找女朋友，她竟然还能笑得这么没心没肺！李牧遥被气得不轻。看来她是一心只想着她那学长了。李牧遥深谙罗密欧与朱丽叶效应——阻碍越多，感情越深。李牧遥想了想，还不如他推她一把，尽快让她知道他们之间有多不合适，主动断掉来往。

他说：“其实让你那个学长喜欢你，也不是什么难事。”

池渺渺一听这话，顿时来了兴致，倒不是因为追到宋琛让她多么期待，而是每一次面对一件很难做成的事时，李牧遥那种轻描淡写、胜券在握的态度很是振奋人心。

“那我该怎么做？”池渺渺兴致勃勃地问道。

听着她骤然亢奋的语调，李牧遥咬牙切齿地说：“就你这点儿理解能力，只是理论上讲讲你未必能懂，还是要理论和实践相结合。”

池渺渺愣了愣，问：“怎么结合？”

李牧遥咳了一声：“我勉为其难，花点儿时间配合你模拟一下约会过程，在这个过程中，我会告诉你什么时候该干什么以及为什么要这么做，更方便你理解。”

所以他是要跟她约会？

虽然说是假的，但她光是想想就觉得很紧张！

“不用了吧，老板你那么忙，我哪里好意思浪费你那么多时间。”

李牧遥却一锤定音：“正好我现在有空，你收拾一下，我去接你。”

池渺渺怎么也不敢想，自己竟然要和李牧遥约会了。

但她现在蓬头垢面的，怎么出去见他？

挂上电话，她立刻冲进浴室，用平生最快的速度洗了个澡，然后又吹头发、化妆。勉强把自己收拾好的时候，李牧遥的电话就到了，这样一来她连挑选衣服的时间都没有了。

让李牧遥等她，那是万万不可以的！

她只好随便拿出一条裙子换上，出门前对着镜子照了照，裙子还有点儿褶皱，可惜来不及熨烫了。头发也有点儿乱，她出门找个卫生间再整理吧。

这两天，池渺渺在公司没什么机会见到李牧遥，今天乍一见，他难得穿得休闲，简单的白色 T 恤衫搭配浅蓝色牛仔裤，头发似乎也理短了一些，少了点儿工作时强大的气场带给人的压迫感，多了点亲切感，整个人看着就像隔壁高校里的高年级学长。那一瞬间，池渺渺满心的紧张感都变成了难以名状的心动情绪。

“还愣着干什么？上车。”他隔着副驾驶位对她说。

她连忙收回飘得有点儿远的心绪，拉开车门上了车。

李牧遥上下扫了她一眼，发动车子。

池渺渺低头看向自己的裙子：“有什么问题吗？”

李牧遥质疑道：“你是不把我当回事，还是不把今天的约会当回事？”

这俩有什么区别吗？她委屈巴巴地说，“我就是太重视了，怕你等我，所以没来得及好好打扮一下。”

李牧遥神色稍缓，边开车边说：“首因效应听说过吗？”

池渺渺摇了摇头。

李牧遥接着说：“首因效应也叫第一印象效应，如果第一次见面你给对方留下了不错的印象，那对方更愿意深入地了解你，接近你。”

池渺渺不以为然地说道：“我们又不是第一次见面……”

经她这么一提醒，李牧遥不由得就想到他和池渺渺第一次、第二次、第三次碰面的情形以及这段时间自己的心绪不宁，认命地说：“无所谓了。”

池渺渺不解地问道：“什么？”

“就算是第一印象不好，也不是不能扭转。心理学研究表明，多种刺激出现的时候，人们的印象的形成主要取决于后来出现的刺激。也就是说，虽然你给对方的第一印象很差，但是可以靠日后的改进来弥补。”

池渺渺思考了一下：“这个倒是不难理解。”

她边说边朝窗外看了一眼：“我们现在去哪儿？”

李牧遥将车子驶入主干道：“去看电影。”

片刻后车子停在城东一家电影院门前。

这是一家动漫主题电影院，不仅位置选在寸土寸金的 CBD 附近，装潢更是花了大价钱，所以票价自然也比普通电影院贵不少。

以前池渺渺只听说过这里，还没舍得花昂贵的票价来这里看场别的地方也能看到的电影。今天机会难得，她顿时兴奋起来。

奢华的售票厅里摆着几个巨型动漫公仔，池渺渺看到后立刻把手机递给李牧遥，自己冲到公仔前面：“我好喜欢它，帮我跟它拍张合照！”

李牧遥虽然脸上写满了拒绝表情，但还是照做了。

见他拍完，她迫不及待地去看照片，顿时气不打一处来——她自认为身材还可以，但在他的镜头下，她看起来像个小矮人一样，这是什么死亡角度？！

“老板你这样不行哦，给女生拍照，是新时代男青年的必修科目！”

正巧在他们后面又来了一对情侣，女生站在动漫公仔前摆着浮夸的姿势，男生非但不觉得尴尬，甚至为了找个合适的角度几乎趴在了地上。

“你看，人家的男朋友都是这样的。”

李牧遥在听到“男朋友”三个字时，心跳不可抑制地紊乱了，但他表面上依旧一副不屑的态度：“无聊。”

见他往售票处走去，她也连忙跟上，在他身后小声嘀咕着：“不是模拟约会吗？这不得进入状态嘛！”

李牧遥仿佛没听见，抬头看了看LED排片墙。

池渺渺连忙建议道：“那部喜剧口碑最好，科幻片的话也还可以。”池渺渺建议完，发现李牧遥没什么反应。

她猜测或许是因为约会时看喜剧和科幻片氛围不好。

她有点儿不情愿地说道：“那就那部爱情片吧，虽然剧情一般，但男主角我还挺喜欢的。”

她话音刚落，就听李牧遥对售票人员说：“两张《致命旅程》。”

“《致命旅程》是哪部？……”她话没说完，已经看到了角落里那张阴森森、血淋淋的海报……

见李牧遥付了钱，她心痛地说道：“为什么要看这部啊？你可别被那种女生一害怕就往男生怀里钻的老套桥段给骗了，这就跟你们男人酒后乱性一样，酒只是个借口，被电影吓到什么的也是借口。”

李牧遥面不改色地往对面的零食柜台走去：“不是‘我们’，是‘有些’。”

池渺渺连忙赔笑道：“口误，口误，但就是那个意思，你懂的。”

“你想吃什么？”李牧遥打断她的话。

池渺渺扫了一眼菜单：“冰激凌吧。”

李牧遥点点头对售货员说：“一瓶苏打水和一杯热奶茶。”

池渺渺等了半天没听到他说冰激凌，怀疑他听错了，小声提醒他：“老板，我说我想吃冰激凌。”

李牧遥却没搭理她，片刻后把热奶茶塞进她手里：“当人们身体温暖时才会更加亲切友好，所以第一次约会时尽量吃点儿热的东西。”

还有这种说法？

池渺渺撇了撇嘴，不情不愿地吸了口奶茶，还好奶茶味道不错。

影厅在二楼，池渺渺走上扶梯：“那究竟为什么要选恐怖片？”

他这种人是天不怕地不怕的，但她不是啊，今晚看完电影，她都不敢一个人回家了！

李牧遥紧跟在她的身后，扶梯缓缓滚动上行，两个人平日里因为身高差而拉开的距离逐渐消失，她平视着他的双眼，不出意料地心跳开始加速了。

李牧遥面无表情地继续说道："当一个人提心吊胆地过吊桥的时候，会不由自主地心跳加快。如果这个时候，碰巧遇见另一个人，那么她会错把由这种情境引起的心跳加快理解为对方使她心动才产生的生理反应，故而很容易对对方产生感情。所以……"

他直视她的双眼，声音莫名其妙地低沉了几分："约会的时候可以尝试着去做一些让彼此心跳加速的事情。"

池渺渺的心跳动得厉害，她几乎不能正常呼吸，也就没注意到滚梯已经到了尽头。脚忽地被绊了一下，她整个人立刻不受控制地朝前扑去，还好李牧遥反应不慢，伸手在她腰后轻轻拉了一下才让她不至于摔倒。

在那一刻，独属于他的那种草木香像是某种能让人意志涣散、心律不齐的药，虽然他的靠近只是短短一瞬间，却能让她的心绪久久不能平复。

到了这一刻她才意识到，没进入状态的可能只有她自己。

这家影院的影厅和普通的影厅不同，虽然大小和别家差不多，但座位很少，都是两个人座或者三人座，而且位置很分散，最大程度上保证了观影客人之间互不相扰。

他们进去的时候，有几个座位上已经坐了人，一看那亲昵的举止就知道是情侣。很显然这地方就是为情侣们准备的。

为了不显得那么尴尬，她故意嘻嘻哈哈地说："我还是第一次来这种地方看电影，老板你这么轻车熟路是以前经常带女生来吗？"

李牧遥冷冷地扫她一眼："问约会对象和其他女生的事，你是来砸场子的吗？"

池渺渺悻悻地撇了撇嘴："真正约会的时候我又不会说这种话。"

"我记得刚才有人还嫌我没进入状态。"

"知道了，知道了，这就进入状态。不过进入状态前，我再问一下，除了你刚才说的那些，还有什么方法能让别人迅速开始关注我呢？"

大银幕上还在播放广告。

李牧遥顿了顿说："首先，让对方对你产生好奇心，不是泛泛的那种，而是让他真正想了解你的想法、你的生活。"

池渺渺受教地点了点头："其次呢？"

"欲擒故纵。"

“这个我懂！就是让对方刚觉得我对他有点儿喜欢的时候，忽然又疏远他，对不对？”

李牧遥说：“差不多吧。”

“那有没有第三点？”

这时广告已经播完，电影正式开始了，李牧遥靠向椅背：“先看电影，一会儿再说。”

池渺渺悻悻地闭嘴，心说又不是真的来看电影的。

不过很快，她的注意力就被紧张的剧情吸引了。她虽然胆子小，但最抗拒不了这种烧脑又紧张的剧情。

但她有个毛病，思考的时候就忍不住拉着别人一起讨论。

“为什么饭馆老板和他们其中一个人长得一模一样，难不成是双胞胎？

“这些八竿子打不着的人是怎么凑到一起来旅行的？国外也流行组团旅行啊？

“‘死了’的几个人都去哪儿了？”

李牧遥忍了近半个小时，最终忍无可忍地回头看向她：“你是真想不通吗？”

池渺渺有点儿意外：“难道你已经想出来了？”

李牧遥皱了皱眉：“这难道不是显而易见的事吗？”

为免池渺渺继续制造噪声，李牧遥索性回答了她刚才提出来的所有问题：“饭馆老板就是他自己，并不是什么双胞胎。这些看上去没什么关系的人并不是真的没有关系，他们分别是主角分裂出的一种人格，饭馆老板就是人格分裂之前的他自己。死去的不是真正的人，而是某一个人格的消亡，自然不会有尸体存在……还有什么问题吗？”

“那他分裂出的人格为什么偏偏是这几种？”

到了这一刻，李牧遥是真的后悔了，早知道选一部不费脑子、场景血腥点儿的恐怖片就好了，为什么非要选这么一部烧脑的恐怖片呢？

李牧遥头也不回，保持着端坐的姿势，慢条斯理地给她分析：“前面讲过他从小的成长环境你记得吧？饭馆老板不说了，就是现实生活中的他，小偷是他父亲的影子，黑社会大哥代表他内心所有的负面情绪，幸福的一家三口代表他向往的生活……总跟饭馆老板通电话的医生，就是现实世界里的医生，在帮助他治疗他的人格分裂症。”

“那结局会是这一个个人格相继消亡，最后只留下饭馆老板这一个人格吗？”

李牧遥摇了摇头：“如果是那样，那这部电影就太没意思了。你有没有发现那个女大学生格外沉默？至少到目前为止，所有人都暴露了自己的本性，只有她没有，那她就是安排在最后用来制造剧情反转的角色。所以我推测，最后留下的应该是她。”

池渺渺怀疑地看向李牧遥：“老板，你之前是不是看过这电影？”

李牧遥冷冷地瞥了她一眼：“这电影今天刚上映，我哪里有时间看？”

池渺渺很早就知道自己算不上多聪明，但怎么说智商也达到正常人水平了，可是今天才知道了什么叫作没有对比就没有伤害！

不过他的侧颜怎么也能这么好看？漫不经心地分析剧情时的他简直在发光！

李牧遥忽然感到有一道过分灼热的视线似乎停留在了他的身上。

他下意识地转过头看，昏暗的光线中，池渺渺的一双眼睛显得格外水润，不难看出她看着他的目光中有崇拜，有倾慕。

他忽然又觉得多来看几部这样的电影也不错。

时间似乎放慢了脚步。

他轻声问：“还有什么问题吗？”他突如其来的温柔语气让她忘记了回答他。

两个人就这么对视了片刻，他忽然再度开口：“你做得不错。”

池渺渺回过神来，一头雾水：“什么做得不错？”

李牧遥重新看向大银幕：“你刚才不是问我有没有第三点吗？除了激起对方的好奇心以及欲擒故纵，第三，交流时的眼神也很重要。”

“那我刚才是什么样的眼神？”

“英国性学家提出，当女人与男人交谈时，女人的认真倾听，含情脉脉地看向男人的眼神，对这男人来说是一种极具诱惑力的行为。所以，我说你做得不错。”

他竟然说她在诱惑他！这谁扛得住？那种心跳加速、呼吸不畅的感觉又来了！

她慌忙移开视线，尴尬地笑了笑说：“你看错了，我可没诱惑你。”

可是，他怎么觉得自己被诱惑了？

他看向她，不由自主地伸出手，轻轻托住她的下巴，强迫她也看向他："是吗？"

脸上突然传来的冰凉触感让池渺渺吓了一跳，她很快意识到那是李牧遥的手。在他碰到她的那一刻，她发觉有短暂的一瞬间自己的身体已经不听自己使唤了，所以就那么任由他将她的脸转向他。

可是他的手为什么那么凉？是这里的冷气太足了吗？

她的目光不受控制地移到他的唇上，医院电梯里的那一幕场景再度出现在她的脑海中……她想，或许那里是温暖的。

但她立刻意识到自己的想法多么危险！而且她刚才什么都没想的时候，他就断定她在诱惑他了，他要是知道她现在的想法，还不一定怎么想她呢！

可正当她打算躲开时，却听他命令道："别动。"

她只好任由他这么暧昧地端详她，但怕他看出什么来，又努力做出一副若无其事的样子："这又是什么说法？"

"第四，肢体接触。"他缓缓靠近她说，"肢体接触会增进彼此的好感，很简单，也最直接有效。"说着，还没等池渺渺反应过来，他的唇就贴上了她的唇。

事实证明，他的唇和他的手指一样带着丝丝凉意，所幸他的吻就和他这个人一样，冷静中带着一丝不易察觉的热烈，几乎让她彻底沦陷。

不知过了多久，他的唇才稍稍离开，但她依旧能够感觉到，他托着她的下巴的那只手似乎在颤抖。

池渺渺因此找回了不少理智，也才意识到他还是个病人，是个无法和人近距离接触的病人。她有点儿担心地观察着他的反应。此时他离她不远，他低垂着眼睑，轻轻喘息着，浓密的睫毛微微抖动着，看样子是老毛病又犯了。

但正当她想开口问询一下他有没有不舒服时，却见他原本微微张着、不住喘息的嘴唇忽然扬起了一个不易察觉的弧度。

他抬眼看向她："该你了。"

池渺渺不解地问："什么该我了？"

也不知道是刚犯了病有气无力，还是他刻意压低了声音，他用近乎呢喃的声音说："第五，模仿喜欢的人的肢体动作会提升好感度。我刚才吻了你，所以，现在该你了。"

池渺渺愣了愣："还有这种说法？"

李牧遥看着她："你不相信我？"

池渺渺忽然有点儿慌："也不是……就是……"

她的目光不由自主地又移到了他的唇上，有那么一瞬间，她真的考虑着要不要吻上去，可很快就清醒过来。

他们这是在干什么？这根本不是什么模拟约会，这简直就是在玩火！

她倏地挣开他，起身朝放映厅外走去。

望着池渺渺离开的背影，李牧遥疲惫地捏了捏眉心，看来还不能太心急。

出了放映厅，骤然明亮的光线让她的理智稍稍归位，但刚才在放映厅里发生的事情还在她的脑中循环播放着。

她烦躁地拍了拍自己的脸，仔细分析了一下刚才的情形。

怎么看李牧遥也不像是个会趁机占她的便宜的人，他或许真的只是在和她模拟约会。至于她觉得他们在玩火，大概只是因为她心中有鬼罢了。

身后传来门被推开的声音。

她回过头，是李牧遥。

她尴尬地笑了笑："我其实就是想上卫生间……"

李牧遥看也不看她，直接朝扶梯走去："我去车里等你。"

"不是……"她不知所措地指了指身后，这么贵的票价，就这么浪费了吗？

"电影还没结束呢！"她说。

李牧遥头也不回地说："结局都猜到了，没意思。"

池渺渺只好跟上。

李牧遥回头瞥了她一眼："卫生间在二楼吧。"

池渺渺讪笑着说："突然又没感觉了……那我们现在去哪儿？"

"不早了，送你回家。"

确实该回去了，可如释重负的同时，她又有那么一点点怅然。

这天之后，池渺渺发现，她想起李牧遥的次数更多了。她知道这意味着什么，但又觉得很不应该。

她想，或许真的只是他的那些心理学效应发挥了作用，哪怕换一个长相不错的男人对她做那些事，她也会有心动的感觉吧。

她的心情很复杂，但她还是将那天他说的那些理论一一记在了本子上，打算哪天约上宋琛实践一下。

正好第二天晚上宋琛约她一起吃晚饭，她就提议去看场电影。宋琛当然很乐意，还尊重她的意思，选择了《致命旅程》这部电影。

电影快要过半时，池渺渺也像上次问李牧遥那样问宋琛："为什么饭馆老板和他们其中一个人长得一模一样，他们是双胞胎吗？而且这些人是怎么凑到一起的？死了的几个人都去哪儿了？"

宋琛无奈地失笑："我就说应该选一部简单轻松的喜剧看的。"

"你快帮我分析分析吧，越来越看不懂了。"

宋琛分析了半天，可惜和李牧遥说的剧情相去甚远。其实池渺渺是有点儿失望的，但不妨碍她继续用崇拜的目光"诱惑"他。

对视片刻，宋琛却笑着移开了目光："我说的也不一定对，毕竟电影才刚过一半。"

"但你的逻辑已经让我信服了，不过'知道'了结局我忽然就不想再看了。"她不好意思地提议，"要不咱们走吧？"

宋琛有点儿意外："这就不看了？"但他很快还是同意了她的提议。

从观影厅里出来，池渺渺观察着宋琛的情绪，他的心情好像并没有因没能继续看完电影而受到影响。她这才稍稍松了口气。

其实刚才提出离开电影院，她只是一时冲动，说不上来自己究竟是因为什么，或许是怕最后揭晓结局时他尴尬，也或许就是单纯不想待在里面了。

外面不知道从什么时候开始下起了小雨，还好这里离池渺渺家很近，步行十几分钟就到。她想先替宋琛叫车，却被宋琛拒绝了。

"还是先送你吧。"

"不用了，这都下雨了。"

宋琛坚持说道："小雨而已，咱们走走。"

雨确实不大，空气里弥漫着独属于秋日雨夜的潮湿气味，倒是挺适合雨中漫步的，她也就没拒绝宋琛的提议。

此刻她早把李牧遥的那些心理学效应抛在了脑后。因为身边是宋琛，她又想起了多年以前的事情。

她边走边问身旁的人：“你记不记得学生会组织的那场秋游，出门前策划得好好的，谁知道一出门就赶上了连绵不断的小雨。”

“记得啊，去之前天气特别好，谁也没想到会下雨，都没做准备，后来还被困在了景区。不过幸好你带了伞，让我沾了个光。”

当时他们一群人刚从一个景点出来，正要打车回酒店，但大雨忽至，他们被困在了景区路边的一个小凉亭下，车自然也不好打，好在他们离酒店不算太远。等了很久，雨完全没有停下来的迹象，大家就决定跑回酒店。

当时，池渺渺和宋琛是落在最后的两个人。等其他同学的身影彻底消失在雨雾中后，池渺渺才拿出一把伞来朝宋琛仰了仰下巴。

其实学生会里还有别的女生，如果她早把伞拿出来，大家肯定会让一个女生和池渺渺一起撑伞回去，那就没宋琛什么事了。

所以她为什么会到最后一刻才拿出伞来，这并不难猜。

宋琛也不傻，当时拿过她手里的伞撑开来，坏坏地看她一眼说：“你的‘孝心’师兄我看到了。”然后便一手撑着伞一手拥着她冲入了雨中。

虽然知道他那时候那么做只是为了让两个人不被雨淋，但那是她第一次离他那么近，也是她第一次离一个男生那么近，也让她感受到他温暖干燥的怀抱。

两个人似乎都想起了那天的事，气氛一下子变得有点儿暧昧。

宋琛忽然说：“你现在有喜欢的人吗？”

他忽然问这个，池渺渺全然没有心理准备，不由得认真去思考这个问题。

她现在有喜欢的人吗?

脑海里蓦然出现了一张棱角分明、眉眼精致的脸。那张脸在她眼前逐渐放大，她似乎再一次感受到了他扑面而来的清冷气息……

宋琛忽然打断她的思绪：“你是想不明白，还是想不明白该怎么回答我？”

池渺渺一时间没搞明白这话的意思，一脸懵懂地看向他。

宋琛似乎有点儿无奈：“难道是我自恋了吗？我觉得上大学那会儿，

你应该是喜欢我的。”

原来他什么都知道。

宋琛坦白地说：“其实，我当时对你也不是完全没有感觉。”

可是他什么也没对她说过，这其中的原因，不用去咨询李牧遥，她也可以猜到。

可是他又说：“当初错过了，现在又遇上了，这或许就是我们之间的缘分吧。不知道现在晚不晚？渺渺，你愿意做我的女朋友吗？”

池渺渺自觉对宋琛也是蓄谋已久没安好心，让她意外的是，她还什么都没做，她想要的告白就这么猝不及防地出现了。

她本应该欣然地答应的，可是那个“好”字怎么也说不出口。

见她久久不说话，宋琛脸上的笑容淡了几分：“你不用立刻答复我，可以先考虑考虑，咱们来日方长。”

片刻后，池渺渺点点头，回了个“好”字。

第二天一早，池渺渺经过韩夏的办公桌时被韩夏叫住。

“昨晚你是不是去看电影了？”

池渺渺吓了一跳：“你怎么知道？”

“嘿嘿，昨晚我跟男朋友在那附近吃饭，出来时看到你和一个帅哥在雨中漫步。那人是谁啊？是你的那个学长吗？”

周遭人来人往的，韩夏又是个大嗓门，池渺渺生怕隔墙有耳，连忙去捂她的嘴：“你小声点儿。”

“怕什么啊？还不许人谈恋爱了？”话说一半，她忽然想到什么，压低了声音说，“确实，让李总知道就不好了。”

池渺渺有点儿尴尬：“跟他有什么关系啊？！我就是觉得我这八字还没一撇呢，被太多同事知道不好。”

“我懂，我懂！”韩夏递给她一个意味深长的眼神，“不过你真的打算放弃李总了？”

池渺渺无力地解释道：“我和李总真没什么……”

韩夏直接忽略了她的话，替她惋惜道：“其实我一直觉得你和李总还挺适合的，可惜了……不过你那师兄也不错！虽然几次我都只看到侧脸和背影，但感觉应该是个帅哥，又是你的暗恋对象，你俩能在一起，你也算得偿所愿了。而且老板虽然好，但就是太不食人间烟火了，也不知道他以后会找个什么样的女朋友……”

两个人正说着话，身后突然传来一声轻咳，一回头竟然是李牧遥。

韩夏吓得一个踉跄：“李总，您找我？”

“下午组织个会，通知各部门主管讨论一下薪酬方案。还有，新招的助理也抓紧时间安排萧易给她电话面试一下。”交代完工作，李牧遥便离开了，自始至终没有看池渺渺一眼。

李牧遥走后，韩夏似乎是想起了工作，不由得叹了口气：“又招了个年轻女生，希望别再惹出什么事来吧。”

池渺渺有点儿好奇：“什么助理？为什么要萧总面试？”

“就是总助嘛，刘焕那职位。”

“刘焕呢？”

韩夏解释道：“刘焕是李总的助理，回头李总离开后，他自然得跟着离开，萧总那就得再招个助理了。我真担心……不过这姑娘也不是我招来的，是萧总的朋友推荐来的，听说家里很有背景。唉，总之麻烦！”

池渺渺并不关心新助理是什么背景，她只关心韩夏话里的前半句：“你是说李总要走了吗？”

韩夏回答道：“对啊，我们这事情这么琐碎，他来管这些真是大材小用，所以萧总回来后，他自然就会离开。”

“萧总什么时候回来？”

韩夏惊讶地问道：“我没跟你提过吗？听说就是下个月……”说到一半，韩夏又想起刚才的事，问池渺渺，“你说咱们说的话，李总听见了吗？”

池渺渺无奈地耸耸肩，表示她也没注意到李牧遥是什么时候出现在她们身后的。

但她发现自从“模拟约会”后，她和李牧遥之间的氛围就怪怪的。说不上为什么，她心里有点儿堵。

她怅然地叹了口气，对韩夏说：“还是好好工作吧。”

也不知道该说韩夏的效率高，还是萧易的效率高，第二天那个传说中的新助理就来失恋博物馆报到了。

那女孩长得算不上多漂亮，但气质清新脱俗，而且为人热情开朗，听说她在此之前已经有过三年的工作经验，那么推算下来怎么也有二十五六岁了，可是人看着就还像刚从校园里走出来的一样，名字也很清新脱俗，叫张朵雅。

她的到来立刻引起了一阵小规模的骚动，尤其在以男同事居多的营销部。

原本不爱和其他人打交道的几个男同事忽然都热情起来，又是帮忙打扫卫生，又是帮忙装电脑，一个个就差把“殷勤”二字写在脸上了。

望着对面办公室进进出出的人，韩夏感慨：“这群人什么眼光啊？这姑娘长得是不错，但比起你可差远了，当初也没见他们对你这么殷勤啊！”

“也就你觉得我好看。”

韩夏笑嘻嘻地说道：“还有李总。”

池渺渺推了她一下：“别开玩笑了。”

韩夏收敛了笑容，感叹道：“不过话说回来，男人可能就爱这一款。不然你觉得咱们那个萧总看上她什么了？”

对于萧易的品位，池渺渺不予评价，反问道：“也不是所有男人都喜欢这一款吧？”

韩夏拍了拍她的肩膀：“放心，也有大把男人喜欢你这种美艳型的。”

池渺渺翻了个白眼：“我谢谢你哦。”

“哦，对了，晚上你有时间吧，请你吃饭。”

池渺渺警惕地看着她：“为什么？无事献殷勤非奸即盗。”

“当然有事了。”韩夏叹气道，“今年公司突然多了这么多人，团建的事要好好策划一下，我就想拉你们几个小姐妹一起商量一下。”

原来是这事。

池渺渺想到晚上没有别的事，于是便答应了下来。

可是晚上下班时，池渺渺没想到会在失恋博物馆外见到宋琛。

“你怎么来了？”

比起她的意外和无措，他倒是淡定很多：“接你下班啊。”

话音刚落，他就看到跟在池渺渺身后出来的韩夏她们。

他有点儿不确定地问：“怎么，你晚上有事？”

韩夏老远就看到了宋琛，认出他就是和池渺渺一起雨中漫步的那个学长，特意加快脚步出来凑热闹。

看清宋琛的脸，韩夏不由得在内心感慨道，池渺渺真是艳福不浅，前有和她暧昧不清的李牧遥，后面又来了个疑似对她有意思的刘焕，现在又多了个初恋学长……虽说眼前这个学长没办法跟李牧遥比吧，但也可以想象，几年前在大学校园里那肯定也是风云人物。

有了这个结论，韩夏更觉得，比起遥不可及的李牧遥，他是个不错的老公人选了。所以在听到宋琛的问话后，她就迫不及待地替池渺渺接话道："没事，没事，她下班就直接回家了。"

韩夏生怕当了电灯泡，说完也不等池渺渺说什么，就拉着其他几位同事离开了。

等韩夏离开，宋琛不好意思地笑了笑："我不会真耽误你的事了吧？我今天就是正好路过这里，看着快下班了来碰碰运气，也没提前跟你说。"

池渺渺当然说不会，正好有些话也该跟他说清楚了。

离开前，她随意地扫了一眼身后，这一眼就看到二楼栏杆前立着的挺拔身影。

他正看着他们这边，面无表情，眼神漠然。

那一瞬间，池渺渺忽然就移不开目光也迈不动步子了。然而下一秒，栏杆前的李牧遥毫不留恋地转身离开。

KUANG 21 RE

都是过去的事了

池渺渺先和宋琛一起去她家附近吃了晚饭，然后又像上一次一样，两人步行着往池渺渺家走去。

其实在见到宋琛的那一刻，池渺渺就认定他是来问她考虑的结果的。可是让她意外的是，整个晚上他都没有提起那天的事情。

然而他可以继续稀里糊涂地和她相处下去，她却不能再无视自己的心意。尤其是整个晚上，李牧遥转身的那个瞬间的画面始终在她的脑海中挥散不去。

即便知道这或许并不代表什么，但有一点她是可以确定的——她无法再在这种情况下若无其事地和宋琛相处下去，哪怕她心之所属的人像天上的月亮一样根本够不着。

她忽然停下脚步，看向旁边的宋琛："学长，你说喜欢一个人是什么样的感觉？"

宋琛看她一眼，似乎不明白她为什么突然这么问，但还是想了想回答她说："大概就是做任何事情的时候都能想到他吧。"

池渺渺点了点头："我以前也总是想到你，看来那时候确实很喜欢你，我觉得你应该能感受到吧。"

宋琛愣了一下，然后笑着说："是啊，我上次不也说了嘛。"

池渺渺接着说："你确实也感受到了，但一直假装不知道。我一开始想不明白这是为什么，但现在明白了。我猜你对我或许也有点儿好感，但并没到喜欢的程度，所以才会装傻。”

宋琛的脸色有点儿难看：“这都是过去的事了。”

池渺渺继续说：“我当时不懂这些，觉得我没能成为你的女朋友很大一部分原因是我自己胆小怯懦，如果再给我一次机会，我一定会抓住你。”

宋琛总算笑了，那笑意却不达眼底：“所以，你现在是打算抓住我了吗？”

池渺渺看了他片刻说：“我一直以为我的心意从来没有改变过，如果你不出现，我可能会觉得自己是一直喜欢你的。我还一度觉得自己是个很长情的人，因为即便你已经淡出了我的生活，但在我心里依旧留有一席之地。可是后来我发现，随着时间的推移，随着我们越走越远，我对你的‘喜欢’大概只是对一件没有做完的事情的执念而已。”

宋琛脸上的笑容彻底消失了：“你想说什么？”

池渺渺很认真地说：“我想说，可能是我搞错了。学长，谢谢你重新给我一次机会，但很抱歉，我对你已经没有当初那种感觉了。”明知道这话说出口后，两个人很可能就此连朋友都做不成了，池渺渺却有一种如释重负的感觉。

半晌，宋琛自嘲地笑了笑：“唉，还真是因果报应啊。我为我当初明明不喜欢你还给了你希望感到抱歉，说实话重新遇到你，我也挺高兴的，或许因为刚结束了一段让我身心俱疲的恋情，所以你的简单活泼确实让我觉得眼前一亮。我原本信心满满，可是这些天你的疏远冷漠又让我认清了事实。其实我心里早就有答案了，但我就是还不死心，想来求证一下，果然……”

宋琛忽然这么坦白，倒是让池渺渺有点儿尴尬。

她勉强笑了笑说：“如果我刚才说了什么让你不舒服的话，你就当没听见吧，你也知道我这人一向不会说话。”

宋琛笑了，像是玩笑道：“最让我不舒服的那句话，我真的可以当作没听见吗？”

池渺渺愣了一下，忽然有点儿不知所措了。

宋琛脸上的笑意更盛：“我开玩笑的。不过说正经的，你有喜欢的人了吧？”

这问题来得猝不及防，池渺渺一时间不知道该怎么回答他。

宋琛扫她一眼，了然地笑了笑："果然，一旦错过了就没有'从头再来'一说。说说吧，他是什么样的人？"

池渺渺想到他们从认识到现在经历的种种事，脑子里已经组织出千言万语，最后却只是说："是个很好的人。"

众人很快发现，新来的这个小张助理虽然态度很亲民，眼光却不怎么亲民。

她虽然是萧易的助理，但有事没事总往李牧遥的办公室跑，对李牧遥的心思那简直是司马昭之心路人皆知了。

韩夏说起她也只能感慨："我当初跟这姑娘接触时就觉得她不简单，奈何萧总非要留下她。"

池渺渺说道："你不是说她家很有背景吗？可能这也不是萧总的意思吧。"

韩夏回答道："有背景是一回事，但李总也明确发话了，让我按流程去办事，那就是不一定要留下她。奈何萧总非要留下，我也不能故意跟他对着干。现在好了，他要是知道人家小姑娘看上的是李总，还不知道怎么哭呢！"

池渺渺心里有点儿不是滋味："是不是你想多了？"

韩夏绝对不允许别人质疑她的八卦嗅觉，立刻反驳道："我是那种胡乱传谣的人吗？我都是有依据的！我听说刘焕交给她的其他事她都推三阻四、拖拖拉拉，但每次都主动提出替刘焕给李牧遥送材料。而且不光是送材料，有时候她还打着送材料的幌子给李总送蛋糕，这就耐人寻味了吧。"

这个张助理一进入公司就加了池渺渺她们的微信，虽然不怎么聊天，但朋友圈大家都是看得见的。

池渺渺这才想起来，张助理好像很喜欢做蛋糕，而且做得很像那么回事，又是裱花又是写字的，不是池渺渺这种业余选手能比的。

"送蛋糕？"池渺渺有点儿生气，"那他收了吗？"

"应该收了吧，不然她也不会一而再，再而三地送了。而且我发现李总对她好像格外纵容，你看以前我们在他眼里就像过敏原一样，他都恨不得躲着我们走。但前两天我还见小张不小心撞了他一下，他也没说什么。说实话我之前觉得李总对你好像格外好，现在看……这男人啊，都是说变就变，还好你有初恋师兄了。”

两个人正说着话，就见张朵雅一只手抱着文件，另一只手上不知道拎着什么东西，朝李牧遥的办公室走去。

“你看，你看，我说什么来着？”韩夏朝办公室外仰了仰下巴。

看来韩夏还真不是空穴来风。

池渺渺越想越委屈，这么多人排队给他做蛋糕吃，哪里还用得着她啊？

她当下决定单方面撕毁两个人的约定——反正她现在也没有什么情感问题需要咨询他，那么也就没义务再给他做蛋糕了。

好不容易打发走了新来的小姑娘，李牧遥没好气地叫来了刘焕。

他开门见山地说：“你是不是对我最近的工作安排有什么意见？”

刘焕一听这话，吓了一跳，他怎么敢？

李牧遥扫了一眼张朵雅刚才送来的那个蛋糕：“那这是什么意思？”

刘焕一看就明白是新来的小助理惹事了。

刘焕怎么会看不出来小助理的想法？正常情况下，他不可能随便就让别人接触老板。但是他最近发现老板情绪很不好，连累他的日子也不好过。

后来他听韩夏说起才知道，原来是池渺渺和她那什么师兄好了。这么说来，老板心情不好也就可以理解了。

但他理解归理解，为了老板也为了他自己，总不能让老板继续这样下去。这时候，正好张朵雅出现了，也恰巧她对李牧遥很上心，当然最重要的还是她刚来就被公司男员工评为失恋博物馆最漂亮女同事排行榜第二名，第一名自然是略胜一筹的池渺渺。

既然池渺渺可以让他的老板动心，那想必这个张朵雅也不是一点儿希望都没有。

于是他才对她的所作所为睁一只眼闭一只眼。不过之前看老板对张朵雅还挺宽容的，至少不像以往对陌生人那么排斥挑剔，他还以为自己猜对了老板的心思，可现在这是怎么了？看来是他把事情想简单了。

更郁闷的是，面对盛怒的老板，他虽然是一番好意，但不能明说。

刘焕解释说：“她刚来，平时也没什么事，萧总又不在，我就想安排她做点儿简单的工作。”

“就这样？”李牧遥狐疑地扫了他一眼。

刘焕装傻：“对啊。”

李牧遥低头工作：“以后不许她进我的办公室。”

刘焕悄悄松了口气，立刻应道：“好的。”

李牧遥一直工作到很晚，等他意识到疲惫的时候才发现已经快晚上十点了。

他揉了揉眉心，正打算收拾东西离开的时候，又看到被那个小助理放在桌上的蛋糕。

他不自觉地就想到了池渺渺，他们有几天没联系过了，她在干什么？不会在和她那个师兄约会吧？

李牧遥一想到这种可能性，眉头立刻皱了起来。

他拿出手机想了想，发了条微信过去。

可是等了几分钟，对方还是没有回复。

都这个时间了，她不会还没回家吧？难道她想夜不归宿？

他突然焦躁起来，也没多想直接打了个电话过去。

然而就在等待电话被接通的过程中，他先后经历了后悔、纠结、气愤等各种情绪……他不得不卑微地承认，他真的很在意她。

果然深夜总是更容易让人承认平常不愿意承认的感情。

接到李牧遥的电话前，池渺渺正在刷微博。

比起第一轮的营销，失恋博物馆第二轮的营销效果明显很好，简直可以用席卷全网来形容，据说“拍拍”也成功得到了失恋博物馆的反哺，用户量在几个月内翻了几倍。

各种有关失恋博物馆的词条不断地攀上热搜榜，这些天失恋博物馆的几个人都习惯了在办公室小群里分享热搜内容。

今天池渺渺就是洗了个澡的工夫，拿出手机一看发现那个小群已经被各种消息刷爆了。池渺渺一点点往回翻聊天记录，原来是李牧遥的名字上了热搜榜。

池渺渺立刻找到那条热搜内容，很明显，这一次不是公司行为。

要怪只能怪失恋博物馆红得太快，就有好事者去分析它究竟是如何一步步走红的。这样一来，它的法人，也是幕后操纵着这一切的李牧遥自然不会被忽略。

紧接着，李牧遥的履历被挖得干干净净，甚至有自称是李牧遥的校友的人上传了他本人的照片。因为李牧遥一向很少在大众媒体面前露脸，所以那张照片还是他读大学时学校篮球队的合影。

池渺渺没有错过任何一点儿关于李牧遥的内容，一条条微博翻过去，好像从另一个角度重新认识了他一遍。

看到他年少时的照片时，她不自觉地将照片放大，又仔仔细细地看了一遍又一遍。

年少时的李牧遥和现在的李牧遥单从长相上看几乎没什么变化，最明显的不同应该是气质——那时候的他虽然很腼腆，但在同学们当中，她看得到他眼里的光。可是如今的他冷漠、孤傲、拒人于千里之外，当然也有不为人知的柔软的一面，可这柔软是被包裹在孤傲的硬壳之下的。

她悄悄保存了照片，又顺便扫了一眼评论，这一眼差点儿把她气坏了，评论区简直可以用“乌烟瘴气”来形容！

桃子姐姐：“从此之后，我的老公换人了！”

小 A 家：“这是典型的小说男主角吧！就想问问，他还是单身吗？”

其他评论也大同小异，主要是表达对李牧遥的颜值的充分认可。

池渺渺忍不住对着屏幕翻了个白眼。

正在这时，手里的手机忽然响了，她一看来电人，正是让她表情管理失败的罪魁祸首。

这么晚了他找她肯定没什么好事！她愤愤不平地接通电话。

电话一接通，对面就传来男人低沉又略显沙哑的声音。

李牧遥问道：“你在哪儿？”

池渺渺莫名其妙地回答道：“在家。”

李牧遥神色稍缓：“就你一个人？”

池渺渺一头雾水：“对啊，不然呢？我妈一般不怎么来。”

李牧遥接续发问：“我是说没跟你那师兄约会吗？”

池渺渺没有回答，有点儿生气，她的事什么时候需要时时向他汇报了？！

“没有。”她的语气很冷淡。

李牧遥很敏锐地察觉到了她的情绪：“被拒绝了？”

这话莫名地就戳到了池渺渺的痛点——他凭什么断定她就是被拒绝的

那一个?

加之张朵雅和那些网友给她带来的委屈情绪，池渺渺难得没好气地说道：“这是我的私事吧。”

面对她的不客气，李牧遥也难得没有生气，肯定地说道：“看来是被拒绝了。”

他这语气是在幸灾乐祸吗？池渺渺更生气了。

“才不是。”她赌气地说道，“我承认，我不够年轻，不够漂亮，也没钱、没背景，说到底就是个普通人，但还是有其他普通人想跟我在一起的。”

李牧遥总觉得她话里有话，但一时间也没想明白，当前最关心的是：“那你们在一起了？”

“也没有。”池渺渺心烦意乱地解释说，“我就是觉得不合适而已。”

李牧遥眉头舒展：“确实，你们不合适。”

虽然李牧遥说的是实话，但不知道为什么，这话从他嘴里说出来就特别让人不舒服。

“老板，你这么晚打电话过来该不会就只是为了关心一下我的情感状况吧。”

“当然不是。”此时李牧遥心情不错，如果还可以吃到她做的蛋糕的话，那就更好了。

“就是忽然很想吃蛋糕。”他说。

池渺渺一听这话火气更大了，不是已经有人给他送蛋糕了吗？他还折腾她干什么？！再说现在都几点了，凭什么他想吃蛋糕她就要半夜爬起来给他做？！

“抱歉，我要睡觉了。”

李牧遥难得地好说话：“也不是非得今天。”

“以后都没有。”

“为什么？”李牧遥皱眉。

“之前送蛋糕给你是为了报答你帮我解决情感难题，现在我没有任何情感问题了，自然也不用做蛋糕了。”

“池渺渺，你这种过河拆桥的举动很过分你知道吗？你就是这么对待朋友的？”

又是“朋友”……

池渺渺忽然觉得有点儿无力：“不是有人争着抢着给你送蛋糕吗？你何必非要我做？！”

李牧遥微微挑眉：“有人？谁？”

池渺渺叹了口气说：“我困了，先挂了。”

虽然池渺渺今天的态度着实算不上多客气，但她能这么快就认清她和她那师兄不合适的事倒是让李牧遥很欣慰。

虽然被人挂了电话，但他心情不错，面对表情凝重的刘焕时也难得和颜悦色。

“什么事？”他问。

“热搜的事您看到了吗？”

“什么热搜？”

刘焕连忙把自己的手机递给李牧遥，手机上显示的正是一则微博热搜话题页面。

刘焕抹了把额头上的汗解释说：“发现热搜的第一时间我已经问过营销部了，营销方案没有变化，微博上的内容应该是个别网友自发的举动，但究竟是不是有人幕后操纵、有什么目的，还得进一步确认。”

李牧遥翻了翻话题页面里的内容，原来是有人把他大学时期的照片发到了网上，然后便引起了轩然大波，大家甚至各显神通地挖掘和他有关的一切消息。

如果是平时，看到这些消息他肯定会很不高兴，毕竟谁也不喜欢把自己毫无隐私地暴露在大太阳下，更何况他本来就不喜欢在公众场合亮相——倒不是他有什么忌讳，就是不想引起一些不必要的麻烦。

但今天晚上，所有的事情在他看来都不是什么大事。

刘焕小心翼翼地观察着老板的神色，见老板不说话，诚惶诚恐地说：“我这就去找人撤掉热搜！”说着他就要出去打电话，却被李牧遥叫住了。

李牧遥随手翻了翻热搜评论，鬼使神差地竟然只是说：“先这样吧。”

刘焕以为自己听错了，老板这人平时最低调了，什么时候喜欢出这种风头了？

李牧遥给出的解释是：“这也是一种宣传，省得我们自己花钱买热搜了。”

原来如此！刘焕受教地点了点头，心说不愧是老板，不过为了公司，他的牺牲也够大的了。

刘焕想了想又问:“那要不热搜先放着，只把发您的照片的微博删掉？”

李牧遥无所谓地说道：“你看着办吧。”

他动了动因为整夜伏案工作变僵硬的脖子，正想结束一天的工作，临走前，再次瞥到了桌角上的那个蛋糕……

他忽然又想起池渺渺刚才的话，豁然开朗——所以，她是在吃醋吗？想到这种可能性，他不由得笑了。

刘焕观察着老板的神情，发现老板今天的心情真的很不错。可究竟是为什么呢？是张朵雅送来的蛋糕取悦到了他老人家，还是因为刚省了一笔买热搜的经费？

刘焕正胡乱猜着，就听李牧遥又说：“发我的照片的微博也暂时不用处理了。”

被人评论长相，这是李牧遥以前最反感的事，所以网上才很少有他的照片，但他今天这是什么情况？

刘焕想也没想地脱口问道：“为什么？”

李牧遥瞥他一眼：“你听过‘羊群效应’吗？”

“什么‘羊’？”

那一瞬间，李牧遥脸上的笑容顿时被一个对牛弹琴的表情取代：“算了，跟你说不清楚。”

伴随着失恋博物馆和“拍拍”的走红，幕后的李牧遥也在一夜之间成了大众的焦点。“商业奇才”“少年天才”，甚至“史上颜值最高、年纪最轻的霸总”等标签都和他的名字画上了等号，让他在一夜之间多了无数女友粉，失恋博物馆的门槛更是快被那些慕名而来的女孩踏破了。以至只要是失恋博物馆营业的时间，就有等着入馆参观的人在门外的小广场上排队。

虽然以前也有萧易的女粉慕名而来，但是比起如今这情况那真是小巫见大巫了。

失恋博物馆的众人还是第一次见这种阵仗，韩夏唏嘘道：“我们馆究竟是什么风水，老板都这么能招蜂引蝶，而且一个比一个功力强！”

池渺渺只觉得满心怅然，但又觉得自己没有任何不开心的立场。

身后传来程宝宝的声音："这也太影响我们工作了，这些人把停车场的出口都给堵了。"

其他人也都跟着附和，抱怨这几天下班都堵车了。

韩夏安抚众人："再坚持几天吧，李总在我们这里也待不了几天了，萧总要回来了。"

有人似乎还没得到风声，问韩夏："李总这么快就要走了？"

池渺渺的心跟着沉了一下，她也没想到，李牧遥竟然这么快就要走了。

她立刻看向韩夏，等对方给个答案。

韩夏回答那人："大概就是在这个月底团建之后吧。"

那人又问："他会和咱们一起团建吗？"

这一次韩夏没有给出明确的回答，只是说："看情况吧。"

而事实上所有人都知道他有多忙碌，断然不会把时间浪费在团建这种事情上，而且就算有时间，以他那种不合群的性子，他怕是也不愿意和他们这群人凑在一起。

也就是说，李牧遥很快就会离开失恋博物馆，不知道是哪一天。而他一旦离开，池渺渺和他就没了交集，北城这么大，没有缘分的两个人能再遇到的概率几乎为零。

所以对待这次团建，池渺渺忽然既期待又排斥，期待李牧遥能一反常态地参加一次，但又不想让它太快到来，因为那就意味着李牧遥要离开了。

池渺渺不敢让自己再这么深想下去，随口问道："咱们去哪儿团建定了吗？"

韩夏诧异地瞥了她一眼："定了啊，群里都讨论好几次了，你最近怎么总是心不在焉的，不会是忙着和你师兄谈恋爱都顾不上我们了吧？"

众人一听这话都跟着韩夏打趣池渺渺。

池渺渺不好在众人面前解释什么，只能继续岔开话题问道："我之前没注意，那最后定了去哪儿？"

韩夏回答道："虽然李总不一定跟我们一起团建，但这次团建的地方可是李总特批的，即便是国内游也绝对是高规格的。李总在莱港有个酒店你知道吧？酒店还有一片私人海滩，我们去的时候可以包下整个酒店，谁家公司团建能有这种待遇？"

听她这么说，众人也很亢奋，纷纷讨论起那几天要穿什么衣服、带什么行李。只有池渺渺游离在众人之外，无法被众人的喜悦情绪感染分毫。

虽然得知池渺渺早就和她那师兄不来往了，但李牧遥发现，池渺渺对自己也越来越冷淡了，也不知道她是还在因为她那师兄不开心，还是在有意地疏远他。

他原本想着给她一点儿时间让她从她和她师兄那段短暂的关系中彻底走出来，但是现在考虑到萧易回来的日子，他忽然焦躁了起来。

这时候刘焕进来向他汇报他本周的行程。

这段时间无论是失恋博物馆分馆开业，还是“拍拍”那边为即将激增的业务量提前做的准备都够他忙得脚不沾地了，一项项的工作行程从工作日排到了周末。

李牧遥听完汇报后，沉默片刻问：“韩夏前两天说的那个团建是什么时间？”

刘焕回答道：“应该是周六出发，周三回来。”

李牧遥想了一下说：“把在南城出差的行程安排得紧凑一点儿，周六直接从南城飞莱港。”

老板这是要去参加团建的意思吗？刘焕着实有点儿意外，因为无论在“拍拍”也好，还是在之前的公司，李牧遥都不会参与这种活动，而且这一次他之前也是直接拒绝的。

刘焕扫了一眼李牧遥这几天的日常安排，有点儿担心地说道：“这样的话您本周和下周的工作安排会非常紧张，中间还有几次长途飞行，我担心您的身体……”

李牧遥直接打断他的话：“其他的你不用操心，按我说的去办吧。”

很快团建的日子就到了。

周六一早，一群人浩浩荡荡地在机场会合，不出意外，这一群人里没有李牧遥和刘焕。

众人对这样的结果似乎并不意外，甚至有点儿庆幸，只有张朵雅一脸失望的表情，直到登机了还在东张西望，像是在等什么人。

韩夏朝着张朵雅的方向努了努嘴，压低声音对池渺渺说：“一大早来赶飞机我们都累死了，你看看人家，照样妆容‘精致’花枝招展的。可惜啊，李总没来。”

池渺渺笑了笑没有说话，虽然早猜到他很大可能不会来，但真到了这一刻，说一点儿也不失望那是假的。

两小时之后，所有人抵达莱港的酒店。

酒店建在海边，周边风景没的说，酒店内的装潢和配套的东西也都是顶级的，最重要的是所有的消费都是公司报销。

北城已入深秋，而莱港还像夏末。他们来时天气正好，温度适宜。

老板不在众人倒是更放得开。大家都只在房间里稍稍停留了一下，就迫不及待地去海边看海了。

池渺渺和韩夏她们因为要安排聚餐和节目，比其他人晚到海滩一会儿。

她们一到就看到几个营销部的单身男同事围着张朵雅一起在海边玩水，张朵雅似乎也很开心，早上因为没见到李牧遥的那种愤懑情绪早已不见了。

韩夏见了这情形忍不住感叹道："小张这人缘是真的好啊，美女就是不一样！不过亲爱的你也不差啊，怎么差别待遇这么明显呢？"

池渺渺一向对自己的外貌不太在意，但听了韩夏的话，难得有点儿酸溜溜的："算了吧，我比人家可差远了，而且人家年轻，我要是男人也喜欢她。"

韩夏并不这样认为："要我说人家是会打扮，你看她现在穿的那条裙子，白色蕾丝显得清纯可爱，领口深 V 又不失性感。你再看看你，就差穿着大裤衩、人字拖出门了，真是白瞎了你这前凸后翘的好身材。"

池渺渺低头看看自己的休闲套装，又看了一眼不远处言笑晏晏的张朵雅："我这身衣服也没你说的那么差吧。"话虽是这么说，但她心里又忍不住设想，如果她是李牧遥，应该也会更喜欢张朵雅这样的女生。

两个人正说着话，韩夏的电话响了。

她接起来应了几句，挂上电话就立刻招呼众人："李总的飞机落地了，大家准备准备，都正式隆重点儿，六点准时在二层的宴会厅集合。"

大家显然都默认了李牧遥不会出现，此时听说他要来，所有人都很意外，包括池渺渺在内。

是什么让他愿意放下工作浪费宝贵的时间来参加这种他原本最不屑的活动，甚至不惜搭乘最让他不舒服的飞机呢？

池渺渺立刻想到了几种可能性——为了融入大家，或者为了张朵雅。

她不敢细想究竟哪个才是正确答案。可是不管是哪个，她发觉自己的心情已经因此低落了下来。

她回到房间匆匆洗了脸，然后又给自己化了个淡妆，但在决定穿什么衣服的时候犹豫了。

其实在来之前，韩夏就提醒她带上出席晚宴的礼服，她以往没出席过这种场合，临时再买也来不及了，就从暖萌那里先借了一件。

来之前她才匆匆看了一眼款式，差点儿气到喷血。

这条礼服从正面看几乎可以用“平平无奇”来形容，就是普通的银色鱼尾裙，最多也就是V字领口开得稍微低一点儿，但从背面看就完全不一样了，整个背部几乎全裸……

她原本还犹豫要不要穿这件礼服，但想到张朵雅可能穿得更夸张，一咬牙还是决定穿。

既然要穿这件礼服那就只能真空上阵了，说实话，这还是池渺渺成年以后第一次不穿内衣出门，走在路上都不由得瑟瑟发抖，倒不是觉得冷，就是觉得没有安全感。

不到六点，公司众人都已经到了宴会厅，果然不出池渺渺所料，张朵雅穿了身香槟色V领露背礼服，能露的地方都露着，比她更过分的是，裙摆处还做了高开衩的设计。

她身材好，皮肤白，一亮相简直可以用惊艳全场来形容。不仅张朵雅如此，其他女同事也都是盛装出席。池渺渺无比庆幸自己穿了这件礼服出来。

正在这时，宴会厅的大门忽然被侍应生推开，李牧遥一行人总算姗姗来迟。

虽然他平时大多时候也是穿西装，但明显为了应对今晚的场合，他的穿着较往日还是更正式一些。他身姿挺拔，将一身得体的深色西装穿得格外出挑，再搭配上他那张无可挑剔的脸，和略带凌厉之意的眉眼，原本的商场精英形象又多了分绅士禁欲的味道。

他一进门，宴会厅里包括服务员在内的人都不自觉噤了声，所有人的目光都不由自主地追随着他。

身后不知是谁在小声议论：“以前就觉得李总很帅，没想到能帅成这个样子，难怪网上那些女生为了他能那么疯狂。”

虽然已经见识过了各种时候的李牧遥，但此刻，池渺渺的心里也有着同样的感慨。

所有人的注意力都停留在他的身上，他却仿佛看不到任何人。

她看着他从自己面前经过，又坐在了离她的位子不远的主桌上，但自始至终，他都没有看她一眼。

或许是想到他马上就要离开，从此再见他一次都是奢望，她发现她因他而产生的情绪也越来越难以掩藏。

所以哪怕他一向如此，哪怕他理当如此，毕竟她对他来说本就没什么不同，但今天，她分明感觉到胸口处传来闷闷的痛感。

随着李牧遥落座，一时间鸦雀无声的宴会厅又渐渐恢复正常。池渺渺也心情复杂地坐回了位子上。

韩夏注意到她的情绪变化，小声打趣她："怎么，看到人家这么帅又后悔选择你家初恋师兄了？"

池渺渺还没来得及回话，就感受到一道视线落在了她身上。

她抬头看过去，是坐在桌对面的张朵雅。在池渺渺看过去的那一刻，张朵雅也大大方方地和她对视，并且露出甜甜一笑。

她皮笑肉不笑地回应了对方，又对身边韩夏说："你有这开玩笑的工夫不如好好想想还有什么疏漏的地方，今天的活动可都是你安排的，伺候得不满意小心李总临走前在萧总那里参你一本！"

韩夏闻言立刻紧张地起身："你倒是提醒我了，我得去看看。这小提琴手怎么还没到？"

韩夏离开后，池渺渺不由得又抬起头偷偷看向李牧遥。

他那一桌只有他和刘焕两个人。

他坐在侧对着她的方向，正好可以面朝舞台。他微微侧着身，听身边的刘焕不知道说着什么，脸上依旧没什么多余的情绪，池渺渺却从那张脸上看出了疲倦之色。

不难猜测，他一定是刚结束一天的工作就赶过来了，他原本不需要这样的，完全可以回家洗个澡睡一觉，但他还是来了。

没一会儿小提琴手就位，韩夏也回来了。

现场的气氛随着音乐声响起，总算稍微热烈了起来。

韩夏感慨："以前团建萧总还讲个话活跃活跃气氛，咱们这位李总正好相反，简直是个气氛杀手，我真担心大家放不开。”

池渺渺不想被张朵雅听到她们在议论李牧遥，帮韩夏夹了只虾说：“那正好少说话多吃菜。”

韩夏对着那只虾依旧愁眉苦脸：“本来晚点儿还准备了游戏环节，你说到时候要不要邀请李总参加？”

池渺渺随口答道：“你邀请呗，反正他也不会参加，说不准一会儿就回房间了。”

韩夏点了点头：“也是哦。”

刚结束了一天的工作，又经过一个多小时的飞行，李牧遥的状态并不好，药物的副作用让他整个人没什么精神，更提不起什么胃口。

台上的演出和身后众人的笑谈声同样让他心绪不宁，头痛欲裂。但他再看周遭的众人，甚至包括刘焕在内，似乎都很享受今天这种氛围。

或许某人也是吧。想到她，他就忍不住朝后排几桌看了一眼，很快就在众人中看到了正在埋头苦吃的池渺渺。

情绪稍稍好转了一些，他拿出私人手机扫了一眼，并没看到他想看到的东西。

她倒是没心没肺，明知道他刚坐过飞机，怎么也不知道关心他一下？

他有点儿生气，但还是忍着气给池渺渺发了条微信：“宴会结束你到海边去一下，我有事跟你说。”

KUANG 22 RE

甜蜜日常

“哎，你说李总看谁呢？”

正当池渺渺和盘子里的牛肉较劲的时候，韩夏忽然碰了碰她。

她闻言抬起头来，又看到了张朵雅——所在的位置正好在李牧遥和池渺渺中间，挡住了池渺渺看向李牧遥的视线。

池渺渺有点儿不高兴，也不知道今天这座位是怎么安排的！

还好此时张朵雅正歪着身子和旁边的同事说话，池渺渺才看得到她身后的李牧遥。

此时的他并没有看向她们这边，而是正对着面前的香槟发呆。

很明显，他并不喜欢今天这样的场合，五星级酒店主厨的杰作在他眼里似乎不值一文，原本陪在他身边的刘焕此时也不知去向，他就像被隔离在众人之外地枯坐在那里，虽然满脸写着生人勿近，但何尝不显得孤单可怜？

意识到自己竟然在可怜他，池渺渺暗骂了自己一句“自作多情”，同时强迫自己移开视线，努力把注意力放在除他以外的其他地方。

“哎，李总又回头了，好几次了啊。他究竟在看谁啊？是不是你啊？”

池渺渺赌气地想不去看，可还是没忍住，这一次就正好对上了李牧遥的视线。

心跳在那一瞬间骤然加快，难道他一直在看她？

池渺渺在这一瞬间想到很多事，或许他想到他们之前同住一个屋檐下的情分，也有点儿舍不得她吧？但下一秒视线忽然被一张碍事的笑脸挡住了。

张朵雅笑盈盈地看看她，又好奇地看看身后，一派天真地问她：“渺渺姐，你在看什么？”

池渺渺没好气地喝了口红酒：“没看什么。”

“哦。”张朵雅委屈巴巴地点了点头。

池渺渺见状忍不住在内心翻了个白眼，但忽然意识到一种可能性——李牧遥和张朵雅还有她的座位恰巧在一条直线上，从韩夏的角度她觉得李牧遥有可能在看她，可事实上他更大可能性是在看张朵雅。

池渺渺这样一想，倒是也说得通了，他或许本就是为张朵雅来的，而来这里不就是为了多看她几眼吗？

盘子里的澳洲和牛在池渺渺眼里忽然就变得不香了，杯子里的波尔多红酒也只剩下了酸涩的味道。

她烦躁地想拿出手机来转移一下自己的注意力，也是这个时候才意识到自己出门时有点儿急，竟然忘了带手机。

今天她真是干什么都不顺！

她忽然很想离开这里，但刚要起身，又被身边的韩夏拉住。

“你干什么去？”韩夏问。

“吃饱了，出去消消食。”

韩夏用看神经病的目光看她：“你没事吧？才刚开始吃就吃饱了，一点儿不像你。”

池渺渺撇了撇嘴：“‘狗粮’吃饱了，撑得慌。”

韩夏没听清：“你说什么？”

“没什么，就是觉得这儿挺没意思的。”

“没意思也得坐着，一会儿还有游戏环节呢！我怕没人参与太冷场，所以你必须得在！”

池渺渺无奈，只好坐回座位上接着吃东西……

或许是因为众人都喝了酒，也或许是因为大家发现不管他们做什么，今晚的李牧遥丝毫没表现出半点儿不悦之色。随着时间的推移，众人也就彻底放开了，拿着酒杯四处敬酒，当然还没有人去敬李牧遥。

所以除李牧遥以外的其他人都没少喝，尤其是池渺渺，本来酒量就不好，一不小心就有点儿上头。

所幸终于熬到了游戏环节，众人这才都放下酒杯，等着游戏开始。

游戏名字叫作“不心动挑战”。游戏规则很简单，给参与者观看一些帅哥美女的视频，视频中的主人公可以是明星、网红甚至好看的素人，没什么限制，参与者看完视频做到不心动算是挑战成功，挑战失败者要接受吃柠檬的惩罚，旁人则是通过观察参与者的表情来判断对方是否心动。

进入游戏环节后，立刻有服务生端上来几大盘新鲜的柠檬，光是看一眼都会让人觉得牙齿发酸。而舞台的 LED 显示屏上也出现了一个电脑屏幕投影，屏幕一边是即将播放的视频，另一边是一个工作人员的手机投屏，手机镜头正对着宴会厅，方便大家一会儿能清晰地观看某个参与者的面部表情。

或许是因为这个游戏似乎很是流行，也或许此时的众人都放下了因老板在场而带来的束缚感，参与游戏的积极性非常高。而且不知道韩夏从哪儿找了这么多视频，有的搞笑，有的性感，有的可爱，参与者的表现也各不相同，全场的气氛达到了前所未有的高潮。

李牧遥应该也是第一次知道还有这种游戏，看向大屏幕的目光终于不再是漫不经心的，似乎多了点儿兴趣。

韩夏今晚喝了不少酒，加上她早就想让李牧融入大家当中，于是借着酒胆去邀请了李牧遥参加挑战。

本来她是没抱太大希望的，谁知李牧遥竟然很爽快地答应了。

立刻有人将一盘新鲜的柠檬放在了他的面前，工作人员的手机镜头也对准了他的脸。

李牧遥对大屏幕上陡然出现的自己并没有太大的反应，只漠然地扫了一眼，就等着播放视频。

池渺渺听到身后有人感叹：“李总这张脸真是无可挑剔，就算是女明星被这样镜头拍脸也招架不了，何况李总一个男人，皮肤竟然好成这样。”

“对啊，一般人在这种镜头下缺点都会被放大，但他依旧无懈可击。”

“突然好期待啊，我倒要看看什么类型的女生能让他动心。”

池渺渺忽然也很想知道，他会对什么类型的女生动心呢？

她不由得看向不远处的张朵雅，年轻的女孩子不懂得如何掩饰自己的想法，所有的爱慕都清清楚楚地写在了脸上。

到了这一刻，池渺渺才知道，自己有多么羡慕她。

可等了好一会儿，视频一直没传上来，众人不由得看向舞台旁边控制电脑的工作人员，原来是韩夏给了那人一个新的视频，需要重新上传。

片刻后，视频开始播放，韩夏回到了池渺渺身边。

池渺渺怀疑地看她一眼："搞什么鬼？"

韩夏扬了扬眉毛："你看就是了。"

之前几轮还有人会被视频所吸引，但是这一次，李牧遥的表现明显比视频更让人期待，所以所有人的目光都不由自主地聚焦在大屏幕中李牧遥的脸上。

但很快，众人就明白为什么对待李牧遥要单独上传一个视频了……

这个视频可以说包罗万象，几乎囊括了各种各样的漂亮女孩子，正常直男绝对不可能在这个视频面前完成所谓的不心动挑战。但众人很快发现，无论视频中的女孩是可爱的、性感的，还是端庄娴静的，都没能让李牧遥的脸上有丝毫情绪变化。

眼看着视频就要播完了，李牧遥依旧面无表情。

韩夏也有点儿着急："看来这些庸脂俗粉果然入不了咱们李总的眼，还好我在后面放了两个撒手锏，他要是还能躲过去，我就把那一大盘柠檬全吃了！"

池渺渺抽了抽嘴角："也不用这么绝吧？我看他平时就是这样，搞不好是面部神经萎缩，心动不心动哪里看得出来？"

两个人正说着话，视频忽然风格大变，漂亮姑娘不见了，换成了一个腹肌男，而且这腹肌男很油腻地对着镜头扯皮带……

之前看别人玩这游戏还觉得有点儿意思，但真轮到自己时，李牧遥又觉得索然无味。

他都有点儿怀疑韩夏对他的审美是不是有什么误解——如果大小眼也算漂亮的话，那这世界上就不该存在"丑"这个字；还有那个左边脸上有痣右边脸没痣的姑娘，这种情况如果出现在珠宝里那就算是瑕疵品，同理，这种人怎么也算不上漂亮。

就当李牧遥以为这个无聊的游戏即将结束的时候，大屏幕上忽然出现一个穿着西裤衬衫、露腹肌的男人，然后还没等众人反应过来，视频里的腹肌男忽然扯下皮带，朝着镜头勾了勾手指，很油腻地说："宝贝，来啊。"

李牧遥怎么也没料到韩夏还有这么一手，一时没控制好情绪，被自己的口水呛得够呛。

难得见他这么狼狈，众人顿时笑闹起来，好像也不在乎他是不是老板了，甚至有人吹起口哨。

池渺渺也忍不住笑了，心想原来这就是韩夏说的撒手锏，可是接下来出现的画面就让她笑不出来了。

在座的所有人都能一眼看出，视频的拍摄背景是失恋博物馆的办公室，大家似乎都在埋头工作，然后镜头停在了一张办公桌前，一个女生正低着头在本子上记录着什么。感觉到身边有人，她抬起头来，然后朝着镜头明媚一笑。因为加了特效，她展颜一笑的过程被放慢了速度，周围的光线也逐渐明亮起来。

那女生不是别人，正是池渺渺。

全场在安静一瞬过后沸腾了。众人的注意力终于从 LED 显示屏上成功转移到了台下的池渺渺身上。

不止一个男同事起哄说自己为池渺渺心动了，甚至有人端着酒杯来当面表达自己的心动。

面对众人的调侃，即便池渺渺脸皮再厚，也有点儿不好意思了。

池渺渺偷偷埋怨地白了韩夏一眼，但面对同事善意的调侃，也只好端起酒杯配合对方。

因为池渺渺的视频画面是最后一个，她的视频画面一结束，跟拍李牧遥的表情的工作人员就关掉了摄像头。而此时，全场人的注意力都被池渺渺那边的动静吸引了过去，也就没有人注意到李牧遥盯着 LED 屏幕上视频最后定格的那张笑脸，默默拿起一片柠檬放进了嘴里。

这柠檬还真酸。

李牧遥面无表情地将柠檬吃完时，出去接电话的刘焕也回来了。

李牧遥一边用湿巾擦拭着手指，一边问："出什么事了？"

刘焕抹了把汗说："'拍拍'接到举报，说有大量用户上传违规内容，一小时前忽然被下架了。我们已经联系有关部门，对方的回复很官方，暂时没办法立刻恢复上架。"

李牧遥神色凝重地问："真实情况。"

刘焕回答："真实情况是有人注册了一批小号，在上传的大量视频和照片中夹带违规内容，我们的技术没检测出来，所以才会出这样的事。”

关于失恋博物馆和“拍拍”的各类营销刚投放出去没多久，这个时候如果拍拍 App 无法下载，这无疑是巨大的损失，所以当务之急是尽快给出最有效的解决措施，尽可能压缩整改时间以减少损失。

刘焕顿了顿又说：“您可能要提前回北城了。”

李牧遥起身朝宴会厅外走去：“订明天的机票吧，今晚我还有很重要的事情要做。”

池渺渺再一抬头时，才发现原来李牧遥的位子上已经没有人了，而这场晚宴到此时也算真正结束了。

在送走了大部分人后，池渺渺没精打采地回了房间。

她故意没有开灯，疲惫地坐在床上看着窗外的海滩发呆。

海边的夜有着异样宁静又浪漫的美感，可在她看来也莫名地多了点儿落寞和寂寥的气息。

回想起刚才在宴会厅里玩的小游戏，虽然只是个游戏而已，但当她的脸出现在视频上的那一刻，她还是满怀期待地看向了李牧遥——她渴望在他的脸上看到哪怕一丝一毫的情绪变化，即便只是意外也好，至少代表她和其他人在他看来是不同的，可是李牧遥依旧面无表情。

看来这么久的相处中，那些曾经让她说不清道不明每每想起又觉得意乱情迷的瞬间，真的只是她自作多情。

醒醒吧池渺渺，他可是李牧遥，你们从来不是一类人。

李牧遥刚洗过澡还没来得及换衣服就听到有人敲门。

他本以为是刘焕，打开门一看竟然是那个整天往他的办公室跑的小助理。

他不由得皱起眉头：“什么事？”

张朵雅笑得很得体，朝着李牧遥摊开手掌：“李总，刚才帮酒店服务人员清理宴会厅的时候，有人说在您坐过的位子上捡到了这个，就托我来问问，这个是不是您的？”

李牧遥垂眼瞥了一眼摊在她的手掌上的那个打火机，又扫了面前的女孩一眼。

虽然他不会刻意去观察一个人，但有着过目不忘的记忆力以及细致入微的观察力。

他注意到她还穿着今晚晚宴时穿的礼服，但如果没记错的话，她当时穿的应该是双香槟色的、脚踝处有系带的高跟鞋，而此时换成了一双银色亮片的高跟鞋，脚踝处还有被上一双鞋磨出的红痕，脸上的妆容也明显补过。

所以在晚宴结束后她回过房间，换了不合脚的鞋，也补了妆，却没把穿着并不方便的礼服换掉。

这究竟是什么原因并不难猜，可是他对她有着什么样的想法并不关心。

“我不抽烟。”李牧遥冷漠地回答。

张朵雅似乎有点儿意外：“那看来不是您的，一会儿我再问问刘助理。”

李牧遥没再说什么就要关门，门却又被张朵雅挡住了。

他看向张朵雅，女孩子有点儿尴尬地说：“李总，可不可以借用一下您的房间的卫生间？”

“不可以。”李牧遥干脆地拒绝，可正当他要再次关门时又被门外的女生伸手拦住。

此时的李牧遥已经很不高兴了，他今晚还有很重要的事要办，并不想和她在这里浪费时间。

但张朵雅好像没看出来他的不耐烦样子，直接从门缝挤了进去：“抱歉啊李总，我真的有点儿急，很快就好。”然后还没等李牧遥反应过来，她就已经溜进了他的卫生间。

李牧遥对着那扇刚刚被关上的门极其不悦地皱起了眉头。

他不是不清楚张朵雅在想什么。他断定她绝对不会像她自己说的那样很快就离开，或许她现在就琢磨着要如何在他的房间里耗时间，而且一会儿她从卫生间出来后可能还会勾引他。如果他就范一切就顺理成章；如果他没有就范，她觉得他也不会真拿她怎么办，毕竟男人都是怜香惜玉的，尤其她对自己的外貌非常有自信；更何况他不能完全不给她父亲面子。但这种事情有一就有二，只要他这次不发作，从此之后她就会有事没事地在他面前出现，到时候不管他怎么想，反正在别人眼里，他对她就是不同的。当然他还可以等她一出来就强行让她离开，但是结果可能会比前面一种情况更糟糕。

以前李牧遥并不在乎别人怎么看他，哪怕传闻传得如他包养汪可一样不靠谱，他都从未真在意过，更不会花费力气出面澄清。可是现在不一样了，他有了在意的人，可以在别人面前不羁，但在那人面前，只想成为那个能被她喜欢的人。

想到一会儿要见的池渺渺，他的心情稍微好了一些。至于卫生间里那个什么张朵雅，她爱在这里待多久就待多久吧。

他回到卧室迅速换了身外出的衣服，再出来时，说是“很快就好”的小助理果然还在卫生间里。

他没好气地拿起电话打给客房部：“我的房间需要做全面消毒。对，现在，立刻，马上！”

刚挂上电话，卫生间门开了，那小助理走了出来，与此同时房间里悄悄弥漫开一股淡淡的香水味。

他情不自禁地后退了一步，不等她开口就说：“我要出去一趟。”

张朵雅有点儿意外。她刚才在卫生间里酝酿了好久如何勾引李牧遥，早就预想好了一会儿会面对的各种情况，当然包括被他拒绝。不过即便如此，她相信作为男人，面对爱慕自己的年轻女孩也会手下留情，更何况还有她爸那层关系在。当然更大的可能性他还是会接受她的好意，毕竟她到目前为止，还没有追不到的男人。

想到这些，她大着胆子走出了卫生间。

可事实上事情跟她设想的完全不同，刚才明明洗过澡都打算休息的李牧遥忽然又穿戴整齐地打算外出了。他要走，她该怎么应对？而且今晚或许是她最后的机会了。

她正想着怎么拖住李牧遥，酒店保洁人员已经带着清扫工具上门了。见到李牧遥照例询问了一句：“请问现在打扫房间吗？”

李牧遥面不改色地出了门：“是的，尤其是卫生间，务必打扫干净。”

以前张朵雅就听说李牧遥有很严重的洁癖，但见他对自己并没有表现出来，还以为他对自己有什么不同，可此刻，听了他和保洁人员的对话，她还有什么不明白的呢？

饶是心理素质再好，现在的她也觉得无地自容，所幸周围没有其他人看到这场景。

她别无选择，只能跟着李牧遥一起离开房间。

这座酒店的最高楼层就是六层。李牧遥所住的套房在酒店的第五层，公司其他人的房间大多在三层。

很快，电梯门在三层打开，正当张朵雅想要告辞离开的时候，却又被李牧遥叫住："等一下。"

她按住开门键，回头问李牧遥："您还有什么事？"

李牧遥也不看她，冷漠地看向电梯外走廊上的壁画："你叫张朵雅是吧？有件事我想提醒你一下，你是萧易的助理，不是我的。在公司，我是老板，你只是个实习生，我们的交集按理说非常少……"

张朵雅明知故问道："您这话是什么意思？"

李牧遥这才看向她："我的意思是，如果还有下一次，就不是提醒这么简单了。"

周围的温度忽然降到了冰点，张朵雅终于意识到，这才是真正的李牧遥，平时她所感受到的温文尔雅、彬彬有礼的样子都只是她自己给自己制造出来的假象。

所以，在电梯门即将合上前，她几乎是落荒而逃。

听说心情不好的时候喝酒更容易醉，池渺渺深有感触——她觉得今晚头格外昏沉，心情也前所未有地沉重，尤其是远离喧闹，只剩下她一个人的时候。

她穿着那件让她极其没有安全感的礼服，踢掉鞋子倒在床上，稍稍翻一下身，顿时觉得一阵天旋地转。

就在这时，闷闷的嗡鸣声从床上的某个角落传来。

她懒懒地睁开眼，就见离她不远处有小片的亮光，是她一整晚都没碰过的手机。

她迷迷糊糊地拿过手机扫了一眼，竟然有十几条未读微信，都来自韩夏。

她有气无力地打开和韩夏的对话框，只看了一条，就气得诈尸一般从床上弹了起来。

"有个超级劲爆的消息，经群众举报，晚宴结束后，张朵雅去了李总的房间！

"原来他俩真的有一腿，啊啊啊！

"我的'房子塌了'……"

后面还有几张照片，确实是张朵雅穿着一身性感礼服，美艳妖娆地站在一个房间门口以及最后进入房间的照片。

虽然照片上没有拍到其他人，但是能看出那是总统套房的楼层，而能住在总统套房的人只有李牧遥了。

池渺渺也没去搭理李牧遥什么时候成了韩夏的“房子”，怀着自己也难以名状的复杂心情仔细地将这些照片一张张看过去……

原本大家都还只是猜测他对张朵雅有点儿不同寻常的时候，她觉得自己虽然有点儿酸，但还能忍，可真的看到这些照片后，想起他们相处的点点滴滴的画面，忽然就觉得委屈起来。

既然他真的喜欢别人，那就肯定不喜欢她了，可既然不喜欢她，为什么会让她住进他家？又为什么在她被文峰挟持的时候那么紧张，甚至完全不顾及自己的病去救她？最重要的是他还吻过她……

人就是这样矛盾，在失望、怀疑的时候总能罗列出对方根本不会爱上自己的证据，却又在两个人关系彻底被宣判了死刑后拼命寻找着对方也喜欢自己的蛛丝马迹。

她也不知道自己怎么了，有什么立场去不满意，见到他后又要说些什么，但等她回过味儿时，她已经站在了他的房间门前。

房门是开着的，里面传出“嗡嗡”的吸尘器吸地的声音，偶尔伴随着“哗啦啦”的水声，像是有人在里面打扫卫生。

她好奇地朝房间里面看了一眼，难不成李牧遥已经退房走了？

打扫客厅的保洁人员看到门口的她，关掉吸尘器问她：“您是找人吗？”

“哦……”她挠了挠头，“住在这个房间的先生退房了吗？”

保洁人员说：“应该没有，李先生的东西都在。”

并没有撞见想象中的尴尬场面，而且他也没走，她的心情稍微好了点。

她嘀咕了一句：“应该不会这么快吧。”

保洁人员没听清，不解地看向她，她连忙摆摆手往电梯方向走去。

可是他们不在房间里，又去了哪儿呢？难不成两个人出去约会了？

想到这种可能性，刚平息的火气又腾起来，她脑子里瞬间只剩下一个想法——要找到他们！

可是她去哪儿找呢？

最后对着电梯里的楼层按键，她毫无头绪地按下了一层。

她漫无目的地走出电梯，恰巧就遇上了迎面而来的酒店经理。

他们一行人入住的事宜都是她陪着韩夏和这个经理一一沟通的，所以这个经理也认得她，见到她很热情地打了招呼。

“您这是去哪儿？”她问池渺渺。

池渺渺愣了一下，也不知道自己此刻要去哪儿，但一抬眼就看到门外不远处月光下波光粼粼的海面，于是随口说道：“去散步。”

经理上下扫了一眼她身上的礼服和与之完全不搭配的人字拖，含蓄地提醒道：“今晚可有点儿冷呢，您要不要回去换件衣服？”

此刻的池渺渺只想快点儿找到李牧遥，什么冷呀热呀完全感觉不到。

她心事重重地摆了摆手：“不用了。”

经理见状也不好再劝，只是说：“那有什么需要可以随时给我打电话。哦，对了，我刚才看到李总也往那边去了。”

“谁？”听到“李总”两个字，她立刻又精神起来，“你说谁在海边？”

面对她陡变的态度，经理一头雾水地眨了眨眼，但还是回答道：“李总啊，有什么问题吗？”

池渺渺所有的情绪在这一瞬间化作满腔的怒气，原来两个人去海边散步了！

他不是工作很忙吗？他不是最怕浪费时间吗？这个时间难道不该开个国际视频会议，或者看两份文件吗？他竟然还真去海边散步了！

她当即也顾不上去理会经理好奇的神情了，愤愤不平地冲向了海滩。

海滩上的光线很昏暗，除了朦胧的月光，就是不远处酒店投射过来的灯光。但或许是因为今晚真的有点儿冷，也或许往常一直如此，海滩上几乎没什么人，所以没走几步，池渺渺就看到了站立在不远处的李牧遥。

就这么片刻的工夫，他已经换掉了晚宴上那身稍显隆重的西装，穿着白衬衫和牛仔裤。

他迎风而立，白色的衬衣被海风吹到鼓起，但他浑然不在意，不知道在想什么。

可是，怎么只有他一个人？

李牧遥等了半天没等到人来，这才意识到一整晚了，池渺渺都没有回他微信，或许是没有看到，于是他拿出手机，直接拨了个电话过去。

池渺渺怀疑很可能是她喝了酒认错了人，不然没道理这里只有李牧遥一个人啊。

她一边想着，一边趿拉着人字拖又往他跟前挪了几步。

她就见他忽然拿出手机来打电话，他的侧脸被屏幕投射的光线照亮，是他无疑了，可他又在给谁打电话，难道是张朵雅?

这么想着，池渺渺忽然觉得自己很可笑。她为什么这么想知道这些事?知道了又有什么用?

她丧气地想要转身离开，一不小心踩到了自己的裙角，直接朝一旁倒去。

李牧遥刚拨通电话就听到身后传来一声熟悉的“哎哟”。

他转过头一眼就看到不远处的地上好像趴着一个人，迟疑了一下走过去，就看到池渺渺以一个很“虔诚”的姿势跪在地上。她的脸埋得很低，要不是她刚才那声“哎哟”，在这种光线下，他还真认不出是她。

她似乎也感觉到他正看着她，抬起头来。

两个人对视了一眼，他一头雾水地问她：“你这是在干什么？怎么来了也不出一声？”

池渺渺觉得自己丢脸死了，最开始只是不小心踩到裙摆摔了一跤，等她把裙摆从鞋底下解救出来时，却发现礼服上身的一处装饰不知道怎么的就跟裙摆钩到了一起。

她解了半天没解开，但她又不能就这么回去，因为钩在一起的位置很不妙，不解开的话，她要么就得露着下半身，要么就只能豪放地露着上半身了。当然最后还有一条路就是她强行扯开，可这礼服应该不便宜吧……

见李牧遥已经走向自己，她连忙制止他：“别过来！”

他愣了一下：“是我。”

“我知道。”所以我才叫你别过来。

李牧遥不解地停下脚步：“出什么事了？”

池渺渺一边努力解着缠在一起的礼服，一边应道：“没什么事，我就是睡不着出来散散步。”

李牧遥调侃道：“跪着散步？”

池渺渺挣扎了一下，还是坦白地说道：“散步时不小心摔了一跤，然后礼服上的装饰不知道怎么就缠在一起了。”

李牧遥垂眼看了她片刻，见她还是解不开，也没再征求她的意见直接走了过去。

池渺渺还想再说什么的时候他已经来到了她的面前。

他半跪在她的面前，拿出手机打开手电筒然后递给她："给我照一下。"

弄了半天还没弄好，池渺渺自己也放弃了，希望李牧遥真的能帮她解开礼服吧，至少回去的时候不会让她太尴尬。

于是她依言接过他的手机，让光线正好对着礼服钩在一起的地方，结果正好照在了胸前。

今晚在宴会厅里远远看过去李牧遥还不觉得她这身礼服有什么特别之处，但也是第一次见她穿得这么隆重，只觉得很好看而已。但此刻忽然这么近的距离，又是以这么居高临下的角度看过去，那画面的冲击感让他也险些没控制住自己的表情。

还好她似乎也注意到自己照歪了，把手机微微调整了一个角度，让光往一旁移了移，但事实上并没有什么效果。

李牧遥只能尽量转移自己的注意力，问她："你什么时候来的？"

池渺渺生怕被对方误会自己是跟踪他来的，虽然实际情况也差不了多少，但还是说："早就来了，没想到老板你也在，真是巧。"

李牧遥有点儿意外地扫她一眼："所以你没看到微信也没接到电话？"

池渺渺一头雾水："什么微信和电话？"

李牧遥顿了顿说："没什么，那是挺巧的。"

他这话听着怎么有点儿怪怪的，难道他发现她在撒谎？

想到这里，池渺渺不由得有点儿紧张，一紧张就忍不住动了动，同时牵动了他手里的礼服一角。

他"啧"了一声有点儿不耐烦地命令道："别动。"

池渺渺不敢再动，注意力不由得移到自己胸前。

他的手指白皙修长，很灵巧也很温柔地将一根根钩在一起的丝线解开。那是一双很好看的手，池渺渺不止一次这么感慨过。

而正当她专注欣赏这双手时，手的主人忽然发话了："这里怎么样？"

池渺渺愣了一下才反应过来他在问自己，说："很好啊，环境好，酒店设施和服务也都很好。"

回答完他的话，她想了想也问出了这一天以来自己最关注的那个问题："我听韩夏姐说老板你最初没打算来的，怎么又有时间了？是不是要离开我们了，你舍不得大家？”

她问完还故作轻松地“哈哈”两声，目光却死死盯着李牧遥的表情，生怕错过他一丝一毫的情绪变化。

可他只是抬眼看向她，没什么表情地说：“差不多吧，有些事也该做个了断了。”

他的前半句话让池渺渺的心彻底跌入谷底，后半句话又让她听得云里雾里——做什么了断？和谁了断？

“什么意思啊？”

池渺渺不明所以地看向他，他也不躲不闪地回视着她。夜色下，他的目光格外沉静，竟然有点儿温柔的意味。

就是这双眼，和电影院里的那双逐渐重合，也不知道是不是她的错觉，她感到他在慢慢靠近她……就当她以为他会像上一次那样直接吻上来时，一缕讨人厌的发丝飞到她的眼前，挡住了她的视线。

她连忙拨开那缕头发，再看才发现他似乎一动没动，她以为的靠近全是她的错觉，或者说，是内心里的某种渴望。

她连忙尴尬地错开视线，为了掩饰刚才自己的失态样子，佯装着东张西望地说道：“怎么就你一个人啊，张助理呢？”

“张助理？你说张朵雅？”李牧遥微微挑眉。

池渺渺话一出口才有点儿后悔，但既然已经说了那就只能将错就错下去。

“是啊，还有哪个张助理？”池渺渺干笑着说。

李牧遥审视着她，忽然想到一种可能性——莫非她以为他一直和张朵雅在一起？可是她为什么会这样以为？答案只能是她得知了张朵雅去过他的房间。

“你听谁说的？”

听他这么问，池渺渺有点儿慌，随口应道：“刚才刘经理说看到她来海边了。”

“你确定她是这么说的？”

池渺渺愣了愣，又仔细回想了一下酒店经理的话，发现对方还真没提到过张朵雅，只说李牧遥往这边来了，难道她没一起来？

李牧遥把她一系列的反应尽收眼底，忽然又问：“你那么关心她干什么？”

“我关心她？”池渺渺有点儿心虚，“也没有很关心吧，就随口问问。”

“是吗？可我发现你最近总是躲着我，好像就是她来了以后。”

池渺渺心里苦涩，但表面上还是勉强笑着：“也没有吧，一定是你的错觉，主要是我也没什么理由总打扰你啊，毕竟我不是你的助理了，用不着总去给你汇报工作。”

礼服上缠在一起的地方终于被解开了，李牧遥的心情似乎也跟着好了不少，他站起身朝她伸出一只手：“可她也不是我的助理，是萧易的助理。”

原来他也知道。池渺渺有点儿生气，那他为什么还那么纵容她？他那么懂得看透人心，难道看不出她对他有什么企图吗？

她没领他的情，没去理会那只伸向她的手，自己整了整裙摆站起身来，笑了笑说：“这不是有人希望她天天去吗？”

面对她的“不知好歹”，李牧遥难得没有生气，收回手问她：“你觉得我希望她天天去烦我吗？可你又怎么知道我是怎么想的？”

池渺渺大着胆子说：“我虽然没学过什么心理学，但常识还是有的，这种事谁都看得出来，我怎么会看不出来？”

李牧遥似笑非笑地扫她一眼：“你就是看不出来。”

池渺渺没察觉到他这话有什么不对，心里难受，表面上却还是摆出一副大大咧咧的样子：“老板你没听过那句话吗？喜欢一个人和咳嗽一样，都是藏不住的，所以你也不用藏。再说了，这也不是什么丢人的事，你是男人应该更有担当，最起码应该大大方方地承认。”

“是啊。”李牧遥双手插在裤子口袋里，朝不远处的海面眺望了一眼说，“以前是不确定，现在确定了，就打算大大方方地承认了。”

虽然是早就想到的结局，可是此时听他这样说出口，她还是觉得心口闷闷的。

或许是酒精作祟，她觉得眼眶也有些发酸。

她低下头，自嘲地无声笑了笑：“挺好的。”

所以这才是他愿意来参加团建活动的根本原因。而他口中所说的了断，并不是要和什么人了断，只是跟纠结的过去了断。

他要对那个女孩告白了……

他垂眼看向她：“怎么我觉得你不太高兴？”

“我？”她连忙收敛情绪，抬头朝他露出个大大的笑容，“怎么会呢？你要脱单了，作为朋友我当然替你高兴！”

“你确定？”

“对啊！”她认真地点了点头，却不由自主地吸了吸鼻子。

她立刻搓了搓手掩饰：“啊，好冷……我先回去了……”

然而她正要离开时，却被他一把拉住。

她诧异地回头看向拉着她的那只手，月光下，他的皮肤白得发光。

“我话还没说完。”他说。

两个人沉默地对视了片刻，她认命地点了点头，却还是挣脱开了他的手：“有什么话就快点儿说吧。”

李牧遥任由她的手从自己的手里挣脱，问道：“你觉得她会答应我吗？”

想不到堂堂李牧遥也有这样患得患失的时候。

池渺渺心里酸酸的，说出来的话也酸酸的：“这你得问她吧，我又不是她肚子里的蛔虫。”

头顶传来一声轻笑，也不知道他是觉得她这说法很可笑，还是其他什么原因。

池渺渺想，如果他知道她对他有了非分之想，大概会觉得很可笑吧。

想到这种可能性，她忽然有点儿生气，破罐子破摔地说道：“你要真让我说，那我就以朋友的角度说说，说了什么不好听的话你可别不高兴，毕竟忠言逆耳。”

李牧遥对她这态度转变有点儿意外，但还是点了点头：“你说。”

“女生选男朋友无非就是看两点：硬件和软件。你的硬件条件自然没的说了，有钱，长得不错，不了解你的人看了你的简历，一半以上会心动。”

李牧遥迅速捕捉到了她这句话里的关键词：“不了解我的人？”

池渺渺继续说道：“接下来就要说软件了，其实除了我刚才说的那些条件，女生更看重的是跟对方相处时的感受，对方对她够不够温柔包容，两个人相处时是不是融洽，这都是至关重要的。如果每次回自己家不能掉头发，不能弄脏东西，甚至连个指纹都不敢随意留下，每天都要像清理作案现场一样打扫房间不知道多少遍，这谁受得了？毕竟谈恋爱是找个生活上的合伙人，总不能下了班再给自己找个老板吧，还是个‘老板病’很重的人……”

池渺渺越说越激动，一抬头忽然发现某人的脸色已经非常难看了。

李牧遥冷冷地开口："看来让你在我家住这么久，真是委屈你了。"

池渺渺下意识地就想认㞞，但很快想到他这么多毛病她都没有嫌弃他，他还喜欢上了别人，顿时又不㞞了。

"你看，你看，你总是这样，你不是很懂揣摩别人的心理吗？怎么轮到自己就不懂了？那种霸道总裁在言情小说里可能还比较受欢迎，在现实中真的没人能接受。你对我这个朋友都这样，那我有理由怀疑，你对其他人应该也好不到哪里去。所以我劝你还是别表白了，免得你自尊心受打击。"

池渺渺已经彻底放飞自我了，憋在她心里的话总算一股脑地都在今晚说了出来，至于后果她也不想去管了，反正从此之后，她和他就是路人了！

"好了，该说的话我都说了，我可以走了吧？"

说完她也不等他回应，转身就要走，可手臂却再一次被他拉住。

在那一瞬间，她觉得自己像是忽然被点燃了，压抑许久的情绪在这一刻彻底爆发。

凭什么他都要去向别人表白了还来拉她的手？

她猛地甩开他："男女有别不懂吗？朋友也不能这么拉拉扯扯，懂不懂尊重人啊？！再说，你不是有洁癖吗？怎么没见你嫌弃我了？你真的很奇怪！"

短暂爆发后，周遭死一般静，静得似乎连风声都停了，海浪拍打沙滩的声音也似乎很遥远。

让她意外的是，她用这样的态度对他，他竟然没有丝毫不高兴的样子，只是静静地看着她。

过了好一会儿，他才缓缓地开口："你说得对，我也觉得我很奇怪。和你做过的很多事，都是我以前最深恶痛绝、绝不敢想的，可我还是那么做了。以前我也搞不明白我究竟是怎么了……"

不知道为什么，在他说这话的时候，她就想到了他们那次的模拟约会，还有那个缠绵的吻……

她忽然意识到真相可能是另外一种情况，心中一刹那有些狂喜，但她不敢让自己沉沦其中，因为更害怕那只是一场空欢喜而已。

"那现在搞明白了吗？"她问。

“嗯。”他微微颔首，“医生在很早以前就告诉过我，我没有办法回到我最初的状态，最好的状态就是让我逐渐适应和我的病症和平相处。你要适应它，就要适应那些让我发病的一切事物。这个过程就像脱敏治疗一样，你知道什么是脱敏吗？”

池渺渺点了点头又摇了摇头。

她大概知道，但此刻更想听他说。

李牧遥接着说：“首先要确定过敏原，然后把过敏原制成不同浓度的制剂，反复给患者进行皮下注射，剂量由小到大，浓度由低到高，逐渐诱导患者耐受该过敏原。这个过程无疑是要承担痛苦的，就像药一样，它经过味蕾时给我们带来苦涩感，可是当它彻底融入血液后，就能治愈我们的病痛。可是很多人没等到最后，在刚尝到苦涩味道时就退缩了，我曾经也是那样。”

“那你后来怎么又能承受了？”

“因为你成了那个过敏原，不知道什么时候就会出现在我身边的过敏原。你让我很矛盾，因为我有时候很抗拒你，但有时候又很向往和你相处。”

池渺渺觉得一定是酒劲儿还没过，不然她怎么觉得自己晕乎乎的。

她仰头看着他：“你在说什么？是我理解的那个意思吗？”

李牧遥也看着她：“你不是文学造诣很高吗？怎么简简单单的几句话你都听不懂？我心里那个人是你啊，池渺渺。”

KUANG 23 RE

彻底脱敏

他喜欢的人真的是她，不是张朵雅，不是其他任何人，是她池渺渺！可是她何德何能让他喜欢上她？！

这个认知让她既欢喜又无措，加上他那别具一格的告白，更让她无地自容。

她难得有点儿姑娘家的不好意思样子，慌忙错开视线，低着头看着自己正在刨地的脚尖："从什么时候开始的？"

"不记得了，大概是你快要从我家搬出去的时候吧。"

"所以，你今天来其实是想向我坦白的？"

李牧遥看着她头顶的那个发旋，微微扬起嘴角："不是'坦白'，是'表白'。虽然我这人洁癖严重，又有不轻的'老板病'，但你也说了，我还有很多其他的优势，比如有一点儿钱，长得不赖，当然更重要的是我应该比你想象中更在乎你。所以，即便你不建议我表白，认定我必定铩羽而归，但我还是想尝试一下。"

池渺渺不得不承认，李牧遥在语言表达方面也绝对天赋异禀，他说的话那么温柔，几乎将她熔成一摊柔软的水。

她故作淡定地问道："你就不怕我拒绝你吗？"

"原本是怕的……"就当池渺渺以为他接下来会说但更怕错过她之类的话时，却听他说，"不过看到你吃醋时，我就不怕了。"

池渺渺气炸了！

“我才没有。”

他难得露出个温柔的微笑：“你说谎时总是这样，听上去语气笃定，但细听就知道没什么底气。”

被他看穿的池渺渺有点儿不好意思：“可你是怎么做到面无表情地说出这些话的？”

李牧遥拉起她的手放在他的胸口处：“面无表情只是假象，我现在的心情不比我上飞机前轻松多少。”

果然，贴在他薄薄的衬衫衣料上的那只手除了能感受到他坚实的胸膛，还能感受到他有力却比常人略快的心跳。

“是有点儿快。”池渺渺内心窃喜。

“那你的呢？”

“什么我的？”

池渺渺愣了一下，看了看被他握着放在他的左胸口处的手，又低头看了看自己的左胸，是她想的那个意思吗？

她可还没答应他呢，这进展是不是太快了？她不由自主地戒备了起来。

他似乎看穿了她的想法，微微勾了勾嘴角。

“你笑什么？”她问。

他没有回答她，但是握着她的那只手忽然使力将她拉近，还没等她回过神来时，她就已经被他拥在了怀里。

她一开始还有点儿无措，但当她感受到他的小心翼翼时，她反而平静了。

他毕竟不同于其他人，即便是面对很想亲近的人，每一次的靠近对他而言都是一次考验和挑战。

她感受得到他的手臂在缓缓收紧，小心翼翼中似乎带着一份珍重的试探。只是不知道他是在试探他自己的反应，还是在试探她的，而这样的谨慎心情也让他的动作透露着无限的温柔。

池渺渺被他这份温柔所感染，在他将她拥紧的同时，也伸出双手环住了他的腰。

他的声音通过他的胸腔传递进她的耳朵里，有点儿闷闷的，却少了往日的清冷。

“这样感受一下就好。”

“嗯？”

她反应了一下，才明白过来，他的意思是这样就能感受到她的心跳。

果然她就听到他说：“比我的还快。”

被某人赤裸裸地揭穿，她立刻就想挣脱他的怀抱，可禁锢着她的力道丝毫没有松懈。

他轻轻抚摸着她的后脑勺，像是想通过这个动作安抚她的情绪。

“别动，再抱一会儿。”

池渺渺立刻停止了挣扎，满心甜蜜地安静感受着他的怀抱。

但她很快又想到他的身体状况，试探着问：“你……还好吧？”

“还好。”

“彻底脱敏了？”

他顿了顿说：“还没有。”

“那……”

他打断她的话：“但想抱你的念头超过了一切。”

池渺渺简直都要怀疑自己是不是在做梦，这人是不是被“魂穿”了，原来那张刻薄的嘴温柔的时候居然也能说出这么让人脸红心跳的话。

她把脸埋在他的胸前蹭了蹭算作回应。

他问：“所以，我现在也是有女朋友的人了，对吗？”

“都抱这么久了，你才想起问这个是不是有点儿晚了？”

“不晚。”他松开怀抱，原本搂着她的那只手轻轻拂过她的脸，手指穿进她飞舞的发丝中。在那只手的引导下，她不得不抬起头，看着近在咫尺的他。

他说：“因为接下来才是男朋友真正要对女朋友做的事。”

或许是有了前两次的经验，也或许因为此刻他们的身份已经不同，这一次他似乎极有耐心，轻轻地触碰她，再逐渐深入。

身后的海浪一下下地拍打着海岸，仿佛永远不会停歇，就像池渺渺内心中正在蓬勃生长的情愫一样。

不知过了多久，他忽地松开她，伏在她的肩头喘息着。

池渺渺从意乱情迷中回过神，才意识到他们似乎已经吻了很久，而他的心跳也超乎寻常地快。如果她没猜错的话，他应该又一次因为她突破了自己的极限。

两个人又亲热了好一会儿，考虑到李牧遥的身体状况，池渺渺虽然不舍，还是提议道："不早了，咱们回去吧。"

他依依不舍地松开她，看了一眼时间，确实不早了，又考虑到她穿得这么少，于是不情不愿地"嗯"了一声。

池渺渺见他这反应，心里甜甜的。其实她又何尝想这么早就回去？她恨不得今夜不眠就陪他待在这里，但是她也得替他考虑。

两个人一前一后地沿着海滩往酒店方向走去。池渺渺的人字拖和礼服都很不方便，在踩到一个沙坑时脚一不小心又崴了一下，她直接坐在了地上。

走在前面的李牧遥见她摔倒连忙折返："怎么，崴脚了？"

池渺渺动了动脚，没什么问题。但见他毫不掩饰的担忧神情，她又玩心大起。

她笑嘻嘻地朝他伸出手："那倒没有，就是不小心踩到一个沙坑。"

李牧遥似乎松了口气，扫了一眼她的手，也伸出手来。然而就在他刚握上她的手的那一刻，她坏心眼地使力把他拽向了她。

李牧遥猝不及防，一时间没站稳朝她倒过去，但似乎是怕伤到她，又硬生生地转了个角度，倒在她身边的沙滩上，而池渺渺也被他这动作扯倒在了他身上。

在她倒在他身上的时候，听到他痛得闷哼了一声。

池渺渺立刻有点儿慌了，收起了玩闹的心思："你没事吧？"

他只是捂着刚才被她压到的胸口，闭着双眼皱着眉，没有回应。

她不由得有点儿紧张，小心翼翼地观察着他的表情，同时不免自责，早知道就不和他开玩笑了。

然而正当她自我检讨的时候，面前的男人忽然睁开了眼，与此同时一只大手扣住她的后脑勺，带着她靠向他。

池渺渺还想说什么，可想说的话都被一双微凉的唇堵住了，只留下一个破碎的音节。

比起片刻前的那个吻，这个吻更加绵长深入……吻到池渺渺都快要窒息了他才松开了她。

她还是忍不住担心他，见他似乎没有任何不适样子，松了口气的同时，也有点儿生气。

“骗子！”她骂他。

夜色中的李牧遥勾了勾嘴角说：“礼尚往来。”

他施施然站起身，不紧不慢地朝她伸出手。

她刚要把自己的手递给他，又不免狐疑地看向他。

他似乎笑了一下说：“不闹了。”

她这才把手搭上去，借着他的力量站起身来。

两个人一前一后地进入酒店。本以为这时候大家都睡了，结果池渺渺刚一进酒店大堂就遇到一个营销部的男同事。

在今天之前池渺渺和这个同事最多算是点头之交，但是今天营销部那几个人没少给她敬酒，一来二去，点头之交就变成了莫逆之交。

眼前这个人就是今晚给她敬酒敬得最多的。

那人见到池渺渺无比激动：“你怎么在这里？韩夏说你晚宴结束后就回房间了，刚才还给你打电话，你没接。”

池渺渺生怕对方看到身后的李牧遥，一边祈祷着李牧遥晚点儿进来，一边心不在焉地敷衍道：“晚上吃太多，去散散步，忘带手机了，找我什么事啊？”

“大家都在二楼的酒吧呢，就差你了！你等我一下，我这房卡刷不开门了，我让前台给我弄一下，咱俩一起上去。”

池渺渺对酒吧游戏没什么兴趣，推辞道：“要不还是你们玩吧，我今天有点儿累。”

同事却说什么也不让她走：“别啊，大家都在，怎么能只少了你一个人呢？”

池渺渺还想再说什么，却见同事说着说着忽然就噤了声，而且目光正越过她看向她身后酒店大门的方向。

池渺渺不用回头也知道对方看到了什么。

现在她只能无力地祈祷着，希望这个男同事不会瞎想。倒不是她不想公开和李牧遥的关系，只是两个人刚在一起，什么时候公开，以什么方式公开，两个人都没聊过，加上“禁止办公室恋情”这可是李牧遥自己定下的规矩，她也不好这么快就打他的脸。

刚才还口齿伶俐的男同事，一见了李牧遥立刻开始结巴：“李……李总，您也出去散步了？”

李牧遥没有否认，状似不经意地问："有活动？"

男同事别扭了一瞬就立刻换上一副谄媚的嘴脸说："对啊，刚才刘助理还说您出去了，您回来得正好，要是没其他工作的话也一起去坐一会儿吧。"

说实话池渺渺有点儿不希望李牧遥去，很明显在此之前大家并没有邀请他的打算，一会儿他一出现大家免不了拘束，那也就无法玩得尽兴。而且张朵雅肯定也在，虽然他现在是她的，但看到自己的男朋友身边总有个年轻又漂亮的小姑娘用那种毫不掩饰的爱慕眼神看着他，她想想还是会觉得不舒服。

李牧遥似乎也在犹豫，不过看了她一眼后，还是说："我就不去了。"

池渺渺和那个同事都不约而同地松了口气。

然而李牧遥刚走出几步，突然又回过头来说道："不要玩得太晚。"

男同事忙不迭地应道："是，请老板放心，保证玩一会儿就让大家各回各的房间。"

总算送走了李牧遥，男同事才回过味儿来："李总以前是这风格吗？怎么跟我妈似的？"

池渺渺只能干笑算作回应。

她最终还是被男同事带到了二楼酒吧里，不过在去酒吧前，她回去拿了手机顺便换了身衣服。

她拿到手机才发现早在他们晚上吃饭时李牧遥就给她发过微信约她晚宴过后海边见，他后来还给她打过电话，看时间应该正是她刚到海边的时候。

难怪他会问她有没有看到微信接到电话，果然就像他说的那样，他这次来是有预谋的……

今天晚上发生的一切事情都像是做梦一样，让池渺渺一直处于恍恍惚惚的状态，所以哪怕身处众多同事之间，也总是心不在焉的。

半小时后，池渺渺放在桌上的手机响了，来电人名字赫然是李牧遥。周围还有其他同事在，非把她带过来的那个营销部同事就是一个，而且他们显然都看到了来电显示。

池渺渺内心慌乱了片刻，不知道该不该接电话，那同事催促她："老板找你啊，快接吧。"

池渺渺无奈，只好接通电话，酒吧里很吵，她把音量调到最大，才听到他的声音。

他说："来我的房间。"

池渺渺有点儿为难："现在？"

李牧遥反问道："还是你等我下去找你？"

池渺渺哪敢让他亲自来抓她，立刻说："好的，好的，我现在就去。"

挂上电话，她还没想好怎么跟其他人解释，就见那几个同事颇为同情地看着她："是你负责的项目出什么问题了吗？"

池渺渺顿了顿说："是啊，出了点儿小问题。"

同事们感慨道："都出来玩了老板还惦记着工作，刚才我们吃饭时，我看刘助理就一直在处理他安排的工作。"

池渺渺干笑了两声："老板都这样吧。"

带她过来那个男同事一改刚才的热情样子说道："那你快去吧，别老板一会儿一怒之下把我们也都遣散了。"

池渺渺也换上一副极不情愿的口吻抱怨着："唉，其实我的项目的事也不是太急，有必要非得这时候处理吗？"

同事劝她："急不急不是你说了算，是人家说了算，谁让人家是老板呢？"

池渺渺叹气："那你们继续，我去看看什么情况。"走出酒吧，她心里不由得松了口气。

可是她去他的房间干什么？到了这一刻，她才想到这个很严峻的问题。

今时不同往日，他们之间的关系发生了变化，在一起能做的事情也多了很多，如果他想再次突破自己的极限，做点儿男朋友会对女朋友做的事，她该怎么办？他们才刚确立关系几个小时，会不会进展太快了？

池渺渺挣扎了一下还是决定拒绝李牧遥，发了条微信过去："刚才环境太吵没来得及问你，有事吗？"

片刻后，他直接回了一条语音过来。

"没事不能见你吗？"听筒里，他的声音传来的同时，还传来窸窸窣窣的声音，他像是在换衣服。

池渺渺脸更红了，回复说："能是能，但我觉得咱们这样是不是进展太快了？"

因为在沙滩上躺过，李牧遥刚刚又洗了个澡，此时一边系着睡衣扣子，一边拿起手机看微信。

看到她的回复，他愣了一下才明白她指的“进展太快”是什么意思。

他不由得笑了笑，依旧用语音回复她：“你想什么呢？我就是睡不着。”

以池渺渺这么多年纸上谈兵的经验看，男人这种时候说这种话的可信度为零，而且正常情况下，她去了他应该更睡不着才对。

李牧遥像是看穿了她的想法，又补充了一句说：“不过，我也确实不能睡，因为还有工作要处理。”

这话池渺渺是相信的。在认识李牧遥以后，她才深刻理解了一句话——有的人的优秀是有惯性的，他们不但天资高于常人，而且从来没有放弃过努力，不管获得过什么样的成功，依旧勤奋忘我。李牧遥就是这种人。

她之前在他家借住时就发现，李牧遥几乎没有下班时间，白天处理完国内的工作，晚上还要开国际电话会议。

今天他忙了一天，又坐飞机赶过来，折腾到现在别人都可以休息了，他却要继续工作。

她忽然有点儿心疼他，想抱抱他，但想了想还是说：“那我去了会不会影响你工作？其实你早点儿处理完工作可以早点儿休息。”

李牧遥沉默了片刻才坦白说：“我明天就要走了，想跟你多待一会儿。”

他的声音中有难以掩饰的疲惫感，但池渺渺觉得有那么一瞬间她的心口像被什么东西击中了，这让她丧失了所有的行为能力，除了一颗心怦怦跳动着。

她想了想说：“既然你要工作，那我去干点儿什么呢？”

“随便干什么都可以，保持安静就行，比如看书，或者你的小说不是还没写完吗？总之你陪在我身边就行。”

池渺渺心里甜甜的，但听他竟然提起她的小说，她又立刻警惕起来：“你怎么知道？”

“我猜的。给你五分钟，快过来。”

池渺渺对着旁边的镜子照了照，发现自己刚换上的这身夜店风连衣裙好像有点儿性感，说不准会影响到某人工作，于是又匆匆跑回房间随便换了件中规中矩的白色连衣裙，拿了笔记本才去了李牧遥的房间。

她进门时，他已经在工作了，所以她预先设想的暧昧情节一个都没有发生，而且进入工作状态的李牧遥眼里根本没有旁人，池渺渺百无聊赖只能打开笔记本开始码字。

搁浅了一段时间，重新再看一遍之前写的那部分小说，她好像看到了自己对李牧遥的感情转变的整个过程。从一开始讨厌到逐渐理解，再到同情、钦佩，很多复杂的感情交织在一起……总之她对他了解越多，就越发不可控制地被他吸引，直到泥足深陷。

她抬头看向站在落地窗边的男人，一时之间百感交集。

不知道他在和什么人打电话，一口流利纯正的美式英语，声音清冷但也富有磁性，有时候不知道对方说了什么，他会不悦地蹙眉，也会露出认真思考的神态。

他思考时往往会垂着眼，低垂的眼帘遮挡住了他冷漠凌厉的眼神，浓密又卷曲的睫毛平添了几分柔和的气质。

正在这时，他忽然抬眼，不知道看到了什么，目光忽然温柔起来。

她有点儿好奇，循着他的视线看过去，就看到了落地窗上自己的影子。

两个人的视线在光可鉴人的落地窗上交会，那一刻他好像不再是那个商场上杀伐决断强硬果敢的他，也不再是公司里说一不二难以亲近的他，只是一个普通人，脸上虽然依旧没有明显的笑容，她却觉得，他看着她的目光有着能够融化坚冰的温度。

接下来该怎么写，她忽然就有了思路。

正在这时，他的电话结束了。

见他朝她走过来，她连忙合上了笔记本。

李牧遥微微挑眉：“我不能看？”

“对。”

“为什么？”

“隐私。”

李牧遥嗤笑：“是你写了什么不该写的内容吧？”

池渺渺有点儿心虚，但觉得李牧遥应该是指黄文一类的。

她矢口否认：“那不能，现在网站管得很严的，再说我可是有底线的作者。”

李牧遥点了点头：“那你什么时候打算让我看看有底线的作者究竟写了些什么呢？”

其实要不是因为她最新写的这篇小说和他有点儿关系，告诉他自己写了什么完全无所谓，但现在她觉得还不是时候。

“如果有朝一日，我的作品要被开发成影视剧了，我就告诉你。”

李牧遥若有所思地说道：“那应该快了吧。”

“唉，没那么容易。”

目前是有一家影视公司看上了她这篇《老板帮帮忙》，但还处于谈合同的阶段，最后怎么样还说不准。

提到这事也是巧了，如果这次能成功还得多谢刘焕，但这事不能让李牧遥知道，毕竟没有哪个老板会喜欢自己的助理私底下干兼职的。

池渺渺的底线是绝对不能留宿在李牧遥这里，所以两个人又聊了会儿天，池渺渺就抱起笔记本回了房间。

等第二天醒来时，李牧遥已经离开了，她打开手机，里面躺着一条未读信息，是两个小时前他发给她的，是张照片，看背景应该是机场贵宾候机室。

虽然再无其他只言片语，但她已经明白，他这是在向她报备行程呢。

到了这一刻，池渺渺才真真正正体会到她也是有男朋友的人了。

此时，李牧遥的飞机已经落地北城，在药物作用下他的脑袋依旧有些昏沉。

但他忽然想到一件事。

坐上车，他问前排的刘焕：“萧易是下周回来吗？”

刘焕回答：“是的，您放心吧，都已经安排好了。”

李牧遥拿出手机立刻拨了个视频电话给萧易，视频中萧易似乎正在收拾行李，脸上洋溢着即将回归祖国母亲的怀抱的喜悦之情。

“是不是想我了？别急，下周咱就能见到了。”

李牧遥面无表情地说道：“把机票退了吧。”

萧易愣了一下：“什么？我是不是听错了？不是你催着我赶紧回去的吗？”

“我没有。”

萧易无奈：“是，是，是，是我贱，看你整天忙得脚不沾地想早点儿回去帮你。”

“我可以应付，你下个月再回来吧。”

“不是……我这都准备好了，怎么就突然下个月了？”

“伯父手术完不久，多休息一下。”

“我和医生再三确定过了，我爸身体承受得了，再说我回国也可以休息啊。”

“那你就再和你爸那朋友的女儿联络联络感情。”

“不对啊李牧遥，是不是出什么事了？你把失恋博物馆怎么着了？”

“没有。”

“那你这是为什么？”

李牧遥沉默不语。

萧易忽然想到了什么：“我回去对你唯一的影响就是你会离开失恋博物馆，你不希望我这么快回去是因为你不想走？”

李牧遥依旧沉默不语。

萧易惊喜地问道：“为什么不想走？为了那个池渺渺？行啊兄弟，这么多年了，你终于开窍了！”

萧易因为情绪亢奋，声音陡然提高了几个分贝，李牧遥烦躁地把手机拿远了一些：“就这么定了，我让刘焕给你改签机票。”说完也不管萧易怎么抗议直接挂断了电话。

池渺渺他们又在莱港多待了两天。

这两天里池渺渺隐约能感觉出李牧遥很忙，虽然他平时也忙，但这两天的气氛完全不对。再想到晚宴那天一直在处理工作的刘焕以及李牧遥匆匆来又匆匆离开，池渺渺心里隐约有了不好的预感——一定是他工作上出了什么事。

回到北城，众人惊喜地发现李牧遥还在失恋博物馆里办公，但同时听闻两个噩耗，一个是听说分馆因为消防问题需要整改没能如期开业；另一个是听刘焕说的，“拍拍”竟然因被人举报下架了，目前不知道是什么情况，但是新用户还是无法下载应用程序。

李牧遥接完几个电话后已经将近中午，刚清闲了片刻，桌上的手机又响了，这一次是萧易。

电话的另一头，萧易有点儿气急败坏：“出了这么大的事你还不让我回去？你怎么想的啊李牧遥？”

李牧遥疲惫地捏了捏眉心："你那里都半夜了吧？你不休息也别影响别人。"

萧易语气不善地说："你少给我转移话题，我问你，'拍拍'和失恋博物馆的事情后面该怎么解决？"

李牧遥不耐烦地叹了口气："看来刘焕是不想干了。"

"你说他干什么？！要不是我听出他口气不对，抓着他问出这些事，你是不是就不打算告诉我了？李牧遥，咱俩是兄弟，也是合伙人，你这么瞒着我合适吗？"

"又不是什么大事，没什么瞒不瞒的。你不用操心，我会处理好。"

萧易并没有因为他的这几句话就作罢，愤怒地说道："在这么重要的时候，失恋博物馆和'拍拍'同时出事，肯定是有人故意捣乱，而这烂人是谁我用脚指头猜都能猜出来，除了严悦那厮不会再有第二个了！他是不是有病啊？这么多年了，他使了不少阴招，你都不搭理他，他为什么还是盯着你不放？"

池渺渺发现李牧遥最近又没有好好吃午饭，所以今早特意起了个大早，做了她自认为拿手的几道菜带到了公司。

等着中午大家都去吃饭的时候，她蹑手蹑脚地敲开了李牧遥的办公室的门。

李牧遥正听着电话里萧易大骂严悦，见到池渺渺做贼一样拎着个保温桶进了自己的办公室，刚才还阴郁着的心情顿时晴朗了不少。

他打断了萧易对严家女性的"问候"："这事你不用操心，这几天就能解决。"

萧易缓了口气："可是这都第几次了？牧遥，你还打算忍气吞声到什么时候？有些孙子你要是不给他点儿颜色看看，他就蹬鼻子上脸没完没了了。这么多年了，你还没看明白这个道理吗？"

李牧遥朝站在门口的池渺渺招了招手示意她到他跟前来，同时对着这电话里的萧易说："我知道了，先挂了。"说完也不等萧易再说什么就直接挂断了电话。

见他挂了电话，她才敢出声："忙完了吗？"

李牧遥点点头，目光扫到她放在他的办公桌上的保温桶，问道："这是什么？"

“午饭啊。我看你最近又不按时吃饭了，所以来盯着你吃。”说着她想起李牧遥这人特别讲究，又补充道，“虽然没什么高级的食材，就是几个家常小菜，但也是我今早起来做的，一直放在保温桶里，现在还热和着呢。”

李牧遥难得露出个笑容：“正好饿了，就想吃家常小菜，那就一起吃吧。”

就像池渺渺说的那样，菜就是很寻常的菜，李牧遥却吃得比往常都多。

池渺渺见他这么捧场，有点儿高兴，期待地看着李牧遥：“味道怎么样？比你家厨子做的怎么样？”

李牧遥皱眉思索了一下说：“应该好不少吧。”

池渺渺愣了愣：“什么叫‘应该’？”

李牧遥展颜：“因为他从来没做过这么家常的菜。”

池渺渺脸上的期待顿时化成一副“我就知道”的神情，她撇了撇嘴：“家常菜怎么了？吃多了山珍海味的人还就想吃这么一口家常菜呢。”

李牧遥认真地点了点头：“确实，所以我想每天都吃怎么办？”

池渺渺一听又喜笑颜开地说道：“好办啊，我天天给你带。”

“带？”

池渺渺不解：“不然呢？”

李牧遥没有回答她的问题，抽了张纸巾轻轻擦了擦嘴角起身走进休息室。

池渺渺也跟了进去：“这样吧，你前一天晚上告诉我你第二天想吃什么菜，我就回家时买好菜，然后第二天一早做好用保温桶带过来，保证味道还跟刚做出来的没什么两样。”

“还是会有不同。”他说。

池渺渺不由得翻了个白眼，两个人虽说已经接受了彼此，但是面对他偶尔表现出的龟毛，池渺渺还是忍不住吐槽。

李牧遥正解着衬衫扣子，一回头就看到某人在翻白眼。

他假装没看出她的不满样子，故意问：“你的眼睛怎么了？”

池渺渺连忙眨了眨眼说：“干眼症，我有干眼症，一到秋冬眼睛就不舒服。”

他了然地点了点头，再转过头后却不由得勾了勾嘴角，接着刚才的话题说："既然没办法吃到新鲜的家常饭菜，那就算了。我可以继续让刘焕去隔壁餐厅打包，虽然打包盒饭的味道确实不怎么样，但我也习惯了。或者我不吃，反正也不是总有时间吃饭。"

他说得这么可怜，说给谁听呢？

池渺渺一边在心里吐槽，一边想着怎么才能满足他的要求。

她想了想提议道："要不在你的办公室里弄一套厨具，每天午饭前我来给你做？"

李牧遥脱下衬衫，回头冷冷地瞥了她一眼："亏你想得出来，你把我的办公室当什么地方了？"

刚才池渺渺光想着怎么解决他吃饭的问题了，也没注意到他在解扣子，此刻他忽然间脱掉上衣光裸着上半身顿时把她吓了一跳。不过她完全没想到平时穿着衣服看着那么斯文单薄的一个人，竟然也有流畅的肌肉线条，不是那种看着很魁梧发达的肌肉，而是因为常年健身养出来的很结实有力的体格。

而就在池渺渺走神的片刻，他抽出了腰带，眼看就要脱裤子了……

理智上，池渺渺很想继续欣赏，但毕竟单身了二十几年，没什么和男人相处的经验，平时嘴上说得再豪放，到了动真格的时候照样会㞞，所以动作先于理智，她当即就张皇失措地转过身去不看他。

李牧遥把她这些反应尽收眼底，却仿佛浑然不觉，接着说："中午的时间确实紧张，还是你带给我吧，其实能吃到你做的饭就不错了。"

池渺渺一边听着身后的动静，一边心不在焉地笑了一声说："你放心，我今晚去买一个最好的保温桶，尽量保证饭菜保鲜。"

李牧遥"嗯"了一声说："那中午就这么凑合一下吧，不过一天中总要有一顿饭是好好吃的，我希望晚饭能吃得舒服点儿。"

池渺渺脑海中还是刚才看到的美男裸背的画面，忍不住就想再看看，这一回头，发现李牧遥已经换好睡衣，就那么悠然地看着她。

她这才想起他刚才说的话，想了一下说："这好办啊，晚上我去你家帮你做，或者你不嫌弃的话就去我家吃饭，反正咱俩离得近。"

李牧遥走近她："那为什么不能再近点儿。"

目光不由自主地扫到他领口前的那片赤裸的胸膛，她忽然就很想摸一摸，那胸膛是不是跟她想象中一样坚硬如铁。

她有点儿不自在地问："什么'再近点儿'？"

李牧遥放低声音说："其实最近一直困扰我的并不是工作，而是我的病。"

一听他提起他的病情，池渺渺顿时什么旖旎的心思都没有了，她担心地看着他："你不是说已经好转了吗？出什么事了？"

"也没什么，就是病情总在反复。"

池渺渺有点儿急了："那怎么办？你有没有咨询医生？"

李牧遥垂眼看着她："咨询了。"

池渺渺对他这漫不经心的态度很不满意："那医生怎么说？哎，你能不能别挤牙膏似的，一口气说完啊！"

李牧遥没有立刻回答她，而是牵起她的手放在他的睡衣领口那处赤裸的皮肤上。

比起他微微发凉的手指，他的胸膛的皮肤是温热的，甚至比她的体温还要高一点点。

她像是被烫了一下，想要缩回手，他却坚定地将她的手按在他的胸口处。

确实和她想象中一样，手下的触感坚实温热，而且皮肤光滑手感极佳。

李牧遥继续说道："他建议我继续脱敏治疗，要深入、频繁地接触我的过敏原。"

"这……这是什么意思？"池渺渺有点儿紧张地问。

李牧遥沉默了片刻说："他建议你搬去我家住，这样一来所有的问题都迎刃而解了。"

虽然不是第一次搬去他家，但很明显今时不同往日了——她搬去后住在哪儿？估计不会还是离他最远的那个房间吧？就算一开始是，等时间长了，年轻的情侣同住一个屋檐下如果还能循规蹈矩，那不是他有问题，就是她有问题。

想到这些她不由得脸红心跳起来。

李牧遥看着她，忽然露出个似笑非笑的表情："你好像挺期待的。"

"我？"池渺渺连忙挣脱他的手，有点儿尴尬地辩解说，"我期待？我才没有！你不知道住你家压力多大！"

李牧遥走到床边坐下："之前的家规作废，你可以像在你自己家一样，不过……”

他顿了顿又说：“最起码的整洁是要保持的。”

两个人在一起的这段时间偏巧赶上了“拍拍”和失恋博物馆接连出事，虽然她能感受到他已经尽量把更多的私人时间留给她，但两个人在一起的时间比起普通情侣来说还是太少太少。如果他们住到一起，那就不一样了。但池渺渺还是说：“谁说我同意了？我还得想想。”

李牧遥躺在床上，拍了拍身边的位置说：“可以，过来慢慢想。”

池渺渺不由得脸红了：“干什么？”

大白天的……

李牧遥闭着眼，简简单单地吐出三个字：“遵医嘱。”说完似乎是因为没听到她的声音，他又睁开眼补充了一句，“就只是这么躺一会儿。”

池渺渺扫了一眼他一尘不染平整到没有一丝褶皱的床单，有点儿犹豫。

李牧遥似乎看穿了她的想法说：“快点儿，我不嫌弃你。”

谁嫌弃谁还说不准呢！

池渺渺撇了撇嘴，但还是走到床的另一边，规规矩矩地脱掉鞋躺了下来。

李牧遥侧过头扫了她一眼，见她那紧绷的神情，不由得微微一哂，替她将被子盖上，又按下了窗帘的开关。

房间顿时昏暗得犹如深夜。

KUANG 24 RE

狂恋你

随着光线陡然变暗，池渺渺也终于放松下来。

她望着黑漆漆的天花板，注意力却都停留在身边的人身上。他似乎真的睡着了，呼吸匀停而绵长，给人莫名的安心感。渐渐地，困意袭来，她的意识也开始恍惚。

而正在这时，他却忽然翻了个身面对着她，与此同时被子下面他的手也碰到了她的手。

她不由得心跳漏了一拍，刚生出的睡意立刻退去，但半晌没见他有下一步的动作，她忍不住大胆地睁眼看向他。

在黑暗中，她只能隐约看清他闭着双眼，像是依旧在熟睡，而碰到她的手应该是他睡着后无意识的举动。

她用目光仔仔细细地描摹着他的五官，越看越觉得他真好看，心里忍不住泛起甜蜜感来，也就没有挪开手，任由他的手盖在她的手上。

没有哪一刻比这一刻更让人安心了，池渺渺放松地呼出一口气，重新闭上眼。

困意再度袭来，而就在她即将睡着的时候，不料身边的人忽然欺身而上，轻柔、缱绻地吻上了她的唇。

她一瞬间有些愣怔，片刻后才意识到他其实一直没有睡着。

她象征性地推了他两下，却被他轻巧地握住手腕。

午后的慵懒让她比平时更容易妥协，她逐渐沉浸在这个吻中，也开始搂着他的脖子回应他。

感受到她的回应，他原本钳制着她的那只手轻轻抚上她的脸颊，抬起她的下巴，方便他更加忘情却又珍而重之地吻着她，然后那只手顺着她的脖颈儿一路下滑，当池渺渺反应过来的时候，那只手正好移到了她的左胸前。感受到他在那里不轻不重地揉捏了一下，她的心都提了起来，而他没有过多停留，手顺着她的体侧滑至她的腰、她的臀，最后是大腿后侧，再原路返回。

如此两次，她觉得自己已经不会呼吸了。

她想某些人的学习能力真的不容小觑，这才几次，就一次比一次要人命。

不知过了多久，他总算结束了这个绵长的吻，抬起头来看着她："想好了吗？"

"什么？"她懵懵懂懂地看向他。

他说："搬去我家。"

虽然是同样的一句话，但刚才问她和这会儿问她，好像意思就不太一样了，或者说那意思更明显了。

池渺渺忍不住把脸埋进他的肩窝处，男人的肌肉和骨头一样都是硬邦邦的，却是她喜欢的触感。

她点了点头："那你不许嫌我这嫌我那，多唠叨一句，我就搬走。"

李牧遥认命地说："那我只好让自己多忍忍了，不过你就得从其他方面补偿我了。"说着，他又吻了下去。

池渺渺一直没敢多问李牧遥工作上的事情，不过看他虽然忙，但心情似乎还可以，料想那些事情他应该都有解决方法了。而且池渺渺总觉得没什么事情是李牧遥解决不了的。

果然就在几天后，接连两条热搜引起了大众的注意。

一是李牧遥曾经创立的那家游戏公司在几年后忽然发布了一则声明，要追究严悦名下的那家游戏公司的侵权责任。

几年前游戏圈里的抄袭事件忽然再度被翻出来，众人纷纷揣测这事情背后的真相是什么，其中不乏知情人士透露，是当年李牧遥的游戏公司的工程师被严悦利诱，将即将上架的游戏设定细节提前卖给了严悦，这才导致两款先后上架的游戏有诸多相似之处。虽然李牧遥已经在后期尽量避免，紧急修改了不少设定，但还是被严悦倒打一耙。

关于这件事情，李牧遥的游戏公司当初没有掌握充分的证据，但公司似乎一直没有放弃维权，终于在最近搜集好所有的证据，决定与严悦对簿公堂了。

之前相信严悦的一面之词的众人此时都无比唏嘘，毕竟严悦的游戏公司在那款游戏之后再没什么像样的产品，而李牧遥原先创立的那家游戏公司截然相反。

另一条热搜则更受关注——刚刚翻红重新回归演艺事业的汪可忽然在深夜发出一则长文，讲述她从众人的视线中消失的这几年去做了什么，又为什么要消失。

之前传闻她得了抑郁症，所以不得不暂时放下工作休养身体，原来是真的。长文中，她将一个抑郁症患者的日常生活和发病时的心理都写得很翔实，引起了不少人的共鸣。最后，她提到自己为什么会患上抑郁症，虽然说得很含蓄，但已经有不少人猜出，这或许和她在工作中遭受的一些无理对待有关，而且这件事又七拐八绕地指向了严悦。

这件事引发的风波远比游戏抄袭那件事大，话题沸沸扬扬地在热搜榜上挂了好几天。

严悦的公众平台账号已沦陷，甚至包括他爸的公司的官方微博下也都骂声一片。

事态终于发展到不能视而不见的地步后，严悦终于有了回应。他在回应声明中声称自己是无辜的，要追究某些人不负责任的抹黑言论的法律责任。而且言外之意是有些人为了红可以不惜一切代价地到处蹭热度。

于是有一半人分化出来，认为这则长文可能只是汪可的炒作手段。

当然大多数人还是觉得这种事情不可能空穴来风，而汪可的长文里并没有指名道姓，只是有人循着蛛丝马迹找出了和严悦有关的证据，所以只要汪可不正面承认，根本构不成诽谤。

可汪可并没有像大家想象的那样假装没看见，或者说些似是而非的话，而是直接丢出了一条十几秒钟的视频。

视频的主角正是几年前的汪可，一个男人背对着镜头正欲对她施暴，因为视频经过静音处理，所以视频中双方说了什么众人并不知道，但汪可被人掐着脖子，无力反抗时害怕又绝望的神情一览无余。

这则视频正是李牧遥当初拍摄下来的，汪可只放出了其中一小部分，再往后就能看到严悦的脸了，但汪可没有放出来，这对严悦来说无疑是悬在头顶的一把锋利的刀。

视频一被发出来，舆论彻底沸腾了，网友看环境和场景，再看男人的背影，这显然不会是拍戏现场，这就是真真切切的施暴过程。甚至有细心的网友找到了严悦几年前的一张被狗仔偷拍到的照片，照片中他当时穿的衣服包括他的背影轮廓竟然和视频中的男人几乎一模一样。

虽然这种事情在各行各业中都存在，但公众人物很少把这些事情放在台面上说，汪可这一举动无疑会掀起轩然大波。

渐渐地，有不少年轻演员纷纷出声支援汪可，后来甚至有不少圈内前辈也言辞犀利地批判了严悦的这种行为。

严家的企业在这么强大的舆论压力下受到了不小的影响。最后迫于无奈，严悦不得不出来向汪可道歉，但声称自己当时喝多了，所以做出很多不理智的事情，没想到对她造成了这么大的影响，希望得到她的谅解，并且表示愿意给予补偿。

可是他的道歉也仅仅是让汪可没有继续发出所有的视频，却阻挡不了大家抵制严家旗下的酒店、餐厅、电影院，也无法阻止大家用各种恶毒的话语诅咒他们。

严悦被舆论搞得焦头烂额，自然也就没心思再给李牧遥使绊子，之前困扰着李牧遥的问题迎刃而解。

萧易这时候打来电话："可以啊牧遥，够深藏不露的啊！我真没想到汪可会为了你直接和严家撕破脸，果然是'一夜夫妻百日恩'啊，人家还是向着你的！"

李牧遥不咸不淡地丢给对方一句话："我看你是不想回来了。"

"开个玩笑嘛！我说你怎么还是这么不经逗啊？这么无趣也不怕小女朋友嫌你无聊。"

李牧遥面不改色地说道："这就不劳你操心了。"

萧易语重心长地说道："我也是为你好，铁树难得开一次花，不能一下子就谢了啊！可别怪我没提醒你，我那天和韩夏旁敲侧击地打听了一下，原来你们的关系还没公开呢！这可不是什么好的信号。"

想到这件事，李牧遥不由得蹙眉：“也没有刻意隐瞒，就是没什么合适的时机。”

萧易恨铁不成钢地说道：“我说兄弟啊，你说你分析别人的心理那么明白，怎么轮到自己就糊涂了？如果对方是捡到宝的心态，那肯定是第一时间就恨不得向所有人宣示她对你的所有权，绝了其他女人不该有的心思。可是她没有，这说明什么？说明她心里还没有认定你！”

李牧遥不为所动：“你想多了。”

“我说你别不信啊，你是专业的没错，但兄弟我经验丰富啊！就你这样的，说实话不认识时可能觉得千好万好，接触多了事儿多又无趣，整天还只顾着工作，我是姑娘也不喜欢你。更何况，现在的小女生都喜欢男朋友陪着、哄着，你这样真不行，难怪人家都不想承认你呢。”

李牧遥蓦然就想起在莱港时，池渺渺误以为他要跟张朵雅表白时说的那番话，究竟有多少是发自她内心说的呢？

萧易接着说：“我要是你，现在就找个合适的机会，高调又自然地公开两个人的关系，先直接断了她别的念头再说。至少应该先在公司里公开吧。人家小姑娘长得漂亮，你不公开关系，公司里那帮单身汉还蠢蠢欲动呢，难免她什么时候就动摇了……”

李牧遥不觉得池渺渺是那种人，但萧易的话又没来由地让他有点儿烦躁。

他没好气地说：“我这儿忙，你还有别的事吗？”

萧易答道：“哦，对了，提醒你一下，我下周就回去了，这回我说什么都不能再改行程了，你趁着这段时间赶紧安置好你的小女友吧。别回头不能天天见面后，你这工作狂又把人给冷落了。”

李牧遥顿了顿说：“我知道了。”

他这边电话刚挂断，刘焕就从外面进来。他换了个新发型，两边剃得短短的，只有刘海处稍长，一看就是精心设计过的，而且领带颜色也从最初的黑色、藏青色这些保守色系换成了更跳脱的颜色。这些细微的变化倒是让他整个人显得更精神了一些，只是他的这种精神并没有体现在工作中，反而以前还算细心的他最近频频出错。

“什么事？”李牧遥淡淡地瞥了他一眼问。

“分馆那边已经整顿验收合格了，开业时间我们和分馆负责人协商了几个，本周四和下周二您都有时间，不过周四晚上您需要赶回来，因为失恋博物馆这边给您准备了一个小小的欢送仪式。”

欢送仪式这事李牧遥早就知道，这是萧易的意思。

李牧遥本周末就正式离开失恋博物馆了，萧易无法赶回来，就由韩夏和刘焕全权负责。李牧遥原本是拒绝的，他这人最不喜欢各种形式上的东西，但想到池渺渺，这里对他而言确实是不同的，所以在萧易的坚持下，他就没再推辞。

不过，听到刘焕汇报的他的行程安排，他总觉得哪里不太对劲。

李牧遥想了一下说：“我怎么记得你昨天跟我说下周二要和丽华的董事见个面？”

“是吗？那可能是我记错了！”刘焕诚惶诚恐，连忙去翻李牧遥的日程，发现还真是如此。

他抱歉地说道：“那我重新和分馆的负责人合计个时间再给您汇报。”

“不用考虑我的时间了，越早开业越好，不能再拖了。”

刘焕连忙说：“好的。另外《南丰财经》想对您做个采访，我看您最近时间安排得挺满，您要是觉得没必要我就回绝他们。”

以往李牧遥很少接受这些采访，不喜欢和外行讨论工作，更不喜欢被人挖掘隐私，所以刘焕只是例行汇报一下就会替他推掉，但是这一次，李牧遥有点儿犹豫了。

《南丰财经》是一档很有名的财经节目，有名的原因除他们总能请到一些业界知名人士外，就是他们很懂营销。每一次节目过后，都会有一个相应的话题被送上热搜榜。大众对太专业的财经知识不感兴趣，却对别人的花边新闻乐此不疲。所以他们的访谈最后肯定要采访嘉宾的生活问题，对已婚人士就是谈谈太太和孩子，未婚人士就是择偶标准等话题，总之都是大众喜欢的。

想到这些，李牧遥说：“可以，安排在本周四下午吧。”

刘焕以为自己听错了，又和他确认了一遍，这惹得李牧遥有点儿不耐烦：“你最近怎么了？”

“没……没什么，我这就去安排。”

网络上汪可的话题的热度居高不下，失恋博物馆里众人闲暇时也会讨论几句。

大家正对一个挖严悦的帖子高谈阔论的时候，池渺渺的手机响了，见是暖萌的电话，她起身走出办公室接通了电话。

暖萌是看了网上的话题来找池渺渺这个知情人士核实的：“我记得你上次说你家李牧遥就是因为汪可得罪了严悦，才惹得严悦像疯狗一样追着他疯咬了这么多年。看了这个视频我猜测拍摄视频的人就是你家李牧遥，汪可没有放出全部视频来，估计不是为了给严悦留面子，而是不想把李牧遥牵扯进来。我说得对不对？”

汪可告诉池渺渺的那些过往的事，池渺渺并没有一五一十地告诉暖萌，所以这个事实暖萌还得猜，而她在视频被放出来的第一时间就知道这视频出自谁手了，也猜到了汪可在这个时候放出这些东西并不是偶然。还有游戏公司那事，她不信当年没有掌握的证据如今却有了，只能说明当年他没心思搭理严悦，但不代表他会坐视对方一直欺人太甚。

果然，要么不反击，要么就让对方无力反抗，这才是李牧遥的做派。

“差不多吧。”池渺渺说。

“还好当初有视频，也还好汪可够硬气，不然严悦这种垃圾还不知道得祸害多少人呢！我看着严家老爷子的身家几天之内就蒸发掉十几亿真是大快人心！他养这么个龟儿子怪谁呢？”

池渺渺知道这种情况不会持续太久，好在能让李牧遥暂时喘口气。

两个人又聊了几句，临挂电话前，暖萌想起什么向池渺渺抱怨道：“对了，你家李总是不是光顾着和你你侬我侬都顾不上工作了？”

“没有吧，他最近挺忙的。”池渺渺不解。

“他忙怎么他的助理那么闲啊？”

“你说刘焕？”

“是啊，有事没事他就问我吃了没、喝了没，睡得好不好，天气转凉多喝热水什么的，我烦都烦死了，然后三天两头就约我出去，不是约我登山就是约我跑步，他对约会是不是有什么误解啊？”

池渺渺听暖萌抱怨笑得不行，搜肠刮肚地找了好多刘焕的优点说，当然她是真的觉得刘焕人不错，才无比希望闺密能敞开心扉尝试着接受他，或许这就是她的良缘呢？

两个人又聊了一会儿结束了通话，这时她的肩膀被人拍了一下，韩夏不知道什么时候来到了她身边。

池渺渺吓了一跳："怎么也不出一声？"

韩夏暧昧地挑了挑眉："是你太投入了吧。谁啊？男朋友？"

池渺渺正想说不是，抬头却见李牧遥迎面走来。

韩夏浑然不觉地接着说："都交往这么久了，他也不知道来巴结一下女朋友的身边人，看着挺聪明的一个小伙子怎么这方面这么不灵光呢？"

池渺渺在短暂错愕过后忽然玩心大起，故意问韩夏："为什么这么说啊？"

韩夏眉飞色舞地说道："机灵点儿的小伙子第一时间就会打入女朋友的闺密群内部，请大家吃饭，然后说'我们渺渺就拜托各位照顾了'……当然他不说我们也会照顾，但这不是表明态度嘛，还能顺便宣示主权，也好经过我们这些人的嘴把你有男朋友这件事告诉咱们办公室那帮单身汉。一顿饭而已的事，解决多少问题？啊！我也不是非要蹭饭，就是看他那聪明样，我原本以为这顿饭很快就来了，没想到这么久了还没动静。"

池渺渺受教地点了点头："这么说，那他是挺不灵光的。"

韩夏又帮着池渺渺找补道："也不是不灵光，可能就是生涩。对，他在这方面一定没什么经验吧，所以生涩！"

"咯咯……"身后忽然传来两声不太自在的咳嗽声，韩夏一回头就见李牧遥正站在自己身后，也不知道来了多久。

她吓了一跳，连忙问了声"李总好"。李牧遥也没说什么，淡淡地瞥了她一眼就朝着自己的办公室的方向走去。

韩夏一直保持着得体的微笑，直到彻底看不到他的身影的时候，她才心有余悸地嗔怪池渺渺："你是故意的吧！"

池渺渺憋着笑说道："没有，我其实也是刚看见他。"

韩夏懊恼地说道："这下好了，上班闲聊被老板抓了个正着。"

池渺渺安慰她："反正他都要走了，你怕什么？！"

韩夏想了想也是，又拉着池渺渺开始聊另一件事。

"你发现没有，自从从莱港回来后，张朵雅好像很安分，也不怎么往李总的办公室跑了。"

池渺渺之前虽然很介意张朵雅，但后来意识到其实是自己在吃飞醋，尤其是李牧遥说了，他和张朵雅没什么，就彻底放下心来。

一般男人说这种话时，她多少会怀疑，但不知道为什么，只要是李牧遥说的，她就忍不住深信不疑。她有时候觉得自己太过信任他，但这又何尝不是他给她的安全感呢？

“是吗？我都没注意。”她实话实说。

韩夏“啧啧”感叹：“八成是感情破裂了，跟自己的老板搞暧昧，搞不好人没了工作也没了，还好李总马上要走了，不然以后他们见面得多尴尬啊？”

“我其实觉得他俩应该没什么，你可别瞎说。”

“没什么那也是李总对她没什么，她的想法再明显不过了，你不会看不出来吧？”

这话倒是取悦了池渺渺，她点了点头：“我也觉得是这样，不过张助理年轻又漂亮，搞不好过几天就移情别恋了。”

“那倒是。哦，对了，前几天听你说在搬家，搬去哪儿了？”

池渺渺也不知道自己什么时候说漏了嘴，忽然被韩夏问起来吓了一跳：“没，还在我家附近。”

韩夏眉飞色舞地看着她：“就在附近还有什么好搬的？难道别人的房子能比自己的好？如果真有，那也只能是男朋友的房子。”

池渺渺一时语塞，不知道怎么解释，然而这在韩夏看来就是默认了。

她用肩膀撞了撞池渺渺，以一副过来人的口吻说道：“有什么不好意思的？我告诉你就应该这样，只有住在一起，牵扯上柴米油盐的事才知道彼此性格合适不合适。当然最重要的，还有那方面……”

韩夏边说边暧昧地用肩膀撞了撞池渺渺：“那方面和谐不和谐最重要啦，你别看大家都像正常人，有些人真不行，不先试一下就结婚那才是盲婚哑嫁，为这种事离婚的夫妻不在少数。”

池渺渺虽然搬进了李牧遥家，但一方面两个人刚在一起没多久，另一方面考虑到李牧遥的身体，两个人确实还没到那一步，不过有那么几次真的就险些擦枪走火了。

虽然当时及时叫停，但无论是他隐忍的神情，还是他因克制而略带沙哑的声音，又或者是他微微起伏也过分灼热的胸膛，还有他身上的味道，无一不刺激着池渺渺，他真的太性感了……

韩夏见池渺渺这脸色，了然地说道：“看样子挺和谐的啊，哈哈！”

池渺渺没好气地白了韩夏一眼：“你能不能正经点儿？”

不过虽然没进行到最后一步，但池渺渺想到他那时的状态，料想两个人的未来应该不会太差吧。

两个人又嘻嘻哈哈地随便聊了几句，便继续工作了。

李牧遥忙了一天总算有了点儿空闲，习惯性地拿出手机翻开和池渺渺的微信对话记录。搬到一起后，两个人微信对话少了，有也大多是她问他几点下班，想吃什么东西，像极了一个好妻子。

想到这里，他忽然有了种前所未有的感觉，像满足，像庆幸，又或者说，是所谓的幸福。

过去的人生在别人眼里或许不错，但对他来说说好不好说坏不坏，被理想的大学录取，第一次创业成功……每一个值得开心的时刻，他总觉得少了点儿什么。后来文远离开了，他也因此生了病，备受煎熬的同时，觉得这是他应得的，如果他过得太好，怕对不起已经不在的文远。但是现在不一样了，他无比想要过好余下的人生，因为那不只是他自己的人生。

想到她就想看看她，他起身走出办公室，佯装从她的办公室门前经过。她正埋头工作，身边的同事不知道说了什么，她抬起头来笑着回应了几句。

一路上有路过的公司员工向他问好，他微微点头算作回应。视线里看不到她了，他又假装忘带了东西原路返回，再出来时又遇到刚才遇到过的员工，对方再度向他问好，但看向他的目光明显有点儿困惑不解。

他知道自己这样挺傻的，但没办法，恋爱就是一针降智剂，沾上就免不了犯傻，谁也不能免俗。

此时，放映厅还没到开放时间，里面空无一人，他索性走了进去，随便找了个位置坐下，然后拿出手机给她发了条微信。

池渺渺刚忙完手上的工作，桌上的手机忽然振动，竟然是李牧遥发来的微信。

他工作时间很少发信息给她，她有点儿高兴地点开来看，只有简简单单的几个字：“我在放映厅等你。”

心跳忽然开始加速，身边的同事说了什么她全然没有听进去，她只回了句“我去趟卫生间”就起身出了办公室。

办公室外人来人往，走在众人之间，池渺渺莫名地有种做贼的感觉，或许是心虚就容易表现出来，张朵雅在从她身边经过时甚至奇怪地看了她一眼。

池渺渺在休息区徘徊了一会儿，佯装着找书看，最后趁大家不注意的时候才偷偷溜进了放映厅。

放映厅并不是完全漆黑的，高高的穹顶上有几圈朦胧的灯带始终是亮着光的。

所以池渺渺一进门就看到了坐在一对座椅之间的李牧遥。

李牧遥听到脚步声由远及近，抬起头来温柔地看向她，目光扫到她手里的书时，微微一顿。

池渺渺这才意识到自己刚才在休息区装腔作势地找书，最后确实拿了本书出来。

“《失乐园》？”他微微挑眉。

池渺渺胡乱地应道：“对啊，我觉得挺好看的，推荐给你。”

李牧遥接过书，随手翻开其中一页，池渺渺也随便一瞥，就瞥到了那一页的内容。

他缓缓合上书，抬眼看向她。

再度与他对视，她莫名地就觉得有种百口莫辩的焦灼感——他该不会以为她在暗示什么吧？

韩夏手下的小兵最近经常请假，有不少事情需要池渺渺帮忙，之前池渺渺帮她整理的一份档案她今天就得和其他几份人事文档一起拿给李牧遥过目。池渺渺刚才说去卫生间了，但好半天没回来。然而韩夏打电话过去，熟悉的铃声就在身边响起，原来她走的时候没带手机。

韩夏想了想，无非就是多跑一趟，先把其他几份着急的文件拿给李牧遥吧。

可不巧的是，李牧遥也不在办公室里。悻悻地返回办公室的途中，她意外地从放映厅的门缝中看到一个熟悉的身影。

池渺渺今天穿了件淡紫色的西装衬衫，这个颜色非常少见和扎眼，以至匆匆一瞥之下很快被韩夏捕捉到。

她有点儿好奇，池渺渺一个人在里面干什么呢？韩夏再仔细一看，她正朝着旁边的座椅俯身下去……

一排排整齐的椅背遮住了池渺渺的下半身，韩夏想象了一下池渺渺的动作——难不成她一个人跑这里拉筋来了？

想到这里，韩夏就打算推门进去调侃池渺渺几句，然而还没来得及开口，推门的声音就险些把里面的人吓得魂飞魄散了。

几乎是在她推开门的一瞬间，俯下身去的池渺渺就弹了起来，花容失色地朝韩夏所在的方向看了过来。

不就是上班偷懒被抓包吗？她又不是李牧遥，池渺渺这么大反应，至于吗？！

韩夏正想打趣她几句，还没来得及开口，就轮到自己花容失色了——池渺渺身旁、原本她以为没有人的座椅上竟然缓缓坐起一个人。比起池渺渺的惊慌失措，他倒要沉稳很多，只是一贯面无表情的脸上似乎多了点儿被人坏了“好事”的不悦之色，而这人不是别人，正是她老板李牧遥。

所以刚才池渺渺既不是在拉筋，也不是在和座椅搞什么亲密接触，而是在和躺在椅子上的李牧遥亲热？

他俩是什么时候搞到一起的？最重要的是李牧遥竟然会在工作场合和人卿卿我我，这也太接地气了吧！

而此时此刻，接地气的李牧遥已经走到了她的面前，衬衫、西裤依旧笔挺整洁，表情依旧淡漠，眼神依旧犀利，仿佛刚才躺在椅子上的人不是他。

“什么时候有时间？一起吃饭。”

“哈？”霸总这是人设崩塌后放飞自我了吗？他怎么忽然要约她吃饭了？

但她还记得自己的身份：“无功不受禄啊李总，怎么突然想到请我吃饭了？”她尴尬地笑着。

李牧遥似乎想到了什么，表情不由得柔和了一点儿：“没什么，熟悉一下我女朋友的朋友。”

说完他又丢下一句“确定好时间提前告诉我”便走出了放映厅。

李牧遥离开后，韩夏才后知后觉地意识到这情况多么诡异，语无伦次地问池渺渺：“你跟李总是什么情况？你和他这样……那你男朋友呢？”

在和李牧遥的关系被韩夏撞破后，池渺渺的情绪从最开始的慌张无措逐渐变成了认命无奈，最后回归于此刻的淡定从容。

面对韩夏的疑问，池渺渺就那么静静看着她也不回答。

韩夏见池渺渺这仿佛控诉“你是不是傻”的神情，理智渐渐归位，思路逐渐清晰起来——好像从一开始池渺渺就没承认过她的男朋友是她那师兄，反而在自己打趣她时，她总是表现出一副欲言又止的样子。

韩夏仔细想来即便她曾见过两个人见面，但回想起当时的情形两个人根本算不上多么亲密，相比之下倒是池渺渺和李牧遥之间的氛围更耐人寻味。而且刚才李牧遥说了什么？女朋友！所以事实的真相是，她一开始就搞错了，池渺渺的男朋友其实一直都是李牧遥！

见她一副恍然大悟的神情，池渺渺无奈地耸了耸肩：“想明白了？”

韩夏痛心疾首地说道：“你为什么不早点儿提醒我？我让他请客的时候你就等着看我的笑话是不是？”

想到这件事，池渺渺不厚道地笑了。

看她竟然还好意思笑，韩夏更恼火了，佯装着要去掐池渺渺的脖子：“你还笑？你还好意思笑？要不是看在你是老板娘的分儿上，我一定会胖揍你一顿，你信不信？”

池渺渺被她戳到了痒痒肉，一边笑一边求饶：“我信我信，我错了还不行吗？”

周四下午，午休结束不久众人就见到电视台的车子停在了失恋博物馆楼下，只在电视中见过的知名女主持人以及其他电视台工作人员浩浩荡荡地进了失恋博物馆，直奔李牧遥的办公室。

众人早听说李牧遥接受了《南丰财经》的采访，这在失恋博物馆还是第一次，据说对于李牧遥个人来说也是头一次。

后来采访地点从李牧遥的办公室变成了他的办公室旁边的休息区，料想应该是某人又怕别人弄脏了他的办公室吧。

不过休息区是开放式的，大家对采访过程都很好奇，手头上没有紧要工作的人会忍不住停下来围观。刘焕就在众人当中，见大家聚众凑热闹也没说什么，众人就当这是老板默许了。

主持人问李牧遥：“李先生之前多次拒绝了我们的采访，这一次是什么原因让我们拥有了这份殊荣呢？”

李牧遥似乎心情不错，答道：“有高兴的事就想分享给更多人知晓，仅此而已。”

主持人问：“高兴的事，是指失恋博物馆的成功吗？”

他不置可否地笑了笑，并没有正面回答主持人的这个问题，但在这个契机下接受采访，不是因为失恋博物馆又会是什么？

可是不知道是不是池渺渺自作多情，她总觉得他在回答这个问题的时候有意无意地朝她所在的方向瞥了一眼。

主持人很自然而然地将话题引到了失恋博物馆和“拍拍”的经营上面，问了几个相对专业的问题后，又问：“您觉得失恋博物馆究竟是一个什么样的地方呢？”

李牧遥想了一下说：“虽说这里呈现的都是一个故事的结束，但其实也呈现出了另一个故事的开始。”

听到这里，韩夏忍不住小声对身边的池渺渺感慨：“想不到李总平时看着不苟言笑的，在媒体面前倒还算和蔼可亲，而且他好会说话哦。”

在大部分人看来，李牧遥就像韩夏说的，多数情况是不苟言笑、面无表情的，但作为一个成功的企业家，他不可能一直这样，工作需要的时候，他脸上也会礼貌性地多点儿笑容，但那也是游刃有余掌控一切的自信微笑，就像此刻。所以这也并不妨碍他气场全开，反而这种人前人后的反差感，让他多了分难以琢磨的神秘感。

当然池渺渺比其他人更幸运，还见识过脆弱的他、倔强的他、温柔的他以及失控时的他……

池渺渺有点儿痴迷地看着摄像机前举止从容的英俊男人，问身边的韩夏：“你想让他什么时候请你吃饭？”

韩夏大义凛然地说：“吃饭就不必了，我觉得作为下属，有些事情是我应该做的。”

池渺渺诧异地看着她问：“什么意思？”

韩夏面不改色地说：“就是我已经向他投诚了，让他放心地回‘拍拍’就行，不用牵挂这里的事。”

池渺渺有种不好的预感：“说明白点儿。”

“明白点儿就是我已经答应免费做他的眼线了，每天监视你有没有为他守身如玉、洁身自好，然后定期向他汇报你的情况。”

“什么？”池渺渺不敢相信自己的耳朵，怎么有人能把这么无耻的话说得这么轻松，“韩夏姐你这个叛徒！”

韩夏连忙做出个噤声的手势。

碍于此刻不方便发作，池渺渺只好愤愤不平地回了一句：“回头再和你算账。”

不知不觉中，采访已经进入了尾声。

主持人进入最后一个话题：“我看有不少网友戏称，您的人生简直就是开挂了一样——十六岁被保送清大，十九岁被 MIT 录取，还没毕业就成功创业赚到了第一桶金，此后更是保持了每两年就创业成功一次的纪录，至今没被人打破……我相信大家都跟我一样好奇一件事，您如此年轻有为，拥有这么多的高光时刻，那迄今为止，您的人生中最开心的时刻又是什么时候呢？”

李牧遥似乎想到了什么，笑了笑回答说：“其实就在前不久。”

主持人有些意外：“是因为失恋博物馆的成功吗？”

主持人的意外很好理解，失恋博物馆眼下的发展势头虽然不错，但这并不比他的第一次、第二次创业更成功。

果然就听李牧遥说：“失恋博物馆现在的状态还远远算不上‘成功’。”

“那您所说的最开心的事是……”

“遇到了一个很重要的人。”

虽然说这个“重要的人”也有可能是一个朋友，或者是在自己遇到困难时拉自己一把、指点自己一下的贵人，但主持人看李牧遥这温柔的笑容，猜测对方一定是他喜欢的人。

可是李牧遥这样的人愿意接受采访就很是难得了，谁也没想到他竟然愿意公开谈及自己的感情状况。

主持人“哇哦”一声，有点儿语无伦次了。

“是女朋友吗？”

紧接着李牧遥给出了让在座的所有人再度意外的答案——

主持人本以为他最多会承认两个人的恋人关系，谁知他却突然看向场外池渺渺的方向说：“大概率是要跟我共度余生的人。”

韩夏激动地撞了撞池渺渺的肩膀：“要不要这么高调啊？这很不像他啊！”

池渺渺完全没想到他会在采访中提到自己，更没想到她在他心里已然占有了这么了不起的位置。虽然她也想过未来，但毕竟他们刚刚开始，而且面对这么优秀的他，她免不了会抱着一点儿悲观的情绪。不过她转念想想也不难理解，他就是这么一个人，做任何一件事，除非不做，一旦认定就会一往无前，更何况是在感情方面。

说不感动是假的，如果不是考虑到周围还有那么多人，她怕是就要掉眼泪了。

主持人似乎后知后觉地说道：“所以您最初说的那件要和大家分享的高兴的事其实也是这件喽，那真是恭喜您了。”

“谢谢。”李牧遥说这两个字时，笑容明显更真诚了几分。

主持人又问道：“那您方不方便跟我们说说您的未婚妻？”

李牧遥又看向池渺渺，池渺渺也回视着他。

她不知道他会说什么，只知道她的心跳得过分快了，仿佛她一张嘴心就能跳出来一样。

片刻后，李牧遥看向主持人，似乎有点儿无奈：“还是尊重她的意愿，等她觉得方便的时候再谈吧。”

主持人算是听明白了，一向对任何话题都点到为止的李牧遥在谈及自己的未婚妻时竟然格外大方，这或许就像他自己说的那样，遇到开心的事就想分享给更多的人知晓，从这一点看，这和十几岁的毛头小子有什么区别？也是到了这一刻，主持人才觉得原本高高在上的大佬其实也是有血有肉的，只是他真实的一面只展示给他在乎的那个人看而已。想到这里，她忽然很好奇，对方究竟是个什么样的姑娘，能有这么好的运气？

采访结束就是为李牧遥准备的告别仪式，就在距离失恋博物馆最近的五星级酒店里举行。有精致的餐点还有酒，或许是因为这是最后一次和李牧遥聚会了，也或许是因为李牧遥刚带着大家打了场胜仗，失恋博物馆的众人对李牧遥的态度在不知不觉中就变得亲近了很多。

众人找着机会向李牧遥敬酒，今天的李牧遥对在座的众人也似乎格外有耐心，但这就导致池渺渺一直没找到机会和他单独说几句话。

池渺渺有点儿失落地起身，想借着去卫生间的空当儿散散酒气。

然而她再回来时，却发现刚才被众星捧月般的人已经不在宴会厅内了。

与此同时，她的手机收到一条微信：“拿上东西，来地下停车场。”

池渺渺立刻高兴起来，趁着韩夏他们还在推杯换盏的时候偷偷拿了自己的外套和包溜了出去。

停车场里车子不多，此时更是没什么人，池渺渺一下电梯就看到前面不远处倚在宾利车门旁低头看手机的李牧遥。

她脑子一热，行动随心，欢快地朝他跑了过去，然后在男人错愕地抬起头的同时扎进了他的怀中。

李牧遥缓缓地从错愕中回过神……两个人在一起的这段时间，或许是考虑到他的病，或许是因为两个人的关系还没完全公开，所以他们很少在公众场合如此亲昵。

可是此刻，看她在自己怀里毫无顾忌地蹭了蹭，他有点儿紧张的同时又觉得很满足。

“怎么了？”他问。大概是因为喝了酒，他的嗓音略微沙哑。

她不想说因为今天听到他的表白很感动，也不想说自己就是想念他的味道想跟他亲近了。

“没事。”她仰起头看着他，“终于可以回家了。”

地下停车场中光线不好，他垂眸看着她，似乎笑了一下说：“那快上车吧。”

他今天好温柔，说话时还有甜腻的酒香，她觉得自己原本没醉的，可是现在也醉了。

她忍不住踮起脚轻轻咬了一下他的下巴。这段时间他们在家时时常这样，其实她第一次这么做是想让他吻她的，只是因为他个子太高她够不到，还有就是这种表达方式更含蓄些。还好他够聪明，每次都没让她失望。

但是今天不知道怎么了，他好像有点儿抗拒，在她咬他时他将身子朝后靠了靠，竟然试图跟她拉开距离。

“先回家。”他说。

她忽然有点儿不高兴——这人怎么回事？难得她这么主动他却丝毫不配合，下午刚在媒体面前说过那些话，怎么回头就变味儿了？

或许是因为酒精作祟，池渺渺忽然来了点儿小脾气，不依不饶地非要他吻她，而今天的李牧遥也很奇怪，就是不肯配合，最后干脆直接拉开车门把她塞进了车子的后排座位。

池渺渺还想再扑腾两下，而下一刻她就安静下来了。

“张叔好……”

这时候李牧遥也上了车，淡淡地吩咐道：“开车吧张叔。”

司机老张尴尬地应了一声，发动车子。

池渺渺不敢看李牧遥，更不敢看前排的老张，只能假装没事人一样安静地看着车窗外的景色。

她今天真是喝糊涂了，怎么就忘了有宾利出现的时候老张定然也会跟着出现呢？也不知道刚才两个人在车外亲热时，老张看到了多少……唉，她想想就觉得丢人！

车内的气氛尴尬了一路，所幸晚上的路况不错，没多久，车子就驶入了李牧遥家的车库。

池渺渺下了车，匆忙和老张道了别就逃也似的往楼上走。李牧遥紧随其后，在楼梯间里追上了她。

他伸手拉她，她却挣开他。但她哪里是他的对手，一两次之后直接被他拉过来压到了墙壁上。

“生气了？”他似笑非笑地看着她。

池渺渺觉得丢脸死了，忍不住迁怒他：“张叔在你怎么也不提醒我一下？”

他还是笑：“我以为你就想那样。”

她本以为他是没机会提醒她，毕竟当时的情况也确实如此，但没想到他竟然会以为她是故意的。

池渺渺气结：“那你既然以为我是故意的，为什么就不能配合我一下？看我那么尴尬你高兴了？”

李牧遥没有立刻回答她，池渺渺就这么看着他，倒要看看他会怎么说。

片刻后他无奈地叹了口气说：“你是真不懂还是假不懂？你怎么着都不会尴尬，但继续下去，尴尬的就该是我了。”

亏得池渺渺天天在网上冲浪，嘴上飙起“车”来也是毫不含糊的，听到这话时还是愣了好一会儿，直到想起他们过往亲热时他的反应，才明白他这话是什么意思。

她忽然觉得今晚这酒后劲儿可真够大的，不然怎么都散这么久了，还会觉得脸发烫呢？

她故作淡定地从他的胳膊下钻过去，继续往楼上走：“一身酒味儿难闻死了，赶紧回家洗个澡。”

可她刚走几步就被身后赶上来的男人大力拉了回去，紧接着，还没等她反应过来，一个湿热的吻便铺天盖地地吻了下来。池渺渺只推拒了一下便幸福地举双手投降了。

他们从楼梯间一路吻到家门前，连续按错几次密码两人才成功进了门。

外套、包包、鞋子散落了一地，从玄关处一直到卧室……被他压在床上的那一刻，她已经感受到了他所谓的“尴尬”，想到他刚才的话，不由得笑了。

见她忽然笑了，他停下动作，看向她的眼神透着不解。

她揶揄他说：“这会儿不怕尴尬了？”

他无所谓地笑了笑：“我还以为什么事……给别人围观那叫尴尬，给你看那就叫诚意。”

池渺渺本来只是想调侃他一下，没想到在这方面一向老实的人也忽然不老实了。

她把脸埋进他的怀里不想看他：“是不是男人到了这种时候都油嘴滑舌的？”

某人的关注点却是：“哪种时候？”

他不强调还好，仿佛这次跟过去的每一次亲热一样没什么不同，可偏偏他这么强调，好像他们已经对即将发生的事情达成了某种默契。

池渺渺咬牙切齿，隔着衬衫衣料去掐他。

李牧遥好像感觉不到疼痛，只是以无比温柔的吻回应她：“所以，真的可以吗？”

池渺渺沉默了片刻，手掌移到他的左胸前，清晰地感受到了他强而有力的心跳。

她不答反问：“可以吗？”

李牧遥微微一哂：“你会为你此刻的质疑付出代价。”

池渺渺微笑着闭上眼——她心甘情愿。

李牧遥看着那笑容片刻，再度珍而重之地吻上了她的唇。

意乱情迷中他想，人生的际遇真是奇妙，他原本以为她只是他避之不及的意外，没想到有朝一日却成了他生命中不可割舍的一部分。

The End

全文完

图书在版编目（CIP）数据

狂热：全二册 / 乌云冉冉著. -- 南京 : 江苏凤凰文艺出版社, 2023.1

ISBN 978-7-5594-7397-4

Ⅰ. ①狂… Ⅱ. ①乌… Ⅲ. ①长篇小说—中国—当代 Ⅳ. ①I561.45

中国版本图书馆CIP数据核字（2022）第242801号

狂热：全二册

乌云冉冉　著

责任编辑　白　涵
特约编辑　夏　之
封面绘制　遐与璐
封面设计　曾六六
出版发行　江苏凤凰文艺出版社
　　　　　南京市中央路165号，邮编：210009
网　　址　http://www.jswenyi.com
印　　刷　北京盛通印刷股份有限公司
开　　本　880毫米×1230毫米　1/32
字　　数　460千字
印　　张　14
版　　次　2023年1月第1版
印　　次　2023年1月第1次印刷
标准书号　ISBN 978-7-5594-7397-4
定　　价　69.80元（全二册）

江苏凤凰文艺版图书凡印刷、装订错误，可向出版社调换，联系电话025-83280257